KB260362

추 정

회갑날 북아현동 집 앞에서. 1971년.

1. 예술원상을 받고서 감사의 말을 하는 필자. 1965년 7월.
2. 연세대 문과대학 앞에서. 1967년.
3. 박정희 대통령과 문인들이 만나는 자리. 왼쪽부터 박정희 대통령, 필자, 시인 양명문, 시인 박목월 등. 1968년 2월.

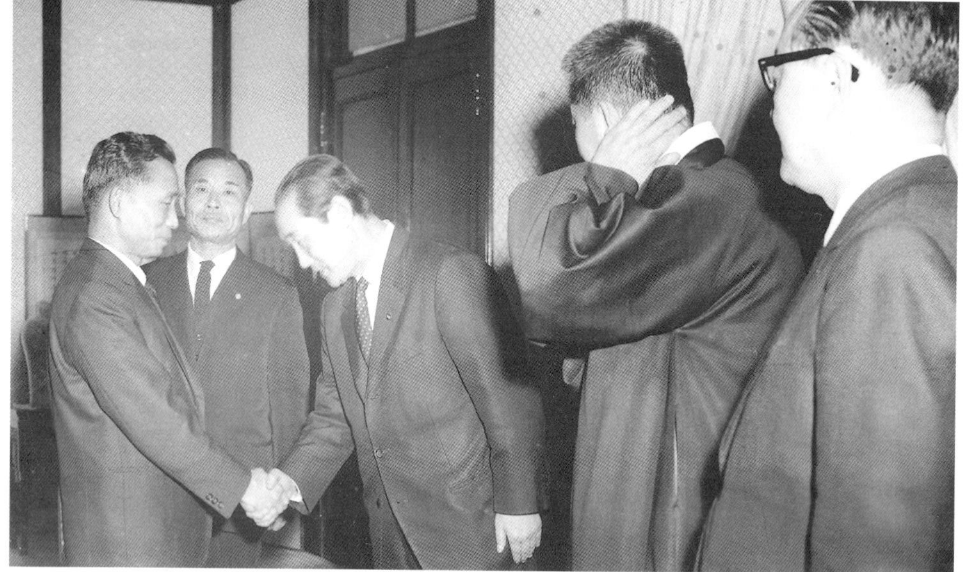

1. 고속도로 준공 시찰을 마치고 부산 영도에서 문인들과 함께 배에 올랐다.
   왼쪽부터 김동리, 조성출, 한 사람 건너 백철 등.
2. 일간지 신춘문예 심사 모습. 왼쪽부터 김동리, 필자, 오른쪽이 조연현.
3. 국문학자 정병욱(서울대 교수)씨와 함께 은사 최현배 선생의 묘소를 참배하고. 1970년 4월.
4. 서울시 문화상 문학상 수상 기념. 1967년 3월 28일.

1. 제주도 천지연 폭포 앞에서 제자 시인 김춘석과 함께, 몇몇 제자도 동행했다.
2. 눈이 발목까지 빠지던 겨울 도봉산에서. 1971년 1월
3. 산이나 바다를 참 좋아했던 필자.

<table>
<tr><td>①</td><td rowspan="2">③</td></tr>
<tr><td>②</td></tr>
</table>

1. 혼자서도 즐겨 산을 다녔다. 계룡산에서. 1970년 5월.
2. 하산하는 길에 갑사에서.
3. 예총 주관 지방순회 문학강연으로 대구에 갔을 때, 오른쪽부터 문필가 김세종, 필자, 소설가 김동리, 여류소설가 장덕조, 앉은이 유주현 등. 1970년 여름.

만우 **박영준 전집** ❺/단편

추 정

박영준 지음

동연

『박영준 전집』을 내며

만우(晩牛) 박영준(朴榮濬) 선생이 가신 지 25년이 지났다. 선생이 돌아간 동안(1976∼2001), 그처럼 지식인들이 두려워 떨던, 군사독재 정권도 무너졌고, 민간인 정권도 두 번째나 돌아와 있다. 우리는 선생의 생애가 일제의 가열한 민족 침탈기로부터 시작되었음을 기억하고 있다. 일제의 폭력이 혹독했던 1930년대에 문필 활동을 시작하여, 가장 민감했던 청년 시절에 글쓰기의 어려운 현실적 상황이 어떤 것인지를 몸소 체험하였다.

1934년 연희대학교 문과를 졸업하던 해에 《조선일보》 신춘문예에 「모범경작생」(模範耕作生)이, 같은 해 《신동아》에 장편소설 『일년』(一年)과 꽁트 「새우젓」이 동시에 당선되어 일약 문단의 화제를 일으켰던 만우 박영준은 평생을 작품 쓰기와 모교 연세대학교에서 문학 가르치는 가운데 생애를 마감하였다. 1911년 3월 2일에 태어나 1976년 7월 14일 돌아가기까지, 66년 세월을 산 그는 일제 식민체험은 물론이고 해방정국에서의 좌우익 대립의 스산한 처신, 6·25 전쟁, 군사독재의 심란한 정국 등 소용돌이치는 역사의 현장에 놓여 있었다.

66년 그 생애의 시간 도막 위에는 지울 수 없는 국내외적 회오리바람들이 있었다. 유아기로부터 소년기에 이르는 기간은 일제 폭력의 억압 속에 있었고, 광복이 된 청년기에는 6·25 동족 전쟁이 그를 괴롭혔다. 전쟁이 끝나고 난 해로부터 모교인 연세대학교에서 후진들을 기르며 작품활동을 하던 시기가 그에게는 황금기였다. 글쓰고 가르치는 동안 틈틈이 등산과 낚시 운동경기 관람 등으로 비교적 여유 있는 생활을 누리던 시기에 그는 갔다. 그는 일생 동안 자신의 작품 속에서 인간의 윤리적 관계 거리 조절에 관한 긴장의 눈길을 멈추지 않았다. 제자들에게도 그는 엄격한 윤리적 규범을 글쓰기의 핵심이라고 가르쳐 왔다. 그러한 그의 원칙은 여러 편으로 남긴 작품 속에 고스란히 살아 있다.

문학 교육에 관한 한 엄격하고도 자상한 스승으로서, 때로는 어버이 같은 자애로움으로 그는 제자들을 가르쳐 왔다. 이제 그가 남긴 필생의 문학작품을 모아 뒤늦게나마 전집으로 묶어 후생들에게 보이고자 하는 뜻은 그의 문학적 발자취와 함께, 우리에게 보인 그의 사람에 대한 치열한 애정을 드러내 보여주고자 함에 있다. 살아 있는 것에 대한 치열한 애정 없이는 문학 할 생각을 말라고 가르쳤던 분이신 박영준 선생께 우리 제자들은 그 동안 전집 발간에 관한 마음을 짐을 지고 살아왔다.

마침 선생과 너무도 닮은 모습으로 살아가시는 선배이며 만우 선생의 큰자제인 승렬 형이 우리에게 마음의 짐을 탕감할 방도를 알려주며 격려함으로써 이 전집 간행을 보게 되어 기쁘기 한량없다. 그의 재정적인 뒷받침이 없었다면 아직도 우리는 그 많은 분량의 전집 간행을 꿈도 못 꾸었을 것이다. 이것은 또한 우리의 부끄러움이기도 하다.

출판사정이 여러 면에서 어려운 시기에 근 2년 여의 과정을 거치면서, 각 선집이나 잡지에 실린 글들은 물론이고 신문에 실려 있어 읽기가 여간 어렵지 않았던 글들을 꼼꼼히 읽고 잘못 인쇄된 철자법을 바로잡고 인멸될 처지에 있던 작품들을 찾아내어 깨끗한 인쇄에 붙이도록 만들어 준 동연출판사 백규서 사장도 우리에게는 여러 면에서 여간 고마운 게 아니다. 이 자리를 빌어 깊은 고마움의 뜻을 표하는 바이다.

2001년 12월 5일
『박영준 전집』 편집위원 일동

차례
제5권 추정 외 21편

일러두기

1. 『박영준 전집』은 박영준이 발표한 모든 작품을 대상으로 하여 <단편소설> 6권, <중·장편소설> 6권, 그리고 '박영준 문학연구'에 꽁트, 산문, 1차분 발간 후 찾은 단편소설을 한데 묶은 1권을 더해 총 13권으로 기획하였다.

2. 『박영준 전집』 1차분은 박영준 선생의 단편소설을 수집 망라하여 일반 독자에게 소개하는 것은 물론 문학사적인 연구·정리에 목표를 둔 것이지만 단편소설 가운데 찾지 못한 일부 작품과 기존에 단편소설로 분류되었으나 꽁트로 재분류한 작품은 제외하였다.

3. 『박영준 전집』에 수록된 작품의 배열 순서는 창작 연대나 발표 순서에 따랐다.

4. 각 작품이 처음 발표된 원발표지, 그리고 본 전집에서 정본으로 삼은 판본의 출전은 각각 (원), (출)로 표시하여 각 작품의 마지막 쪽에 발표년월과 함께 밝혔다. 그리고 현재 발표년도와 출전이 분명하지 않은 몇 작품은 비슷한 시기에 해당하는 권의 말미에 수록했다.

5. 『박영준 전집』에 수록한 모든 작품은 발표 당시 신문·잡지의 원문을 그대로 옮긴다는 원칙에 따랐으나, 단 작가가 직접 퇴고하여 단행본으로 간행하였을 경우에는 개작본을 정본으로 삼았다.

6. 맞춤법과 띄어쓰기는 현행 규정에 맞게 고쳤으나 대화에 나오는 구어체와 사투리는 그대로 살렸다.

7. 현대 독자가 이해하기 힘든 낱말은 편집자 주(*)로 설명하였다.

8. 외래어는 현재의 외래어 표기법에 맞도록 고쳤으며, 과도하게 쓰인 생략부호(………)나 장음 표시(——)는 읽기 편하도록 조절하였다.

9. 부호는 아래와 같이 사용했다.

대화	" "	인용과 강조	' '
단편 작품	「 」	책명(단행본)과 장편	『 』
신문, 잡지	《 》	영화, 노래제목	< >

소각된 세월

“글쎄 찢어 버려요.”

혜나의 고집은 끈덕졌다. 한 시간 이상 옥신각신하다가 끝내는 혜나의 소원대로 미국 유학을 단념한다고 선언했는데도 혜나는 비자를 찢어야만 안심이 되는 듯 고집을 부렸다. 설마 하는 생각으로 달포 이상을 따라다니며 얻어 낸 비자인데 그것을 어떻게 자기 손으로 찢겠는가?

“당신이 찢어.”

민구는 아무래도 비자를 찢어야 한다고 생각했지만 차마 자기 손으로는 찢을 수가 없었다.

“싫어요. 왜 내가 찢어요?”

민구는 혜나가 약간 잔인하다고 생각했다. 몇 해 동안이나 꿈꿔 오던 일이었다. 그것이 이제 겨우 실현 단계에 이른 것을 송두리째 포기케 하고 또 비자를 내 손으로 찢게 하려 하다니…….

“아무가 찢으면 어때? 어서 찢어 버려.”

민구는 방금 외무부에서 받아 온 알따란 수첩의 비자를 혜나 앞에 내밀었다.

“싫으면 그만두세요.”

혜나는 신경질적으로 말했다. 말을 안 들으면 토라질 모양이었다. 민구는 그미가 언젠가 한 말을 회상했다.

"혼자서 미국엘 간다면 나는 자살할 테예요."

그 말은 지금 이야기하고 있는 민구의 집에서 꼭 한 번 들었다. 한 번밖에 듣지 않은 말이지만 지금 비자를 찢으라고 하는 말과 직결되는 말이다.

떠나는 것이 그렇게까지 싫다면 진작 왜 강경하게 말리지를 못했을까? 물론 민구가 혜나 모르게 외무부와 관계 기관에 출입한 것이 사실이지만 그미가 그것을 눈치채지 못했을 까닭이 없다.

그건 그렇고 미국 유학을 단념한다고 누누이 이야기했는데도 그것을 믿지 못하고 비자를 내 손으로 찢으라 하다니…….

"찢을게. 소용두 없는 거 둬선 뭣해."

민구는 비자를 두 토막으로 찢어 버렸다.

유학을 단념했다면 비자에 미련을 가질 필요가 없다. 미련 없는 비자라면 누구의 손에 의해 찢겨진들 어떠랴? 그래서 혜나가 나를 더욱 신뢰하고 더욱 사랑하도록 하자.

민구가 비자를 찢자 혜나는 성냥불을 켜 찢어진 비자에 불을 붙였다. 빨간 불이 연기 속에 타오르기 시작했다. 민구는 가슴이 조여드는 것 같았지만 타 버리는 비자를 외면하는 수밖에 없었다.

재떨이에 소복이 앉아 있는 재티를 물끄러미 바라보고 있을 때 혜나가 민구 가슴에 와 안기며,

"미안해요."

몸부림을 쳤다. 왼편 가슴에 안겼다가는 오른편 가슴에 안겼다. 왼편 뺨에 뺨을 부비다가는 오른편 뺨에 뺨을 부볐다.

"용서하지요?"

그리고는 민구의 입술을 빨기도 했다.

혜나의 입맞춤에 민구는 잃었던 정신을 도로 찾은 듯,

"꼭 가구 싶던 것두 아냐."

하고 혜나를 힘주어 안았다.

"내게 귀한 건 혜나뿐야. 학위 같은 건 없어두 살 수 있잖아? 혜나 없인 살 수 없으니까."

“정말이지? 거짓말 아니지?”

“내 손으루 비자 찢는 걸 보구두…….”

“아이 좋아…….”

혜나는 정말 좋은지 입술로 민구의 얼굴 전면에 입맞춤을 했다. 손에도 했다. 머리털에까지 했다. 그리고는,

“기념으루 우리 여행을 떠나요.”

했다.

“그래. 내일루라두 떠나.”

민구는 얼른 대답했다. 좋은 의견이라 생각했던 것이다. 혜나와 여행을 떠나면 외국 유학에 대한 미련이 가셔질 것이라고 생각했던 것이다.

“제주도루 갈까?”

“그래.”

될 수 있는 대로 멀리 그리고 될 수 있는 대로 돈도 많이 드는 곳이 좋다고 생각했다.

다음 날 민구는 학교에 가서 며칠 휴강한다는 것을 알리고 월급 선불을 받았다. 학교에 대해서 미안한 일이었지만 할 수 없었다. 아직 결혼하지도 않은 여자와 여행을 하기 위해 며칠씩이나 결강을 한다는 것은 대학교 교수의 양심으로 떳떳한 일이 아니었다. 더구나 전임강사가 된 지 일 년 남짓밖에 안 되는 그로서 강의에 불충실하다는 것도 생각해야 할 일이었다.

그러나 미국 가서 이 년 동안 유학을 하고 돌아와 연구를 계속하며 논문을 써서 박사학위를 따겠다던 꿈이 깨어진 허전함을 그냥은 메꿀 도리가 없었던 것이다.

다음 날 민구는 혜나와 함께 제주도로 떠났다. 벌써 육체적 교섭이 있었던 것이지만 혜나와의 여행은 이번이 처음이었다. 그런 만큼 여행의 감미로움은 말할 나위가 없었다. 사흘 동안 제주도에 묵으며 신혼여행 같은 기분에 잠겨 울적한 마음을 완전히 풀 수가 있었다. 그래서 그는 혜나에게 결혼을 독촉했다. 부부생활과 비슷한 생활을 하고 있으면서 남의 눈을 속이는 일을 무엇 때문에 하느냐는 것이었다. 그런데 혜나는 그렇지가 않았다. 아무

때라도 결혼은 할 것인데 서둘 필요가 무엇이냐? 결혼 전의 연애 시절을 오래 연장시키는 것이 인생을 즐기는 방법이라고 그럴 듯한 이유를 들었다.

민구는 교직자로서 할 일이 아니라고 말했지만,

"입맛 떨어져요. 교직자는 인간 아닌가요?"

혜나는 독선적인 말로 민구의 입을 막았다. 그럴 듯한 이유 같기는 했지만 민구는 혜나가 잘 이해되지 않았다. 자기를 진정으로 사랑한다면 결혼한다고 해서 애정이 변할 리가 없다. 결혼을 하면 애정이 더 굳어질 수가 있지 않은가? 마음놓고 사랑할 수 있는 결혼은 사랑하는 사람들의 꿈이기도 하다. 꿈을 꿈으로 가지고 있을 때의 행복감이 비록 감미로운 것이라고 해도 자기의 신분도 얼마만큼은 생각해 주어야 한다. 학생들의 존경을 받아야만 하는 교수로서 결혼도 않고 연애 행각만 한다는 불미스런 소문을 퍼뜨려서는 안 된다.

외국에도 못 가게 붙잡는다면 한시도 떨어지지 않도록 결혼해야 하는 것이 정상적인 일이다.

그러나 혜나의 사랑을 의심치 않는 민구인 만큼 결혼을 천천히 하자는 것만으로 그미가 싫어질 리는 없었다.

제주도에서 서울로 돌아오는 비행기에서 혜나가 민구 어깨에 머리를 기대고 잠이 들었다. 몸과 마음이 안정된 자세로 눈을 감고 있는 그미의 얼굴을 옆으로 볼 때 그는 정말 행복감을 느꼈다. 목숨까지도 자기에게 내맡기고 있는 그미라고 느꼈던 것이다. 사흘 동안 그미는 조금도 부끄럼 없이 육체를 내맡겼었다. 부끄럼도 없이 그리고 아까움도 없이 육체를 맡긴다는 것은 털끝만큼도 남김없이 사랑한다는 뜻이다. 그리고 남들이 보는 데서 몸을 기대고 불안한 기색도 없이 잠들어 있다. 민구에게 목숨까지 맡겼다는 뜻이 아니고 무엇이겠는가?

민구는 사람들 앞에서 그녀를 껴안고 싶었다. 그리고 남들이 보는 가운데서 그미를 애무해 주고 싶었다.

'나의 혜나.'

그는 속으로 이런 말을 중얼거리며 흩어진 머리카락을 쓸어 올려 주는 척하고 그녀의 뺨을 쓸어 보았다. 그 보드라운 감촉. 그는 그미의 뺨을 깨물고 싶은 충동을 느꼈다. 부족한 데가 하나도 없는 혜나가 얼굴은 물론 발가락 하나 못생긴 것이 없다. 그런 혜나가 나만을 사랑하다니……. 세상에 많고 많은 남자를 두고 그미는 나만을 사랑한다.

민구는 작년 겨울을 생각했다. 송추에서였다. 몹시 추웠지만 조용한 곳을 찾아 교외선을 타고 송추에 갔다. 돌아올 때 혜나가 너무나 추워했다. 나일론 양말 하나만 신은 발이 얼어 온다고 했다. 오바는 입었지만 내복을 별로 입지 않는 그녀라 온몸을 부들부들 떨었다. 날이 저물어 보는 사람도 없었지만 그는 자기의 오바를 벗어 그녀의 몸에 걸쳐 줬다. 그리고 양말을 벗어 그미에게 신겨 주고 그 발에 목도리를 칭칭 감아 주었다.

그는 자기 발이 얼어 오는 것을 느끼면서도 혜나가 춥다는 말을 안 하는 데 만족했다. 양손에 하이힐을 들고 그미를 업고 가는 꼴이 가관이었을 것이지만 잠든 것처럼 조용히 있는 그미의 체온에서 느껴지는 행복감에 곡예사도 사양 않을 심정이었다. 곡예사가 되어 꼭두각시놀음을 한다 해도 혜나가 만족해하기만 한다면 그만일 것이다.

혜나는 내 등에서 잠들어 있다. 어디로 가든 설마 죽음의 구렁텅이로 간다고 해도 그미는 나를 믿고 잠자고 있을 것이다.

송추역 대합실에 이르렀을 때 민구는,

"이젠 내려."

하며 그미를 벤치 위에 내려놓았다.

"벌써 다 왔군요?"

좀더 멀었으면 하는 혜나였다. 그미는 벤치에 앉자 두 발을 내밀었다. 신고 있던 민구 양말을 벗기라는 것이었다.

양말을 벗겼다. 그리고는 구두를 들고 한 짝씩 발에 끼어 주었다. 그리고 나서야 혜나가 신었던 양말을 자기 발에 끼었다. 자기 발이 꼿꼿 얼어 있었다. 손으로 만져도 감촉을 모를 정도였다. 한참 동안이나 부볐으나 아무런 효과가 없었다. 얼음이 박혔던 것이다.

그 뒤 며칠을 병원에 다니며 치료했지만 민구는 발 병신이 되지 않은 것을 다행으로 생각하며 그것이 아름다운 추억으로 오래오래 남기만 바랐었다.

다음 날 민구가 학교에 나가 미국 유학을 신청해 주었던 학장과 그리고 미국 유학을 후원해 준 몇몇 선배 교수를 찾아 미국 유학 단념을 보고했다. 웬일이냐고 모두들 서운하게 말했지만 그는 어머니가 동맥경화증으로 얼마 살지 못할 것 같다고 거짓말을 꾸며댔다. 며칠 못 살 어머니를 두고 차마 떠날 수가 없다는 거짓말을 꾸며대면서도 그는 제주도로 갔던 것이 영원한 추억으로 남게 될 것만을 다행으로 생각했다.

그런데 제주도에 다녀와 사흘이 지난 토요일 만나기로 약속한 시간에 혜나가 나오지 않았다. 만났다 헤어질 때 약속을 하지 않아도 수요일과 토요일엔 으레 만나기로 되어 있는 그들이었다. 그런데 제주도에서 돌아와 헤어질 때 그들은 확실히 토요일의 약속을 확인했었다. 그런데도 삼십 분이 지나고 한 시간이 지나도록 그미는 나타나지 않았다. 혹시 병이나 아닌가 생각했다. 여행의 피곤이 몸살을 앓게 할지도 모른다. 그래서 그냥 돌아갔지만 다음 날도 그미는 나타나지 않았다.

그들이 만나는 장소는 무교동에 있는 비엔나 다방으로 정해져 있다. 약속한 날 사정으로 못 나오면 다음 날엔 꼭 나온다. 약속이 없다고 해도 보고 싶을 땐 무작정 나가 앉아 있는 것이 또한 비엔나이기도 했다.

이상한 일이었다. 웬만큼만 아파도 나오고야 말 사람인데 이틀이나 계속해서 안 나온다는 것은 심상한 일이 아니다. 민구는 혜나의 집을 찾아가지 않을 수 없었다. 웬만한 일이 아니면 전화를 걸거나 집으로 찾아가는 일이 없는 민구였다. 그것은 교직자의 체면 때문이었다. 정식으로 결혼도 하지 않은 남자가 여자의 집을 찾아간다는 것은 교육자로 삼가야 할 일이라 굳게 생각하고 있었다. 그러나 이틀이나 나오지 않을 만큼 앓아 누워 있다면 체면도 돌볼 여지가 없었다.

그런데 혜나의 집을 찾았을 때 대문을 열어 준 식모의 태도가 이상스러웠다. 혜나가 집에 있다고 하면서도 선뜻 들어오라는 말을 안 했다. 앓지는 않느냐고 물었을 때 앓지는 않는다는 대답만 하고는 당황한 표정을 지었다.

"내가 왔다구 그래요."

민구는 자기 얼굴을 알고 있는 식모인 만큼 무관하게 말했다. 그런데 식모는,

"잠깐 계세요."

하며 민구를 꺼려하는 눈치다. 그러니까 민구더러 따라오지는 말라는 말이었다. 그리고는 혼자서 뜰 안으로 들어갔다.

민구는 이상쩍은 생각이 들어 식모의 뒤를 따랐다. 중대문을 들어서는 순간 식모가 혜나 방 앞에서 창문을 통해 혜나와 이야기하는 것이 보였다. 동시에 디딤돌 위에 놓여져 있는 남자 구두 한 켤레가 눈 안에 들어왔다.

못 볼 것을 본 듯한 마음에 민구의 사지는 굳어졌다. 옴짝도 못하고 서 있는데 식모가 와서 들어오라고 했다. 민구는 어떻게 해야 하는가 생각했다. 만나서 안 될 사람이라면 자기가 피해야만 할 것 같았던 것이다. 체면 없이 들어가 흥분한 얼굴을 보인다는 것은 너무나 교양 없는 사람의 행동이다.

그러나 민구는 체면을 돌볼 여유가 없었다. 식모가 이상한 태도를 취하지 않을 수 없게 한 그 남자가 과연 어떤 사람일까? 그것을 모르고는 그냥 돌아갈 수가 없었던 것이다.

민구는 식모를 따라 뜰 안으로 걸어갔다. 그때 혜나가 방에서 내다보며 천연스럽게,

"어서 오십시오."

하며 깍듯한 경어를 쓰며 반겼다.

민구는 실례한다는 말을 하고는 체면 없이 방 안에 들어갔다. 삼십 조금 넘은 자기 또래의 청년이 몸을 올바로 잡으며 정좌를 했다. 그런데 민구가 앉기가 바쁘게 혜나가

"인사하세요. ××대학교 사학과 전임강사이신 정민구 선생이에요."

하고 민구를 쳐다봤다. 그리고는 저쪽 남자를 가리키며,

"××시멘회사 비서실장 조광표 씨시구요."

했다.

할 수 없는 일이었다. 민구는 허리를 굽히고 광표와 인사를 했다. ××시멘회사라면 한때 혜나가 취직하고 있던 회사다. 필연 그 당시 직장 관계로

안 남자임에 틀림없다. 그렇다면 광표 앞에서 공연한 흥분을 보여 줄 수가 없는 일이었다. 혜나가 대접하는 주스를 마시며 광표가 돌아가기만 기다리고 있는데,

"××대학 축구가 세졌드군요?"

광표가 말을 시작했다.

"그런 것 같더군요. 난 운동에 취미가 없어서 잘 모르겠지만……."

"이번 대만 원정을 가서 전승을 했던데요."

"축구뿐이 아닌가 부든데요. 아이스하키두 굉장히 강하다구 그러더군요."

그런데 혜나가,

"공부만 하시는 줄 알았더니 운동에두 관심이 계시네요."

말참견을 했다. 분위기가 이쯤 되면 혜나와 광표와의 사이를 의심 안 해도 좋을 것 같았다. 의심받을 처지라면 피차간 분위기를 그렇게 부드럽게 만들 수가 없을 것 같았던 것이다.

더구나 자기와 같이 제주도에 갔다 온 지가 며칠도 안 된 혜나. 그 혜나가 어찌 딴 남자와 관계를 맺을 수 있겠는가? 그것은 꿈에도 생각할 수 없는 일이었다.

광표가 이쪽 관계를 눈치챘는지 먼저 돌아갔다. 당연한 일이다. 그러나 민구는 지나가는 말처럼,

"뭣 때문에 집에까지 왔지?"

하고 광표와 혜나와의 관계를 물었다.

"지나가는 길이었대요. 과문불입할 수가 없어서 들렀다나요? 그래두 옛날에 신세진 분인데 약속이 있다구 나갈 수가 있어야지요."

그 이야기는 그것으로 충분했다. 그러나 어제 일도 알아야만 했다.

"어제는 왜 안 나왔어?"

"어제는 몸이 불편했어요. 나가려구 화장까지 했지만 머리가 빙빙 도는 것 같아 그만 누워 버렸어요."

"그럼 어제 찾아올 걸 그랬군. 그래 지금은 괜찮아?"

"견딜 만해요."

“약을 좀 먹지.”

“곧 나을 거예요. 제주도에서 너무 재미 많이 봤으니까 좀 앓기두 해야지……”

그들은 웃었다. 웃고 포옹을 함으로 지난 일 전부를 물에 흘려 버렸던 것이다.

그런데 그 뒤에도 만나기로 되어 있는 날 중 절반은 나오지 않았다. 나오지 않을 때마다 전화를 걸었다. 전에 안 하던 짓이었다. 그러나 체면만 차리고 있을 수가 없었던 것이다. 전화를 걸 때마다 그미는 집에 있지 않았다.

민구는 혜나가 광표와 만나고 있다는 의심을 품었다. 약속을 어긴 뒤 그미는 그럴 듯한 이유를 들어 변명했지만 그것이 곧이 들리지 않았던 것이다.

청산가리에 녹아드는 금속처럼 속이 타는 소리가 귀에 들리는 것 같았다.

지난 토요일에 약속을 안 지킨 혜나가 그 다음 수요일 비엔나에 나타났다.

“미안했어요. 화났겠죠? 그렇지만 약속시간에 못 나오는 사람의 마음은 기다리구 있는 사람보다두 더 초조한 거예요.”

잘못하고도 민구의 마음을 붙잡으려는 혜나의 수단이었다. 민구는 혜나의 말을 들으면서도 듣는 척하지를 않았다.

“수원에 계시는 삼촌이 편치않으시다구 엄마가 같이 가야 한다지 않아요? 가 보니 대단치두 않는 걸 가지구……”

민구는 혜나의 말을 다 듣고 난 뒤,

“광표라는 사람을 좋아하는 거지?”

라고 말했다. 다른 말은 필요 없었던 것이다.

“무슨 소리죠?”

“똑바루 말해 봐.”

“미쳤나 봐.”

“질투의 눈은 맹목이 아냐. 한 번만 보면 속마음까지 꿰뚫어 볼 수 있는 거야.”

“날 못 믿는단 말이죠?”

“이 이상 속이려 하지 마. 너는 이때까지 나를 속여 왔어. 이젠 더 속일 수가 없어."

"나 갈래요."

혜나가 화를 내며 일어서려 했다.

"안 돼, 오늘만은 내가 하라는 대루 해야 해. 앉아서 내 말에 대답을 해."

민구는 억지로 그녀를 끌어 앉혔다. 그리고는 따지기를 시작했다.

"언제부터 좋아했어?"

혜나는 대답을 안 했다.

"말해 봐. 언제부터야?"

그래도 혜나는 대답을 않고 입술만 깨물었다.

"이야기해 봐. 이야기를 하면 용서를 할 수 있을지두 모를 거야."

그때 혜나는 반짝이는 눈으로 민구를 쳐다봤다. 용서라는 말이 비위를 거슬린 모양이었다. 그래도 민구는,

"용서를 하구 과거를 잊으면 그뿐 아냐?"

용서해 주고 싶은 심정으로 애원했다. 그러나 혜나는 단 한 마디,

"나 그 사람 사랑해요."

하고는 발딱 일어나 다방을 나가 버렸다.

분하고 억울하고 안타까웠다. 가슴이 터지는 것처럼 아팠다. 그는 자기 정신을 잃고 ××시멘회사로 광표를 찾아갔다. 광표는 벌써 무슨 일인지를 짐작하고 민구를 다방으로 데리고 갔다.

"차나 드시지요."

광표가 냉정한 얼굴로 말했다. 민구는 그런 따위의 말에 응할 여유가 없었다.

"혜나를 좋아하시죠?"

그러자 광표도 솔직하게 대답했다.

"조금은요."

"언제부터죠?"

"아마 정 선생이 혜나를 알기 일 년 전쯤 될 겁니다. 우리 회사에 근무할 때부터니까요."

민구는 놀라지 않을 수 없었다. 자기보다 먼저 사랑한 남자가 있으면서도 자기를 또 사랑할 수가 있었을까?

"진심으루 사랑하셨나요?"

"글쎄요?"

"나하구 만나는 것을 아셨습니까."

"알았지요."

"알구두 계속해서 만나셨습니까?"

"그런 셈이죠."

"그럼 진심으루 사랑한 것이 아니로군요?"

"그랬을지두 모르지요. 그런 여잔줄 알구 만났으니까."

"앞으룬 어떡하실 작정이신가요?"

"그러다가 싫어지는 때가 오겠지요. 안심하구 결혼하십시오."

"한 가지만 묻겠습니다. 전에는 혜나가 조 선생을 만나면서도 나 하구의 약속을 어기지 않았는데 최근에 와서 약속을 어기는 까닭은 무엇일까요?"

"나는 자주 현지 공장엘 가야 했습니다. 그러니까 혜나에게 자유시간이 많았지요. 요즘은 딴 사람을 보내게 되어 그렇지가 않지만……."

민구는 그 이상 더 물어 볼 것도 없었다. 다방을 뛰쳐나오고 말았다. 혜나에게 달려가서 따귀를 때려 주고 싶은 생각밖에 없었다. 그러나 그럴 필요를 느끼지 않았다.

남자를 남자로 사랑한 혜나가 아니다. 남자에 따르는 조건만을 사랑한 혜나다. 광표에 따르는 사업가라는 조건 그리고 자기에게 따르는 교수라는 조건 —— 그것들을 모두 버리기가 싫어 동시에 조건들만 사랑한 여자다. 따귀를 때린다고 해서 속이 시원해질 수가 없을 것이다.

그는 걷기를 시작했다. 소공동에서 서울역까지 걸었다. 서울역에서 한강까지. 무엇 때문에 걷는지를 모르면서도 그냥 걷는 것은 몸을 한 자리에 고정시킬 수가 없기 때문이었으니까.

노량진을 지나고 영등포를 지날 때 그는 자기가 어디까지 가는 것인가를 생각해 보았다. 생각이 나지 않았다. 어디까지든 가 보는 것이라고만 생각했다. 역사는 후퇴를 하는데…… 역사가 후퇴하니까 자기는 아무델 가도 마찬가지라고 생각했다.

시흥에 이르렀을 때 날이 어둡고 별이 보이기 시작했다.

해가 뜨거나 별이 뜨거나 하늘은 하늘이었다. 역사가 후퇴해도 세상에는 사람들이 살고 있을 것이다.

다리가 피곤해 오기 시작했다. 안양을 지날 때 거기에 여관이 있다는 것을 생각했다. 그러나 잠자리를 정하고 잘 수 있을 것 같지가 않았다. 트럭, 지프차, 버스, 합승이 소리를 내며 옆을 달려갔다. 다리가 아파 오는 것 같았다. 그래도 걸었다. 마치 걷는 것만이 자기가 할 수 있는 일인 것처럼.

"혜나, 잘 살아라. 그래도 나는 죽지 않을 거다."

그는 혼자 중얼거려 본다. 지칠 대로 지쳐 걸으면서도 그는 자기가 죽으리란 생각을 안 한 것이다.

"소각한 비자를 분실한 것처럼 해서 재발행을 신청할 수는 없을까?" 하고 자기의 나갈 구멍을 뚫어 보려 했다.

그때 동이 트기 시작했다. 수원이 멀리 희미하게 보였다. 사지가 떨어져 나갈 듯 피곤해 오는데…….

(원)《여상》 1966. 9.

백색의 고독

허리 아래가 온통 담요로 싸인 채 인재(權仁在)의 등에 업혀 있는 선미 (姜鮮美)는 담요를 통해 느껴지는 인재의 체온을 음미하는 것이었다. 남보 기가 부끄러워 머플러 쓴 얼굴을 인재의 등에 파묻고 겨우 느껴질 정도인 남자의 그 체온이 싫지 않은 것이라고 생각했다. 싫지 않은 것이 아니라 솔 직히 말해서 담요를 통하지 않고 직접 느껴 보고 싶은 충동을 줄 만큼 감미 로운 것이었다.

남자의 체온을 감미롭게 느낄 수 있다면 나는 결혼할 자격이 있지 않을 까?

선미는 인재가 장차 자기에게 결혼을 신청하리라는 것을 생각해 본 적이 있다. 동시에 인재가 결혼을 요구할 경우에는 두말을 못하게 거절할 것도 생각했었다. 그러나 지금 인재의 체온을 감미롭게 느끼는 순간 그미는 인재 의 요구를 일언지하에 거절할 성질의 것이 아니라고 생각했다. 비록 하체가 불구라도 인재가 육체적 요구를 할 때 그에 응해 줄 만한 생리적 조건이 마 련되어 있다면 뒷일이 어떻게 되든 부부생활을 계속해 나갈 수는 있다.

열 관이 될까 말까한 체중이지만 이백 미터 이상을 업고 왔으니 인재의 손에 힘이 빠졌을 것이다. 걸음을 멈추고 선미의 몸을 추켜올렸다. 선미는 두 팔에 힘을 주어 인재의 목을 잡아 눌렀다. 순간 몸이 추켜올랐고 두 손이 인재의 가슴께로 내려갔다. 그리고 가슴께로 내려간 두 손이 인재의 젖가슴을 눌렀다. 풍성한 여자의 그것과는 달랐지만 무엇인가 손에 닿는 것이 있는 것 같았다. 닿는 것 같은 물체의 감촉이 또 불쾌하지 않음을 느꼈다.

역시 나의 육체적 생리는 갖출 것을 갖추고 있는 모양이다.

선미는 자기의 일이면서도 스스로 놀랐다. 이때까지 생리적 조건에까지 결함이 있는 줄로만 믿고 있었다. 그런 만큼 자기가 백 퍼센트 불완전한 육체의 소유자가 아니란 것을 지금 처음으로 깨달은 것이다.

절망만 안 해도 좋다고 선미는 생각했다. 이때까지 어떻게 하면 빨리 죽을 수 있을까만을 궁리해 오던 것이 전적으로 좋은 것이 아니었다는 것까지도.

조금은 살 자격이 있구나.

선미는 부끄러워 인재의 등에 파묻고만 있던 고개를 들었다. 그리고 거리를 살펴보았다. 오가는 사람들의 얼굴을 바라보기도 했다. 조금만이라도 살 자격이 있다는 마음이 세상을 대하는 눈에 자신을 주었던 것이다.

밀차(휠체어)를 사 달라고 하자. 그것을 타고 거리에 나다니기도 하고 교회당에도 다니자. 완강하게 거절해 오던 것을 사 달라고 하면 인재가 깜짝 놀랄지 모른다. 놀란다는 것은 기뻐한다는 뜻이다. 기쁘게 해 주자. 내가 조금쯤 살 자격이 있다고 생각하는 것과 인재가 기뻐하는 것과는 약간 상관이 있을지 모른다. 기뻐할 줄 알면서 기쁘게 해 준다는 것은 그의 온정을 거부해 오던 자기의 속마음을 문 열어 놓는 것이 되니까 말이다. 그렇지만 그를 기쁘게 하기 위해서 그의 말을 받아들이는 것은 아니다. 사 주겠다는 밀차를 받겠다는 것이 단지 그를 기쁘게 해 주겠다는 목적에서가 아닌 이상 그의 기쁨은 그만의 것이다. 나와 아무 상관없는, 설사 그에게 한 번 기쁨을 준다고 해서 계속해서 기쁨을 줘야 할 의무는 없다. 내게 결혼할 생리적 여건이 갖추어졌다고 해서 그와 결혼한다는 것은 아니다.

"다 왔어."

교회당 앞에 이르렀을 때 인재가 말했다. 가장 힘든 관문을 앞두고 선미의 반응을 보려는 눈치였다.

"알아요."

선미는 아무런 반발도 일으키지 않을 것을 밝혔다.

교회당에 가자고 인재가 권유할 때마다 선미는 오직,

"싫어요."

한 마디로 반발해 왔다. 그것은 교회가 싫어서가 아니었다. 어른이 된 여자가 남자의 등에 업혀 거리를 지나간다는 것이 하나의 고행으로 생각되었다. 그리고 아무리 종교적인 생활을 하는 사람들만이 모이는 교회당이라 해도 자기가 갈 곳이 못 된다는 생각을 했던 것이다. 그미는 성경을 몇 번이고 읽었다. 그리고 성경에 나오는 교리와 기독교의 진리에 많은 공감도 가지고 있다. 그러나 사람이 싫었다. 사람의 눈이 싫었던 것이다.

그런 선미를 알고 있기 때문에 인재는 교회당 앞까지 왔으나 과연 교회당 안에까지 들어갈 것인가에 대해 의아심을 품었을 것이다.

선미가 순순히 교회당 안까지 들어갈 뜻을 밝혔는데도 인재는,

"모두들 반가이 맞이해 줄 거야."

하고 선미를 안심시키려 했다.

"아무래두 좋아요."

선미는 또렷한 말씨로 대답했다. 사람들의 시선이 싫었지만 지금 그 시선을 두려워하지 않을 만큼 신앙심을 가져 보겠다는 결심이 크기 때문이었다.

하나님 앞에 모든 사람은 꼭 같은 자식이라는 성경 말이 진리라면 하나님은 불구자라고 해서 자기를 백안시하지 않을 것 같았다. 하나님만이 자기를 백안시하지 않는다면 세상사람들이야 어떤 눈으로 보든 상관할 필요가 없다. 교회당에 다니면서 하나님에 대한 신앙심만 굳게 가진다면 죽어야 한다는 생각을 가질 필요가 없게 될지도 모른다.

더구나 교회당에 오는 도중 생리적 조건이 갖춰져 있다는 사실을 안 뒤에 일어난 마음의 변화는 사람을 두려워하지 않게 만들기도 했다.

교회당 안에 들어가자 인재가 나무로 만든 긴 걸상 위에 선미를 내려놓았다.

선미는 우선 인재의 팔이 아팠으리라는 것을 느꼈다. 언젠가 아버지 등에 업히어 병원에서 돌아오던 때 일이 기억났다. 죽은 줄만 알았던 자기가 병

원에서 눈을 떴다. 병원에서 퇴원할 때 아버지가 그미를 업고 집으로 돌아왔다. 집에 이르자 아버지는 선미를 눕히고 방바닥에 뒹굴었다. 기운도 없는데 왜 나를 업고 다니며 살려 놨을까 하고 아버지를 원망했다. 원망 정도가 아니었다. 진심으로 죽고 싶어하는 사람을 살리는 것은 그 사람을 고문으로 괴롭힌 뒤 총살하려는 것이나 마찬가지의 일이다. 선미는 아버지가 미웠던 것이다.

그런데 선미를 내려놓고도 여력이 있는지 인재가,

"교회당이 크지?"

하고 사방을 둘러보며 설명할 때 선미는 인재가 믿음직스럽게 생각됐다. 총칼을 가지고 죽이려 덤벼드는 사람이 있다 해도 인재 옆에 있기만 하면 무서울 것이 없을 것 같았다.

선미는 사람들의 시선이 자기에게 집중되고 있음을 알았지만 그것을 두려워하지 않았다. 아무 두려움 없이 교회당 안을 둘러보았다. 이삼백 명이 앉을 수 있는 넓은 집이었다. 아무 장식도 없는 실내가 약간 쓸쓸해 보였지만 맨 앞 강단 한편 벽에 붙어 있는 예수의 초상화와 설교대 정면에 부각된 십자가를 볼 때 그미는 성경에서 문둥병자와 거지들에게까지 따뜻한 손길을 주고 그들의 병을 고쳐 주던 예수의 모습이 연상되었다. 인간을 차별하지 않고 누구에게나 따뜻하게 대해 주었으며 나중에는 인간들을 위하여 자기가 못박힐 십자가를 자기 어깨에 메고 경멸과 조소에 가득 찬 군중 사이를 걸어갔다. 만약 예수가 지금도 살아 있다면 기적으로 눈먼 사람의 눈을 뜨게 할 것이고 앉은뱅이를 일어서게 할 것이다. 지금 살아 있지는 않지만 지극히 높은 곳에서 나를 내려다보고 있을 것이다. 그리고 처음으로 교회당에 나온 나를 미소로써 반겨 주고 있을 것이다.

선미는 처음으로 자기가 고독하지 않다는 것을 느꼈다. 그리고 고독하지 않아도 좋다는 생각을 했다.

여섯 살 때 소아마비로 두 다리를 못 쓰게 된 이래 몸에서 한시도 떠나지 않았던 고독이었다. 자면서 꾸는 꿈에서까지 고독을 느껴야 했던 것이다. 좀더 살았다면 하고 일찍 죽은 어머니를 그리워하는 마음은 꿈 속에서도 어머니를 못 잊었다. 꿈 속에 나타난 어머니는 언제나 울기만 했다. 다리를 고쳐 줄 생각은 않고 절망에 찬 눈으로 바라보기만 하다가는 혼자서 우는 것이었다.

꿈에서까지 고독을 느껴야 하는 선미는 그래서 죽음만을 생각했었다. 죽음만이 고독에서 해방되는 길이라 생각했던 것이다. 그러나 인자한 눈으로 미소를 지으며 위에서 내려다볼 예수의 얼굴을 생각할 때 그미는 앞으로 고독하지 않아도 좋을 것 같았다. 예수가 현세에 살아 있지 않으니 자기 앞에 나타나서 기적을 보여 주지는 않을 것이다. 기적으로 병을 고쳐 주지는 않는다고 해도 권위 있고 힘이 있는 말로 고독하지 않아도 좋다는 말을 해 줄 것이 아닌가?

"말씀하시던 그분이시군요."

전도부인인 듯한 여자가 가까이 와서 선미를 보며 인재에게 말했다.

"네."

인재의 대답에 전도부인 같은 여자가 선미의 손을 덥석 잡으며,

"잘 오셨어요. 하나님께서 힘을 주실 테니까 하나님을 의지하고 사십시다."

하고 선미에게 말했다.

"하나님이 보실 때는 모두가 다 불쌍한 사람입니다. 불쌍하지 않은 사람이 없습니다. 그렇지만 하나님을 믿고 의지하면 누구나 하나님의 귀여운 아들딸이 될 수 있습니다."

전도부인이 설교를 했다. 그리 듣기 싫은 설교가 아니었다. 만약 자기가 정말 고독을 느끼지 않게 될 수만 있다면 열심히 교회에 나올 마음이 있었기 때문인지 몰랐다.

전도부인이 옆에 와서 이야기하고 가는 동안 앞줄에 앉은 사람들이 자기를 뒤돌아보았다. 모두 신기한 것을 보는 눈이었다. 그래도 선미는 그 눈들이 자기를 경멸하고 조소하는 것이라고는 느끼지 않았다.

예배시간이 가까워 오자 인재가 그미에게 성경과 찬송가를 주고 성가대가 앉아 있는 앞자리로 갔다. 그러나 성가대원인 남자와 여자 한 명씩을 데

리고 다시 선미에게로 와서 그들을 소개해 주었다. 모두 반가워하는 얼굴로 인사를 해 주었다.

곧 예배가 시작되었다. 찬송가를 부르고 기도를 드리고 목사의 설교가 있었다. 예배를 드리는 신자들은 모두가 열성적이었다. 찬송가를 드높게 불렀고 기도가 끝날 때는 감격에 찬 목소리로 아멘 하고 끝맺었다. 목사의 설교 때에는 열중한 태도로 설교를 경청했다. 하나님을 믿는 사람들은 어딘가 다른 데가 있는 것 같았다.

예배가 끝나자 인재는 목사를 데리고 와서 소개를 시켰다. 목사는 인자한 손으로 선미의 등을 쓸어 주며 진심으로 하나님을 가까이하라고 말했다.

인재에게 업혀 교회당을 나설 때는 전도부인이 와서 오버를 씌워 주며 교회당 밖까지 따라나왔다. 그리고는 다음 주일에도 꼭 나오라고 간곡한 부탁을 했다.

"네, 나오겠어요."

선미는 주저하지 않고 대답했다. 그리고 교회당 구역을 나와 거리를 지나갈 때 군중 속에 끼일 수 있는 자기를 생각하며 마음 흡족함을 느꼈다. 군중 속에 끼여 군중의 일원이 되어 산다는 것은 절대로 외로운 일이 아니란 생각을 했다.

그런 생각을 하며 그미는 자기를 업고 있는 인재 뒷덜미에 입을 대 봤다. 일부러가 아니라 목을 돌리는 척하면서 그래 봤다. 감미로운 감촉을 느꼈다. 남성에게서 느끼는 감촉이 그런 것이라는 것을 처음 맛보는 그미는 남성을 좋아하는 여성들의 마음을 알 수 있을 듯했다.

"나, 밀차(휠체어) 사 주시겠어요?"

그미는 별로 생각도 없이 이런 말을 했다. 과일 이외의 어떤 물건도 거절해 오던 그미가 갑자기 그런 요구를 한다는 것은 그미의 심경이 돌변한 것을 말하는 것이다.

"정말?"

몇 번이나 사 주겠다고 자청했지만 이때까지 거절하기만 하던 선미였다. 뜻하지 않은 장소에서 불쑥 이야기하는 그미의 말이 의아스러웠던지 인재는 반문을 했다.

 "밀차를 타고 교회당엘 다니겠어요."

 "내일루라두 사죠."

 이 말을 하는 인재는 춤이라도 추듯이 엉덩이를 들썩이며 걸었다.

 인재는 신앙심이 돈독한 견실한 청년이다. 선미의 동생 나미와 동급생인 자기 누이동생에게서 선미의 이야기를 듣자 혼자서 선미를 찾아와 선미를 위해 자기 진심을 바쳐 온 지 넉 달째가 되는 것이지만 선미를 고독 속에서 구해 내겠다는 일념은 한 번도 변해 본 적이 없었다.

 선미에게 조그마한 즐거움이라도 주어 그것으로 고독을 덜고 삶의 의욕을 느끼게 해 주고 싶은 것이 그의 소원이었다.

 그래서 밀차를 사 주어 그미가 외부 세계와 접촉할 기회를 만들어 주려 했다. 외부 세계와 접촉을 하고 생활의 대열 속에 참가하면 고독감을 줄일 수 있으리라는 생각이었던 것이다. 그리고 옷이라든가 여자의 액세서리들을 사 주어 마음의 여유를 갖도록 하려 했으나 선미는 사 가지고 간 물건도 완강히 거절하고 받지를 않았었다. 그러던 선미가 지금 자기가 솔선해서 밀차를 사 달라고 한다. 인재는 선미를 고독 속에서 완전히 건져 내기라도 한 것 같은 기쁨을 느꼈다. 그래서 그는

 '주여, 선미의 마음이 변하지 않게 하옵소서 —.'

하고 속으로 기도를 드렸다.

 조그만 셋방인 선미의 집으로 가자 인재는 그미의 아버지도 그리고 그미의 동생도 없는 것을 보고,

 "점심을 먹어야지?"

하고는 부엌으로 나가려 했다. 자기 손으로 밥상을 차려다 주려는 것이었다. 자기가 차려다 주지 않으면 선미가 점심을 굶을 것 같았기 때문이었다. 그런데,

 "안 먹어요."

 선미가 신경질적으로 말했다. 배가 고프지 않은 것이 아니었다. 부엌이라야 비바람을 막게 거적을 친 정도의 것이었다. 그것을 인재에게 보이기가

싫었던 것이다. 그러나 인재는 그러한 선미의 속을 모르고,

"점심을 안 먹으면 어떡해?"

하고 그미가 배고플 것만을 걱정했다.

"배 안 고파요."

"배가 안 고프다니? 나두 고픈데?"

"권 선생님이나 빨리 가서 잡숴요."

선미의 목소리는 앙칼졌다. 그래도 인재의 귀에는 못마땅하게 들리지가 않았다. 자기도 점심을 먹어야 할 때라는 것만 생각했다.

"잠깐 나갔다 올게."

인재가 밖으로 뛰어나갔으나 선미는 무엇 때문에 나가느냐고 묻지도 않았다.

인재는 근처에 있는 중국음식점으로 가서 자장면 두 그릇과 잡채 한 그릇을 시켜 배달해 달라고 부탁했다. 그리고는 선미에게로 돌아와 오뚝이처럼 앉아 있는 그미에게,

"교회당엘 자주 나가면 하나님이 계시다는 것을 깨닫게 됩니다. 그리고 인간의 육체가 아무것두 아니란 것을 깨닫게 됩니다. 가장 귀한 것은 정신이요, 가장 존귀한 것은 영원한 것임을 알게 될 겁니다. 육체는 죽어 썩는 것이지만 썩지 않는 것은 영혼뿐입니다. 선미 씨는 깨끗한 영혼을 가진 데 긍지를 가지고 살 수가 있습니다."

하고 교회당에 다님으로 얻을 수 있는 정신적 양식에 대해 설명했다. 그것은 몇 번이나 한 이야긴지 모른다. 그렇지만 처음으로 교회당에 갔던 만큼 한 번 더 하지 않을 수 없는 말이었다. 그런데 교회당에 갔다 온 것을 만족하게 생각하고 있는 줄 알았던 선미가,

"다 알구 있는 거예요. 그만 하세요."

화난 듯이 말했다. 그리고는,

"어딜 갔다 왔어요?"

하고 따졌다.

"네, 중국집에 가서 점심을 시켰어요. 자장면 잡수시겠지?"

"나 그런 거 안 먹어요. 누가 중국음식 먹는댔어요?"

"그럼 가서 취소할까? 아무거나 먹을 줄 알았지. 다른 걸루 시켜 올게요."

"아무것두 싫어요."

선미는 자기에게 아무 의논도 없이 중국음식 시킨 인재가 불만스러웠던 것이다. 선미는 불구자일 뿐 아니라 집안이 가난하다. 아버지가 어떤 회사의 수위로 있으면서 벌어들이는 돈으로 세 식구가 겨우 연명하는 형편이다. 그렇기 때문에 인재는 가난한 자기니까 아무것이나 다 먹으려니 생각하고 의논도 없이 중국음식을 시킨 것이다. 말하자면 자기를 무시한 것이다. 그러한 선미의 마음을 알 까닭이 없다.

"그럼 어떡헐까요?"

"가서 취소시키세요."

자기를 무시하면서 사다 주는 음식은 먹을 수가 없었다.

"그럼 다른 거라도 시켜 와야 하지 않습니까?"

"아무것두 싫다니까요. 안 먹어요."

끝까지 신경질을 내는 선미였다. 인재는 어리둥절해서 어쩔 줄을 몰라하다가 밖으로 나갔다. 중국요리집까지 가서 주문했던 음식을 취소하려 했으나 음식점에서는 말을 듣지 않았다. 다 만들어 놓은 것을 이제 취소할 수가 없다는 것이었다. 인재는 할 수 없다고 생각했다. 주문한 음식을 그대로 배달해 달라고 한 뒤 식료품 상점에 들러 빵 몇 개를 샀다. 아무것도 안 먹겠다는 것은 히스테리에서 온 발작이라고밖에 해석할 수가 없었다. 불구자의 신경은 보통 사람으로는 이해할 수 없는 기묘한 것이다. 그것을 상대로 싸워서는 안 된다. 신경질을 부려도 역시 배는 고플 테니까 빵이라도 사다 줘야겠다는 생각이었다.

빵을 들고 들어가,

"빵입니다. 아무거라두 좀 먹어야 할 거 아닙니까?"

하고 그것을 내밀었을 때 선미는 빵을 받아 방바닥에 내던졌다.

"누가 이런 것 먹겠다구 그랬어요?"

인재는 어이가 없었다. 그러나,

"음식을 내던지는 법두 있어요?"

하고 빵을 싼 종이 봉지를 한편 구석에 놓았다. 정말 알 수가 없는 일이었다. 인재는 혼자 가만히 있게 하는 수밖에 없다고 생각했다. 혼자 내버려 두면 스스로 지쳐 안 먹는다던 것도 먹게 될지 모른다는 생각에 얼마 뒤 배달해 온 중국요리까지 방 안에 놔 두고 그 집을 나왔다.

그 집을 나와 자기 집으로 돌아가는 도중 인재는 그미의 신경질이 불구에서 오는 것이라 생각했다. 아무것도 아닌데도 신경질을 내는 병적인 성격이 굳어져 버렸다. 죄는 오직 불구에 있는 것이다. 그러한 선미를 구원할 수 있는 길은 그녀에게 신앙심을 주는 것과 그리고 변함없는 자기의 사랑을 주는 것뿐이라고 생각했다. 변함없는 사랑을 준다면 신앙심을 갖게도 할 수 있고 또 성격도 고칠 수 있다고 생각했다.

인재가 돌아간 뒤 얼마 동안 선미는 혼자서 울었다. 그러나 얼마 안 있어 인재는 자기의 무엇을 보고 자기를 위해 진심을 바치는 것일까 하고 생각했다. 보잘것이라곤 하나도 없는 여자다. 게다가 신경질까지 부린다. 그런데도 왜 화내는 일도 없을까? 정말 알 수가 없는 일이다. 인재는 집도 넉넉하다. 대학을 졸업하고 지금은 적십자사에 취직해서 월급도 받고 있다. 마음에 맞는 여자를 얼마든지 골라 잡을 수도 있을 것이다.

언젠가 왜 결혼을 안 하느냐고 물었을 때 그는 때가 오면 할 것이라고 대답했다. 그러니 결혼을 안 하고 독신으로 살 생각은 아닌 모양이었다. 그런데 무엇 때문에 자기에게 열심일까? 정말 인재는 선미에게 열심이었다.

며칠 전 눈이 쏟아지는 밤이었다. 라디오에서 흘러나오는 음악이 좋았다. 선미가 가장 좋아하는 '별은 빛나고'도 나왔다. 그러나 라디오에서는 같은 음악을 두 번 거듭 들려 주는 법이 없다. 선미는 '별은 빛나고'를 몇 번이고 듣고 싶었다. 그것을 알아 챈 인재가 암말 않고 자기 집으로 가 휴대용 전축과 그 레코드를 가져다가 들려 주었다. 눈을 맞으며 가깝지도 않은 집까지 갔다 온 것이었다.

언젠가는 사형수를 사랑해서 그 사형수와 결혼까지 했다는 일본 여자의 이야기를 했다. 그랬더니 다음 날로 그 여자가 쓴 수기를 사다 주었고 그 뒤로는 올 때마다 선미가 좋아할 만한 책을 가지고 왔다.

"선미 씨, 사람은 누구나 자기 불행이 세상에서 제일 큰 것이라고 생각하는 법입니다. 그리고 세상에서 자기가 가장 불행하다고 생각하는 사람이 얼마나 많은지 아십니까? 그렇지만 모두들 살고 있습니다. 불행해서 죽고 싶다고 하나씩 죽어 가면 세상에 남아 있을 사람은 몇 명도 안 될 겁니다."

선미가 두 번이나 자살하려고 했다는 것을 안 뒤부터 언제나 삶의 존엄성을 그리고 죽음의 비열성을 이야기해 주고 있는 인재다. 무엇 때문에 자기에게 그렇게도 관심을 모으고 있으며 또 열성적일까?

아무리 생각해도 알 수 없는 일이었다. 알 수는 없으면서도 그렇게 열심인 인재에게 신경질을 부린 것이 퍽 미안하게 생각되었다. 다음부터는 신경질을 부리지 말아야겠다는 생각을 했다. 그래서 그미는 방바닥에 내던졌던 빵을 집어먹기 시작했다. 맛이야 어쨌든 그것을 먹음으로 인재에 대한 미안감이 덜어질 것 같았다.

다음 날 오후 선미가 혼자 있을 때 인재가 밀차를 사 가지고 선미를 찾아왔다.

어제 교회당에 가면서 한 마디 한 말을 인재는 잊지 않고 실행한 것이다. 선미는 방 안에 들여다 놓은 밀차를 타 보았다. 그리고 손으로 바퀴를 밀며 방 안을 돌았다.

'이제는 세상을 보면서 살겠구나.'

선미는 혼자서 중얼거렸다. 남의 힘을 빌리지 않고 내 손으로 나를 끌고 세상에 나갈 수가 있지 않은가?

밀차를 타고 다니는 상이군인이 많다지. 싸우다가 다리를 잃은 사람이나 앓다가 다리를 못 쓰는 사람이나 다리를 못 쓰기는 매일반이다. 부끄러워할 일이 없다.

선미는,

"어제 그 빵 다 먹었어요."

밀차 사다 준 인재에게 밀차를 사다 줘 고맙다는 말 대신 어제 사다 준

빵을 먹었다는 말을 했다. 그리고 중국음식은 아버지와 동생이 돌아온 뒤 같이 나눠 먹었다는 말도 했다.

인재는 먹어 준 것이 고맙다고 만족해했다.

"좀 나가요."

선미는 밀차를 타고 밖에 나가고 싶었다. 눈이 왔으면 더욱 좋겠다고 생각하면서.

"나갑시다."

인재는 선미에게 외투를 씌워 주었다. 그리고는 밀차를 밀고 밖으로 나갔다.

선미는 자기 발로 걸어서 나가는 것 같은 느낌이었다. 그래도 인재에게 고맙다는 말을 못했다. 입으로 고맙다는 말을 하는 것이 비굴한 것 같았던 것이다. 그 대신,

"얼마 주셨어요?"

밀차의 값을 물었다.

"비싸지 않아요. 국산인걸."

"그래두 말해 보세요."

선미는 그것이 알고 싶었다. 필연 비쌀 것이다. 얼마나 비싼 것인지 그걸 알아야 인재에게 고마운 마음을 더욱 크게 가질 수 있었던 것이다.

"얼마 안 된다니까요."

"그래두 말해 보시라니까."

선미의 말이 신경질에 가까웠다. 그래서 인재는,

"한 이만 원 줬어요."

인재는 말하기 싫던 것을 말하고야 말았다.

이만 원, 이만 원이면 아버지의 몇 달 분 월급인가?

눈은 내리지 않았다. 그래도 선미는,

"남산공원에 올라가요."

하고 떼쓰듯 말했다. 인재는 그러는 선미가 좋은지,

"앞으로 남한 일주를 합시다."

하며 밀차를 밀었다.

"정말 이제는 아무데라두 갈 수 있을 것 같아요. 못 갈 데가 어디 있어요?"

남산에 올라가 서울 장안을 내려다보았다. 웬 집이 그렇게 많을까? 그 많은 집 속에 사람들이 그득그득 살고 있겠지?

그래도 선미는 자유롭게 활동하며 살고 있는 사람들이 그렇게 부러운 줄을 몰랐다.

"평생 선미 씨 옆에서 시중을 들며 살구 싶습니다."

선미의 기분이 절정에 달한 것을 알았는지 인재가 불쑥 이런 말을 했다.

"권 선생님은 딴 일을 전혀 못하시게요?"

선미는 인재의 말을 짐작하면서도 불쾌해지지가 않았다.

"이보다 더 큰 일이 어디 있습니까?"

"제가 바랄 수 없는 일인 걸요."

"내 진실된 소원입니다. 선미 씨와 결혼하구 싶습니다."

"불구자와 결혼하시면 선생님이 불구자보다 더 불행해지실 텐데요."

"천만에요. 둘이가 다 행복해집니다."

"전 그런 거 생각해 본 일 없어요."

그래도 선미는 자기가 결혼할 수 없다는 말은 안 했다. 어제 인재에게 업혔을 때 자기가 생리적 조건을 구비했다고 느끼던 일을 회상하면서.

"결혼하십시다. 그래서 선미 씨를 행복하게 해 드리구 싶습니다."

"제가 행복해질 수가 있을까요?"

"사랑을 느끼면 누구나 행복해질 수 있습니다."

"사랑을 순수하게 받아들일 수 있는 사람은 행복할 거예요."

"그럼 선미 씨는 사랑을 받아들일 수가 없다는 겁니까?"

"그런 것 같아요."

"진실된 사랑은 누구나 받아들이게 되는 겁니다. 내가 그렇게 만들어 보겠습니다."

"사랑은 그리움과 의탁하고 싶은 마음이 있을 때 우러나는 것이라구 생각해요. 저한테야 그런 것이 있어야지요?"

"천만에요. 선천적으로 누구나 가지고 있는 감정입니다."

"선천적인 감정이 후천적인 조건으로 말살되는 수도 있잖아요?"

"그건 마음의 고갈 때문입니다. 사랑을 느끼지 않기 때문입니다."

"어쨌든 권 선생님이 불행해질 일은 생각지 말두룩 하세요."

"절대루 불행해지지 않습니다. 하나님까지 기쁘게 해 드릴 수 있는 행복을 느낄 겁니다. 곧 결혼을 하십시다."

"저 같은 여자가 결혼했다는 말 들어 본 일 있으세요?"

"없어두 좋습니다. 없는 일을 하면 하나님이 더욱 기뻐하실 겁니다."

선미는 차마 마음대로 하라는 말을 할 수 없었다. 속으로는 인재와 결혼함으로 자기가 덜 고독할 것 같고 죽음을 생각 안 하며 살게 될 것 같았다. 그러나 인재의 말에 쉽게 대답할 수는 없었다. 몇 번 거듭 조르면 마지못해 응하는 척할 수는 있을 것 같았다. 그래서 이야기를 중단시키고,

"이젠 돌아가요."

하고 말했다.

"추우신가요?"

"아, 아니요."

그래도 인재는 자기 외투를 벗어 선미의 등을 감싸 주었다.

며칠 뒤 선미는 계속해서 조르는 인재의 청을 받아들였다.

'이런 건 죽지나 않구……'

결혼을 승낙하던 날 선미는 돌아가신 어머니의 말을 기억했다. 살아서 남 좋은 일은 물론 자기 자신도 즐거움이 없을 바에야 차라리 일찍 죽는 편이 좋을 것이라는 어머니의 짜증스런 말이었다. 여덟 살 났을 때 들은 말이었지만 선미는 그 말을 한 번도 잊어버린 일이 없었다. 그래서 두 번이나 약을 먹기까지 했었다.

그런데 지금 결혼을 하게 되었다. 남 좋은 일도 할 수 있고 자기도 즐거운 생활을 할 수 있게 되었다.

그래도 선미는 그 말을 한 어머니가 저주스러운 것처럼 생각되지는 않았다. 그 말은 아직도 살아 있고 아직도 거역할 수 없는 진리를 가지고 있는 것처럼 느껴졌다. 그것은 옆에서 보고 있는 아버지와 동생이 기뻐하는 만큼 자기가 기뻐지지 않았기 때문이었다. 행복의 문을 두드리기 위해 결혼을 하는 것이 아니라 새로운 시련을 맞기 위해 결혼하는 것 같은 마음이 들었기 때문이었다.

결혼식을 거행한다고 해도 남들처럼 행진곡에 맞춰 식장을 행진할 수도 없다. 남들처럼 신혼여행을 갈 것도 아니다. 시집 가족들의 경멸어린 시선을 피하며 방구석에 숨어서 살아야 할 것이다.

그래도 인재의 애정으로 모든 것을 덮어 버리고 살 수가 있지 않을까 하는 막연한 생각에 남들이 다 하는 그 결혼을 한 번 해 보는 것이란 생각만을 했다.

그런데 하루는 동생 나미가,

"언니, 형부한테 한 번 말해 봐."

애교 있는 웃음을 웃으며 선미 가까이로 바싹 다가앉았다.

"무슨 말?"

선미는 나미의 마음을 짐작하면서도 물었다.

"내 학비 말야."

역시 그 말이었다. 그러나 선미는,

"네 등록금은 다 냈지 않니?"

하고 모르는 척 말했다.

"누가 고등학교 학비 말해? 대학교에 입학하면 그때 학비 말이지."

나미가 구체적으로 말할 때 선미는 등골이 싸늘해짐을 느꼈다. 나미의 심정은 알고도 남음이 있다. 나미의 심정뿐 아니라 선미도 할 수만 있다면 나미를 대학에 진학시키고 싶다. 더구나 국민학교도 다니지 못한 자기를 생각할 때 나미만은 어떻게 해서든지 대학에 보내고 싶었던 것이다.

그러나 그것을 어떻게 인재에게 말할 수가 있을 것인가? 자기도 동등한 입장에서 인재와 결혼을 하는 것이 아니라, 인재의 특별한 인정에 팔려 가는 것이다. 팔려 가는 것은 아니라 해도 묻혀 가는 것이다. 그의 인정에 매달려 간들간들 흔들리며 결혼이라는 것을 맛보는 것이다. 그런 자기가 결혼을 승낙한지 며칠도 안 지나 동생의 학비 문제를 내놓을 수 있을 것인가? 간들간들 매달린 몸이 떨어질까 두려워서가 아니다. 결혼해 주는 것만도 고맙게 생각해야 할 인재에게 물질적인 보조를 구함으로 부담을 크게 할 수 없다는 생각 때문도 아니었다. 병신이 돈맛까지 안다는 말로 경멸을 받고 싶지가 않았던 것이다. 인재는 이해해 줄지 모른다. 그러나 그의 부모는 반드시 선미를 타기할 여자라고 생각할 것이다.

선미는 그런 생각을 하면서도 그것을 나미에게 말할 수 없었다. 단순히 경멸받기가 싫어서라고 하면 나미에 대한 성의가 부족하다는 말을 들을 것이 아닌가?

"결혼식도 하기 전에 쫓겨나게."

마치 결혼 못하게 될 것이 겁나는 듯이 말했다. 나미는 입을 열지 못했다. 그럴싸한 말이었던 것이다. 불구인 언니가 두 번 없을 기회를 얻었는데 그것을 놓치게 할 수는 없었을 것이다.

아무 말도 못하고 시무룩하게 앉아 있는 나미를 보자 선미는 그미가 측은해 보였다. 대학교에 갈 가망이 없으면서도 입학시험 준비를 하고 있다. 아버지가 보기 딱해서 걱정을 해도,

"아르바이트 해서라두 학교에 다녀요."

하며 밤을 새우다시피 공부를 해 오고 있다. 의과나 약학과를 지망하는 것도 아니었다. 졸업해야 써먹을 데도 없는 불문과를 지망하고 있다. 그 지망하는 과에 대해서 선미는 찬성할 수가 없었기 때문에 고집을 피우며 입시준비를 하는 나미가 더욱 딱했다. 딱한 마음이 들면서도 그 열성에 고개가 수그러지기도 했다.

'결혼한 뒤라면……'

선미는 자기가 결혼한 뒤라면 인재에게 이야기해서 학비쯤 내줄 수 있지 않을까 생각했다. 그러나 금시 그것도 안 될 일이라고 부정했다. 버림을 받고 살아 온 목숨이다. 버림받은 목숨을 인재가 구원해 준 것이다. 자기를 구

원해 준 사람에게 비굴한 행동을 할 수가 있겠는가? 도저히 있을 수 없다고 생각했다. 차라리 죽어 버리는 한이 있다고 해도 비겁해질 수는 없다. 버림을 받은 목숨에 오점을 남기고 죽어 갈 수는 없다.

"나미야. 나 같은 여자가 돈 벌 일은 없니?"

가능만 하다면 자기가 돈을 벌어 나미의 학비를 대 주고 싶었다. 그러나 나미가,

"그만둬요. 누가 언니보구?"

하며 휙 돌아앉았다. 그리고는 부엌으로 나가 저녁을 짓기 시작했다.

선미는 울었다. 학교에 다니면서도 주부처럼 살림을 맡아 보고 있는 나미다. 살림뿐 아니라 기동을 못하는 자기 시중까지 들어 주고 있다. 그러면서도 오직 하나의 소망인 대학입학을 보장받지 못하고 있다. 비록 불구자지만 언니인 자기는 동생의 소망을 풀어 주는 데 조금의 힘도 되지 못한다. 인재에게 말하면 해결될 수 있을지도 모르는 일을 자기 자존심 때문에 입도 열 생각을 못하고 있는 자기.

'결국 나는 나만을 위해 살아 왔다.'

이런 생각이 들며 선미는 더욱 슬퍼졌다. 남을 위해서 한 일이라고는 털끝만큼도 없다. 남의 도움으로라야 바깥 구경이라도 할 수 있는 자기였다. 모든 사람에게 도움을 바랄 뿐 아무에게도 줄 것이 없는 자기.

아버지가 직장에서 돌아왔다. 새끼로 묶은 동태 한 마리가 그의 손에 잡혀 있었다. 동태를 든 손은 장갑이 없는 맨손이었다.

아버지를 보자 잠시 울음을 그쳤던 선미는 그의 손을 보고 다시 울기 시작했다.

"왜 또 그러니?"

아버지는 이제 신경질을 내지 않아도 좋게 되지 않았느냐는 눈으로 선미를 의아하게 보았다.

"아버지는 왜 부자가 못 됐어요?"

그 언 손을 슬프게 느낀 선미였지만 가슴 밑바닥에 치밀어오르는 역정을 막을 길이 없었다.

“못나서 그렇겠지.”

아버지는 선미의 이유 없는 신경질에도 화를 내지 않았다.

“왜 그렇게 못나셨어요?”

“누가 아니? 부모가 그렇게 만들어 준 것을…….”

선미는,

‘아버지는 왜 나를 이렇게 낳아 줬어요?’

하고 대들고 싶었다. 아버지가 자기의 못난 것을 부모의 탓이라고 한다면 자기는 아버지 몇 배로 아버지를 탓해야 한다고 생각했던 것이다. 그러나 차마 그 말을 못했다. 아버지가 자기 부모 탓을 하는 것은 자기가 선천적으로 그렇게 되어 먹었다는 것을 긍정하는 서글픈 태도였기 때문이었다. 무능하면서도 한 번도 엇나가지 않는 선량하기만 한 아버지. 어머니가 돌아가신 뒤 두 딸을 위해 재취할 생각도 못하고 오직 딸들만을 생각하며 사는 아버지.

“오늘은 인재가 안 왔었니?”

아버지는 인재가 오지 않아 선미가 신경질을 부리는 것이라고 생각했던 모양이다.

“매일 올까요?”

선미는 그래도 신경질을 멈추지 못했다. 그래도 아버지는 얼굴 하나 찡그리지 않고,

“이걸 끓여야겠는데…….”

하며 부엌으로 나갔다. 신경질을 받아야 할 아무 이유가 없는 아버지다. 그런데도 싫은 소리 한 마디 안 하고 부엌으로 나가는 것을 보자 선미는 또 울기 시작했다. 나는 왜 혼자서 신경질을 부리고 혼자서 울고 야단일까? 선미는 자기 자신의 일이지만 불가사의하게 생각되었다. 그러면서도 울음을 그치지 못했다.

세 번째 교회당에 나가는 날이었다. 인재가 하얀 털실로 짠 산뜻하면서도 깨끗한 목도리를 사 가지고 왔다. 그리고는 그것을 두르고 교회당엘 가자고

했다. 선미는 그런 고급품이 자기에게 어울리지 않는 것이라 생각했다. 그래서 인재의 호의를 고맙게 생각하면서도 그것을 두르려 하지 않았다. 그런데 인재는 자기의 뜻을 관철하고야 말려고 했다. 싫다는데도 어깨에 걸쳐주면서,

"거울을 봐요. 얼마나 멋있는가?"

했다. 그리고 거울을 가져다 주기까지 했다.

거울을 통해 멋진 목도리를 한 자기 모습을 보자 선미는 신경질적으로 그것을 벗어 방바닥에 내던졌다.

"싫다니까요. 미친년 같은 얼굴에 그런 게 무슨 소용이에요."

거울에 비친 자기 얼굴이 정말 보기 싫었다. 미장원에라고는 가 본 일이 없는 덥수룩한 머리 그리고 화장이라고는 해 본 적이 없는 거친 살결. 게다가 영양실조에 걸린 것처럼 삐쩍 마른 얼굴.

선미는 그래서 좀체로 거울을 보지 않지만 그 보기 싫은 얼굴에 고급 목도리가 정말 개발에 편자라는 말을 듣기에 꼭 알맞은 것 같았다.

"참 모를 일이군. 남한테 좀 예쁘게 보여서 손해날 것 있어?"

인재가 목도리를 주워 손으로 쓰다듬으며 혼잣말처럼 중얼거렸다.

선미는 그 말이 더욱 싫었다. 자기를 예쁘게 보이도록 하려는 인재의 마음이 순수하지 않다는 생각이 들었던 것이다. 인재와 결혼하게 된 자기를 남에게 예쁘게 보임으로 자기 만족을 얻으려는 마음. 이때까지 발견하지 못했던 인재의 불순성을 발견하자 선미는,

"나 교회당에 안 가요."

하고 울기 시작했다.

"왜 또 이럴까? 자, 울지 마."

인재는 선미를 달래면서 앞으로는 성가대원이 되도록 교섭했다는 말까지 했다. 그러니까 교회당엘 나가자는 것이었다.

"내가 악보나 볼 줄 알아요?"

선미는 성가대란 당치도 않은 말이라고 또 쏘아붙였다.

"따라서 부르기만 하면 되는 거야. 성가대원이 되면 교인들이 얼마나 우

러러볼 것인가 그걸 생각해 봐."

선미를 달래는 인재의 말이 또 선미의 비위를 거슬렸다.

불구자가 자기 다리로 서지도 못하고 밀차에 앉아 성가를 부르면 교인들이 자기를 주목할 것이 사실이다. 많은 사람들이 주목을 하게 하기 위해 자기를 성가대원으로 만들려는 인재의 마음이 또 불순하게 생각되었다. 교인들이 자기를 주목하며 병신이지만 신앙심이 두터운 여자라고 수군거릴 것이다. 그러면 인재는 불구자를 하나님의 딸로 만들었다는 자존심을 가질 것이다. 그리고 불구자지만 신앙심이 두터운 여자와 결혼했다는 만족감을 느낄 것이다. 그 만족감을 느끼기 위해 성가대원으로 만들려고 하는 인재는 절대로 순수한 사람이 아니다.

"정말 교회당엔 안 나가요."

선미는 고집을 부리기 시작했다.

"그럼 내 체면은 어떻게 되지?"

인재는 자기 체면을 보아서라도 교회에 나가 달라고 말했다. 그러나 선미는 그 말에 더욱 화가 났다.

"교회당이 체면을 위해 나가는 덴가요?"

이런 말을 하며 선미는 인재가 자기를 교회당에 데리고 다니는 이유를 생각했다. 자기의 신앙심의 영향력을 교인들에게 보이기 위한 행동.

"성가대엔 안 들어두 좋아. 그래두 교회엘 자주 나가서 세례를 받아야 약혼식두 하구 결혼식두 할 수 있잖아?"

결혼을 안 해도 좋다는 말을 하고 싶었으나 그 말만은 삼가야 할 것 같았다.

"세례를 안 받으면 안 되나요?"

"그렇게 되어 있어."

"세례는 어떻게 해야 받나요?"

"신앙심이 두텁구 교리문답에 통과해야 해."

"그럼 전 세례받을 자격이 없을 텐데요."

"그러니까 자주 교회당엘 나가자는 거 아냐?"

"아무리 자주 나가두 신앙심이 두터워질 것 같지가 않은 걸요."

"그럴 수가 있나? 하나님을 의지하게 되면 신앙심이 생기는 법이지……."

"하나님이 좋은 분이라는 건 알구 있어요. 그래두 그분을 의지하게 될 것 같지가 않아요."

"어째서 그런 말을 하지?"

"아무두 의지해 본 적이 없기 때문일 거예요. 누구를 의지한다는 것은 그만큼 살고 싶은 의욕이 강하기 때문이 아니겠어요?"

"그럼 선미는 아직 살고 싶은 의욕이 강하지 않다는 건가?"

"지금은 모르겠어요. 그렇지만 미래를 보장할 수가 없을 것 같아요."

"나두 의지하지 못하겠어?"

"글쎄요."

선미는 분명한 대답을 할 수가 없었다. 인재를 의지하고 살기는 살아야겠는데 그 의지하는 마음이 배신을 당할 때가 오고야 말 것 같은 의구심이 앞섰던 것이다.

"나를 의지해 줘. 나는 하나님에 대한 사명감을 가지고 선미를 사랑하는 거야. 하나님에 대한 사명감은 영원한 것이구. 그러니까 내 변함없을 사랑을 의지해 줘."

"그래야겠지요."

선미는 미온적으로 대답했다. 동시에 하나님에 대한 사명감으로 자기를 사랑한다는 인재의 사랑이 또 순수하지 못하다고 느꼈다. 그냥 사랑하고 싶어서 사랑하는 것이 아니다. 하나님에게 기쁨과 영광을 돌리기 위한 사랑이다. 그것이 설사 영원한 것이라 해도 선미 자기에게는 가치 있는 것이 아니다. 하나님과 인재에게는 가치가 있는 것이겠지만.

"좌우간 오늘은 교회당엘 가."

인재가 오늘 할 일은 우선 선미를 교회당에 데리고 가는 일인 것처럼 말했다.

"그래요."

선미는 인재의 불순을 발견한 오늘만은 그의 말에 순종해야 한다고 생각했다. 그러나 인재가 사 온 고급 목도리만은 걸치지 않았다. 그리고 밀차를 타고 거리를 지나가는 동안 날씨가 추워서가 아니라 세상이 보기 싫은 마음에 외투깃을 추켜올리고 눈을 감았다.

아침부터 눈이 내리기 시작했다. 아침에 나간 나미가 밤새 돌아오지를 않아 아버지가 조반을 지어 가지고 들어와,

"눈이 온다."

하고 한숨을 내쉬었다. 눈이 오니까 외박한 나미 걱정이 더 크다는 뜻이리라.

조반을 다 먹도록 말이 없던 아버지가 출근을 하면서,

"글쎄 내가 어떻게 대학교 학비를 댈 수 있니?"

하고 또 한숨을 내쉬었다. 어제 나미가 집을 나가기 전 대학교 학비 문제를 가지고 아버지에게 칭얼거리던 것을 생각하며 하는 말이리라.

"애가 철이 없어서 그렇지 뭐예요. 내버려 두세요. 친구네 집에서 자구 오늘은 돌아오겠지요."

선미는 아버지를 위로했다.

"애비가 못난 걸 어떡허겠니? 못난 애비를 둔 제 팔자가 기박한 거지."

그래도 아버지는 나미에 대해 언짢은 말을 한 마디도 안 하고 출근했다. 그런데 나미는 그 날도 돌아오지 않았다. 아버지는 나미가 돌아오지 않을 것을 알았던 모양이다. 저녁밥까지 지어 그것을 선미의 손이 닿는 곳에 다 놓고 출근했던 것이다.

아버지가 출근하고 나미가 학교엘 가면 선미는 혼자 있어야 한다. 그것이 버릇이 되어 혼자 있는 데 익숙해진 선미지만 이 날만은 지루했다. 짧은 겨울날인데도 저녁때까지가 지옥 같았다. 책을 읽고 라디오를 들으며 시간을 보냈다. 전축에 레코드를 걸기도 했다. 그런데도 지루했다. 지루하다는 것을 느끼자 몸 움직이는 것도 싫었다. 방 안에 있는 요강까지 앉은뱅이 걸음으로 가기가 싫어 소변이 마려워도 용변을 안 했다. 날이 어두워 배가 고팠지

만 손 놀리기가 싫어 밥 먹을 생각도 안 했다.

"인재 씨라도 왔으면——."

인재를 기다렸지만 그도 오지 않았다. 할 수 없었다. 찬밥이라도 먹어야만 했다.

앉은뱅이 걸음으로 밥그릇 있는 데로 가서 밥을 먹으려 할 때였다. 인재가 인기척을 하고 방 안에 들어섰다.

"눈두 꽹장히 오는군."

대충 털었는데도 인재 외투에는 희끗희끗 눈송이가 남아 있었다.

"아직두 계속해서 내리구 있어요?"

선미는 숟가락을 놓고 물었다.

"응——. 내리는 것이 아니라 퍼붓는 거야."

눈이 퍼붓는 것처럼 내린다는 말을 듣자 선미는,

"우리 산보 가요."

하고 졸랐다.

"저녁을 안 먹지 않았어?"

"먹고 싶지두 않아요."

"나가서 사 먹을까?"

"어쨌든 나가요."

선미는 눈을 맞고 싶었다. 그리고 눈에 덮인 서울이 보고 싶었다. 그래서 남산으로 가고 싶었지만 인재가 힘들 것을 생각하고 멀지 않은 사직공원을 택했다.

밀차 바퀴가 눈 속에서 잘 돌지가 않았다. 그래도 인재는 힘들어하는 기색을 보이지 않았다. 공원 안 큰 느티나무 밑에 밀차를 세운 인재가,

"참 좋지? 더러운 것은 하나도 보이지 않는군."

하고 말했다.

"좋아요. 소나무에 덮인 눈을 보세요. 크리스마스트리 같지요?"

선미는 하얀 눈이 만지고 싶었다. 그래서 인재보고 눈을 집어 달라고 했다.

인재가 주먹떡처럼 눈을 뭉쳐 주었을 때 선미는 그것을 뺨에다 대 보았

다. 얼음처럼 차지도 않았다. 오직 깨끗하게만 느껴졌다.

"이걸 누구에게 주구 싶군요."

"누구에게?"

"내가 제일 좋아하는 사람에게요."

"그럼 인내."

선미는 선뜻 내밀지를 못했다. 자기가 제일 좋아하는 사람은 인재여야 할 것이다. 그런데도 인재가 그것을 받을 만한 사람이 아닌 것 같은 생각이 들었다.

선미가 망설이고 있는 것을 보자 인재가,

"나말구 달리 줄 사람이 있어?"

의아한 눈으로 물었다.

"없어요. 그런 사람이 어디 있어요?"

하면서도 선미는 그 눈덩이를 공중에 내던졌다.

"왜 던져?"

"그까짓 것. 장난으루 한 말인데요, 뭐."

선미는 아무 다른 의미가 없는 것처럼 말했지만 자기의 가장 소중한 것을 아까움 없이 줄 사람이 세상에 과연 한 사람도 없을까 하고 생각했다. 그런 생각을 하니 가슴이 허전했다.

"인재 씨. 인재 씨는 왜 나를 사랑하지요?"

아름다운 눈 가운데서도 허전함을 느끼는 자기가 싫어 그미는 이런 질문을 했다.

"좋으니까 사랑하는 거지."

인재는 즉각적으로 대답했다. 그러나 그것이 보편적 사실이라 해도 진짜 같지가 않았다.

"숨기지 말고 말씀해 보세요? 동정해서 사랑하는 거죠?"

"왜 그런 생각을 하지?"

"알고 싶어요. 모든 걸 다 알고 싶어요."

"동정과 사랑은 오십보 백보겠지."

"그러니까 동정으로 사랑한다는 거죠?"

"그런 건 아냐."

"그럼 뭐예요?"

"………"

"말씀해 보세요."

"………"

"네? 말씀하세요."

"좋아서 사랑한다니까."

"똑바로 말해 봐요. 나 같은 게 뭐가 좋아요?"

"좋아하는 데는 조건이 없지."

"거짓말. 정말 똑바루 말해 보세요."

선미가 집요하게 조르자 인재는 할 수 없다는 듯이 입을 열었다.

"하나님에 대한 사명감이란 말을 했지?"

"그런 거 말구요."

"선미는 배신을 안 할 사람이니까."

"저라구 배신을 못하란 법이 있어요?"

"선미야 차마 그러지 않겠지. 그리구 또 딴 이유가 있어. 세상 모든 여자들에게는 행복하게 해 줄 사람들이 있지. 그런데 선미를 행복하게 해 줄 사람은 별루 없어. 내가 아니면 말야."

"그러니까 결국 동정이 아녜요?"

"동정은 이기적인 것일 수도 있지만 그렇진 않아."

"그렇지만 좋아서 사랑하는 것하구는 조금 다르겠죠?"

"왜 나쁘게만 해석하려고 그러지?"

선미는 자기가 예상했던 대로라고 생각했다. 그렇다고 그 이상 따질 수도 없는 일이었다.

"사랑하는 것만은 사실이야. 그 이상 더 뭐가 필요해?"

사실 그 이상 더 필요한 것이 없다고 믿어야 할 것 같았다. 그래서,

"겨우내 눈이 내렸으면 좋겠어요."

선미는 딴 이야기를 꺼냄으로 그 이야기를 중단했다.

"눈 장마가 되게?"

"눈 장마란 말이 얼마나 좋아요? 눈에 집들이 온통 덮이는 걸 한 번 보고 싶어요."

다음 날 아침 조반을 지어 가지고 들어온 아버지가,

"나미가 잘못됐나 부다."

나미 걱정을 했다.

"맹추 같은 년. 어디 가서 뒈졌나 보죠."

선미는 앙칼진 목소리로 욕설을 퍼부었다.

"참 걱정이다."

아버지는 밥을 먹으면서도 실신한 사람처럼 한숨을 몰아쉬었다.

"죽기밖에 더 하겠어요. 죽으면 좋지요. 죽을 건 빨리 죽는 게 좋아요."

"그만둬라."

아버지는 밥도 채 먹지 않고 출근을 했다.

아버지가 출근을 하자 선미는 나미가 없어서 약을 어떻게 사나 하는 생각을 했다. 잠이 안 온다고 수면제를 사 오게 해서 그것을 모아 두었다가 한꺼번에 먹었었다. 그런데 이번에는 수면제를 사다 줄 사람이 없으니 죽으려야 죽을 수가 없다.

인재 씨 보고 사 오라지, 그이는 한꺼번에 많이씩 사 올지도 몰라. 차라리 그가 사다 주는 약을 먹고 죽는 편이 좋을지도 모른다. 선미는 죽음을 생각하고 있는 것이었다.

좋아서 사랑하는 것이 아니라 사랑해 줄 사람이 없어서 사랑해 준다는 인재, 아니 병신이라 배신할 수가 없을 테니까 자기 정신의 안정을 위해 결혼하겠다는 인재. 그런 인재와 결혼한다는 것은 자살보다 더한 자기 학대다.

행복이 절대로 보장되어 있지 않은 자기다. 행복과 너무나 거리가 먼 자기다. 그러한 자기가 행복을 붙잡으려 한다는 것은 자기 망각에서 오는 자기 학대가 아니고 무엇이겠는가? 어떤 상황 속에서도 고독을 물리칠 수는 없다. 어떤 상황 속에서도 부자유를 초월할 수는 없다. 문어다리같이 축 늘어진 다리를 한신들 잊을 수가 있겠는가? 차라리 다리가 아주 없다면 의족(義足)으로 걸어다닐 수가 있다. 한 다리가 없고 한 다리만 있다 해도 목발로 일어설 수가 있을 것이다. 어떤 과학의 힘으로도, 어떤 의지의 힘으로도 나는 내 몸을 일으켜 세울 수가 없다. 내 몸을 움직일 수가 없다.

그러면서도 인재가 사랑한다고 그와 결혼한다는 것은 굼벵이가 하늘을 날아 보려는 것과 마찬가지 일이다.

더구나 인재는 나를 사랑하는 것이 아니다. 자기 자신을 사랑하는 것이다. 자기를 하나님의 착한 아들로 만들기 위해 또 자기의 정신적 상처를 만들지 않기 위해 나와 결혼하려는 것이다.

그러한 인재의 사랑에 시계추처럼 매달려 보려고 했다. 죽을 때까지 매달리리라곤 아예 생각지 않았다. 끈이 끊어질 때까지 한 번 매달려 보자는 것뿐이었다. 끈이 끊어질 것을 뻔히 알면서도 한 번 매달려 보기나 하자는 것은 위험하기 짝이 없는 자기 모독의 행위다.

선미는 고독의 제거는 오직 죽음뿐이라는 생각을 거듭했다. 다만 그것을 실행하는 수단만이 남았다고 생각했다. 두 번 약을 먹고 두 번 다 실패했다. 이번만은 실패해선 안 된다. 전처럼 잘 때 약을 먹지 말자. 아버지나 동생이 집을 나간 직후 약을 먹자. 약을 먹고 신음한다 해도 그것을 발견하는 사람이 없으면 다시 살아날 가능성이 전혀 없다.

약을 구하기가 힘들면 다른 방법을 쓰자. 인재가 눈치를 채고 약을 안 사다 줄지도 모른다. 그러니까 아예 목을 매어 죽든가 칼로 동맥을 잘라 죽어 버리자. 그러나 일어설 수도 없는 사람이 어디다 노끈을 맬 수 있는가? 그리고 잘 드는 칼을 어디서 구할 수 있을 것인가?

나는 죽을 자유도 없단 말인가? 하나님은 온 백성을 하나같이 사랑한다고 하셨다. 그런데 나는 그 사랑을 받을 수도 없고 또 거부할 수도 없다. 살고 싶은 의욕이 정말 없는 사람에게는 죽음의 길을 열어 주는 것이 사랑의 손길일 텐데 하나님은 어째서 그런 손길마저 베풀어 주지 않으실까?

선미는 갑자기 눈이 보고 싶었다. 하얗고 순결한 그 눈이. 그래서 두 손을 방바닥에 대고 토끼처럼 몸을 움직여 문께로 가 창문을 열어젖혔다. 눈은 내리지 않고 있었다. 그 대신 태양광선이 눈을 비쳐 온통 하얗게 반짝이고 있었다. 눈부신 설화(雪畵)였다. 앞집 지붕과 뜰에 있는 눈만이 보였지만 그미는 상상력으로 눈에 덮인 온 누리를 내다볼 수 있었다. 사막처럼 끝없이 평평하고 무변한 지평선을 생각했다. 거기에는 흰 눈을 더럽힌 사람의 발자국도 없다. 깨끗한 그대로다.

선미는 문득 자기에게는 깨끗한 한 줌의 눈을 줄 만한 사람도 없다는 것을 생각했다. 한 줌의 눈을 사랑이라고 해도 좋다. 그것을 아무에게도 줄 수가 없을 것이다.

'그러니까 나는 죽어야 한다. 죽을 수밖에 없다.'

선미는 또 생각했다.

'줄 수 없는 고독보다도 받을 수 없는 고독이 더 클지도 모른다.'

하나님은 만민을 사랑하신다. 그 중에서도 불쌍한 사람을 더욱 사랑하신다. 그것은 틀림없는 것 같았다. 그렇지만 자기는 그것을 받아들일 수가 없다. 받아들여도 결국은 고독을 면치 못할 것이니까.

인재의 사랑도 그렇다. 동기 같은 것을 생각할 것 없이 주는 것을 액면 그대로 받아들이면 되지 않는가? 욕심을 가질 필요가 없다. 주는 것만 받으면 된다. 그런데 그것을 받지 못하고 있으니 고독에서 면할 길이 없지 않은가? 어리석기 때문일까? 두뇌가 잘못 움직이고 있기 때문일까?

선미는 고민할 것도 없다고 생각했다. 자기를 증오할 것도 없다고 생각했다. 오직 죽음만이 있다고 생각했다.

창문을 열어 놨기 때문에 추위를 느꼈다. 그러나 창문을 닫으면 공기가 통하지 않아 가슴이 답답해질 것 같았다. 몸이 얼어 동태가 되었으면 하고 생각했다. 차라리 동태처럼 얼어 죽으면 얼마나 좋을까 하는 생각에 창문을 닫지 않은 채 앉아 있었다.

저녁때 아버지가 돌아와 창문이 열려 있는 것을 보고 깜짝 놀랐다. 창문을 닫고 선미에게 이불을 씌워 주었다. 그리고는 부엌에 나가 끓는 물을 가져다가 선미에게 마시게 했다.

　　"문 닫아 줄 사람두 없어서……."

　　아버지는 문 열어 놓은 이유를 물으려 하지 않고 문 닫아 줄 사람이 없어 닫지 못하고 있었음을 슬퍼했다. 그리고는,

　　"앓지나 말아야 할 텐데……."

하며 선미의 언 몸을 어루만져 주었다.

　　선미가 심상한 것을 알자 이번에는,

　　"그 애는 학교에두 안 나온다더라. 어딜 갔는지."

하고 나미 걱정을 했다. 선미는 자기가 나미 걱정을 너무나 안 했다는 것을 생각했다. 그럴 수가 없을 것 같았다. 하나밖에 없는 동생이다. 다 큰 처녀가 며칠 째나 나가 돌아오지 않는데도 별 걱정을 안 했다는 것은 참으로 이상한 일이었다. 그러면서도,

　　"못된 계집애."

　　나미에 대한 욕이 입 밖으로 나왔다. 그리고는 그뿐이었다. 그 대신 아버지보고 수면제를 사다 달라고 할까 하는 생각만을 했다. 아버지는 의심할지 모른다. 두 번이나 수면제로 자살하려고 한 것을 알고 있으니까. 그렇지만 정 조르면 마지못해 한 알이라도 사다 주겠지. 그것을 며칠만 모으면 되지 않는가?

　　아버지가 지어 주는 저녁을 먹자 그미는 정말 아버지에게 수면제를 부탁했다. 아버지는 눈치를 챘는지,

　　"그런 거 먹으면 버릇이 된다더라. 나 보기엔 곧잘 자는 것 같던데……."

하고 선미의 요구를 거절했다.

　　"아버지는 모르세요. 자는 것 같아두 깊은 잠에 들질 못해요. 잠을 잘 자서 몸을 튼튼하게 해야 하지 않아요?"

　　그래도 아버지는 말을 잘 들어 주지 않았지만 선미가 결혼생활을 빙자하며 계속해서 조르는 바람에 약방에 나가고야 말았다. 그리고 잠약 세 알을 사 왔다.

　　밤이 이슥하자 선미는 잠약을 먹는 척하느라고 냉수를 청했다. 그리고 약 한 알을 입 속에 넣는 척하고 냉수 한 모금을 마셨다.

그리고 난 뒤 얼마나 지났는지 모른다. 선미는 눈을 떴다. 그때 책상 앞에 쪼그리고 앉아 있는 아버지를 보았다. 쪼그린 채 두 손을 모으고 있었다. 그리고 책상 위에는 물 대접 하나가 놓여 있었다. 무엇을 하고 있을까? 한참 동안이나 살폈으나 아버지는 조금도 움직이질 않았다. 말소리도 없었다.

선미는 아버지가 나미를 위해 기도드리고 있다는 것을 알았다.

무능한 아버지, 나미를 찾으려는 노력을 하는 대신 물을 떠다 놓고 기도만 드리는 아버지.

선미는 아버지의 무능을 슬퍼했다. 저렇게 무능하기 때문에 평생을 불행하게 산 것이 아닐까?

그러나 숨소리 하나 내지 않고 화석처럼 앉은 채 몸을 움직이지 않는 아버지의 뒷모습에서 그미는 뜨거운 무엇을 느꼈다.

나미를 생각하는 마음이 가슴 속에 가득 차 있기 때문에 화석처럼 앉아 있을 것이다. 못된 계집애를 위해서나마 화석이라도 사양치 않을 것 같은 아버지.

선미는 콧마루가 시큰해짐을 느꼈다.

나미를 생각하는 만큼 아버지는 나도 생각할 것이다. 아버지는 나를 위해서도 화석이 될 수 있겠지.

"엉 ── ."

선미는 복받쳐 오르는 울음을 막을 수가 없었다. 애통의 울음이 아니라 감격의 울음이었다.

"가위에 눌렸나 보구나."

아버지는 선미가 악몽에 시달린 줄 알았는지 그것을 쫓아 주려고 선미의 몸을 흔들었다.

"아버지 ── ."

선미는 아버지를 불렀다. 그리고 복받치는 자기 격정을 털어놓으려 했다. 그러나 아버지가,

"무슨 꿈을 꿨니? 어서 자거라."

하며 이불을 덮어 줄 때,

“아버지, 저 결혼 안 할래요. 아버지와 단 둘이서 살래요.”

이 말 한 마디만 했다.

“네 맘대루 해라.”

“결혼한다구 행복해질 순 없어요.”

“그럴지두 모르지.”

아버지도 그런 생각을 하고 있었던 모양이었다. 그러나,

“어서 자거라. 잠을 많이 자야 몸이 건강해진다.”

하며 말을 더 하지 못하게 했다. 선미는 아버지가 하라는 대로 눈을 감았다. 아버지는 다시 돌아앉아 두 손을 모았다. 기도를 계속하는 모양이었다.

‘아버지는 어떤 신을 가지고 있을까?’

눈을 감은 채 선미는 생각했다. 어떤 신이든 신을 가졌다는 것은 삶에 대한 의욕을 가졌다는 증거다. 그래서 딸들을 사랑하는 것이다. 사랑할 수 있는 것이다.

“아버지. 냉수 좀 주세요.”

선미는 아버지가 사 온 잠약 세 알 전부를 쥐고 약 마실 자세를 취했다.

“그렇게 자주 먹어두 좋겠니?”

“괜찮아요. 이까짓 세 알.”

선미는 세 알을 전부 입에 넣는 척하고 냉수를 한 모금 마셨다. 그리고는 아버지 모르게 한편 손에 쥐고 있던 잠약 세 알을 냉수 대접에 넣어 버렸다.

‘아버지의 사랑만은 받아야지, 안 받으면 아버지를 슬프게 할 것이니까…….’

선미는 다시 눈을 감았다. 아버지가 기도를 드리고 있는 그 가운데서 잠이 들고 싶었다. 순간 그미는 처음으로 자기가 고독하지 않다는 것을 느꼈다.

(원) 《한국문학 동계호》 1966, (출) 『추정』 성문각, 1968.

우범(虞犯)

　이십여 넌이나 같이 살아 오고도 그래 나를 몰라 그런 일에 앞장을 서라고 야단을 친담. 그미가 나를 모를 리 없다. 알면서도 나를 귀찮게 하기 위해 일부러 그러는 것이겠지. 나는 아내가 나를 이해하지 않으려는 여자라고밖에 달리 생각할 수 없다. 나를 이해하려는 성의가 조금이라도 있다면 내가 싫어할 줄 뻔히 아는 그런 일로 나를 괴롭히지는 않을 것이다.

　나는 원체 그런 일을 싫어한다. 싫어할 뿐 아니라 그런 일을 해 낼 능력도 없다. 제대군인이라고 해서 군대와 통할 것이라고 하여 나를 내세우려 하지만 난 하급장교로 일선에서 내 임무만을 수행하다가 제대를 했다. 그것도 벌써 십 년이나 된 옛날 일이다.

　"좌우간 한 번 가봐 주기라도 해요."

　어제 처남의 처가 온 뒤부터 조르기 시작한 아내가 오늘 퇴근하고 돌아오자 또 나를 못 살게 구는 것이었다. 처남의 처가 옆에 앉아 있는 자리에서 이렇게 조르니 대답도 제대로 할 수 없다. 가야 소용없는 일을 가서는 뭣 하느냐고 해야겠는데 그 말을 하면 처남의 처가 나를 야속하게 생각할 것이다.

　"좀 있다 이야기 해."

　나는 처남의 처가 없는 데서 아내와 단 둘이 이야기하자는 도리밖에 없었다.

"좀 있다 이야기할 건 뭐예요. 내일루라도 가야 할 일인데."

참, 남의 심정을 그렇게도 몰라 준담. 조용히 이야기하자는 건 갈 수 없다는 말을 하기 위함인데 그 눈치도 못 채고 처남의 처 앞에서 입을 떼게 하고야 말겠다니 말이다.

"나 좀 나갔다 올게."

할 수 없이 나는 그 자리를 떠나기로 했다. 그 자리에 있어 가지고는 입장만 난처해지기 때문이었다.

"저녁두 안 먹구 지금 어딜 가요?"

아내가 외출을 못하게 했다. 그렇다고 그 자리에 앉아 있을 수는 도저히 없었다.

"×경찰서엘 다녀와야겠어. 어제 잡혀온 애의 신원조사를 부탁해야 해."

사무적인 일을 구체적으로 꾸며 대면서 붙잡지 못하도록 했다.

그런데도 아내는,

"퇴근시간에 가면 뭣해요?"

거짓말을 알아차리고 하는 말이었다.

"경찰서에 퇴근시간이 있나."

나는 그냥 집을 나와 버렸다. 집을 나올 때 아내가 따라나와 옷을 잡고 못 가게 하면 그때 나는 옷을 잡은 아내의 손을 주먹으로 탁 치고

'좀 내버려 둬.'

내게도 자유가 있지 않느냐고 아내를 야단칠 작정이었다. 그런데 아내는 따라나오면서까지 붙잡지는 않았다. 어찌할 수 없는 내 성격을 조금은 안 모양이었다.

집을 나오자 나는 대폿집으로 갔다. 언제나 경찰서와 연락을 취해야 하는 나의 직업인 만큼 경찰서엘 간다고 해도 못 갈 것은 없었다. 그렇지만 특별히 볼일도 없는 데다가 명랑하지 않은 얼굴을 아는 사람들에게 보이기가 싫어 자유롭게 갈 수 있는 대폿집을 택했던 것이다.

대포 한 잔을 마시고 둘째 잔을 기다리는 동안 나는 문득 입산수도 하던 옛 사람들을 생각했다. 옛날에는 인생이 무엇인가를 알고 인생의 살아가는

방향을 체득하기 위해 지저분한 속세를 떠나 깊이 산 속으로 들어가 혼자 산 사람들이 있었다. 현실도피라고 할지 모른다. 그러나 아무와도 접촉함이 없이 혼자 산다면 최소한도 하기 싫다고 생각되는 일은 안 하고 살 수 있지 않은가? 하고 싶지 않은 일을 하지 않고 산다는 것이 얼마나 중요한 일인가? 친척과 친구, 사제 그 밖에도 사회의 여러 사람들과 관련을 지으며 살아야 하기에 하기 싫은 일을 얼마든지 하면서 살아가고들 있다.

군대에서 도망했다가 체포되어 간 처남의 아들을 체포가 아니라 자수한 것처럼 고쳐 형기를 짧게 해 달라는 일. 그것은 백 번 죽어도 하기 싫은 일이다.

죽을죄를 짓고도 권력을 움직이거나 돈을 사용함으로 무죄가 되는 세상이기는 하지만 형량까지 들여다보이는 죄를 부끄러워하기는 고사하고 나더러 그 감형에 관여를 해 달라니 도대체 이게 올바로 돌아가는 세상이람?

나에게는 능력도 없다. 하급공무원인 내가 무슨 능력이 있다고 그런 일에 나설 수 있겠는가? 나 이외에 나를 진정으로 알아 주는 이가 한 사람도 없는 이 세상에서 내가 무슨 이름이 있다고 명함을 내놓고 명함의 효과를 기대할 것인가?

막걸리를 두 잔 마신 뒤 나는 대폿집을 나오려 했다. 술기운이 체내에 돌고 그래서 내가 아내와 타협 안 하고도 버틸 만한 담이 생기면 그뿐이니까. 그래서 엉덩이를 들썩이고 있는데 색시가 와서,

"더 안 잡수시지요?"

빈 술잔을 들고 가려는 눈치였다.

"아냐. 한 잔 더 줘."

나는 나도 모르게 들썩이던 엉덩이를 의자에 안정시키고 술을 한 잔 더 따르게 했다. 색시는 아무 말 않고 술 주전자를 가지고 와 술을 따랐다. 그러고는 딴 손님에게로 가는 것이었다. 나는 그 색시가 됐다고 생각했다. 술집 색시는 손님에게 한 잔이라도 더 팔기 위해 교태를 부린다. 그런데 이 색시는 교태를 부리면서까지 손님과 관련을 맺으려 하지 않는다. 오는 사람에게는 오는가 보다, 가는 사람에게는 가는가 보다 식으로 손님에게 관여를

안 한다. 세상 모든 사람이 모두 그렇게 해 준다면 얼마나 마음이 가벼울까?

예정 외의 술잔을 들고 술맛을 음미할 때 문득 경화(慶花) 생각이 났다. 내가 근무하는 소년원(少年院)에 들어온 지 이삼 일밖에 안 되는 열여덟 살의 처녀다. 실상은 처녀가 아니다. 뒷골목에서 몸을 팔고 있던 애니 절대 처녀일 수 없다. 그렇지만 나이가 나이인 데다가 정식으로 결혼한 일이 없는 여자를 처녀 이외의 다른 말로 부를 수가 없다. 그미가 붙들려 온 다음 날인 어제 일반 조사를 끝낸 뒤,

"너 취직시켜 줄게, 일해 볼래?"

갱생의 길을 열어 주기 위해 우범(虞犯)자로 붙들려 온 그미에게 희망을 주는 말을 건네었다. 그런데 그미는 직장이 어떤 곳이냐는 말도 물어 봄이 없이,

"싫어요."

첫마디로 거절을 했다. 이상한 일이었다. 어떤 직업이든 몸을 파는 직업보다는 나을 것이다. 죽어도 집에는 들어가지 않는다고 했다. 집에 데리고 간다거나 집에 통지만 해도 자살을 한다고 했다. 그렇다면 소년원에서 알선해 주는 직장으로 가서 혼자 밥벌이할 길을 강구해야 할 것이다. 그런데도 취직을 단호하게 거절했던 것이다.

"왜 취직을 안 하지?"

"죽어두 돈을 벌어야겠어요."

"취직을 하면 돈을 벌 수 없나?"

"그까짓 것 벌어야 몇 푼 돼요?"

"몸을 팔면 큰 돈을 벌 수 있니?"

"그래도 낫지요."

언젠가 소년원에서 여론조사를 한 일이 있었다. 그때 가장 큰 소망이란 난에 부모의 애정이라고 쓴 소년소녀가 팔십오 퍼센트였다. 사실 그렇다. 부랑아가 된 소년소녀의 대부분이 가정의 불화 다시 말해서 애정의 고갈 때문에 인생을 방황하고 있다. 그래서 그들이 진심으로 바라는 것은 애정이다. 무엇보다도 애정을 소망하는 것이다. 그런데 팔십오 퍼센트를 제외한 십오

퍼센트는 엉뚱한 것을 소망하고 있다. 그 중에는 한국 사람이 없는 외국에 가서 살고 싶다는 애가 있는가 하면 사람이 전혀 없는 무인고도(無人孤島)에 가서 살고 싶다는 애가 있었다. 운동선수가 되고 싶다는 애가 있는가 하면 대통령이 되고 싶다는 애도 있다. 그리고 돈을 벌어 물쓰듯 쓰고 싶다는 애가 있다. 경화도 몇 명 안 되는 애 가운데 속하는 소녀지만 그렇다고 가난에 쪼들려 거리로 나서지 않을 수 없었던 남자애들과는 그 양상이 너무 다르다. 경화는 여자다. 여자치고 가장 천한 매춘부다. 아무리 돈에 대한 원한이 크다 해도 매춘부를 고수하며 돈 벌겠다는 생각을 한다는 것은 보통이 아니다.

"돈을 벌어서 무엇하지?"

내가 이해할 수 없는 마음으로 물었을 때 경화는 주저없이 대답했다.

"돈을 벌어서 남자들을 마음대루 해 보겠어요."

나는 그때야 그미의 말을 이해할 수 있었다. 아버지가 죽은 뒤 어머니는 혼자서 애들을 먹여 살리려 갖은 애를 썼다. 생선 바구니를 이고 비가 내리건 눈이 내리건 거리를 헤매며 생선 사라고 목청이 떨어지게 외쳤다. 그러다가 변두리에서 꽤 큰 식료품 장사를 하는 사람의 후처로 들어갔다. 셋이나 되는 자식들을 먹여 살리기 위함이었다. 경화도 어머니가 생선장사를 안 하게 된 것만을 다행히 생각하며 어머니를 따라 새아버지에게로 갔다. 그러나 돈 있는 사람이 더 무서웠다. 경화와 경화 동생들을 배불리 먹이려 하지 않았다. 어머니는 그러한 새아버지에 대해 불만을 말하지 못했다. 도리어 새아버지 편이 되어 경화와 경화 동생들을 구박했다.

경화는 새아버지 집을 뛰쳐나와 결국은 사창가로 전락했다. 전락한 생활을 하면서도 돈을 벌어 남자에게 지배받는 여자가 아니라 남자를 지배하는 여자가 되려 했다.

나는 그미의 가정환경을 조사해 놨던 만큼 그미의 심정을 이해할 수 있었다. 이해는 할 수 있었지만 그것이 정상적인 사고라고는 생각지 않았다. 정당한 사고가 아니라고 생각하면서도 그미를 반박할 수가 없었다. 반박하면 도리어 반발하고 고집을 굳힐지 모른다. 그래서 아무 말도 않고 그미를 자기 방으로 돌려 보냈지만 나는 내 마음이 그미에게 끌려가는 것을 깨달았다.

소년원의 소년소녀는 그 대부분이 가정의 비정상적 상태에서 성격의 파탄을 일으켜 거리를 배회하다가 우범(虞犯)으로 붙들려 들어왔다. 그리고 그 우범 소년소녀의 팔십오 퍼센트 이상이 부모의 애정을 갈망하고 있다. 그런데 경화만은 애정을 갈망하는 것이 아니라 돈을 갈망한다.

언제나 천 명이 넘고 있는 소년원의 우범들을 우범지대에서 벗어나 정당한 생활을 하도록 지도하는 것이 소년원 직원들의 임무다. 나도 마찬가지다. 그러나 나는 사무적으로 그들을 처리했을 뿐 한 번도 그 애들의 마음 속을 파고들어가 나와 그 애들과의 개인적 관련을 맺으려 하지 않았다. 그렇던 내가 왜 경화에게만은 내 마음을 쏟아 주었는지 모른다. 왜 그대로 내버려 둘 수 없는 애란 생각이 들었던지 모른다. 바로 오늘 아침 나는 경화를 사무실로 다시 부르고야 말았다.

"친딸처럼 사랑해 줄 사람이 있으면 수양딸로 가겠니?"

그런 자리가 있는 것도 아닌데 경화의 의사부터 물었다.

"싫어요."

경화의 대답은 내가 예상했던 대로였다. 그미는 돈 벌겠다는 것이 목적이 아니라 인생을 방황하려는 의식만을 강하게 가지고 있는 것이다. 어쨌든 자기를 위한 진실된 호의를 단호하게 거부하는 그미였지만 나는 그미가 정당한 인생을 살아가도록 사고방식을 고쳐 줘야 한다고 생각했다. 내 힘으로 그미의 사고방식을 시정시킬 때까지 나는 그미를 소년원에서 내보내지 않으리란 생각까지 했다.

소년원은 형무소가 아니다. 형을 받고 형기(刑期) 동안 감금당해 있어야 하는 애들도 아니다. 우범으로 범죄를 하지 않도록 보호하고 지도하는 곳인 만큼 정 필요하다면 얼마든지 보호해 둘 수가 있다.

그런데 나는 왜 다른 애들에 대해서는 사무적으로 대하면서도 경화에게만 인간적인 관련을 맺으려 하는 것일까? 경화가 애정을 갈망하는 참다운 인간이 되건 육체를 팔아서라도 돈을 벌겠다건 내가 그미와 무슨 상관이 있단 말인가? 진실된 인간이 된다고 해서 그미가 내 비석을 세워 줄 것도 아니다. 비석을 세워 준다 한들 그것이 무어 그리 영광스러운 일인가?

내겐 훈장이 몇 개나 있다. 전쟁에 지지 않은 만큼 그 훈장들의 가치는 빛날 것이다. 그러나 그 훈장을 무엇에다 쓸 것이냐? 죽을 때까지 한 번 차 볼 기회도 없을 훈장.

가족과의 인간적 관계만으로도 족하다. 그 이상 인간과의 관련을 맺을 필요가 없다. 사실은 가족도 마음대로 하지 못하고 있지 않은가? 아내는 요즘 확실히 바람을 피우고 있다. 처남의 처가 와 있기 때문에 어제 오늘 집 안에 들어앉아 있지만 저녁 일찍 집에 돌아오는 일이 없다. 말은 계를 하느라고 친구들과 만난다지만 남자의 육감으로 그미가 계만 하고 다니는 것이 아니란 것을 알 수 있다. 그런데도 나는 아내의 부정(不貞)을 바로잡지 못하고 있다. 바로잡고 싶지 않아서가 아니다. 바로잡고 싶지만 그미가 그것을 원치 않을 것이다. 그미에게 좀더 가정에 충실하기를 요구한다면 그미는 도리어 나에게 반발할 것이 분명하다.

말하자면 세상에서 가장 가깝다는 아내 하나도 내 감화력으로 어찌하지를 못하면서 나와 아무 관계도 없는 경화를 감화시키려 할 수는 없다.

나는 경찰서에 간다고 나가서 술만 마시고 돌아오는 나 자신을 떳떳하게 생각할 수가 없어 발소리를 죽여 가며 내 방으로 들어갔다. 그런데 큰아들과 둘째 아들이 싸움하는 소리가 들렸다.

"왜 때려? 왜 때리는 거야?"

고등학교 2학년에 다니는 둘째 놈이 발악하는 것으로 보아 대학교 1학년에 다니는 맏애에게 얻어맞은 모양이었다.

손찌검까지 하는 그들의 싸움을 방관할 수가 없어 그들 방으로 달려간 나는,

"왜 싸우는 거야?"

두 애를 다 같이 나무랐다. 그러자 큰애가 둘째 놈을 또 갈겼다. 내가 자기 편이 돼 주리라고 생각했는지 모른다. 그러나 나는 큰애를 떠밀어 버렸다.

"동생을 때리는 놈이 어디 있니?"

그런데 둘째 놈이,

"더 때려, 더 때리란 말야."

하며 형에게 대들었다.

"이 자식, 못써. 누가 형하구 싸워?"

나는 둘째 놈을 또 떠밀었다. 그래서 싸움을 말리고 싸움의 이유를 물었다. 아무것도 아니었다. 큰놈이 엎드려 공부를 하다가 책상 위에 있는 연필을 좀 집어 달라고 했는데 둘째가 그것을 집어 주지 않았다는 것이었다. 그것이 도화선이 되어 형은 동생을 건방지다 했고 동생은 형이라고 해서 함부로 심부름을 시켜도 좋으냐는 감정이 격화되었다.

나는 어쨌든 형제가 싸워서는 안 된다는 말을 하고 내 방으로 돌아갔다. 허무한 생각이 들었다. 아무것도 아닌 것을 가지고 감정을 격화시켜 싸우는 그들에게 가정적 불행 같은 것이 생기면 어떻게 될까 하고 생각했다. 만약 내가 죽고 아내가 혼자 산다면 애들의 정신적 타격은 비교적 적을 것이다. 아내는 활동력이 있다. 지금도 계를 하고 있지만 몇 해 전만 해도 달러 장사를 해서 돈벌이를 곧잘 했다. 그러니 경제적인 걱정은 안 해도 좋을 것이다. 다만 문제는 내가 죽었을 때 아내가 과연 혼자 살며 애들 교육에만 전념할 수 있을 것인가 하는 것이다. 남편인 내가 살아 있는 지금도 바람기를 보이고 있는데 내가 죽은 뒤 혼자 살 까닭이 없다. 딴 남자와 결혼한다면 자식들은 틀림없이 소년원행이 되고 말 것이다.

만약 아내가 죽고 내가 혼자 남는다면 마흔 다섯밖에 안 된 나로서 혼자 늙기는 불가능에 가까울 것이다. 그때 후처로 들어오는 여자가 비록 비할 데 없이 착하다 해도 애들은 역시 열등의식과 고독감을 느끼게 될 것이다. 그리고 결국에 가서는 소년원행이 되고 말 것이 아닐지?

어떤 일이 있어도 우리 부부는 늙도록 같이 살아야 한다. 그리고 사는 동안 아무런 파탄도 일으켜서는 안 된다. 이런 생각을 하고 있을 때 갑자기 아내가 못마땅한 마음이 들었다. 자식들이 부모 밑에서 살아야 하는 것이 사실이지만 부모의 애정을 느끼며 살아야 정상적으로 발전할 수가 있다. 자식들이 자기들끼리 손찌검까지 하며 싸우고 있는데 어머니는 본 척도 않고 자기 방에 처박혀 앉아만 있으니 자식들이 그런 어머니에게서 어떤 애정을 느낄 것인가?

아내는 확실히 애들에게 애정을 갖고 있지 않다. 그것만 보더라도 그미가 가정 밖에다 신경을 기울이고 있음이 분명하다.

"여보!"

나는 격분을 느끼며 아내를 불렀다.

"왜 그래요?"

아내는 자기 방에서 대답할 뿐 내게로 오지 않았다.

"좀 오지 못해!"

내 목소리가 거칠었다. 그때야 아내는,

"손님이 계신데 왜 떠들까?"

사뭇 불만인 듯 투덜거리며 내 방으로 왔다.

"당신은 애들이 싸우는 소리도 듣지 못했수?"

나는 시비조로 말했다.

"들었어요."

들었으니 어떻게 하란 말이냐는 투다.

"뭐라구? 저게 그래두 에민가?"

나는 주먹이 떨리는 것을 느꼈다.

"애들은 싸움두 하면서 커 가는 거 아녜요? 그걸 일일이 간섭해야 하나요?"

"자식에 대한 애정이 있다면 그냥 내버려 두지는 못할 거야."

"당신에게만 애정이 있단 말이군요?"

조금 수그러지는 듯하던 아내가 다시 시비조로 말했다.

"그래 당신이 애들에게 애정이 있단 말이오?"

나는 그미에게 남편인 내게도 애정이 없지 않느냐고 말하고 싶었지만 내 이야기는 빼고 말았다.

"애정이 있으면 업구 다녀야 하나요?"

나도 더 싸우지 않기로 마음먹었다. 아내는 이미 어딘가 잘못된 데가 있다. 싸운다고 해서 그런 아내를 반성시킬 가능성이 없다.

"그만둬. 가서 자기나 해."

나는 아내가 꼼짝 못할 증거를 잡을 때까지 기다리는 수밖에 없다고 생각했다. 그런데 아내가

"예편네 부탁은 들은 척도 않으면서 예편네한데 불만은 많군요."

하며 나를 쥐어짜기 시작했다.

"듣기 싫어."

처남의 아들 문제를 다시 꺼내려는 아내의 입을 막았다. 그러고는 저녁 먹을 생각도 않고 자리를 깔았다.

"이젠 아무 부탁두 안 할게 남남처럼 삽시다."

아내가 종알거렸지만 나는 못 들은 척 이불을 뒤집어썼다. 그리고 속으로

'마음대루 하라지.'

하며 처남의 아들 문제로 그 이상 더 귀찮게 굴지 않을 것 같음만을 다행으로 여겼다. 그런데 아내가 돌아가자 문득 남남처럼 살자고 한 아내의 말을 씹어 생각했다. 남남처럼 살자는 것은 아내가 어떤 짓을 하고 다녀도 간섭하지 말라는 뜻이 아니겠는가? 그럴 수는 없다. 가정이 파탄될 일을 방임할 수 있다니? 가정파탄만은 막아야 한다.

나는 내가 소년원 직원이란 것을 상기했다. 죄를 지을 우려가 있는 사람을 늘 보호하고 지도하는 것이 나의 직책이다. 아내도 죄를 짓기 전에 지도해야 할 것이 아닌가? 아내는 확실히 우범인이다. 내버려 두면 죄를 짓고야 말 것이다. 그렇지만 성인(成人)은 우범이라 해도 법으로 사전에 지도할 수는 없다. 범법을 하기 전까지는 어떻게도 할 수가 없다. 옛날 같으면 남편이 아내의 부정을 미리 막기 위해 정신적인 압력을 가했다. 정신적인 압력이 부족할 때는 완력도 사양치 않았다. 그래도 좋았던 것이다. 그러나 지금 우범이라고 해서 정신적인 압력을 가할 도덕적인 뒷받침이 없다. 더구나 완력적 제재는 어떤 경우에도 법으로까지 금지되고 있다. 우범을 조성하고 있는 셈이다.

정신적인 자각을 촉구하는 수밖에 없는데 정신상태가 이미 기울어진 사람에게 자각을 촉구하는 것은 나무에 올라 고기를 구하는 것이나 마찬가지

의 일이다.

몇 달 전 나는 아내의 외출을 방지하려고 전화를 가설했다. 직장에서 수시로 전화를 걸 수 있으니까 그렇게 되면 아내도 미안해서 외출을 삼가리라는 생각에서였다. 그러나 아내는 전화를 가설한 뒤에도 여전했다. 외출이 여전할 뿐 아니라 그미가 집에 있는 날에는 전화가 어떻게 걸려 오는지 모른다. 여자에게서 오는 전화가 더 많았지만 남자들에게서 오는 전화도 없지 않았다. 내가 집에 있을 때는 내가 전화를 받는 경우가 있는데 내가 수화기를 들고 여보세요 하면 저쪽에서 한 마디의 말도 없이 전화를 끊는 때가 있다. 말하자면 아내는 내가 전화를 가설한 동기를 무시하고 자기 멋대로 이용하는 데 조금도 구애를 받지 않았다.

이쯤 된 아내를 어떤 방법으로 보호하고 지도해야 할 것인가? 나는 내게 아무런 방법도 또 능력도 없음을 느꼈다. 나는 퇴근을 하면 언제나 일찍 집에 돌아온다. 대개의 경우 남자가 집을 많이 비우기 때문에 여자가 무료한 틈을 타서 바람을 피운다고 한다. 그래서 나는 근무시간 이외에는 언제나 집을 지키고 있지만 아내는 그것도 아랑곳하지 않는다. 그 동안 말로 아내의 반성을 몇 번이나 촉구했다. 그것도 들은 척하지를 않고 있다. 그러니 지금 내가 할 수 있는 일은 그미를 감금해 두거나 폭력으로 행동의 자유를 구속하는 것뿐이다.

남남처럼 살자고까지 하는 그미를 바로잡기 위해서는 수단 방법을 가리지 말아야 한다. 그렇지만 내가 폭력을 쓸 경우 아내는 어떻게 할까? 반드시 잘 됐다고 생각할 것이다. 폭력을 쓰는 남편과는 살 수가 없으니 이혼을 하자고 덤벼들 것이다. 그리고 세상은 폭력에 반항하는 아내 편이 될 것이다. 동시에 아내의 부정을 시비하면서도 폭력은 삼갔어야 할 것이라고 법을 존중하는 모든 사람이 나를 비난할 것이다.

'집안이 어떻게 되겠소? 자식들이 불쌍하지 않소?'

나는 결국 머리를 숙이고 아내에게 간청하는 수밖에 없을 것이다. 그렇지만 그때 아내는 무엇을 가지고 걱정하느냐고 도리어 펄쩍 뛸 것이 분명하다. 자기는 결백하고 그 결백을 믿지 못하는 내가 나쁜 놈 취급을 당할 것이다.

다음 날 아침 아들 면회나 하고 오겠다는 처남의 처가 ××군단으로 떠났다. 나만을 기대하고 왔던 그미에게 아무런 도움도 주지 못한 내가 미안하지 않을 수 없었다. 미안하지만 할 수 없었다. 그미가 나를 그 이상 더 괴롭히지 않고 떠나는 데 대해 안도감을 느낄 따름이었다.

"먹을 거나 사 주십시오."

나는 돈 얼마를 주었다. 그것으로 내가 악의를 가지고 있지 않다는 인상만 보여 주었다. 처남의 처는 그 돈을 사양하다가 끝내는 받았다. 내가 악의의 사람이 아니라는 것을 받아들이는 것 같았다. 그런데 아내가 뾰루퉁한 얼굴로

"나두 좀 갔다 오겠어요."

하고 처남의 처의 뒤를 따라 집을 나섰다. 처남의 처 혼자 보내기가 안 되어 ××군단까지 같이 가는 것이라고 생각했다. 그런 만큼 가타부타의 말을 할 수 없었다.

내가 사무실에 가서 일을 보고 있을 때였다. 아내에게서 전화가 왔다. 처남의 처와 같이 군단엘 갔다가 친정에까지 들러 오겠다는 것이었다. 아마 며칠 걸릴 모양이었다. 나는 마음대로 하라고 하는 수밖에 없었다.

그런데 맏애한테서 또 전화가 왔다. 돈이 필요해서 사무실로 찾아오겠다는 것이었다. 나는 무엇에 필요한 돈이냐고 물었다. 그것은 만나서 이야기하겠다면서 전화로는 말하지 않았다.

오백 원이 필요하다면서 금액만 말했다.

나는 단호히 거절했다. 돈이 필요하면 집에서 말할 것이지 왜 사무실로까지 찾아오려고 하느냐? 아무리 급한 일이라도 오늘 저녁 만나 이야기를 한 뒤 주겠다고 했다. 자식들이 돈을 타러 사무실까지 찾아온다는 것을 좋은 일로 생각지 않고 있는 나였다. 그런데다가 아내가 친정에 가서 며칠 있다 오겠다고 한 말이 나의 신경을 자극하고 있는 때라 아들에게 호락호락하게 돈을 줄 뜻을 보일 수가 없었다. 아들이 사정을 하려고 했지만 나는 상대하기도 싫어 전화를 끊어 버렸다. 그러고는 친정에 가서 며칠 있다가 오겠다

는 아내의 뱃심 속에 나에 대한 불만이 가득 차 있을 것을 생각했다. 내게 불만을 느끼기 때문에 친정에 가서 며칠 있다가 오겠다고 한 아내가 괘씸하게 생각되기도 했다. 그러나 어쩔 수 없는 일이었다. 우울하기는 했지만 참는 수밖에 없었다.

점심시간이 거의 되었을 때 뜻밖의 손님이 찾아왔다. 정말 뜻밖의 친구였다. 국민학교 동창생인 C가 찾아온 것이었다.

"이거 얼마만인가?"

서로가 부둥켜 안기라도 할 듯이 반가워했다. 국민학교를 졸업한 뒤 이때까지 한 번도 만난 일이 없었던 친구다. 얼마 동안 반가운 이야기를 하다가 각기 자기 생활을 이야기하기 시작했을 때 C의 이야기가 어쩐지 불쾌감을 자아냈다. 지방에서 살다가 사오 년 전부터 서울에 와 사는데 그 생활 이야기가 궁상스러웠기 때문이었다. 찾아와서 자기 생활을 궁상스럽게 이야기하는 친구가 적지 않다. 그런 친구는 열이면 열 모두가 돈을 구걸한다. C도 그런 생각으로 찾아온 것이라 느껴졌던 것이다. 그래서 나도 공무원 월급으로 여유 없는 생활을 한다고 방비선을 쳤다. 그런데 C는 그런 내 눈치도 아랑곳하지 않고 고등학교 다니는 딸 등록금이 부족해서 그러니 몇 달 동안만 돈을 빌려 달라고 말했다.

"나한테 돈이 있어야지."

나는 거절했다. C의 사정이 어떻든 동전 한 푼 내줄 생각이 없었다. 보고 싶어 찾아온 척하다가는 결국 돈 이야기를 꺼내는 친구들에게 돈을 보태 준 일이 없다. 몇천 원 필요하다는 친구에게 백 원짜리 한 장을 주어 보낸 일은 있다. 그러나 그것은 생활에 보태 쓰라는 뜻으로 준 것이 아니라 버스나 타고 어서 가라는 뜻으로 주었다.

한 번이라도 보태 주면 그만큼 내가 손해를 보기 때문이다. 진실된 우정으로 보태 준다면 모르지만 할 수 없이 돈을 줄 때 쾌감을 느낄 까닭이 없다. 불쾌한 생각을 일으킬 짓을 무엇 때문에 한담. 내 것 아깝지 않을 만큼 돈이 많다면 모른다. 아내의 도움 없이는 살아 나가지 못하는 형편에 희사(喜捨)라는 것이 있을 수 있는가?

"자네야 그래두 비빌 데가 있지 않은가?"

C는 내게 직장이 있다는 것, 그러나 자기는 실직자라는 것을 설명함으로 동정을 구하려 했다.

"월급은 받지. 그렇지만 박봉을 가지구 애 셋을 학교에 보내구 있네. 무슨 여유가 있겠는가?"

나는 C에게도 백 원 한 장을 쥐어 주었다. 그것도 내 주머니에서 꺼내지 않고 옆에 앉아 있는 동료에게 빌려서 주었다. 백 원도 없어서 남의 돈을 빌려 주니 어서 가라는 뜻이었다. C는 할 수 없이 뜻을 이루지 못하고 돌아갔지만 나는 불쾌했다. 몇십 년 만에 만나는 친구를 섭섭하게 돌려 보낸 마음이 편할 리 없었다. 그러나 C를 섭섭하게 했다는 불쾌감은 오래 가지 않았다. C를 섭섭하게 하지 않을 만큼 돈을 주었다면 그때 느낄 자기 혐오감이 어떠했을 것인가? 자선(慈善)도 회사도 아닌 그 투자는 사회 또는 친구와의 연관성을 짓기 위한 의무적 행위다. 무엇 때문에 우정이 없는 친구와 연관성을 맺어야 하며 또 그런 연관성을 위해 의무적인 행동을 해야 하는가?

톱니바퀴가 기계적으로 합쳤다가 떨어지며 돌아가듯 인간도 사무적으로 만나고 사무적으로 헤어지면 그뿐이다. 거기에 인정이니 연대책임이니 구차스런 이름을 붙여 서로 연관성을 맺는다는 것은 공연한 신경의 소모 이외에 아무것도 아니다. 아무것도 아닌 것에 돈과 정력을 기울인다면 그것은 자기 혐오를 초래하는 결과만 가져온다.

점심땐데 점심이나 먹여 보냈다면 하는 생각도 해 보았다. 굶주리고 있는 사람에게 한 끼의 밥이라도 준다면 그래도 고마움을 느끼며 돌아갈 것이다. 그러나 고마움을 느끼게 하기 위해 점심을 사 주었다고 하면 그때에 느껴야 할 자기 혐오감은? 나는 점심 안 사 준 것을 잘한 일이라 생각했다.

나는 혼자다. 혼자가 좋은 것이다. 남들이 구두쇠라 해도 좋다. 몰인정한 인간이라 해도 좋다. 혼자라야 마음 가볍게 살다가 가볍게 죽지.

그런데 C가 돌아간 지 두어 시간쯤 지나 직원 한 사람이 소녀 두 명을 데리고 사무실로 들어왔다. 서로 싸움을 한 모양이었다. 하나는 절도를 하다가 잡혀 온 소녀요, 하나는 경화였다. 나는 그들이 왜 싸웠나 하고 소녀들을 데리고 온 직원과 소녀들의 대화를 귀담아 들었다. 처음 그미들은 싸운 이유를 말하지 않았다. 그러나 끈질기게 묻는 직원에게 어쩔 수 없이 싸운 이유를 발설했다. 일 원에도 몇 개씩 주는 가는 고무줄 하나가 싸움의 원인이었다.

"이 도둑년이 내 고무줄을 훔쳤어요."

경화의 말이었다.

"이년아, 누구보구 도둑년이야? 갈보년이……."

그미들은 사무실에서도 싸우기 시작했다.

"갈보는 그래두 남의 것 훔치지 않으니까 걱정 말어. 이년아."

경화가 고무줄 훔친 소녀에게 달려들며 머리채를 잡으려 했다. 그때 나는 경화에게로 가서 그녀를 붙들고 내 책상 있는 데로 왔다. 그러고는 안타까운 심정으로,

"경화! 싸우지 말어. 그까짓 걸 가지고 왜 싸워?"

하고 말했다. 정말 진심에서 우러나온 나의 호소였다. 싸우면서 살 필요가 무엇인가? 남에게 혜시(惠施)를 할 필요도 없지만 남에게 아픔을 줄 필요도 없다. 혼자서 살면 그뿐인 것이다. 경화가 비록 몸을 팔며 산 데 대한 열등의식을 가졌다 해도 그 열등의식으로 남과 충돌할 필요는 없지 않은가?

"저런 년을 그냥 둬요?"

경화는 인생과 싸우는 것을 신조로 삼고 있다는 듯 나의 말을 들으려 하지 않았다. 나는 그미의 손을 잡고 사무실을 나왔다. 조용히 이야기를 하고 싶었던 것이다. 그미를 끌고 판매점으로 가 과자와 콜라를 시켜 놓고 그미에게 이야기를 시작했다.

"경화. 세상이란 냉정한 거야. 그렇기 때문에 남에게 무엇을 기대할 수가 없는 거야. 그리구 남이 뭐라든 귀담아 들을 필요두 없구. 개가 짖는가 부다 하는 식으로 생각해. 자기 신념대루 살면 그뿐 아니냐 말야."

나의 진심이 약간 통했는지 그미는 반항하는 태도를 보이지 않고 고개를 떨구었다. 과자와 콜라를 권했지만 그것은 먹으려 하지 않았다.

"경화. 과자를 들어. 그리구 이야기 좀 해."

나는 진심으로 대화를 간청했다. 대화를 하면 대화를 하는 동안 서로 마

음이 통할 것만 같았던 것이다.

"경화. 사람이란 자기 신념대로 살면 그뿐이니까 경화는 무엇을 해두 좋아. 자기가 만족할 수 있도록 살면 돼. 그렇지만 혼자 사는 세상이 아니니까 남의 눈과 입을 생각 안 할 수 없는 거야. 결국 남에게 경멸을 받으며 살 필요가 없다는 거지. 남에게 경멸을 받게 되면 자기 의지대로 사는 경우에도 자기 만족을 못하게 되는 거야. 자기 만족을 못하면서 돈이나 벌면 뭣 하는 거지? 경화는 남자들을 증오하구 있어. 그렇다면 남자와 관계를 맺지 않구 사는 방법을 생각해 봐. 예를 들면 여승이 된다거나 수녀가 되면 평생 혼자 살거든. 그러면 세상 아무도 경화를 경멸하지 않을 거야. 그리고 경화도 남자와 관계를 맺지 않고 사는 데 자기 만족을 느낄 거구……."

모르기는 모르지만 이런 말이라도 해 줄 사람이 나밖에 없을 것이라는 생각을 하며 경화의 반응을 기다렸다. 경화도 마음의 동요를 일으키는지 다소 곳이 내 말을 들으며 무엇인가를 생각하고 있었다.

"꼭 여승이나 수녀가 되라는 건 아냐. 남의 집 양딸로 들어가거나 취직을 해서 혼자 살아가란 말야. 그러면서도 남성들을 증오할 수 있잖아?"

그때 경화가 처음으로 입을 열었다.

"여승은 되구 싶잖아요. 남의 양딸두 싫구요."

"그럼 우리 집으루 가면 어때? 양딸이란 말은 안 할 테니 집안 일이나 도우며 얼마 동안 생각을 해 봐. 좋은 생각이 들면 언제든지 나가두 좋으니까!"

"저 딴 데루 가게 되면 전에 있던 집에 빚을 갚아 줘야 해요."

"얼마나 되는데?"

"한 만 원 돼요."

"그건 내가 갚아 주지."

경화는 그 뒤부터 입을 다물어 버렸다. 내일로라도 그 돈을 내가 그 집에 갖다 갚겠다고 했지만 경화는 대답을 안 했다. 좀더 생각해 볼 필요가 있는 모양이었다. 그래서 나는 돈 만 원쯤 줘도 생활이 곤란해지지 않는다는 내 사정을 말해 주고 내일까지 생각할 여유를 주었다.

나는 하루라지만 경화의 마음이 달라지리라는 것을 믿었다. 자기도 인간이라면 매춘을 고집하지 않을 것이다. 그래서 다음 날 만날 것을 기대하며 집으로 돌아갔다.

집에서 옷을 갈아 입을 때였다. 중학교에 다니는 딸애가 내게로 와서

"큰오빠가 카메라를 갖구 갔어요."

하고 고해 바쳤다. 그 말을 듣는 순간 나는 큰애가 친구들과 놀러 간 것이라고만 생각했다. 그런데 카메라를 가지고 나간 큰애가 밤이 깊도록 돌아오지를 않았다. 열두 시가 지나도 돌아오지 않을 때 나는 문득 낮의 전화를 생각했다. 그리고 달라는 돈을 주지 않았다고 카메라를 들고 나가 판 것이나 아닌가 하는 생각이 들었다. 그랬을지도 모른다. 그러기에 돌아오지 않는 것이 아니겠는가? 아내도 내가 불만으로 친정엘 갔다. 아들도 불만을 품고 나가 돌아오지를 않는다. 모두가 나에게서 멀어진 것이다. 나에게는 아무도 없다는 생각이 들었다. 나와 끝까지 대화를 나눌 사람은 세상에 한 사람도 없다.

그런데 다음 날 소년원에 나갔을 때 나는 경화가 지난 밤 소년원을 탈출했다는 말을 들었다. 나와의 대화를 필요로 할 줄 알았던 경화마저 내 곁을 떠나고 만 것이었다. 필경 전에 있던 집으로 갔을 것이다. 그리고 전처럼 몸을 팔 것이리라. 그러나 나는 그미를 찾아가야 한다는 생각은 안 했다. 나와 관계없는 소녀다. 인간적 관련성을 맺으려던 내가 잘못이었다. 갈 사람은 가라지.

모든 인간에게 실망을 느끼며 일도 제대로 하지 못했다. 시간만 보내다가 집에 돌아갔을 때 맏애가 집에 들어와 있는 것을 보았지만 나는 어디서 자고 왔느냐는 말도 묻지 않았다. 카메라를 어떻게 했느냐는 말도 묻지 않았다. 나에게서 멀어진 사람을 구태여 잡아끌고 싶은 마음이 내키지 않았던 것이다. 내 방에서 혼자 누워 있을 때 딸애가 와서,

"맏오빠, 카메라 팔아 먹었나 봐요. 빈손으루 들어왔어요."

하고 또 고자질을 했다. 그 고자질이 조금도 내 마음을 움직이지 않았다. 카메라 하나쯤 없어졌다 해도 무방하다고 생각했다.

그런데 불현듯 소년원이 생각나는 것이 아니겠는가? 부모의 애정 세계에

서 벗어나 모순된 성격의 대립 속에서 자라나다가 급기야는 타락된 환경 속에 휘몰린 소년원의 수많은 우범들. 그들은 교육을 받지 못해서 그런 위험 속에 빠졌는지도 모른다. 잘못을 저지른 자식을 책망하지도 않는다면 자식의 타락을 방임해 두는 것이나 마찬가지의 일이다.

나는 소리를 쳐서 맏애를 내 방으로 불러들였다. 그리고 분노에 찬 목소리로,

"어젯밤은 어디서 잤냐?"

심문을 시작했다. 맏애는 친구의 집에서 잤다고 천연스럽게 대답했다. 그러자 나는 카메라는 어떻게 했느냐고 물었다. 카메라는 친구에게 빌려 줬다고 역시 천연스런 태도로 대답했다. 거짓말이라도 속는 척하는 수밖에 없었다. 확실한 증거를 잡지 못하고 죄인처럼 취급할 수가 없었던 것이다. 그 대신 전화로 돈을 요구하는 것이 정당한 일이 아니라는 것 그리고 정 필요한 일이라면 그것을 알아듣도록 설명한 뒤 돈을 얻어 써야 한다는 것을 설명했다. 그리고 부자(父子)는 어디까지나 서로 신뢰하고 의지하는 마음을 가져야 한다는 것, 신뢰하고 의지하려면 서로 정당한 생활을 해야 한다는 것을 설명했다.

"네 잘못을 캐려구 하지 않는다. 그 대신 앞으로는 아버지가 너를 의심하는 일이 없도록 그래서 너를 신뢰할 수 있도록 노력해라. 아버지도 너를 이해하는 데 힘을 쓰겠다만……."

앞으로는 자식들의 생활을 좀더 유의해서 살펴보기로 하는 한편 내 진심이 통하기만 바라면서 맏애를 돌려 보냈다. 싫건 좋건 가족과의 관련만은 끊고 살 수 없다. 관련을 끊을 수 없는 사람들이라면 애정으로 대해야 할 것 또한 사실이다. 밥상을 대할 때나 돈을 달라고 할 때 이외에 서로 이야기할 기회가 없던 과거와 달리 좀더 다정한 대화를 나누도록 하자. 그래서 자식들이 아비에게 좀더 애정을 느끼도록 하자. 그러면 카메라를 들고 나가 외박하는 일이 없게 될 것이다.

단 한 사람이라도 사랑할 수 있다면 그는 그리 불행하지 않다. 나는 자식들을 사랑해야 한다는 생각으로 고독감을 메꾸며 하룻밤을 보냈다.

다음 날 사무실에 나갔을 때 원장(院長)이 나를 불렀다. 원장이 내 이름을 기억하고 있을지가 의심될 만큼 나는 그이 앞에 얼굴을 나타낸 일이 없었다. 그런데 원장이 내게 무슨 일이 있단 말인가? 혹시 경화의 일로 부르는 것이나 아닌가 생각하며 원장실로 갔다.

원장은 나를 보자 내일 부산 지방으로 출장을 가는데 내가 수행원이 되라고 했다. 적지 않은 직원 가운데 하필 그런 직책을 나에게 맡기는 이유를 이해할 수 없었다. 그러나 상부의 명령이라 이유를 물을 수가 없을 뿐만 아니라 못 가겠다고 말할 이유도 없었다.

"내일 오후 두 시 출발이니까 서무과와 연락해서 오늘 중으로 기차표 두 장을 사 두시오."

나는 하라는 대로 할 것을 약속하고 원장실을 나왔다. 그러고는 서무과로 가서 돈을 타 가지고 정거장으로 나갔다.

정거장 이등 대합실에서 부산행 급행 이등 차표 두 장을 사 가지고 이등 대합실을 나올 때였다. 이등 개찰구에서 나와 역 광장으로 걸어 나가고 있는 아내의 뒷모습을 보았다. 아내는 여행가방을 든 어떤 남자의 옆에 바싹 다가서서 다정하게 이야기를 하며 걷고 있었다. 나는 내 눈을 의심하며 그 뒤로 가까이 가 그 남자의 옆얼굴을 보았다. 그러고는 역 저쪽에 있는 출찰 구로 가서 방금 도착한 기차가 어디서부터 온 것인가를 알아 보았다. 경부 선 특급열차였다.

아내의 친정은 원주(原州)다. 친정서 온다면 중앙선(中央線)을 탔어야 한다. 틀림없이 나를 속이고 딴 남자와 여행을 갔다 오는 것이다. 눈에서 불이 났다.

나는 우선 집으로 가 아내를 기다렸다. 증거를 잡았으니 그냥 둘 수가 없는 일이라 판정을 내리고야 말 작정이었다. 부정한 아내를 데리고 살 수는 없다. 이혼이다.

그런데 한 시간을 기다려도 아내는 들어오지 않았다. 헤어지기가 아쉬워 다방에라도 들렀는지 모른다.

나는 집에만 앉아 있을 수가 없었다. 기차표 샀다는 것을 보고해야 한다.

그래서 다시 소년원으로 돌아갔다.

소년원에 들어서자 나는 천여 명의 원생들이 전원 운동장에 모여 있는 것을 보았다. 유명한 사람이 와서 특별 강연을 하는 모양이었다. 나는 누가 어떤 이야기를 하는가에 대한 흥미를 느끼지 않았다. 아내 일로 머리가 꽉 차 있었기 때문이었다. 군중을 뒤로 하고 사무실로 들어갔다. 텅 빈 사무실에 혼자 있기가 민망스러워 창가로 가서 운동장을 내다보았다. 줄지어 선 수많은 소년소녀들이 눈 안에 들어왔다. 세상이 온통 우범으로 메워져 있는 느낌이 들었다. 동시에 그 많은 우범 속에는 내 자식들도 들어 있을 것이라는 착각을 했다.

"아 ─ ."

절규 비슷한 탄성을 올리며 나는 눈을 감았다. 우범이 따로 없다. 인간은 누구나 다 우범이다. 죄를 지었거나 죄를 범할 가능성을 가지고 있는 것이 인간이다. 반항 의식을 가지고 죄를 짓는가 무의식적으로 죄를 짓는가가 다를 뿐이다.

저기 모여 섰는 우범들은 반항의식에 의한 범죄자들이다. 구원받기 힘든 저 우범들은 누가 무슨 말을 해도 귀담아 듣지를 않을 것이다.

아내 ── 자식. 자식 ── 아내. 나는 내 가족들을 생각했다. 아내는 이미 반항 의식을 가지고 범죄를 했다. 자식은 앞으로 그럴 가능성이 있다. 맏아들뿐이 아니다. 고자질 잘하는 딸애도 또 형에게 반항하는 둘째 놈도 모두 그럴 가능성을 가지고 있다.

나는 어떻게 해야 하는가? 세상에 나와 밀접한 관계를 가지고 있는 것은 오직 가족들뿐인데…….

아무도 없는 사무실에 전화벨 소리가 울렸다. 안 받을 수 없었다.

"저예요."

내 목소리를 알고 말해 오는 아내의 말이었다.

"저 지금 왔어요. 네 시 차로요. 별일 없었지요? 퇴근하시면 곧 돌아오시죠?"

다정하게 들리는 목소리였다.

나는 아무 말도 못했다. 이혼을 결심했다면 한 마디의 말이라도 했어야 할 것이다. 그러나 자식들을 생각해서,

"곧 갈게."

하고 전화를 끊었다. 모든 죄를 알면서도 아는 척할 수가 없는 나였다.

그러나 퇴근하자 나는 집으로 돌아가는 대신 양동으로 갔다. 경화를 만나기 위함이었다. 왜 경화를 만나려고 했는지는 나도 모른다. 아내에 대한 증오심으로 반항에 끈질긴 경화와 격투라도 하려는 심산이었는지 모른다. 그렇지 않으면 황야에서 비를 맞고 떨고 있는 경화를 나의 심상 속에 그려 보고 있었는지.

경화가 있던 집을 찾아가서 경화가 있느냐고 물었을 때 집 주인 여자가

"그런 년 우리 집에 없어요."

딱 잘라맸다. 심상치 않은 분위기였다. 나는 경찰서에서 왔다고 거짓말을 했다. 그래서 집 안을 뒤져서라도 경화를 찾아 내려고 했다. 그러자 안주인은 겁이 났던지,

"그년 아파 누워 있어요."

하고는,

"경화야."

소리질러 경화를 불러 냈다.

나는 경화가 나오기를 기다리지 않고 그미가 누워 있는 방으로 들어갔다. 몹시 아픈 모양이었다. 나를 보고도 표정을 달리하지 못했다.

"너 잡으러 온 거 아냐. 그냥 보구 싶어서 왔어."

나는 우선 그미를 안심시킨 뒤,

"어디가 아프니?"

하고 물었다. 그때 경화는 갑자기 눈물을 떨어뜨렸다. 눈물방울에 뜨거운 열이 섞여 있는 것처럼 보였다.

"말해 봐. 어디가 아픈 거야?"

나는 약이라도 사다 줄 생각으로 아픈 곳을 물었다. 그러자 경화가

"맞았어요. 선생님이 돈을 가지고 찾아오실 것 같아 미리 도망치려 했어

요. 그러다가 붙들려서……."

그미의 눈물은 방울을 지어 떨어졌다.

"내가 그렇게두 싫었니?"

"아녜요. 미안해서요."

"그럼 어디루 도망치려구 했니?"

"모르겠어요. 어디든 가서 식모살이라도 할까 했어요."

나는 경화가 더 말을 못하게 그미의 손을 꼭 잡았다. 그러고는 잠시 뒤 안주인을 불러,

"데리구 가겠소. 소년원에서 도망친 걸 알지요?"

하고 말했다.

"좋두룩 하세요. 그깟 년 죽이든 살리든 맘대루 하세요."

나는 체념 안 할 수 없는 안주인을 뒤로 하고 경화를 부축한 채 그 집을 나왔다. 제대로 걷지도 못하는 경화에게,

"소년원으룬 데리구 가지 않을게. 우선 우리 집으루 가 있어."

하고 귓속말 비슷하게 말했다. 그 말에 경화가 만족해하는 줄만 알고

"이젠 포주한테 돈을 갚지 않아두 될 거야. 이렇게 매를 맞았으니까 돈 값을 한 거지, 안 그래? 만약 돈을 갚으라면 정말 경찰서 힘을 빌리두룩 할 게……."

혼잣말을 했다. 나는 경화가 고개를 끄덕이며 내 말을 듣고 있는 것이라 생각했다. 그래서,

"내가 돈을 갚아두 되는 건데 왜 소년원을 도망쳤지? 그리구 이 꼴이 되 도록 매질을 하게 할 건 뭐람?"

하고 내가 그미의 정신적 후견인이 된 것처럼 말했다.

그런데 한 마디의 대답도 없던 경화가 남대문 근처에 이르러,

"저 잠깐 볼일 좀 보구 오겠어요."

하고 멈칫 섰다.

"무슨 일인데?"

"만날 사람이 있어요."

"그래?"

나는 부축했던 손을 그미의 몸에서 떼지 않을 수 없었다. 꼭 만날 사람이 있다는데 못 만나게 할 이유가 없었다.

절름거리며 혼잡한 시장 쪽으로 걸어가는 경화를 볼 때 그미가 내게서 도망가는 것이나 아닌가 하는 생각을 했다.

잠깐만 다녀오겠다던 그미가 오 분이 지나고 십 분이 지나도 돌아오지 않을 때 나는 그미가 도망친 것이 분명하다고 생각했다. 그러나 나는 그미를 찾아 내려 하지 않았다. 자기 의지로 도망친 소녀다. 나의 호의가 싫어서 내 곁을 떠난 여자다. 붙잡아서는 무엇하겠는가?

나는 세상에서 할 일이 아주 없어진 것 같음을 느꼈다. 그렇다고 슬퍼할 수도 없었다.

"집으로 가자."

내가 갈 곳은 그래도 집밖에 없다. 집으로 가면 아내가 반가운 표정을 지으며 맞이해 줄 것이다. 그 조작적인 표정이 눈앞에 선했다. 그래도 가지 않을 수가 없다.

조작적이나마 반가워하는 표정을 지어 줄 것을 고맙게 생각할 수밖에 없다. 그리고 나는 조작적으로 반가워하는 표정을 깨뜨리지 않기 위해 서울역에서 본 일을 입 밖에 꺼내서는 안 된다.

이런 생각을 하며 나는 한 걸음 한 걸음 발을 나의 집으로 옮기는 것이었다.

(원)《신동아 58》1966. 12,, (출)『추정』 성문각, 1968.

외짝 양말들

1

오 박사(吳逸祐)는 공항에 나올 때마다 옛날 학생 시절을 생각한다. 근 오십 년 전의 일이지만 보통학교를 졸업하고 고등 보통학교에 입학시험을 치르러 P시에 가던 때부터 고등 보통학교를 졸업할 때까지 오 년 동안 방학마다 그는 말을 타고 P시엘 다녔다. 기차는 물론 버스도 다니지 않던 때라 말을 타지 않으면 종일 걸리는 백 리 길을 걸어가야만 했다. 말 부리는 사람이 채찍으로 신나게 말을 때리면 말이 목에 건 여러 개의 방울을 쩔렁쩔렁 울리며 반달음질로 뛸 때의 기분. 들판 신작로를 지나다가 동네를 통과할 때는 마부가 더 신이 나서 채찍질을 한다. 그러면 말은 머리를 흔들며 방울 소리를 요란하게 낸다. 같은 면내(面內)에서 고등 보통학교에 다니는 애들은 몇 명이 되지 않았지만 그 중에서도 말을 타고 다니는 학생은 자기 혼자뿐이었다. 얼마나 신이 났는지 모른다.

말을 타고 신이 나서 좋아하던 그때 비행기는 말로만 들었지 구경도 못했었다.

그런데 오십 년 뒤인 지금 한국 사람들은 사발 제트여객기를 타고 외국을 이웃처럼 다닌다. 공항에서 여자들과 애들까지 비행기를 타고 외국 출입하는 것을 볼 때 오 박사는 한국이 참으로 살기 좋은 곳이 됐다고 생각한다.

그런데 오늘 공항에 나와 딸 마리를 기다리는 동안 오 박사는 여객기에서 내린 손님 가운데는 한국 사람보다도 외국 사람이 더 많은 것을 보았다. 세관을 거쳐 출영 나온 사람들 틈으로 걸어오는 손님들이 한국 사람보다 외국 사람이 더 많은 것을 보자 오 박사는 혼자 고개를 끄덕였으나 십여 년 만에 만나는 딸의 모습을 찾기에 그런 생각을 오래 할 수는 없었다.

"할아버지. 고몬 왜 아직 안 나와요?"

중학교 1학년에 다니는 손자 경두(敬杜)가 비행기 도착시간이 사십 분이 지나도록 자기 고모가 나타나지 않는 데 답답증을 느낀 듯 말했다.

"세관에서 조사를 받구 있는 거겠지."

"남들은 다 나오는데요."

"짐이 많으면 늦는 거야."

오 박사의 설명에 납득이 갔는지 경두는 더 묻지를 않았다.

사실은 오 박사도 마리가 너무 늦게 나온다고 생각했다. 무슨 짐이 그리 많기에 남들은 쏟아져 나오는데 마리만이 나오지를 않을까? 딸의 얼굴을 보고 싶은 마음이 그를 초조하게 했다. 십 년 만에 처음 보는 딸. 고국 남자와 결혼을 하기 위해 돌아오기에 더욱 대견스러웠다.

"아버님, 저기 나와요!"

경두 사이에 두고 옆에 있던 며느리 옥경(玉卿)이 여객들이 걸어나오는 쪽을 보며 말했다. 순간 오 박사도 마리를 보았다. 마음 같아서는 사람들 틈을 부비고서라도 앞으로 나아가고 싶었다. 그러나 오 박사는 마리가 가까이 올 때까지 참고 서 있었다.

"고모 멋쟁인데, 엄마……."

고모를 사진에서만 보고 실물을 처음 대하는 경두가 자기 어머니에게 감탄사를 내뱉었다. 옥경이 옆구리를 찌르는 바람에 경두가 몸을 움칠하고는 오 박사를 쳐다봤다. 자기가 혹시 잘못 말한 것이나 아닌가 해서 조금 찔렸던 모양이다. 그러나 오 박사는 다가온 딸 때문에 경두를 본 척도 안 했다.

"아버지."

마리가 감격적인 표정으로 오 박사에게 달려왔다. 오 박사는 이런 때 손을 내밀고 악수를 해야 한다고 생각했다. 요즘 세상은 전부 그렇게 되어있다. 남들이 보는 데서라고 악수를 못할 이유가 없다. 그렇지만 육십 하고도 다섯이 더 된 자기의 체모가 그럴 수 없었다.

"왔구나……."

십 년 만에 만나는 딸에게 할 수 있는 첫 인사가 이것뿐이었다.

"아버지!"

마리가 오 박사 품에 안겼다. 오 박사도 마리를 안고 등을 쓸어주고 싶었다. 목구멍이 막히고 눈시울이 뜨거워졌다. 그러나 남들의 시선이 바늘 끝처럼 따갑게 느껴져,

"올케하구 경두가 나왔다."

하며 마리의 어깨를 밀었다. 그러자 마리가 옥경에게로 가서 손을 부여잡고,

"안녕하셨어요?"

눈물방울이 매달린 얼굴로 활짝 웃음을 보였다.

"먼 길을 오시느라고 고생하셨어요."

정말 오래간만에 만난 사이지만 그들은 인사말을 똑똑히 주고받을 만큼 태도가 분명했다. 그래서 오 박사는 경두에게,

"고모에게 인사를 해야지."

하고 그들의 시선을 경두에게로 끌었다. 경두는 모자를 벗고,

"안녕하세요?"

마리에게 인사를 꾸벅했다.

"경두로구나."

마리가 키스라도 할 듯이 경두를 끌어안았다. 누구보다도 마리에게 감격을 준 이가 경두였으리라. 마리가 미국으로 떠날 때 경두는 겨우 네 살밖에 안 되었었다. 그런데다가 그새 오빠가 죽었다. 오빠의 장례식에도 나오지 못했던 만큼 경두는 마리에게 두 사람 몫의 감격을 주었을 것이다.

"컸구나……."

마리는 경두의 뺨을 만지기도 했고 머리를 쓸어주기도 했다.

2

다음 날 오후 오 박사는 학교에서 돌아온 경두를 데리고 서울운동장으로 야구경기 구경을 갔다. 원체 스포츠 구경을 좋아하는 오 박사이었지만 생각할 일이 많을 때는 특히 운동장으로 가는 것이 그의 습관이었다. 스포츠 구경을 하는 동안 잡념이 있을 수 없지만 경기를 구경하는 틈틈이 좋은 아이디어가 떠올라 골똘히 생각하던 일의 매듭을 우연히 짓는 수가 많았던 것이다.

오 박사는 마리가 돌아온다는 편지를 받은 뒤부터 마리의 상대가 될 남자에 대해서 많이 생각했다. 그리고 때로는 친구들을 통해 그 후보자를 골라도 보았다. 그러나 마리에게 내세울 만한 사람을 아직 물색하지 못했다. 뿐만 아니라 어떤 종류의 상대가 가장 이상적이라는 원칙도 정하지를 못했다. 마리가 삼십 이내의 처녀라면 문제가 없겠는데 서른 여섯 살이나 됐으니 그 연령에 너무나 제약을 받아 여자로서의 주장을 내세울 수가 없다.

말하자면 적령기를 넘긴 여자의 핸디캡이 너무나 크다는 것을 자인하지 않을 수 없었다. 그런 핸디캡을 가지고는 어떤 남자라야 후보가 될 수 있다는 원칙을 내세울 수가 없었다. 사십쯤 된 총각이 있으면 가장 이상적이겠는데 그런 남자가 있다는 말은 별로 듣지를 못했다. 혹시 있을지도 모르나 그런 나이가 되도록 결혼 못한 사람은 어딘가 결함이 있다. 결함 있는 남자를 미국서 대학 조교수까지 하다가 돌아오는 마리에게 후보자로 내놓을 수는 없다.

사십대의 남자라면 대개 한번 결혼했다가 상처를 한 사람이다. 상처를 했다고 해도 전처 소생의 애만 없다면 모른다. 그런 사람이 희소하다. 좀 나이가 아래인 남자라면 얼마든지 있겠지만 그것은 마리 편에서도 불응할 것이고 아무리 미국 교육을 받았다고 하더라도 그런 늙다리 처녀와 결혼할 똑똑한 젊은 녀석은 없을 것이었다. 서로 연애를 하는 경우라면 혹시 남자의 나이가 여자보다 아래라도 관계가 없을지 모른다. 그렇지만 마리는 당장에 중매 결혼을 해야 한다. 그래서 마리가 도착할 때까지 망설이기만 하다가 아무런 결론도 얻지 못한 것이지만 결혼하기 위해 귀국하겠다는 편지를 받은 지 달포가 넘도록 아무런 대책도 세우지 못한 자기가 무능한 아버지 같아서 마리에게 미안했다.

그래서 마리가 은사들과 동창을 찾아보러 나간 새 오 박사는 혹시 어떤 아이디어가 우연히나마 떠오르지 않을까 해서 운동장엘 간 것이다.

야구는 한·미 친선경기였다. 한국에 주둔하고 있는 미군부대 중 가장 강한 ××사단과 한국 실업 팀 중에서 가장 강한 ××은행과의 대전은 수많은 관중이 모인 가운데 이미 게임을 시작하고 있었다. 야구의 나라인 만큼 그렇기도 하겠지만 일개 사단 군인 가운데서 뽑은 선수로 조직된 팀이 한 나라의 최강팀과 싸워 이기겠다는 미국 군인 팀을 보자 오 박사는 자기 국가의 미약성을 새삼스럽게 느꼈다. 한국 팀이 이기기를 바라지 않을 수 없었지만 그런 마음을 가지는 자기가 구슬픈 것 같기도 했다.

무승부로 3회가 끝나고 미군 팀의 공격이 시작되었다. 5번 타자가 안타를 치고 1루로 나갔다가 2루 스틸을 할 때였다. 한국 팀 캐처가 세컨으로 보낸 볼을 쇼스탑이 잡아 러너를 아웃 시켰다. 심판이 아웃을 선언했을 때였다. 미군 팀 코치가 주심에게 타임을 요청한 뒤 이루로 들어가 심판에게 아웃 선언이 부당하다는 항의를 했다. 그래서 게임이 중단되었다.

결국 심판의 선언대로 러너는 베이스에서 물러나고 게임이 다시 진행됐지만 미군 팀 코치의 항의가 상당히 완강했었다. 그때 오 박사는 상대가 미국 사람들이니 한국인 심판이 굴복하지나 않을까 조마조마했었다. 그런데 심판이 심판의 권위를 끝까지 지키는 것을 보았을 때 그는 스포츠만은 독자의 세계를 가지고 있는 것이라 생각했다.

"할아버지, 미국 사람들이 치사하게 억지를 쓰지요?"

옆에 있던 경두가 못마땅한 어조로 말했다.

"이기는 사람들은 무엇에나 이기고 싶어하니까 그런 거겠지."

오 박사는 경두에게 동조하는 것이 그야말로 어른답지 못하다고 생각하면서도 그만 동조해버렸다.

"억지 쓰는 걸 보니까 지겠는데요."

경두는 앞을 예상하며 말했다. 그 판단이 옳건 그르건 경두는 자기 연령에 어울리지 않게 지각 있는 판단을 내리려는 습관을 가지고 있다. 하나밖에 없던 아들이 남긴 하나밖에 없는 후손이라는 점에서도 귀여웠지만 엉뚱한 판단을 곧잘 내리는 것이 더욱 신통해서 오 박사는 언제나 경두를 데리고 다닌다. 그래서 그랬는지 경두는 오 박사에게 있어서 손자라는 위치를 떠나 때로는 친구와 같은 존재이기도 했다.

삼 년 전 아내가 죽었다. 아내가 죽은 뒤 식구가 많지 않은 집안이 쓸쓸하기 짝이 없었다. 그래도 환갑이 지난 만큼 재혼은 생각지도 못했다. 더구나 남편이 죽은 지 육칠 년이 되도록 개가를 않고 시가에 머물러 있는 며느리를 볼 때 자기의 재혼은 생각만 해도 부끄러운 일이라 여기고 있었다.

그러나 쓸쓸한 것만은 사실이었다. 아내와 같이 쓰던 방이 넓게만 보여 견딜 수가 없었다. 오 박사는 결국 경두를 자기 방으로 데리고 왔다. 자기보다도 더 외로울 며느리에게서 경두를 뺏아 오는 것이 잔인한 일 같았지만 머리가 커 가는 경두가 독방을 쓰고 싶어하는 기미를 눈치채고 경두의 자유의사에 맡기는 척하며 자기 방으로 이사 오도록 꾀었다. 경두는 독방을 요구하는 눈치였지만 오 박사는 자기 방이 필요 이상으로 넓다는 것, 그리고 식구가 셋밖에 안 되는데 각기 따로 흩어져서 살 필요가 없다는 것을 말해서 은연중 자기 방으로 올 것을 희망했다.

어른 비슷하게 눈치 빠른 경두라,

"할아버지와 같이 있어야 성적이 좋아질 꺼야."

스스로 계산하고 있었던 일인 것처럼 말했다.

"다 잊어버려서 뭘 알아야지?"

오 박사가 겸손한 태도를 취했지만,

"할아버지는 박산데. 나 할아버지한테 영어두 수학두 다 배울래."

경두는 오 박사를 개인교수로 생각하려는 모양이었다. 오 박사 방으로 이사하는 구실을 스스로 그렇게 생각하는 것이리라.

어쨌든 경두가 오 박사 방으로 이사를 하자 오 박사는 덜 고독했다. 밤에 자다가 눈을 떴을 때 경두가 옆에 있는 것을 보면 방 안이 비어 있다는 생각을 안 해도 좋았다. 밥을 먹을 때는 몇 안 되는 식구지만 한 식탁에서 식사를 하는 것이 이 집 습관이다. 그래서 아내가 죽은 뒤 옆자리가 늘 비어 있던 것을 경두가 이사온 뒤부터 경두를 그 빈 자리에 앉게 했다.

말하자면 잠잘 때나 밥 먹을 때 아내가 차지하고 있던 자리를 경두가 차지하고 있다.

그 뿐만도 아니었다. 오 박사는 경두의 학습을 지도하는 한편 그에게 바둑을 가르쳐주었다. 그래서 바둑 친구가 되고 있는 것이지만 스포츠 구경을 좋아하는 오 박사를 따라 스포츠 구경을 시작한 경두가 지금은 오 박사 못지 않게 스포츠 팬이 되었다. 그러니 경두는 오 박사에게 있어서 아내보다 더한 존재라고도 말할 수 있다.

경두가 있는 이상 재혼 같은 것은 염두에도 둘 필요가 없었다.

3

7회까지 무승부였다. 8회에 접어들었을 때 공격하던 한국 팀의 선수가 투런 홈런을 쳐 단번에 석 점을 얻었다. 한 시즌에 한두 개의 홈런을 치는 박××선수였다. 관중석은 야단이었다. 모든 관중이 일어서서 함성을 올렸다. 타자가 홈에 들어올 때까지 앉는 사람이 없었다. 오 박사도 경두도 일어서서 박수를 쳤다. 그 대신 미군은 쥐죽은듯 조용했다. 측은할 정도였다.

"할아버지. 입장료 값은 뺐죠?"

홈런 치는 것을 보았으니 입장료 값은 넉넉하다고 경두가 만족해했다.

그런데 홈런을 내자 피처를 갈고 다시 경기를 계속하는 미군 팀을 보고 그들이 기력을 잃고있는 것 같아 오 박사는 약간 미안한 것을 느꼈다. 동시에 며칠 전 시골서 올라왔던 사람의 말이 회상되었다.

오 박사는 서울서 병원을 개업할 때 시골 부동산을 전부 팔았다. 선친들이 전부 돌아갔기 때문에 친척도 별로 없는 고향이다. 그래도 몇 해 전부터 그는 고향 동네와 특별한 관계를 맺고 마을 지도를 하고 있다. 그래서 가끔 고향엘 가기도 하지만 고향 사람들이 오 박사를 찾아오기도 한다.

며칠 전 그 곳 이장 곽용대(郭龍大)가 농협에서 개최하는 독농가 좌담회에 참석차 상경했다고 하며 오 박사를 찾아왔다. 그는 우선 동네 이야기를 했다.

금년은 풍년이 들어 평년보다 이삼 할의 증수를 할 수 있다는 것, 그리고 삼포(蔘圃)와 과수원도 다 잘 되고 있다는 말을 했다. 그리고는 몇 해 전부

터 계획해 오던 기와 올리기 운동은 금년 추석 때까지 일단 끝낼 것을 보고
한 뒤,

"추석날에는 공회당에 박사님 사진을 걸구 잔치를 할랍니더. 사진을 한
장 주셔야겠심더."
하고 말했다.

"사진은 걸어 뭣 해? 그런 거 싫어하는 줄 알구 있잖아?"

오 박사는 얼마 전 그들이 자기 비석 이야기를 할 때 단호하게 거절했던
일을 생각하며 말했다. 몇 해 동안 물심 양면으로 그들을 원조했다. 그 결과
둘째 단계의 목표였던 초가집을 기와집으로 고치기 운동이 끝나가고 있다.
곽용대의 직접적인 지도가 있었기 때문이기는 했지만 오 박사의 발의(發意)
와 그의 경제적 원조가 없이 이루어질 수 없는 일이다.

오 년 전 오 박사는 선영에 성묘를 하러 고향에 내려갔었다. 그때 동네
사람들이 너무나 가난하게 사는 것을 보았다. 일본 사람들의 착취가 없는데
도 가난이 계속되는 것을 본 뒤 이장 곽용대 씨를 불러 여러 가지 이야기를
들었다.

그때 오 박사는 자기 힘으로 그 동네를 부흥시켜 보겠다는 생각을 했다.
우선 잘 살게 하려면 논농사에만 의지하지 않고 다각적 농사를 짓도록 해야
한다고 생각했다.

그래서 그 고장에서 전부터 해오던 삼포와 양잠을 부흥시키기 위해 자금
을 융자해서 다각농을 장려했다. 그리고 공회당을 지어 주어 정신 계몽의
도장으로 삼게 했다. 그밖에도 가마니틀이라든가 새끼 꼬는 기계를 사 주어
부업을 장려하기도 했다.

곽용대는 오 박사의 뜻을 받들어 훌륭한 지도자가 되었다. 곽용대의 아들
은 청년운동을 맡고.

오 박사는 동네 사람들의 생활수준이 조금 나아진 뒤 초가집들을 기와집
으로 개수할 것을 목표로 삼았다. 그래서 작년에는 기와 굽는 가마를 짓도
록 하고 거기서 기와를 굽게 했다.

"칠십 호 전부가 기와집으루 변했심더. 와서 그걸 봐주셔야 안 하십니

꺼.”

곽용대는 추석날 자기 동네로 초청할 의사까지 보였다.

“글쎄, 가고 싶기는 하지만 딸이 미국서 돌아온다는 데 어떻게 될지……”

오 박사도 그런 때 한 번 가 보고 싶었다.

“꼭 오셔야 쓰겠심더. 동네에는 또 딴 문제가 생겨서요.”

“딴 문제라니?”

“윤씨네와 송씨네가 싸움이 벌어질 것 같습니더.”

“무슨 일인데?”

곽용대가 요새 일어나고 있는 사건을 이야기했다.

“윤송수라구 있잖습니꺼? 글쎄 그 첨지의 딸이 식모살이 한답시고 서울엘 왔다가 얼마 전 내려갔는데 말입니다. 글쎄 깜둥이 자석을 안구 오잖았습니꺼……”

그래서 동네서는 그 여자를 내쫓아야 한다고 야단들인데 그 중 송씨네 가문에서 더욱 소란을 피우고 있다는 것이었다. 윤씨네 집안들은 내쫓으면 어딜 갈 것이냐고 동정적 태도를 취하고 있지만 송씨네 기세를 눌린 윤씨네들은 이장인 곽용대의 선처만을 바라고 있다는 것이다.

그럴 것이다. 순수와 순박을 생명처럼 생각하는 농촌사람들이다. 만약 송씨네 가문에 그런 일이 일어났다면 윤씨네도 가만 있지는 않을 것이다. 만약 윤씨네 딸이 깜둥이가 아니고 황색 애를 낳았다면 내쫓으려는 소동까지는 벌이지 않을 것이다.

옛날 같으면 그런 것도 안 되겠지 그러나 지금은 농촌 사회에서까지 윤리관이 변해가고 있다. 그런 정도라면 용서까지는 못해도 묵인쯤은 할 수 있는 정도에 이르렀다.

다만 윤씨네 딸이 낳은 애가 깜둥이라는 것이 문제다. 깜둥이나 흰둥이나 꼭 같을 것이겠지만 외국인의 피가 섞인 사생아를 농촌에서는 받아들이지 못할 것이다.

그것은 농촌에 국한된 문제가 아니다. 도시에서도 깜둥이나 흰둥이는 황색 인종 틈에 끼여 활보를 할 수가 없다. 설사 불의로 태어나지 않고 떳떳한 결혼에서 얻은 애라도 그는 멸시와 천시를 면하지 못할 것이다.

오 박사는 딸 마리가 미국에 가서 십 년 동안 취직해 있으며 귀국하지 않을 때 유색(有色) 손자를 보지나 않을까 그것을 걱정했다. 죽을 때까지 만나지 않는다면 모르지만 마리가 서양 사람과 결혼을 한 뒤 그래도 고국이 그리워 남편과 자식을 데리고 귀국한다면 혼혈 손자를 품에 안지 않을 수 없다. 혼혈의 어린애를 안고 있는 자기를 상상하기가 싫었다.

다행히 마리는 한국 사람과 결혼하기 위해 귀국했지만 고향 마을에서는 혼혈아 문제로 북새가 일어나고 있다. 그리고 아무것도 모르는 깜둥이 애는 치욕과 모멸 속에서 자랄 것이다.

이런 생각을 하고 있을 때 관중들의 박수 소리가 떠들썩했다. 수비를 하고 있던 미군 팀의 외야수가 홈런이 될 뻔한 볼을 점프하면서 용하게 받은 것이었다. 비록 적수라 해도 그 묘기에 감탄들을 아끼지 않았다. 그런데 관중의 박수를 받고 있는 미국 선수가 바로 깜둥이었다.

"흑인 중에 천재가 많다지요? 할아버지."

경두가 물었다. 불우한 환경 속에서 사는 사람 가운데 우수한 인물이 나온다는 말을 속으로 생각하고 있는 모양이었다.

"그렇다더라."

오 박사는 경두의 질문에 긍정을 해주며 곽용대에게 해 준 자기 말을 회상했다.

"깜둥이라구 죽으랄 수는 없잖아? 동네서 못 살게 하면 그 모녀가 어딜 가겠나?"

다시 양부인 노릇을 하면 몰라도 그렇지 않는 한 그 모녀에게는 갈 곳이 없으리라는 것을 걱정해서 한 말이었다. 좁은 바닥에서 살면 그들의 천대는 더 할 것이다. 그러나 손을 떼고 시골로 간 여자에게 다시 양부인으로 돌아가라는 말은 할 수가 없는 것이었다.

야구 경기가 끝났다. 삼대 이로 한국 팀이 이겼다. 오 박사는 한국 팀이 진 것보다 훨씬 마음이 가벼움을 느끼면서 집으로 돌아왔다. 그 대신 마리의 결혼에 대해서는 이렇다 할 아이디어를 조금도 얻지 못했다. 신통한 아

이디어가 있을 것 같지도 않았다. 결국 마리와 의논을 하는 가운데서만이
아이디어가 떠오를 문제라는 생각이 들었던 것이다.

<h2 style="text-align:center">4</h2>

집에 돌아왔을 때는 저녁 여섯 시쯤이었다. 아직 채 어둡지는 않았지만
마음이 어수선해지는 시각이었다. 밝음과 어둠의 중간 지대에 서게 되면 한
낮에 느끼지 못하던 세월의 흐름을 느끼게 된다. 동시에 시간의 빠름에 아쉬
움을 느낀다. 인생의 황혼을 넘어가고 있는 오 박사는 이 밝음과 어둠의 중
간 지대를 가장 싫어한다. 어디로 가서 시간이 빠름을 잊도록 술을 마시거나
그렇지 않으면 다정한 친구를 찾아가 끊임없는 이야기라도 하고 싶어진다.

그러나 오 박사는 이 날 운동장에서 바로 돌아왔다. 마리 때문이었다. 하
나밖에 없는 자식인 딸을 십 년 만에 만났는데 그미를 잊고 집을 나가 있을
수는 없었던 것이다.

그런데 집에 돌아오자 오 박사는 마리가 벌써 집에 와 있는 것을 보았다.
십 년 만에 왔으니 만날 사람도 많을 텐데 어째서 일찍 돌아왔을까? 오 박
사는 딸이 낯설고 소외감에 젖어 아무도 만나기를 싫어하는 것이나 아닌가
생각했다. 노처녀라고 하기엔 너무나 나이를 많이 먹었다. 서른 여섯 해를
혼자서 보냈으니 그새 얼마나 고독했을까? 그 고독이 고질화되어 결혼생활
을 하면서까지 그것을 버리지 못한다면 부부생활이 불행해지고 말 것이다.
오 박사는 그런 것을 걱정하며,

"만날 사람을 다 만났니?"
하고 물었다.

"모교에 가서 선생님들께 인사를 드리구 친구 몇을 만났을 뿐예요."
마리의 대답은 담담했다.

"일찍 돌아왔기에……."
오 박사는 그미가 일찍 돌아온 데 혹시 어떤 연유라도 있음이 아닌가 생
각했던 것이라는 자기 변명을 했다. 그런데 마리는,

"한국은 참 좋아요. 오래간만에 만났다구 점심 사 주는 사람이 없나, 저

녁을 먹구 가라는 사람이 없나……."

하고 아주 명랑한 이야기를 꺼냈다.

오 박사는 참으로 다행한 일이라고 생각했다. 외국에서만 살다가 돌아와 첫날부터 제 나라를 싫어한다면 어떻게 할 것인가? 그러나 조국의 좋은 점이 그것뿐이냐는 뜻으로,

"그거야, 보통 아니냐? 서양 사람은 그런 맛두 없니?"

하고 물었다.

"미국에서는 정식으루 초대하기 전에는 그런 일이 없어요. 초대한다구 해서 가 보면 겨우 차 한 잔과 과자 한 개 정도가 일쑤이기두 하구요."

"한국 사람들이야 조금만 친하면 술 한 잔쯤 예사로 사지. 명절이 돼봐라. 음식을 얼마나 나눠 먹는데……."

"가난해두 인심은 좋은가봐요."

오 박사는 조국에 대한 좋은 인상을 가졌을 때 그미의 결혼 이야기를 꺼내려고 했다. 어떤 상대를 구하는지 그걸 알아야 내일부터라도 발을 벗고 나설 수가 있다. 그런데 그 말 꺼내기가 힘들었다. 사전 준비를 전혀 해 놓지 않은 미안감 때문이었으리라. 하기는 해야겠는데 그 말을 꺼내지 못하고 있을 때 마리가,

"아버진 병원에 안 나가세요?"

하고 화제를 돌렸다.

"생각나면 가끔 나가지. 그렇지만 이젠 진력이 나서 채용한 의사들에게 아주 맡기구 있다."

"그래두 간판은 아버지 이름으로 있잖아요?"

"글쎄 간판까지 떼버릴 생각두 있다만 시설이 아까와서……."

"웰(Well), 그럼 제가 결혼을 한 뒤 아버지 병원을 맡아보지요."

"좋지. 나두 일찍부터 그런 생각을 하구 있었다."

"아 —— 대디(dady) 댕큐."

마리는 오 박사를 쓸어안고 뺨을 부볐다.

오 박사는 마리가 기뻐하는 것은 좋았지만 영어를 써 가며 서양식으로 기

뺌을 표현하는 데는 얼굴을 찡그리지 않을 수 없었다. 얼굴을 찡그리면서도 오 박사는 마리의 기뻐하는 틈새를 타서,

"너 교제해 오는 상대라두 있니?"

하고 결혼 이야기를 꺼냈다.

"없어요. 이제부터 만들어야지요."

마리는 유쾌하게 웃었다. 무척 낙관적이었다.

"그럼 네가 물색할래?"

"아버지가 골라 주셔두 좋아요. 사람만 좋으면 연애를 해 보다가 결혼하지요."

오 박사는 마리가 자기에게 전적으로 의존하지 않는 것이 좋았다. 이 때까지 후보자를 물색해 보지 않은 데 대해 크게 미안을 느끼지 않아도 좋을 것 같았다.

"어떤 사람이 좋겠니?"

"사람만 좋으면 되지요 뭐."

"그래두 조건이 있지 않겠니? 연령이라든가 직업이라든가 가정환경이라든가……."

"나이는 저보다 위여야 할 거예요. 직업은 가릴 것 없구요. 제가 병원 일을 맡게 되면 남자야 돈이 없어두 좋지 않을까요?"

"그런데 말이다."

마리가 말하는 조건은 모두가 수월하다. 가장 중요한 것은 미혼을 찾느냐 그렇지 않으면 기혼 남자도 무방하느냐는 문제다. 기혼남자라면 자식이 몇 정도가 좋을지. 무엇보다도 그것을 알아야 할 것이다. 그러나 그 말을 물어 보기가 힘들었다.

"그런데 무슨 말씀이죠?"

마리는 힘들 일이 하나도 없다는 태도로 반문했다.

"그런데 말이다, 너보다 나이 많은 남자로 미혼 남자가 쉬워야 말이지."

힘든 말이지만 그는 꺼내고야 말았다.

"한번 결혼했던 남자면 어때요."

"결혼했던 남자라면 애가 있을 거 아니냐?"

"애는 딴 사람이 기르겠지요, 문제될 것 없잖아요?"

마리는 어디까지나 낙관적이었다. 그러나 오 박사는 낙관일 수가 없었다.

"서양에서야 어떻게 하는지 모르겠다만 우리 나라에서야 애들은 아버지가 맡게 마련이 아니냐?"

"그럼 고아원 같은 데라도 맡기면 되잖아요?"

"고아원?"

오 박사는 마리가 조금 딱하게 생각되었다. 십 년 동안 조국을 떠나 있었다고 해서 조국 사정을 그렇게도 모를 수가 있을까? 고아원이란 의탁할 데가 없는 그야말로 고아들만이 모이는 곳이다. 부모 중 한 쪽만 있어도 자기 자식을 고아원에 보내지는 않는다.

오 박사의 난색한 표정을 보자 마리는,

"남의 애를 기르는 여자가 있어요? 전 그건 못해요."

자기 태도를 명확히 밝혔다. 자애로운 계모 노릇은 할 수가 없다는 것이다. 그렇다면 십중칠팔은 결혼이 불가능하다. 전실 자식을 안 보겠다는 여자와 결혼할 남자가 어디 있는 것일까? 그렇다고 해서 외국물이 든 마리에게 남의 애까지 맡아 기를 수 있는 현모양처가 되라는 말도 할 수가 없었다. 그 대신 자기가 사위를 물색하는 것은 지극히 곤란한 일이라고 생각했다.

"빨리 좋은 사람이 나섰으면 좋겠다."

오 박사는 운명에나 기대하는 수밖에 없다는 생각이었다.

"나서겠지요. 오늘 학교 선생님들한테두 부탁해 놓았으니까요."

은사들에게까지 결혼 상담을 했다는 마리의 대담성에 놀랐지만 오 박사는 자기만을 의탁하지 않는 마리에게 고마움을 느꼈다. 될 수 있으면 마리 자신이 자기의 신랑을 골랐으면 했다.

오 박사는 마리의 결혼에 대한 책임감을 전적으로 느끼지 않았지만 그렇다고 모른 척할 수는 없었다. 부탁할 만한 친구들에게마다 사윗감을 부탁했다. 부탁할 때의 조건은 기혼남자도 무방하나 전실의 애가 없어야 한다는 것이었다. 그런데도 기쁜 소식처럼 말해 주는 사람을 소개하겠다는 후보자는 대개 한두 명의 애가 달렸다는 것이었다. 애가 있어선 안 된다고 말하면 저쪽에서는 으레 애가 하나나 둘인데 어떠냐는 반문이었다. 애도 클 대로 다 큰애니까 있으나마나 하다면서 놓치기 싫은 자리라고도 했다. 오 박사도 큰애가 하나쯤이면 문제가 안 될 것 같아 그런 후보자를 마리에게 알렸다. 그러나 마리는 애와 같이 사는 것은 반대라고 했다. 그래서 애 없는 홀아비를 구해야 하는데 그런 사람은 일 주일이 지나도 나타나지 않았다.

마리도 성급하게 여기저기 쫓아다니며 부탁을 하고 있는 모양이지만 역시 적당한 상대가 나타나지 않는 것 같았다. 마리가 만족해할 사람이 전혀 없을 것도 아니란 희망을 가지면서 하루하루를 보내고 있을 때였다. 오 박사는 자기 모교를 찾아가기로 마음먹었다. 조금 창피한 일이지만 마냥 기다리고만 있을 수가 없었다. 체면을 볼 때가 아니라 생각했다. 모교에는 교수가 많다. 그 가운데는 홀아비 교수가 있을지도 모른다. 나이 든 총각 교수도 있을 수 있다. 직접 가서 학장이나 병원장을 만나 부탁해 보자. 학장이나 병원장 모두가 아는 사람이니 사정 이야기를 하면 사위를 구하는 자기 심정을 이해해 주겠지.

조반을 먹은 뒤 집을 나서려고 할 때였다. 며느리 옥경이 와서 손님이 찾아왔다는 말을 했다. 혹시 병원으로 갈 환자가 원장인 자기에게서 진찰을 받으려 직접 집으로 찾아온 것이나 아닌가 해서,

"어떤 손님이지?"

하고 물었다.

"애를 업고 온 젊은 여잔데 만나 뵙구 의논드릴 말씀이 있답니다."

"병 때문에 찾아온 사람이면 병원으루 가라지 왜?"

"병 때문에 찾아온 것 같지는 않던데요."

병 아닌 일로 자기를 찾아올 젊은 여자가 있을 턱이 없었다. 그러나 의논할 일이 있어서 찾아왔다는 사람을 만나도 보지 않고 돌려 보낼 수는 없었다. 찾아온 여자를 들어오게 했다. 그런데 여자와 동시에 여자 등에 업혀 있는 어린애를 보는 순간 오 박사는 당황하지 않을 수 없었다. 업혀 있는 애가

깜둥이었다. 며칠 전 곽용대가 찾아와서 이야기하던 윤 첨지의 딸 바로 그 여자라는 것을 직감했다. 동시에 그 여자가 찾아온 이유를 짐작하기도 했다. 귀찮은 일이 벌어지는 것이라 생각했지만 응접실에까지 들어온 그녀를 안 만난다 할 수가 없었다.

오 박사는 그미에게 자리를 권한 뒤,

"망대리에서 온 윤 첨지의 따님이시군?"

요담을 줄이기 위해서 그미의 일을 이미 알고 있다는 말부터 꺼냈다.

"그렇습니더, 그런데 어떻게 절 아시는기요?"

젊은 여자는 부끄럼도 없이 오 박사를 쳐다보며 물었다. 어딘가 조금 부족한 데가 있는 여자라고 생각했지만 오 박사는,

"일전 곽 이장에게서 이야기를 들었지, 그런데 의논할 일이란 뭐요?"

단도직입적으로 용건을 물었다.

"글쎄 동네 사람들이 죽인다구 몬살게 굴어서 쫓겨나지 않았습니꺼? 어딜 가서 살아야 할지 몰라 박사님을 찾아왔심더."

초라한 그미의 몰골에서는 양공주가 발산하는 요염하다거나 음탕스러운 기미 같은 건 이미 찾아볼 수 없었다.

"글쎄 낸들 어떻게 한담."

오 박사는 책임질 말이 하기 싫었다.

"아버지가 서울 가거든 박사님을 찾아뵈락캤는데 박사님이 모르신다면 어떡허능기요?"

"아버지가 그런 말을 했대두 글쎄…… 내한테 무슨 힘이 있어야지?"

오 박사는 어디까지나 회피할 생각이었다.

"전 죽어두 다시 그런 일 안 할랍니더. 먹구 살게만 해 주시소."

양부인 노릇을 하기 싫다는 것이었다. 그러나 정 갈 데가 없으면 그런데 밖에 갈 곳이 없는 여자 같았다. 오 박사는 그미에게 다시 양부인이 되라는 말을 할 수는 없었다. 그래서

"애를 고아원에 보내구 당신은 어디 식모살이라두 하지."

애도 살고 그 여자도 살 수 있는 방법을 귀띔해 주었다.

"식모살이는 좋아두요, 애만은 고아원에 못 보내겠니더. 다시 없을 자식 아닌기요."

"왜 다시 없을 자식이야. 애를 고아원에 보내구 혼자 살면 얼마든지 시집을 갈 수 있을 텐데……."

"저 같은 가시나를 누가 얻어갑니꺼?"

"천만에. 못생긴 얼굴도 아닌데……."

"전 그런 말 믿지 않습니더. 한 번 속아보지 않았습니꺼? 어린애를 데리구 살 수 있게 해 주이소."

"애를 왜 애 아바지한테 보내지 못하지?"

그미는 식모 자리를 소개해 준다면서 동두천까지 데리고 갔던 어떤 남자가 자기 얼굴이 예쁘다고 꾀던 말을 연상하는 모양이었다.

"애 애비가 어디서 사는지나 아능기요? 훌쩍 떠나구는 소식두 없는디요?"

어딘가 모자라는 데가 있는 여자 같았다. 애 아버지가 분명하다면 떠나갈 때 왜 주소도 알아두지 않았을까? 그리고 웬만하면 그 남자를 따라갔어야 할 것이다. 그런데 여자는 애 아버지가 어디 살고 있는지도 모른다는 말을 예사로 하고 있다. 그렇다고 바보라고 나무랄 수도 없었다.

"딱하기는 하지만 어떻게 할 도리가 없는데……."

오 박사는 자기의 힘으로는 어떻게도 할 수 없다는 것을 말했다. 그런데 그미는,

"전 선생님만 믿구 왔는데요."

하고 오 박사 이외에는 달리 의논할 데도 없다는 것을 억지쓰듯 말했다.

"그래두 낸들 어떡허겠나?"

"박사님만 믿구 안 왔능겨?"

그미는 같은 말을 반복한 뿐이었다. 그때 며느리가 들어왔다. 깜둥이를 업고 온 여자니만큼 딱한 사정을 이야기하러 온 것임에 틀림이 없다고 생각한 그미는 오 박사에게 조언이라도 할 생각으로 들어왔을 것이다.

오 박사는 정말 며느리의 조언이 필요했다. 그래서 젊은 여자의 사정을 설명하고 또 그 동안의 대화도 요약해 들려주었다. 그리고는 어떻게 했으면

좋겠느냐고 머느리의 의견을 물었다.

"딱하기는 하지만 어떻게 합니까?"

옥경도 묘안이 없는 것을 고백했다. 그러자 젊은 여자가 옥경에게 향해,

"이 댁에서 식모사릴 하게 해 주시소."

마치 그걸 바라고 왔다는 듯이 말했다.

"식모가 있는 걸요."

그래도 젊은 여자는,

"이런 댁에 식모가 둘이면 어떻닌교?"

힘들지 않은 일을 힘들게 생각한다는 식으로 말했다.

오 박사는 할 수 없다고 생각했다. 며칠만이라도 집에 두고 애를 고아원에 보내도록 권유하자. 그 뒤 그미를 어디 식모 자리로 보내면 될 것이 아닌가? 이런 생각을 했다.

갈 데가 없는 그미를 쫓아내면 고향 사람들에게 몰인정한 인간이란 오해를 받게 될 것이다. 다만 며칠이라도 묵혀 보내는 것이 마땅할 것 같았다. 그래서 그는 옥경을 밖으로 불러내며,

"무턱대구 내 보내면 또 타락하게 될 거다. 며칠만 묵혀 두구 애를 고아원으로 보내두룩 하자. 네 생각은 어떠니?"

하고 옥경의 동의를 구했다. 옥경이 어찌 아버지의 뜻을 거역할 수 있을 것인가? 깜둥이가 눈에 거슬렸지만,

"할 수 없군요."

자기 뜻도 그렇다는 듯이 대답했다.

옥경과 합의를 보자, 오 박사는 젊은 여자를 옥경에게 맡기고 모교로 갔다.

6

마리가 맨 처음으로 만난 남자는 역시 아버지를 통해 소개받은 S의과대학 조교수인 양성우였다. 삼일 전 아버지와 S의대 학장이 중간 역할을 해서 만들어 준 자리에서 양성우를 만났고 오늘 두 번째로 만나는 것이었다.

양성우가 자기보다 나이가 겨우 한 살밖에 차이 없다는 것이 약간 불만이

었으나 그가 총각이라는 것과 S의대의 조교수라는 것이 마리의 마음을 흡족하게 해주었다. 안경을 낀 키가 후리후리한 남자로 건강도 좋은 것 같았다.

N호텔 지하실 다방, 높은 테이블과 딱딱한 의자는 잠시 동안 용건을 이야기할 사람들만을 위해 마련된 장소 같았다.

그래도 외국에 다녀온 사람들은 찻값이 월등 비싼데도 이런 집을 찾아든다.

마리가 다방에 들어섰을 때 양성우는 이미 와 있었다. 그는 마리가 옆에까지 갔는데도 자리에서 일어설 생각을 안 했다. 앉은 채 마리를 쳐다볼 뿐이었다. 여자가 앉을 때는 남자가 의자를 밀어냈다가 앉는 순간 그것을 밀어 줘야 하는데 양성우는 미국 유학까지 했다면서 그런 예절을 아는 척도 안 했다.

마리가 의자에 앉자 성우는 그때야 고개를 숙이며,

"지난번엔 실례했습니다."

하고 인사를 했다.

마리는 여자를 존중할 줄 모르는 성우가 못마땅해서 대답도 하기 싫었다. 그래서 입을 다물고 있었는데 성우는 그런 마리의 마음도 모르고,

"뉴욕에 계셨다지요?"

하고 미국 이야기를 꺼냈다. 그리고는 자기도 미국에 간 일이 있다고 하며 뉴욕 어떤 곳에 있었냐고 물었다. 마리는 묻는 대로 대답했다. 그랬더니,

"좋은 데서 그냥 사시지 뭣 하러 나오셨습니까?"

마치 훈시나 하는 것처럼 말했다. 마리는 아니꼬운 생각이 들었지만 자기 감정을 표면에 나타내는 경박성을 경계하며,

"아무래두 제 나라가 좋지 않아요?"

웃음을 섞어가며 대답했다.

"여자는 대부분 거기서 결혼하구 눌러서 산다던데요."

"그런 여자도 많은 것 같더군요."

"일만 하시느라구 바쁘셨군요."

비꼬는 말인지 기특해서 감탄하는 말인지 알 수 없는 말이었다.

“결혼을 안 하구 연구 생활을 계속하려 했어요.”

마리는 성우에게 반발하고 싶었다.

“학교에 취직하구 계셨다면서요?”

“취직두 하구 있었지만 박사 코스도 하구 있었어요.”

“그럼 박사학위를 마저 따구 나오실 거 아닙니까?”

“여기서두 논문만 보내면 되게 됐어요.”

이렇게 대답을 했지만 성우가 자기를 비판적으로만 보는 것이 싫었다. 그뿐만이 아니었다.

“미국에 오래 있던 사람들은 한국이 못마땅해서 다시 또 가고야 만다던데요.”

그러니까 마리도 또 미국에 갈 것이 아니냐는 듯이 말했다. 결혼하고 머물러 살려는 사람보고 왜 그런 말을 하는 것일까?

마리는 사십을 바라보면서 자기 인생의 고독을 느꼈다. 미국에서 결혼할 생각도 가져 보았다. 이왕이면 미국 사람과 결혼하는 것이 좋으리라는 생각도 했었다. 그래서 같은 병원에 있는 미국인 의사와 교제를 했다. 그 남자는 결혼을 신청했다. 마리도 응할까 했지만 아들도 잃고 없는 쓸쓸한 노인인 아버지의 업을 이어 맡아야 한다는 생각으로 고국에 돌아온 것이다.

고국에 나와 살려면 한국에서 한국 남자와 결혼을 해야 한다. 또 결혼을 하려면 하루라도 빨리 해야 한다. 늙어 가는 자기 얼굴이 보기 싫었던 것이다. 그런데 성우는 남의 마음도 모르고 딴 소리만을 하고 있다.

“전 한국이 그리워서 나왔어요.”

그러니까 다시는 그런 말하지 말라는 의미의 말을 했다. 그리고는 성우 이야기로 화제를 돌렸다.

“선생님은 왜 이 때까지 결혼 안 하셨지요?”

“다 아실 텐데요.”

“짐작은 갑니다만.”

“박사 학위를 얻구 또 교수가 될 때까지는 공부를 해야 하지 않습니까?”

“그럼 결혼을 좀 더 미루셔야 하겠군요.”

"너무 늙어가는 것 같아서요. 그리구 학장 선생님이 권하시는 일이
라……."

이 말을 듣자 마리는 성우에 대해 환멸을 느꼈다. 학장의 소개니 마지못
해 응했다는 것은 겸손도 아무것도 아니다. 한국 사람들은 좋은 일일 경우
그것을 마지못해 하는 척한다. 그것이 무슨 겸손인가? 도리어 상대방에 대
한 모독이다.

이야기를 그 정도로 하고 헤어질 때 마리는 속으로 단념했다. 그리고는
다방을 나오는데 성우가 먼저 문을 열고 나가버렸다.

그런 경우 문을 밀어 놓고 여자가 먼저 나가게 한 뒤 자기가 나가야 하는
예의도 모르는 남자다. 거리에 나와 그와 작별할 때 마리는 조금도 미련 없
이 다시는 만나지 않을 것을 결심했다.

7

일 주일 이상을 설득시켰지만 동희(東姬)는 깜둥이 딸을 고아원으로 보내
는 데 동의하지 않았다. 그것은 하나의 신앙과 같은 것이었다. 죽으면 같이
죽고 살면 같이 살아야 한다는 생각은 어떤 말에도 움직이지 않았다.

그런 만큼 오 박사로서는 그미를 어떻게도 할 수 없었다. 식모 자리를 얻
어 내보내야겠는데 깜둥이를 떼려고 하지 않으니 누가 그런 여자를 쓸 것인
가? 공장 직공으로 취직을 시키는 길도 있기는 하겠지만 애를 집에 두고 공
장 일을 하려면 애 보는 사람을 써야 한다. 공장 직공으로는 그런 비용을 벌
어낼 수가 없다. 그러니 막연한 채 동희를 집에 머물게 하는 수밖에 없었다.

그런데 동희는 아무 걱정도 없는 사람처럼 마음놓고 집안 일을 돕고 있었
다. 식모와 같이 부엌일을 하는 한편 마루나 방 소제는 식모에 앞서 자기가
맡아 했다. 그 뿐도 아니었다. 옥경이 맡아 하던 오 박사 시중을 도맡았다.

아침이면 오 박사가 일어나기가 바쁘게 오 박사 방으로 달려와 이부자리
를 개고 세면소로 가서 칫솔에 치약을 쏟아놓았다. 그리고는 세수하기를 기
다리고 있다가 수건을 건네 주었다. 어디서 그런 것을 배웠는지 오 박사가
조금도 불편을 느끼지 않도록 물샐틈 없는 시중을 들었다. 밖에 나가려면

옷솔을 들고 와서 양복을 쓸어 주었다. 현관에 나가면 언제 닦았는지 깨끗한 구두를 바로 놓고 난 뒤 구두칼을 내민다.

갈 데도 없고 보낼 곳도 없는 사람이라면 집에 머물게 해서 시중을 들게 해도 무방하지 않을까 하는 생각이 들었다. 아내도 해 주지 못하던 일. 그것은 며느리에게서도 기대할 수 없는 일이었다. 그런 것을 동희가 척척 해내는 것이었다.

보아하니 고민이 전혀 없는 것 같았다. 시집을 가야 한다는 일이거나 혼자서는 살아갈 수가 없을 것이라는 일 같은 것을 생각지도 않는 것 같았다.

그래도 오 박사는 며느리 옥경이가 마음에 걸렸다. 내보내기는 해야 할 여잔데도 결단을 내리지 못해 내보내지 못하는 자기의 나약성이 옥경의 오해를 사고 있는 것이나 아닐까 하는 의구심을 품게 되었던 것이다. 더구나 동희가 여자라는 점에서 더했다. 그미의 전 직업이라든가 또는 교양면을 생각할 때 상대도 안 되는 여자지만 그래도 여자는 여자다.

오 박사는 동희를 증오하거나 경멸하는 태도로 대하고 있지 않다. 아내 이상으로 세심하게 몸 시중을 들어주는데 도리어 호감을 느끼고 있다. 동희 같은 여자가 있어만 준다면 아내 없이도 생활의 불편을 전혀 모르고 살 것 같은 느낌이었다. 경멸을 표하지 않고 도리어 호감 같은 것을 느끼고 있는 자기를 옥경은 여자의 눈으로 어떻게 볼지 모른다. 여자는 여자에 대해서 눈이 예리한 법이다. 그래서 하루는 옥경을 불렀다.

그리고는,

"내보내기는 해야겠는데 어떡허지?"

하고 우선 동희 처리에 대한 옥경의 의견을 물었다.

"제가 뭘 알겠어요? 아버님 하시는 대로 따르겠어요."

옥경은 솔직하게 자기 의견을 말하지 않았다.

"아무래두 오래 둬 둘 수야 없잖느냐?"

거듭 물었지만 옥경은,

"아버님 소견대루 하실 일인데요."

하며 대답을 거부하는 태도였다.

“자기 위치를 잊구 안 해두 괜찮을 일까지 하는 경우가 있지?”

“글쎄요. 전 모르겠어요.”

어떤 말에도 대답을 회피하려는 옥경의 태도가 수상했다. 역시 걱정했던 것처럼 자기를 의심하는 것이나 아닌가 하는 의구심이 들었다. 그럴 수는 없는 일이었다.

예순다섯이나 된 사람이 다른 사람도 아닌 젊은 며느리에게 오해를 받으며 살 수가 있겠는가? 자기는 동희가 있어서 불편을 안 느낀다는 것일 뿐 그 이상 아무런 감정도 가지고 있지 않다. 그래서 오 박사는,

“나는 고향 윤씨네 집안 체면두 있구 해서 그러니 네가 알아서 동희를 내보내도록 해라.”

하고 자기가 동희를 내보내지 못하는 또 하나의 이유를 설명하는 동시 동희 문제를 옥경에게 일임하는 태도를 취했다.

“갈 데 없는 여자를 전들 어떻게 내보내겠습니까?”

옥경이 자기에게는 불가능한 일이라는 듯 말했다.

“이 집안 사람들이 모두 내보낼 수 없다면 누가 그 애를 내보내지?”

“좀더 둬 두구 때를 기다려야 하지 않겠어요?”

옥경은 시종 소극적이었다. 소극적이라기보다 동희를 내보내는 일에 참여할 생각이 조금도 없다는 태도였다.

오 박사는 그 이상 옥경을 추궁할 수가 없어,

“마리의 말을 들어봐야겠군.”

딸의 의견을 듣고 처리할 뜻을 밝힌 뒤 옥경을 내보냈다.

마리도 거의 비슷했다. 그런 여자를 가지고 신경을 쓸 필요가 뭐냐면서 있을 때까지 있게 하다가 내보내라는 것이었다.

옥경과 다른 것은 옥경이가 자기는 모르겠다는 데 비해 마리는 전혀 무관심하다는 것뿐이었다.

자기 결혼 문제로 관심도 없을 것이 사실이었다.

어쨌든 의논의 상대가 안 되는 식구들뿐이니 오 박사로서도 어떻게 할 도리가 없었다. 그 중에서도 옥경의 태도가 찜찜했지만 두고 보는 수밖에 없

었다.

오 박사는 경두가 그래도 남자니까 의논의 상대가 되지 않을까 생각했다. 경두는 남자일 뿐 아니라 어린 편에 비해 엉뚱한 생각을 곧잘 하는 애다.

저녁때 경두와 이야기를 해 보는 수밖에 없다고 생각하며 혼자 앉아있을 때였다.

동희가 노크도 없이 방문을 열고 뛰어 들어왔다.

"박사님 큰일 났심더. 애기가 까무라치구 있지 않습니꺼."

무슨 변고가 생긴 모양이었다.

"무슨 일인데?"

오 박사가 물었다.

"빨리 가십시더. 열이 펄펄 끓습니더."

애가 앓는 모양이라 생각되었다. 오 박사는 병원에 나가서 진찰하는 일을 그만 둔 지가 몇 해째 되었지만 집 안에 있는 청진기를 찾았다. 그런데 동희는 청진기 찾는 동안도 참지 못해서,

"어서 가입시더."

하며 오 박사의 팔을 잡아끌었다. 오 박사가 청진기를 찾아 들고 복도를 걸어가는 동안도 동희는 오 박사가 발길을 빨리 옮기도록 팔을 끼고 끌다시피 했다. 오 박사는 당황하지를 않고 침착하게 걸었다.

아침에까지도 애가 아프다는 말을 들은 일이 없었다.

어린애가 갑자기 열이 난대도 별 병이 아니리라 생각했던 것이다. 여유 있는 마음이어서 그런지 오 박사는 자기 팔을 잡고 가는 동희의 손에서 전해오는 감촉을 느꼈다. 그 감촉에 어떤 쾌감을 느끼고 있는 자신을 발견한 것이다.

순간적으로 느낀 느낌에 그는 자기 비판을 안 했다. 오래간만에 느끼는 여자의 감촉을 아무런 비판 없이 향수하는 것이었다. 부드러운 살결을 손으로 쓸어보는 듯한 착각까지 느끼며 역시 여자란 좋은 것이라고 생각했다.

진찰한 결과 열이 좀 높다해도 기관지염 외에 딴 병이 없음을 알았다.

"걱정하지 마. 감기야."

오 박사는 청진기를 빼면서 말했다.

"그래두 몸이 끓구 젖 먹을 생각두 못하는디유……."

"약만 먹이면 곧 나아."

오 박사는 어린애의 얼굴을 보며 말했다. 과연 까만 얼굴이었다. 어쩌면 그렇게도 까말 수가 있을까? 먹으로 칠을 한대도 그렇게까지 까말 수는 없을 것 같았다. 까만 것과 누런 것 사이에서 나온 것이라면 까망과 누렁의 중간색이 나와야 할 것이 아닌가? 먹과 물을 섞으면 묽은 색이 된다. 그런데 사람만은 그런 화학적 작용을 일으킬 수가 없는 것인지…….

혼혈아란 정신면에 있어서도 중간 위치에 있을 수는 없는 것일까 하고 생각했다. 아무리 깜둥이라 해도 한국에서 한국 어머니 밑에 자란다면 한국적 정신을 가지는 것이 당연할 것이다.

그러나 자기의 얼굴을 볼 때마다 그 애는 한국에서 사는 것을 슬퍼할 것이다. 정신적으로는 자기 얼굴색과 같은 사람들을 동경할 것이 아니겠는가? 애를 위해서는 아무래도 아버지 계통의 인종이 사는 곳으로 보내야 할 것이다.

그런데도 동희는 그런 생각을 안 한다. 인간의 보편적인 그 모성애를 본능처럼 가지고 있다.

오 박사는 혼혈아를 기르다가 미국으로 보내는 사업체를 생각했다. 펄벅 여사의 재단으로 된 그런 단체가 있다는 것을 들은 일이 있다. 그 단체에 교섭을 해서 그 애를 미국으로 보내도록 하리라 생각했다.

동희가 말을 안 들을 때는 강제로라도 보낸다. 그러면 동희가 슬퍼하겠지만 동희는 젊으니까 시집을 가서 새 아기를 낳게 된다. 그때는 동희도 그 애를 약간 잊어버릴 수 있을 것이고 그 애는 자기 얼굴빛과 같은 사람들 사이에서 빛깔의 슬픔을 잊을 수가 있을 것이다.

오 박사는 혼자 그런 생각을 한 뒤 약처방을 써서 동희를 주었다. 그러자 동희는 앓는 애를 업고 병원으로 가려 했다. 병원이래야 백 미터 정도밖에 떨어지지 않은 곳에 있다.

그러나 오 박사는 주었던 약처방을 도루 내라고 한 뒤,

"앓는 애를 업구 가면 안 되겠는데……."

하고 식모를 불러 병원에 가게 했다. 깜둥이 애 업은 여자가 자기 집을 출입하는 것을 남들에게 보이기가 싫었던 것이다.

자기 방으로 돌아온 오 박사는 그 깜둥이 애를 완전히 처리하기나 한 것처럼 마음이 홀가분함을 느꼈다. 그런데 학교에서 돌아온 경두는 오 박사가 깜짝 놀랄 만한 말을 했다.

오 박사는 경두의 아이디어를 빌리려 한 것이 아니라 경두가 그새 그 애를 어떻게 생각했는지, 그 감상을 묻는 정도로 말을 꺼냈던 것이다. 그런데 경두는 놀랍게도,

"할아버지, 그 애를 왜 죽이지 못하세요? 아무래도 불행해질 앤데 죽이는 편이 그 애를 위해 좋은 일 아녜요?"

하는 것이었다. 일리가 있는 말이었다. 그 애는 어디서 사나 불행할 것만은 사실이다. 죽을 때까지 세상에 태어난 것을 비통하게 생각하며 자기를 낳아준 사람들을 저주할 것이다. 그리고 오 박사 자기는 의사다. 그 애에게 죽는 약을 아무도 모르게 먹일 수 있다. 그리고 사망 진단서를 꾸며서 쓸 수가 있다. 그러면 그 어린애의 죽음에 대해 의혹을 품을 사람이 하나도 없을 것이다. 바보스런 동희도 알 까닭이 없다. 그렇게 되면 저주스런 어린애의 일생의 비극이 시작되기 전에 종말을 고하게 되고 동희는 불가항력 앞에 자기 슬픔을 잊게 될 것이다.

더구나 그 애는 지금 앓고 있다. 식모에 앞서 병원으로가 자기가 직접 약을 지으면 일은 즉각 성공하게 된다.

그러나 오 박사는

'너는 무서운 생각을 하는 애로구나.'

하고 놀랍다는 표정만을 지었다.

"할아버지두, 할아버지는 그 애가 살아서 행복해지리라 생각하세요?"

경두는 오 박사가 도리어 이해가 되지 않는다는 듯 물었다.

"행복할 수 없는 사람은 죽여야 하니?"

"사는 것이 죽는 것보다 불행할 때는 죽는 것이 마땅치 않습니까?"

"그래두 산 생명을 죽일 수는 없는 거야. 생각해 봐라. 세상에 자기가 나

108

오고 싶어서 나온 사람이 하나나 있니? 나올 운명 속에서 태어나온 것뿐이
거든. 마찬가지로 한 번 나왔으면 살아야 하는 운명 속에서 또 별 수 없이
살아야 하는 거야."

"나올 때는 마음대로 나올 수 없지만 죽을 때야 마음대로 죽을 수 있지
않습니까?"

"죽는 것도 마음대로 할 수 없는 거다."

오 박사는 이렇게 경두를 눌러 놓았지만 속으로는 경두의 말을 잊을 수가
없었다.

어린애를 죽이기가 힘들지 않다는 것, 그리고 어린애를 죽임으로써 그 어
머니와 어린애 자신이 행복해질 것이라는 생각 때문이었다.

마약을 적량보다 조금만 많이 먹이면 애는 고통도 없이 죽어간다. 애가
그렇게 죽으면 동희는 운명이라 생각하고 그 운명에 눈을 감을 것이다.

문제는 산 생명에게 치사량의 마약을 먹여 죽게 하는 자기 양심일 것이
다. 그러나 사리사욕을 위해 양심을 버리는 것이 아니라면 남을 위해 양심
을 꺾는 게 죄악일 수는 없다.

죄악일 수는 없지만 양심을 꺾는다는 것은 쉬운 일이 아니다.

오 박사는 그런 생각을 안 하는 것이 좋으리라고 마음먹었다.

펄벅 재단 같은 데 그 애를 보내면 그 뒤 동희가 괴로워하고 어린애가 불
행한 일생을 보내더라도 자기와 상관할 것이 없지 않은가?

그래서 그는 응접실로 가 며느리 옥경을 불렀다. 펄벅 재단에 보낼 것을
제의하자. 그러면 옥경도 그것을 명안이라고 말할 것이다. 그리고 자기는 옥
경에게 그런 말을 한 이상 깜둥이 애를 죽일 생각 같은 것을 안 하게 될 것
이다.

그런데 펄벅 재단 이야기를 했는데도 옥경은 시원한 표정을 보이지 않
았다.

"대답을 해봐라. 네 생각은 어떤가."

그래도 옥경은 대답을 하려 하지 않았다.

"내 말에 못마땅한 점이라두 있다구 생각하는 거냐?"

"아닙니다. 참 좋은 방법이라구 생각됩니다."

"그 말 하기가 왜 힘이 들지?"

"힘이 들어서 그런 건 아닙니다."

"그럼 뭐냐?"

"………."

옥경은 대답을 안 했다. 오 박사에게 말 못할 무엇을 가슴에 품고 있는 것이 분명했다.

8

옥경은 점점 말수가 적어갔다. 같이 있던 경두가 오 박사 방으로 갔으니 같이 이야기할 사람도 없겠지. 그런데 오 박사와 얼굴을 대할 때도 어려워만 하고 말이 없었다. 그 대신 동희의 수다는 점점 늘어갔다.

평생 자기가 살 집이기나 한 것처럼 집안 살림에 참견 안 하는 것이 없었다. 마치 시어머니 없는 집안의 딸과 같았다.

마리는 점점 손님처럼 되어가고. 오 박사가 물색해 준 양성우가 마음에 안 든다는 말을 한 뒤 몇 남자와 만났다는 이야기를 했다. 그러나 마음에 드는 남자가 있다는 말을 한 번도 안 하는 것으로 보아 제대로 되어 가는 일이 하나도 없는 모양이다.

그러니 집안 분위기가 무거워질 수밖에 없었다. 오 박사는 운동경기 구경과 바둑에 더 많은 시간을 보냈다.

그 날은 어떤 친구를 집으로 오게 해서 바둑을 두고 있었다. 2층 응접실에서 바둑을 두는데 동희가 맥주 두 병을 가지고 왔다. 시키지도 않은 일을 눈치로 해내는 것이었다. 그리고는 십 분도 안 되어 한 번씩 들어 와서는 커피를 가져올까요, 과일을 가져올까요 하며 손님 대접이 이만저만 아니었다. 같이 바둑을 두던 친구가,

"식모요? 식모룬 아까운 여잔데……."

하며 감탄을 했다.

"식모는 아니구."

"그런 따님은 없을 텐데."

"그냥 기식을 하는 여자지."

이런 이야기를 하다가,

"오형. 왜 장가를 안 드시우? 많이 불편할 텐데."

그 친구가 불쑥 말하는 것이었다.

"여보시오. 망발 작작 하시오."

"늙어 혼자가 더 외롭답디다. 망발은 뭐가 망발이유? 요즘은 다 있는 일인데……."

"어서 바둑이나 두시오."

그들의 이야기는 그 정도였다. 그런데 바둑 친구가 돌아간 뒤 혼자 자기 방으로 돌아왔을 때 오 박사는 자기에게 너무나 할 일이 없다는 것을 느꼈다. 할 일이 없다고 느끼는 것 그 자체가 고독이 아닌가 하고 생각했다. 그것은 바둑 친구가 늙어 혼자가 더 외롭다던 말이 머리에서 사라지지 않기 때문에 생긴 연쇄 작용이 아닌가 생각되었다.

'병원에나 가 볼까?'

병원에 나가면 진찰은 안 한다해도 할 일이 많다. 병원이 잘 정돈되었는가 그것을 살피고 의사와 간호원에게 주의를 시키는 일만 해도 시간 가는 줄을 모를 것이다. 그러나 이때까지 나가지 않던 것을 새삼스럽게 그러고 싶지가 않았다. 새삼스럽게 병원에 관심을 가진 것 같은 인상을 주기가 싫었던 것이다.

잘 되든 말든 일선에서 물러나 여생을 고요하게 보내려던 결심이 무너진 것 같은 인상도 보이기가 싫었다. 먹을 만한 재산이 있다. 꽤 큰 빌딩이 두어 개 있고 제2한강교 근처에 땅도 만여 평 있다. 병원 아니라도 넉넉히 살아갈 수가 있다.

시골 고향 사람들이나 원조해 주며 악몽에 잡아넣는 그 구질구질한 환자를 보지 않으리라던 마음이 아직 변하고 있지 않다.

'시골에나 한 번 가볼까?'

오 박사는 갑자기 고향 시골 생각을 했다. 우연한 기회에 원조하기 시작한 그 동네가 지금은 어느 정도 남들이 부러워할 만한 대상이 되고 있다.

칠십여 호의 빚이 근 이백 원이나 되던 것을 지금은 거의 다 물고 초가집들이 기와집으로 바뀌었다. 남들이 부러워할 만도 한 일이다.

오래간만에 성묘를 갔다가 동네 사람들이 너무나 가난하게 사는 것을 보고 동네 사람들과 이야기하던 끝에 그들을 도와주고 싶은 마음이 생겼던 것이다. 자기가 그 동네를 떠난 뒤 그 동네 사람으로 대학을 다닌 사람이 하나도 없었다. 대학은 고사하고 봉급 생활하는 사람 하나 없었다. 오 박사는 자기가 그 동네서 난 유일의 인물이라고 생각했다. 대단한 인물은 아니지만 경제적 여력이 있기 때문에 그렇게 생각했을 것이다. 좌우간 자기가 그 동네를 도와줄 유일의 인물이란 생각을 하고, 어떤 의무감을 느꼈던 것이다. 그래서 어떻게 도와야 할지 그 방법을 생각했다.

그냥 돈으로 주면 밑 빠진 독에 물을 넣기가 될 것이다. 그래서 생산하는 사람에게 자금을 융자해서 생산의욕을 돋구기로 했다. 다행히 고향은 인삼이 되는 곳이다.

옛날 오 박사의 아버지가 인삼으로 돈을 벌었다. 그런데 자금이 없어 그 인삼을 하는 사람이 별로 없었다. 그래서 삼포를 장려하고 그 자금을 대 주었다. 충실하게 일하는 사람들에게는 이자는 물론 원금도 받지 않을 심산이었다.

오 박사는 그 중 지도적인 곽용대와 의논해서 삼포 말고도 과수원을 장려했고 동네 사람들이 손쉽게 할 수 있는 양잠이라든가 채소의 조기 재배를 장려했다. 그리고 농한기에도 쉬지 않고 일할 수 있는 부업을 장려했다. 사실 그 돈이란 몇백만 원도 드는 것이 아니었다. 그런데 농민들은 융자받은 돈을 기일 내에 갚는다. 거저 준다는 인상을 주어서는 안 된다는 생각에 최하의 이자와 원금을 받았다.

그러나 그 돈을 딴 데 유용하지 않고 그 동네 분으로 놔뒀다가 필요한 때마다 또 융자를 해 줬다. 오 박사는 농촌에 투자한 돈을 아주 소비한 재산이라 생각하고 그 돈을 유용하게 쓸 방법만 생각했다. 그래서 이발소도 만들었고 공회당도 지어 주었다. 그리고 기와가마를 만들어 줌으로써 기와를 자급하게 해서 모두들 기와집을 짓도록 했다.

오 박사는 자기가 현지에서 그들을 직접 지도하지 않고도 곽용대 같은 지도자를 통해 그들의 생활을 윤택케 할 수 있었다는 데 대해 만족감을 느끼고 있다. 그리고 자기를 배출해 준 그 지방이 자기 힘에 의해 살기 좋은 고장이 되었다는 데 자기 삶의 보람 같은 것을 느꼈다.

그러나 언젠가 시찰을 하러 고향에 갔을 때 고향 사람들이 그에게 국회의원 출마를 종용했다. 자기들이 발벗고 나서면 당선이 가능하다는 것이었다. 그 말을 들은 뒤부터 오 박사는 시찰하기 위해서도 고향에 가는 것을 삼갔다.

어디까지나 뒤에 숨어서 그들을 도와주어야 한다는 생각이 굳었던 것이다. 고마움에 대한 어떤 보답이겠지만 그런 식으로 보답하려는 농촌 사람들을 대하기 싫은 것도 그들을 찾아가기 꺼려하는 하나의 이유일 것이다.

그렇지만 풍년을 맞는 추석에 기와집 완성 축하회를 한다니 이번에야 안 갈 수가 없다. 기와집만으로 된 동네가 보고 싶었다. 초가집만의 농촌에서 초가가 하나도 없는 농촌이 얼마나 보기 좋을 것인가?

그러나 곽용대의 말이 생각났다. 사진을 한 장 달라던 그 말을. 그러니 이번에 내려가면 자기를 임금처럼 떠받들 것이다. 비석 세운다는 말을 다시 꺼낼지도 모른다.

'내년에나 한번 가 보지.'

오 박사는 무료하게 방 안을 빙빙 돌았다. 방 안을 돌다가 문득 경두 책상 앞에 멎어 섰다. 그리고 책꽂이 위에 놓여 있는 작문 용지에 눈이 갔다. 경두가 쓴 작문인데 그 작문용지에 빨간 동그라미 셋이 그려져 있었다. 글을 곧잘 짓는 모양이라는 생각을 갖고 그 작문지를 집었다. 나의 집이라는 제목이었다.

"우리 집은 양옥 2층집이다. 방이 열 개도 넘는데 식구는 단 셋뿐이다. 집이 크니까 식구가 더 적어 보인다. 더구나 할아버지한테는 할머니가 없고 어머니한테는 아버지가 없다. 2층에도 양말 한 짝만이 있고, 아래층에도 딴 양말이 한 짝만 굴러다니는 느낌이다. 그래도 친구들은 우리 집을 부러워하겠지? 그래서 나는 친구를 우리 집에 한번도 데리고 가지 않았다. 집이 크고 깨끗하기만 하면 뭣 하는가? 수세식 변소엘 들어가면 너무 깨끗해서 소변 보기가 조심스럽다. 목욕탕이 있으니 싫어도 한 주일에 한두 번은 목욕을 해야 한다. 밤이 되면 도둑이 무섭다고 창문을 꼭꼭 잠근다. 시원한 바람도 쐴 수가 없다. 집은 커서 뭣 한담. 외짝 양말 같은 할아버지와 어머니는 잃어버린 한 짝의 양말을 찾고 싶어하겠지? 그러는 것이 나의 눈에는 똑똑히 보인다. 그런데도 그들은 그 한 짝을 찾으려 하지 않는다. 얼마나 불쌍한 양말들인가? 할머니가 있는 할아버지, 아버지가 있는 어머니였으면…… 가난해도 좋다. 내가 슬퍼져도 좋다. 외짝 양말들이 아니었으면 하고 나는 하느님께 기도 드리고 싶은 마음이다."

오 박사는 못 볼 것을 본 듯 작문지를 얼른 제 자리에 놓고 책상 옆을 떠났다. 그리고 경두 녀석이 참으로 엉뚱한 생각을 하는 애라는 생각에 다시 놀랐다. 외짝 양말! 특히 자기 어머니를 그렇게 보았을 것이다.

'내가 잘못 생각했었구나!'

오 박사는 이 때까지 옥경에 대해 잘못 생각했었다는 것을 느꼈다. 아직 사십도 못된 여자다. 남편이 죽자 경두를 기르며 개가할 생각을 전혀 안 하는 데 오직 감사만 하고 있던 자기가 잘못이었다.

짝지어 줄 생각은 털끝만큼도 안 하고 한국 여자는 옥경과 같은 경우 혼자서 늙는 것이 예사라고 생각했던 자기가 잘못이었다. 요즘 특히 침울해 있는 것도 결국 혼자 지내는 데서 오는 고독 때문이 아닐까?

경두의 작문을 못 본 척하고 있을 수는 없었다. 다음 날 조용한 시간에 옥경을 불렀다. 전부터 이야기를 하려했으나 이야기하는 것이 도리어 옥경을 무시하는 일 같아 이때까지 참고 있었다는 말을 한 다음,

"너 나를 생각해서 개가할 생각을 안 하구 있었지?"

하고 옥경이 듣기 좋도록 말했다.

"………."

설사 그랬다고 해도 옥경으로서 대답하기 힘든 질문이었으리라. 오 박사는 옥경의 대답을 기다릴 것 없이,

“내 걱정할 것 없다. 아주 늙기 전에 개가를 해라. 내야 다 늙은 것 불편해서 혼자 못 살 일두 없다. 경두도 다 컸으니까 걱정할 것 없구.”

하고 구체적인 말을 했다. 그런데 최소한도 한번쯤은 반대할 줄 알았던 옥경이,

“저도 그렇게 생각하구 있어요.”

하고 대답했다. 그렇다면 벌써부터 그런 생각을 하고 있었다는 것이 된다. 오 박사는 저윽이 놀랍고 섭섭했다. 자기가 권하려는 일이지만 옥경이 혼자서 먼저 생각하고 있었다는 것은 그에게 크게 실망을 주는 일이 아닐 수 없었다. 그러나 깜짝 놀라거나 섭섭해하는 표정을 지을 수도 없는 일이었다.

“잘 생각했다. 그래 말이라두 있는 데가 있냐?”

“그런 게 아닙니다. 아버님을 위해 제가 이 집을 나가야 한다구 생각한 것뿐입니다.”

“뭐어? 나를 위해서? 아니 너 그런 논법두 있니?”

“백 명의 효자보다 한 명의 악부(惡婦)가 좋다는 말을 들었습니다. 제가 있기 때문에 아버님이 혼자 쓸쓸하게 사시는 것 같아 나가려는 거예요.”

“죽을 날이 얼마 안 남은 내게 열분(列婦)들 무슨 소용이냐? 그런 생각은 아예 말고 네 앞길이나 생각해라. 이유야 어쨌든 개가만 하면 그뿐이다……..”

“개가할 생각은 없습니다. 친정에 가서 살까 합니다.”

“그건 안 된다. 개가할 목적이 아니라면 친정에고 어디고 집을 나가지 못한다.”

“가서 혹시 마음이 변할지는 모르겠습니다.”

“그래? 그렇다면 또 별 문제다만……..”

친정에 가서 마음이 변할 수 있다고 하면 동기를 무어라 하든 옥경을 보내야 한다. 자기 때문에 친정으로 간다는 것은 하나의 구실일지도 모른다. 그래서 언제 떠나가도 좋다는 말을 했다.

자기 입으로 친정에 가란 말을 했지만 옥경이 떠날 준비를 하는 동안 오 박사의 마음은 걷잡을 수 없이 아프고 서글펐다. 마음 같아서는 개가를 하

지 말고 자기 집에서 경두나 기르며 같이 살자고 붙잡고 싶었다. 그러나 가라고 해놓고 이제 와서 다시 막을 수는 없었다.

오 박사는 젊음의 고독을 참지 못하는 것이 현대의 윤리라고 생각했다. 그 윤리 앞에서는 의리도 애정도 돌보지를 않는다. 외국서 들어온 새 윤리겠지만 그것이 빚어내는 비극이 또 얼마나 클 것인가를 걱정해 보았다. 옥경의 개가는 우선 경두에게 완전한 고아라는 비극적 운명을 가져다 준다. 옥경이 개가하는 한 경두는 자기가 데리고 있어야 할 것이니까 경두에게는 어머니마저 죽은 것이나 마찬가지가 된다. 살아 있는 어머니를 두고 죽은 것처럼 생각해야 하는 경두의 슬픔이 오죽 할 것인가?

그러나 경두를 미끼로 해서 옥경을 붙잡기에는 옛날 도덕의 힘이 너무나 미약하다 남은 문제는 어떻게 하면 경두의 슬픔을 최소한도로 막을 수 있는가 하는 것뿐이다. 경두가 불행해져서는 안 된다.

그래서 옥경에게 생활비로 예금통장을 하나 새로 만들어 주었고 또 그미가 가지고 갈 짐들을 전부 보내버린 뒤 오 박사는 경두를 불러 경두의 의견을 물었다.

"어떻게 하겠니? 어미가 내일 아주 떠나는 모양인데 너 울지 않겠니?"

경두는 아무 대답을 안 했다.

"어밀 따라가구 싶으냐?"

그래도 경두는 말이 없었다.

"똑똑히 말해라. 손은 어른이 다 된 애니까 그새 생각했겠지? 어미를 보내구두 할아버지와 같이 살 수 있겠니?"

그때였다. 경두가,

"할아버지가 저라면 어떻게 하시겠어요?"

하고 물었다.

그 말에는 오 박사가 대답을 못했다.

"할아버지두 엄마를 따라 가실 거예요."

정말 예상 못했던 말이었다. 옥경이 할아버지가 혼자 살아야 결혼할 수 있다고 하며 경두의 마음을 꼬였다는 것을 알 턱이 없었다. 그런 만큼 오 박

116

사는 가슴이 썰렁했다. 그러나 경두의 결심이 선 것을 생각하고 자기가 어떻게도 할 수 없는 일이라 마음먹었다.

"마음대로 해라."

하고는 슬그머니 시선을 돌려 버렸다. 다음 날 아침 옥경 모자가 떠날 때까지 오 박사는 혼자서 울었다. 옥경도 떠나면서 눈물을 흘렸다. 눈물을 흘리며 봉투에 넣은 편지 하나를 주었다. 오 박사는 편지도 읽을 생각이 없었지만 그들이 떠난 지 얼마나 지나서야 봉투를 뜯었다.

"아버님께 드립니다.

제가 개가하기 위해 친정으로 간다고는 생각지 말아 주십시오. 아버님의 외로움을 제 힘으로는 어떻게도 할 수가 없기 때문에 떠나는 것입니다. 동희가 온 뒤 아버님의 얼굴에 약간 생기가 돌고 있음을 발견하고 결심을 한 것입니다. 동희든 누구든 아버님의 마음을 따뜻하게 해 주는 여자가 있어야 합니다. 딸이나 며느리가 아닌 여자를 말하는 것입니다. 그런데 아버님은 제가 있기 때문에 고독을 메꾸시지 못하며 사실 것이 분명합니다. 아버님은 아직 건강하십니다. 원하시면 여자는 얼마든지 있습니다. 하루 빨리 아버님의 고독이 풀리게 되기를 기도 드립니다. 외람된 말씀이오나 동희에게 의견을 물었습니다. 동희는 좋다는 뜻을 표했습니다. 제 생각이 아버님을 욕되게 했는지 모르겠습니다만 사람에 빈부귀천이 없을 것 같아 한 번 말해본 것뿐입니다. 저의 경거망동을 용서해 주십시오. 언제까지나 아버님께 건강과 행복이 있으시기 비옵니다."

옥경의 편지를 읽자 오 박사는 마음이 조금 풀리는 것 같았다. 옥경이 개가를 하기 위해 의리와 애정을 저버리는 것이 아니라는 것을 알았을 때 그래도 의리와 애정이 배신당하지 않았다는 따뜻한 안도감이 들었던 것이다. 그러나 한편 어처구니가 없었다. 동희와 부부관계를 맺다니? 스물두 살밖에 안 되는 동희와 예순다섯 살의 자기. 그런 두 사람이 부부가 되기를 바라서 이때까지 같이 살던 집을 버리고 가다니……. 어처구니가 없어 웃음이 나올 지경이었다 어처구니없게 생각하면서도 그래도 자기와 동희를 견주어 보는 오 박사였다.

나이뿐이 아니다. 양부인의 전력을 가진 여자다. 어림없는 일이 아닐 수 없었다. 일단 어울리지 않는 것으로 단정했다. 그런데 옥경의 권유에 동희가 동의를 했다는 말이 머리에 떠올랐다. 그렇다면 자기가 요구만 하는 경우 일은 문제없이 성사한다. 전력이 어떻든 꽃처럼 젊은 여자다. 어디서 그런 젊음을 구할 수 있을 것인가?

양부인이라 해도 자기가 하고 싶어서 한 것이 아니다. 차라리 정을 가지고 결혼생활을 하던 여자보다 나을지 모른다. 깜둥이 애가 문제지만 경두 말처럼 그것은 처리해 버릴 수도 있다. 악하게 처리하지 않아도 펄벅 재단에 보내면 그뿐이다.

오 박사는 될 수 없다는 편과 될 수 있다는 편 가운데 자기가 어떤 편에 기울어지고 있는가를 생각해 보았다. 될 수 있다는 편보다 되게 하고 싶다는 편에 가까운 것 같음을 느꼈다. 부끄러운 일이었다. 동희에게 권유까지 했다지만 옥경이 알면 뭐라고 그럴까? 마리는 또 어떻게 생각할 것이고. 시골 고향 사람들이 알면 발칵 뒤집힐 것이다.

9

마리가 귀국한 지 한 달도 채 못 되는 어떤 날,

"저 다시 미국으로 가겠어요."

뜻밖의 말을 했다.

"그렇게 결심을 했니?"

오 박사는 어이가 없었다.

"결심을 했어요."

"이유는 뭐지?"

"한국에는 결혼할 만한 남자가 없어요."

"몇 사람이나 만나봤는데……."

"어쨌든 한국 남자는 싫어졌어요."

"적령기가 지난 너의 조건이 나쁘다는 것을 생각해야지. 좀더 두구 물색해 보면 마땅한 남자가 나올지두 모른다."

"소용없어요. 암만 만나두. 한국 남자들은 전체루 에티켓이 없어요. 그리고 이기적이구, 그런 사람과 어떻게 결혼을 해요?"

"어떤 나라 사람은 이기적이 아니냐?"

"미국 사람들두 이기적이기는 해요. 그렇지만 에티켓을 알아요. 그리고 의무감이 강하구요."

"그래두 한국 사람을 일반적으루 예의 바르다구들 그러잖니?"

"아무리 예의가 바르면 뭣 해요? 여자를 존중할 줄 모르는데……."

"그래?"

오 박사는 어이가 없어 말을 못했다.

"야만인들이예요."

마리가 흥분해서 울먹이었다. 인격적인 모욕을 당한 모양이었다. 오 박사는 마리가 남자들에게 모욕당했다는 것을 생각할 때 가슴이 아팠다. 사회적으로 아무도 모욕할 수 없는 여자다. 마리가 귀국했을 때 어떤 신문은 그미를 칭찬해서 사진까지 싣고 보도해 주었다.

그런데 여자로서 또 결혼의 상대로서 남자와 일대일의 교제를 가질 때는 모욕을 당했다. 그것은 서른 여섯 살까지 시집을 보내지 않은 자기의 죄다. 만약 마리가 이십대의 젊음을 가졌다면 누가 그미를 모욕하겠는가? 가슴이 아프지 않을 수 없었다.

그래도 오 박사는 한 마디 말을 하지 않을 수 없었다.

"이것만은 알아둬야 한다. 한국 사람과 외국 사람이 다른 점은 애정의 표현 방법이다. 애정 그 자체에는 차이가 없을 것이다. 서양 사람은 애정의 표현을 눈에 드러나게 잘한다. 그런데 한국 사람은 그것을 잘 못하지. 말하자면 형식적인 기교가 부족하다. 그것으로 애정 자체가 부족하다구 생각해서는 안 돼. 몇천 년 동안 한국 여성들두 남자들의 애정 속에서 살아왔다는 것을 알아야 한다. 요즘 여자들이 노출된 애정밖에 볼 줄 모르구 그 이상 볼 생각두 않는 것은 서양식 형식성 때문이다."

“아무래두 좋아요. 전 미국으루 갈 테니까요.”

“좋두룩 해라. 할 수 없는 일이겠지.”

오 박사는 마리를 붙잡을 수가 없다고 생각했다. 마리는 미국에 가 있는
동안 그가 지어준 이름 혜정(惠貞)을 마리로 고쳤다. 이름까지 서양식으로
고친 마리가 한국적인 것에 향수를 느낄 까닭이 없다. 결혼대상으로 남에
게 떳떳이 내놀 수 없게 되도록 시집을 안 보낸 자기의 잘못을 뉘우칠 뿐
이었다.

“그럼 미국 사람과 결혼할 셈이냐?”

“그러겠어요.”

“점찍구 있는 사람이라두 있니.”

“있어요. 고국에 가서 아버지 승낙을 받구 온댔어요. 그러니까 기다리고
있을 거예요.”

오 박사는 그 남자에 관한 것을 물으려 하지 않았다. 너무나 마음이 허전
했던 것이다.

“병원이랑 내 재산은 어떻게 하지?”

오 박사는 아버지로서 마지막 말을 물었다.

“경두가 있잖아요? 언제건 돌아온다구 생각해요. 그 애에게 주세요, 그것
이 또 당연한 일이니까요.”

재산까지 포기하는 마리였다.

그 뒤에 들은 이야기지만 마리는 여러 남자 가운데서 김연오라는 사람을
좋게 생각했다. 마흔다섯 살인 그는 어떤 대학의 교수였다. 결혼했던 여자가
죽었다. 애는 낳아 보지도 못했다. 그래서 몇 번이나 만났다. 김연오도 그미
에게 호감을 보였다. 그래서 하루는 길을 걸으며 그의 팔을 끼었다. 보통 있
을 수 있는 일이다.

그런데 김연오는 자기 팔을 낀 마리의 손을 잡아 내리며 “이건 곤란해”
하며 당황하는 것이었다. 혹시 누가 볼까 두려웠던 모양이다. 많은 학생을
가르치고 있는 사람은 남의 이목을 두려워한다. 그러나 마리는 그것을 노상
의 모욕이라 생각했다.

어찌 노상에서 여자를 모욕할 수 있는가? 남의 이목이 무서우면 조용한 자리에서 그런 이야기를 해야할 것이지 어찌 노상에서 상대를 창피하게 만들 것인가? 노상에서 모욕을 주는 남자하고는 교제할 수가 없다고 생각했다.

양성우에게서 환멸을 느낀 뒤 김연오에게서 모욕을 당하자 한국 남자들에게 정이 떨어졌다. 소위 대학교수들이 이러니 딴 남자들이야 어떠하랴 하는 생각까지 들었다. 그래서 아예 미국으로 돌아가야겠다고 결심을 하게 됐지만 그런 사유를 듣고도 오 박사는 마리를 붙잡지 못했다.

마리의 머리는 어떤 관념에 고정되어 있다. 그 고정된 관념은 어떤 방법으로도 고쳐질 수가 없다.

10

마리가 떠난 뒤 오 박사는 완전히 혼자였다. 혼자라는 것은 싫었다. 혼자라는 것이 좋은 것은 하나도 없었다.

오 박사는 불나비를 생각했다. 혼자 살아도 살 수 있을 것인데 밝은 빛이 그리워 불로 날아든다. 죽어 가면서도 불로 날아든다. 얼마나 혼자가 싫기에 죽음의 공포까지 잃고 불로 날아드는 것일까?

오 박사는 마음을 돌려 혼자가 아니라고 생각하며 자위를 해 보았다. 아내와 아들은 죽었다 해도 머리 속에 기억으로 남아 있다. 마리가 갔고 옥경과 경두가 갔다 해도 만나려면 얼마든지 만날 수 있는 거리 속에 살고 있다. 거리가 떨어져 있을 뿐이다. 거리가 떨어져 있어도 서로를 생각하며 살고 있다. 그러니 혼자가 아닌 것이 아닌가?

그러나 떨어져 있는 그 거리를 메꿀 수 없다는 생각이 들었다. 거리는 지척이 천 리도 될 수 있다. 그 거리를 무엇으로 메울 수 있는가? 역시 고독해야만 했다. 거리를 메꿀 수 없는 고독은 결국 혼자라는 고독과 비슷한 것이었다.

커다란 집이 을씨년스러웠다. 빈 창고들처럼 방마다가 썰렁했다. 오 박사는 빈 궁전에서 혼자 사는 왕을 생각해 보았다. 부족한 것이 없다. 많은 국민이 그에게 존경심을 보내고 있다. 그러나 넓은 궁전 어디를 가도 따뜻하게 웃어주는 사람이 없다. 그는 마침내 유폐되었다는 생각을 할 것이다. 유폐되었다는 생각은 뛰쳐나가고 싶다는 생각으로 비약한다. 거리로 뛰쳐나가 본다. 그러면 국민들은 모두 걱정을 하고 그를 궁전으로 다시 모셔다가 앉힐 것이다. 뛰쳐나갈 수도 없다.

오 박사는 바둑을 두러 나간다. 스포츠 구경을 간다. 유폐된 왕보다 훨씬 자유스럽다. 그래도 외로웠다. 외로움을 느끼고 있을 때 동희가 접근해 왔다. 고마운 일이었다. 자기에게 따뜻함을 주는 오직 한 사람이었다.

"선생님, 옷을 갈아 입으시소."

어제 갈아입은 내의를 갈아 입으라고 한다.

"그건 자주 갈아 입어서 뭣 하니?"

옷이나 자주 갈아 입는다고 해서 외로움이 가실 것 같지가 않았던 것이다. 그 대신,

"너 나와 같이 살지 않을래?"

하고 싶었다. 그러나 그 말은 입에서 나오지가 않았다.

"빨리 갈아 입으시소. 제가 입으시라 하잖습니꺼?"

동희는 옷을 입혀 주기라도 할 듯 두 손에 든 내의를 내밀었다.

"고맙다."

오 박사는 동희에게 고마움을 느꼈다. 자기를 그만큼이라도 생각해 주는 사람이 동희밖에 없다는 것을 느꼈던 것이다.

"선생님두 고맙기는요?"

동희가 얼굴을 붉히고 고개를 떨구었다.

순간 오 박사는 동희를 끌어안았다. 모든 것을 망각한 감정의 발로였다. 인간을 느끼게 하는 감정 교류를 이겨내지 못했던 것이다.

동희는 손에 들었던 옷들을 떨구었다. 그래도 몸을 움직이지 않고 오 박사 품에서 안정되어 있는 상태를 보였다. 오 박사는 동희의 뺨에서 따뜻하고도 부드러운 감촉을 느끼고는 이것이 얼마만인가 하는 생각을 했다.

그러나 그는 부끄러운 일을 저지른 어린애처럼 동희를 풀어놓고 아랫목으로 가서 벽에 기대어 앉았다. 그리고는,

"갈아 입을께 놔두고 가."

동희를 정면으로 쳐다보지도 못했다.

동희가 나간 뒤 오 박사는 동희를 마음대로 할 수 있다면 외롭지가 않을 것이란 생각을 했다. 동희는 자기가 하자는 대로 해 줄 수 있는 여자라는 생각도 들었다. 빨리 깜둥이를 처리하자. 그리고 정식으로 의사를 표명하자.

동희가 나간 지 십 분이나 됐을까 했을 때 오 박사는 다시 동희를 불렀다. 혼자 있기가 싫었던 것이다. 동희가 바쁜 걸음으로 달려왔다. 무엇인가 말을 해야겠는데 할 말이 생각나지 않았다. 할 일도 없이 부른 자기가 우스워 그는 혼자 빙그레 웃었다. 그렇다고 웃고 있을 수만 없어,

"나 커피 한 잔 줄래? 응접실루 갖다 줘."

그리고는 응접실로 갔다. 그런데 물 끓이는 시간이 왜 그리 오랠까? 오 박사는 부엌으로 가고 싶었다. 부엌에 가서 동희와 함께 부엌일을 하고 싶었다.

옛날 신혼 당시 오 박사는 잠시나마 아내와 떨어져 있기가 싫어 부엌에 나가 곧잘 일을 도와주곤 했었다. 그때 아내는 부엌엘 다 나오느냐면서 빨리 들어가라고 했지만 역시 같이 있어 주는 것을 좋아했었다. 동희도 그럴 것이다. 그러나 주착이란 생각이 들었다. 주착을 부릴 수는 없었다.

동희가 커피와 케이크 한 개를 가지고 왔다. 시키지도 않은 케이크까지 가지고 온 동희의 따뜻한 정을 느끼며,

"이건 동희 먹어."

하고 케이크를 동희에게 주었다.

"어서 잡수시소. 저야."

"아니다. 난 안 먹어. 어서 받어."

오 박사가 내밀어 주었다. 동희는 할 수 없이 받았다.

그래도 그 자리에서 먹을 생각을 안 했다.

"여기 앉아서 먹어."

오 박사는 동희의 손을 잡아 소파에 앉혔다.

그 날 밤 동희가 자리를 펴려고 방에 들어왔을 때 동희가 있는 데서 잠옷을 갈아입었다. 그리고는 자리를 다 깔아 놓고 나가려는 동희를 불러 요 위

에 앉혔다. 부끄러워하는 동희를 그냥 끌어안았다.

"이래서 되겠습니꺼?"

동희는 아무 반항을 하지 않았다.

11

다음 날 아침 식상을 들고 들어온 동희를 옆자리에 앉힌 오 박사가,

"이젠 나하구 같이 사는 거다."

그것이 기정 사실인 것처럼 말했다.

"그래두 되겠습니꺼?"

동희는 차마 자기가 바랄 수 있는 일이냐는 듯이 말했다.

"이제 할 수 없는 일 아니냐? 마음놓구 살두룩 해."

"………."

"아기두 내가 잘 길러줄 테니까……."

"네?"

동희는 놀라는 눈으로 오 박사를 쳐다봤다. 사실 놀라운 일이었다. 오 박사 자신도 그런 것을 생각해 본 적이 없었던 일이다.

그러나 생각해 본 적도 없는 일을 밤 사이에 결정한 데는 오 박사대로의 이유가 있었다. 동희를 범하고 나자, 그는 인생을 새로 맞이하는 것 같은 희열을 느꼈다. 절대로 놓치고 싶지 않은 새 인생이었다. 말하자면 동희를 놓치고 싶지가 않았던 것이다.

그런데 어린애를 펄벅 재단에 맡기면 동희가 자유로운 몸이 된다. 깜둥이를 눈앞에서 없애는 것은 어떤 면으로든 좋은 일이다. 그러나 동희가 자유의 몸이 되면 자기를 떠날 가능성이 있게 된다. 어떤 기회에 어떤 남자와 눈이 맞아 도망칠지 모른다. 아무도 보장할 수 없는 일이다.

오 박사는 밤새 생각했다. 동희를 놓치지 않는 길은 깜둥이 어린애를 데리고 같이 사는 것뿐이라고 그 어린애와 같이 사는 한 동희는 아무한테도 갈 수가 없을 것이다. 남들이 보지 않게 밖에 내 보내지를 않고 집안에서만 기르자. 그러면 아무도 알 사람이 없다. 그새 동희가 자기 애를 낳게 되면

그미의 애정이 새로운 애에게로 쏠린다. 그때쯤 해서 깜둥이를 펄벅 재단에 보내자.

그러면 동희도 덜 섭섭해 할 것이요 또 새로 난 애 때문에 딴 데 갈 생각을 안 할 것이다.

"모든 걸 내게 맡겨. 동희가 슬프지 않게 해 줄 테니까……."

"제가 뭘 압니꺼?"

동희는 시키는 대로 할 뿐이라는 태도였다.

"그러니까 오늘부턴 식모가 아니라 이 집 주인 행세를 하란 말야. 알았지?"

"그래서 되겠습니꺼?"

"안 될 거 하나 없어."

이렇게 해 놓자 오 박사는 자기가 혼자가 아니란 생각을 했다. 조금도 외로운 사람이 아니라는 마음이 들었다.

오늘 운동경기는 없는가? 그는 스포츠 구경 가고 싶은 생각이 들어 신문을 뒤적였다. 오늘이 바로 아시아 여자 농구경기가 있는 날임을 알자 그는 신나는 게임을 보게 되었다고 혼자 즐거워했다.

오 박사가 장충단 체육관으로 가려고 할 때 뜻밖에도 경두가 찾아왔다. 자기 어머니와 나간 뒤 처음으로 찾아온 것이었다.

"경두가 왔구나."

그는 경두를 얼싸안았다. 자기를 떠나간 경두를 오래간만에 만났는데도 오 박사는 조금도 역겨워하지 않았다. 그저 반가울 뿐이었다.

"엄마두 잘 있니?"

"네!"

"새 아버지 얻는단 말 없던?"

"그런 말 못 들었어요. 저두 속으로는 그러길 바라구 있는데."

"그게 정말 네 진심이냐?"

경두는 잠시 묵묵히 있다가,

"모르겠어요."

하고 대답했다. 오 박사는 경두의 마음을 알 수 있을 것 같았다. 그래서,

"새 아버지를 얻기는 얻어야 할 텐데……."

할 뿐 그 이상 더 말을 못했다. 어머니가 새 아버지를 얻었으면 하고 바라는 마음과 그러지 말아주기를 바라는 마음과의 비중을 스스로 헤아리지 못하는 경두에게 확고한 자기 태도를 밝힐 수가 없었던 것이다.

모르기는 하지만 어머니가 개가하지 않는 것을 바라는 것이 경두의 진심일 것이다. 진심인데도 그것을 감추고 어머니의 개가를 바라는 듯 말했다가 할아버지가 추궁하는 바람에 확답을 못하는 경두의 마음을 더 괴롭힐 수가 없어 오 박사는,

"바둑이나 둘까?"

하고 화제를 돌렸다.

"오늘 여자 농구경기가 있잖아요?"

경두는 그것을 구경하기 위해 오 박사를 찾아 온 모양이었다.

"사실은 거길 갈까 하구 나가려던 참이다. 가자."

그래서 그들은 장충단 체육관엘 가기로 했다. 외출복을 갈아 입기 시작할 때 오 박사는 동희를 부르려 했다. 외출한다는 것도 알려야 하지만 옷을 갈아 입는 데 시중을 들어주었으면 하는 생각 때문이었다. 그러나 경두에게 딴 눈치를 보일 수가 없어 그는 혼자 옷을 갈아 입고 방을 나섰다. 현관에 나설 때야 동희를 불러 잠깐 나갔다 오겠다는 말을 했다. 그런데 동희는 현관 바깥까지 따라나오며 돌아와서 저녁을 잡숫겠느냐 물은 뒤 안녕히 다녀오라고 인사를 했다. 그때 오 박사는,

"와서 먹구말구. 두어 시간 뒤 올께."

하고 대답했다. 오 박사는 식모를 대하는 것과 같은 태도로 말했으나 경두가 달리 눈치채지나 않았을까 약간 마음이 캥겼다. 그런데 택시 안에서 경두가,

"엄마가 할아버지 결혼하셨나 살펴보구 오랬어요."

하고 오 박사를 빤히 쳐다봤다. 아무래도 어떤 눈치를 챈 모양이었다.

"그래 살펴봤니?"

"살펴봤는데두 잘 모르겠어요."

"할아버지가 결혼을 할 것 같으냐?"

"하셔야 한다구 그러던데요. 엄마가."

"네 생각 말이다."

"제가 어떻게 알아요?"

"다 늙은이가 결혼이 뭐냐? 안 그래?"

"제가 알아요?"

경두는 자기 어머니가 재혼 안 하기를 바라듯 할아버지도 결혼 안 하기를 바랄 것이다. 그런데도 모른다고 대답을 회피한다. 오 박사는 이야기하기가 난처했다. 그래서,

"엄마가 살펴보라구 했다면서 넌 왜 할아버지한테 그걸 직접 물어보지?" 하고 이야기의 방향을 돌렸다.

"할아버지한테 숨기구 싶지가 않아서요."

"기특하다. 가서 그런 것 같지 않더라구 말해라."

"할아버지, 그런 거 안 하시죠?"

경두가 묻는 말투로 그것이 그의 희망이라는 것을 알 수 있었다. 그런 희망을 가진 경두에게 실망을 줄 수가 없어 오 박사는,

"걱정 말아."

하고 안심시키는 말을 했다. 눈앞에 있는 경두에게 실망을 주지 않으려고 거짓말을 꾸며대기는 했으나 탄로되고야 말 거짓말에 오 박사는 스스로 불안을 느꼈다. 어린애에게까지 거짓말을 하지 않을 수 없는 떳떳치 못한 자기의 내면생활. 그 속에는 동희를 남에게 뺏기지 않기 위한 흑막까지 들어 있다.

체육관에 들어가 열띤 경기를 구경했지만 이 날처럼 경기에 집중할 수 없는 날이 없었다.

12

다음 날 오 박사는 동희의 애를 딴 방으로 격리시켰다. 식모의 방을 2층 가장 구석진 방으로 옮기게 하고 동희의 애를 거기서 재우게 한 것이다. 어

떤 방에든 집안에 있게 하기야 마찬가지지만 신경을 덜 쓰기 위함이었다. 이때까지는 동희와 깜둥이 애를 자기 방에서 자게 했었다. 깜둥이를 볼 때마다 그렇게 유쾌한 것은 아니었지만 그럴 수밖에 없다고 생각했던 것이다.

그런데 경두에게 거짓말을 한 뒤 깜둥이 애를 보는 것이 두려워졌다. 그 애를 볼 때마다 거짓말 한 자책이 짙은 색으로 변했다. 차라리 그 애만 보지 않아도 조금 나을 것 같았다. 그래서 동희에게는 두 사람의 생활을 좀 더 자유스럽게 하기 위한 것이라고 위장을 한 뒤 애를 격리시켰다. 그리고 될 수 있는 대로 떨어진 방에 두는 것이 신경을 덜 쓸 것이 아니냐고 2층 구석방으로 보낸 것이지만 오 박사의 속셈은 어린애의 울음소리가 밖에서도 들리지 않게 하고 싶은 데 있었다. 애가 아래층에 있으면 아무래도 집을 찾아오는 사람들에게 발견되기가 쉽다. 좌우간 자기 집에 깜둥이가 살고 있다는 말이 밖에 새어나가지 말기를 바라는 마음이었다. 애기가 아니고 어른이라면 깊숙한 방에 가두고 그 방을 유폐했을지 몰랐다.

그런데 동희는 오 박사가 시키는 대로 할 뿐 아무런 말이 없었다. 말이 없는 것은 불만이 있기 때문이 아니었다. 그제서야 오 박사가 어린애에게 신경을 쓰고 있다는 사실을 알았기 때문이었다. 오 박사가 그 애를 안아주거나 귀여워하는 것을 한 번도 본 적이 없었다. 그러나 그러면 그러는 거지 정도로밖에 생각되지 않던 것이 오 박사와 한 방에서 자게 될 때부터 오 박사의 눈치를 살피게 되었다. 깜둥이가 아니라 해도 남의 애를 옆에 끼고 자는 것이 좋을 까닭이 없다.

말로는 그 애를 그냥 데리고 있으라 하지만 그 애 때문에 자기가 쫓겨나지 않을까 하는 걱정이 들었다. 쫓겨나기는 싫었다.

동희는 시골서 송씨네들이 자기 아버지를 못 살게 굴던 일들을 생각했다. 별별 사정을 다 해보았지만 아버지를 때리기라도 할 듯이 떠들어대던 송씨네들. 동희는 무서워서 방 안을 한 걸음도 나가지 못했었다. 그런데 나중에는 어린것을 죽인다고 대드는 것이 아닌가? 동네에서 나가지 않으면 깜둥이를 죽이겠다는 것이었다. 방 안에서 듣기만 했지만 그런 말을 하는 송씨네들은 손에 몽둥이를 쥐고 있는 것 같았다. 동희는 어린애도 또 자기도 맞아 죽는 것이라 생각했다.

다음 날 새벽 아직 동네 사람들이 기동하기 전 동희는 애를 업고 동네를 빠져 나왔다.

"서울루 가거라. 오 박사를 찾아가서 의논을 해 봐라."

동구까지 나와 귓속말처럼 하던 아버지의 목소리가 귀에 쟁쟁했다.

꿈에도 생각지 못했던 오 박사가 자기를 좋아하고 있다. 고대광실 같은 집에 부족한 것이 하나도 없다. 이래라 저래라 잔소리하는 사람 하나 없다.

이 집에서 또 쫓겨나다니.

그렇지 않아도 동희는 오 박사의 집에 온 날부터 쫓아내지만 말아 주기를 바라는 마음에 시키지 않는 일까지 했다. 잠을 자지 않고라도 시키는 일만 있으면 하려고 했다. 그런데 오 박사가 어린애를 식모 방에서 재우라고 한다. 명령에 거역할 수는 없었다. 그렇지만 그것은 오 박사가 어린애를 미워서 그러는 거다. 조금 있으면 애도 내쫓고 자기도 내쫓을 것이다.

그 날 밤 동희는 오 박사 품 속에 있었다. 오 박사가 따뜻한 손으로 동희의 등을 쓸어주었다. 등뿐 아니라 온몸을 쓸어주었다. 그리고는 동희를 꼭 껴안아 주는 것이었다. 동희는 오 박사의 손길이 가는 곳에서마다 따뜻함을 느꼈다. 그러면서도 이분이 나를 내쫓으면 하는 생각을 했다.

"애기를 어디다 줄 데는 없겠습니꺼?"

그녀의 입에서 이런 말이 나왔다. 그때 오 박사가,

"안 돼, 줄 데가 어디 있어?"

무서웁도록 딱딱하게 말했다.

"왜 없을라꼬요? 선생님두……."

그때 오 박사는 팔에 힘을 주어 동희를 끌어안았다.

그리고는,

"선생님이 뭐야? 밤낮 선생님인가?"

하고 이야기를 딴 데로 돌렸다.

"남편이야."

오 박사는 손가락으로 동희의 볼기를 꼬집기까지 했다.

동희는 뭐라고 대답할 수가 없었다. 오 박사보고 남편이라 부르라니? 그러면 자기는 오 박사의 부인이 아닌가? 세상에 이런 희한한 일도 있을까?

동희는 오 박사 젖가슴에 얼굴을 파묻을 뿐이었다. 그런데 갑자기 어린애 우는 소리가 들렸다. 동희는 못 들은 척했다. 무엇으로든 방해당하고 싶지 않은 행복이었다. 그런데 울음소리는 계속됐다.

"가 봐."

마침내 오 박사가 그미를 밀어냈다. 귀찮은 태도였다. 할 수 없이 동희는 잠옷 채로 달려갔다. 빨리 갔다가 오 박사의 따뜻한 손이 식기 전에 돌아오고 싶었다.

식모 방에 가자 애에게 젖을 물렸다. 젖을 물리는 데도 애는 그냥 울었다. 앙징스러웠다. 그미는 어린애가 울지 못하게 젖꼭지를 물린 채 젖을 눌렀다. 젖으로 코가 눌린 애가 숨이 막혀 울음소리를 내지 못했다.

애가 숨을 죽이고 꼼짝도 못할 때 그미는 애가 죽은 것이 아닌가 하고 젖을 떼었다. 그러자 애는 전보다도 더 요란하게 울어댔다. 볼기를 한 대 갈겼지만 울음을 그치지 않았다. 그미는 다시 젖으로 애의 얼굴을 눌렀다. 울음소리가 멎었다. 그러기를 몇 번 거듭하다가 결국 애를 재운 뒤 오 박사에게로 달려갔다.

그새 오 박사는 잠들어 버리지나 않았을까. 왜 늦었느냐고 야단치지나 않을까. 그미의 가슴은 두근거렸다.

13

다음 날 오 박사는 바둑을 두러 친구 집엘 갔다 왔다. 그런데 식모가 나와 동희의 애가 죽었다고 했다.

깜둥이 시체 있는 데로 갔을 때 동희는 시체 옆에 웅크리고 앉아 있었다. 울지도 않았다. 시체를 검진했다. 아침까지도 아무 일 없던 애인만큼 병명을 찾을 길이 없었다. 그러나 오 박사는 무엇 때문에 죽었는가를 묻지 않았다. 죽은 것으로 끝이 난 것이라 생각했던 것이다.

적당히 사망진단서를 써서 매장케 했다. 매장이 끝난 뒤 오 박사는 동희가 애를 죽인 것이라고 생각했지만 죽인 이유를 알 수 없었다. 늙었으나마 자기에게서 남자를 맛보고 갑자기 시집갈 생각이 들었기 때문이나 아닐까 생각해 보았지만 오 박사 자기에게서 쫓겨날까 해서 죽였으리라고는 상상도 못했다.

이삼 일이 지난 뒤 동희는 명랑한 얼굴로 오 박사를 대했다. 침울해 하는 것보다는 보기가 조금 나았지만 그새 명랑해질 수 있는 동희의 속을 헤아릴 수가 없었다. 그런데 시골서 곽용대가 올라왔다. 송씨네와 윤씨네가 대립되어 어떤 일이 벌어질지 모르겠다면서 오 박사더러 한 번 내려가 달라는 것이었다. 이쪽에서 싸움이 멎으면 저쪽에서 싸움이 터진다는 것이었다. 얼마 밖에 남지 않은 추석을 앞두고 동네 잔치를 준비하려 했지만 그런 것은 생각도 할 수 없는 형편이라고 했다. 오 박사가 내려가서 화해를 붙이지 않으면 그들의 대립은 해소될 길이 없다면서 간곡히 부탁했다.

"내 말이라구 들을까?"

오 박사는 동네의 분쟁을 걱정하지 않을 수 없었다.

"박사님 말씀만은 안 듣겠습니꺼? 정 안 들으면 원조를 끊는다구 말씀해 주이소."

곽용대가 말하는 그런 면에서 동네 사람들은 자기 말을 들을지 모른다. 그러나 오 박사는,

"벌어지기는 쉬워도 합치기는 쉽지가 않을 걸."

하고 말했다. 형식적으로 화해를 한다고 해도 상처가 아주 아물기까지에는 오랜 시간이 걸릴 것이다.

"그 놈의 깜둥이 때문에 안 그렇습니꺼?"

곽 용대가 한심스러운 듯 말했다.

지금 와서 그런 말을 되풀이할 것은 아니지만 오 박사도 동감이었다. 가난 속에서 그래도 기와집을 짓고 살게 되었는데 그 깜둥이 때문에 동네가 불화 속에서 불안을 안고 살아야 하다니…… 깜둥이는 이미 죽어버렸는데.

"언제쯤 내려가 주실랍니꺼?"

곽용대가 확답을 들어야겠다는 듯이 물었다.

"글쎄 아무때나 내려가지.

오 박사는 아무래도 자기가 가야할 일이라고 생각했다.

"내일루라두 저와 같이 가십시더."

"그러지."

오 박사는 승낙하고야 말았다. 그런데 다음 날 곽용대와 같이 시골로 내려가려 할 때 동희가 편지 한 장을 가져왔다. 미국서 마리가 보낸 편지였다. 그곳 미국 사람과 결혼하기로 결정했다는 사연과 결혼할 남자와 같이 찍은 사진이 들어 있었다.

곽용대는 편지 사연은 물어 볼 생각도 않고 동희만을 보며 알은 척을 했다.

"아직 선생님 댁에 있었나베?"

그때 오 박사는 용대에게 동희에 대한 이야기를 한 마디도 안 한 것에 얼굴을 붉혔다. 그러나 동희의 대답이 있기 전,

"갈 데가 있어야지."

하고 한 마디로 동희 이야기를 끝내고,

"가세!"

용대를 앞세우고 집을 나왔다. 기차를 타고 P시까지 가서 거기서 택시를 타고 고향 시골로 향했다.

싸움하는 사람들을 싸우지 않고 살게 하기 위해 가는 길이지만 오 박사의 가슴 속에는 전쟁이 일어난 듯 온갖 생각들이 뒤범벅이 되어 뛰쳐올랐다.

마리, 깜둥이, 동희, 며느리, 경두. 모두가 다른 제각기의 말들을 하는 것 같았다. 그 말들은 하나도 오 박사를 기쁘게 해주는 것이 아니었다.

옛날 말을 타고 다니던 길을 지금 택시로 달리고 있다. 얼마나 살기 편한 세상인가?

그렇지만 조용하기만 하던 동네에는 싸움이 벌어졌다. 그리고 오 박사 가슴 속은 쑤셔논 벌집처럼 되어 있고.

(원)《현대문학145》 1967. 1, (출)『추정』 성문각, 1968.

비평행선(非平行線)

"천하에 나 술 사 줄 놈 없나?"

바로 옆자리에 앉아 있는 대학교 2학년 정도의 여학생들 사이에서 나오는 기성(奇聲) 비슷한 지껄임이었다. 그 전부터 주목하고 있었지만 천하에 술 사 줄 놈 없나 하는 소리에만은 참을 수가 없다는 듯이 용주(容柱)가 같이 앉아 있는 친구들을 한 번 둘러보고 난 뒤 여학생 자리로 걸어갔다.

"내가 사지."

용주는 자리에 앉으면서 얼근하게 취해 있는 여대생에게 말했다. 여학생은 자기가 기다리고 있던 기사(騎士)가 나타난 듯 용주를 바라보며,

"좋아."

하고 손을 내밀었다.

안하무인격인 여대생이 아니꼬워 한 대 갈겨 주고 싶은 충동이 주먹을 꿈틀거리게 했지만 용주는 참고 악수를 했다. 아니꼽기 때문에 술을 먹여 끝을 보겠다는 것이 용주의 결심이었던 것이다. 밤이 깊지도 않은데 벌써 얼근해 가지고 다방에 온 세 명의 여대생을 보는 순간부터 용주는 아니꼬웠었다. 대학도 겨우 2학년밖에 안 되어 보이는 애송이들이 어디서 술을 마셨을까? 술을 마셨으면 곱게 돌아가 잠이나 잘 것이지 다방에까지 와서 떠들 것이 무엇이란 말인가? 천하에 술 살 놈이 어쩌구라던 학생은 남자에게 배신을 당한 것인지 모른다. 배신을 당했다면 배신당할 일이 있었을 것이다. 뭐

잘났다고 다방에서까지 떠들 것인가?

용주는 대학동창생이 경영하는 레코드 판매점에 들렀다가 거기에 모여 있던 동창생들과 어울려 저녁을 먹은 뒤 한담을 하기 위해 다방에 들렀다가 그런 꼴을 보고 속으로 벼르고 있던 참이었다.

"가자 — ."

용주는 세 여학생들을 둘러보며 일어서는 자세를 취했다.

"어디루 갈 테야?"

술살 놈이 없느냐고 떠들던 여학생이 용주를 붙잡듯이 하며 물었다.

"대폿집으루 가자."

"대폿집? 누가 막걸릴 먹어?"

"그럼 무슨 술이래야 하니?"

"맥주. 맥주 아니면 안 마신다."

"흐홍."

용주는 콧방귀를 뀌었다. 놀아도 시큰둥하게 논다고 생각했던 것이다. 그러면서도 그는 자기 주머니 속을 생각해 보았다. 돈만 있다면 맥주라도 살 생각이었다. 진탕 마시게 하고 찍소리를 못하게 해 주고 싶었다. 그러나 주머니 속에는 돈이 이삼백 원밖에 없는 것을 생각했다. 맥주 두 병 값도 안 된다. 또 맥주를 산다면 비어홀이나 바로 가자고 할 것이다. 거기 가서 기분을 내려 할 테니 바가지도 단단한 바가지를 쓸 각오가 있어야 한다.

"맥주 살 돈은 없다."

용주는 깜찍스런 처녀들 앞에서 우물쭈물하고 싶지가 않았다. 막걸리가 싫다면 할 수 없다고 생각했던 것이다.

"시시하다. 이래봬도 막걸리꾼만은 아냐. 어서 꺼져라."

"귀족 아가씨들, 빨리 돌아가 보리밥에 된장찌개나 먹고 일찍들 주무시지."

"참견은? 어서 꺼져."

용주는 여대생들을 발길로 걷어차고 문질러 주고 싶은 충동을 받았으나 일부러 웃음을 지으며,

"너희들 술이 깬 뒤 한 번 만나자."

하고 자기 자리로 돌아왔다.

돈이 없어서 맥주를 못 샀다는 데 수치감을 느끼지는 않았다. 그미들과 어울리지 않게 된 것을 도리어 다행스럽게 생각했다. 그러면서도 그는 철없이 날뛰는 그미들을 조금도 골려 주지 못한 데 이가 근질거림을 느꼈다. 밀가루 반죽을 주물듯 주물러 줬어야 시원했을 텐데…….

"가자!"

그 여자들 옆에 앉아 있는 것이 창피스러운지 친구들도 흥미를 잃은 듯 자리에서 일어섰다.

가려운 데를 긁지 못하는 근질근질함을 느끼며 집으로 돌아갔을 때 누이동생 애라(愛羅)가,

"오빠 좋겠수? 마음이 편해서…….

하고 말했다. 그 말을 하기 위해 기다리고 있었던 듯 쏘아붙이는 애라의 말에 용주는 어리둥절했다.

"뭘 가지구 시비냐?"

"엄마가 어제 나가서 아직 돌아오지 않았어요. 그래두 괜찮아요?"

"밖에 나가 자는 일이 처음이냐?"

용주는 어머니가 아버지의 별세 이후 외박이 시작된 것을 의아하게 생각하고 있다. 어머니의 평소 몸가짐과 얼굴 화장으로 미루어 보아 필연 심상치 않은 일이 일어나고 있는 것이다. 만약 어머니에게 새로운 정사(情事)가 생겼다면 그것은 추한 일이다. 오십이 다 되어 가는 어머니가 다 큰 자식들을 잊어버리고 욕정에 빠진다면 젊은 사람들의 무궤도한 성생활보다 몇 배나 추한 일이다. 어머니가 미워질 것이다. 꺼져 가는 불이 곱게 꺼지는 것이 보기에도 아름다울 것이 아닌가?

정말 그렇다면 상대방 남자를 죽여 버리지.

용주는 이런 생각까지 했었다. 그러나 애라의 신경질에 말려들어가기가 싫어 태연한 척을 한 것이다.

"처음이 아니니까 걱정 아녜요?"

"그래 걱정을 하면 어떻게 하란 말이냐?"

"뒤를 밟아 보기라두 해야 할 거 아녜요?"

"어머니두 지각이 있구 자유의사를 가진 여자야. 뒤를 밟아서는 또 어떻게 하니?"

"오빠두…… 무슨 일이 있다면 방임할 순 없잖아요?"

"넌 네가 연애를 할 때 남의 간섭을 받아두 좋다구 생각하니?"

"우리하구 엄마가 같아요?"

"다를 게 뭐냐? 다 같이 감정을 가진 인간인데."

용주는 계속 빗나가기만 했으나 그래도 자기 말이 논리적이라고 생각했다.

"그러지 말구 한 번 뒤를 밟아 봐요. 엄마에게 무슨 일이라도 생긴다면 집안이 어떻게 되겠어요."

애라가 걱정하는 것이 집안의 질서유지 내지는 경제적 생활의 지속이라는 것을 알자 용주는 더욱 반발했다.

"나더러 스파이 노릇을 하라는 거냐? 직업이 없다구 내가 남의 비밀이나 탐색해 내는 취미를 가지구 있는 줄 아니? 그리구 어머니라구 해서 가정을 위해 자기 감정을 희생시켜야 한다는 썩은 생각은 가지지 말아. 어머니에게 정말 좋은 사람이 생겼다면 우린 축할해 드려야지."

"진보적이군요?"

애라는 용주가 마땅치 않은 모양이었다.

"우리는 자신에 대해 진보적인 생각을 가졌으면 남에게도 진보적인 눈으로 이해하는 태도를 가져야 한다."

그리고 난 뒤 용주는 얼마 전 다방에서 만났던 여대생들 이야기를 했다. 그들이 어찌 진보적이 아니겠느냐? 그런 여성들을 진보적인 여자라고 본다면 어머니 아니 어머니보다 더한 여자도 우리는 진보적인 눈으로 봐야 한다.

"그럼 오빠가 이 집 책임을 맡으세요. 빈들빈들 놀기만 하지 말구."

애라의 초점은 역시 거기 있는 모양이었다.

"맡지. 결국 취직을 하면 되는 거 아니냐?"

“그렇죠.”

“힘든 일 아니다. 걱정 마.”

이렇게 말한 뒤 자기 방으로 돌아가 누웠지만 용주는 어머니의 문제가 단순히 가정질서의 유지나 경제생활의 지속과만 관계 있는 것이 아니란 생각을 했다. 물론 그것도 문제 안 되는 것은 아니다. 그러나 그보다 더 중요하고 더 근본적인 문제가 개재되어 있는 것 같았다.

열한 시가 거의 되어서야 들어온 어머니를 대할 때 용주는 이때까지 가지고 있던 어머니에 대한 애정을 느끼지 못했다. 어쩌면 증오에 가까운 그리고 경멸에 가까운 감정을 느꼈다. 그 감정은, 반드시 현실적 타산에서 오는 감정이 아니라고 생각했다. 더구나 어머니가 어젯밤 돌아오지 못한 이유를 구구하게 설명한 뒤 용돈이라고 하며 오백 원을 줄 때 용주는 그 돈을 모욕스런 것으로 느꼈다. 어머니에게 매달려 푼돈이라도 졸라서 얻어 쓰는 형편이다. 조르지 않을 때 주는 돈을 무조건 고맙게 받던 그였지만 오늘 주는 돈만은 성큼 받고 싶지가 않았다. 그 돈을 받지 않고,

‘어머니. 어떤 일이 있어두 자식들을 배신하지 말아 주십시오.’

이 말을 해 주고 싶었다. 그러나 아무런 증거도 없으면서 그런 말을 할 수는 없었다. 그래서,

“어머니, 요새 도박바람이 분 건 아닙니까?”

하고 신문에 보도되곤 하는 여자 도박단 이야기를 연상했다.

“아아니, 내가 미쳤니?”

어머니는 사뭇 놀라는 표정으로 자기가 그런 부류의 여자들과 같을 것이냐는 투로 말했다.

“하두 그런 것이 유행한다구 해서 해 본 말입니다.”

용주는 씁쓸하게 웃으면서,

“어머니가 안 계시면 애들이 찡얼거려 견딜 수가 있어야지요. 늦게라두 돌아오시는 것이 좋을 것 같아요.”

자기의 소망은 그것뿐이라는 듯이 말했다.

“애들두, 다 큰것들이 엄마가 없다구 찡얼거릴 게 뭐람. 먹구 살려면 이

런 일두 저런 일두 있잖니? 안 그런가 생각해 봐라."

어머니는 이해력이 부족한 자식들의 대표가 용주인 것처럼 말했다. 그렇지만 용주는 어머니의 말을 액면 그대로 받아들이고 있지 않다. 그런 만큼 어머니가 상대하기 싫어 대꾸를 안 했다.

어머니가 자기 방으로 간 뒤 용주는 어머니에게 구린 데가 있는 것이 분명하다고 생각했다. 구리다는 것은 결국 어떤 남자와의 애정 문제다.

아버지가 돌아가신 지 두 달도 안 되어 어머니는 소복은커녕 상표도 달지 않고 다닌다. 나이에 비해 본시 늙어 뵈는 얼굴은 아니지만 더욱 젊어 보이게 화장을 하고 다닌다. 매일처럼 미장원엘 다니는 모양인지 손질한 머리가 흐트러져 보이는 때가 한 번도 없다. 그것만 보아도 남편의 죽음을 가슴 속에서 슬퍼하고 있지 않음이 사실이다. 죽은 남편을 위해 슬퍼하지 않는다는 것은 남편 대신 새로운 우상이 가슴을 차지하고 있기 때문이다.

"나쁜 어머니……."

용주는 혼자 중얼거렸다. 그리고는 또 혼자서,

'딴 남자와 연애를 한다고 해서 나쁜 여자일까?'

하고 자문해 보았다. 그러나 대답은 역시 '나쁜 어머니'였다. 그것은 어머니가 연애를 한다는 사실이 아니라 그 연애가 너무나 빨리 시작되었다는 데서 오는 생각이었다. 만약 일 년 뒤에만 그런 일이 있다 해도 이해해 줄 수 있을 것 같았다. 결혼이 아니라 단순한 연애를 하다가도 상대방이 죽었을 때는 죽은 사람의 여운 때문에 일 년쯤 새 연애를 못할 것이 아닌가? 자기도 조금은 미안하니까 그것을 속이고 있는 것이겠지만 그런 정도의 미안으로 현실을 달랠 수는 없는 일이다.

아버지가 살아 있는 동안 아버지가 어머니에게 있어서 무능한 남편이었던 것은 틀림없다. 경제적으로도 그랬지만 몇 해나 두고 위장병으로 고생하다가 돌아가신 아버지니 남편으로서의 직능도 다하지 못했을 것이다. 그렇다고 해서 다 큰 자식들의 눈에 띄게 외박까지 하고 다닐 것이야 없지 않은가?

이삼 일 뒤 어머니가 외출을 할 때 용주는 어머니의 뒤를 밟고야 말았다. 합승 타고 가는 어머니를 택시로 뒤쫓았다. 합승에서 내려 어떤 다방으로 들어갈 때 용주는 공중전화로 친구 한 사람을 불러 내어 응원을 청했다.

조금 창피한 일이었지만 자기가 다방에 들어가 있으면 어머니가 자기를 보고 도망갈 것이라는 생각 때문이었다. 자기 어머니 얼굴을 아는 친구는 다방에 들어가자마자 도로 나와 어머니가 어떤 남자와 마주 앉아 있다는 것을 알렸다. 용주는 그 친구에게 수고했다는 말을 하고 돌려 보낸 뒤 다방 안으로 들어갔다. 그들은 자기를 보지 못했다. 다행한 일이었다. 용주는 어머니와 이야기하고 있는 남자의 얼굴을 멀리서 열심히 바라보았다. 얼굴을 익혀 두어야만 다음에 그 남자를 식별할 수 있다는 생각에서였다. 그 남자의 얼굴을 보며 용주는 생각했다. 다음을 생각할 것이 아니라 오늘로 저 남자에게 창피를 주자. 요는 어머니가 그 남자와 다시 만나지 않게 하는 것이 목적이 아닌가?

용주는 그 남자가 그야말로 장사일로 어머니와 만나고 있는 남자라면 하는 생각을 해 보았다. 그러나 장사로 만나는 남자라면 창피를 준다고 해도 어머니에게 악감을 가지지 않을 것이다. 말하자면 어머니의 장사에 지장을 가져오지 않을 것이다.

만약 그 남자가 어머니와 좋아하는 사람이라면 창피를 주고 위협을 가함으로 다시 만나지 못하게 될 것이다. 애정의 책임이 그 남자에게만 있는 것이 아니기 때문에 그 남자에게만 창피를 주는 것은 비겁한 일일지 모른다. 그렇지만 어머니에게 직접 손을 쓰기가 힘드는 일인 만큼 어쩔 수 없다.

그런데 어머니와 이야기하고 있는 그 남자의 표정이 보통이 아니었다. 눈동자의 움직임이라든가 뜻이 있어 보이는 웃음이 사무적으로 이야기하는 사람의 그것이 아니었다. 특히 이야기를 해 가다가 입술을 비죽 내미는 것을 보는 순간 용주는 그 남자에 대한 증오심을 느꼈다. 혀를 내미는 것이 무슨 뜻인지는 모르나 보통 친한 사람들 사이가 아니고는 있을 수 없는 일이라 생각되었던 것이다.

저런 수단으로 어머니를 녹이는 것이구나.

동시에 어머니는 피동적으로 끌려 다니는 것이란 생각이 들었다. 얼마 뒤 그들이 시계를 보며 무슨 이야기를 하다가 자리에서 일어섰다. 다방을 나와서는 각기 다른 방향으로 갈라졌다. 용주는 서슴없이 남자의 뒤를 따랐다. 그리고 얼마도 안 가서 그 남자를 불러 세우고,

"당신, 지금 다방에서 만났던 여자와 연애하는 거지요?"

위협적인 어투로 물었다. 그러자 그 남자는 침착한 태도로 용주를 아래위로 훑어본 뒤,

"당신은 누구요?"

항의하듯 물었다.

"그건 알 필요 없단 말야. 묻는 말에 대답이나 해."

하도 강하게 나오니까 사내는 질렸는지,

"참 별 친구 다 보겠네."

하며 피해 달아나려고 했다.

"호락호락 놓칠 줄 알어."

용주는 사내를 꼭 붙잡고 좁은 골목으로 들어갔다. 그리고는,

"그 여자는 내 어머니야. 나를 똑똑히 봐. 삼십이 다 돼 가는 아들을 가지구 있는 여자에게 자식들을 배반하지 않두록 해. 알겠어? 오늘부터 다시 만나서는 안 돼. 다시 만났다가는 내가 당신의 목숨을 뺏을지두 몰라."

핏대를 올렸다.

"내가 당신 어머니를 어쨌다는 거요? 나는 그런 말을 들을 아무 이유도 없소."

사내는 자신 있는 태도로 자기의 결백성을 말했다. 용주는 뻔뻔스런 사내라 생각하고 주먹을 불끈 쥐었다. 뻔뻔스런 사람은 폭력 앞에 가장 무기력하다는 것을 알고 있기 때문이었다. 그러나 그는 신중한 태도로,

"명함 한 장을 주십시오. 다시 만나 봐야 할 때가 있을지두 모르니까요."

이번에는 깍듯이 경어를 쓰며 말했다.

사내는 갑자기 경어를 쓰는 데 더 질렸을 것이다. 어디선가 깡패와 같은 것을 느꼈을 테니까. 그렇지만,

"명함이 없는데요."

하고 대답했다.

"신사적으루 합시다. 어떻게 생각하십니까?"

"없는 거야 할 수 없잖습니까?"

말로는 도저히 굴하지 않을 태도였다.

"그럼 댁으루 갑시다. 나는 당신 신원을 알아야 할 테니까."

용주는 그냥 헤어질 수가 없다는 태도로 말했다.

"갑시다."

사내는 떳떳하게 말했다. 할 수 없이 용주는 사내의 뒤를 따랐다. 그런데 사내는 어떤 다방 앞까지 가서 이야기를 좀 하다가 가자고 했다. 용주는 그럴 필요가 없다고 말했지만 사내가 좋게 이야기하는 것이 서로 좋은 일이라 하며 용주의 팔을 잡아끄는 바람에 못견디는 척하고 따라 들어갔다.

다방에 들어가자 사내는 명함을 꺼내 주며 자기에 대한 설명을 시작했다. 그리고는,

"장삿일루 어머니와 자주 만나는 것만은 사실이오. 그걸 가지구 의심을 할 수는 없는 거지. 안 그런가 좀 생각을 해 보시오."

하는 것이었다.

용주는 방성표(方成杓)라고 씌어 있는 그의 명함을 들여다보며 장사를 안 해두 좋으니까 만나지 마시오 하고 강경하게 말해 주고 싶었지만,

"능청스럽게 그러시지 말구 솔직하게 말하십시오."

어디까지나 자백을 요구했다.

"생각해 보시오. 내 나이가 어머니와 얼마나 차이가 있는가? 그럴래야 그럴 수도 없는 일인데."

용주는 방성표의 얼굴을 쳐다봤다. 확실히 어머니보다 십 년은 아래일 것 같았다. 그러나 요즘 세상에 그런 것이 문제되지가 않는다.

"좌우간 어머니와의 관계를 끊지 않으면 절대루 가만두지 않을 테니까 그쯤 아십시오."

용주는 협박 정도로 그치는 것이 좋으리라고 생각했다. 미행한 첫날 방성표를 붙잡았다는 것만도 성공적이다. 어머니와 만나고 있는 현장을 보았다고 해서 그것이 곧 두 사람의 비밀을 붙잡아 낸 것이라고는 말할 수 없다.

그런 만큼 그 이상 더 강력하게 나갈 수가 없는 일인 데다가 그 정도로 효과를 나타낸다면 그보다 더 다행한 일이 없을 것이다.

"허허 참, 알 수 없는 청년이군."

"글쎄 딴 소리 할 게 없다니까요. 나는 긴말 싫어하는 사람이니까 그쯤 알아 두시오."

기회를 주면 방성표가 무슨 이야기까지 꺼내 변명을 할지 모른다. 딱 잘라 버리고 자리를 뛰쳐나왔다.

그런데 그 날 밤 어머니가 또 돌아오지 않았다. 어머니도 어머니려니와 방성표가 악랄한 친구란 생각이 들었다. 그렇게까지 협박을 했으면 하루라도 낯가림을 할 것 같은데 체면도 생각지 않을 뿐 아니라 도리어 한 술을 더 뜨고 있다.

혹시 반발일지는 모른다. 협박에 질 수 없다는 반발심. 그것은 방성표보다도 어머니의 의지일지 모른다. 자식이 협박한다고 해서 어미가 질 수 있느냐 하는 여자의 앙칼짐.

다음 날 아침 조반을 먹을 때 국민학교 1학년짜리 상주(相柱)가 밥도 제대로 먹지 않으며 눈물을 짰다. 엄마가 보고 싶다는 것이었다. 엄마가 어디 가서 무슨 짓을 하고 다니는 것도 채 생각하지 못하고 하룻밤 보지 못한 그리움만으로 눈물을 짜는 것이었다. 그런가 하면 대학교 3학년에 다니는 애라(愛羅)는 볼이 부어,

"다 헤지구 말아요. 나두 알바이틀 구해 가지구 나가 살래."

이미 미련도 없다는 투로 말했다.

"임마, 조금 있으면 엄마 와."

용주는 우선 상주의 우는 꼴이 보기 싫어 퉁명스러운 말을 했다. 아무것도 모르기 때문에 엄마를 무조건 그리워하는 상주의 마음을 알 수 있었다. 그러나 운다고 돌아올 어머니가 아니다. 울고 있는 자식의 눈물도 생각지 않고 제멋대로 놀아나는 어머니가 일층 더 미울 뿐이었다. 그 미운 마음이 상주에게 퉁명스러운 말을 하게 했는지 모른다.

그러나 그런 어머니에게 환멸을 느끼고 집을 나가겠다는 애라도 얄미웠다.

엄마가 과오를 범했다고 즉시로 엄마를 적대시하는 그 마음 속에는 애정이라는 것이 도대체 손톱만큼도 박혀 있지 않다. 애정이 박약한 여자를 어디다 쓸 것인가?

"맘대루 하렴. 난 모르겠다."

"이 집을 팔구 오빠두 나가요. 상주는 엄마한테 데려다 주구……."

"이 집은 안 판다. 이 집은 아직까지 아버지 이름으로 돼 있는 집야."

"아무러면 명의 변경을 안 할 거예요. 엄마가 팔아 치우기 전에 빨리 팔아요."

집을 팔라고 하는 데는 자기가 한몫 보겠다는 속셈이 들어 있는 것 같다.

"누가 집을 팔아? 어림없는 소리 하지두 마."

하고 애라의 말을 눌러 버렸다. 만약 어머니가 집을 팔려고 한다면 어머니도 가만두지 않겠다는 것을 속마음으로 다짐하면서…….

"여자가 남자에게 미치면 어린애가 쥐구 잠들어 있는 치마고름을 가위루 짤라 버리구 도망간다지 않아요? 무서워요. 우리 엄마두 그럴 것만 같아 무서워요."

"아무리 몰인정해두 엄만 엄만데 그런 엄마가 어디 있니?"

"실제루 있다는 걸 어떡해요?"

"듣기 싫어."

용주는 그런 어머니는 정말 생각하고 싶지 않았다.

그 날 용주는 방성표의 집을 찾아갔다. 악랄한 그 자를 그냥 둘 수가 없었던 것이다. 방성표를 찾아갈 때 그는 어머니를 원망했다. 원망하면서도 그렇게까지 악독한 어머니라고는 생각지 않았다. 참고 참았던 욕구불만이 정신을 차리지 못하게 그미를 마쳐시키고 있을 것이지만 어머니가 악독한 여자가 되어 그런 행동을 하는 것은 아닐 것이라 생각했다.

명함에 적혀 있는 주소를 찾아가는 동안 용주는 방성표의 다리 하나를 부러뜨리리라 생각했다. 다리를 부러뜨리면 그 뒤에는 어머니를 만나지 못할 것이다. 어머니도 그를 잊고 가정으로 돌아올 것이다. 어머니가 돌아오기만 하면 그뿐이다. 나는 상해죄로 징역을 살게 되겠지? 그러나 얼마나 오래 징역살이를 할 것인가? 교도소에서 나와서는 직업을 갖자. 결혼도 해야지. 그리고는 어머니를 집 안에 들어앉아 있게 하자. 돈벌이를 합네 하고 밤낮 나돌아다니니까 그런 사고가 일어나는 법이다.

그런데 명함에 있는 주소를 찾아 대문을 두들길 때 문패의 이름이 방성표가 아닌 딴 이름임을 보고 깜짝 놀랐다. 대문을 열러 나온 여인에게 방성표 씨댁이 아니냐고 물었을 때 여인은 처음 듣는 이름인 듯 도리어 의아한 눈으로 용주를 쳐다봤다. 집 안에 그런 사람이 세 들어 있지도 않느냐고 물었지만 여인은 세 놓은 방이 하나도 없다고 대답했다. 결국 속은 것이었다. 가짜 명함을 가지고 사는 가짜 인간이다. 그런 인간에 속은 것이다. 속은 것은 자기뿐이 아니라 어머니도 속고 있을 것이다. 그렇게 생각하니 어머니가 갑자기 불쌍해지는 것이었다. 가짜 명함을 가지고 다니는 인간인 것도 모르고 그런 남자에게 빠져 있는 어머니.

하루빨리 어머니를 구출해 내야 한다는 의분을 느끼기도 했다.

아무때라도 집에 돌아오겠지. 집에 돌아오는 대로 어머니에게 그미가 속고 있다는 것을 알리자. 그래서 그는 집으로 바로 돌아갔다. 그런데 밥하는 애가 묻지도 않는데,

"아주머니가 왔다가 또 나가셨어요. 옷가지를 싸 들구 가시던데요."
하고 말했다.

식구가 없는 틈을 타서 살짝 왔다가 살짝 간 것이다.

"그래 무슨 말 안 하시던?"

"며칠 동안 못 들어오실 것 같대요."

용주는 문득 애라가 하던 말을 생각했다. 치마고름을 가위로 자르고 도망갔다는 여자.

어리석으면서도 악독한 여자가 바로 자기 어머니 같았다.

'어디서 동거생활을 할까?'

용주는 그 장소만 알면 당장 그리로 달려가고 싶었다. 달려가서 강제로라도 어머니의 손을 잡아끌고 오고 싶었다. 그러나 그 장소를 어떻게 알 수 있

을 것인가?

그는 거리로 나섰다. 우연하게나마 만났으면 하는 염원이었다. 종로에서 명동으로 그리고 복잡한 거리에서 한적한 거리로 눈에다 총 신경을 집중하고 걸어다녔지만 어머니나 방성표는 만나지 못했다. 저녁때쯤 실의와 피곤에 젖어 레코드 판매점하는 친구를 찾아갔다. 술을 얻어먹거나 돈을 빌리거나 할 목적이었다. 그냥은 있을 수가 없었던 것이다. 상점에 들어가 친구의 눈치를 살피고 있는데 친구가 약속이 있다고 하면서 외출할 준비를 했다. 그에게서 술을 얻어먹기는 틀린 것이다. 용주는 할 수 없이 돈을 좀 빌려 달라고 했다. 혼자서라도 술을 마시고야 견딜 것 같았던 것이다.

"얼마나?"

빌려 주기는 하겠는데 얼마나 필요하냐고 물을 때 용주는 잠시 대답을 못했다. 혼자서 약주를 마시려면 이삼백 원으로 충분하다. 그런데 이삼백 원 정도로는 만족할 것 같지 않았다. 어디서 어떤 술을 마시든 푸짐하게 마셔야할 것 같았던 것이다.

"이천 원만……."

친구는 찾아온 친구를 놔 두고 혼자 나가는 미안함에서인지 용주가 말하는 금액을 그대로 내주고는,

"다음에 또 와."

하고 나가 버렸다.

어머니에게 돈을 탈 때마다 금액이 많다거니 잔소리를 들어 오던 버릇이 있어서 그런지 아무 말 않고 이천 원의 대금을 내주는 친구에게 고마움을 느끼며 용주는 문득 천하에 나 술 사 줄 놈 없나 하던 여대생을 생각했다. 이천 원이면 그 여자가 사라던 맥주를 살 수 있을 것 같았던 것이다. 기껏해야 두서너 병 마시겠지. 만취가 되게 해 가지고 여관으로 끌고 가자. 정조관념도 강하지 않을 것이지만 짓밟듯 육체관계를 해 버리면 속이 좀 후련해지겠지.

용주는 어떻게든 자기 처리를 해야만 할 것 같았던 것이다. 그는 우선 대폿집으로 가 깡술을 마셨다. 돈을 많이 허비하지 말아야 한다는 생각에 안

주도 들지 않았던 것이다.

　술이 얼큰했을 때는 이미 날도 어두워 있었다. 그는 그때의 그 다방으로 가서 여학생을 기다렸다. 삼십 분이 지나 술기운이 조금 깨는 것 같을 때 그는 초조하기 시작했다. 술이 깨기 전에 그 여자가 와야만 용기를 내어 술집으로 끌고 갈 수 있을 것 같았던 것이다. 술기운이 전혀 없고서야 알지도 못하는 여자를 유혹할 수가 있겠는가?

　술이 깨는 것을 의식할 때 그는 자기를 회의하기 시작했다. 알지도 못하는 여자를 꼬여 가지고 술을 먹인 뒤 여관으로 끌고 가는 게 정말 즐거운 일일까? 차라리 매춘부를 사서 육체를 처리하는 수속이 간단하고 마음 편하지 않겠는가?

　그러면서도 그는 다방에 그냥 앉아 있었다. 아무래도 그 여자를 만나야 할 것 같았던 것이다. 그 여자를 만나려는 것은 단순히 육체를 처리하기 위함이 아니다. 내 고독을 처리하려는 것이다. 내 고독을 처리하기 위해서는 좀더 악랄하고 좀더 극심한 행동이 따르지 않으면 안 된다. 정말 그는 고독이란, 커피 한 잔으로 해소될 그런 것이 아니란 생각이었다.

　그 여대생도 용주를 만나기를 기대하고 있었던 것처럼 다방에 나타났다. 더욱이 이 날은 혼자였다. 용주는 서슴지 않고 그 여자에게로 가,

　"혼자신가요?"

　우선 지켜야 할 에티켓을 지켰다.

　"네, 보시는 바와 같이……."

　그러니까 옆에 앉아도 좋다는 뜻이었다. 그는 옆자리에 앉자,

　"요전에는 주머니가 가벼워서 미안했습니다."

하고 그미의 얼굴을 쳐다봤다. 그런데 어쩐 일인지 그미가,

　"오늘은 술 마시구 싶지가 않은데요."

하고 경계하는 표정을 지었다. 용주는 당황하지 않을 수 없었다. 잠시 동안 묵묵히 있다가

　"내가 술이 마시고 싶은데요."

하고 자기 심정을 자백하기 시작했다.

"마시구 싶을 땐 혼자 마시는 게 좋지 않아요?"

"술 마시는 기분을 아시는 분이 그런 말씀을 하시나요?"

"전 아직 기분을 알구 마시는 데까지는 이르지 못했는 걸요."

"좌우간 같이 가 주시기만 하실 순 없습니까?"

사정이 반대로 되어 버렸다. 그런데도 그미를 끌고 가려는 심정을 용주 자신도 몰랐다.

"정 그러시다면 같이 가 드리지요."

그미가 미소를 지으며 허락했다. 용주에게서 그의 내적 고독을 감지한 모양이었다.

비어홀에서 맥주를 앞에 놓았을 때도 그미는 술에 흥미를 느끼지 않았다. 수단을 다해서 권했지만 한 잔 이상 더 마시지를 않았다.

"천하에 술 사 줄 놈 없나 하던 때의 기분은 아주 사라졌습니까?"

인생관이라도 변한 듯한 그미의 마음을 알고 싶었다.

"살아가노라면 죽고 싶은 때가 있잖아요? 죽지를 못하니까 그냥 발광하구 싶은 그런 때 말예요."

"그러니까 그건 순간적 감정이었단 말인가요?"

"말하자면……."

"그럼 행복하시군요, 죽을 때까지 죽고 싶은 심정으루 사는 사람두 있는데……."

용주는 자기가 죽을 때까지 죽고 싶은 심정으로 살아야 하는 인간이 아닌가 하는 생각을 했다. 그러나,

"고민이 많으신가 보군요?"

하는 그미의 물음에,

"내 이야기가 아닙니다. 그런 인간두 있을 거라는 거지……."

라고 자기를 은폐했다.

혼자서 술을 마시며 오늘 밤 일이 성공할 것인가 보기 좋게 실패할 것인가에 대해서만 생각했다. 취하기를 꺼려하는 것으로 보아 말을 들어 주지 않을 것이 분명했다. 그런 생각이 들수록 어떻게든 성공하고야 말리라는 의

욕이 솟구쳤다.

어느 정도 취기가 올랐을 때 그는,

"그만 가."

하며 그녀의 팔을 잡아 일으켰다. 그리고는 일부러 취한 척하는 것이었다. 잘 걷지도 못하는 척 비틀거렸다. 그미가 팔을 끼고 부축해 줄 때 그는 정신까지 혼몽한 척 말도 혀 꼬부라진 소리로 했다.

거리로 나와 걸을 때 그미가,

"댁이 어디시죠?"

집에까지 바래다 줄 뜻을 보이자,

"저…저거야."

하며 길가에 있는 여관을 가리켰다.

"어떤 거요?"

"간…간판이 있…있잖아?"

"무슨 간판이요?"

"여…여관…….."

그러자 그미는 용주를 끌고 그 여관을 향해 걸었다. 용주는 속으로 그미가 여관방에까지 같이 들어가는 것이라 생각했다. 그런데 현관까지 들어갔을 때 여관 보이가 나와 친절하게 마중해 주는 것을 보자 그미는 용주를 밀어 던지듯 하고 도망쳐가 버렸다.

용주는 돌아서서 그미의 뒷모습만 바라보다가 여관을 나와 버렸다.

그것이 당연한 일일지 모른다. 그러나 용주는 며칠 동안 배신을 당한 듯한 허전함이 겹쳐 어떻게도 할 수 없었다. 오직 술뿐이었다.

어머니는 영 돌아오지를 않았다. 아주 나간 사람이다. 아주 나간 사람을 기다리면 무엇하며 아주 나간 사람을 찾아다니면 무엇하겠는가? 나간 사람은 나갔다 치고 남아 있는 삼 남매나 살아야 한다. 그래서 다 잊어버리고 취직이라도 해 볼까 했지만 사람을 찾아가 취직을 부탁할 용기가 나지 않았다.

　제대를 하자마자 취직을 했더라면 하는 생각이 들었지만 아버지 병환 때문에 그럴 여념이 없었던 것을 지금 후회한들 무엇하겠는가?

　아무 하는 일 없이 거리로 나가 친구들과 어울려 술이나 마시며 시간을 보내는 생활도 그리 쉽지가 않았다. 마음의 피곤을 느끼며 일찌감치 돌아오던 어떤 날 집 골목에서 보따리를 들고 나오는 어머니를 먼발치로 보았다. 그는 반동적으로 몸을 숨겼다가 어머니의 뒤를 쫓았다. 사직동 어떤 집까지 뒤쫓아간 그는 이제부터 자기가 할 일이 생겼다는 일종의 안도감 같은 것을 느꼈다. 그들의 아지트를 안 이상 가만 있을 수는 없다. 어떤 수단으로든 그들을 갈라 놓고야 말리라는 생각이었다. 그렇다고 해서 어머니를 도로 돌아오게 하고 싶은 것은 아니었다. 돌아온댔자 어머니라는 실감이 나지 않을 것이요 옛날과 같은 애정을 되살릴 수가 없을 것이다. 그렇다면 차라리 영 돌아오지 않는 것이 좋을지도 모른다.

　그렇다고 해서 방임해 둘 수는 없었다. 어떻게 해서든 방해공작을 벌여 어머니가 불행해지는 것을 보아야만 할 것 같았다. 문제는 어머니를 불행하게 만드는 방법이었다. 그는 그 방법에 대해서 궁리에 궁리를 했다.

　집에서 저녁을 먹고도 그런 생각만을 하고 있는데 안방에서 노랫소리가 들려 왔다.

　　'나실 제 괴로움 다 잊으시고
　　기를 제 밤낮으로 애쓰는 마음
　　진 자리 마른 자리 갈아 뉘시며'

　동생 상주의 목소리였다. 어린애의 노래지만 제법 애조가 띠어 있었다. 분명 엄마가 그리워서 부르는 노래리라.

　용주는 떠들지 말라고 소리를 지르고 싶었지만 내버려 두었다. 어린애가 엄마를 그리워하는 것은 당연한 일이다. 그러나 상주도 조금만 크면 어머니를 미워하게 될 것이고 그런 노래를 부르지 않게 되겠지.

'손발이 다 닳도록 고생하시네
하늘 아래 그 무엇이 넓다 하리오
어머님의 희생은 가이 없어라'

계속해서 부르는 노래의 가사가 마음에 들지 않았다. 자기 희생이 아니라 자식들을 희생시킨 어머니다. 그런데도 상주자식은 그따위 노래를 부르고 있다.

달려가서 그런 노래를 다시 부르지 못하게 하고 싶었지만 상주가 불쌍한 마음이 들어 내버려 두었다. 그 대신 사직동으로 어머니를 찾아갔다. 둘이 다 있었다. 너무나 의외의 일이라 둘이 다 어리둥절해 용주를 바라봤다.

용주는 인사도 없이 그들 앞에 앉자,

"돈이 좀 떨어져 찾아왔습니다."

용건은 오직 돈뿐이라는 의사를 표시했다.

"참, 돈이 필요하겠구나. 얼마나 주련?"

어머니도 돈 이야기 이외에 다른 이야기가 없는 사람처럼 침착한 태도로 말했다.

"우선 오천 원만 주십시오."

말이 떨어지기도 전에 어머니는 핸드백을 열고 돈을 세기 시작했다.

"옛다."

"미안합니다."

돈이 오간 뒤 용주는 자리에서 일어섰다. 그리고는 한 마디,

"종종 와야겠습니다. 돈 때문에요."

하고 그 집을 나와 버렸다.

그 뒤 그는 매일 밤 어머니를 찾아갔다. 액수를 좀 낮추었지만 가는 때마다 이삼천 원씩 돈을 요구했다. 어머니는 며칠 동안 아무 말 않고 돈을 주었다. 그러나 닷새째 되는 날 자기도 돈이 없으니 그만 오라고 짜증을 냈다. 용주는 아무 말 않고 그냥 앉아 있었다. 돈을 안 주면 돌아가지 않겠다는 배짱이었다. 열한 시가 되어도 버티고 앉아 돌아갈 생각을 안 하자 어머니는

150

할 수 없이 또 돈을 주었다.

다음 날은 일부러 늦게 열 시쯤 갔다. 그런데 방성표도 어머니도 집에 있지 않았다. 용주는 열두 시가 될 때까지라도 기다릴 작정이었다. 피한다고 해서 자기가 물러설 수는 없다. 그림자처럼 따라다니며 마음을 교란시키겠다는 것이 처음부터의 계획인 만큼 그는 초지를 관철시킬 심산이었다. 문밖에서 한 시간 이상이나 기다렸을 때 방성표와 어머니가 돌아왔다. 용주는 아무 말 않고 그들 뒤를 따라 방 안으로 들어갔다. 그리고는 의젓이 또 돈 이야기를 꺼냈다.

"내가 굶어 죽는 걸 봐야 시원하겠니?"

어머니가 짜증스럽게 신경질을 내도,

"왜 그런 말씀을 하십니까? 밤이 깊었으니까 빨리 가게 해 주십시오."

하고 돈을 받고야 말았다.

돈을 받고 나오면서,

"딴 데루 이살 가셔두 전 그걸 알게 될 테니까 딴 생각들은 마십시오."

자기 모르게 이사갈 생각을 해도 소용이 없다는 것을 협박조로 말했다.

집에 돌아왔을 때는 열두 시가 가까웠다. 그런데 이 날따라 동생 상주가 자지 않고 있다가 용주 방으로 왔다.

"언니! 엄마 어디 있는지 몰라?"

엄마 생각에 잠을 못 이루고 있었던 모양이다.

"내가 그걸 어떻게 아니?"

"엄만 왜 한 번두 안 올까?"

"그걸 내가 알아? 쓸데없는 생각 말구 빨리 잠이나 자."

이렇게 상주를 돌려 보내기는 했지만 용주는 상주를 어머니에게 데려다 준다면 어떻게 될까 하고 생각했다. 상주는 멋모르고 좋아할 것이다. 그렇지만 어머니가 예전처럼 사랑해 주지 않을 것이니 그때 상주는 그리움마저 잃어버리게 될 것이 아닌가?

용주는 찬장에서 소줏병을 꺼내다가 술을 마시고야 잠이 들었다.

‘나실 제 괴로움 다 잊으시고
기를 제 밤낮으로 애쓰는 마음’

다음 날 아침 용주는 상주의 노랫소리에 눈을 떴다. 잠을 깨운 상주가 얄미워 망할 자식 하며 다시 잠을 청했으나 눈앞이 밝아 잠을 이룰 수가 없었다.

할 수 없이 세수를 하고 조반을 먹고 있는데 애라가,

“오빠, 나 오늘 이사갈 테야.”

하고 말했다.

“뭐?”

“알바이트를 구했어.”

애라는 아무래도 이 집이 싫은 모양이었다. 싫어서 자활(自活)의 길을 만들고 나간다는데 뭐라고 말할 것인가? 용주는 애라가 가는 집에 대한 것을 몇 마디 물은 정도였다.

조반을 먹자 곧 짐꾼을 불러다가 이삿짐을 나르는 것을 볼 때 용주는 아무리 형제라 해도 고독의 연대책임감은 없는 것이라고 생각했다. 이 집이 싫다고 해서 혼자만이 훌쩍 떠나면 나머지 사람들은 어떻게 될 것인가?

애라가 떠나자 용주는 상주를 불러,

“너두 네 짐들을 챙겨라.”

하고 말했다.

“왜?”

무슨 영문인지를 몰라 상주가 도리어 겁먹은 얼굴을 했다.

“엄마한테 데려다 줄게.”

“정말?”

상주는 생기 돋는 얼굴로 한 번 웃어 보이고는 짐을 꾸리기 시작했다.

상주를 앞세우고 사직동으로 가는 동안 용주는, 그렇지, 내게 상주를 붙들 권리가 있나? 상주가 엄마를 그리워하는 것은 절대적인 것이니까, 혼자 중얼거리며 발걸음을 독촉했다.

방성표나 어머니가 어떤 표정을 짓건 그건 자기가 관여할 바가 아니라 생각하며 상주를 사직동 집에 남겨 놓고 혼자 돌아올 때 이젠 밤마다 어머니를 찾아가 괴롭히는 일도 그만둬야지 하고 혼자 생각했다. 부질없는 일이라 생각되었던 것이다. 어머니가 배신을 했다고 해서 그미를 괴롭혀도 결국은 시원할 것이 없다. 영원히 해소될 수 없는 자기 불만에 잉크칠을 짙게 하는 결과밖에 돌아올 것이 없다.

그 날 밤 용주는 천하에 나 술 사 줄 놈은 없나 하던 여대생을 생각했다. 꼭 만나고 싶었다. 그리움인지도 몰랐다. 그래서 저녁을 먹자 일찌감치부터 그 다방으로 나갔다.

얼마를 앉아 있는데 그 여대생이 친구 한 명과 같이 들어왔다. 그리고는 용주를 보자 옆자리에 와 앉으며,

"오늘 맥주 사 주시겠어요?"

하고 말했다. 술 마신 혼적은 없는데 정신은 취하고 있었다. 용주는 서슴지 않고,

"좋아!"

하고 대답했지만 단번에 구미가 떨어지는 것을 느꼈다. 아련하게 그립던 정이 산산조각이 되어 흩어지는 것 같음을 느꼈다. 그러나 그것을 표정에 나타낼 수는 없었다.

비어홀에 갔을 때 용주는 그미의 태도를 바라볼 뿐 스스로가 취하려 하지 않았다.

"기분 나쁜데요. 왜 사람을 쳐다만 보구 술은 마시지 않으세요?"

그래도 용주는,

"오늘은 암만 마셔두 취할 것 같지가 않아서요."

냉연히 대답할 뿐이었다.

"전투력을 상실하셨군요? 자기 속만을 들여다보게 되는 무기력 상태. 그런 거지요?"

"그런 건지두 모르겠군요."

"건 비겁해요. 남자가 뭐예요. 어서 마시세요."

"마시죠."

용주는 흥을 돋구기 위해서 글라스를 들어 그미 앞에 내밀며 술을 마시는 척했지만 술이 입에 당기지가 않아 그야말로 척하는 데 그쳤다. 그런데 그미는 한 병 좀더 마시자 취기가 도는지,

"나는 아버지 때문에 술을 마시는 거예요. 아내와 자식을 버리구 딴 여자에게 가는 아버지가 어디 있어요? 아버지가 아녜요. 시시한 남자들. 나는 남자들에게 복수나 하며 살래요."

남이 들을 것도 겁내지 않고 떠들어댔다. 용주는 자기도 어머니와 방성표의 정사(情事)를 알았을 때 저렇게 유치하게 놀았겠지 하고 자기를 뒤돌아보았다. 술맛이 더욱 없어졌다.

그래도 그미는 술을 계속해서 마셨다. 엔간히 취했을 때는 같이 갔던 여자친구에게,

"넌 꺼져. 나는 저분하구 할 이야기가 좀 있어."

하고 그미를 돌려 보냈다. 단 둘이만 남자 그미는,

"나 취했죠? 돌아가겠어요."

하며 비틀비틀 자리에서 일어섰다.

확실히 고독한 여자였다. 그런데 고독에 흥미가 느껴지지 않는 것은 무엇 때문일까? 상대방의 고독이 나의 고독과 비교되며 상대방의 고독이 과장된 것으로 보이기 때문일까?

"가십시다."

그미를 부축해 가지고 비어홀을 나왔다. 비어홀을 나왔을 때 그미를 택시로 바래다 줄 생각에서,

"댁은 어디지요?"

집 방향을 물었다. 그런데 그미는,

"저기……."

하며 턱으로 맞은편을 가리켰다.

"저기라니요?"

"저기…… 간…간판이 있는 저 집."

"간판이 있는 집요?"

"여…여관 간, 간판이 붙…붙었잖아요?"

언젠가 자기가 쓰던 바로 그 수법이었다.

"갑시다."

용주는 그미의 팔을 끼고 여관까지 갔다. 그리고는 보이를 불러 그미를 객실로 안내케 한 뒤 숙박료를 지불했다.

"왜 어물거리는 거지요?"

그미가 소리를 질렀다.

"네 네, 갈게……."

용주는 그미가 묵을 객실까지 가서 그미를 자리에 눕힌 뒤 도망치듯 방을 뛰쳐나왔다.

그리고 아무도 기다려 주는 사람이 없는 자기 집으로 돌아가는 것이었다.

(원)《현대문학 149》 1967. 5.

등산 이야기

삼 일 전 직접 찾아가 초청을 했을 때도 원화(呂元華)는 사양을 했었다. 끝까지 밝히지 않으려고 했던 것이지만 그렇게라면 마지못해서라도 올 것 같아 자기 생일이라는 것을 말했다. 청할 사람도 그들 내외뿐이란 것을 밝혔는데도 그는 글쎄 글쎄 하며 끝까지 확답을 안 했었다.

그 날이 바로 오늘이어서 전화를 걸었더니 그는 또 글쎄 글쎄 거부의 태도를 보이고 있다.

"잠깐만 왔다 가게. 차린 것은 없어두 조반이나 같이 하자는 내 마음을 받아 주는 것이 어때?"

성재(高聖載)는 애원하다시피 청했지만 원화는 여전히,

"글쎄, 번거롭게 그럴 것 있나? 간 셈치구 혼자 먹게."

초지를 굽히려 하지 않았다.

"자동차 타구 잠깐만 왔다 가. 음식을 다 차려 놓은 걸 어떡허나."

빌붙듯이 애걸을 하면서도 성재는 오해하지 말게, 딴 이야기는 절대 없으니까라는 말을 입 밖에 꺼내지 못했다. 그런 오해가 있을 것 같아 두려웠던 것이다. 그렇지 않고서야 죽마고우 사이에 생일날 조반 먹으러 오라는 것까지 거절할 까닭이 있겠는가? 그렇지만 오해하지 말라는 말이 원화에게는 도저히 하나의 복선처럼 들릴 것 같아 그 말을 할 수가 없었다. 자기가 맨주먹이다시피한 몸으로 국회의원까지 되었던 과거를 잘 알고 있는 원화다. 과거

뿐 아니라 무위도식하는 현재까지 잘 알고 있는 그로서 성재의 초청이 단순
하지 않은 것으로 오해할 가능성이 있다. 그런 만큼 복선이 없다는 것을 행
동으로 보여 주는 수밖에 없다.

"사실은 오늘 등산을 가기루 했어. 이제 곧 떠나려는 참이야……."

원화는 초청에 응할 수 없다는 이유를 비로소 구체적으로 이야기했다. 그
러나 성재에게는 그것이 서투른 각본에 의해 연출되는 연극 같았다.

"에익 이 사람, 장관(長官)이 무슨 등산인가?"

"난 일요일마다 등산을 다니구 있어. 건강두 건강이지만 집에 있기가 싫
어서."

성재는 오늘이 일요일이라는 것을 알고 있었다. 그렇지만 설마 등산갈 것
같지는 않았다. 해방 이후 이십 년이 지나는 동안 정계에서 살아 왔지만 장
관이나 국회의원들이 등산 다닌다는 말은 한 번도 들은 일이 없었다. 그렇
다고 원화에게 맞대 놓고 거짓말이라고 면박을 할 수도 없는 일이다.

"누구와 같이 가나?"

하고 물었더니,

"아내하구야."

조금도 머뭇거림 없이 대답했다. 더욱 곧이 들리지 않는 말이었다. 소풍
이나 등산이란 친구들끼리 어울리는 맛에 다니는 것이다. 부인과 같이 간다
는 말이 너무나 궁색하게 들렸다.

"정말인가? 내가 가 봐두 좋은가?"

부인과 같이 간다는 말이 곧이 들리지 않아 이렇게 말한 것인데 원화가,

"와 보게. 같이 가두 좋으니까."

마치 거짓말처럼 생각하는 것이 불쾌하다는 듯 말했다.

"정말 같이 가두 좋은가?"

그것이 진짜 같지는 않았지만 성재는 원화와 같이 등산 간다는 것을 생각
하며 물었다. 사실은 원화가 자기 초청에 응하지 않아도 무방했다. 그가 원
화에게 바란 것은 우정뿐이었다. 그런 만큼 원화와 함께 하루를 즐기며 우
정을 되찾는다면 그뿐이다.

"등산을 간다구 거짓말을 하니까 내가 가서 보구 올게."

아내에게 말하고 그는 원화의 집으로 갔다.

사직동에 있는 원화의 집은 그래도 꽤 큰 집이었다. 장관의 집으로서는 조금 손색이 있을지 모르나 조상에게서 물려받았음직한 한국식 고옥이다.

이 집이 아직도 저당 잡힌 채로 있을까?

성재는 이 년 전 원화의 아내가 눈물을 짜며 찾아와 사정하던 때를 생각했다. 남편인 원화가 교환교수로 미국에 가 연구생활을 하고 있는 일 년 동안 그의 아내는 남편 모르게 큰 계를 하다가 실패를 해서 사경에 이르렀었다. 남편이 돌아오기 전에 곗돈을 갚아 놓아야 할 테니 은행돈을 돌려 달라고 했다. 얼마나 필요하냐고 물었더니 자그마치 이천만 환(이백만 원)이라고 했다. 그 돈을 어떻게 하면 남편 모르게 갚을 수 있느냐고 물었더니 큰 다방을 경영하고 있기 때문에 문제가 없다고 했다. 그럼 집문서나 가져오라고 했더니 다방을 사느라고 이미 은행에 들어가 있다고 해서 성재는 달리 더 묻지도 않고 은행돈을 무담보로 얻어 주었었다.

자유당 말기의 자유당 국회의원이었던 성재는 그만한 일쯤 문제 없이 해결지을 수 있었던 것이지만 그 뒤 반 년도 못 되어 4·19 혁명으로 자유당원들은 국민 앞에 국가의 원흉으로 낙인찍히었다. 어디 발디딜 곳이 없어졌다. 경황 없는 생활을 해 오느라고 은행빚을 갚았는지 집 저당은 풀렸는지 한 번도 알아본 일이 없었다.

벌써 오래 전 일이니 은행빚이야 갚았겠지. 더구나 원화가 장관이 된 지 벌써 두 달이 됐는데……. 자유당 시대 같으면 장관 자리에 앉았다 물러나기만 해도 평생 먹을 것이 생겼다. 제 아무리 학자적 양심을 지킨다 해도 정계에 발을 들여 놓은 이상 원환들 별것이 있겠는가?

식모의 안내로 응접실로 들어갔을 때 원화의 아내가 나와 반갑게 인사를 했다. 그때 성재는 이 집이 저당에서 풀렸느냐고 지나가는 말로라도 물어 보고 싶었으나 남편 모르게 한 일을 함부로 들출 수가 없어 그냥 응접실로 들어갔다.

원화가 나타날 때까지 부인은 커피를 가져온다 과일을 깎는다 하며 무척 친절을 보였다. 아무리 몰락했다 해도 남편의 옛친구니 그러는 것이 마땅한 일일 것이라고 생각했다. 그런데 등산 차림을 하고 나타난 원화는 그렇지가 않았다. 사흘 전 관청으로 찾아갔을 때와 같이 무뚝뚝했다. 인정을 보이려 하지 않았다. 마치 권위를 세우려는 사람이 함부로 웃지도 않는 것처럼 웃음을 보여 주지 않았다.

"당신두 빨리 옷을 갈아 입어."

자기 아내에게 하는 말도 위엄으로 시종했다. 대학교수로 있을 때도 다정스런 인간은 아니었다. 그러나 성재의 눈에는 높은 지위가 그를 더욱 딱딱하게 만든 것으로만 보였다. 그렇다고 해서 성재가 아니꼽다는 생각은 안 했다. 이해할 수 있는 일이라고 생각했다. 윗사람이 되려면 말수도 적어야 하고 표정의 변화도 적어야 한다. 아내에게만 예외로 감정 변화를 노골적으로 표현하다가는 사무적으로 대해야 하는 사람에게도 그런 버릇이 노출되기 쉽다. 동시에 아내에게까지 엄격하지 않을 수 없는 사람이니 자기에게도 냉정한 것이 당연한 일이라고 성재는 생각했다.

성재는 그들이 정말 등산가는 것을 보고 자기는 어떻게 해야 하나 하고 생각했지만 어쩔 도리가 없었다. 그들 뒤를 따르는 수밖에 없었다. 산으로 출발할 때 그들은 지프차를 탔다. 뒷자리에 자기 부인과 성재를 앉히고 원화가 앞자리에 앉았다. 차 주인이 당연히 앞자리에 앉는 것이지만 자기 같으면 친구를 앞자리에 앉히고 자기는 아내와 함께 뒷자리에 앉을 것 같았다. 그러나 원화는 조금도 망설이는 기색 없이 아내보고 먼저 타라 했고 그 뒤에는 성재보고 타라 했다. 아무리 친구라 해도 아내와 한 자리에 앉히는 것이 주저스러울 것 같은데 원화는 조금도 그렇지가 않았다.

만약 차가 덜커덩거려 원화의 아내와 몸이라도 겹치게 되면 어떻게 할까 하고 성재는 여간 조심되는 게 아니었다. 그러나 그는 옛날 학생 시절을 생각하며 속으로 빙그레 웃었다.

대학교 졸업반 때였다. 방학이 되어 일본에서 돌아와 약혼한 여자와 데이트를 할 때 원화는 꼭 성재를 불렀다. 하루는 창경원엘 가자고 했다. 성재는 즐겁게 승낙했다. 창경원에 가자 원화가 사과 한 개를 사 가지고 벚꽃나무

가지 위에 올라가 앉아 그것을 몇 입 씹어 먹고는 나머지를 여자에게 주었다. 위에서 내려 주는 것을 받기는 했지만 여자가 그것을 먹지 못했다.

"네플루토프가 먹다가 준 사과를 카추샤가 먹잖았어? 어서 먹어, 카추샤……."

원화가 마치 네플루토프이기나 한 것처럼 말했지만 여자는 얼굴을 붉힐 뿐 씹어 먹지를 못했다. 그때 성재가

"카추샤 씨, 빨리 잡수세요. 얼굴두 카추샤 비슷한데요."

하고 사과 먹기를 권했다. 그래도 먹지를 않을 때,

"아, 내가 있어서 그렇군요. 그럼 잠깐 없어지죠. 그새 잡수세요."

성재는 맹수의 우리를 한 바퀴 돌아보고 왔다. 그리고는,

"잡수셨지요?"

하고 여자에게 물었다.

"먹었어."

원화가 대신 대답했다.

"그럼 버린 속은 어디 있어?"

성재는 먹은 것을 확인하려고 했다.

"정말 먹었어요."

여자의 대답에 이어 원화가,

"버린 속을 주워 먹을 셈인가?"

하며 웃었다.

"방자 노릇을 충실히 해야잖니?"

성재는 자기가 방자의 역할을 맡고 있다고 생각했다.

"네플루토프에게두 방자가 있었나?"

그래서 웃은 일이 있지만 지금 원화와 그의 부인이 그때 일을 기억하고 있을지?

어쨌든 방자로서 춘향의 옆에 앉아 있는 기분으로 지프차를 타고 세검정까지 갔다. 세검정에서 내려 차를 돌려 보낸 뒤 걷기를 시작했는데 원화 부인의 손에 점심 꾸러미가 들려 있는 것이 보였다. 성재는 그럴 수가 없다고

생각했다. 남자가 빈손이고 여자가 물건을 든다는 것도 안 될 일이지만 그
는 방자를 생각했던 것이다. 얼른 부인의 손에서 꾸러미를 뺏아 들었다.

"내버려 두지 않구……."

원화는 미안한 듯 말했다. 그때 성재는 재치를 부리며,

"이 사람, 내가 방자 노릇하던 생각 안 나나?"

하고 말했다.

"선생님두……."

부인이 약혼 시절의 기억이 머리에 떠오르는지 말을 채 끝맺지 못했다.

"창경원에서 말이지?"

원화도 과거를 회상하는 감회가 그리 불쾌하지 않은지 빙그레 웃었다.

성재는 참으로 좋은 기회라고 생각했다. 과거의 추억을 통해 우정을 되살
릴 수 있다면 그보다 더 자연스러운 일이 없다. 성재가 갈망하고 있는 우정
을 자연스럽게 되살릴 절호의 기회라 생각하고,

"아주머닌 아직두 카추샤의 면모가 남아 있는데요."

원화 부인을 바라보며 농담을 시작했다.

"뭐 다 늙었는데요."

"천만에요. 결혼 전의 모습이 그래두 남아 있습니다."

이것이 약간 아첨이 섞인 말일지 모른다. 오십대에 들어선 여자에게 이십
대 때의 얼굴을 가져다가 견준다는 것은 있을 수도 없는 일이었다. 그러나
성재는 원화로 하여금 우정이 가장 가까웠던 그 시절을 회상하도록 만들어
야 했다. 그래서 말을 계속했다.

"그때가 좋았지요. 원화가 장가들던 날 나는 두 분 신혼여행에까지 따라
가려구 했었으니까요. 생각나나? 그때 일이?"

"참 그때 왜 같이 여행을 못 갔었지?"

"자네 처남이 한사코 반대하질 않았나? 처남만 아니었더면 여행까지 같
이 갔을 거야."

"그 오빠가 오 년 후에 돌아가시지 않았어요."

원화 부인도 한몫 끼었다.

“글쎄 저두 그때 소식을 들었지요.”

딴 데로 흘러가려는 이야기를 되돌리려고,

“내가 장가를 들 때는……”

하는데 원화가,

“자네 그 신발루 문수암까지 올라갈 수 있겠나?”

과거 이야기를 단절시켰다.

“괜찮어. 어딘 못 갈라구……”

사실 평복을 입고 구두를 신은 것은 자기뿐이었다. 원화는 잠바에 등산화를 신고 등산모를 썼다. 그 부인도 슬랙스에 운동화를 신었고. 그렇게 등산 차림을 한 두 사람 사이에 평복을 한 자기가 끼여 짐까지 들고 있으니 자가용 운전수 같은 감이 들었다. 더구나 자기는 조반도 먹지 못했다.

그러나 성재는 그런 것에 구애당하지 않았다. 그의 우정을 도로 찾으면 그뿐이었다. 그에게 있어서 무엇보다도 필요한 것이 우정이었던 것이다. 가졌던 권력과 사회적 기반을 잃고 일 년을 살아 오는 동안 그에게는 찾아오는 사람도 없었고 찾아갈 사람도 없었다. 정말 이상한 일이었다. 같은 환경 속에 빠진 동류(同類)끼리만이라도 가깝게 지낼 것 같은데 그 동류들은 다른 사람들보다도 서로를 더 경계한다. 통 만나려 하지를 않고 있다. 성재도 동류의 인간은 만나고 싶지 않았다. 남에게 음모나 꾸미는 것 같은 인상을 주기가 싫었던 것이다. 먹을 것은 가지고 있으니 정치 같은 데서 아주 손을 떼려는 것이 그의 마음이었다. 민족적인 죄의식보다도 어쩐지 움직이기가 싫어졌던 것이다. 정치에 환멸을 느꼈다고나 할까, 마음이 위축되어 행동 자체에 용기를 잃었다고나 할까?

며칠 전이었다. 거리에서 우연히 자유당 시대의 옛친구를 만났다. 그가 유별나게 반가워하는 바람에 혹시나 하는 기대로 다방까지 끌려갔었다. 그런 그 친구는 자유당 동지들이 결합해서 정당을 다시 만들자고 했다. 그 말을 듣자 성재는 정말 아무도 만나고 싶지 않아졌다. 정치와 관계가 없는 죽마고우를 만나고 싶어졌다. 그런 우정이 죽고 싶게 그리워지기도 했다.

말하자면 성재가 뼈저리게 느끼는 것은 고독이었다. 아무도 만나기 싫은 생활이 유폐된 인생 같기만 했다. 자식도 없다. 아내는 어째서 애도 낳지를 못할까? 친척도 없다. 8·15 뒤 혼자서 월남해 왔기 때문에 그는 가족적으로도 고독했다.

그 고독을 메워야 살 것 같아 학생 시절에 가장 가까웠던 원화에게 접근하려고 하는 것이다. 그런데 원화는 자유당을 원흉들의 집단체였다고 생각하는 현 정부의 장관 자리에 앉아 있기 때문인지 성재가 갈망하는 우정을 보여 주려고 하지 않는다. 민족적 양심으로 보아 얼굴을 쳐들고 다니지 못할 사람인지 모른다. 그렇지만 법률적으로는 죄인이 아니다. 죄인이 아니고 또 앞으로의 흉계도 없는 이상 그렇게까지 자기를 경원할 까닭은 없다.

아무것도 바라지 않는다. 오직 우정만 바라고 있다. 그래서 오늘 아침 원화를 초청했던 것이다. 그리고 지금 자가용 운전수처럼 그들 뒤를 따라가고 있는 것이다.

얼마를 걸어가다가 자기가 그들보다 너무나 앞선 것을 알았다. 조반도 먹지 못한 성재가 기운이 더 있을 것도 아닌데 십여 미터나 앞선 것이다.

성재는 원화 부부를 돌아봤다. 그리고는 발을 멈추고 그들을 기다렸다. 여자니까 산길을 잘 못 걷겠지. 부인이 걷지를 못하니까 원화는 천천히 걸을 수밖에 없겠지.

그런데 사실은 그렇지가 않았다. 부인보다는 원화가 더 헐떡이고 있었다. 몸이 뚱뚱하니까 혈압이 높은지 모른다. 그러니까 장관까지 된 사람이 등산을 다니는 것이겠지.

"혈압이 높은가?"

성재가 물었다.

"높지는 않은데 높아질까 해서……."

성재는 원화가 거짓말을 하는 것인지도 모른다고 생각했다. 그래서 그때부터 앞장을 서지 않고 뒤로 처졌다. 혹시 무슨 일이 생기면 부축해 줘야 한다는 생각이 들었던 것이다.

삼십 분쯤 걸었을까 했을 때였다. 그렇게 힘들어하지 않은 것처럼 보이던 원화 부인이 쉬었다 가자고 했다. 땀을 흘리고 있었다. 역시 여자는 할 수

없다고 생각하며 성재는 그들 옆에 앉았다. 부인뿐만 아니라 원화도 땀을 흘리고 있었다. 성재는 문득,

"이승만 박사두 올라가셨던 코슨데……."

팔십 노인도 올라갔던 산을 뭐 그리 힘들어하느냐고 농담을 했다. 그런데 원화는 그 말에 대꾸도 안 했다. 부인도 마찬가지였다. 원화는 이승만이란 이름만 들어도 불쾌한 모양이었다. 아니 성재가 그렇게 느꼈던 것이다. 그래서 받들고 있던 사람이라고 해서 잊지 못하고 있는 것이란 인상을 주게 한 자기를 후회했다.

그런데 원화는 불쾌한 표정을 조금도 보이지 않고,

"커피나 마실까?"

했다. 부인이 곧 그러자고 대답했다. 그 말이 나오기가 무섭게 성재는 자기가 들고 있는 꾸러미 속에서 마호병을 꺼내며 말했다.

"산에서 마시는 커피는 별밀 걸."

그는 이승만 박사 이야기를 잊어 주기만 바랐다. 원화 부인이 따라 주는 커피를 마시면서도

"맛이 차니 좋은데……."

하며 입을 쉬지 않았다. 그런데도 원화는 성재의 소심한 심리상태에 조금도 호응치 않았다. 빈 속에 마신 커피가 가슴을 얼얼하게 했지만 그래도 성재는,

"이건 백 원 해두 비싸지 않은데요."

하며 두 사람을 바라보았다. 그래도 그들은 반응을 보이지 않았다.

커피를 마시자 일행은 다시 걷기 시작했다. 원화의 부인, 원화, 성재——, 이런 순서로 걷고 있을 때 몇 걸음도 안 가 원화 부인이 뒤돌아서서 성재에게 꾸러미를 달라고 했다. 자기도 들고 가겠다는 것이었다.

"뭐가 무거워서요?"

성재가 주려 하지 않자 부인이,

"미안해서 쓰겠어요?"

하며 꾸러미를 뺏으려 했다.

“좀 바꿔서 들구 가지 그래.”

원화도 미안을 느끼는 모양이었다. 그렇다고 해서 자기가 들고 갈 의사는 아니었다.

“괜찮다니까……..”

성재는 끝내 꾸러미를 내주지 않고 자기가 들었다. 그러면서도 속으로는 그들이 조금만 강경하게 말한다면 자기는 할 수 없이라도 그것을 내주었을 것이라고 생각했다. 왜 강경하게 달라고 하지 않을까? 나는 조반도 먹지 못한 사람인데. 성재는 조반도 못 먹은 자기를 생각할 때 걷기가 힘든 것을 느꼈다. 꾸러미라도 들고 가 줬으면 하는 생각이 들었다. 그러나 그는 기운을 내야 한다고 생각했다. 자청해서 따라온 사람으로 그들에게 폐를 끼쳐서는 안 된다. 조금이라도 도움을 줘야 한다. 꾸러미를 어깨에 메고 몸에 힘을 주어 걷고 있는데 이마에서 땀이 흐르기 시작했다. 성재는 땀을 씻으며 조반을 먹지 못했기 때문이라고 생각했다. 숨이 가쁘거나 다리가 아픈 것이 아닌데도 땀이 난다는 것은 분명 허기 때문이라 생각하니 어쩐지 서글픈 마음이 들었다.

무엇을 좀 먹었으면 기운이 날 것 같았다. 몸에 기운이 생기면 서글픈 생각이 없어질 것 같았다. 그러나 먹을 수가 없었다. 자기 어깨에 매달려 있는 꾸러미 속에 음식이 들어 있다. 원화에게 배고프다는 말만 하면 그것쯤 어렵지 않게 들어 줄 것이다. 부인은 왜 일찍 이야기하지 않았느냐고 도리어 나무라며 꾸러미를 풀어 줄 것이다. 간단하게 해결될 수 있는 일이라 생각하면서도 성재는 배고프다는 말을 꺼낼 수가 없다. 원화가 자기에게 따뜻한 우정을 보이지 않은 것은 자기가 무슨 이권운동이라도 할 것 같은 의구심 때문이리라. 성재도 그럴 것이라 생각하고 자기에게는 아무런 욕망도 부탁도 없다는 것을 몇 번이나 말했다. 그런데도 원화가 아직까지 옛날의 우정으로 돌아오지 않는 것은 그 의구심을 아주 없애지 못하기 때문일 것이다. 아침식사에 초대했을 때 와 주지 않은 것도 초청에 응했다가 무슨 청탁이라도 나오면 거절하기가 힘들 것을 미리 겁냈기 때문일 것이다. 그렇게까지 결벽성을 가진 원화에게 배가 고프다고 우는 소리를 한다면 그는 반드시 자기를 비굴한 인간이라고 생각할 것이다. 비굴한 인간이니까 우정을 이용하여 이권운동을 할 것이란 생각을 더욱 굳게 가질 것이다.

성재는 다리의 힘이 점점 빠지는 것을 느끼면서도 그냥 걸었다. 얼마를 걷고 있는데 사십오 도쯤 경사가 진 큰 바위가 앞을 가로막았다. 다리의 힘이 빠진 성재로서 오르기가 벅찰 수밖에 없었다. 감감해서 위를 쳐다보는데 원화가 부인의 손을 잡아 끌어올리는 것이 보였다. 다정한 광경이었다. 성재는 창경원에서 부인보고 캬추샤라고 하며 씹어 먹던 사과를 먹으라고 하던 원화를 생각했다. 그리고는 자기의 결혼 때 일을 생각했다.

성재는 원화보다 이 년이나 늦게 결혼했다. 그때 원화가 성재의 들러리를 서서 일부러 평양까지 왔었는데 들러리를 서는 바람에 원화의 연애 사건이 벌어졌다. 신부 들러리를 섰던 여자와 원화가 눈이 맞았던 것이다. 결혼식을 끝낸 뒤 신부집에서 피로연이 있을 때 처음으로 인사를 했고 피로연이 끝난 뒤 신랑신부와 몇몇 들러리만 남아 몇 시간 이야기를 나눈 것뿐인데 원화는 그 뒤 한 달에 두 번씩 평양에 내려왔다.

원화는 서울에 취직해 있었고, 성재는 평양에 취직해 있었다. 처음에는 성재를 만나러 온 것이라 하며 여자 이야기를 숨겼으나 나중에는 숨길 필요가 없었는지 비밀을 털어놓았다. 성재는 겁을 먹었다. 들러리 서 달라고 한 것이 계기가 되어 원화의 가정에 파탄이 생기게 되었던 것이다. 그래서 성재는 할 수 없이 여자의 집을 찾아가 원화에게 본부인이 있다는 사실을 말했다. 있는 정도가 아니라 사이가 아주 좋은 부부라고 말했다. 한편 일부러 서울까지 가서 원화 부인에게 다시는 평양에 가지 못하도록 하라고 주의를 시켰다. 그래서 일은 무사히 해결했지만 한 번은 원화가 성재를 찾아와 아무 말도 않고 성재의 따귀를 갈겼다. 세 차례나 거듭 때리고 나서야 원화는 떨리는 목소리로 말했다.

"나와 무슨 원수를 졌냐?"

성재는 원화가 자기를 때리기 위해 일부러 서울에서 평양까지 왔으리라는 것을 잘 알고 있기 때문에 그의 직성이 풀리도록 내버려 두었다.

"왜 말이 없어? 더러운 자식 같으니……."

그래도 성재는 원화가 그 여자를 단념 안 할 수 없어서 자기에게 분풀이
를 하는 것이라 생각하며 대꾸를 안 했다.

"네가 그 여자를 좋아하지? 똑똑히 말해 봐. 치사스런 자식아."

성재는 속으로 쓴웃음을 웃었다. 지금 어떤 말을 한다고 해도 나중에는
자기에게 감사할 사이라는 신념을 가지고서.

지금 아내의 손을 잡아 끌어올리고 있는 순간 원화는 자기에게 감사하고
있을 것이다. 감사하고 있을 원화를 볼 때 성재는 마음이 흐뭇함을 느꼈다.
자기도 그 가파른 바위를 기어올라가야 한다는 감감한 생각을 잊고 그들을
쳐다보기만 했다.

성재는 가파른 바위를 올랐다. 그리고 계속해서 걸었다. 전보다 힘이 덜
드는 것 같았다.

문수암에 이르러 냉수를 마실 때 성재는 높은 곳은 다 올랐으니 밥을 먹
고 가자고 말을 하고 싶었다. 그 말이 목구멍을 넘어오려 했다. 그 이상 더
걸을 수가 없었던 것이다. 그러나 그 말을 입 밖에 꺼내지 못했다. 치사스런
것 같았던 것이다. 먹을 것을 달라는 것처럼 치사한 일이 없는 것 같았다.

만약 원화가 눈치를 채고 조반을 못 먹은 것이 아니냐고 묻는다면 그때는
솔직하게 말할 수도 있을 것이다. 그런데 원화는 자기가 허덕이는 것을 뻔
히 보면서도 그 이유를 물어 볼 생각도 안 했다.

성재는 시계를 들여다봤다. 열두 시가 조금 지나 있었다.

그들은 성재가 시계를 보는 것을 정면으로 보았다. 그런데도 점심 먹자는
말은 안 했다. 성재는 물도 있고 하니 여기서 점심 먹는 것이 어떠냐고 말하
고 싶었지만 그 말도 못했다.

나는 원화에게 우정을 구걸하고 있는 중이다. 구걸하는 사람은 체면을 없
애야 하는 것인데 나는 체면을 지키며 구걸을 하고 있다. 체면이 있는 구걸
에서 얻어지는 것이 있을까?

성재는 자기가 세력을 잡고 있을 때 무수히 찾아오던 사람들을 생각했다.
그때 성재는 그들에게 엔간히도 주었다. 돈도 주었고 이권(利權)도 주었다.
주기는 했지만 앞으로의 정치생활의 연장을 생각하며 주었었다. 받는 사람

도 주는 사람도 모두 체면이 없었던 것이다. 그런데 지금은 어떤가? 그때 자기에게서 받아간 사람들도 자기를 찾아오는 사람이 하나도 없다. 자기 역시 만나고 싶은 사람이 하나도 없다. 주고받은 것을 다 같이 후회할 뿐이다. 그렇기 때문에 성재는 원화의 우정을 더 갈망하고 있는지 모른다. 아무런 불순이 없다. 몇십 년 전부터 있어 온 우정의 계속을 바라는 것뿐이다. 당연한 요구일지 모른다. 절대로 구걸이 아니다. 그런데도 그것이 왜 그리도 힘든 것일까?

얼마를 더 걸어 산 정상에서 한참 내려가서야 원화는 앉을 자리를 고르며 점심을 먹자고 했다.

김밥인데도 반찬이 따로 있었다. 성재는 김밥 하나를 집어삼키고는 그 하나만으로 배가 불러지기를 바랐다. 체면 없이 많이 먹을 수가 없었던 것이다. 그들과 꼭같이 보조를 맞추며 밥을 먹었다. 그들이 수저를 놓을 때 성재는 아직 배가 차지 않은 것 같았지만 역시 손을 떼고 말았다. 배는 덜 찼고 밥은 남았는데도 그는 더 먹을 생각을 못했던 것이다. 그래도 저녁때까지 견딜 것 같았다.

과일을 먹으며 앉아 있을 때 성재는 환담을 해 보고 싶었다. 정이 오가는 것은 대화에서만 기대할 수 있다. 그새 너무나 대화할 기회가 없었다고 생각했다. 바쁘게 지내는 원화를 자주 만날 수가 없었지만 간혹 만난다고 해도 그것이 관청 사무실이었기 때문에 마음놓고 이야기를 할 수 없었던 것이다. 그래서 저녁이라도 같이 먹자는 말을 해 본 적도 있다. 그러나 원화는 그것을 강경하게 거절했다. 딴 약속이 있는 것이라 의심했을지 모른다. 자기도 흑심이 있는 것처럼 보일 것 같아 완강히 끌어 낼 수가 없었다. 그런데 지금 환담할 수 있는 가장 좋은 기회가 왔다. 신이 베풀어 준 기회일지 모른다.

성재는 다 같이 웃을 수 있는 이야기가 하고 싶었다. 그러나 그저 웃어 넘길 수 있는 죄 안 되는 이야기란 여자 이야기밖에 없다. 여자 이야기는 어떤 경우 누구하고나 즐길 수 있는 이야기다. 그런데 원화 부인이 옆에 앉아 있다. 여자 이야기를 여자 앞에서는 할 수가 없다.

성재는 참으로 아쉬웠다. 기생 이야기쯤 재미있는 이야기가 얼마든지 있다. 성재나 원화의 스캔들 같은 것도 털어놓기만 하면 얼마든지 웃을 수가 있다. 음담패설로 시간을 보낼 수도 있다. 성재는 그 밖에 아무 생각도 없이 할 이야기를 골라 보았지만 좀체 그런 것이 머리에 떠오르지 않았다. 세상 되어 가는 이야기라든가 백성들이 살아가는 이야기를 한다고 하면 그것은 정치와 관련해서 생각하게 된다. 요새 무슨 갱 사건이 없나 하고 생각해 봤지만 최근에는 그런 것도 보도된 일이 없다. 무슨 이야기를 꺼낼까? 원화는 벙어리처럼 말이 없는데……. 참 이상한 사람이었다. 그렇게 말이 없는 사람도 아니었는데 장관 자리에 앉자 말을 잊어버린 사람처럼 되어 버렸다. 기껏해야 경치가 좋군, 바람이 시원하군, 기분이 좋군 정도다.

성재는 생각다 못해 오늘 아침 이야기를 꺼냈다.

"같이 조반이나 먹자는 거였어. 딴 의미가 전혀 없는 거였지. 생각을 해 보게. 우리가 지금까지 삼십여 년을 교우를 하고 있는데 딴 뜻이 뭐 있겠나? 돌아가는 길에라두 잠깐 들러 아침 대신 저녁이라두 먹세."

사실 성재의 아내는 지금까지도 기다리고 있을 것이다. 원화를 데리러 간다고 나온 자기까지 들어가지 않고 있으니 얼마나 궁금해할까?

"글쎄……."

원화는 그래도 성재의 우정을 그대로 받아들이려 하지 않았다. 성재는 또 섭섭했다. 그래서 이판에 하고 싶은 이야기를 전부 해 버리리라 생각했다.

"우리가 그새 서로 다른 길을 걸어 왔지. 그 중에서도 내가 잘못된 길을 걸었을 거야. 그 동안 내가 자네를 섭섭하게 했을 줄 알구 있어. 그렇지만 지금 나는 그때의 나를 후회하구 있어. 후회하기 때문에 과거를 연상케 하는 사람들을 만나려 하지 않구 있어. 그러자니 외로워. 외로워서 자네를 만나려는 거야. 외로우니까 만나겠다는 내가 나쁘기는 하지. 외롭지 않을 때는 만날려구 안 하다가 외로울 때야 생각하는 것이 진짜 우정일 수 없겠지. 그렇지만 그때 자네는 학교의 교수로 많은 제자에 둘러싸여서 살았기 때문에 나를 그리워할 여유도 없었을 거야."

이때 원화가,

“그런 이야기는 뭣 땜에 하지?”

들을 가치조차 없는 이야기처럼 말했다.

“아냐. 나는 지금 자네 말구 만날 사람이 없어. 아는 사람이야 많지. 그렇지만 내가 만나고 싶은 사람은 하나두 없단 말야. 그래서 자네를 만나려구 하는데 자네는 나를 경원해. 경원하는 그 마음 이해할 수 있어. 여러 가지 이유가 있겠지. 그렇지만 내가 자네에게 폐를 끼치려 하는 것은 추호만큼도 없어. 자네 출세에 지장이 있다면 모르지만 옛날부터 친해 오던 야인 한 사람과 만나는 것이 뭐 그리 지장이 되겠는가?”

성재는 자기가 하고 싶은 말을 다했다. 그런데도 원화는,

“다 알구 있어. 내가 그렇게까지 생각이 없는 사람인 줄 아나?”

할 뿐 우정에 대한 구체적인 이야기는 하지 않았다. 그때 원화 부인이,

“달리 오해는 마세요. 선생님이 저한테 해 주신 일두 저희들은 잊지 않구 있어요. 원체 많은 것을 생각해야 하는 생활이니까 누구에게나 그렇게 대하는 거죠.”

하고 원화에 대한 변명을 했다.

“오해라니요. 그런 건 없습니다. 정말 오해 마십시오.”

이런 이야기들을 하다가 정릉(貞陵)으로 내려가는 길을 잡아 걷기 시작했다.

이른 봄이지만 등산객은 상당히 많았다. 대부분이 중·고등학생이 아니면 남녀 대학생들이었다. 개중에는 중년 신사들도 있었지만 그 수효는 그리 많지 않았다. 그런 가운데서 성재네 일행은 이색적이 아닐 수 없었다. 이색적인 등산객이란 생각을 하자 성재는 원화가 더욱 좋았다. 그만큼 원화가 서민적이란 생각이 들었던 것이다.

‘다 알구 있어.’

하던 원화의 말이 머리에 떠올랐다. 원화가 지금 특수한 위치에 있으니까 그러는 것이지 절대로 우정을 모르는 사람이 아닐 것이다.

성재는 앞장을 섰다. 쭉 내리막길이니 그리 힘든 코스가 아니다. 그 대신 잘못 걸으면 앞으로 고꾸라질 우려가 있다. 그래서 성재는 올라올 때와 달

리 앞장을 섰다. 잘못해서 누가 미끄러져 내려오면 받아 줄 생각이었다.

북한산의 북문을 지나 가파른 내리막길을 걸을 때였다. 성재는 몸의 중심을 잡을 수가 없어 반달음질로 내리막길을 내려왔다. 조금 평지가 된 곳에 이르러 위를 올려다보고 있는데 원화가 뒤뚱거리며 공이 구르듯 뛰어내려오고 있었다. 그런데 반쯤 내려오자 돌부리에 걸렸는지 나가딩굴었다. 나이 든 사람이 데굴데굴 굴러 내려왔다. 성재는 우스웠다. 그러나 웃을 수가 없었다. 얼마나 무안해할 것인가? 나오는 웃음을 참으면서 원화에게로 가서 그를 부축해 일으키며,

"다친 데는 없나?"

하고 물었다.

"괜찮아!"

하며 피식 웃는 원화가 더욱 우스웠다.

이런 때 소리를 내어 웃으면 속이 시원할 것인데 그랬다가 원화가 무안한 나머지 화를 낼지 모른다.

그것도 젊었을 때 일이었다. 원화가 약혼만 하고 아직 결혼을 안 했을 때 그들 부부와 함께 영화구경 갔던 일이 있었다. 구경을 끝내고 극장을 나와서 걷는 도중 원화가 얼음판에 미끄러져 넘어졌다. 통쾌하다고 할까. 성재는 마음놓고 소리내어 웃었다. 그때 원화는 발칵 화를 내며,

"자아식 웃기는?"

정말 무서운 눈을 부릅뜨고 성재를 노려보았었다. 약혼한 여자 앞에서 넘어진 것만도 부끄러운 일인데 옆에서 웃기까지 하니 화가 나지 않을 수 없었을 것이다.

성재는 원화의 옷에 묻은 흙을 털어 주며 웃음을 참기에 애를 썼다.

"천천히 내려와."

원화는 성재의 존재도 잊고 자기 아내를 향해 소리쳤다. 부인이 엉금엉금 기어서 무사히 내려와 원화에게 다친 곳이 없느냐고 물었을 때 그때야 그는 바짓가랑이를 걷어 올리며 피가 흐르는 종아리를 내보였다.

"어떡허지요? 약두 없는데……."

부인이 피가 나는 원화의 종아리를 만졌다.

성재는 다친 곳을 자기에게도 보이지 않고 자기 아내에게만 보이는 원화를 고깝게 생각했다. 다친 곳을 보이는 것쯤 그것까지 사람을 가려서 할 것이 무엇인가?

"괜찮아!"

"다른 데는 다치지 않으셨어요?"

부부의 다정한 대화에 질투를 느끼기까지 했다.

별로 오래 쉬지도 않고 그들은 걷기를 시작했다. 그렇게 가파른 데가 없었기 때문인지 성재는 뒤도 돌아보는 일이 없이 걸었다. 얼마를 걷고 있는데,

"성재!"

원화가 부르는 소리가 들렸다. 걸음을 멈추고 뒤돌아보았다. 그들은 오십여 미터나 뒤떨어지고 있었다. 성재는 정신 없이 걸었다고 생각하며 그들이 가까이 올 때까지 기다렸다.

"마누라 생각이 났나?"

가까이 온 원화가 웃으며 말했다.

"꼭 그렇게 보이는가?"

성재도 실소(失笑)를 했다. 그러자 원화가 성재의 어깨에 손을 얹고 성재만이 들을 수 있는 목소리로,

"용서하게!"

하고 말했다. 성재가 혼자 걸어가는 동안 딴 생각을 하고 있었던 모양이었다.

"뭘 가지구 그러는 거지?"

성재는 정색으로 말하는 원화에게 도리어 면구스러움을 느꼈다.

"너무 많은 것을 생각해야 하기 때문이야."

원화는 무엇을 용서하라는 구체적 말을 생략하고 용서받아야 할 일의 원인만을 말했다.

"별 소릴. 나는 자넬 잘 알구 있으니까 조금두 달리 생각 말게."

성재는 원화가 무엇을 말하려고 하든 잘못했다든가 용서해 달라는 말을

다시 하게 하고 싶지 않았다. 따지고 본다면 원화에게 잘못이라고는 하나도 없다. 잘못이 있다면 주지 못하는 사람에게 주기를 갈망한 자기에게 잘못이 있다.

"다음에 조용히 이야기할 기회가 올 거야……."

"새삼스럽게 그런 소리는……."

성재는 원화가 우정을 완전히 저버리지 않고 있다는 것을 알았다. 그것만으로 충분했다. 그래서 뒤에 처진 원화 부인을 돌아보며,

"빨리 오세요. 또 원화가 넘어지리다."

하며 원화가 이야기를 계속하지 못하게 했다.

그들이 정릉 청수장 앞까지 왔을 때 거기에 원화의 지프가 와서 기다리고 있었다. 떠날 때 코스를 그렇게 정해 놓고 운전수에게도 미리 그런 말을 해 놓았던 것이 짐작되었다. 어쨌든 지프에 올라탔다. 그때 성재가,

"잠깐만 우리 집에 들르세. 마누라가 기다리구 있을 거야."

이번에는 자기 소망이 틀림없이 이루어질 것을 기대하며 은근히 말했다. 그런데 원화는 여전히,

"그냥 가지 뭐."

하며 초청에 응할 생각을 안 했다. 야속했다. 우정이 움직일 기미가 보이더니 결국은 그대로였다.

"오늘이 내 귀가 빠진 날이라구. 왜 그렇게 못 알아듣지?"

성재는 애원하듯 말했다.

"안다니까. 그걸 누가 모른대?"

"알면 가 줘야 할 것 아닌가? 아무것두 차린 건 없어. 허지만 아내가 정성껏 차린 음식이야. 가서 구경이라두 해 줘."

성재는 아내에 대한 자기 면목을 생각했다. 청할 사람이라고는 원화 부부밖에 없는 남편의 생일을 위해 아내는 며칠 전부터 음식준비를 했다. 별일도 없기 때문이기는 하지만 그미는 요리강습소에서 음식 만드는 법을 배웠다. 취미가 음식 만드는 것이라고 할 만큼 솜씨가 뛰어났다. 그 솜씨를 발휘하면서 만들어 놓은 음식을 먹어 주는 이가 없을 때 그미는 얼마나 섭섭해

할 것인가?

"잠깐 들르십시다."

원화 부인이 원화에게 말했다. 역시 여자가 여자의 심정을 알아 주는 모양이었다. 원화는 아무 대답도 안 했다. 대답 안 하는 것은 곧 승낙일 것이다.

"그런데 빈손으루 갈 수가 있나요?"

부인이 걱정의 말을 했다. 그런데도 원화는 아무 말도 없었다.

"별 말씀. 가 주시기만 해두 처가 기뻐할 겁니다."

성재의 진심이었다. 그때 원화가 자동차 운전수에게

"신당동으루 가세."

하고 명령했다. 성재는 원화를 끌어안고 싶은 심정이었다. 자기의 진실된 마음에 원화의 진실이 발로한 것이다.

욕망이 이루어져서 그랬는지는 모른다. 성재는 거리에 있는 제과점(製菓店)을 지날 때 그것을 차창으로 내다보며 저걸 하나 사다 주면 아내가 더 좋아할 텐데 하는 생각을 했다. 원화는 끝내 살 생각을 안 했다. 그래서 성재는 자기 돈으로라도 사서 원화가 사 온 것이라면서 아내에게 주고 싶었다. 그러나 차마 그럴 수가 없었다. 차를 세우고 과자를 사려 하면 원화 부부가 얼마나 미안해할 것인가?

집에 도착했을 때 아내가 뛰어나오며 어떻게 된 일이냐고 물었다. 그러나 금시 원화네를 향해 반가운 인사를 건넸다. 무던한 아내였다. 종일 기다렸으면 손님이고 뭣이고 짜증부터 냈을 것이다. 그런 티를 조금도 내지 않고 손님을 반갑게 맞이하고는 잠깐만 기다려 달라고 한 뒤 곧 부엌으로 갔다.

데우기만 하면 되는 음식이라 얼마 안 있어 음식이 준비되었다. 식탁을 장식한 음식은 과연 자랑하고 싶을 만한 것들이었다. 어떤 데 갖다 놓아도 손색이 없을 만큼 보기 좋고 깨끗하게 또 먹음직스럽게 만들어져 있었다.

"솜씨가 대단하신데요."

원화 부인이 칭찬했다. 칭찬받기에 부끄럼이 없는 음식이었다.

원화 부부는 사양치 않고 수저를 들었다. 등산하고 오는 길이니 시장도 할 것이다.

"좀 많이 잡수십시오."

성재는 원화에게 술잔을 권하며 원화 부인에게 말했다. 그런데 원화는 술 두 잔을 마시고 반찬 몇 점을 든 뒤,

"가 봐야겠네."

하며 일어섰다. 부인도 꼭같이 일어섰다. 약속을 했던 모양이다.

"그럴 수가 있나? 좀 앉아."

성재는 강제로라도 원화를 앉히려 했지만 막무가내였다. 그들은 가고야 말았다.

며칠 뒤였다. 성재는 또 원화가 그리워졌다. 며칠만 안 만나도 보고 싶은 원화였다. 그는 원화를 찾아 중앙청으로 갔다. 장관을 만나기가 그리 쉬운 일은 아니었지만 비서실에서도 성재의 얼굴을 알고 있는 터라 복잡한 수속이 필요 없었다. 장관실에 들어설 때 성재는 오늘도 결국은 실망하고 돌아가게 될 것이라는 예감을 느꼈다. 그런데 이 날만은 달랐다. 원화가 반가워하는 얼굴로,

"잘 왔네."

악수까지 청했다. 별로 없었던 일이었다. 원화는 곧 차를 가져오게 한 뒤 성재 옆에 앉으며

"이제 조용히 이야기할 시간이 있을 것 같네."

하는 것이었다. 반가운 말이었다. 성재는 어린애처럼 좋아하며 원화의 손을 감싸 쥐었다.

"고맙네."

그러자 원화가,

"나 이 자리 내놓기루 했어."

하며 성재의 손을 자기 손바닥으로 쓸었다.

"뭐라구? 왜 갑자기?"

성재는 놀랐다. 물론 장관 자리란 오래 가는 것이 아니다. 경우에 따라서는 한 달도 못 가는 수가 있다. 그런 것을 잘 알고 있지만 그만둔다는 것은 원화를 위해 섭섭한 일이다.

"일이 그렇게 됐어. 차차 알게 될 거야."

원화는 그만두게 된 이유를 설명치 않았다.

"좀더 해 보지 않구……."

성재는 그 이유를 모르기 때문에 달리 위로할 말이 없었다. 며칠 뒤면 신문에 날 일을 성급하게 캐물을 수도 없는 일이었다.

"학교루 돌아갈 테야. 나한테는 학교 이상 좋은 데가 없어. 내 공부두 되고 젊은 사람들을 길러 내구, 그 이상 바랄 것이 어디 있나?"

"그럼 또 바쁘겠구먼……."

학교로 간다는 것은 좋은 일이었다. 성재도 그렇게 생각하고 있다. 그러나 그는 학교로 돌아간 뒤에도 만나기가 힘들 것만을 생각했던 것이다.

"사람은 바빠야 해. 바쁜 가운데서만 발전이 있구 또 사는 보람을 느끼는 것 아닌가?"

옳은 말이었다. 그러나 성재는 원화가 장관을 할 때보다도 더 만나기가 힘들 것이라는 것만 생각했다.

"학교루 가면 책임 있는 자리를 맡게 될 것 아닌가?"

"앞으루야 모르지. 우선 평교수루 들어가 공부나 하겠어."

"공부?"

"연구실에 처박혀 공부나 할 테야. 시간이 있으면 학생들이나 만나 지도를 해 주구……."

성재는 원화가 조용히 이야기할 기회가 있으리라던 것이 헛된 말이라는 것을 느꼈다.

역시 또 실망을 느끼며 원화와 작별을 했다.

다음 날 성재는 아내와 같이 등산을 떠났다. 코스는 원화 부부와 같이 갔던 바로 그 코스를 택했다.

세검정에서 산으로 오르기 시작할 때 아내가 도시락 꾸러미를 들었다. 성재가 들려고 했지만 아내가 한사코 들었다.

원화가 자기 아내 손을 잡고 끌어올리던 가파른 바위를 올라갈 때 성재도 아내의 손을 잡아끌어 주었다. 문수암에 이르러서는 아내가 떠 주는 냉수를 맛있게 마셨다. 조금도 힘든 줄을 모르고 정상까지 올랐다. 그리고 원화네와 같이 점심 먹던 바로 그 자리에서 도시락을 펼쳤다. 공일이 아니어서 그런지 등산객이 별로 없었다. 높고 큰 산에 자기 두 부부만이 숨을 쉬고 있는 것 같았다.

도시락을 먹다가 성재가 불쑥,

"우리 어린애 없기를 잘했지?"

하고 말했다.

"나 듣기 좋으라구 그러시는 건가요?"

"아냐. 자식은 애비를 닮게 마련이니까……."

"당신이 어때서요?"

"글쎄……."

성재는 대답을 안 했다. 그 대신,

"당신이 만든 도시락이 맛있는데, 원화네 것보다……."

하며 맛을 음미하며 김밥을 씹고 또 씹었다.

"당신 오늘 좀 이상한데요."

"이상하기는…… 나는 당신 하나면 충분해. 그것뿐이야."

밥을 다 먹자 성재가,

"우리 커피 가지구 왔지?"

하고 마호병을 꺼냈다. 그리고는 그것을 아내에게 내주며 말했다.

"한 잔 따라 줘."

성재는 아내가 따라 주는 커피를 마시며,

"산에서 마시는 커피가 별민데……."

푸른 하늘을 쳐다봤다. 구름 한 점 없는 맑은 하늘이었다.

(원) 《동서춘추》 1967. 6, (출) 『신한국문학전집 13, 박영준 선집』 어문각, 1972.

판잣집 아내

하인천역(下仁川驛)에서 기차를 탔다. 나처럼 인천에서 생선을 사 가지고 서울로 가는 장삿군 예펜네가 대여섯 명이나 같은 찻간에 올랐다. 풋내기 예펜네들은 자배기를 떠나지 못해 승강구 위 통로에 쭈그리고들 앉아 있다. 예펜네 장삿군의 물건을 훔쳐 가는 사람은 없다. 그것을 모르고 있기 때문이다.

나는 승강구 한편 구석에 자배기를 놓고 출입문 안으로 들어가 자리에 앉았다. 다른 예펜네들과 달리 애를 업고 왔으니 좀 쉬어야 했던 것이다. 양자배기에 담은 조기는 기차가 멎은 때 간혹 내다보면 그뿐이다. 내다보지 않아도 같은 장삿군 예펜네들에게 부탁해 놨으니 걱정할 것은 없다.

나는 자리에 앉아 등에 업혀 있는 천희를 앞으로 돌려 안고 젖꼭지를 물렸다. 기차를 타기 직전까지 칭얼거리며 보채던 애가 그새 지쳐 잠이 들어 있었다. 나는 잠들어 있는 애 입에다 틀어박듯 젖꼭지를 물렸던 것이다. 그런데 잠시 채 깨지도 않은 애가 눈을 감고 젖을 빨기 시작했다. 어린애 입으로 젖이 빨려들어갈 때 보통 짜릿한 쾌감을 느끼는 것이지만 원체 피곤할 때는 사지가 혼곤해진다. 마취제를 맞고 정신을 잃기 시작하는 순간과 같은 나른함을 느꼈다. 졸음이 왔다. 나도 모르게 눈이 감겨졌다. 그런데 여기 비었지요? 하며 말을 시키는 사람이 눈을 붙일 수 없게 했다.

어떤 남자였다. 창가에 앉도록 몸을 비켜 주었다. 빈 자리가 없을 만큼 손

님이 차 가는 모양이었다. 아침 통근차라 하인천 손님만으로도 찻간이 채워
질 만큼 붐비는 시간이다. 차가 만원만 아니라면 퀴퀴한 냄새가 나는 생선
장수 옆에 앉으려 하는 사람이 별반 없는데도 깨끗한 옷을 입은 젊은 신사
가 내 옆자리에 앉는다. 젊은 신사가 내 옆자리에 앉은 지 얼마 안 되어 어
떤 젊은 여인이 바로 내 앞자리에 앉았다. 나와 거의 같은 시간에 내 맞은편
창 옆자리에는 어떤 노파가 앉았으니까 내 옆은 모두가 찬 셈이었다.

　상인천역에 가선 한 의자에 세 명씩 앉아야 한다. 그리고도 서는 사람이
앉은 사람보다 더 많게 되는 것이지만……. 이런 것을 생각하면 눈이 감길
리가 없다. 그러나 원체 곤한 데다가 애가 젖꼭지를 빨고 있으니 눈이 저절
로 감겼다. 서울역까지 한 시간 동안 나는 졸면서 가는 것이다. 눈을 감고 잠
이 들었을 때였다. 기차가 동인천에 이르지 못한 것을 보니 오 분도 잠들지
못했을 것이다. 맞은편에 앉아 있는 젊은 여자가 내 무릎을 잡아 흔들었다.

　"애기가 울고 있어요."

　그러니까 나는 애가 울고 있는 것도 모르고 잠들어 있었던 모양이었다.
젖을 물리고 있는데 울기는 무엇 때문에 우는 것일까? 나는 짜증이 나서 울
고 있는 애를 포대기 위로 한 대 때렸다. 그리고는 젖꼭지를 다시 물리고 눈
을 감았다. 눈을 감으면서 생각하니 애의 오줌을 뉘이지 않았다. 오줌이 마
려워 우는 것이려니 생각을 하고 애를 포대기에서 빼내었다. 그리고 궁둥이
를 만져 보았더니 바지가 척척하게 젖어 있었다. 기저귀를 갈아 줘야 했다.
귀찮았다.

　"계집애두. 왜 쉬소리를 못하니."

　나는 천희의 궁둥이를 한 번 또 때렸다. 그리고 기저귀만 갈아 채우려고
할 때 앞에 앉아 있던 여자가,

　"애기를 왜 자꾸 때리세요?"

하며 나를 쳐다봤다. 남이야 애를 때리건 말건 무슨 상관이람. 나는 못마땅
한 눈으로 그 여자를 쳐다보았다.

　내가 대꾸를 안 하자 여인은 쓸데없는 말을 물었다.

　"새벽차루 왔다가 지금 가시는 길이신가요?"

"집이 서울이니까요."

달가워하지 않는 말투였다. 그래도 내 대답에 여인은 계속 말을 시켰다.

"그러니까 졸리시겠군요."

내가 조는 것을 보았으니까 하는 소리였으리라. 그 말에 나는 대답을 안 했다. 나를 깔보고 비웃는 태도가 아닌 것 같았지만 일일이 대답하고 싶지가 않았던 것이다.

"조반을 지어 잡숫구 떠나시려면 몇 시에 일어나세요?"

별것까지 다 물었다. 귀찮았지만 심심해서 말을 거는 것이라 생각하고

"찬밥을 먹구 떠나지요, 밥 해 먹을 새가 있나요?"

하고 대답했다.

"고생하시는군요."

이번엔 확실히 동정하는 태도였다. 옷을 깨끗이 입고 있다. 얼굴에도 고생기가 보이지 않았다. 고운 손가락을 보아서도 힘든 일 하나 안 하고 사는 여인 같았다. 그러니 나를 불쌍한 여자로 보는 것이겠지. 나는 그런 여자가 가장 싫다. 동정하는 척하는 여인일수록 제 자랑이나 하고 싶어하는 것이니까.

"다들 하는 일인데요."

나는 고생한다는 말이 하기 싫었다. 그랬더니 금시,

"바깥양반은 뭘 하시는데요?"

하고 물어 왔다. 여자란 누구나 다 이런 식이다. 자기만 못하다고 생각되는 여자에 대해서는 무엇이나 알고 싶어한다. 잘사는 사람에 대한 시기심보다도 더 치사스런 교만이다.

"애 아빠는 몸이 불편해서 일을 못해요."

나는 거짓말을 했다. 거짓말을 할 수 없었다면 나는 숫제 입을 다물어 버렸을 것이다. 만약 내 남편이 멀쩡한 몸으로 돈벌이를 못하고 있다는 사실을 말한다면 그 젊은 여인은 정말 만족해할 것이니까. 참 우스운 심리다. 남이 불우한 것을 흥미로워하는 마음은 왜 생기는 것일까?

"무슨 병인데요?"

여인은 속속들이 알아야 할 일이라도 있는 모양이었다. 나는 그것이 싫어,

　"댁은 언제 결혼하셨어요?"

하고 내 이야기 대신 그 여인 이야기를 묻기 시작했다. 여인은 삼 년 전에 결혼을 했는데 남편은 어떤 회사 상무로 있고 집은 몇 칸짜리 문화주택이라는 이야기까지 길게 늘어놓았다.

　"친정에 왔다 가시나요?"

　"어제가 아버지 생신이라 왔다가 가는 길예요. 오늘이 일요일인데 일찍 안 가면 좋지 않아할 테니까. 이렇게 일찍……."

　어느새 기차는 동인천을 지나 제물포역에 이르고 있었다. 통학하는 학생들도 없는데 차 안은 그야말로 입추의 여지가 없었다. 내가 앉은 의자에도 세 사람씩 앉았고.

　"무슨 장사를 하시나요?"

　어느새 여인이 또 내 이야기를 꺼냈다. 귀찮았다. 그저 잠만 자고 싶었다. 기저귀를 갈아 주었더니 애는 잠이 들어 버렸다. 조잘대는 학생들 틈에서도 얼마든지 잘 수는 있다. 그러나 나는 그 젊은 여자 앞에서 조는 꼴을 보이기가 싫었다. 얼마나 구질구질하게 볼 것인가? 그래서 늦게나마 대답을 해 주었다.

　"생선을 사다가 팔지요."

　"한 행보에 얼마나 남나요?"

　"돈 백 원이나 남지요."

　"백 원 벌이를 하려구 그 고생을 하시나요?"

　아니꼬운 말이었다. 자기는 회사 상무의 부인이라면서 왜 그 흔해빠진 택시 합승이나 급행버스를 안 타고 그 중 값이 헐한 기차를 탔는가? 여자는 이십 원도 아까워 편히 앉아 가는 합승 대신 기차를 탄다. 그런데 백 원은 누가 거저 주는가? 백 원이면 우리는 네 식구가 하루를 살아간다. 물론 백 원보다 더 버는 날이 많다. 그래서 며칠에 한 번씩은 남편에게 돈 백 원씩 뺏기면서도 굶지를 않고 살고 있다.

　"장사니까 할 수 없지요."

　나는 나이 어린 여자와 이러쿵저러쿵하기가 싫어 그냥 넘겨 버렸다. 그때 잠자던 천희가 눈을 떴다. 그리고는 포대기 속이 답답한지 발버둥을 치며 내리려 했다. 나는 포대기를 풀지 않고 애만 달랑 꺼내 놓았다. 애는 무릎에서 내리려고 했다. 걷고 싶은 모양이었다. 송곳 꽂을 자리도 없는 곳에 어린 애를 내려놓을 수가 없었지만 하고 싶은 대로 하라고 내버려 뒀다. 어린애는 걸어 나갈 수가 없으니 자연 사람들을 툭툭 건드리는 수밖에 없었다. 그런데도 애를 안아 주는 사람은 하나도 없었다. 만약 천희가 옷을 잘 입어 깨끗한 인상을 주었다면 누구나 한 번씩 안아 볼 것이다. 나에게 말을 시키고 싶어하는 맞은편 여자도 손 한 번 잡아 보려 하지 않았다.

"엄마. 기차야, 기차."

천희는 아는 체해 주는 사람 하나 없으니 심심했을 것이다. 혼자서 기차란 말을 되풀이하더니 치치풍풍 하며 기차 소리를 냈다. 두 살밖에 안 된 천희가 그런 소리를 낸다는 것이 신통했다. 나는 천희를 안고 뺨에 입술을 댔다.

"응, 기차야. 기차 타고 집에 가는 거야."

나는 천희가 귀여웠다. 옷에 때가 묻을까 해서 안아 주는 사람도 없지만 나에게는 귀여운 딸이 아닐 수 없다.

"아빠 가? 아빠 가?"

아빠한테 가느냐고 나를 쳐다보며 재롱을 떠는 천희가 더욱 귀여웠다.

"응, 아빠한테 가는 거야. 아빠 보구 싶지?"

내가 천희하고만 상대를 하고 있을 때 맞은편에 앉아 있는 여자가,

"말을 곧잘 하네요. 한참 귀여운 땐데요."

겨우 이 한 마디로 천희를 칭찬했다. 나는 남들처럼 잘 먹이고 잘 입혔다면 누구네 애보다도 예쁠 것이라고 말해 주고 싶었다. 그러나 그런 말을 어떻게 할 수가 있는가? 나는 천희의 손을 잡아 흔들며,

"아리랑 춤 한 번 출까?"

하고는 아리랑을 부르기 시작했다. 노래에 맞추어 춤추는 것을 사람들에게 보여 주고 싶었던 것이다. 천희는 부끄러워하지도 않고 나의 노래에 맞추어 팔과 어깨를 들썩들썩했다. 그때였다. 젊은 여자가 불쑥,

“아주머니 참 예쁘셔요.”

하고 말했다. 춤추는 어린애보다 어린애를 춤추게 하는 나를 더 귀엽게 본 모양이었다. 나는 그 말을 못 들은 척하고 노래를 계속 불렀더니,

“아까운데요.”

혼자 중얼거리는 것이었다. 나에게 들으라고 한 말이 아닐지 모른다. 그러나 나는 여자가 발칙스러운 생각이 들어 눈을 흘겼다.

아깝다니? 고생하며 살아갈 얼굴이 아니란 말이겠지? 건방지게스리 자기가 뭐기에 남을 보고 아깝다는 말을 하는 것인가? 그러면 누가 고맙다고 할 줄 알았던가?

아마 남의 눈을 끌 장사를 하거나 사내들이 돈을 마구 뿌리는 술집 같은 데 나간다면 돈을 벌 수 있다는 뜻일 것이다.

그래 내가 그렇게 천해 보인단 말인가? 그런 말을 노골적으로 한 사람도 있기는 했다. 나도 이런 고생을 하느니 차라리 술집에라도 나가면 돈벌이가 좋으리라는 생각을 해 본 적이 있다. 그렇지만 그런 짓을 어떻게 한담. 적게 벌고 적게 먹는 것이 좋다. 나는 끝까지 그 여자의 말을 듣지 못한 척했다.

그리고 천희가 춤을 계속해서 추도록 노래를 불렀다.

그 여인이 아깝다고 말한 것은 술집 같은 데라도 나갔으면 하는 뜻이 아니었다. 얼굴이 잘 생겼으니 좀더 좋은 남편을 만날 수 있었을 텐데 어째서 가난한 남자와 결혼을 했을까 하는 것이었다. 예쁘게 생긴 여자가 그렇게까지 고생한다는 것이 아까웠던 것이다. 그리고 자기가 불행한 것도 모르고 어린애와 같이 천진스럽게 노래부르는 것이 불쌍하게 보였던 것이다. 서른 대여섯밖에 안 되었으니 지금이라도 늦지는 않았다고 생각했다. 남편과 이혼만 하면 얼마든지 좋은 자리가 나설 것 같았다.

지식을 가진 현대 여성이라면 우선 경제적 조건을 따져 보고 결혼할 것이다. 그렇게까지 고생을 시킨다면 결혼 뒤에라도 집을 뛰쳐나올 것이다. 집을 뛰쳐나온다고 해도 남자는 무어라 말을 못 할 것이다. 그런데 저 여자는 고생도 고생으로 생각지 못하면서 살고 있다. 바보에 가까운 여자다. 나이가 젊고 얼굴이 저만큼 예쁜데 왜 바보 노릇을 하고 있을까?

기차가 소사역에 멎었을 때였다. 내 옆자리에 앉아 있던 젊은 신사가 허둥지둥 자리에서 일어서더니 출입문으로 달려갔다. 잘못하면 내리지 못할 것 같았던 모양이다. 어쨌든 한 사람이 내리고 그 자리에 딴 사람이 와 앉으려 했다. 나는 무심결에 몸을 바로 하고 자리를 고쳐 잡으려 했다. 한쪽으로 흘러내린 포대기를 감싸려 할 때 포대기 옆에 뾰족 보이는 것이 있었다. 파고다 담뱃갑이었다. 포대기에 가리어 그 한귀퉁이만 보였지만 그것이 담뱃갑이라는 것을 알자 남이 볼 새가 없이 포대기로 덮어씌웠다. 그리고는 포대기 밑으로 손을 디밀어 담뱃갑을 집었다. 몇 가치도 피지 않은, 알맹이가 대부분 남아 있는 담뱃갑이었다. 나는 그것을 다시 치마 밑으로 넣어 바짓가랑이에 덧붙인 주머니 속에 넣었다. 눈 깜박할 사이에 해치운 일이었다. 그래도 누가 보지나 않았을까 하고 앞뒷사람을 살폈지만 눈치챈 사람이 있는 것 같지 않았다.

나는 삼십오 원을 벌었다고 생각했다. 그리고 밤낮 백조밖에 피울 줄 모르는 남편의 터진 입을 생각했다. 고마워할 것이다. 예펜네 덕택에 파고다를 다 피워 보게 되었으니.

언젠가 생선 자배기를 이고 어떤 집에 들어가 생선을 팔고 나올 때였다. 나는 그렇게 한 집 한 집 찾아다니며 장사를 하고 있다. 대문간 옆방 뒷마루에 소줏병 하나가 보이기에 그것을 슬쩍 자배기 속에 넣고 나왔다. 그 소줏병을 돈 주고 사 오기나 한 것처럼 내놓았을 때 좋아하던 남편의 얼굴. 그날밤 잠이 들 때까지 남편은 싱글벙글하며 내 궁둥이를 쓸어 주기까지 했다. 좋아하는 남편을 보는 것이 즐겁지 않을 수 없었다. 그러나 좋아하는 것이나마 자기 손으로 구해서 먹지 못하는 남편을 쥐어박아 주고 싶었다. 밥이야 예펜네가 벌어다 주는 것을 먹는다 해도 술과 담배만은 자기 손으로 구해야 할 것이 아닌가?

남편이 못마땅했던 것이다. 그러나 장사를 하며 이집 저집을 드나들 때 나는 혹시나 하고 눈을 번득였다. 소줏병이 또 있지나 않은가 해서였다. 그것은 분명 도둑질이었다. 도둑질이지만 남편이 그렇게까지 좋아하는 것을 한 번 더 보고 싶었던 것이다. 그러나 먹다 남아 버린 술병을 더 볼 수가 없었다. 돈 주고 살 수는 없는 일이고 그렇다고 해서 전문적인 도둑처럼 상점에서 훔쳐 낼 수는 없었다.

그런데 오늘 뜻하지 않았던 파고다 한 갑이 생겼다. 그것도 남편이 좋아할 것이다. 궁둥이를 쓸어 주는 일은 안 하겠지만 나를 기특하게 쳐다볼 것이다.

기적이 울었다. 차가 떠나려는 모양이었다. 나는 출입문으로 갔다. 우선 담배를 놓고 간 남자가 있는가 없는가를 보았다. 없었다. 그리고는 생선이 들어 있는 자배기를 내다보았다. 위에 덮어 놓은 보자기 채 그대로 있었다. 그 옆에는 생선장수 예펜네들이 각기 자기들의 자배기를 지키고 앉아 있었다. 별로 이야기도 없이 멍하니 앉아 있는 꼴들이 처량해 보였다. 피곤들도 하겠지 그리고 생선을 팔려고 종일 돌아다녀야 할 것을 생각할 때 눈앞이 막막하겠지. 밥을 굶고 자기네들만 기다리고 있을 애들 생각도 할 것이다.

처량한 인생들이다.

서울거리엔 할 일이 없어 옷 자랑이나 하려고 나다니는 예펜네들이 거리를 누비는데 저 화상들은 무슨 팔자를 저렇게들 타고났단 말인가?

나는 생선을 팔려고 찾아다니던 개인집들을 생각했다. 작고 크고 간에 아담하게 꾸며진 집들. 거기에는 장독대가 있고 화단이 있었다. 겨울에는 마루에다 화분을 놓고 있었다. 그런데 저기 웅크리고 앉아 있는 화상들은 집 한 채도 없다. 모두 나처럼 산비탈 무허가 건축물의 방 한 칸씩을 세 들어 살고 있을 것이다. 화단은 고사하고 장독 하나 갖추지 못하고 살고 있을 것이다. 그게 산다는 것일까? 김장 때 김장 한 포기 담그지 못한다. 조기를 사서 말리울 때 조기 장사를 하면서도 새끼들에게 생선조기 한 토막 구어 주지 못하는 화상들.

나는 내 자리로 돌아와 앉았다. 그리고 앞에 앉아 있는 젊은 여자를 보았다. 저런 옷을 입고 나들이를 할 수 있을 만큼 살아야 할 텐데 하는 생각을 했다. 까마득한 일이었다. 죽기 전에 그래 볼 것 같지가 않았다. 그때 천희가 엄마 엄마 하며 치맛자락을 잡아당겼다. 손에 쥐고 있는 카라멜을 흔들며 자랑하는 것이었다. 누가 한 개 집어 준 모양이었다. 누가 주었는지 모를

일이었다. 알 필요도 없었다. 나는 껍질을 까서 그것을 천희 입에다 넣어 주
었다. 그러면서도 천희나마 빨리 커서 떼 놓고 다닐 수 있었으면 하고 생각
했다. 애만 업지 않고 빈 몸으로 다닌다면 얼마나 편할 것인가? 저걸 업고
종일 돌아다니노라면 양자배기의 무게보다도 애의 무게에 허리가 끊어지는
것 같은 아픔을 느낀다. 그런 생각만을 해도 허리가 아파 오는 것 같았다.
허리가 아파 오는 것 같을 때 사지에 피곤을 느꼈다.

　나는 나도 모르게 잠이 들었다. 얼마를 잤는지 모른다. 천희가 우는 소리
에 눈을 떴다. 사람 틈새로 왔다갔다 하다가 넘어진 모양이었다. 나는 천희
를 잡아끌어다가 또 궁둥이를 한 차례 두들겼다. 가만 있지 못하고 어디를
다니다가 넘어져 남 잠도 못 자게 하느냐는 짜증 때문이었으리라. 그때 앞
에 앉아 있던 여자가 못마땅한 눈으로 나를 바라보았다. 내가 어떻게 가만
히 앉아 있을 수 있느냐. 애가 울지 않게 미리 참견하지 않고 있다가 때리기
만 하면 제일이냐는 그런 눈이었다.

　아니꼬웠다. 제가 뭔데 참견이람. 나는 그 예펜네가 보기 싫어서 천희의
볼기를 한 번 더 때렸다. 그때 그 여자가 엉뚱한 이야기를 꺼냈다. 내가 애
를 때리지 못하게 하느라고 그런 이야기를 꺼냈는지 모른다. 어쨌든 그 여
인은 자기 집에 식모가 있는데 나이가 삼십이 넘었지만 어린애가 없어서 편
하게 지낸다는 것이었다. 한 번 결혼한 일이 있지만 다시 결혼할 생각도 않
고 눌러 있다는 것이었다. 그러니 나더러 애는 왜 낳아 가지고 고생이냐는
말이리라. 나는 대꾸도 안 했다. 애를 누가 낳고 싶어 낳는 것인가? 한 번
낳아 놓으면 고생이어도 길러야 하는 법이다. 가족계획들을 한다고 야단들
이지만 그럴 바에야 잠자리를 달리 할 것이지 할 것은 다 하면서 애만 안
낳겠다는 것이 얼마나 우스운 수작인가?

　그 여인이 식모 이야기를 꺼낸 것은 차라리 식모살이가 편치 않느냐는 뜻
에서였다. 식모는 밥걱정이 없다. 따뜻한 밥을 배불리 먹을 수 있을 뿐 아니
라 원한다면 평생 한집에서 그 집 식구처럼 살 수 있다. 생활에 책임감을 느
끼지 않고 사는 것이 얼마나 좋으냐. 그러려면 우선 애가 없어야 한다. 애가
달린 여자를 식모로 두려는 사람은 없다. 그런데 당신은 왜 어린애를 낳아

186

가지고 그 고생을 하느냐, 먹을 것도 없는데 애만 낳으니 고생을 더 할 수밖에 없지 않느냐?

서울역에 내렸을 때는 여덟 시였다. 배가 몹시 고팠다. 뱃가죽이 잔등에 달라붙은 것 같았다. 삼십 근도 넘는 자배기를 이고 천희를 등에 업었으니 몸이 내리눌리는 것 같았다. 뭘 좀 타고 갔으면 했다. 탈 것은 많다. 버스도 있고 전차도 있다. 그러나 쓸데없는 생각이다. 돈을 준대도 태워 주지를 않는다. 나는 이렇게 걷기가 힘들 때마다 삼사 년 전 일을 생각했다. 처음으로 굴비장사를 시작했다. 인천에서 사다가 파는 것을 모르고 동대문 시장으로 갔다. 거기서 굴비 넉 두름을 사 가지고 전차를 타려 했다. 그런데 냄새가 난다고 태워 주지를 않았다. 지나가는 전차마다 타지 못하게 했다. 할 수 없이 버스를 타려고 했다. 버스 역시 마찬가지였다. 어린 여차장들에게 사정을 해 보았지만 말도 못 붙이게 했다. 할 수 없이 걸었다. 그때도 어린애를 업고 있었다. 지금은 죽고 없는 애지만 애를 업고 굴비를 이고 동대문에서 송월동까지 걸으려니 정말 눈물이 났다. 처음으로 장사를 시작한 날이라 그렇지 않아도 마음이 언짢았는데 목이 아프고 허리가 아프고 다리가 아프고 견딜 수가 없었다. 세상이 너무나 무정한 것 같았다. 남편은 직장에서 쫓겨났다. 어떤 운수회사에 다니고 있었는데 일하는 사람들끼리 패가 갈라져 힘이 약한 쪽이 쫓겨나게 되었다는 것이었다. 회사에서 쫓겨나자 근 한 달 동안 돈 한 푼 벌어 오지를 못하니 굶어 죽는 수밖에 없었다. 나는 할 수 없이 딸 랏변을 얻어 굴비장사를 하기로 결심했던 것이다. 이렇게 딱한 사정으로 장사를 시작했는데 전차도 태워 주지를 않다니.

그 뒤 나는 아예 전차나 버스를 타려 하지 않았다. 요즘은 인천만 왕래하기 때문에 서울역에서 송월동까지는 동대문에서 송월동까지에 비해 월등 가깝다. 그러나 보통 사람은 걸어갈 생각을 못하는 거리다. 나는 걸을 줄밖에 모른다. 그냥 걸어가기가 힘들기 때문에 나는 몇몇 살림집에 들러 장사를 하며 간다. 몸이 피곤하고 배가 고프지만 나는 장사를 하면서 집까지 갔다. 집에 이른 것이 열 시가 거의 다 되었을 때였는데 남편이 나와서 밥을 짓고 있었다. 좀더 일찍 일어나 밥을 지었다면 나는 기다릴 것 없이 조반을 먹을 수 있었을 것이다. 종일 펀들펀들 놀기만 하면서도 아홉 시 전에는 일어나는 일이 없는 남편이다. 나는 어린애를 내려놓고 그릇을 씻은 뒤 조반상을 차렸다. 그저 누울 자리만 찾고 싶었지만 남편에게만 맡기고 누울 수가 없었던 것이다.

“애나 데리구 들어가세요.”

나는 남편을 방 안에 들여보냈다. 주인집 식구들이 바라보고 있는데 남편을 시켜먹을 수가 있는가? 그런데 방으로 들어가던 남편이,

“좀 일찍 못 오구 뭐야?”

마치 빨리 올 수 있는 것을 일부러 늦게 오기나 한 것처럼 말했다. 밥짓는 것도 귀찮다는 태도였다. 신경이 곤두섰다.

“뭐라구요?”

곱지 않은 말이 나도 모르게 나왔다.

“왜 좀 일찍 못 오느냐 말야?”

남편이 지려고 하지 않았다. 전에는 그런 일이 없던 남편이다. 꿀리는 데가 있어서 그런지 내 신경을 거슬리지 않으려고 하던 남편이 이 날만은 이상스러웠다.

이상스런 남편을 그냥 둬 둘 수가 없어서,

“누구처럼 놀러다니는 줄 아시우?”

나는 맞섰다.

“뭐라구? 이년이……..”

남편의 말이 거칠어졌다. 나는 일이 벌어지는 것이라고 생각했다. 화만 나면 손찌검을 곧잘 하는 남편이다. 손찌검을 하면 얻어맞을 수밖에 없다. 아픈 것은 고사하고 남이 창피하다. 그래서 그 뒤부터는 입을 다물어 버렸다. 남편도 싸울 생각은 아닌지 그 이상 더 화를 내지 않았다. 나는 밥상을 차려 가지고 방 안으로 들어가 바짓주머니 속에서 파고다 담뱃갑을 꺼내 남편 앞에 내밀며,

“무슨 일이 있었수?”

하고 물었다. 남편은 돈벌이를 못하는 만큼 자격지심을 가지고 있다. 그런 남편인 만큼 나는 그의 마음을 언제나 어루만져 줘야 했다. 그런데 파고다를 보고 입이 벌어질 줄 알았던 남편이 파고다는 본 척도 않고 나를 노려봤다. 그리고는,

"장사구 뭐구 다 그만둬."

라는 것이었다. 나는 남편에게 일자리가 생긴 것인가 생각했다. 얼마나 고마운 일이겠는가? 그러나 일자리가 생겼다고 해서 야단을 칠 것은 없다. 그러다가 현금을 싸 들고 올 때는 사람을 죽일 것이 아닌가?

"누군 하구 싶어서 하나?"

내가 짱알거리자 남편은 파고다 갑을 집어 내 얼굴을 향해 던지며

"이건 어떤 놈이 피우던 담배냐?"

뚱딴지 같은 말을 했다.

"뭐라구요?"

내가 가만 있을 수 없는 말이었다.

"더러운 년 같으니, 내가 그런 담배나 피울 것 같아?"

정말 참을 수 없는 말이었다.

"예펜네 장사를 내보내더니 더러운 년이라구요? 방바닥에 뒹굴며 그런 궁리만 했구만. 그래 뭐가 더러운가 대 봐요."

나는 대들었다.

"다 알구 있어. 모르는 줄 알겠지만 다 알구 있단 말야."

"뭘 안단 말야? 어서 대 봐요."

"이 담배 누구 거야? 바로 그놈 거 아냐?"

어이가 없는 말이었다. 나는 주먹으로 남편을 쥐어박아 주고 싶었지만 담뱃갑 주운 이야기를 하고 말았다. 그래도,

"거짓말 말어."

남편은 내 말을 믿으려 하지 않았다. 답답한 일이었다. 증명해 줄 사람이 없으니 거짓말 아님을 어떻게 설명할 것인가?

"내 가슴을 찢구 봐요. 내 가슴을 찢어 봐요. 사람을 이렇게 잡아먹을 수

있어."

나는 통곡을 하며 대들었다. 그랬더니 남편은 조금 기가 눌렸는지,

"앞으로 두구 보면 알겠지. 조반이나 먹어."

하며 밥상 가까이로 왔다.

남편 경호(驚鎬)는 이 날 아침 조반을 하려고 나왔다. 쌀을 씻고 있는데 주인집 아주머니가 옆으로 와서 말을 걸었다. 이제는 이력이 나서 쌀도 잘 씻는다는 것이었다. 경호는 대답하기가 쑥스러워 웃기만 했다. 몇 해째 계속해 오고 있는 일이라 부끄러워할 것이 못 되지만 역시 떳떳한 일은 아니었다. 그런데 주인 아주머니는 이 날따라 친절하게도 자기가 쌀을 씻어 준다고 했다. 경호는 그럴 수가 없는 일이라 괜찮다면서 거절을 했더니 아주머니는 자기네 마루에 걸터앉아 수작을 붙였다. 몸이 건장하고 잘생긴 양반이 밥벌이를 못해서 얼마나 답답하냐? 그래두 애 어머니가 있으니까 마음이 든든하겠다. 이런 말을 하던 끝에 애 어머니가 너무 예뻐서 하면서 걱정을 했다. 아직 나이 젊은 데다가 얼굴이 예쁘니 마음이 놓이지 않을 것이라는 말도 했고,

"조심해요. 열 번 찍어 안 넘어가는 나무가 있답디까?"

경호를 희롱하는 듯 농담을 했다. 그리고 나서는,

"바람이 나면 몸에서 냄새가 나는 법이라우. 냄새를 잘 맡아요."

하고 말했다. 경호는 그럴 수 있는 예펜네라면 괜찮게요 하고 웃어 버렸지만 속이 켕기기 시작했다. 사실 아내는 아직 젊다. 고생을 해서 그렇지 얼굴도 잘생긴 편이다. 밤낮 나다니기만 하고 있으니 언제 그런 일이 생길지 모르는 일이다. 그런데 주인집 아주머니가 경호의 어깨를 탁 치고는 빙그레 웃음을 지어 보인 뒤 자기 방으로 들어가 버렸다. 그 웃음이 기막히게 기분 나빴다. 꼭 자기를 깔보는 것 같았다. 예펜네가 바람이 났는데 그것도 모르고 있는 바보라는 웃음 같았다. 그보다 더 기분 나쁜 것은 몸이 튼튼하고 잘생긴 자식이 그래 예펜네가 벌어다 주는 것이나 처먹고 있느냐는 비웃음 같은 것이었다. 화가 치밀 대로 치밀어올랐을 때 아내가 돌아왔다.

190

그런 일이 있은 뒤 나는 남편이 불쌍하다는 생각을 했다. 하릴없이 집 안에 처박혀 있기만 하니 별별 생각이 다 날 것이다. 그래서 나를 의심도 해 보았을 것이다. 젊은 예펜네를 밖에 내보내고 안심할 사내가 어디 있을 것인가? 더구나 요즘 같은 세상에 여자를 믿다니…….

나는 그런 말을 너무 많이 들어 왔다. 하릴없이 나돌아다니는 여자치고 바람 안 난 여자가 없다고들 한다. 직업을 가진 여자들도 남자와 교제를 하게 되어 자연 바람이 난다고들 한다. 내가 들어 아는 이야기를 남편이라고 알지 못할 까닭이 없다. 그런 이야기를 알고 있다면 젊은 아내를 가진 남자가 의심을 품게 되는 것쯤 당연한 이야기다. 세상에는 의처증에 걸리는 남자가 점점 늘어 간다는 말도 있다. 그런데 내 남편은 한 번 나를 의심해 보았을 뿐 그 뒤는 그런 기미를 보이려 하지 않는다. 속으로는 걱정이 되면서도 겉으로는 그렇지 않은 척 꾸미는 것이겠지. 그것만도 그 얼마나 고마운 일이겠는가. 불쌍하기는 하나 고마운 남편이라 생각하며 나는 장사를 계속했다.

한참 조기 때라 그냥 인천을 내왕하며 조기를 팔고 있는데 오늘은 웬일인지 운수가 터져 인천엘 두 번 왕복했다. 어떤 집에 갔더니 굴비를 말린다면서 생선조기를 있는 대로 다 샀다. 그리고는 좀더 갖다 달라고 했다. 조기 때에는 이런 수가 가끔 있다. 조기 때가 지나 소금장사를 하거나 젓갈장사를 할 때는 그런 일이 절대 없다. 가지고 나갔던 것도 다 팔지 못하고 돌아오는 때가 더 많다. 나는 횡재했다는 생각에 힘든 줄도 모르고 인천엘 두 번이나 갔다 왔다. 한 번에 좀더 많이 운반할 수가 있다면 그리고 한 번만 더 갔다 올 수가 있다면 하는 욕심을 가져 보기도 했다.

두 번째 조기를 갖다 주고 그 집을 나올 때였다. 돈을 치러 준 아주머니가 안방으로 들어가자 마루와 뜰이 텅 비고 말았다. 내가 물건이라도 훔쳐 가면 어떻게 할 작정인가 하는 생각이 드는 순간 댓돌 위에 놓여 있는 남자 구두 한 컬레가 눈앞에 들어왔다. 내 남편 발에 맞을 만한 것인데 꽤 새것이었다. 나는 사방을 한 번 둘러보았다. 어떤 방에서도 내다보는 기미가 보이지 않았다. 나는 재빠르게 손을 놀려 구두를 집어 머리에 이고 있는 빈 자배기 속에 집어 넣고 대문을 나왔다. 가슴이 두근거렸지만 무사히 나가기만 하면 그만이란 생각을 했다. 삼사 년째 구두를 신어 본 일이 없는 남편이다. 얼마나 좋아할 것인가? 이 집에야 다음부터 발을 끊으면 그뿐이다.

대문을 나서서 한 이십 보쯤 걸었다. 조금만 더 가면 큰길이 나선다. 빨리 큰길로 나가야 한다는 생각뿐이었다. 큰길로 나섰다가 다시 골목길로 들어서면 뒤따라오다가도 잡지를 못할 것이다. 그런데 큰길로 나가기 직전이었다. 뒤에서 이봐요 하며 고함치는 소리가 들렸다. 나는 달음박질을 해야 할지 그 자리에 주저앉아야 할지를 몰랐다. 눈앞이 캄캄할 따름이었다. 몸은 나무처럼 딱딱해졌다. 결국 나는 발걸음을 옮기지 못하고 뒤를 돌아보았다. 고무신을 끌고 어떤 중년 남자가 뛰어오고 있었다. 그는 내 가까이 오자,

"구두 못 봤소? 댓돌 위에 있던 구두 말이오."

하며 내 머리 위에 있는 자배기를 쳐다보는 것이었다. 나를 도둑으로 몰지 않는 것은 고마웠으나 자배기를 쳐다보는 눈이 무서웠다. 뭐라고 하면 자배기를 내려 볼 것이 분명했다. 나는 그저 떨리기만 했다. 말을 할 수가 없었다. 떨리지 않는다 해도 할 말이 없었겠지. 나는 자배기를 내리고 구두를 꺼내서,

"이거 말입니까?"

그 남자에게 내주고 말았다. 그리고는 달음질치듯이 그 남자 앞을 빠져나와 걸었다. 꼭 붙들리는 것이라 생각을 하면서도 치맛바람을 날리며 걸었다. 남자라면 이런 때 달음질을 쳤을 것이다. 여자니 달음질칠 수가 없다. 다리가 왜 빨리 움직여 주지 않는지 다리가 원망스러웠다. 그런데 웬일인지 쫓아와서 붙잡는 사람이 없었다.

도둑을 잡았을 때 잃었던 물건만을 찾았다고 그 도둑을 그냥 놔 줄 사람이 세상에 어디 있겠는가? 나는 한참 만에 뒤를 돌아보았다. 정말 따라오는 사람이 하나도 없었다. 점잖은 사람인 모양이었다. 물건만 찾았으면 그만이지 여자를 붙잡아다가 경찰에까지 넘겨서 무엇을 하랴 하는 그런 너그러운 사람인 모양이었다. 정말 그렇기도 하다. 먹을 것이 없어 어린애를 짊어지고 생선 장사하는 예펜네를 잡아 가둔다고 시원할 것이 무엇이겠는가?

나는 무사히 풀려났다는 생각을 하면서도 가슴을 떨었다. 그냥 떨렸던 것이다. 떨리는 가슴으로 집까지 가서 대문을 밀었다. 밤늦게까지 잠겨 있는 일이 없는 대문인데 안으로 잠겨 있었다. 늦게 열어 주면 혹시 뒤따라오던 사람이 목덜미를 붙잡을 것 같은 두려움에 황급히 대문을 두들겼다. 그런데도 대문을 열어 주지 않았다. 대문을 안으로 잠갔으니 사람이 집 안에 있을 것은 뻔한 노릇이었다. 또 흔들었다. 그래도 인기척은 없었다. 뒤따라오던 사람이 집을 알면 큰일이다. 나는 또 대문을 흔들었다. 그때야 누가 안방에서 나왔다. 그리고 대문을 열었다. 남편이었다. 이상스러웠다. 남편이 대문을 잠그고 왜 남의 집에 들어가 있었을까? 내가 대문 안에 들어서서 우리 방 앞에다 자배기를 내려놓았을 때 안방에서 주인집 예펜네가 머리를 매만지며 나왔다.

"오늘은 일찍 오시네요?"

나는 여자가 남자보다 몇 배나 깍쟁이라는 것을 알았다. 남편은 얼굴을 붉히고 말을 못하는데 여자는 아무 일도 없었던 듯 천연스럽게 말을 건네는 것이었다. 치가 떨렸다. 조금 전 가슴이 떨리던 것과는 아주 달랐다. 아주 다른데도 어떻게 해야 할지 모르는 것은 마찬가지였다. 그러나 어떻게든 해야겠다는 마음이 가슴 속에서 절구질을 했다.

"강우는 어디 갔수?"

나는 큰애를 어떻게 했느냐고 앙칼지게 물었다.

"놀러 나갔어."

남편이 기죽은 목소리로 대답했다.

"어린것을 내보냈다가 집 잃으면 어떡해요?"

"내가 보지."

남편은 슬그머니 나가 버렸다. 나는 뜰에 절퍽 앉아 한숨을 내쉬었다.

"오늘은 장사가 잘 됐나 보군요?"

주인 예펜네는 내가 일찍 돌아온 것만이 가슴에 걸리는 모양이었다. 그렇기로서니 얌체없이 입을 나불거릴 수가 있을 것인가?

"일찍 돌아와 미안하군요."

나보다 오륙 년이나 손위인 여자다. 내 남편보다도 이삼 년 위이고 그러나 나는 반말로 비꼬는데 미안을 느끼지도 않았다.

"이 색시가 별 소릴 다하네. 심심해서 화투치기를 했는데 그런 말을 어디다 하는 거야?"

예펜네는 도리어 나를 야단쳤다.

"사람 많이 속여 봤군. 아무나 속을 줄 알아?"

"뭐라구? 이년이."

이건 적반하장이었다.

"낯살이나 든 것이 부끄러운 줄은 모르구 도리어 야단이야."

"들어와 보란 말야, 응."

예펜네는 방 안으로 들어가 화투짝을 들고 나와 내 앞에 던졌다.

어처구니가 없었지만 물적 증거를 내보이는데 무어라 할 말이 생각나지 않았다. 그래서 멍하니 있을 때 남편이 강우를 데리고 들어왔다. 나는 말할 사이를 주지 않고 남편을 방 안으로 끌고 갔다. 그리고는,

"언제부터 그런 짓을 했소?"

하고 따지기를 시작했다. 그랬더니 남편이 단번에 실토를 해 버렸다.

"오늘 처음이야. 다시는 안 그럴 테니 큰 소리 내지 마."

"거짓말 말아요. 그년 욕을 하던 때 벌써 붙어 있었어."

담배를 주워다 주던 날 화를 내고 나서는 주인 예펜네 욕하던 일이 머리에 떠올랐다. 좋아할 때는 일부러 좋아하는 여자 욕을 한다는 생각과 더불어──.

"아니야. 그때는 정말 좋아하지 않았어."

"그럼 그새 좋아졌단 말예요?"

"좋아진 것두 아냐. 같이 있으니까 그저 그렇게 됐지."

"좋아요. 그럼 내일 당장에 이사를 가요."

"좋도록 해."

그래서 나는 밖으로 나와 주인 예펜네를 불렀다.

"화투를 했어? 더러운 년 같으니. 당장에 셋돈을 내놔라. 더러운 놈의 집

에서는 하루두 살기 싫다."

자신 있게 말했다. 그래도 화투 이야기를 하면 남편을 끌어다가 대면시킬 생각이었다. 그런데 주인 예펜네는 우리가 한 이야기를 다 엿들었는지 변명하려고 하지를 않았다. 그래서 나는,

"당장에 전셋돈을 내놔."

하고 돈 문제를 꺼냈다.

"당장에 돈을 어떻게 내놓는담? 세 들 사람을 구한 뒤라야지."

주인 예펜네는 사리를 따졌다.

"그럼 바깥 양반에게 말할 테야. 남자는 그만한 돈쯤 변통할 수 있을 테니까."

"미쟁이가 어딜 가서 그 돈을 변통하누?"

"그럼 이놈의 집에서 언제까지 살란 말이야."

그러나 주인 예펜네는 안방으로 들어가 버렸다. 그때 남편이 나와 내 팔을 잡아당기며 방 안으로 끌어들였다.

"날 믿어 줘. 다시는 그런 일 없을 테니. 그러구 정말 남자한테는 말을 말어. 남의 집안일두 생각해 줘야 할 거 아냐."

"남의 집안 생각까지 하게 됐어요?"

"그건 결국 내 얼굴에 똥칠하는 거야. 그게 뭐 그리 시원한 일인가?"

"되게 켕기는가 보군요?"

"켕겨서 그러는 것만은 아냐. 창피하니까 그러는 거지."

"알았어요. 알았으니까 돈이나 빨리 받아요."

"그건 내가 처리할게."

결국 그러는 수밖에 없었다. 문제를 확대시키면 피차 창피하게만 된다. 남편이 불쌍해서도 주인 남자에게 이야기는 할 수 없다고 생각했던 것이다. 그러나 불쾌했다. 남편과 놀아먹은 여자와 한집에서 얼굴을 대하고 산다는 것이 더구나 주인집 남자를 볼 때 저 사람은 그런 일도 모르고 자기 예펜네를 전처럼 대하는 것이 우스워 견딜 수 없었다. 인간이란 모르면 정말 부처란 말인가?

나는 다음 날부터 남편을 졸랐다. 돈을 빨리 받으라고. 그런데 남편은 속이 좀 편해졌는지 미쟁이질을 하는 집에 무슨 돈이 있겠느냐? 복덕방에 방을 내놨다니 곧 세들 사람이 올 것이라며 일은 순리대로 해야 한다고 말했다. 사실은 그렇기도 했다. 그렇지만 기분이 나빠 하루도 더 오래 살고 싶지가 않아 매일 성화를 댔다. 주인 남자가 없을 때는 주인 예펜네에게 직접 야단을 했다. 그러는 새 며칠을 지냈다. 그 날도 장사가 잘 되어 조금 일찍 돌아갔다. 강우는 놀러 나갔는지 보이지 않았는데 남편이 방 안에서 낮잠을 자고 있었다.

저녁때가 다 되었는데 낮잠을 잔다는 것이 이상스러워 남편 얼굴을 바라보는 순간 나는 남편의 목에 빨간 자국이 있는 것을 발견했다. 피가 흐르는 것은 아니나 무엇에 쓸린 상처는 아니었다. 꼬집힌 자리도 아니었다. 이빨 자국이 또렷했다. 깨물린 자리였다. 문득 주인집 예펜네가 머리에 떠올랐다. 남편을 흔들어 깨웠다. 그리고는 남편이 채 깨기도 전에 상처를 가리키며 뭣 하다가 깨물렸느냐고 물었다.

"뭐? 뭘 가지고 그래?"

남편은 딴전을 부리며 목을 쓸었다. 그리고는,

"뭐한테 물렸나?"

알 수 없는 일이란 듯이 거울을 들여다보았다. 절대로 버러지에게 물린 것은 아니었다. 그렇다고 꼭 주인 예펜네에게 깨물렸으리란 생각도 못했다. 무엇 때문에 목을 깨물 것인가. 아무리 생각해도 피가 맺힐 만큼 목을 깨물 이유가 없을 것 같았다. 그러나,

"누굴 바본 줄 알아요? 더러워서 정말 못 살겠어!"

나는 남편을 외면하고는 침이라도 뱉을 듯이 목구멍에서 침을 끌어올렸다. 그랬더니 남편이 내게로 가까이 와서,

"돈 이야기를 하겠다구 오라기에 갔다가 당했어. 정말 할 수가 없었어."

우는 소리를 했다. 나는 그런 남편이 미웠다. 얼마나 지지리 못났으면 여자에게 당했다는 말을 할 것인가?

"듣기도 싫어요. 그게 사내자식이 하는 말예요."

나는 그 자리에서 울었다. 그런 남자와 같이 살고 있다는 것이 원통하고 분했던 것이다.

"잘못했어. 다시는 안 그럴게."

"그만둬요."

나는 그 날 밤 남편이 붙드는 것도 뿌리치고 집을 나왔다. 그런 남편과는 같이 살 수가 없다고 생각했던 것이다.

빈들빈들 놀기만 하는 남편을 고생고생하며 먹여 살렸더니 겨우 하는 일이 자기보다 나이 많은 여자와 놀아나는 것이다. 그리고는 여자에게 당했다는 말을 하고 있다. 앞으로도 언제나 그럴 것이다.

나는 천희를 업은 채 짐이라고는 양은 자배기 하나뿐 아무것도 가진 것이 없었다. 물론 갈 데도 없었다. 거리를 헤매다가 변두리 어떤 집으로 가서 사정 이야기를 하고 하룻밤을 재워 달라고 했다. 장사하러 한 번 가 본 일이 있는 집이었다. 부인이 딸 둘을 데리고 혼자 사는 집이었다. 나는 남편과 싸우다가 매를 맞았다고 했다. 집에 들어가면 죽도록 때릴 것 같으니 하룻밤만 재워 달라고 했다. 주인집 아주머니는 나를 동정하며 자라고 했다. 다음 날 아침에는 조반까지 먹여 주었다.

사실은 새벽차로 인천에 가야 했지만 심난해서 장사도 하고 싶지가 않아 조반을 얻어먹은 뒤에야 인천에 갈 생각을 하며 그 집을 나서려 했다. 그런데 아주머니가 나를 붙들고 그렇게 매질까지 하는 남편과 어떻게 사느냐고 말했다. 나는 그렇지 않아도 헤어질 생각이라고 대답했다. 그랬더니 그렇다면 자기 집에서 자기와 같이 살면 어떠냐고 물었다. 지금 있는 식모는 처년데 시골 부모가 독촉해서 불일간 집에 가지 않을 수 없게 되었다면서 한 식구처럼 살자는 것이었다. 고마운 아주머니였다.

나는 즉시 대답을 하고 싶었다. 고생을 안 하고도 밥걱정이 없을 것이다. 거기서 더 바랄 것이 무엇인가? 당장에 잠잘 곳도 없는 몸이다. 그러나 나는 외상값 받을 것이 있으니까 나갔다 와야 한다고 한 뒤 그 집을 나왔다. 심난해서 그냥 있을 수가 없었던 것이다. 나는 외상값을 받고 다시 그 집으로 돌아갔지만 가슴 속이 어수선하여 밤잠도 잘 오지 않았다.

그렇다고 해서 해 주는 밥을 얻어먹을 수가 없어 다음 날 아침부터는 부엌일을 시작했다. 낮에는 빨래도 했다. 점심밥을 먹을 때 아주머니가 무슨 싸움을 했길래 남편과 헤어지기까지 하려느냐고 물었다. 나는 비로소 남편의 이야기를 샅샅이 했다. 그랬더니 아주머니가 그러면 다시 들어갈 필요가 없다고 조금도 거리낌없이 말했다. 나는 결심을 하고 나왔다고 대답했다. 그래서 그 집에 열흘 이상을 있었다.

그런데 날이 갈수록 남편이 생각났다. 돈 한 푼 없이 무얼 먹고 살까 하는 걱정이었다. 주인 예펜네가 좋아한다고 해도 남편 눈이 있는데 먹을 것까지 먹일 턱이 없다. 꼭 굶고 있을 것만 같았다. 남편도 남편이려니와 강우가 더 불쌍하게 생각되었다. 아직 철없는 것이 얼마나 어미를 찾을 것인가?

나는 그새 아주머니가 준 옷을 갈아 입었다. 미끈한 여염집 부인의 나들이 옷차림이었다. 옷도 옷이려니와 살결이 제법 매끄러워졌다. 잘 먹은 덕택이리라.

옷을 갈아 입고 어린애를 업은 뒤 아주머니에게 외출 허가를 청했다. 아주머니는 어딜 가느냐고 묻는 대신 남편에게는 가지 말라고 당부했다. 정에 끌려 다시 돌아가게 될 우려가 있으니 눈 꼭 감고 발을 끊어야 한다는 것이었다. 그런 것은 나도 알고 있다. 남편이 그리워서 만나러 가는 것이 아니니까. 나는 강우와 남편이 먹고 살 돈만 주려고 하는 것이었다. 나는 장사하던 돈과 외상값 받은 돈을 기천 원 가지고 있었기 때문이었다. 그것만 전해 주려고 떠나는 것인데 주인 아주머니는 벌써 기미를 알아차린 모양이었다. 나는 남편에게 가는 것이 아니라 돈을 조금 맡겨 둔 일가 언니에게 간다고 거짓말을 하고 집을 나왔다.

나는 집 근처에서 강우 동무들을 시켜 강우를 불러 내어 돈만 주고 올 생각을 하며 송월동으로 올라갔다. 그런데 집 근처에까지 갔는데도 강우는 물론 강우 동무가 하나도 보이지 않았다. 어떻게 하나 하고 망설이고 있을 때 어디서 나타났는지 남편이 뭣 하러 왔느냐고 소리를 질렀다. 대답을 못하고 멍하니 서 있는데 남편은 나를 아래위로 훑어보다가 허둥지둥 내 손목을 잡아 집 안으로 끌고 갔다. 험악한 얼굴이었다. 들어가지 않는다고 뿌리쳐도 소용이 없었다. 그는 나를 방 안에 데리고 들어가자 우선 한 대 쳤다. 내가 고꾸라지자 발길로 내 하처를 마구 짓이기며,

"돈 있는 놈하구 잘 사누나, 응."

악이 올라 어쩔 줄을 몰라했다. 등에 업힌 천희가 마구 울었지만 남편은 물불 가릴 것 없이 나를 걷어찼다. 얼마를 그러고 나서야 직성이 좀 풀렸는지,

"그럴 줄 다 알았단 말이야."

하며 씨근거렸다. 나는 변명할 여지가 없었다. 어떻게든 빠져나가야 한다는 생각만을 했다. 얻어맞은 데가 쑤셨지만 나는 몸을 가누고 몸을 곧추세웠다. 그리고는 쏜살같이 방을 뛰쳐나왔다. 붙잡으려 하지를 않았다. 고무신을 신고 달려나오는데 안방 마루에 서 있는 주인 여편네를 보았다. 매맞은 나를 고소하게 보고 있던 모양이었다.

나는 곧장 집으로 돌아왔다. 아주머니가 부성부성한 내 얼굴을 보고 왜 그랬냐고 물었다. 나는 대답할 수가 없었다. 그랬더니 아주머니는 눈치를 챈 모양인지,

"쯔쯔. 가긴 뭣 하러 갔던고 ──."

하는 것이었다. 나는 속일 필요가 없는 일이라 내가 미련했다고 고백하듯이 고개를 떨구고 있었다.

"같이 산댔자 고생만 하게 될 걸 아예 잊어버려요."

아주머니는 계속해서 나를 훈계했다. 나는 오해받기가 싫어서,

"애가 불쌍해서 돈을 주러 갔던 거예요."

나도 남편이 보고 싶어서 갔던 것이 아니었다는 것을 밝혔다.

"그렇지. 애야 잊을 수 있나? 그렇지만 데리구 있는 애만 잘 기르도록 해요. 그건 쉬운 일이라구……."

"네, 다시는 안 가겠어요."

이것은 아주머니를 안심시키기 위해서 한 말만은 아니었다. 내 속에서 우러나온 말이었다. 사실 이제는 가려고 해도 갈 수가 없다. 가기만 하면 내가 집을 나갔다는 분한 마음과 내가 딴 서방을 얻었을 것이라는 오해 때문에 남편이 나를 가만둘 리가 없다. 내가 딴 서방을 구해서 집을 나간 것이 아니

라는 증명을 할 도리가 없다. 일이 이렇게 된 이상 증명을 하면서 나를 알릴 필요도 없는 노릇이었다.

열흘이 지났다. 그리고 또 열흘이 지났다. 나는 밤마다 꿈을 꾸었다. 강우가 배고파서 우는 그런 꿈이었다. 남편은 넋을 잃은 사람처럼 옆에 앉아 있을 뿐 강우의 울음을 달래려 하지도 못하고 있다. 거의 같은 꿈을 밤마다 꾸게 되니 그것이 꿈 같지가 않았다. 실제로 강우와 남편은 굶고 있을 것이다. 이런 생각을 하니 지난번에 가지고 갔던 돈이라도 전해 줘야 할 것 같았다. 그러나 누구를 시켜 전해 줄 것인가? 내 심부름을 해 줄 사람은 하나도 없다. 그렇다고 내가 갈 수도 없는 일이다. 갔다가 남편을 만나면 또 무슨 변을 당할지 모른다. 나는 대엿새 동안 망설였다. 망설였지만 급기야는 또 송월동으로 가고야 말았다. 남편을 만나도 할 수 없다는 생각이었다. 돈만은 전해 줘야겠다는 마음이 안절부절못하게 했던 것이다.

집 근처에 갔을 때 나는 우연하게도 강우의 동무애를 만났다. 그래서 그 애보고 강우를 좀 불러 달라고 했다. 그런데 그 애는 강우가 벌써 이사를 갔다고 말했다. 어디로 갔느냐고 물었더니 그것은 모른다고 했다. 먹을 것이 없으니 전셋돈을 받아 가지고 사글세 방을 얻어 갔을 것이 분명했다. 전셋돈이라야 삼만 원이다. 삼만 원을 가지고 몇 달이나 먹을 것인가 그래도 몇 달은 먹을 것이란 생각에 나는 약간 안심이 되었다. 집으로 돌아와 주인 아주머니에게 그런 이야기를 했더니,

"차라리 잘 됐구만. 만날래야 만날 수 없게 됐으니……."

그야말로 일이 제대로 된 것처럼 말했다. 그 말이 내 가슴을 싸늘하게 했다. 어쩐지 아주머니가 남이 잘못되기를 바라고 있는 것 같다는 생각이 들기 때문이었다. 밉기는 밉지만 남편은 남편이다. 그런 남편이 이제는 어디서 사는지도 모르게 됐으니 생각해 줄 수조차 없게 되었다. 나는 남편 없는 생과부가 되고. 그런데 그것을 차라리 잘 된 일이라고 말하다니…….

그래도 나는 아주머니를 원망하지는 않았다. 나를 위해서 한 말이라는 것을 알았기 때문이었다. 다만 한두 달 뒤에는 어떻게 살 것인가 하는 남편 걱정이 가슴을 채웠을 뿐이었다. 그리고 나는 남편을 정말 영 만날 수 없는 생

과부가 됐다는 서글픔뿐이었다.

며칠이 지난 어떤 날 나는 빨래를 하다가 아주머니가 부르는 바람에 일어서서 부엌으로 가는 도중 옆에 놓았던 항아리를 발로 차고 넘어졌다. 어떻게 넘어졌는지 뺨에서 피가 났다. 나는 손가락으로 피를 씻어 내고 피가 묻은 손바닥을 들여다보았다. 대단한 출혈은 아니었지만 피를 보는 순간 나는 남편을 생각했다. 나의 뺨을 때렸지만 피가 나게 때리지 않은 그 남편이 생각났던 것이다. 나는 피가 나는 뺨을 만져 봤다. 그 순간 남편의 체온을 느꼈다. 그때 피가 나게 얻어맞았더라면 하는 생각이 들었다.

이상한 일이었다. 엉뚱한 일로 남편을 생각하게 될 줄은 나도 모를 일이었다. 나는 거울 있는 데로 가서 내 얼굴을 보았다. 거울 있는 데로 가지 않고 아주머니보고 약을 발라 달라는 것이 순서일 것인데도 나는 거울 있는 데로 갔다. 얼굴을 다쳐서 어떻게 하나 하는 걱정 때문은 아니었다. 그저 내 얼굴이 보고 싶었던 것이다. 그런데 얼굴을 마주하니 내 얼굴 위에 남편의 얼굴이 겹쳐서 비치었다. 시무룩한 얼굴이었다. 배가 고파 부어오른 얼굴이었다.

아주머니가 와서 약을 발라 주었지만 나는 거울에 나타났던 남편 얼굴 때문에 그냥 멍하니 앉아 있었다. 일할 생각도 안 하고. 그 뒤 나는 그것이 버릇처럼 멍하고 앉아 있을 때가 늘어 갔다. 그럴 때 아주머니가

"죽어 이별한 셈치구 잊어요. 잊는 도리밖에 없다구……."
하며 나를 위로해 주었지만 그 말이 나의 귀에는 잘 들어오지 않았다. 이삼일 뒤 나는 또 송월동으로 가고야 말았다. 거기 가선 소식을 들을 수 있지 않을까 하는 마음이었다. 그 예편네가 밉다는 생각도 없었다.

송월동으로 가서 집 주인 예편네를 만나 남편의 거처를 물었다.

"흥, 내가 알 게 뭔고. 정말 좋아서 그랬던 줄 아는가 봐. 내 눈깔이 뒤집혀서 한 번 그래 본 것뿐야."

예편네가 콧방귀를 뀌며 사람 깔보지 말라는 투로 말했다. 나는 예편네가 더욱 미웠다. 하루나마 좋아했던 사람을 가지고 그렇게까지 말하는 예편네가 악독스럽게 보였던 것이다. 그러나 내 목적은 남편의 주소를 아는 것이

었다.

"돈을 좀 전해 주려고 그럽니다. 주소만 좀 가르쳐 주십시오."

"다시 만날까 무서운데 주소를 뭣 하러 알아 두노?"

알고도 그러는 건지 모르고 그러는 건지 알 수 없었다. 어쨌든 예펜네 입에서 남편의 주소가 나오지 않을 것 같았다. 그리고 더 길게 이야기하는 것이 치사스런 일 같아 그 집을 나와 버렸다.

집으로 돌아오자 분한 생각이 점점 커졌다. 생각할수록 그 예펜네가 괘씸했다. 남의 부부를 갈라 놓고는 지금 와서 남편을 개똥만큼도 생각지 않는 그런 년이 어디 있담. 직업이 없다는 것이 흠이랄 뿐 무엇이 남만 못한 남자인가? 남의 남편을 험구해도 분수가 있지.

나는 그 날 밤 분한 마음에 잠을 못 잤다. 뛰쳐가서 가랑이를 찢어 주고 싶었다. 가랑이를 찢지 못하면 그년 남편을 만나 그 소행을 털어놓고 싶었다. 쌍년! 제가 뭐 잘났다고.

다음 날도 그 다음 날도 잠을 못 잤다.

남편과 헤어진 때보다도 또 남편에게 매를 맞던 때보다도 분하고 가슴이 아팠다.

나는 아주머니에게 내 마음을 털어놓았다. 그년이 괘씸해서 남편을 찾아야겠다는 내 절박한 마음을 —— . 아주머니는 여러 말로 나를 달랬다. 그리고 찾으려야 찾을 수도 없지 않느냐고 했다. 찾으려고 나서기만 하면 찾을 수 있는 것이라고 말하자

"강물 속에 놔 준 고기를 다시 잡겠다는 거나 마찬가지 일이지. 넓은 서울 장안에서 어떻게 찾노."

아주머니는 내가 불가능한 꿈을 꾸고 있는 듯이 말했다.

아무래도 좋았다. 나는 그 예펜네가 미워서라도 남편을 찾아 나서야 했다. 나는 현저동 산꼭대기에 사글세 방 하나를 얻었다. 그리고 다시 장사를 시작했다. 조기 계절이 지났기 때문에 소금장사를 시작했다. 그리고는 한 집 한 집 찾아다니던 것을 바꿔 골목에서 소리를 치는 방법을 했다.

"소금 사시오, 소금이오."

그것도 산꼭대기에 있는 무허가 부락만을 찾아다녔다. 남편이 살고 있는 곳은 결국 그쪽 부락일 것이 뻔하기 때문이다.

남편 아니면 강우라도 내 목소리를 듣고 나를 불러 주겠지. 이 달 아니면 내달, 금년 아니면 내년에라도 남편은 내 목소리를 들을 것이다.

"소금 사시오, 소금이오."

나는 지금 공덕동 언덕 위 무허가 부락에서 소리를 지르고 있다.

(원)《현대문학》1967. 8, (출)『슬픈 행복』세종출판공사, 1971.

추정(秋情)

집을 둘러싼 돌담이 있다. 돌담 안의 뜰도 근 칠십 평이나 되는 넓이다. 돌담 남쪽 복판에 있는 대문을 나서면 바깥마당이 있다. 마당은 백 평에 가까운 넓이다. 안팎으로 이백 평이나 거의 되는 두 마당에는 화초와 수목이 우거져 있다. 앞마당은 마치 화원 같은 느낌을 주고 있다. 한편에는 사방 유리로 되어 있는 온실이 있을 뿐 열십자로 낸 길이 잘 보이지 않을 정도로 마당 전체가 화초로 덮여 있다. 유자, 목련, 백일홍, 또는 라일락 같은 꽃나무도 있지만 장미, 달리아, 국화 같은 꽃이 대부분이다. 가을철이라 눈에 뜨이는 것은 무엇보다도 국화였다. 화분에 심겨져 있는 것만도 근 백 그루는 되어 보였다. 아직 피지는 않았지만 야생초처럼 땅에서 자란 국화도 수없이 많았다.

바깥마당에는 태산목, 자귀나무, 향나무 등 값나가는 나무가 위주였는데 그 중에는 포도넝쿨, 등넝쿨, 넝쿨장미가 있는가 하면 감나무, 대추나무 같은 과일나무도 있다. 안마당이나 바깥마당 모두가 잔디로 깔려 있는데 잔디가 깔끔하게 다듬어져 있는 것만으로도 정성이 들어 있는 정원이라는 것을 알 수 있다. 바깥마당에는 울타리가 없는 대신 코스모스가 둘러서 있다. 빨강, 연분홍, 흰 빛깔의 코스모스가 엉켜서 피어 있다.

이런 마당을 가진 집이 ○시에서 오 리쯤 떨어진 유덕산 밑에 위치하고 있는데 이 집 바깥마당을 나서면 그대로 논이요 밭이다. 들에서는 맨 끝이요, 산에서는 맨 밑인 이 집 주인은 정명로(鄭明路)다.

집도 산 밑에 홀로 서 있지만 집에서 사는 사람도 정 노인 혼자뿐이다. 혼자뿐이라는 것은 정 노인의 직계가족이 하나도 없다는 것으로 동거인도 없다는 말은 아니다. 이십 년 전에 소박을 당한 뒤 계속해서 식객처럼, 아니 가정부처럼 같이 살고 있는 누이동생이 한 사람 그리고 동냥 다니는 것을 붙잡아서 기르고 있는 열네 살짜리 여자아이가 동거인으로 같은 지붕 밑에 살고 있다.

지금 정 노인은 같이 살고 있는 아이 향미(鄕美)를 맞으려 바깥마당을 거쳐 들길로 나서고 있다. 들길이라고 하지만 마당에서 오십 미터쯤, 거리에는 길 양쪽에 코스모스가 만발해 있다.

코스모스——. 그 중에서도 흰 빛깔의 코스모스는 소녀를 연상시킨다. 색감이 없는 순수하고도 청초한 흰 빛깔의 코스모스는 성숙한 정열을 갖지 않는다.

생각도 단순하고 마음도 그만큼 깨끗한 때묻지 않은 소녀.

정 노인은 흰 빛깔의 코스모스를 보면서 걷다가는 멀리 들길을 내려다보았다. 흰 빛깔의 코스모스 같은 향미가 걸어오는 것이 시야에 들어오기를 바라는 마음이었다. 보이지 않았다. 시간이 이른 모양이었다. 정 노인은 흰 코스모스 한 가지를 꺾었다. 향미에게 주기 위해서였다.

‘어머나…….’

흔해빠진 코스모스지만 자기가 주는 것이라고 해서 향미는 기쁘게 받을 것이다.

그러나 정 노인은 꺾어 든 한 가지의 코스모스를 던져 버렸다. 그 많은 가운데서 겨우 한 가지만을 꺾어 준다는 것에 부족감을 느꼈던 것이다. 이왕이면 한아름 꺾어서 줘야지. 한아름 아니라 한 지게를 꺾어도 아깝지가 않을 것이다. 정 노인은 코스모스를 밑둥으로 한 줌 움켜쥐고 엿가락 꺾듯 꺾으려 했다. 꺾으려는 순간 그는 주먹에 들어 있는 코스모스를 놓고 말았다. 욕심쟁이라는 느낌이 들었던 것이다.

자기가 느끼는 것보다도 향미가 그렇게 느낄 것이 겁났던 것이다. 많은 것은 아무래도 욕심을 표시한다. 향미가 자기를 욕심쟁이로 인정하면 어떻게 할 것인가? 향미는 순수하고 깨끗한 마음으로 자기를 바라보고 있다. 절대로 욕심쟁이 할아버지라고 생각지 않는 그미에게 욕심쟁이라는 깨끗지 못한 인상을 주어서는 안 된다.

정 노인은 다시 흰 코스모스 한 송이를 그것도 길지 않게 목을 잘랐다. 그리고는 심심해서 꺾어 든 것처럼 그것을 휘휘 저으며 걷기를 시작했다.

어느새 두 마장쯤 걸었는데도 향미는 보이지 않았다. 정 노인은 향미를 만날 때까지 계속해서 걸을까 생각했다. 교실 소제라도 하느라고 늦는지 모른다. 그렇다면 몸이 피곤할 것이다. 피곤한 몸으로 돌아오는 향미를 멀리 마중 갈수록 향미는 반가워할 것이다. 그러나 정 노인은 길가 풀섶에 앉아 버렸다. 마당에서 누이동생 경분(敬芬)이 내다보고 있을지도 모른다. 그렇지 않아도 정 노인의 향미에 대한 애정을 필요 이상의 것으로 보고 있다. 며칠 전 마당의 잔디를 깎다가 쉬지도 않고 향미를 마중 나갈 때 누이동생은 피곤할 때 쉴 것이지 마중은 무슨 마중이냐고 어린 자식을 꾸중하듯 걱정하는 말을 했다. 매일 학교에 갔다 오는 애를 마중 갈 필요가 무엇이냐는 말까지 했다. 그것을 의심하는 것이라거나 질투하는 것이라고 볼 수는 없을지 모른다. 그렇지만 필요 이상 멀리까지 간다면 그미가 의심하게 될지도 모른다. 그리고 보통 때보다 과히 늦지도 않았는데 멀리까지 간다면 향미가 도리어 반가워하지 않을지 모른다. 자기를 잊지 않고 마중 나왔다는 생각만 넣어 주는 것이 향미를 기쁘게 하는 일이 아니겠는가?

정 노인은 코스모스를 풀 위에 놓고 담배를 꺼내 물었다. 담배 한 대를 다 태울 동안도 그의 눈은 아래쪽으로만 쏠리고 있었다. 그런데 향미는 그 때까지도 보이지 않았다. 그는 새 담배 하나를 또 꺼내 물었다. 담배를 그렇게 많이 피우는 편이 아닌데도 마음이 초조해 왔기 때문이었다. 돌아올 때가 됐는데도 향미는 어째서 아직 돌아오지 않을까? 대청소가 있다는 말인가? 그렇지 않으면 친구네 집에라도 들렀다는 것인가? 혹시 선생한테 벌을 서고 있는 것은 아닌가. 뛰어오다가 넘어져 다리가 상한 것은 아닐까?

그는 별별 생각을 다 했다. 친구네 집에 들른다든가 선생에게 벌을 받는

다든가 하는 일을 한 번도 해 본 적이 없는 향미다. 그런 만큼 의외의 돌발 사건이 생긴 것이라고밖에 생각되지가 않았다. 어디가 아파서 병원으로 간 것이 아닐까? 그렇지 않으면 자동차 사고라도 생긴 것이 아닐까?

두 대째의 담배를 거의 다 태웠을 때 정 노인은 읍내까지 가 봐야겠다는 생각을 했다. 그래서 바지를 털며 일어섰을 때 멀리서 걸어오고 있는 향미가 그의 시야 속에 들어왔다. 틀림없이 향미라는 것을 알았을 때 그는 안심을 하고 다시 풀섶 위에 주저앉았다. 앉아서도 향미를 지켜보고 있던 그는 이백 미터 거리쯤 가까이 왔을 때 갑자기 길가 수수밭 사이로 몸을 숨겼다. 향미를 놀려 주고 싶은 마음에서였다. 수수밭 고랑에 웅크리고 앉아 있다가 향미가 자기 앞을 지나간 뒤에야 슬그머니 길로 나와 에헴 하고 소리를 냈다. 생각 같아서는 향미 앞으로 뛰쳐나와 악 소리를 질러 주고 싶었다. 그러나 어린 향미가 놀라 혹시 기절이라도 하면 하는 겁 때문에 점잖게 에헴 소리만 했던 것이다. 그런데도 향미는 깜짝 놀라 "엄마" 하며 뒤를 돌아봤다.

그때 정 노인이 빙그레 웃어 보이자 향미는 그에게로 달려오며,

"할아버지두……."

주먹을 앞으로 내미는 것이었다. 때리고 싶은 모양이었다. 그러나 그미는 내민 주먹을 펴서 정 노인의 손을 잡고는,

"정말 혼났네."

하며 웃었다.

"놀라기는 다 큰 것이……."

정 노인은 흰 코스모스를 향미 얼굴 앞에 내밀었다.

"그건 왜 꺾었어요?"

"너 줄려구."

"아이 좋아."

향미는 코스모스를 받아 코에다 대 보기도 하고 뺨에 대 보기도 했다. 그리고는 가슴에 안아 보는 흉내도 낸다.

정 노인은 흐뭇한 마음으로 그미를 바라본다. 집에 가면 얼마든지 있는 꽃이다. 집뿐 아니라 가을만 되면 어디서나 볼 수 있는 꽃인데도 향미는 자

기가 준 것이라고 해서 그것을 소중히 여기는 것이다. 소중히 여겨야 할 것을 소중히할 줄 아는 소녀다. 그만큼 영리하다고나 할까?

정 노인은 귀여운 소녀의 손을 잡았다. 그리고는 오늘 학교에서 늦은 이유를 물었다. 그 밖에도 학교에서 있었던 일들을 물었다. 소녀는 정 노인이 손을 잡고 있는 것이 좋은지 그 손을 잡은 채 흔들기도 하고 또 흔들던 손을 꼭 잡기도 하며,

"청소를 했어요. 물을 길어다 변소 청소를 하느라구 혼났어요. 냄새가 나서 코를 막구……."

명랑하게 이야기하는 것이었다.

"오늘 선생님이 '넌 서울 가서 입학시험 치르지?' 하고 묻잖아요?"

이런 이야기도 꺼냈다.

"그래서 넌 뭐라구 했니?"

"전 이곳 중학교에 다닌다구 그랬어요."

"왜? 내가 서울엔 보내 주지 않을 것 같아서?"

"아니요. 절대로 그렇진 않아요."

향미는 웃으며 대답했다. 그러나 금시 씁쓸한 얼굴이 되면서,

"할아버진 왜 그런 말씀을 하시죠?"

하고 물었다.

"나는 네가 가고 싶다는 대루 보내 줄 생각이 있는데 혹시 네가 잘못 알구 그런 생각을 한 것이나 아닌가 해서……."

이것은 거짓말이었다. 거짓말이면서도 자기의 체면을 생각해서 한 말이었다. 그런데 향미는,

"전 서울 가구 싶지 않아요. 아는 사람 하나 없는데 가서 어떻게 살아요."

얼굴을 활짝 펴고 말했다. 정말인 것 같았다. 친척 하나 없는 서울에 가서 공부하느니 신통치는 않지만 시내에 있는 중학교에 다니는 것이 마음 편할 것이다. 정 노인은 그 말 속에서,

'할아버지가 없는 데는 가기 싫어요.'

하는 뜻을 생각했다. 할아버지가 없는 서울엔 가기 싫어요라는 말로 해석하고 싶었던 것이다. 그것은 자기의 바람이기도 했다.

"잘 생각했다. 나두 널 고생시키면서 공부하게 하구 싶진 않다."

자기의 진심을 말하고는 그미의 손을 잡았던 손을 빼고 그미의 어깨를 안았다. 어깨를 안은 채 걸었다. 그런데 얼마를 걷다가 향미가,

"할아버지."

하고 물었다.

"응!"

무슨 말이 나오는가 기다리고 있을 때,

"하늘이 참 좋죠?"

생각지 못했던 말을 꺼냈다. 가슴 속에 아무 딴 생각이 없다는 만족스런 마음의 상태를 보여 주는 것 같았다. 정 노인은 자기에게 조금도 불만이 없고 티끌만한 거리감도 갖고 있지 않은 그미에게 고마움을 느끼며,

"참 좋다. 한국의 자랑은 가을 하늘뿐이라고들 하지 않니……."

팔에 힘을 주어 어깨를 힘있게 끌어안았다.

"할아버지. 그림 물감이 저런 빛깔을 가지구 있다 해두 하늘처럼 곱지는 못하겠죠?"

"그렇구 말구……."

그럴 것 같았다. 어떤 물체라고 해도 하늘과 같은 빛깔을 낼 수가 없을 것이다. 설사 같은 빛깔을 낸다고 해도 물체가 아닌 하늘만큼 고울 수는 없을 것이다.

"하늘은 제가 저렇게까지 고운 것을 알구 있을까요?"

"글쎄."

"알구 있다면 얼마나 좋아할까?"

"그런 걸 아는 건 사람뿐이 아닐까? 사람 가운데두 그런 걸 모르구 사는 사람두 많지만……."

"제가 곱다는 것을 모르는 사람두 있어요?"

"얼굴이 고운 것은 다들 잘 알겠지. 그렇지만 마음이 고운 상태에서 산다

는 것을 모르는 사람은 많을 거야."

"그걸 왜 모를까요?"

정 노인은 그때 향미 너는 지금 고운 마음을 가지고 있느냐? 그리고 고운 마음을 가지고 산다는 것을 알고 있느냐? 하고 묻고 싶었다. 그러나 묻지 않았다. 말로 표현하지 않는 향미의 그 고운 마음을 혼자 들여다보는 것으로 만족했기 때문이었다. 만족한 마음이 깨질까 두려운 것은 아니었다. 경솔로 소녀에게 실망을 주기가 싫었던 것이다. 그런데 향미가 또,

"할아버지!"

하고 불렀다.

정 노인은 또 무슨 기발한 말이 나오는가 하면서,

"응 ── ."

하고 대답했다. 그랬더니 이번에는,

"집에 다 왔죠?"

하고 말했다. 조금 멋쩍게 느꼈지만 정 노인은 그래도 좋았다. 할아버지 하고 입버릇처럼 부르는 그것이 자기를 신뢰하는 마음의 표현이다.

정 노인은 향미를 집에서 같이 살자고 한 뒤 자기를 아버지라 부르게 하지 않고 할아버지라 부르게 한 것을 새삼 잘한 일이라고 생각했다. 아버지라고 하면 더 친근감을 느낄 수 있을지 모른다. 더 가까운 애정을 느낄 수 있을 것이다. 그러나 아버지는 두 사람의 관계를 한정해 놓고 부르는 호칭이다. 밉거나 싫어도 의무적인 관계를 지속해야 한다. 동시에 애정과 친근감도 정해진 환경을 벗어나지 못한다.

할아버지는 그렇지가 않다. 친척 관계자에게도 부를 수 있지만 나이 많은 사람에게 일반적으로 붙일 수 있는 이름이다. 인간 대 인간관계 이외에 다른 의미가 없어도 좋다. 연령적 관념은 주나 평등한 인간적 입장에서 일 대 일의 관계를 지속시킬 수 있다.

정 노인이 바라는 것은 확실히 그것이었다. 그가 필요로 하는 것은 어떤 굴레 속에서 느끼는 한정된 애정이 아니라 아무런 관계없이 평등한 인간관계에서 느끼는 애정을 갈망하는 것이었다.

이런 생각을 하며 눈앞에 집을 바라보는 순간 향미의 어깨 위에 있던 손을 슬그머니 떨어뜨렸다.

일혼 살과 열세 살. 그들이 손을 잡고 부둥켜안는다고 해도 그것을 부자연스럽게 볼 사람이 없을 것이다. 그러나 정 노인은 누이동생의 눈을 생각했던 것이다. 그미만은 자기를 이상한 눈으로 볼 수 있다는 생각 때문이었다. 하나의 인간으로 대하고 있지만 평등한 위치에서 대한다는 마음이 특히 누이의 의심을 살 가능성이 있다고 생각되었다.

누이동생과 자기는 혈육으로서의 의리와 애정을 가지고 있다. 그러나 그 이상의 애정은 없다. 무엇인가가 제거된 애정이다. 그렇기 때문에 더 관대해질 수도 있지만 그 관대란 무관심에 가까운 것일 수가 있다. 무관심은 이해보다도 편견을 만들어 낸다. 정 노인은 편견에서 오는 오해가 싫어서 누이동생 앞에서는 될 수 있는 한 행동을 삼가고 있다.

안마당으로 들어섰을 때 정 노인은 부엌을 향해,

"향미가 왔어."

하고 향미가 돌아온 것을 알렸다. 단 세 사람만이 살고 있는 집안에서 누이동생은 두 사람이 밖에서 들어오는 것을 내다보지도 않는다. 정 노인이 말을 했는데도 "그래요?" 할 뿐 얼굴도 내밀지 않았다. 저녁을 짓느라 바쁘다는 것일까? 정 노인은 그미가 확실히 어떤 편견을 가진 것이라고 생각했다. 두려울 것은 없지만 그리 유쾌한 일은 아니었다. 그렇다고 개의할 일도 아니어서 그는 우물물을 떠다 놓고 향미에게 세수를 하라고 했다. 그리고는 수건을 꺼내 들고 서서 향미가 세수하는 것을 지켜보고 있었다.

그때 누이동생이 부엌에서 얼굴을 내밀고,

"나무나 한 단 갖다 주세요."

가시가 돋친 음성으로 말했다.

세수하고 있는 것까지 지켜보고 있을 것이 무엇이냐는 말투였다.

정 노인은 수건을 꽃나무 위에 놓고 바깥마당에 쌓아 놓은 나무를 한 단 들어다 부엌에 들여 놓았다. 그리고는,

"불 좀 때 줄까?"

하고 말했다.

세수하고 있는 향미를 지켜보고 있는 것이 못마땅해서 신경질적으로 말한 누이동생에게 너그러움을 보임으로써 보복을 해 주고 싶은 마음이었다.

"오빠두. 이제 밥만 끓이면 돼요."

누그러진 말투로 보아 정 노인의 너그러움이 효과를 본 셈이었다. 짜증낸 일을 미안하게 생각하는 듯 보였을 때 정 노인은,

"나두 할 일이 없는데……."

하며 나뭇단을 끌르고 마른나무를 집어 아궁이에 집어 넣기 시작했다. 가끔 그런 일을 해 준 적이 있기도 했지만 미안해하는 누이동생이 측은하게 생각되었기 때문이었다. 육십이 다 된 여자가 혼자서 가정부(家政婦) 노릇도 하고 식모 노릇도 한다. 사십에 소박을 맞고는 이십 년 동안 자기만을 위하여 살아 온 그미를 생각할 때 언제나 측은함을 느낀다.

"글쎄 들어가시라니까요. 오빠두……."

누이동생이 정 노인을 밀어 냈다. 짜증냈던 것을 진심으로 미안하게 생각하는 모양이었다. 정 노인은 시키는 대로 하는 것이 누이동생을 위하는 일인 것 같아 부엌에서 나왔다. 그리고는 물독에서 물을 퍼서 화초에 물을 주기 시작했다. 저녁을 먹기 전에 한 번씩 주는 물이다.

정 노인이 화초에 물을 주기 시작하자 방 안에 있던 향미가 뛰어나와 큰 바가지에 물을 떠가지고 정 노인 뒤를 따랐다. 정 노인은 향미가 떠 온 물을 물뿜이에 쏟아서 두 손으로 받들고 화초에 하나 하나 신경을 기울이며 물을 뿌렸다. 이십여 번 그렇게 물을 주노라면 팔과 허리가 아프다. 그래도 참아가며 물을 주고 있을 때 향미가,

"할아버지. 제가 혼자서 물을 주면 안 되나요?"

하고 말했다.

정 노인은 그렇게 말하는 향미의 마음을 이해할 수 있었다. 늙은 몸을 쉬게 해 주고 싶어하는 심정 ── . 그러면서도 화초에 관한 일을 남에게 시키려 하지 않는 정 노인의 마음을 건드릴 수 없어하는 심정이었다.

"네가 물을 주면 화초들이 더 좋아하겠지."

정 노인은 웃으며 대답했다.

"그럼 물뿜이를 저 주세요."

"다음부터!"

정 노인은 물뿜이를 향미에게 넘겨 주지는 않았다. 이때까지처럼 화초에 대한 애정을 독점 안 해도 좋다는 생각을 갖고 있다. 그러나 향미에게 일을 시키고 나면 자기는 심심해진다. 심심해지는 것이 싫었던 것이다. 팔과 허리가 약간 아프지만 그것은 능히 참을 수 있는 일이었다. 정 노인은 비록 칠십이라 해도 허리가 굽거나 활동에 지장이 있을 만큼 기력이 없지는 않았다.

물을 끝까지 다 주었을 때 향미가,

"그럼 내일부터 제가 물을 줄게요."

하고 정 노인의 허락을 구했다. 그때,

"그러렴."

정 노인은 서슴지 않고 대답했다. 향미가 아닌 딴 사람이 그런 말을 했다면 절대로 허락지 않았을 것이다. 향미가 물을 주고 자기가 옆에서 거들어 주면 그 또한 아름다운 풍경일 것 같았다.

정 노인은 젊었을 때 과수원을 꿈꾼 일이 있었다. 빨간 사과가 열렸을 때 자기는 나무 위에 올라가 한 알 한 알 그것을 딴다. 그러면 아래서 사랑하는 여자가 그것을 한 알 한 알 받아 구럭에 넣는다. 일 년 동안 힘들여 일한 보람을 가장 흐뭇하게 느낄 것이다.

지금 과실 대신 화초에 줄 물을 자기가 떠다 준다. 그 물을 향미가 받아 화초에 뿌려 준다.

평생 꿈을 이루어 본 적이 없는 정 노인의 마지막 꿈.

저녁을 먹었다. 요즘 정 노인은 식사도 전보다 많이 한다. 즐거움이 앞에서 기다리고 있기 때문이었다. 저녁 뒤에 향미와 같이 뒷산으로 산보 가는 일은 무엇보다도 즐거운 일이었다. 저녁식사를 끝내자 정 노인과 향미는 규칙적인 일처럼 뒷산으로 올랐다. 거기서 그들은 가장 많은 이야기를 한다. 산보도 산보려니와 이야기를 하기 위한 시간일지도 모른다.

"내년 봄에는 중학교엘 들어가는 거지? 삼 년만 지나면 고등학교엘 갈 것이구. 고등학굘 졸업하면 어떤 대학엘 가지?”

그 날은 이런 이야기부터 시작이 되었다.

“그건 아직 생각 못해 봤어요.”

“그래. 바쁘진 않다. 그래두 차차 생각해야 할 일이지.”

“대학엔 꼭 가야 하나요?”

“꼭 가야 한다는 법은 없어두 남만큼 배울 건 배워야지. 그래야 자기가 살아갈 길을 찾게 되는 거 아니냐?”

“여자두 따루 살아갈 길이 있나요?”

“그럼 여자라구 시집가는 것만이 전부냐? 시집 안 가구두 잘 살 수 있는 길이 있는 세상이다.”

“그럼 전 대학엘 꼭 가겠어요.”

“대학을 졸업한다구 반드시 결혼 안 한다는 것두 아니야.”

“그래두……”

“그래 ──, 천천히 생각하자.”

아직 결혼 이야기를 들려 줘야 할 나이가 아니다. 정 노인은 그 이야기를 일단 중지하고,

“노을을 봐라. 예쁘지?”

화제를 돌렸다.

“참 예쁘네요. 낮에두 좀 있었으면……”

“밤낮 봐서야 예쁜가?”

“예쁜 거야 언제 봐두 예쁘지요.”

“그런 게 아냐. 무어나 늘 보면 싫증이 나는 법이야.”

“그럼 할아버지는 화초를 매일 보시면서두 왜 언제나 좋아하시죠?”

“속과 겉이 꼭 같으니까 그렇지.”

“속과 겉이 같지 않은 것두 있나요?

“대개가 다 그렇다. 그 중에서도 사람이 더 하지.”

“사람은 왜 그렇죠?”

“본시부터 죄를 쓰구 나와서 그런 거야.”

“무슨 죈데요?”

“남을 속이려는 죄.”

“우리 아버지와 어머니두 그런 죄를 쓰구 나왔을까요?”

향미는 자기 부모 생각을 하는 모양이었다. 자기를 버리고 어디로 도망간 부모들.

“잘 모르기는 하겠다만 네 부모두 그렇겠지!”

“죄를 쓰고 나오면 자식을 버리나요?”

작년 향미는 부모를 따라 여행을 떠났다. 사이가 좋지 않아 찌푸린 얼굴만 보이며 살아 오던 부모들이 어째서 여행할 생각을 했는지 모른다. 경주엘 간다고 떠나 ○시에서 하룻밤을 잤다. 여관방에서도 아버지와 어머니는 찌푸린 얼굴을 하고 별로 말이 없었다. 그러다가 다음 날 그들은 아무 말도 없이 따로따로 나갔다. 그것이 마지막이었다.

정 노인은 그런 사정을 알고 있다. 그래서 향미에게 과거의 일을 다시 회상하지 못하도록 길가에 있는 들국화를 꺾어 주며,

“냄새 좋지? 한 번 맡아 봐라.”

하고 이야기를 딴 데로 돌렸다.

향미는 조그만 송이가 다닥다닥 붙은 들국화를 코에다 대고 심호흡을 하듯 냄새를 맡고

“정말 좋아요.”

정 노인의 얼굴을 바라보며 말했다. 마치 정 노인밖에 다른 것은 생각지를 않는다는 듯이.

“우리 저기 가서 앉을까?”

정 노인은 소나무 숲이 있고 그 앞에 반듯하게 앉아 있는 두 개의 무덤을 바라보며 말했다.

“할아버지! 다리 아프셔요?”

하면서도 향미는 정 노인을 따랐다. 그리고 무덤 앞 잔디 위에 앉자,

“할아버지, 오늘은 그 뒷이야길 해 주셔요. 두 번째 부인하구두 헤어지셨다죠?”

하고 말했다.

"그래, 해 주지. 그렇지만 시시한 이야기야."

정 노인은 하늘을 바라보며 이야기를 시작했다.

해방 뒤 정 노인은 만주에서 벌었던 많은 재산을 그대로 내버려 두고 고국에 돌아왔다. 돌아오자 그는 일본 사람들이 쓰고 살던 적산집을 몇 채나 차지했다. 적산 가옥을 점유하는 사람은 반역자라고 한편에서 떠들었지만 그는 적의 가옥을 차지하는 것이 반역적 행위라고 생각지 않았다. 일본 사람 때문에 일생을 망쳐 버린 생각을 하면 내버리고 도망간 그들의 집에다 불을 지르고 싶은 심정이었다.

스물두 살 때 정 노인은 3·1 독립만세 사건을 겪었다. 선봉에 섰던 것은 아니지만 덩달아 대열의 뒤를 따라다니며 만세를 불렀다. 그 뒤 많은 사람이 일본 경찰에 학살당하는 것을 보자 그는 만주로 도망갔다. 잡히기만 하면 자기도 죽고야 말 것 같았던 것이다.

만주에서는 돈버는 것만이 일이었다. 금지하는 척하면서도 방임해 두는 아편장사를 시작했다. 돈이 잘 벌렸다. 그래서 번 돈으로 땅을 샀다. 나쁜 장사를 안 하고도 먹고 살 수 있게 되었을 때 8·15 해방이 되었다.

정 노인은 재산을 하나도 가지지 못하고 고국으로 돌아왔다. 토지는 적산이라고 전부 뺏겼던 것이다. 그때는 한국 사람이 일본인 취급을 받았던 것이다. 이래저래 일본 사람 때문에 망했다. 그런 정 노인이 일본인의 재산을 차지하는데 반역자란 마음이 들 까닭이 없었다.

어쨌든 일본인의 집을 몇 채나 차지했던 탓으로 부자가 되었다. 그래서 그는 다시 결혼을 했다.

만주에서 한 번 결혼에 실패한 일이 있었기 때문에 이번에는 국민학교밖에 나오지 않은 여자와 결혼을 했다. 사십이 넘은 나이였지만 가난한 집 처녀와 결혼을 하고 별일 없이 지냈다. 나이의 차가 많았지만 가난한 집 딸이고 학식도 없다는 점에서 불평을 말하지 못하는 것이라 생각했다.

정 노인은 어떠한 상태에서든지 사랑을 하게 되면 그뿐이라고 생각했다. 완전한 상태에서보다도 불완전한 상태에서 우러나는 사랑이 더욱 귀한 것이라고 생각했다.

그는 부인의 가난한 친정집까지 원조해 주었다. 사랑하는 아내를 즐겁게 해 주기 위해서는 돈도 아까운 줄 몰랐다. 장사를 하여 자립해 보겠다고 할 때는 장사 밑천도 주었다.

정 노인이 진심으로 사랑하고 있음을 알았는지 아내는 정 노인을 정성껏 섬겼다. 그것으로 만족이었다. 진심과 진실이 사랑을 이룰 때 그 이상 바랄 것이 없었다. 그런데 뜻밖에도 집에 있는 현금이 그가 모르게 축나고 있는 것을 알았다. 자기 모르게 돈 가져갈 사람이 없는데 이상한 일이었다. 정 노인은 외출할 때마다 현금을 세어 놓곤 했다. 일제 시대 그는 관청이나 금융기관을 신뢰하지 않던 버릇이 있어 그때까지 현금을 은행에 예금할 줄 몰랐다.

그런데 외출했다 돌아와서 현금을 다시 세어 보면 적지 않은 돈이 축나 있었다. 누가 왔다 간 사람이 없었느냐고 물어 보았다. 아무도 없었다고 대답했다. 때로 찾아왔던 사람의 이름을 대기도 했지만 의심할 만한 사람이 아니었다. 정 노인은 아내를 의심하는 수밖에 없었다. 하루는 외출하는 척하고 집 밖에서 망을 보았다. 아내가 외출복을 입고 나갔다. 그 뒤 아내에게 종일 집에 있었느냐고 물어 보았다. 아내는 가긴 어디를 가느냐고 딱 잡아뗐다. 그런데 현금도 얼마간 없어졌다.

하루는 아내의 뒤를 밟았다. 사직동 어떤 집으로 가는 것이다. 그 뒤부터 그는 돈을 아내가 모르는 데 감추어 두었다. 그랬더니 아내는 며칠 동안 외출을 안 했다. 외출을 안 하면서 돈 감춘 곳을 알아 내려고 꾀를 쓰는 것이 눈에 보였다. 하루는 쌀을 사게 돈을 달랬다. 정 노인이 사 온다니까 그런 것을 왜 남자가 사 오느냐고 짜증을 부렸다. 자기가 쌀을 사 오겠다는 것이 아니라 자기 앞에서 돈을 꺼내게 하고 동시에 돈 감춘 곳을 알아 내려 함이었다.

정 노인은 지는 척하고,

"도적이 많아서……."

혼자 중얼거리며 다락으로 올라가 덮지 않는 이불 속에서 돈을 꺼내 쌀값을 주었다. 그리고는 다음 날 돈을 거기 놔 둔 채 외출을 했다가 돌아왔다. 돈이 또 없어졌다.

참을 수가 없었다. 그 날 밤 정 노인은 아내의 멱살을 잡고 숨을 쉬지 못하도록 졸라매며 죽여 버린다고 위협을 했다. 아내는 자기가 도둑년이냐고 반문했다. 도둑년하고 같이 살았느냐고 대들기도 했다. 그는 도둑년을 사랑했다는 자기가 슬퍼져서,

"누가 도둑질했다구 그랬어? 필요한 데가 있으면 그럴 수도 있는 것이니까 어디 썼는가 그걸 알려는 거지."

하고 말했지만 아내는 입을 열지 않았다. 할 수 없이 사직동에 사는 사람이 누구냐고 물었다. 이미 조사를 다한 것처럼 묻자 그때야 더 숨길 수가 없다고 생각했던지 전부터 아는 남자라고 대답했다. 정 노인이 가라앉은 목소리로 차근차근 물었다. 아내는 그런 태도에 용서가 있을 것이라 생각했던지 결혼하기 전부터 사랑했는데 너무나 가난해서 도와 준 것이라고 대답했다.

사실을 전부 알자 그는 아내를 자기 집으로 돌려 보냈다. 그것이 지금부터 이십 년 전의 일이다.

"그분 지금두 살아 있나요?"

이야기를 다 들은 향미의 물음이었다.

"모르지, 알구 싶지두 않구……."

"그 뒤에는 다시 결혼을 안 하셨나요?"

"안 했다. 여자가 무서웠다."

"여자가 전부 그럴라구요?"

"글쎄 그럴지두 모르지. 세상 인심이 강박해질수록 진실된 사랑이란 것이 드물구 그렇게 되면 자연 산다는 것이 두려워지는 거야. 내가 운이 나쁜 사람이라면 셋째 넷째 여자두 다 마찬가지가 될 거 아니냐?"

"그런데 첫째 부인과 둘째 부인 가운데 어떤 분이 그래두 생각이 나세요?"

"글쎄. 첫째 여자는 나보다 학식이 좀 많았다. 그래서 대학교 졸업한 어떤 남자를 좋아하다가 제 발루 나갔다. 그러니 나를 경멸하구 간 여자가 아

니겠니? 그러니 생각하기두 싫지. 그런데 두 번째 여자는 내가 내보내서 그
런 건지 그러지 않으면 가난한 애인을 생각하는 마음이 진실된 것이란 생각
에서 그런지 어쨌든 그 여자가 아직 머리에 남아 있다."

"우리 아주머닌 좋은 여자죠?"

향미가 이번에는 난데없이 정 노인의 누이동생 이야기를 꺼냈다.

"좋은 여자지. 남편이 싫다구 이혼하잘 때 도장을 찍어 주구는 지금까지
그 남편만 생각하며 살구 있으니까. 아마 지금이라두 그 남편이 자기를 찾
아오리라 믿구 있을 거다."

"그럼 아주머니하구 결혼을 왜 안 하셔요?"

"에이. 오빠하구 동생하구 결혼하는 법두 있냐?"

"다 같이 외짝이구 또 같은 집에서 살면서……."

"그래두 그건 안 되는 거야."

정 노인은 향미가 다시 말을 못하게 못을 박았다.

"할아버지."

향미가 정 노인을 부르고 그의 얼굴을 쳐다봤다.

"왜?"

"내가 커서 할아버지를 기쁘게 해 드릴게 결혼하지 마셔요."

향미가 이런 말을 할 때 정 노인은 적이 놀랐다. 그러나 그것이 아무것도
모르는 철없는 애이기에 할 수 있는 말이라 생각하고,

"그래라. 나두 그걸 바라구 있다."

하고 대답했다. 그러면서도 속으로는 가슴이 쓰린 것을 느꼈다. 지금 자기가
향미를 사랑하는 것은 향미의 장래가 아니다. 오직 향미의 현재를 사랑하는
것이다. 향미가 철이 들고 여자로서 성숙하게 되면 그땐 자기 옆에 머물러
있지 않을 것이 뻔하다. 그것은 불을 보는 것보다도 뻔한 일이다. 그런데 향
미는 철이 없기 때문에 장래에 대한 일을 장담하고 있는 것이다.

"할아버지, 난 대학에 안 갈래."

향미는 왜 자꾸만 장래에 대한 이야기를 하는 것일까?

"왜?"

“할아버지 첫번째 부인처럼 되면 어떡해?”

정 노인은 향미의 볼을 꼬집으며 빙그레 웃을 뿐 말을 안 했다. 말이 되지 않는 말이었기 때문이었다. 결혼이 어떤 것인지도 모르며 하는 말.

정 노인은 현재 죽음만을 생각하며 살고 있다. 남아 있는 것은 죽음 이외에 아무것도 없다. 그 하나밖에 없는 죽음 앞에서 죽음을 평화스러운 것으로 만들기 위해 지금 향미를 사랑하고 있는 것이다. 진심으로 사랑하는 마음, 그것만이 사람을 평화스럽게 할 수 있다. 평화를 등지고 살아 온 자기로서 마지막 소원이랄 수 있는 죽음 앞의 평화.

그런데 향미는 자기가 언제까지나 살아 있으리라 생각하고 있다. 언제까지나 살 자기를 즐겁게 해 줄 것만 생각하고 있다.

“가자 — .”

정 노인은 자리에서 일어섰다. 향미도 들국화 가지를 들고 걷기를 시작했다. 사슴처럼 깡충깡충 뛴다. 산꼭대기에도 오를 것 같고 하늘에도 오를 것 같았다. 이때까지 한 이야기들은 전부 잊어버리고 속에도 겉에도 때가 하나 없는 솜처럼 둥실둥실 떠오를 것만 같은 향미였다.

“같이 가 — .”

앞섰던 향미가 뒤돌아서 이번에는 정 노인을 향해 깡충깡충 뛰어왔다. 행복의 꽃다발을 한아름 안고 마중 오는 것 같았다.

정 노인 앞에 와서도 향미는 선 자리에서 깡충깡충 뛰었다. 즐겁기만 한 모양이었다.

정 노인은 그미의 손을 꼭 잡고 뛰지를 못하게 했다. 그리고는 혼자서

‘이 순간에 죽었으면…….’

하는 생각을 했다.

같이 있음으로 해서 즐거울 수 있는 이 순간. 그것은 순수한 것이요, 깨끗하고 아름다운 것이다. 그런 즐거움 속에서 죽는 것보다 더 평화스런 죽음이 있을까?

‘이 자리에서 화석이 되어 버렸으면…….’

지금의 감정이 조금도 건드려짐 없게 고통스런 병에 걸리지도 않고 그냥

굳어 버렸으면…….

죽고 싶을 때 죽을 수 있다면 인간은 그리 슬프지 않을 수 있을지도 모른다. 정 노인은 죽음을 갈망하는 마음만으로 또 내일의 삶을 위하여 이 밤을 편히 쉬지 않으면 안 되었다. 그 잠을 자기 위해 집으로 돌아갔을 때 누이동생이 마당에 있다가

"뭘 그리 늦게까지 산보하세요?"

혼자 집에서 기다리고 있는 사람도 생각해 줘야 하지 않느냐는 투로 말했다.

"응! 이야길 좀 하느라구……."

그때 향미가 쪼르르 방 안으로 들어갔다. 숙제할 생각이 났던 모양이다.

"너무 정을 주지 마세요. 언제 누가 와서 데려갈지두 모르는 앤데……."

누이동생이 충고의 말을 했다. 오빠를 위한 진심이라고 생각되었다. 사실 그 애 부모가 살아 있는 만큼 언제 와서 찾아갈지 모르는 일이다. 정을 쏟아 놓았다가 그런 일을 당하면 슬픔만 크게 될 것이다. 그러나 정 노인은

"내버리구 간 사람들이 찾으러 올라구?"

하고 누이동생의 말을 받아들이지 않았다. 설사 그런 일이 있다 해도 그것을 생각하면서 향미와의 거리를 멀리할 수는 없었기 때문이었다. 당장 내일 그미의 부모가 찾아온다 해도 그 순간까지 그미를 사랑해야 한다고 생각했다. 설사 부모를 따라간다고 해도 향미를 생각하는 마음에만은 변함이 없을 것 같았다.

"세상일을 누가 알아요. 핏줄은 핏줄 아녜요."

"그래두 좋아……."

"오빠두…… 세상맛을 다 보시구두 또 정을 남한테 줄려구 그러세요?"

"글쎄 나두 모르겠다. 없는 줄 알았던 정이 어디서 또 생겨났는지?"

"뭣 땜에 여기루 와서 이렇게 사시죠?"

"세상의 정을 떠나서 살려구 왔어. 그렇지만 지금 나에겐 죽음만 남아 있어. 그 죽음을 평화스럽게 갖기 위해 사는 거야. 그것뿐야."

정 노인은 서울을 버리고 이곳으로 내려올 때 자기 인생이 완전히 실패했

다고 생각했었다. 아내 문제뿐 아니라 돈 벌던 일도 모두 그릇된 인생의 처사라고 생각했다. 그러나 지금 그는 옳지 않게 돈 벌던 일을 까마득히 잊고 있다.

"살 때까지 뿐이에요. 죽으면 모두가 그만인 걸!"

"사는 것이 죽는 거구 죽는 것이 사는 거야. 죽기까지 우린 삶과 죽음을 구별할 수 없지 않니?"

"죽어두 남는 것은 남지 않아요? 그런 것두 생각하며 살아야지."

무슨 뜻으로 하는 말인지 분명히 알 수 없었다. 그러나 정 노인의 귀에는 남아 있을 자기와 재산 문제 같은 것을 생각해 보았느냐 하고 묻는 것처럼 들렸다.

자기가 죽으면 은행에 저금해 둔 돈 삼백만 원과 이 집이 누이동생 것이 될 것이다. 그런데 향미가 자기의 애정을 독차지하고 있다는 데 그 상속에 대한 불안감이 일어난 것이다. 정 노인은 이런 생각이 들면서 누이동생에 대한 혐오감을 느꼈다.

역시 형제간의 애정이라는 것은 순수한 것에 그치는 것이 아니다.

애정 이외의 불순한 무엇이 깃들어 있다.

'모든 재산을 향미에게 주라.'

이런 유언을 해 버리리라.

그는 속으로 생각한 것을 입 밖에 꺼내지는 않았다. 아무 말도 없이 있다가 죽기 직전 저금통장을 향미 이름으로 바꿔 놔도 될 일이라고 생각하면서——.

숙제하는 향미를 지키고 있다가 자리를 깔아 눕히고야 자리에 누웠다.

누웠지만, '내가 커서 할아버지를 기쁘게 해 드릴게 결혼하지 마셔요' 하던 향미의 말을 생각했다.

철없는 애의 말이지만 여러 가지를 생각케 하는 말이었다.

진정으로 자기를 즐겁게 해 준 사람은 한 사람도 없다. 과거가 너무나 외로웠다는 생각이 들었다. 그리고 성숙하지 못한 어린애의 애정이 지금 과거의 외로움을 일소해 주고 있다. 이럴 수도 있을까? 이런 생각을 하며 잠을 못 이루고 있을 때 갑자기 향미가 흐느끼는 것 같았다. 확실히 울음소리였다. 잠 속에서 가위에 눌린 모양이었다. 정 노인이 그미의 몸을 흔들며 가위에서 깨어나게 했을 때,

"엄마! 어디 가 있었어?"

똑똑히 알아들을 수 있는 말을 했다.

"향미야, 향미야."

정 노인은 안타까이 울음을 계속하는 향미를 마구 흔들었다. 그때야 향미는 눈을 떴다. 그러나 눈을 떴다가는 다시 감으며 정 노인을 외면했다.

"무슨 꿈을 꿨니?"

정 노인이 그미의 어깨를 뒤쳐 자기에게로 향해 눕혔다. 그때야 향미가,

"할아버지!"

하며 벌떡 일어나 정 노인에게 안겼다. 그리고는,

"무서운 꿈을 꿨어요."

하는 것이었다.

정 노인은 향미가 자기 엄마와 만나는 꿈을 꾸고 있었다는 사실을 알면서도 모른 척했다. 어머니 이야기를 꺼내고 싶어하지 않는 심정을 꼬집어 주고 싶지가 않았던 것이다. 그러나 속으로는 섭섭했다. 거짓말, 그것은 나쁘지 않다. 그러나 향미가 평소 어머니를 그리워하고 있던 것만은 사실이다. 자기 애정에만 만족하지를 못하고 어머니의 애정을 갈구하고 있는 것이다.

그러나 그것도 어찌할 수 없는 일이다. 탓할 수가 없다. 그래서 그미를 베개에 눕히고,

"잘 자."

어깨를 두들겨 주었다. 측은한 마음이 들었던 것이다. 어머니를 그리워할 나이에 그립다는 말도 못하고 사는 어린애. 정 노인은 자장가라도 불러 주고 싶었다. 향미를 잠재우는 동안 그는 옆방에서 자고 있는 누이동생이 이런 인생을 알기나 할 것인가 하는 생각을 했다.

다음 날 노인은 ○시로 갔다. 매달 한 번씩 나오는 은행 이자를 타기 위함이었다. 지난 달 받은 이자로 살림을 하다가 남은 돈을 달리 저금한 뒤 이

달 이자를 타 가지고 향미가 다니는 학교로 갔다.

학교로 찾아가는 일이 별로 없었지만 이 날만은 담임선생에게 인사라도 하고 싶은 마음이 있었던 것이다. 와이셔츠와 넥타이를 사 들고 향미의 담임선생님을 만나 수고한다는 감사의 말을 한 뒤 향미가 중학교도 ○시에서 다니겠다고 하더란 말을 전했다. 자기가 보내기 싫어서 안 보내는 것이 아니란 것을 알아 달라는 뜻이었다.

○시에는 남자 중·고등학교가 둘, 여자 중·고등학교가 하나밖에 없는 그리 크지 않은 도시다. 그런 만큼 여학교의 실력도 알 만한 일이다. 그렇기 때문에 돈 있는 집 애들은 서울로 가는 것이 보통인 것처럼 생각되고 있다. 애들뿐 아니라 국민학교 선생들까지 그렇다. 그런 만큼 담임선생은,

"장래를 생각하셔야 할 텐데요."

정 노인의 재고를 요구했다.

"글쎄, 그 애가 여기서 공부 하겠다구 고집하는군요."

정 노인은 입장이 거북했다. 아무리 향미의 의사라고 그것을 강조해도 듣는 사람이 그렇게 듣지 않을 것이다. 그렇다고 자꾸 변명하기도 싫어,

"더 권해 보겠습니다."

하고는 향미의 하학을 기다려 향미와 함께 거리로 나갔다.

정 노인은 향미를 데리고 며칠 전 맡긴 그미의 양복을 찾으러 양장점으로 갔다. 국민학교 학생에게는 지나치리 만큼 고급 천에 눈부신 빛깔이었다. 그러나 정 노인이 상점에서 싸구려 옷을 사 주기가 싫어 직접 양장점엘 가서 골라 준 천이라 향미는 무조건 좋아했다. 정 노인은 향미가 좋아하는 것이 보기 좋아 새 옷을 입은 채 집으로 가자고 했다. 향미가 싫다고 할 리가 없다. 헌 옷을 싸 들고 새 옷차림으로 걸어갈 때 정 노인은,

"꼬까를 입으니까 더 예뻐 뵈누나."

하면서도 누이동생을 생각했다. 어린애에게 그런 좋은 옷이 뭐가 필요하느냐고 반드시 핀잔을 줄 것이다. 그러나 누이동생의 핀잔을 두려워하지는 않았다. 향미가 좋아하고 또 내가 좋아하면 그뿐이 아니냐 하는 마음이었다.

"정말?"

예쁘다는 말에 향미는 더 즐거운 모양이다.

정 노인은 향미가 그리 예쁘지 않아도 좋다고 생각했다. 예쁘지 않아도 귀여워할 수가 있다. 귀여워할 수만 있으면 되는 것이다. 그러나,

"세상에서 제일 예쁘다."

"거짓말! 할아버지두 거짓말을 할 줄 아셔."

"내가 왜 거짓말을 하니? 예쁘니까 예쁘다는 거지. 그럼 넌 네가 예쁘지 않다구 생각하니?"

"예쁘지두 않은데 할아버지가 절 좋아하시는 게 이상스러워요."

"글쎄. 난 네가 예쁘지 않다구 생각한 적은 한 번두 없다."

정 노인은 예쁘고 안 예쁜 것이 문제되지 않는다고 생각한다. 차라리 박색이 되어 남 대하기를 싫어할 정도라면 향미가 자기를 더 따르리라는 것을 생각한다. 사실 그는 여러 번 그런 생각을 했었다.

"작년 제가 이 길을 걸을 때두 예뻤을까요?"

향미가 작년 거지꼴을 하고 정 노인 집을 찾던 그때를 회상하는 모양이었다.

"그때두 예뻤지. 그러니까 내가 너를 보자 집에 같이 있자구 그랬지."

"그때 할아버지를 가르쳐 준 사람에게 감사하구 싶어요. 누군진 알 수 없지만……."

"거야 쉬운 일이지. 내 찾아 줄까? 바루 아랫동네 사람이라면서……."

"네."

"참, 그때 그 사람이 뭐라구 할아버지 이야길 했다지?"

"시내 사람들이 밥두 잘 안 주구 무섭기만 해서 시골을 찾아간다구 갔더니 어떤 아저씨가 할아버지 이야길 하며 찾아가보랬어요. 가족이 없는 데다가 어린애가 하나두 없으니 친절하게 해 줄 거라구……."

"나이는 몇 살쯤 되어 보이던?"

"마흔 살두 넘었을 것 같아요."

"알았다. 내가 가서 찾아볼게, 사람이란 감사할 줄을 알아야 하는 거야."

"선물두 사 가지구 갈래요."

“그래라. 내가 사 줄게.”

정 노인은 향미가 더욱 좋았다. 어리면서도 감사할 줄 안다는 것이 얼마나 믿음직스러운 일인가?

향미가 자기를 따른다. 좋아한다. 그러는 것들을 진심으로 믿을 수 있을 만큼 진실한 애라고 생각되었던 것이다.

그들은 손을 잡고 오 리 길을 걸었다. 그 동안 향미가,

“할아버지가 매일 학교까지 와 주었으면 좋겠네.”

이런 말도 했다.

“정말 그럴까?”

정 노인도 그랬으면 좋을 것 같았다. 즐거운 시간을 많이 가진다는 것이 얼마나 행복스런 일인가? 그런데,

“그건 안 돼요. 할아버지두 일을 하셔야지.”

향미가 고개를 살랑살랑 혼들었다.

“너하구 같이 있는 것이 나의 일 전부가 돼두 좋아.”

정 노인이 도리어 어린애 같은 말을 했다.

“안 돼요. 남들이 날 욕할 걸요. 바보라구…….”

“왜 바보야?”

“혼자 학교에두 못 다녀 할아버지하구만 다닌다구…….”

“그럼 어때?”

“싫어요.”

싫다면 할 수 없는 일이었다. 손톱만큼도 향미가 싫다고 하는 일은 할 수 없었다.

“그래라.”

그들이 집 가까이까지 이르렀을 때였다. 향미가 바깥 마당에서 빨갛게 매달려 있는 감나무를 보고,

“감은 언제 먹게 되나요?”

하고 물었다.

“서리 올 때 먹는다. 그 전에두 따서 침시를 만들면 먹을 수 있지.”

“빨리 익어서 따 먹었으면…….”

그때였다. 마당에서도 한참 되는 곳까지 나와 있던 누이동생이 향미를 보고,

“옷이 그게 뭐냐?”

정 노인이 예상했던 대로 타박을 시작했다.

“어때서 그래?”

정 노인이 그미의 입을 막으려 했다. 그런데도

“국민학생은 국민학생다운 옷을 입어야지…….”

“얼마 안 있으면 중학생인데 어때? 내가 고른 것이니까 딴 소리 마라.”

누이동생은 입을 닫아 버렸다. 그러나 도대체 오빠의 마음을 알 수 없다는 표정이었다. 표정뿐이 아니었다. 정 노인과 향미의 뒤에 처져서 물끄러미 뒤를 바라보며 고개를 흔드는 것이었다.

정 노인은 그러는 누이동생을 이해할 수 없었다. 사람이 사람을 좋아하는 데 이상할 것이 무엇인가. 좋아하는 사람을 좋아하게 해 주기 위해 상대방의 위치에 서서 동등한 감정을 가지는 것이 무어 그리 잘못된 일인가?

노인은 애들을 사랑하는 데도 노인의 위치에 서서 자기 본위의 감정만 표현해야 하는 법이 어디 있는가? 어린애와 같지 않으면 천당에 가지 못한다는 말이 있다.

다음 날 아침 향미를 학교에 보낸 뒤 정 노인은 동쪽으로 삼 마장쯤 떨어져 있는 ×부락에 갈 차비를 하고 있었다. 향미와 약속한 사람을 찾기 위함이었다. 옷을 갈아 입고 집을 나서려고 할 때 어떤 부인이 찾아왔다. 사십이 채 못 되어 보이는 도회지 여자였다.

안마당까지 들어온 그 여자는 주인을 찾는 대신,

“이 댁에 김향미란 애가 있습니까?”

하고 물었다.

정 노인은 육감으로 그 여자가 누구라는 것을 짐작했다. 그래서 생각할 여유를 갖기 위해,

“어디서 오셨습니까?”

하고 그 여자의 신원을 묻기 시작했다. 그런데 그때 누이동생이 가운데 나서서,

"향미 어머니 되시는 분이세요?"

향미가 집에서 살고 있다는 것을 전제로 물었다.

"네, 그렇습니다."

"지금 학교에 갔습니다."

누이동생이 경박하기 때문만은 아니었다. 향미를 데리러 온 사람을 반가워하는 심정이었다. 질투가 섞인 그 심정이 모든 산통을 깨뜨리고 만 것이었다.

정 노인은 그 여인을 푸대접할 수가 없게 되었다.

"들어오시지요."

그 여인을 방으로 안내하고 이야기를 시작했다. 처음에는 그 여자가 향미를 버리게 된 동기부터 들었다. 그러면서도 정 노인은 그 여자가 향미를 찾아왔지만 당분간 향미를 그냥 자기 집에 맡겨 주었으면 하는 바람을 가졌다. 그런데 여인은 그것이 아니었다.

결혼하고 십이삼 년을 사는 동안 성격이 맞지 않아 이혼할 생각을 늘 가지고 있었다. 그러던 차 남편에게는 좋아하는 여자가 따로 생겼고 자기에게도 좋아하는 남자가 생겼다. 그래서 이혼하기로 합의를 한 뒤 마지막으로 여행이나 같이 할 예정으로 경주를 향해 떠났다. 그러나 하룻밤 ○시에서 묵는 동안 낭만적인 계획이 지나친 장난처럼 생각되었다. 그래서 경주까지 채 가기 전에 그 계획을 포기하고 각자 자기 갈 데로 가기로 했다. 다만 문제는 향미였다. 누가 데리고 가느냐 하는 문제를 가지고 싸웠다. 각기 새 짝을 갖고 있는 만큼 향미는 누구에게나 방해되는 존재였다. 여자가 먼저 여관을 떠나 버렸다. 그 뒤 남자도 향미 모르게 ○시를 떠났다.

그런데 사랑하는 남자에게 갔을 때 상황이 달라졌다. 이때까지 총각인 줄 알았던 남자에게 부인이 있었던 것이다. 얼마를 동거생활하면서 본부인과의 이혼을 요구했으나 그것이 뜻대로 되지 않았다. 그래서 그녀는 남자에게 속았다는 분한 마음에서 그 남자와도 헤어졌다. 그리고는 당분간 혼자 살기

위해 취직을 했다. 취직생활을 하자 향미 생각에 견딜 수가 없어 어제 ○시
를 찾아왔고 ○시에서 국민학교를 전부 찾아 헤매다가 저녁 늦게야 향미의
거처를 알았다. 그래서 지금 향미를 만나기 전 오랜 동안 길러 준 분들의 양
해를 우선 얻고 학교로 갈 참이라는 것이었다.

정 노인은 무엇이라고 할 말이 없었다. 향미의 친어머니에 틀림없는 사람
이 향미를 데려가겠다는 데 무슨 할 말이 있겠는가?

할 말이 없으면서도 정 노인은 왜 빨리 죽지를 못했던가 하는 생각을 했
다. 이런 일을 당하기 전에 죽었다고 하면 자기는 소원했던 대로 생을 끝낼
수 있었을 것이었다.

"그럼 지금 학교루 가서 그 앨 데리구 가겠습니다."

여인이 정식으로 정 노인의 승낙을 요청했다.

"좋두룩 하십시오."

정 노인은 향미가 쓰던 물건들을 전부 줘야 한다는 것을 생각하며 대답
했다.

"고맙습니다. 할아버지."

여인이 새삼스럽게 인사를 했다. 그 인사에 아무 대답도 안 하자 여인이

"그새 돈두 많이 쓰셨을 텐데요. 그 은혜는 차후라도 꼭 갚겠습니다."

송구스러운 태도로 머리를 숙였다.

"그런 말씀은 마시오. 내가 준 것이 있다면 마음이었소. 그것은 은혜루
생각할 그런 것이 아니오."

정 노인은 은혜라는 말이 너무나 세속적이어서 싫었다. 은혜라는 말로 보
상될 수 있는 마음이었다면 향미에게 향했던 모든 마음을 송두리째 뽑아 내
던지고 싶었다.

정 노인은 담배를 태우기 시작했다.

"서울 가면 편지를 잊지 않겠습니다."

정 노인은 그런 말이 귀에 들어오지 않았다. 담배만 태웠다. 한 대를 태우
고는 계속해서 새 담배를 꺼내 불을 붙였다. 향미를 기다리며 연속 담배를
피우던 그때의 마음하고는 완전히 다른 마음이었다.

마지막이다. 마지막이되 처참한 마지막이다. 이런 생각만이 가슴을 채웠다.

"향미의 옷들을 전부 싸라."

그는 담배를 빨며 그리고 시선은 엉뚱한 데 두고 누이동생에게 말했다.

"애가 속을 많이 태워 드렸지요?"

"………"

"생각했던 것보다 쉽게 찾아서 얼마나 기쁜지 모르겠어요."

"………"

"방학 때에는 같이 놀러 오겠어요."

"………"

모두가 정 노인과는 관계없는 말 같았다. 그래서 아무 대꾸도 안 하고 있는데 여인이,

"오늘루 서울엘 가야겠어요. 그럼 안녕히 계십시오. 정말 할아버지 은혜는 잊지 않겠습니다."

하고 자리에서 일어서며 핸드백 속에서 돈을 꺼내 놓았다. 물론 많지 않은 것이었다.

"여비가 좀 남을 것 같아 마음 표시루 드리는 겁니다. 올 때 아무것두 사오지를 못해서……."

여인이 미안해하며 자기의 정성이라는 것을 보이려고 애썼다.

"도루 넣으시오."

정 노인이 엄격하게 말했다. 은혜라는 말이 세속적이어서 불쾌했던 것이지만 내미는 돈에는 모욕감까지 느꼈던 것이다.

"적어서……."

"적구 많구가 문제 아니오. 돈으루 평가되기가 싫어서 그러는 거요. 어서 넣으시오."

"그래두 제 성의를……."

"어서 넣으라니까요."

정 노인은 여인이 자기 손으로 돈을 집어 넣게 하고야 말았다. 그리고 난 뒤에야,

"잠깐만 기다려 주시오."

하고는 바깥마당으로 나가 감나무의 감을 따기 시작했다. 반 키쯤 나무에 올라가 큰 것을 골라 가며 감을 한 알 한 알 따고 있을 때 정 노인은 자기가 굉장히 높은 나무 위에 올라 있는 것 같은 착각을 느꼈다. 그래서 아래를 내려다봤다. 땅이 까마득하게 보였다.

'여기서 떨어진다면……'

떨어지면 죽을 것 같았다.

'떨어지자.'

향미가 먹고 싶어하던 감을 따며 죽는다면 자기는 행복할 것 같았다. 아무런 미련도 없이 죽을 것 같았다.

그런데 어느새 나왔는지 누이동생이 나무 밑에서,

"딴 걸 이리 주세요."

하며 손을 내밀었다. 그만 따라는 것인 모양이었다.

죽을 수도 없게 되었다.

감나무에서 내려왔을 때 마당까지 나온 여인에게 감을 주며,

"향미가 먹고 싶어하던 감이오. 침시루 만들어 먹이시오."

할 때 정 노인의 눈에는 눈물이 핑돌았다. 그리고는 향미를 잘 기르라는 말이라든가 여인에게 잘 가라는 말도 하지 않은 채 방 안으로 들어갔다.

여인이 돌아가자 그는 얼마 동안 자리에 누워 있었다. 자꾸만 눈물이 나오려고 했다. 그래서 그는 나무 전정하는 가위를 들고 나가 나뭇가지들을 전정하기 시작했다. 아직 전정하기에는 조금 이른 때였지만 무엇이라도 자르고 싶은 심정이었다.

모든 것을 다 잃어버렸다. 남은 것은 껍질뿐이다. 그 껍질마저 잘라 주는 사람은 없는가?

좌우간 잠시도 쉬지 않고 몸을 놀렸다. 움직이지 않고는 배겨 낼 수가 없었던 것이다. 가위로 코스모스를 한아름 잘라다가 꽃병에 꽂기도 했다.

봐 줄 사람도 없는 꽃이란 생각이 들 때 장미가지를 잘랐다. 장미가시가 손을 찌를 때 아픔을 느끼고는 그래도 자기가 살아 있다는 것을 생각하고

살았다는 것에 대한 귀찮음을 느꼈다.

그러면서 시간을 보내고 있을 때 뜻밖에도 향미와 그녀의 엄마가 나타났다.

그를 보자 향미는 달려와 안기며 소리를 내어 울었다. 향미의 울음소리가 이때까지 참고 있던 그의 슬픔을 터뜨렸다. 그도 향미를 안고 등을 쓸면서 울었다.

"왜 왔냐? 그냥 가지 못하구……."

정 노인은 일생에서 마지막이 될지 모르는 울음을 마음껏 울었다.

"할아버지."

향미도 오열을 했다.

"향미야 ── ."

그는 향미를 더욱 힘주어 안았다. 순간 그는 또 죽고 싶었다. 향미를 안은 채 죽고 싶었다.

사람이 죽고 싶은 때 복잡한 수속 없이 그냥 죽을 수 있다면 얼마나 행복할까? 그러나 정 노인은 죽어지지 않는 자기 목숨을 슬퍼했다.

"가라. 가야지."

죽지 못하는 것은 결국 이 말을 해야 하는 숙명 때문일까.

"할아버지 ── ."

향미는 간다는 말도 안 간다는 말도 못하고 정 노인을 부둥켜안기만 했다. 누이동생이 그녀를 끌어 내지 않았다면 언제까지나 안고 있었을 것이다.

정 노인도 그러고만 있을 수는 없었다. 가야 하는 사람은 보내야 하는 것이었다.

"가자."

그는 향미의 손을 끌었다. 혼자는 차마 떠나가지 못할 향미다. 손을 잡고 배웅해 주는 수밖에 없었다.

들길을 걸으며,

"보구 싶던 엄만테 가서 잘 살어."

정 노인은 냉정을 되찾은 듯 향미를 달래기도 했다.

이 마장쯤 걸었을 때 정 노인은 갑자기 발걸음을 멈추고,

"어서 가라."

작별인사를 했다. 정거장까지만이라도 같이 가고 싶었지만 그럴 수가 없을 것 같았다. 슬픔을 당해 낼 것 같지가 않았다.

"할아버지."

발버둥을 치며 울었지만 향미는 자기 엄마 손에 끌려 걷기를 시작했다.

정 노인은 한 손에 감 보자기를 들고 한 손은 엄마 손에 잡힌 채 뒤를 돌아보며 걸어가는 향미를 멀거니 바라보았다. 잠시 뒤에는 풀밭에 앉아 점점 작아져 가는 그들의 뒷모습에 또 눈물을 흘렸다.

향미가 학교에서 돌아올 때 마중 나가 앉아 있던 곳이었다.

이제는 마중할 사람도 없어졌다.

정 노인은 갑자기 죽음이 무서워졌다. 평화스럽게 찾아오기를 기다리던 그 죽음이 무섭게만 생각되었던 것이다.

(원) 《현대문학 156》 1967. 12, (출) 『추정』 성문각, 1968.

숨쉬는 나무

‘이럴 수도 있는가?’

사단 CP에서 오 리쯤 떨어져 있는 ××부락 주막집에서 막걸리잔을 들 때마다 군의관 주웅기(朱雄基) 중위는 경이에 싸이곤 했다. 군에 입대하여 일선에 배치된 지 석 달도 채 안 되는 그야말로 초년병이기 때문인지도 모른다.

“자 듭시다.”

자리를 같이 하고 있는 본부사령부의 김 소위나 인사참모부의 이 소위가 막걸리 사발을 쳐들고 흥을 돋굴 때도 그는 얼마 동안 침울한 표정 그대로다.

일 주일 동안에 쌓인 심신의 피로를 풀기 위해 막걸리 작전에 참가한 것이 절대로 타의에 의한 것만은 아니었다. 오늘 저녁식사 때 장교식당에서 막걸리 작전을 독촉한 사람은 다른 사람 아닌 주 중위였던 것이다. 그런데도 첫 잔을 드는 순간만은

‘이럴 수가 있을까?’

스스로 감개에 젖어드는 것이었다.

전투가 없는 때다. 언제 전투가 벌어질지 그것이 막연한 일이라는 것도 알고 있다. 그러나 수십만의 군대가 거대한 국가 예산을 써 가며 집결해 있는 것이다. 한시도 전쟁을 잊지 않고 전투시설과 전투훈련에 게을리하지 않는다. 적도 마찬가지다. 얼마 멀지 않은 곳에 소위 완충지대가 있고 그 완충

234

지대 건너편에는 적들이 전쟁준비에 눈코 뜰 새가 없다. 국제정세 같은 것을 따지지 않으면 당장에라도 전쟁이 터지고야 말 그러한 최전선의 분위기다. 그런 분위기 속에서 비록 후방부대라고는 하나 군의 중추를 이루고 있는 장교들이 술을 마시기 위해 부대를 떠날 수가 있는가? 그리고 임무를 잊고 술을 즐길 수가 있을까? 지금도 DMZ에서는 적들의 육성을 확성기로 들으며 참호 속에서 적병을 지켜보고 있을 것이다. 망원경으로는 적들의 동태를 하나 하나 빼놓지 않고 살펴보고 있을 것이다.

그것은 감상이 아니었다. 아직 익숙지 못한 다시 말해서 신경이 둔해지지 못한 탓이었다. 그러기에 한 잔을 들이키고,

"주 중위, 애인 잘 있어?"

하고 이야기가 시작될 때에야 그도 술 분위기에 겨우 동화해 버렸다.

"한 번 편지가 왔어. 잘 있대."

"왜 한 번 나가 볼 것이지. 보구 싶지가 않아?"

"보구 싶기는 하지만 무리해서 나가고 싶지는 않아."

주 중위는 전세미(全世美)의 얼굴을 눈앞에 떠올리며 싱긋이 웃었다. 일선에 배치된 지 석 달 동안 한 주일에 한 번씩 꼭 편지해 주는 세미였다. 이번 편지에는 여름방학이 멀지 않았으니 그때는 꼭 여행을 할 수 있도록 휴가를 얻으라는 말이 있었다. 웃을 때마다 빤히 쳐다보며 보조개를 짓는 그 귀여운 얼굴.

"다음 토요일쯤 외출할까 하는데 그때 내가 가서 만나 보구 올까?"

인사참모본부의 이 소위가 내 친절이 어떠냐 하는 듯이 말했다. 그러자 김 소위가,

"자아식. 새치기를 할려구!"

하며 웃어넘겼다.

그럴 리는 없다. 두 사람 다 사단에 와서 알았지만 모두가 ROTC 출신 장교라 신뢰할 수가 있다고 생각한다. 그러나 우습게도 화제가 자기에게 집중된 것을 느끼는 순간 주 중위는,

"이 소위는 왜 연애를 안 한댔지?"

하고 화제를 돌려버렸다.

"연애한다는 사실 자체가 시시하기 때문이라지 않았어? 몇 번이나 이야기 해야 알어?"

"통 이해가 되잖아서 그러는 거야."

"울구 불구 하는 그런 게 싫단 말야. 좋아하는 시간보다 신경질나는 시간이 더 많다면서……."

"실연을 했지? 솔직하게 말해 봐."

"시시한 소리 그만둬. 그래 내가 실연이나 할 자식 같아?"

자존심 때문에 실연했다는 말이 하기 싫어 연애 자체를 시시한 것이라 말하는 이 소위를 주 중위는 과장된 성격의 소유자라고 생각했다. 그래서 김 소위에게 물었다.

"그게 정말이오?"

같은 대학을 같은 해에 나온 사람들끼리니 알리라 생각했던 것이다.

"정말 같기는 한데……."

김 소위도 잘 모르는 모양이었다. 그러면서도 이 소위 말을 그대로 믿고 있지는 않다는 눈치였다.

그때였다. 살림방인 바로 윗방에서,

"방금 들어온 뉴스를 말씀드리겠습니다."

라디오에서 울려 나오는 목소리가 들렸다. 김 소위와 이 소위는 그 소리를 못 들었는지 딴 이야기들을 하고 있었다.

"잠깐만 ──."

주 중위는 두 사람의 이야기를 중단시키고 라디오에 귀를 기울였다.

"오늘 오후 세 시 삼십오 분, 동해안에서 고기를 잡던 어선 56척이 북괴 함정에 피습 납북되었습니다."

이 뉴스를 듣자 주 중위는 자기도 모르게,

"뭐?"

하며 벌떡 일어섰다. 그리고는,

"중대 뉴습니다. 비상소집이 있을 테니 빨리 돌아갑시다."

하고 두 장교를 독촉했다. 두 장교도 주 중위 말에 호응하고 자리에서 일어섰다.

그들이 근무하고 있는 ××사단은 동해안에서 얼마 멀지 않은 원통 근처에 주둔하고 있다. 해안을 직접 맡고 있지는 않지만 해안과 직결되어 있는 곳인 만큼 벨을 울리면 맨 먼저 종이 울릴 곳이다. 오십여 척의 배가 적에게 납치되어 갔다면 그것은 국가의 중대사인 동시에 국군으로 묵인할 수 없는 일이다.

주 중위는 그렇게 생각했던 것이다.

작년이었다. 베트콩들이 월남에 있는 미국 대사관에 폭탄을 던져 몇 명의 사상자를 냈다. 그때 미군은 그 보복으로 통킹만을 대대적으로 폭격했다. 응징 안 할 수 없는 일이었던 것이다. 그런 만큼 어선 오십여 척이나 납치해 간 적에게 응분의 응징이 있어야 할 것은 물론이다. 배트콩처럼 간첩을 시켜 폭탄을 던질 것이 아니다. 공공연히 우리 영해로 침입해 온 적의 군함이다. 전면적 전쟁은 아니라 해도 국지적인 전투라도 벌여 다시는 그런 행동을 못하도록 제어해야 한다.

그들 세 장교는 그런 이야기를 하며 사단 CP까지 돌아갔다. 그 중에서도 군대 경력이 가장 얕은 주 중위는 비상경계가 걸렸는데 어디를 갔다 이제야 오냐고 기압을 받으리라 겁을 먹고 있었다. 일선 근무 중 토요일이라고 해서 부대를 이탈하여 민가에서 술을 마신다는 경이스럽던 일이 응징을 받는 것이라고도 생각했다. 기압을 받아 마땅한 일이라는 각오를 하고 의무대로 갔을 때였다. 아직 밤이 깊지 않았는데 부대 안은 조용하기만 했다. 조용할 뿐 아니라 사무실 안에서는 위생병 두 명이 앉아 장기를 두고 있었다. 꿈 세상에 온 것 같아,

"비상소집이 없었니?"

하고 장기를 두는 하사관들에게 물었다.

"네? 비상소집요?"

하사관들은 눈이 둥그레가지고 주 중위를 쳐다봤다.

"우리 어선 오십육 척이 이북에 납치됐다는 중대 방송이 있었는데……."

“그래요?”

하사관들은 맥빠진 얼굴을 하고 다시 장기판을 내려다보기 시작했다.

“그래 아무 소식두 없었니?”

그때 한 위생병이,

“각하로부터 바둑두러 오시라구 전화가 왔습니다.”

하고 보고했다.

주 중위는 온몸의 힘이 빠져나감을 느꼈다. 정부에서는 중대 뉴스라고 특별방송까지 했는데 일선 사단에서는 하사관들이 장기를 두고 사단장은 바둑 둘 생각만 하다니…….

그는 인사참모부로 전화를 걸어 이 소위를 불러 내,

“이럴 수가 있소?”

하고 소리를 질렀다. 이 소위도 동감이라는 뜻을 표했지만 상부에서 하는 일이니 어쩌겠느냐고 단념의 의사를 밝혔다.

주 중위는 참을 수가 없었다. 그래서 인사참모부로 가서 거기서 김 소위까지 불러다 놓고,

“우리 완충지대에가서 적을 몇 놈 죽이구 올까?”

흥분한 어조로 말했다.

“전쟁이 일어나게?”

김 소위가 남의 일처럼 말했다.

“배가 오십육 척이니 거기 탄 선부가 최소한 삼백 명은 될 거야. 삼백 명을 잃었는데두 전쟁이 터지지 않는데 서너 명쯤 죽였다구 전쟁이 터져?”

이것은 이 소위의 말이었다.

“인민군은 우리와 다를지 몰라. 구실이 없어서 전쟁을 못하니까. 까짓 거 우리가 전쟁을 터쳐 보지, 어때?”

주 중위가 계속 흥분한 어조로 말했다.

그러자 이 소위가 말했다.

“사실 이러구만 있을 순 없어. 무엇이 터져 뺏든지 뺏기든지 해야지, 밤낮 이런 불안 속에서 살 수 있어?”

이때 김 소위가,

"각하가 주 중위를 찾더래."

딴 소리를 했다. 정치 문제를 이야기해야 소용없다는 생각인 모양이었다.

"알았어."

주 중위는 정치 문제에 핏대를 올릴 수도 없었지만 그렇다고 해서 바둑에도 흥미를 느끼지 못했다. 그래서 자기 숙소로 돌아가고 말았지만 하숙으로 돌아가면서 이번에는 사단장의 명령을 어기고 있다는 자책감이 또 그를 우울하게 했다. 바둑은 군무가 아니다. 군무가 아닌 이상 명령일 수 없지만 그대로 군대생활을 하는 이상 최고 책임자의 말을 어길 수는 없다.

지금 그는 의무대에서 의술을 다루고 있다. 그러나 군대에서의 의무경력은 사회에서 인정해 주지 않는다. 인턴도 남처럼 2년을 해야 하고 레지던트도 남처럼 4년을 해야 의사가 된다. 그러니 군대생활이 전공과 직접 관련 있는 것이라 해도 개인생활로 볼 때 그것은 제로나 다름없다. 자기를 완전 포기하고 제로의 생활을 하는 바에는 군대 분위기에 호응해야 한다. 사단의 취미생활에 필요하다고 할 때는 거기에 응해야 하는 것이 또한 자기의 도리다.

이렇게 생각할 때 사단 안에서 바둑이 제일 센 장교라고 해서 자기를 불러 주는 사단장에게 감사해야 할지도 모른다.

그러나 오늘만은 바둑 두기가 싫었다. 일부러 져 줄 수가 없어서 번번이 이기지만 이길 때마다 미안을 느낀다. 적수에게 이긴다면 그렇지도 않겠지만 하단자에게 그것도 사단장에게 이긴다는 것은 유쾌하지 않았다. 그런데도 사단장은 틈만 있으면 부른다.

'연락 못 받은 척하면 되겠지.'

자위를 하며 자리에 누우려 할 때 지프차 소리가 나고 사단장의 운전병이 방에 들어섰다. 묻지 않아도 알 일이었다. 지프차를 타고 주 중위는 생각했다.

'오늘은 형편없이 이겨 주자.'

어쩐지 사단장을 골려 주고 싶은 마음이 들었다.

다음 날은 아침부터 무더웠다.

의무대에 나간 주 중위는 작업복을 입고 런닝셔츠 위에 까운을 입었지만 이마에서는 구슬땀이 흘렀다. 건장한 청년들만 모인 곳이지만 환자는 그칠 새가 없었다. 대부분이 위장병이 아니면 외상(外傷) 환자들이었지만……. 쉴 새 없이 환자들을 진찰하고 있는데 낯익은 사병 한 명이 들어왔다. 이발소에서 일하고 있는 사병이었다. 그는 얼굴에 병색이 드러나 보일 만큼 야위고 창백했다. 얼마 동안 보이지 않더니 앓고 있었던 모양이었다.

“어디가 아픈데?”

주 중위는 진찰하기 전에 아픈 곳을 물었다.

“위궤양 같습니다.”

이발병은 병에 관한 지식을 많이 가지고 있는 모양 같았다.

“언제부터 배가 아팠나?”

“달포가 지났습니다.”

“그새 왜 진찰을 안 받았나?”

“그렁저렁 나을 줄 알았습니다. ”

“위궤양이 그렇게 쉽게 낫는 병인가?”

“그래두…….”

이상했다. 병에 관한 지식이 많은 사람일수록 병에 공포증을 가진다. 그런데도 약을 쓰려 하지 않은 데는 따로 이유가 있을 것 같았다.

“집은 어디지?”

그는 환자의 환경을 알아볼 필요가 있다고 생각했다.

“서울입니다.”

“가족은?”

“어머니 한 분뿐입니다.”

“자네가 이발소에서 일한 돈으루 어머니를 모시구 살았군?”

“그렇습니다.”

“입대한 지는 얼마나 되었나?”

“육 개월 하구 좀 지났습니다.”

“어머니가 많이 걱정되겠군?”

"그렇습니다."

"그래서 의병 제대하구 싶은 생각이군……."

"그건 아닙니다."

아니라고 딱 잘라 말했지만 주 중위는 자기의 추측이 틀림없다고 생각했다. 그래서 진찰을 한 뒤,

"이 정도루 제대시킬 수는 없어."

하고 단호한 선언을 내렸다. 병이 과하지 않았지만 제대하기 위해 일부러 병을 기른 그 마음씨가 미웠던 것이다.

"자네 병은 신경성 위궤양인데 내 좋은 약을 주지. 국산이 아닌데 일반 병원에서는 구하기 힘든 약이야. 일 주일만 먹으면 틀림없이 낫네."

그는 이런 말을 하며 처방을 썼다. 그 처방을 위생병에게 주어 약을 짓게 하고는,

"혹시 먹구 싶은 게 없나?"

하고 물었다.

"술을 좀 먹었으면 합니다."

술이 먹고 싶다는 것은 술이 그 병에 좋지 않다는 것을 알고 있기 때문이라는 생각이 들자

"좋아, 술 아니라 그보다 더한 것이라두 먹어. 신경성 병에는 먹고 싶은 것을 먹는 게 제일 좋은 약이야."

하고 말했다.

"돈이 있어야 먹지요?"

먹으라니까 이번에는 돈을 핑계대며 꽁무니를 뺐다.

"그렇지."

주 중위는 동정하는 표정을 지으며 이발병에게 잠깐만 기다리라고 했다. 그리고는 주보로 갔다. 낮에는 절대로 팔지 않는 것이지만 환자용이라고 떼를 쓰다시피 해서 소주 이 홉들이 한 병을 사 가지고 왔다.

"자, 여기서 마셔. 먹구 싶은 것 먹어야 병이 낫는 것이니까……."

강제하다시피 그는 그에게 소주를 먹였다. 그리고는 지어 놓은 약을 주며

"이거 사흘분이니까 다 먹거든 또 와. 약을 먹지 않으면 진찰 결과 다 드러나니까 그쯤 알구……."

의사는 모르는 것이 없다는 식으로 말했다. 이발병은 쓴 얼굴을 지으며 돌아갔다.

통쾌했다. 꾀를 부려 병을 기르려던 사람의 병을 고친다는 것이. 그러나 십 분도 못 가서 자기가 잔인하지나 않은가 하는 회의를 느꼈다. 자기 육체를 학대하기 위해서 병을 기르려 한 것이 아니다. 의병 제대라도 해서 집으로 돌아가 홀어머니를 봉양하려는 단순한 마음에서 취한 행동이다. 동기를 무시하고 행동만을 붙잡아 그 행동에 벌을 주려는 것은 인정 없는 법관과 같은 일이 아니겠는가?

더구나 거짓말까지 했다는 것이 그의 마음을 울적하게 했다. 의사는 대부분 환자를 위해 거짓말을 한다. 거짓말을 해도 윤리적인 죄책감을 느끼지 않는 것이지만 거짓말은 거짓말이다. 진통제를 섞어 넣었을 뿐 특수약을 조금도 넣지 않고 국산이 아닌 특효약이 들었다는 말을 했다. 만약 그 약이 효과를 발생한다면 모른다. 그렇지가 못할 때 거짓말을 한 책임을 면치 못할 것이 아니겠는가?

공인된 거짓말쟁이.

주 중위가 학생 때였다. 실습시간에 부속병원 내과 과장을 따라 병실 회진을 견학하고 있었다. 정맥경화증으로 오른손이 파랗게 된 환자 앞에서 주치의가,

"하루라도 빨리 잘라야 합니다. 늦을수록 위로 올라가니까요."
하고 말했다. 그때 사십이 넘어 뵈는 환자가 한숨을 내쉬며 난처하다는 듯 답을 안 했다.

며칠 뒤 회진에 따라갔을 때 그 환자는 손을 절단하지 않아도 될 것처럼 말했다. 손을 내밀어 보이는데 정말 며칠 전보다 혈색이 도는 것처럼 보였다. 옆에 있던 환자의 부인에게 들은 이야기지만 어떤 한의의 약을 먹으며 손을 찜질하고 있다는 것이었다. 찜질이라는 것이 이상스러운 것이었다. 대장간에서 달군 쇠를 식히는 물을 떠다가 그 속에 손을 집어 넣고 있다는

242

것인데 도저히 믿어지지 않는 말이었다. 어쨌든 그 환자는 손을 절단하지 않고 호조된 몸으로 퇴원했다.

주치의를 비롯해서 모두들 비웃었다. 그런 비과학적인 치료법이 어디 있느냐고. 그러나 치료가 된 것을 어떻게 하겠는가? 비과학적이라고 해도 병을 고치는 것이 상수다. 그런데도 의사들은 비과학적이라고 해서 그 치료 방법을 연구하려 하지를 않았다.

손을 잘랐어야만 권위가 섰을 의사는 자기 권위를 믿고 함부로 거짓말을 했다. 자기 지식의 한계를 넘는 일에 대해서는 거짓말을 해야 하는 의사.

그래도 의사의 거짓말은 죄가 안 된다. 사흘 뒤 이발병이 또 왔다. 그러나 병의 차도는 없다는 것이었다.

"일 주일 이상 먹어야 효과가 나는 거야. 미국 특제약이니까 안 나을 수가 없지."

주 중위는 또 거짓말을 했다. 거짓말을 하면서도 그리 가책을 받지 않았다. 사실 요새 의사로 위장병 환자에게 진통제를 섞어 주지 않는 의사가 별반 없다. 환자의 대부분이 신경성 질환이기 때문이다. 그러면서도 진통제를 섞었다고 말하는 의사는 한 명도 없다.

"술두 좀 마셨어?"

주 중위는 이발병이 좋아한다는 술 이야기도 잊지 않았다.

"돈이 있어야지요?"

"그렇겠군. 하지만 먹구 싶은 걸 못 먹으면 병이 빨리 낫지 않는단 말야."

주 중위는 다시 주보로 가서 두 병을 사다가 주었다.

"먹구 싶을 때마다 마셔. 알았지. 그럼 병이 빨리 나아."

그 날 밤 주 중위는 사단장과 바둑을 두었다.

바둑을 두며,

"각하. 사단에서 집안이 가난한 사병들에게 주는 원호금이 있지 않습니까? 그걸 하나 주실 수 없겠습니까?"

하고 넌지시 물었다.

"왜?"

사단장이 바둑판에서 눈을 떼지 않고 마치 바둑이나 둘 것이지 딴 소리를 하느냐는 듯 물었다.

"어머니 생활 걱정에 병이 난 사병이 있습니다."

주 중위는 만약 그 원호금만 준다면 바둑에 져 주리라 생각하며 말했다.

"그래? 참모장에게 말해 봐."

"각하께서 직접 해 주시면 고맙겠습니다."

주 중위는 호구를 지어 몇 개 따 먹을 자리가 있는데도 딴 데다 말을 놓으며 청했다.

사단장은 죽을 뻔한 자리를 얼핏 메꾸며,

"군번하구 이름을 적어 봐."

하고 대답했다. 주 중위는 못 들은 척 바둑만 두었다. 어쩐지 지고 이기는 것을 마음대로 할 수 있는 듯한 자신이 생겼다. 그리고 두 점 차이로 져 주었지만 그래도 아첨한다는 마음은 들지 않았다. 이기고 난 사단장이,

"군번하구 이름을 적으라니까?"

하며 새 판 둘 준비를 했다.

"군번은 모르는데요."

주 중위의 말이 끝나기도 전에 사단장은 당번병을 불러 이발병의 군번을 알아 참모장에게 연락하라고 명령했다.

그 뒤에도 이발병은 사흘 건너로 찾아왔지만 열흘쯤 지나서 왔을 때는

"이젠 아픈 것두 좀 낫구 밥두 전처럼 먹습니다."

하고 화색이 도는 얼굴로 말했다.

"내가 그러지 않았어? 꼭 낫는다구……."

그러면서도 주 중위는 원호금에 대한 것을 물어 보지 않았다. 그런데 이발병이 자진해서

"어머니가 사단본부에서 원호금을 보내 줘 먹구 살게 됐다는 편지를 보내 왔습니다."

하고 말했다.

"그래? 거참 잘 됐군."

주 중위는 금시초문이라는 듯 말하고는,

"그게 다 각하의 덕택이야. 앞으루는 앓지 말구 군무에 충실해. 알았지?"
하고 사단장에게 감사해야 한다는 뜻의 말을 했다.

기분 좋은 일이었다. 그래서 이발병이 돌아간 뒤에도 흐뭇한 마음으로 다른 환자를 치료하고 있을 때 비상집합의 명령이 내려졌다. 하던 일을 중단하고 집합장소로 나가는 도중 주 중위는 얼마 전 어선들의 납북 사건이 문제를 일으키고야 만 것이라 생각했다.

그러나 의무부대장의 설명은 그런 것이 아니었다. 인접 사단인 ××사단 관내에 간첩 세 명이 나타났는데 그들이 이쪽 사단 구역 내로 잠적했다는 것이었다. 그래서 사단 내에서는 비상경계령이 내려졌고 일선은 물론 후방 부대까지 총동원하여 간첩작전이 시작되었던 것이다.

의무부대만은 출동을 하지 않고 그 대신 비상경계 상태에서 대기 상태를 취했다. 환자는 한 명도 오지 않았다. 장교와 위생병 할 것 없이 모두 무장을 하고는 자기들의 정위치를 지키고 있었다. 그러면서 신경을 경비전화로 집중시켰다. 어디서 부상병이 생겼다는 연락만 오면 앰불런스를 달릴 긴장된 분위기였다.

그러나 한 시간이 지나고 두 시간이 지나도록 본부로부터의 연락은 없었다. 동시에 시간이 지날수록 긴장은 풀리기 시작했다. 주 중위는 담배를 피워 물고 쥐 한 마리가 태산을 진동시킨다는 말을 생각했다. 겨우 간첩 세 명 때문에 사단병력이 동원되고 있다. 지금쯤 ××산맥을 중심으로 한 칠십여 리의 산간에는 아군이 쭉 깔려 이 잡듯 숲 속을 훑고 있을 것이다. 그러면서도 우거진 숲과 엉켜 있는 풀덤불 때문에 간첩을 잡지 못할지도 모른다. 그러지를 말고 사단병력을 집중시켜 적진을 돌파하고 이북으로 돌진했으면…….

주 중위는 권총을 차고 전투모를 책상 위에 놓고 있는 자기 모습을 보았다. 간첩 몇 명 때문에 자기까지 피해를 받고 있다는 사실을 생각할 때 우스꽝스러웠다. 쥐새끼 한 마리가 태산을 진동시키다니…….

저녁때가 되자 교대로 식사를 했다. 식사를 하자 ××부락으로 가서 막걸리나 한 잔 했으면 하는 생각이 났다. 전투가 벌어진 것이 아닌 만큼 부상병이 있을 리 없다. 아무 일도 없을 것인데도 긴장상태를 지킨다는 것이 싫었던 것이다. 그러나 무단이탈을 할 수는 없었다. 김 소위와 이 소위도 출동해 나가고 없을 테니 공범자가 없는 단독범죄는 불가능에 가까운 일이었다. 따분하고 지루함만을 느끼고 있을 때 전화벨이 울렸다. 모두의 시선이 집중되고 있는 가운데 한 위생병이 수화기를 들었다. 그러나 그 위생병이,

"주 중위님 전화입니다."

할 때 모두의 긴장은 풀리고 말았다. 주 중위는 사단장이 바둑을 두자고 부를 리도 없을 텐데 하며 수화기를 들었다.

위병소에서였다. 서울에서 어떤 부인이 찾아왔는데 비상경계라 영내에 들여보낼 수가 없으니 나와서 면회를 하라는 것이었다.

'부인?'

주 중위는 의아한 생각을 하면서도 세미를 생각했다.

여자로 찾아올 사람은 세미 한 사람뿐이었기 때문이었다. 그러면서도 혹시 어머니가 아닌가 생각하며 위병소로 걸어갔다. 나이든 여자의 대명사로 그저 부인이라고 했다면 어머니일 수도 있다. 그러나 어머니가 아무 소식도 없이 이렇게 늦은 때 찾아올 리는 없다.

위병소에 갔을 때 거기서 기다리고 있는 여자는 틀림없는 세미였다. 주 중위는 놀라지 않을 수 없었다. 면회 온다는 말이 한 번도 없던 세미였다.

"웬일이야?"

놀라면서도 반가웠다.

"갑자기 보구 싶었어요."

세미는 얼굴을 붉히며 대답했다.

"그래?"

주 중위는 군인들이 보지 않으면 세미를 얼싸안았을 것이다.

"가만 있어. 전활 좀 걸구 올게."

아무래도 세미를 자기 하숙까지 데리고 가야만 했다.

그러려면 의무대장에게 허락을 받아야 한다. 그래서 그는 위병소 안으로 들어가 의무대장에게 전화를 걸었다.

"저……."

세미가 와서 잠깐 외출해야겠다는 말을 해야겠는데 세미를 무어라고 할까가 생각나지 않았다. 결혼 안 한 것을 알고 있으니 아내라고 할 수는 없고 그렇다고 해서 솔직하게 애인이라고 하기도 거북스러웠다. 그러나 망설이고만 있을 수가 없어서,

"서울서 피앙세가 찾아왔습니다. 잠깐 하숙집까지만 데려다 주구 돌아오겠습니다."

하고 말했다.

"그래? 할 수 없지."

할 수 없으니 마음대로 하라는 대답의 말이었지만 그것을 승낙으로 간주할 수밖에 없었다.

승낙을 받았으니 안심해도 좋았다. 어두운 길을 걸으며 ,

"내 부인이라구?"

세미의 옆구리를 찔렀다.

"할 수 없잖아요? 비상경계라 면회두 안 시킨다는 걸."

"잘했어. 역시 머리가 좋아."

그는 세미의 팔을 끼고 하숙집까지 가서는 방 안에 들어가기가 바쁘게 키스를 한 뒤

"나두 보구 싶었어. 그렇지만 비상경계라 나는 곧 부대루 가야 해. 혼자서 내 이불 덮구 자. 내일 아침 나올게."

하고 돌아설 차비를 했다. 세미가 그냥 놓아 줄 까닭이 없었다.

"비상경계는 무엇 때문이죠?"

눈으로 그를 끌며 물었다.

"간첩이 나타났어. 총동원하구 있는 거야."

그 말에 세미는 고개를 떨구고 침울한 표정을 지었다.

"할 수 없어. 혼자 자구 있어."

세미가 울적해함은 당연한 일이었다. 그러나 무시할 수밖에 없는 일이었다.

"그럼 난 내일 아침 첫차루 가겠어요."

무슨 뜻으로 하는 말인지 그것을 가릴 여유가 없었다.

"할 수 없잖아. 사정이 그렇게 된 걸."

밤으로 가도 할 수가 없다는 태도였다. 그러자 세미가 그 자리에서 눈물을 흘리는 것이었다. 애정을 갈망하고 왔다가 그 기대가 무너질 때 실망의 눈물을 흘릴 수가 있다. 그러나 세미가 그렇게까지 지각이 없는 여자라고는 생각지 않는다. 그런 만큼 주 중위는 반감이 울컥 솟아올랐다.

"울기는…… 몇 살 났다구."

주 중위가 핀잔을 주자 세미는,

"그래서 우는 게 아녜요."

도리어 토라지는 것이었다.

"그럼 왜 울지?"

"할 이야기가 있어요."

"그럼 지금 해 봐. 이야기들을 시간은 있으니까."

"싫어요."

"싫기는?"

"이야기하고 그칠 일이 아녜요."

"어쨌든 이야길 해야 알잖아?"

"이야기해두 소용 없어요."

"참 모를 일이군."

무엇인가 일이 있는 모양이었다. 그런데도 그것을 무시하고 떠날 수가 없어 묵묵히 있을 때 세미가 눈물을 닦고 콤팩트를 꺼내 눈물 번진 곳에 화장을 하기 시작했다. 화장이 끝날 때까지 아무 말 않다가 콤팩트를 핸드백 속에 집어 넣고 나서야,

"내일 같이 서울루 갈까 했었어요."

하고 입을 열었다.

"서울엔 왜?"

"같이 가야 할 일이 생겼어요."

"뭔데?"

"산부인과……."

"에?"

"뭐 실망했어요?"

"그런 건 아니지만. 그래 몇 달째야?"

"그걸 몰라 물으세요?"

주 중위는 할 말이 없었다. 모든 것을 다 알 수 있었다. 그러나 할 말이 없었다.

"좌우간 내일 아침에 이야기해."

그는 시간의 여유가 필요했다. 당장에는 가슴이 꽉 막혀 한 마디의 말도 할 수가 없었던 것이다.

자리를 깔아 놓고 세미를 눕힌 뒤 부대로 돌아가는 도중 그는 세미가 임신을 통고하는 데 그쳤다면 자기는 기뻐하기만 할 것인가 하고 생각했다. 애정의 행위가 세미로 하여금 임신케 했다면 그것은 당연한 결과다. 당연한 결과에 대해 놀랄 것이 무엇인가? 그러나 기뻐하기만 할 수는 없을 것 같았다. 임신은 당연한 결과이지만 애정행위는 당연한 것이 아니기 때문이다. 그 결과에 대해서까지 공포를 느끼지 않을 때만 행위란 정당한 것이다. 애정행위를 할 때 당연한 결과를 망각하지 않았다고 한다면 그 행위를 안 했을 것이니까. 그런데다가 세미는 당연한 결과를 무시해 버리려고 하고 있다. 모든 상태를 행위 이전의 원점으로 돌려놓으려고 한다.

글쎄. 그렇게 단순한 문제일까? 사람들은 단순하게 생각하고 있다. 그러나 처음 당해 보는 일이어서 그런지 주 중위에게는 그렇게 단순한 일 같지가 않았다.

의학도들이 병리학을 연구하기 위해 쥐라든가 토끼라든가 수많은 동물을 가지고 실험한다. 수많은 동물의 목숨을 빼앗는다. 필요에 따라 죽이지 않을 수 없지만 그것을 죄악이라고 한다. 하물며 자기가 만들어 낸 생명을 죽이다니.

그는 세미가 낙태수술을 해야 한다고 생각했다. 그러나 옳지 않은 줄 알면서도 옳지 않은 일을 하는 그런 인간 속에 자기까지 끼게 한다는 것이 싫었다.

나도 대학을 졸업할 때 의사로서의 선서를 했다. 그것은 히포크라테스의 선언에 의한 것이다. 인간은 수태로부터 죽을 때까지의 목숨이 존중하다. 생명을 존중한다는 선서를 한 뒤 아직 정식 의사가 되기도 전에 나의 분신인 생명을 없애려 하니…….

그러나 다음 날 아침 그는 세미에게로 가서 세미를 애무해 주었다. 그것은 결과를 망각한 행위를 재연함으로써 이성적 판단을 잃어버렸다는 사실을 세미에게 보여 주기 위함이었다.

"돌아가 기다리구 있어. 비상경계만 풀리면 곧 나갈게."

세미를 돌려 보내고 부대로 돌아간 주 중위는 얼마 동안 정신착란증에 걸려 있었다. 눈앞에 어른거리는 사병들을 볼 때 그는 저것을 죽여 버릴까 하는 생각을 했던 것이다. 뱃속에 있는 생명을 죽여 무방하다면 뱃속에서 나온 생명을 죽여도 무방할 것이다. 무엇이 다를 것인가? 생명이란 그 자체는 어디에 소재하든 그 가치가 꼭 같은 것이다.

그러나 주 중위는 어느 것이 진실이고 어느 것이 비진실인지 그 중간 지점에서 망설였다. 어떤 것이 옳은지 분간할 수가 없었던 것이다. 머리가 띵해 왔다. 멍하니 앉아 담배만 피우고 있을 때 자동차 사이렌 소리가 멀리서부터 들려 왔다. 신경을 돋구는 경적소리는 어느새 의무부대 앞마당에까지 와서 멎는다. 참모장, 정보참모 그리고 작전참모 세 명이 앞을 서서 방 안으로 들어왔다. 의무대장이 자기 방에서 나와 경례를 하자 참모장이,

"간첩 한 명을 생포했어. 부상을 당했으니 응급치료를 해서 살리도록 하라."

하고 명령했다. 그럴 때 헌병들이 들것을 메고 들어왔다. 국군 장교복을 입은 간첩이 실신한 채 누워 있었다. 간첩을 진찰대에 눕히자 의무대장과 주 중위가 가운을 갈아 입고 진찰대로 갔다. 피에 젖은 바지를 벗기고 상처를

찾아 냈다. 허벅다리에 총탄이 박혀 있었다. 총탄에 뚫린 구멍에서는 아직도 피가 흘러나오고 있었다. 우선 지혈제 주사를 놓고 지혈대로 다리를 비끄러 맸다. 그리고는 마취를 시킨 뒤 수술을 했다. 수술 결과 탄환은 꺼냈지만 뼈가 부스러져 있었다. 몇 조각의 뼈를 꺼냈던 것이다.

"부상당한 지 얼마나 됩니까?"

수술을 지켜보고 있던 참모장에게 의무대장이 물었다.

"사십 분쯤 되었소."

"출혈을 많이 했습니다."

그러니까 살기가 힘들다는 말을 의무대장이 말했다.

"피는 없소?"

"야전병원에나 가야 있을 것입니다."

"링겔이라두 놓으시오. 살려야 정보를 얻을 수 있으니까. 두 놈은 아주 죽었소."

"최선을 다해 보겠습니다."

그때 사단장으로부터 전화가 왔다. 의무대장을 불렀다. 전화를 받고 돌아온 의무대장이 참모장에게 '각하께서도 간첩을 반드시 살리라고 말씀하셨습니다'라고 보고했다.

"야전병원에라도 가서 피를 가져오시오."

참모장은 이 말을 남기고 작전참모와 함께 돌아갔다. 남아 있는 정보참모가 의무대장에게,

"어떻게 해서 살릴 작정입니까?"

하고 물었다. 그때 의무대장이,

"야전병원에 갔다 오면 늦습니다. 여기서 수혈을 하도록 하겠습니다."

라고 대답했다.

"좋두룩 하시오."

의무대장은 주 중위에게 간첩의 피를 검사하라고 했다. 한편 위생병들을 모아 놓고 각자의 혈액형을 물어 기입했다.

주 중위가 간첩의 피가 B형이라고 보고를 하자 의무대장은 B형의 위생

병을 골라 앞으로 나오라고 했다. 그러나 지목된 위생병은 앞에 나서지 않았다.

"왜 안 나오냐?"

의무대장이 소리쳤다. 그때 B형의 위생병이,

"적에게 피를 뽑아 줘야 할 의무가 있습니까?"

그것은 법률 몇 조에 해당하는 일이냐고 질문하는 투였다. 그 말에 의무대장은 더 말을 못했다. 옆에 있던 정보참모가,

"상관의 명령에 복종 안 할 셈이냐?"

했을 때 의무대장은,

"이건 명령일 수 없습니다. 어디까지나 자진 수혈이어야 합니다."

라고 도리어 위생병의 편이 되었다.

사실 그렇다. 우군이라면 몰라도 적병을 위해서 강제로 수혈시킬 수는 없다. 물론 사단장의 뜻을 이해하고 자진 수혈을 한다면 모르지만…….

"그럼 어떡헐 작정입니까?"

정보참모가 불만인 듯 물었다.

"내가 이해를 시키지요. 정보참모님은 가만 계십시오."

의무대장이 위생병을 데리고 자기 방으로 갔다. 그러나 적개심에 불타고 있는 사병인 만큼 사단장의 뜻을 이해하기 이전에 자기 피의 순결을 앞세웠다. 자기의 피를 더러운 적의 몸에 넣어 주고 싶지가 않다는 것이었다.

의무대장과 위생병의 이야기가 길어지는 것을 본 주 중위는 단순할 수밖에 없는 위생병에게 이해를 시킨다는 것 자체가 무리한 일이라고 생각했다. 그래서 의무대장실로 뛰어들어가,

"제 피두 B형입니다. 제 피를 뽑겠습니다."

하고 말했다.

"그래요?"

그렇다면 간단한 일이다. 의무대장은 위생병을 내보내고 주 중위에게 수혈 준비를 시켰다.

주 중위가 수혈을 자진 수락한 것은 의사로서의 양심에서라기보다 사단

장의 뜻을 받들기 위함이었다. 사단장의 명령에 복종하는 사람이 없으면 사단의 명령계통이 어떻게 될 것인가. 몇백 그람의 피를 빼 준다는 것은 그리 힘든 일도 아니다. 자기 피로 적병을 살려 사단장의 뜻을 성취하도록 하지.

그러나 적병 옆에 누워 지금 내 피가 적병의 몸에 들어가고 있다는 생각을 할 때 그도 위생병과 같은 사고를 안 할 수가 없었다.

전쟁이란 짧은 시간에 가능 이상의 많은 적을 죽이는 일이다. 전투는 안 하고 있지만 아직 전시체제 하에 놓여 있다. 그런데 적을 살리기 위해 내 생명과 같은 피를 뽑아 주다니. 주 중위는 자기 팔에 꽂힌 주사바늘을 뽑아 던지고 싶은 충동을 느꼈다. 아무리 살릴 필요성이 있다고 해도 자기가 피의 희생을 당하고 싶지가 않았던 것이다.

개업을 하고 있을 때 위급한 환자가 왔다고 하자. 수혈을 해야 살 수 있을 경우인데도 혈액형이 같은 사람이 하나도 없다. 친척들 가운데도 없다. 그때 자기 혈액이 같다고 해서 자기 피를 수혈해 줄 의사가 있을 것인가? 환자가 죽는다고 해도 자기 피를 빼 줄 생각을 하는 의사는 한 명도 없을 것이다. 의사는 치료를 해 주는 기술의 제공자이지 자기를 희생시키는 자선가는 아니다. 슈바이처 박사도 환자들을 위해 헌신을 했지만 자기 피로 환자를 살렸다는 말은 듣지 못했다.

그러나 주 중위는 팔에 꽂힌 주사바늘이 자기 피를 빨아들이고 있음을 알면서도 그것을 빼 버리지 못했다. 의사 전체가 안 하는 일을 자기만이 한다는 자존심을 느꼈던 것이다. 군인으로서의 임무를 다하는 동시 의사로서 마땅히 해야 할 일을 다한다는 자존심이었다. 의술을 인술이라고 한다. 인은 인(仁)자와 통한다. 인자는 자비와도 통한다. 자기를 희생시켜 가면서라도 죽어 가는 목숨을 살리는 것이 인이 아니겠는가?

지금 나는 인술을 하고 있는 것이다.

간첩이 마취 속에서 깨어나고 있었다. 수혈이 끝났을 때는 의식을 회복했는지 감고 있던 눈을 떴다. 의무대장이 말을 시켜 보았다. 그러나 대답이 없었다. 아직 말을 할 만한 상태에 놓여 있지가 못했던 것이다. 그래도 그는 곧 참모장에게 전화를 걸어 경과를 보고했다. 그리고는

"수혈로 위급을 모면했습니다만 여기는 피도 링겔도 없습니다. 야전병원으로 후송하는 것이 좋을 것 같습니다."

라고 말했다. 의무대장의 전화소리를 들은 주 중위는 그의 말을 이해할 수 있었다. 사실 한 번의 수혈로 완전 회복은 힘들다. 그렇다고 해서 부하의 피를 더 희생시키고 싶지는 않을 것이다. 그러나 주 중위는 의무대장이 책임 전가를 생각하는 것이라고 단정했다. 의사는 환자의 죽음 앞에서 최선을 다해야 한다는 마음 이외의 딴 마음을 먹어서는 안 되는 법이다. 그런데 의무대장은 책임감에서 벗어나려는 자기 위주의 생각을 하고 있다.

죽을 환자라는 것을 알며 구실을 붙여 딴 병원으로 가게 하는 게 얼마나 비정한 행동인가? 전화를 끊고 온 의무대장이 정보참모에게 설명했다. 당장은 살려 놨으나 오래 연명시킬 자신은 없다고.

그때였다. 포로가 갑자기 발악을 했다. "아야" 하는 비명과 함께 두 손을 함부로 내젓는 것이었다.

"이놈들아. 나를 빨리 죽여라."

포로는 마구 고함을 치기도 했다. 의식이 회복됨과 동시에 상처의 고통을 느끼는 모양이었다. 뿐만 아니라 지금 자기가 누워 있는 곳이 어떤 곳이라는 것도 알아차린 모양이었다.

주 중위는 재빨리 포로 옆으로 가서 내젓는 두 팔을 잡아 누르며,

"많이 아픕니까?"

하고 물었다. 그러나 포로는,

"빨리 죽여라. 빨리 죽여 이 개새끼야."

할 뿐 대화의 길을 만들려 하지 않았다. 주 중위는 진통제를 가져다가 먹이려 했다. 그러나 포로는 약을 받아 내동댕이쳤다. 그리고는,

"개새끼들, 빨리 죽이라니까."

소리를 질렀다. 주 중위는 진통제 주사를 준비해 가지고 가서 작업복 소매를 걷어 올렸다. 그런데 포로는 다른 팔로 주사기를 뺏어 내던졌다. 그리고는,

"아야. 죽겠다."

비명을 울렸다.

주 중위는 진정제를 놓아 줄 수가 없다고 생각했다. 따라서 진정제를 놓아 주지 않는다고 해도 당장 죽지는 않을 것이라고 생각했다. 진정제란 환자의 고통을 잊게 해 주는 하나의 자비다. 그것을 거부한다면 고통을 느끼도록 내버려 두는 수밖에 없다.

그러나 발악을 하면서도 "아야"를 연발하며 고통을 참지 못해하는 것을 볼 때 주 중위는 위생병 두 명을 불러다가 몸을 꼼짝 못하게 붙들게 하고 진정제 주사를 놓아 주고야 말았다.

잠시 후 포로는 잠든 듯 고요하게 누워 있었다. 진통제의 효과가 나타나고 있는 모양이었다.

주 중위는 눈을 감고 있는 포로의 얼굴을 들여다보았다. 공산주의 훈련을 받은 사람들이 모두 그렇듯 야무지게 생긴 인상이었다. 송곳 끝 하나 들어갈 여유가 없어 보였다. 그러나 다량의 출혈로 창백해진 얼굴이 오래 살지 못할 것이 분명했다. 맥박을 짚어 보았으나 그것도 보통 사람의 반 이상 느렸다. 눈동자에도 이미 힘이 빠져 있었다.

주 중위는 포로가 수혈을 하든 무엇을 하든 오래 살 수 없다는 것을 알았다. 설사 산다고 해도 한 쪽 다리를 잘라야 한다. 죽는 것만 같지 못할 것이다. 그래서 의무대장에게 그런 말을 하고 한 번 진찰해 보라고 했다. 의무대장도 진찰을 한 결과 같은 의견이었다. 그래서 참모장에게 전화를 걸고 포로를 야전병원에까지 후송할 필요가 없다고 보고했다.

그 전화를 건 지 얼마 안 되어 사단장이 직접 의무대로 왔다. 살릴 도리가 없느냐고 다짐하는 것이었다. 의무대장에게도 물어 보았고 주 중위에게도 물어 보았다. 주 중위가,

"살기가 힘들 것 같습니다."

하고 대답했을 때, 사단장이 주 중위의 말은 신뢰하지 않을 수 없다는 듯

"바둑을 두듯 치료해두 살릴 수 없겠나?"

죽어도 할 수 없다는 듯 말했다.

사단장이 돌아간 뒤 주 중위는 사단장이 단념한 이상 이제는 그 포로를

죽여도 무방하다는 생각을 했다. 오래 살수록 귀찮기만 한 존재다. 고분고분한 태도를 취한다 해도 생각은 달라지지 않을지 모른다. 죽음을 목전에 두고도 적의에 불타 있는 포로다. 특히 사단병력까지 동원시켰던 일을 생각할 때 적개심이 솟아올랐다.

주 중위는 의무대장과 의논을 해서 처치해 버릴까 생각했다. 주사 한 대면 그만이다. 그러나 주 중위는 의무대장에게 그런 말을 꺼내지 못했다. 아무리 적이라 해도 죽지 않은 생명을 죽일 수는 없다는 생각이 들었기 때문이었다.

소생할 희망이 없는 환자에게 고통이 심할 때 가족의 승낙을 받아 일찍 죽이는 소위 안락사라는 것이 있다. 그것은 어디까지나 환자의 고통을 덜어주기 위함이다. 그것도 법률로는 허락되지 않고 있다.

학생 시절의 일이었다. 실습으로 병원에 나가 있을 때 암으로 죽은 환자가 있었다. 암균이 전신에 퍼져 있기 때문에 수술도 할 수가 없는 환자였다. 죽을 것이 빤한데 고통이 너무 심해 진통제만 주고 있었다. 나중에는 진통제의 효력도 없었다. 가족들이 보다 못해 안락사를 희망했다. 그러나 주치의는 개인병원이라면 몰라도 사람의 눈이 많은 종합병원에서는 그것을 할 수 없다고 거절했다. 회진을 끝내고 돌아온 주치의가 학생들을 모아 놓고 미국에서는 1939년 1,776명이 연맹을 해서 안락사를 헌법으로 허락하도록 건의했지만 아직까지 의회의 통과를 보지 못했으며 의사의 입장에서는 안락사가 도리어 휴머니틱한 것이지만 법적으로 승인을 받지 못했기 때문에 함부로 할 수가 없다고 말했다.

죽을 것이 빤한 사람을 오래 살게 하여 그만큼 고통을 많이 받게 하는 것은 인도에 어긋난 일일지도 모른다. 그런데도 법률은 그것을 허락지 않는다. 하물며 의사의 편의를 위해 안락사를 시킨다는 것은 용서할 수가 없는 일이다. 법률뿐 아니라 인도적인 입장에서도 허락할 수 없다.

"물…… 좀, 물……."

포로의 신음소리가 들렸다. 통증은 멎었지만 그 대신 갈증을 느끼는 모양이었다. 위생병이 물그릇을 들고 갈 때 의무대장이 주 중위에게,

　"주살 놔 버릴까."

하고 물었다. 그때 주 중위는,

　"정말이십니까?"

　자기로서는 생각조차 할 수 없는 일이라는 듯 반문했다.

　"시간문제 아니요, 내일 아침까지나 살까."

　"그래두 아직 살아 있는 목숨이 아닙니까?"

　"그 동안 고급장교들의 신경이 집중될 거구 우리두 마음을 놓을 수가 없잖소."

　"할 수 없는 일이지요. 제가 맡아 볼 테니 대장님께서는 가서 쉬십시오."

　주 중위의 반대로 의무대장은 자기 의견을 철회하는 수밖에 없었다.

　진정제 주사를 놓은 지 세 시간이 조금 지났을 때였다. 포로가,

　"이 개새끼…들…아 날 … 죽…이 부…져……."

　그는 이를 악물며 발악했다. 발악을 해도 증오심에서 우러나오는 발악이었다. 주 중위는 포로가 미운 생각이 들었다. 조금도 해치고 있지 않은 자기들에까지 욕설을 퍼부을 필요가 무엇인가. 그러나 그는 다시 진정제를 가지고 가서 주사를 놓았다. 그리고는,

　"당신을 살리려구 최선을 다하고 있으니까 흥분하지 말아요."

　다시는 발악하지 말라는 말을 했다. 그러자 포로는,

　"난 알아. 얼마 안 있으면 죽을 것을. 빨리 죽여 달란 말야."

　조금 누그러진 음성으로 애원하듯 말했다.

　"의사인 내가 당신보다 좀더 알 거요. 당신은 절대 죽지 않습니다."

　주 중위가 거짓말로 위로를 했다. 왜 그런 거짓말까지 했는지 그것은 그 자신도 몰랐다. 거짓말을 하게끔 만들어 놓은 포로가 미웠지만 그래도 그는 세 시간마다 한 번씩 진정제 주사를 놓았다. 그런데도 포로는 다음 날 날이 밝기 전에 죽어 버렸다.

　날이 밝은 뒤 시체를 뒷산에 묻을 때 군목이 와서 찬송가를 부르고 기도를 올렸다. 죽은 영혼만은 천당에 가게 해 달라는 것이었다. 주 중위는 포로의 영혼이 천당에 가든지 말든지 그것은 자기와 상관없는 일이라고 생각했

다. 다만 그가 죽는 순간까지 나쁘게 대해 주지 않은 데 일종의 만족감 같은 것을 느꼈다.

매장을 하고 산에서 내려올 때 주 중위는 거치지 않을 수 없는 큰 관문이 눈앞을 가로막고 있는 듯한 강박관념에 사로잡혔다. 즉 세미의 낙태수술이었다. 모른 척하고 있을 수 없는 일이었다.

'가 봐야지.'

그는 서울로 떠날 생각을 했다. 그러고 보니 오늘이 바로 토요일이었다. 그는 복잡한 수속을 거칠 것 없이 그냥 외출하여 일을 보고 올 수 있다고 생각했다. 그래서 대장에게나 말을 하고 떠날 마음에 의무대로 갔을 때 전보가 와 있음을 보았다.

'수술완료 상경불요.'

세미에게서 온 것이었다. 한시름 놓은 것 같으면서도 야릇한 느낌이었다. 더 속을 쓰지 않아도 좋다. 그러나 곧 불신감 같은 것을 느꼈다. 간다고 했는데도 기다리지 않고 혼자 수술을 했다. 그리고는 오지 말라는 전보를 일부러 쳤다. 그것은 다음부터 상종하지 않겠다는 절연장일지도 모른다. 불쾌하면서도 될 대로 되라고 생각하는 수밖에 없었다. 그때였다. 사단장 당번으로부터 바둑 두러 오라는 전화가 왔다. 주 중위는 잘 되었다고 생각했다. 바둑이나 두자.

사단장 숙소로 떠나려 할 때 이번에는 이 소위에게서 전화가 왔다.

"오늘 토요일 아뇨, 막걸리 한 잔 합시다. 외출 안 하시요?"

"외출할 데가 있나요. 각하와 바둑을 두구 내려올 테니 꼭 기다려 주시오."

전화를 끊고 사단본부 근처를 걸어가고 있을 때였다.

"장교님."

누가 부르며 따라오는 사람이 있었다. 주춤하고 서서 뒤를 돌아보았을 때 거기 이발병이 차렷자세로 서서 거수경례를 깍듯이 했다.

"웬일이야?"

"장교님 덕택에 병이 다 낳았습니다. 고맙습니다."

“그래?”

주 중위는 웃음띤 얼굴로 이발병을 바라보며

“가 봐.”

하고는 발을 옮겨 사단장 숙소로 걷기 시작했다.

(원)《사상계 178》1968. 2, (출)『슬픈 행복』세종출판공사, 1971.

도시의 벽

교장의 호출을 받기가 무섭게 정기(閔政基)는 교장실로 갔다. 생각할 것
도 주저할 것도 없었던 것이다. 교무주임에게 취했던 태도를 그대로 고수하
면 그뿐이라고 생각했다. 신념 앞에 무서울 것이 있을 수 없었다.

교장 앞에 가자 그는,

"부르셨습니까?"

고자세로 버티고 섰다.

"앉으십시오."

회유책을 쓸 것처럼 부드럽게 말하는 교장에게 빈틈을 주기가 싫어 그는

"말씀하시지요."

선 채 교장의 얼굴을 바라보았다. 교장은 그런 정기를 무시하고 부저를
누른 뒤 사환을 불러 차를 가져오게 했다. 그리고는 다시 앉으라고 자리를
권했다. 정기는 차가 들어오는 이상 앉지 않을 수가 없다고 생각하며 응접
세트에 앉았다. 그런데도 교장은 입을 열지 않았다. 담배를 피우며 차가 들
어올 때만 기다리고 있는 것은 확실한 신경전의 전초였다. 이럴 때 자기도
담배를 피울 줄 알았더면 하는 생각을 했다. 초조할 것이 하나도 없었지만
교장의 신경전에 응수할 방법이 없었기 때문이었다.

사환이 차를 가져다 놓았다.

"드십시오."

교장의 권유에 정기는 조금도 사양 없이 차를 마시기 시작했다. 그때야 교장은,

"민 선생!"
하고 말문을 열었다.

"교무주임 선생한테 말씀을 들었으리라구 생각하지만 한 번만 생각을 돌려 줄 수 없습니까."

아주 부드러운 말씨였다. 정기는 그것이 싫었다. 교무주임을 통해 이야기를 하다가 그것이 뜻대로 안 되자 교장이 직접 자기를 불렀으니 강압적 태도로 나와야 함이 당연했다. 그런 속셈을 가지고도 회유책을 쓰는 척 이중성을 보이는 것이 메스꺼웠던 것이다.

"제가 한 일이 잘못이라구 생각하시는 것인가요?"

"잘잘못을 가리려고 하는 것이 아니라 학생들의 장래가 불쌍해서 하는 말입니다."

"저는 학교의 교칙을 따르자는 것뿐입니다. 학생들의 장래를 불쌍히 생각해서 교칙을 지키지 않는다면 교칙을 고쳐야 하겠지요."

"법이란 사람이 운영하는 것 아닙니까? 상황에 따라 운영의 묘를 보여야 한다구 생각합니다."

"그 애들이 졸업반이라구 해서 그렇게 말씀하시는 것 같은데 며칠 안 있어 졸업할 그 애들이 마지막 시험에서 컨닝을 했다는 사실을 묵과할 수 있습니까? 삼 년 동안 배워 준 것이 컨닝하라는 것은 아니었습니다. 학교를 무시하는 행동이라고밖에 볼 수 없습니다. 그런 애들이 벌을 받지 않고 그냥 졸업을 한다면 일생 이 학교를 깔볼 것이 분명합니다."

"그렇지만 정식으로 처벌을 결정하기 전에 민 선생이 그 애들을 시험장에서 쫓아 보낸다는 것은 위법입니다. 그것을 알아야 합니다. 그리구 졸업성적이 나오지 않아 그 애들이 졸업을 못하고 대학교 입시의 기회를 놓친다면 그 애들이 평생토록 우리 학교를 원망할 것이 아니겠소? 그러니까 민 선생이 그 애들이 시험을 칠 수 있도록 우선 교실에 들어가게 하십시오. 처벌은 차후에 결정짓기루 하구……."

정기는 교장의 온정주의에 대해 콧방귀를 뀌었다. 지금 문제되고 있는 애들이 국회의원의 자식이나 재벌의 아들이 아니라면 그래도 그러한 온정주의를 보일 것인가, 천만의 말씀이다. 어제 자기 시간에 컨닝하는 그 애들을 발견하자 그 자리에서 그 애들을 내쫓았다. 그때 그 애들이 어떤 태도를 취했던가!

"마지막 시험인데 선생님 뭘 그러세요!"

이런 투였다.

다음 시간이 수학시험이었는데 정기는 자기의 담임반이라는 명목으로 교실로 들어가 그 애들을 끌어 내어 시험을 보지 못하게 했다.

"선생님은 왜 남의 시간에까지 간섭을 하시죠?"

"졸업을 못하게 되면 그때 책임을 지시겠어요?"

이런 투로 달려든 것도 결국 그 애들이 자기 부모의 빽을 믿기 때문이 아니었겠는가?

그 사실을 교무주임에게 보고했을 때 교무주임은 학생의 이름을 듣는 순간 얼굴이 흙빛으로 변하며 당황했었다. 그리고는 곧 교장실에 갔다 와서 시험만은 치르게 했다. 지금 교장과 똑 같은 말이었다.

만약 그 애들이 조금이라도 잘못을 뉘우치는 기색을 보였다든가 세력을 믿는 태도를 보이지 않기만 했어도 정기가 그렇게까지는 안 했을 것이다. 그리고 또 교무주임이 그렇게까지 당황하지 않았다 해도 끝까지 버티지는 않았을지 모른다. 정기는 그 사실을 직원실에 있는 여러 선생들에게 이야기했다. 그리고 어렸을 때부터 권력이나 돈의 세력에 의지하려는 애들이 사회나 국가까지 깔보려는 그런 습성은 꺾어 줘야 한다고 역설했다. 그리고는 오늘 아침 시간부터 교실을 지키면서 그 애들의 교실 출입을 단연 금지시켰던 것이다.

그새 그 애들 학부형이 전화로 또는 직접 면담으로 교장을 괴롭혔을 것만은 사실이다. 그래서 교장이 지금 자기를 불러다가 회유책을 쓰고 있는 것이다. 그러나 어림도 없는 일이다. 벌써 몇몇 선생은 자기에게 동조하고 있다. 자기가 직접 그 애들을 끄집어 내지 않아도 각자 선생이 그 애들을 내쫓도록 되어 있다.

"교장선생님의 말씀 잘 알아듣겠습니다. 그러나 범죄 현장을 보았을 땐 범죄를 더 연장시키지 못하게 그 행동을 중지시켜야 할 것입니다. 범죄적 행동을 방임해 두고 나중에 가서 처벌만 한다면 그것은 처벌의 정신이 어긋난 게 아니지 않겠습니까?"

"교육과 처벌은 양립할 수 있는 문젭니다. 선처벌 후교육이 아니라 선교육 후처벌이 교육자들이 할 일이오."

"교육이 다 끝난 애들입니다. 교육시킬 시간이나 있습니까?"

이때 교장의 눈이 번쩍이었다. 그 이상 더 인내할 수 없는 분노가 불꽃을 튕기는 모양이었다.

"어쨌든 교장인 내 말을 들을 수 없다는 겁니까?"

당연히 나올 법한 말이었다. 너무나 늦은 감이었다.

"저를 강압하실 작정이십이까?"

정기가 교장의 얼굴을 정시하며 물었다.

"이 학교를 운영해 가는 사람은 교장일 거요. 교장의 말을 듣지 않는 사람은 이 학교의 질서를 문란시키는 사람이오."

"그러니까 어떻게 하란 말씀입니까?"

정기도 격분했다.

"그건 민 선생의 양심에 맡기겠소."

"양심적으로 하라면 저는 제 행동을 계속하는 수밖에 없습니다."

"이 학교가 민 선생의 학교입니까? 두구두구 보아 왔지만 민 선생은 어떤 착각 속에서 사는 것 같소. 절대루 이 학교는 민 선생의 학교가 아니오."

"고용인이란 말씀이신가요?"

"어쨌든 나는 교장으로서 이 학교의 질서를 유지할 책임을 갖고 있소. 교장으로서의 책임을 이행할 수밖에 없소."

"사표를 제출하라는 겁니까?"

"판단력이 빠르시군요. 잘 생각해서 하십시오."

"알았습니다."

정기는 자기의 판단력을 살리고 교장실을 나왔다. 자기 책상이 있는 데로 와서는 곧 사표를 써서 교무주임에게 제출했다. 교무주임이 그럴 것 없이 교장과 잘 타협하는 것이 좋지 않느냐고 누누이 만류했으나 정기는 교장과의 이야기는 이미 끝냈다고 말했다. 그리고는 그 자리에서 직원실을 나왔다.

동료 한 사람이 뒤쫓아 나와 학교 근처의 다방에서 기다려 달라고 말했다.

정기는 동료 선생의 말이 귀에 잘 들어오지 않았다. 모든 것이 전부 끝났다는 생각뿐이었다. 오랫동안 근무해 온 학교라고 해서는 아니었다. 불만뿐이었던 오 년간이었다. 그런 것을 생각하면 시원해야 할 일이었다. 그러나 대학을 졸업한 뒤 처음으로 가졌던 사회생활이 너무나 허무하게 종지부를 찍었다는 허탈감에서 벗어날 수가 없었던 것이다. 언젠가는 오고야 말 일이라고 생각하고 있었다. 그러나 막상 당하고 보니 허무하기 짝이 없었다.

"모두 다 뒈져라."

정기는 이런 때 술을 마시는 것이라고 생각했다. 패배의식. 술은 약한 자의 반려라지.

그러나 정기는 담배와 같이 술을 배우지 못했다. 담배는 의식적으로 배우지 않았지만 술은 생리적으로 받지를 않아 배우지를 못했다.

술에 대한 유혹도 느끼지 못하면서 정기는 내가 패배자인가 하는 의문을 자신에게 던졌다. 패배자일 수는 없지. 정신을 굽히지 않았는데 어째서 패배자일 것인가? 정신이 죽어 있는 교장 족속에 비해 나는 그래도 살아 있다는 것이 중요하다. 나를 죽이지 않으며 살려고 했다. 그것만이 나의 자존심이었다.

정기는 동료 선생이 말한 다방으로 들어갔다. 연기가 자욱한 다방에서 사람들이 모여 앉아 다정하게 이야기를 하고 있는 것을 보자 한결 마음이 가라앉는 것을 느꼈다. 레지가 왔다. 자주 보는 얼굴이다.

"어떻게 혼자 나오셨어요?"

하며 친절한 척을 했다.

"이제 나올 거야."

정기는 우선 자기가 혼자가 아니라는 것을 말했다. 그리고는 차를 주문받

으려고 서 있는 레지에게,

"미스 김, 오늘은 더 예뻐 보이는데……."

농담을 걸고 히죽이 웃었다.

"민 선생님이 그런 말씀을 다 하실 줄 알구……."

레지는 싫지가 않은 모양이었다.

"난 남자가 아닌 줄 알아? 미치겠는데……."

"누가 남자 아니랬어요? 그런 말씀을 하실 줄 아는 게 신기해서 그러지……."

"그래? 다음부턴 늘 그런 말을 하지."

하면서 정기는 혜로(慧路)를 생각했다. 갑자기 보고 싶어졌던 것이다.

"나 커피 줘."

한 마디를 남기고 카운터 쪽으로 가서 전화를 걸었다.

"혜로야? 난데 오늘 좀 만나 줘."

혜로가 나오자 이렇게 말하고는 뒤이어,

"보구 싶어졌어."

끌어당기는 듯한 목소리로 말했다.

전화를 끊고 자리로 돌아오자 정기는 자기가 너무 흥분했다고 생각했다. 보통 날 같으면 학교에 가 있을 시간인데도 혜로가 집에 있다가 전화받는 것을 조금도 이상스럽게 생각지 않았던 것이 이상했던 것이다. 정말 오늘은 왜 학교엘 가지 않았을까? 몸이 불편한 것이나 아닐까? 다시 전화를 걸고 싶었다. 그러나 참았다. 몇 시간 뒤 만나면 물을 수가 있을 테니까.

커피를 마시고 있는데 동료 ㄱ, ㄴ, ㅊ 세 선생이 다방으로 왔다. 그들은 다 같이 별일 없을 테니 며칠 푹 쉬고 있으라 했다. 정기가 사표를 냈는데 쉬고 자시고가 있느냐 했더니 그들은 잘못한 일이 없는데 왜 그만두느냐, 사표는 자기들이 도로 찾겠다고 말했다.

"치사스러워 다시는 그 학교에 다니지 않을 테야."

"그만두는 것은 나중 문제고 옳고 그른 것을 가려야 하지 않아?"

"옳고 그른 것을 가릴 만한 사횐가? 사회가 그런 능력을 상실해 버렸단 말야."

"그래두 우리가 살고 있는 집단에서만은 가릴 것을 가리며 살아야 할 것 아냐?"

"사실 너무 치사해. 소위 교육기관이 그렇게 썩었으니 딴 데야 말할 것 있어?"

"좌우간 이번 일은 우리에게 맡겨."

"이번 기회에 부정 사실을 폭로해서 교장을 내쫓아야 할 거야."

정기는 패배의식에서 전투의식으로 변해 가는 스스로를 느꼈다. 4·19 때 극도로 앙등했던 그 전투의식.

"그것두 좋지만 우선 민 선생의 사표를 반려케 하구 그 두 학생을 엄벌에 처하도록 해야 해."

"아니야, 그것보다두 교장을 내쫓아서 부정을 뿌리 뽑아야 해."

"우리의 요구가 관철되지 않을 때 그런 방향으로 나가는 것이 좋지 않을까?"

"처음부터 그 조건을 내걸구 싸우는 것이 정당하다구 생각해."

"돌아가서 여러 선생님들과 의논해서 할 테니 우리에게 맡겨 줘."

정기는 동료들이 자기를 권외자로 취급하는 듯함이 섭섭했다. 사표를 제출했다고 해도 아직 접수가 되지 않았으니 다 같은 선생이다. 사표를 제출했다고 해서 이미 학교를 떠난 사람처럼 취급받을 이유가 없지 않은가?

그러나 평소 가장 가깝게 지냈고 의견이 상통하는 동료들이다. 그들에게 섭섭한 느낌을 줄 수는 없었다. 잘 부탁한다는 말로 그들과 작별한 뒤 혜로와 약속한 다방으로 갔다. 약속한 시간보다 삼십 분이나 일렀다. 레지가 와서 차를 주문하라고 했다.

제길, 종일 차만 마시다 마나. 차값만도 백 원이 훨씬 넘는다. 무슨 귀족 살림이라고!

"조금만 기다리시오."

차 안 마시고 그냥 나갈 사람이 아니라는 듯 퉁명스럽게 말했다.

레지는 들은 척 못 들은 척 아무 말 않고 그냥 가 버렸다. 그러나 혜로가 와서 앉자 어느새 또 나타나 무슨 차를 마시겠느냐고 물었다. 직업의식이니까 어쩔 수 없는 일이겠지만 손님에게 잠시의 여유도 주지 않는 레지가 미웠다.

"조금만 기다려요. 숨이나 돌려야 할 거 아냐?"

그러는데도 레지는 눈 하나 깜빡이지 않고 선 자리 그대로였다. 주문을 맡고야 갈 모양이었다.

"차 안 드셨어요?"

혜로가 정기에게 물었다.

"응."

"뭐 마시겠어요? 전 커피."

혜로가 정기와 레지를 번갈아보며 말했다. 마치 싸우는 두 사람 사이에서 화해 공작을 하는 태도였다.

"나두 커피."

정기는 레지의 얼굴을 보지도 않고 말했다. 레지가 돌아가자 정기는 저것도 예쁘다는 말로 칭찬을 해 주면 좋아하겠지 하고 생각했다. 그러나 금시 그런 것들을 잊어버리고,

"오늘은 왜 학교에 안 갔지?"

하고 혜로에게 물었다.

"어떻게 제가 집에 있을 줄 알구 전화를 거셨죠?"

"몰라, 아무 생각 없이 걸었던 거야."

"전화가 올 줄 알구 집에 있었어요. 강의가 두 시간밖에 없는 날이기도 했지만……."

혜로가 살짝 웃었다. 혜로의 웃음에 정기는 응고되었던 감정이 용해되는 것을 느꼈다. 그리고 혜로와 합일체(合一體)가 되어 감을 느꼈다. 그래서,

"나 오늘 사표를 냈어."

오늘에 있었던 일들을 이야기하려 했다.

"네?"

혜로는 우선 놀랐다.

"시시한 놈의 학교엘 다녀선 뭣해?"

“왜요?”

혜로는 그냥 놀란 표정이었다. 놀랄 뿐 아니라 이해할 수 없다는 표정이기도 했다.

“교장과 싸웠어.”

“왜?”

정기는 경과를 간단히 설명했다. 그러나 혜로는 납득이 가지 않는 모양이었다.

“교장이 하라는 대루 하실 것이지 싸우기는 왜 해요?”

“교장 앞에서는 죽어 가는 시늉을 하며 살아야 하나?”

“그렇진 않아두…… 손해될 쌈이라면 애초부터 안 하는 게 좋잖아요?”

“설사 손해를 본다 해두 싸울 건 싸워야지. 손해를 보지두 않을 거구. 결판이 날 때까지 싸울 테니까.”

“교장이 전부터 선생님을 미워하구 있지 않았어요? 그러니까 얼씨구나 사표를 수리할 텐데두요?”

“그건 알구 있는 일이야. 이번 일만 가지구 사표를 요구한 것은 아닐 테니까. 그렇지만 대부분의 교사는 내 편이 되어 교장과 싸울 거야.”

“싸우면 뭣해요? 교장을 내쫓을 수 있을 것 같아요?”

“있지, 사회가 가만 있지 않을 테니까!”

“선생님은 아직 소년 같으셔. 사회가 뭐 먹구 하릴없어서 그런 일에 참견하겠어요? 사회라는 걸 너무 믿으시는군요?”

“뭘 안다구 까불어. 아직두 학생이…….”

“학생이라두 선생님 같은 남자보다는 좀더 아는 것이 많을지두 몰라요.”

“내버려 둬. 내 일은 내가 할 테니까…….”

“그래두 생각을 좀 해 보세요. 해서 안 될 일은 아예 단념하는 것이 좋잖아요? 둥글둥글 모나지 않게 살아가는 것이 현명한 일이라구 생각해요.”

“그만둬, 그럼 악이라는 것을 없앨 사람은 누구야?”

“그새 여러 번 싸워 보셨지요? 작년에 부정 입학생이 있었을 때두 그랬구 학생들에게서 받는 프린트 대금 가지구두 싸웠구요. 그렇지만 한 번이나 이겨 본 일이 있어요? 선생님 혼자서 싸운다구 잘될 세상이 아니거든요."

"난 혜로의 그 점이 싫어. 부잣집 온상에서 자라났기 때문이기는 하겠지만 무사주의 안일주의 그런 것이 싫단 말야."

"그럼 길가에 있는 돌을 발길로 차면서 살아야만 하나요 누구의 발이 아프지요?"

"내 발에 피가 나두 남들이 걸려 넘어지지 않게 해야 할 거 아냐?"

정기는 혜로의 웃음에서 혜로와의 합일체를 느꼈던 자기가 잘못이었음을 알았다. 동시에 왜 이런 여자를 사랑하게 되었던가 하고 의심을 했다.

혜로가 대학입시 준비를 하고 있을 때 영어 개인교수를 해 주는 바람에 사랑하게 되었다. 좋았던 것이다. 여자와 교제를 별로 해 보지 못했던 그였지만 여자가 없어서가 아니라 여자를 경원하고 무시하는 데가 있기 때문이었다. 그런데 혜로는 총명했다. 감정이 맑았다. 성격이 명랑한 데다가 얼굴이 예뻤다. 나이가 어리면서도 남자를 대할 줄도 알고 있었다. 그래서 좋아졌다. 그러나 평행선 속에서 같이 살 수 있는 사람이 못 된다는 것을 미처 알지 못했던 것이다.

정기는 그만 혜로와 헤어지고 싶었다.

"가서 할 일이 좀 있어."

하며 자리에서 일어섰다. 그러자 혜로가,

"화났어요?"

하면서 정기의 팔을 잡아끌었다.

"그런 건 아냐."

정기가 도로 앉을 것 같지가 않자,

"우울하실 텐데 제가 맥주를 사겠어요."

혜로가 정기의 뒤를 따랐다. 거리에서도 정기의 팔을 끼고,

"우울해하지 마세요. 제가 있잖아요?"

하며 정기의 감정선(感情線)을 빳빳하게 잡아당겼다. 그리고는 줄곧 두 사람에 국한된 이야기로 돌렸다. 소공동에 있는 아담한 그릴에서 맥주를 마실 때는,

"이번 새해 프레젠트는 뭐가 좋을까요?"

아직 달포가 남은 새해에 대한 이야기까지 꺼냈다.

"받는 사람이 뭘 달라구 말할 수 있어?"

"맘에 없는 걸 받으면 도리어 고통 아녜요? 난 말할래, 난 반지를 받구 싶어."

"다이아반지? 난 그런 거 살 돈 없어."

"누가 다이아반지랬나? 한 돈중짜리 금반지 그걸 끼구 싶어, 이 손가락에……."

혜로는 왼손 무명지를 내미는 것이었다.

"거야 약혼반지 끼는 거 아냐."

"결혼반지도 끼는 손가락이에요. 좋아하는 사람이 주는 반지를 끼면 아무건 어때요."

"금반지도 삼사천 원 먹을 걸. 그런 돈 있어?"

"모자라면 내가 보탤게요."

"생각해 보구!"

정기는 좋아하는 사람이 주는 반지를 낀다는 무명지에 끼울 반지를 해 줄 마음이 성큼 내키지가 않았다. 그래도 혜로는 금반지가 결정된 것처럼 그 이야기는 중단하고 정기가 받고 싶은 것이 무엇이냐고 물었다.

정기는 생각 끝에,

"넥타이나 하나 사 줘."

하고 말했다.

"에개개 겨우 그거야? 양복을 한 벌 맞추세요. 최고급으루!"

"양복은 있어."

정기는 그런 값비싼 것을 받고 싶지가 않았다.

"신사는 양복이 몇 벌 있어야 해요."

"싫다니까. 내가 무슨 신사라고……."

"내 애인인데 신사가 아니구 뭐예요."

혜로는 살짝 웃었다.

맥주를 다 마시고 헤어질 때까지 정기는 기분이 나쁘지 않았다. 학교 일을 잊어버릴 수 있는 즐거운 시간일 수가 있었다.

하숙으로 돌아갔을 때 정기는 하숙 주인으로부터 시골 형수에게서 온 소포를 받았다. 무겁지는 않았지만 꽤 큰 부피였다. 무엇일까? 푹신푹신한 것으로 보아 의류 같은데 형수에게서 부쳐 올 옷이 무엇일까? 정기는 자기 방으로 들어가기가 바쁘게 소포를 뜯었다. 과연 옷이었다. 회색 포플린으로 만든 한복 바지저고리였다. 저고리 속에는 편지도 한 장 들어 있었다. 간단한 사연이었다. 추울까 걱정이 되어 솜옷 한 벌을 지어 보내니 입어 달라는 것이었다. 그리고 금년에는 풍년이 들어 먹을 걱정이 없으니까 자기 걱정은 아예 말라는 말도 있었다.

편지를 읽자 정기는 눈시울이 뜨거워짐을 느꼈다. 남편도 없이 혼자서 농사를 지으며 애들 공부를 시키고 있는 형수다. 혼자 살기도 힘이 들 텐데 객지에서 하숙생활을 한다고 추울 것을 걱정해 주는 그 마음씨.

아버지가 남기신 유산을 전적으로 형수에게 물려 준 탓도 있으리라. 설날과 추석 그리고 단오 같은 이름 있는 절기마다 돈푼을 보내 준 탓도 없지는 않을 것이다. 그래도 자기의 육체적 고통을 걱정하며 옷을 만들어 보낸 그 마음씨는 지상 최대의 애정처럼 생각되었다. 값비싼 양복을 사 준다는 혜로의 애정 같은 것은 비교도 안 되는 것 같았다.

아버지가 과수원을 경영하던 때였다. 가을이 되어 사과를 따기 시작하면 그 중 크고 탐스러운 것을 골라 우선 동네 사람들에게 선사를 했다. 장사보다도 동네 어른들을 먼저 생각하는 아버지였다. 해마다 그랬다. 그러다가 장사를 시작했다. 고구마를 사서 저장했다가 다음해 봄에 팔기도 했고 그 지방에서 나는 약초를 사 모았다가 팔기도 했다. 그런 장사를 시작한 뒤 거듭되는 실패로 토지 대부분을 처리했다. 따라서 과수원도 팔았고. 그때 아버지는 무엇보다 동네 어른들에게 사과를 선사 못함을 섭섭히 여겼다.

"어떻게든 그 과수원을 도루 사야겠는데……."

입버릇처럼 하시던 말씀을 이루지 못하고 돌아가신 아버지였다.

다음 날 정기는 학교로 갔다. 교직원들의 동태 그리고 교장의 동정 등 학교의 사태를 살피기 위함이었다. 사태에 따라 교장 축출 운동은 천천히 해도 무방하리라는 생각에 교장 비행에 대한 기록은 보류했던 것이다.

일찍부터 가기가 싫어 점심을 먹은 뒤 두 시쯤 해서 학교엘 갔던 것이지만 학교에서는 중대한 사태가 벌어지고 있었다. 즉 교장과 교직원실이 있는 2층 복도에 3학년 학생들이 웅크리고 앉아 농성을 하고 있는 것이었다.

정기를 보자 몇몇 학생이,

"선생님, 꿋꿋하십시오, 우리들이 싸우겠습니다."

불끈 쥔 주먹을 흔들며 복수심에 불타는 군인들처럼 흥분한 어조로 말했다.

정기는 말을 못했다. 자기 문제로 학생들이 농성까지 한다는 것은 마치 자기가 학생들을 충동시키기나 한 것 같은 인상을 준다. 절대로 그런 오해는 받고 싶지가 않았다. 그리고 자기가 벌인 일이라면 자기만의 힘으로 해결해야 한다고 생각했다.

학생들과 오래 이야기하는 것도 하나의 오해를 사게 되는 일일 것 같아 그는 곧 직원실로 들어갔다. 친한 선생들의 얼굴은 하나도 보이지 않았다. 학교에 충실한 선생들과 무사주의 선생들만이 정기를 비행접시나 바라보듯 신묘한 얼굴로 바라보고 있었다. 정기는 가장 가까운 곳에 있는 선생에게로 가서 다들 어디 갔느냐고 물었다. 다들이란 지금 자리에 없는 선생들을 말함이다.

"××다방에 있을 겁니다."

친근감도 그렇다고 해서 적의도 보일 수 없는 그 선생은 감정을 잃어버린 사람 같은 목소리로 말했다.

정기는 지체없이 학교 근처에 있는 ××다방으로 갔다. 오륙 명의 교원들이 앉아 있었다. 그들은 자기들의 요구 조건을 교장에게 제출했으나 그 자리에서 거절당했고 그래서 우선 수업을 보이콧했다고 했다. 여섯 명이 수업을 보이콧하자 누가 시킨 것도 아닌데 3학년 학생들이 농성을 시작했다는 말까지 했다.

272

"교장에게 제출한 요구 조건은 뭡니까?"

정기가 물었다.

"민 선생의 사표를 반려할 것, 두 학생을 빨리 엄벌에 처할 것, 이 요구를 받아들이지 않을 때는 교원 전체가 사퇴한다. 그런 거죠."

선생의 대답이었다.

"그럼 선생들 전원의 사퇴원을 받아야 하지 않을까요?"

"받는 데까지 받아야겠죠. 전부는 받기가 힘들 테니까."

정기는 일이 시작되면서부터 비판론이 동반함을 알았다. 교원 전원이 단결한다면 어떤 일이라도 성공할 수 있을 것이지만 전원 단결이란 어떤 경우에도 불가능하다. 그러니 어떤 일이든 그 일의 성공을 확신하기란 불가능에 가깝다.

그러나 비참하게 패배할 수는 없었다. 우선 힘을 규합해서 승리의 방향으로 나아가야 한다고 생각했다.

"이제부터 우리가 할 일은 무엇보다도 힘을 규합하는 데 있다구 생각합니다. 여기서 앉아 있을 것이 아니라 설득 공작을 합시다."

정기가 부르짖듯이 말했다.

"그렇습니다. 학생들까지 일어난 지금 우리가 단결하지 않으면 안 됩니다. 빨리 가서 한 사람이라두 우리 편으로 끌어들입시다."

ㅊ 선생이 동의를 했다.

"좌우간 여기 있을 필요는 없습니다. 학교로 가서 수시로 우리의 뜻을 전달해야 할 것입니다."

선생들의 의견이었다. 그래서 그들은 학교로 돌아갔다. 그들이 학교로 돌아갔을 때 학생들은 그새 자기들이 만들어 등사까지 한 자기들의 요구 조건을 각 선생들에게 돌리고 있었다. 물론 정기에게도 한 장 주었다.

학생들의 요구 조건은 졸업과 대학 입시를 목전에 두고 있는 지금 학업을 정상화할 수 있도록 모든 선생이 교단으로 돌아오라는 것과 민 선생에게는 잘못이 없으니 부정시험을 치른 두 학생을 처벌하고 민 선생의 사표를 반려하라는 것이었다.

그러니까 학생들의 요구 조건 가운데는 교장의 진퇴 문제가 들어 있지 않았다.

정기는 학생들의 요구가 건실하고 건설적인 것인지도 모른다고 생각했다. 학생들의 요구 조건에 없는 교장 배척 운동을 한다면 그것은 감정적 행동으로 오해받을 우려가 있다. 따지고 보면 학교의 교풍을 고치는 것만이 유일한 목적이다. 교풍만 썩어 있지 않다면 교장은 누가 하든 문제될 바 없다.

정기가 고등학교 입학시험을 칠 때였다. 시골에서 중학교를 졸업하고 서울로 올라왔을 때 그는 일류 학교인 ㄷ고등학교에 응시를 했다. 필기시험을 친 결과 평균 83점으로 합격했다. 그러나 체능시험을 칠 때 본교 학생이 한 명도 보이지 않음을 알았다. 그래서 체육선생에게 그런 법이 어디 있느냐고 항의를 했다. 열네 살밖에 안 된 어린애였지만 타교 학생과 본교 학생과를 차별대우하는 것이 분했던 것이다. 교장도 훌륭한 분이요 학교도 이름 있는 학곤데 어찌 그런 일을 할 수 있겠는가? 그런데 체육선생이,

"그런 것은 면접 때 교장에게 말해 봐. 난 시키는 대루 하는 것뿐야."

하는 것이었다.

정기는 체육선생의 말대로 면접 시간에 교장을 향해 솔직한 의견을 말했다. 당돌한 태도였지만 말 안 하고는 배길 수가 없었던 것이다. 그때 그 학교 교장은 학교의 방침이니까 할 수 없다고 대답했다. 그는 낙방이었다. 그래서 그 학교가 썩었다는 생각을 했고 썩은 것에 대한 분노를 느끼기 시작했다.

그 뒤 그 학교의 교장이 갈리지 않았는데도 그런 제도가 없어졌다는 말을 들었다. 그러니까 사람이 문제가 아니라 제도가 문제인 것이다.

이삼 년 전 일이었다. 지금의 고등학교에서 입학 시험 문제를 내는데 동계 중학교 교과서만을 의존해서 출제하는 것을 보았다. 물론 지금의 교장이 있을 때의 일이었다. 정기는 교직원 회의석상에서 거기에 대한 불평을 말했다. 그리고는 여러 학교 교과서를 종합해서 출제하지 않는 한 자기는 출제를 안 하겠다고 말했다.

여러 선생들이 동조해 주었다. 그래서 그 문제는 곧 시정되었던 것이다.

그러니까 이번에도 특수층의 자제를 특별 취급하는 일이 없도록 제도화시
킨다면 다시 이런 문제가 발생될 리 없다. 다시 그런 일이 없도록 하면 그
뿐이다.

정기는 오직 컨닝한 학생을 빨리 처벌해야 한다는 것만을 가지고 선생들
의 의견을 통일시켜야 한다고 생각했다. 그래서 어느새 알고 찾아온 신문사
기자들에게도 교장의 비행에 대한 이야기는 한 마디도 하지 않았다. 기자
들의 뒤를 이어 시교육위원회에서도 나왔다. 그들에게도 역시 똑 같은 말
을 했다.

그러고 있을 때 교장이 수업 거부한 여섯 선생을 불렀다. 교장에게 불리
어 갔던 선생들이 돌아와서 ,

"내일 교직원회의를 열고 두 학생 처벌 문제를 결정짓겠다고 하면서 정상
수업으로 돌아가랍니다. 단 민 선생의 사표는 이미 수리하기로 했답니다."

그리고는,

"그런 조건을 받아들일 수가 없다구 대답했습니다. 민 선생이 희생될 이
유가 하나두 없으니까요."

또한,

"학부형 대표가 와서 빨리 정상화시켜 달라고 요구한 모양입니다. 농성하
는 학생들도 강경하게 나가니까 교장이 굴복하는 수밖에 없었지요."
하고 말했다.

정기는 그들의 말을 그럴 듯하게 들었다. 두 학생 때문에 학교 전체를 분
란 속에 넣을 수는 없을 것이라고 생각되었기 때문이었다.

그러나 다음 날 교장은 교직원회의를 소집하지 않았다. 교직원회의는 고
사하고 자기 자신이 학교에 나오지를 않았다. 여섯 선생과 의논하고 교장
사택으로 전화를 걸어 보았지만 사택에도 있지 않다는 대답이었다. 일부러
행방을 감춘 것이 분명했다. 신문에까지 크게 보도되었는데 어떻게 할 셈으
로 교장은 종적을 감추고 있을까? 교무주임에게로 가서 왜 교직원회의를 열
지 않느냐고 물었다.

"교장선생님이 아직 안 나오셨습니다."

"안 나오셨으면 나오도록 해야 할 거 아닙니까?"

"어디 계신지두 모르는데 어떻게 연락을 합니까?"

"뭐라구요? 정말 교장의 행방을 몰라서 하는 말이오?"

서로 짜고 하는 일이 분명한데도 시치미를 떼는 교무주임이 미웠다.

'4·19 때 같으면…….'

정기는 4·19 때 총탄 앞에도 굴하지 않고 경무대(景武臺) 앞으로 돌진하던 일을 생각했다. 희생당한 학생들의 시체를 안고 목숨이 살아 있는 한 싸울 것을 결심했었다. 피 홀리고 입원해 있는 부상당한 학생들에게 수혈을 해 주고는 다 같이 죽고 다 같이 살자고 맹세했었다. 피가 끓었던 것이다. 이승만 박사가 하야를 하자 그때는 학교로 돌아가 부정선거에 가담했던 교수들을 추방했다. 과감했던 것이다. 그러나 지금 그는 자기에게 끓는 피가 있다 해도 과감하지 못하다는 것을 느꼈다. 교장이 없으면 교무주임이라도 끌고 나가 학생들 앞에서 성토대회를 열어야 하겠지만 그럴 수가 없는 자신을 발견했던 것이다.

'약점을 잡혀서는 안 되지.'

그의 마음 속에서는 이런 생각이 신음을 하고 있었다.

몇 번 더 승강이질을 하다가 자기 자리로 돌아온 정기는 몸에서 힘이 빠지는 것을 느꼈다. 누구와 이야기하고 싶지도 않았다. 그때였다. 사무실 문이 열리더니 팔 하나가 없는 청년이 들어섰다. 정기는 그 청년을 보았으나 관심 없는 일이라 곧 외면해 버렸다. 그런데 그 청년은,

"정기 아냐?"

하며 정기를 향해 걸어오고 있지 않은가? 유심히 보지 않을 수 없었다.

"경우(慶宇)로구만."

정기로서 반가워하지 하지 않을 수 없는 친구였다. 더구나 이런 때 그가 나타났다는 것은 어떤 의미가 있는 일이라고 생각했다. 신문을 보고 찾아왔겠지. 그리고 4·19 때 같이 일하던 동지로서 나를 고무시키러 온 것일 게 분명하다.

그런데 경우는 정기와 악수를 하자 실내를 한 번 둘러보고는,

　"우리 조용한 데서 이야기 좀 할까?"

하며 정기를 끌고 실내를 나섰다. 다방으로 가자는 것이리라 생각하며 뒤따랐지만 경우는 뜻밖에도 정기를 교장실로 끌고 갔다.

　"여기가 제일 조용할 거야."

　경우는 교장실이 비어 있다는 것을 미리 알고 온 모양이었다. 누구의 승낙도 받을 생각 않고 교장실로 들어가자 그는 마치 주인이기나 한 것처럼 정기에게 자리를 권했다. 정기는 불현듯 불길한 예감이 들었다.

　"자네 수고하는 줄 아네. 그러나 사태는 4·19 때와 다르다는 걸 알아야지. 5개년 계획이 착착 진행되고 있는 이때 국민은 모두가 힘을 합쳐 국가적 사업에 협력해야 할 거 아닌가?"

　과연 예감이 들어맞았다고 생각되었다. 그러니까 경우는 정기를 도우러 온 것이 아니라 정기의 뜻을 꺾으러 온 것이다. 정기는 이야기할 흥미를 잃고

　"자네 그새 뭘 하구 있었나?"

화제를 아주 돌려버렸다.

　"할 일이 있나? 그저 노는 거지."

　"그래두 먹어야 살 거 아닌가?"

　"산 사람 입에 거미줄 칠라구……."

　"참 오래간만이야. 난 처음 보구 자넨 줄 몰랐어."

　"식소사번(食少事煩)이라 공연히 바빠서 한 번두 찾아보지 못해 미안하네."

　"우리 나가서 차나 한 잔 마실까?"

　"아니야, 난 또 가 봐야 해."

　경우는 끝내 학교 이야기를 다시 꺼내고야 말았다. 결론은 학교를 조용하게 하기 위해 정기더러 학교를 떠나라는 것이었다. 그러면 자기가 책임지고 다른 직장을 구해 주겠다고까지 했다.

　정기는 경우에게 도대체 누구 앞에서 일하고 있느냐고 물어 보고 싶었다. 교장 앞에서 일하는 것 같기도 하고 장본인인 학생의 아버지 앞에서 일하는 것 같기도 했던 것이다. 그러나 차마 그것만은 물어 볼 수가 없어,

"자네 그새 많이 변했군."

어이없어 그를 쳐다볼 뿐이었다.

"그래 자네는 변하지 않는 것만이 장수라고 생각하나? 우리는 4·19 때 국가와 민족을 위해 싸웠지. 지금도 나는 마찬가지야. 다만 싸우는 대상이 달라졌을 뿐이지. 지금까지 자유당이 집권을 하고 악정을 계속한다면 나는 4·19 때나 같은 방법으루 싸울 걸세. 사태가 달라졌단 말야. 그 사태를 파악해야 해."

"그럼 학교 내의 부패를 보고도 가만 있으라는 것인가?"

"가만 안 있으면 어떻게 하겠나? 자네가 아무리 떠들어도 학교는 까딱두 안 할걸. 그러니 점잖게 물러나야 하는 거야."

"난 그럴 수 없네. 구석구석에 숨어 있는 부패를 뽑아 내야만 5개년 계획두 잘 되구 또 나라가 발전할 수 있단 말야. 한두 사람 때문에 학교가, 나아가서는 사회가 흐려져서야 되겠는가?"

"그건 자네가 아직 젊은 탓이야. 아직 결혼두 안 했다지?"

"응!"

"빨리 결혼을 하게. 그래야 세상 물정에 눈이 뜨일 걸세."

"나는 내 눈이 어두워질까 아직 결혼을 안 했네. 정말야, 나의 생명은 그래두 눈에 있으니까. 눈을 잃어버리구 싶지 않아……."

"잘 생각해 봐, 내일 또 올 테니까. 자네를 위해서 하는 말이니까 그걸 알아 둬야 해."

경우는 협박 비슷한 말을 남기고 가 버렸다.

정기는 경우의 정체를 생각해 보았다. 짐작이 가는 것 같았다.

'4·19 때 부상을 입어 팔 하나를 자르기까지 한 놈이…….'

그럴 수는 없다고 생각했다.

심난해서 하숙으로 돌아간 정기는 형수가 보내 준 솜옷을 입었다. 포플린이 아니라 비단이나 명주였더라면 감촉이 더 좋을 것이란 생각을 하면서도 피부 속으로 스며드는 온기에 잠이 오는 것을 느꼈다. 가을 햇볕 아래서 따뜻함을 느끼듯 피부가 따끈따끈해 옴을 느꼈다.

'호롱불 밑에서 잠을 안 자며 만들었겠지.'

이렇게 생각하니 그 온기가 솜에서만 오는 것 같지 않았다.

다음 날 학교에 갔을 때 교문이 닫혀 있었다. 임시 휴학이라는 커다란 글자가 출입을 금지시켰다. 그래도 교내로 들어선 그는 농성학생까지 해산되고 있음을 알았다.

하루종일 얼굴도 보이지 않은 교장이 어디서 그런 명령을 내렸을까? 임시 휴학이라면 교직원회의에서 결정지어야 할 일인데 교직원회의는 언제 어디서 열렸단 말인가?

이 날도 교장은 나타나지 않았다.

정기와 몇몇 선생은 교무주임에게 가서 누가 임시 휴학을 결정했느냐고 질문했다. 그리고 교장은 언제나 나오냐고 물었다. 교무주임은 교장이 전화로 명령했기 때문에 할 수 없이 교문을 닫았고 교장이 언제부터 나올지는 자기도 모른다고 대답했다.

"그럼 앞으로 어떻게 할 작정이오?"

"내가 어떻게 압니까?"

"방학 때까지 이렇게 끌고 갈 작정입니까? 이러다가는 졸업식두 못하겠군요?"

"나두 빨리 정상 수업을 해야 한다구 생각합니다. 그러기 위해서는 선생님들이 협력해 주셔야 한다구 생각합니다."

"어떻게 하는 것이 협력하는 것인가요?"

"교장의 의사에 따르는 것입니다. 이 학교는 사립학굡니다. 이사회가 운영권을 가지고 있습니다. 그 이사회에서 위촉한 교장선생님의 의사에 따르지 않는다는 것은 결국 이사회의 의사에 복종하지 않는다는 뜻이 됩니다."

교무주임이 교원의 입장이 아니라 교장의 입장에서 이야기를 하는 것이었다.

"옳은 말씀이지만 학생 지도는 누가 맡구 있는 것입니까? 그리고 그 지도 방법은 누가 더 잘 압니까? 일선 교사입니다. 그 교사들이 학생 지도에 있어서 옳지 못하다구 생각되는 점은 얼마든지 건의할 수 있는 게 아니겠습니

까? 무조건 맹종이라는 것은 학교를 후퇴시키는 일입니다. 그런데두 순종만
해야 합니까?"

"우리는 월급을 받구 일하는 피고용인입니다. 명령에 안 따를 수가 없지
않습니까?"

정기는 몸이 떨려 옴을 느꼈다. 교육적 사명감은 쓰레기통에 버리고 자신
을 비하시켜 피고용인으로 자처하는 저런 사람이 어찌 교무주임까지 되었을
까?

"교육자적 양심이 그까지 썩었다면 빨리 자리를 내놓고 나가시오."

정기가 목소리를 높였다.

그러나 교무주임은,

"내 임명권은 교장에게 가서 말씀하십시오."

냉정한 태도로 말했다.

"솔직히 말하시오. 이번 컨닝한 ×××의 아버지는 국회의원이고 ×××
의 아버지는 ××재벌의 사장이니까 절대루 처벌을 할 수 없다구."

정기가 책상을 소리나게 두들겼다.

"진정하십시오. 민 선생님은 잘 흥분하는 것이 결점입니다. 작년에 빈 자
리가 생겨 학생 한 명을 넣었을 때도 흥분하신 분이 바로 민 선생 한 분이
었지요. 다 알구 있으면서두 다른 선생들은 가만 있는데 민 선생 혼자만 흥
분할 까닭이 뭡니까? 학교를 위해서 기부금을 좀 받구 한 명쯤 입학시켰다
해두 그렇게 떠들 일이 못 된다구 생각합니다. 학생들에게 받는 프린트 대
금에 대해서두 마찬가지지요. 수입이 적은 선생들을 위해 그만한 돈 좀 거
둬 나누는 것이 뭐 그리 잘못입니까? 그걸 가지구 민 선생은 편취(騙取)란
말을 쓰셨는데 지나친 흥분 때문이었겠지요. 어쨌든 사사건건 민 선생은 흥
분이었습니다. 그 흥분은 결국 학교를 운영하는 데 장애가 되는 것입니다."

교장이 된 것 같은 태도였다. 그리고 교장에게 직접 몇 번이나 들은 말들
이었다.

"그걸 왜 흥분이라고 표현합니까? 정당한 의사 표시지……."

"정당한 의사라 해두 타협 속에서만 일이 결합된다는 걸 아셔야 합니다."

교무주임이 이렇듯 뻣뻣하게 나오는 것은 어떤 기정 방침이 서 있다는 것을 의미하는 것이라 생각되었다.

"그러니까 나는 이미 사표를 제출한 사람이오. 나는 나가는 사람이니까 나를 생각지 말구 사건을 정당하게 해결하라는 것입니다. 사건이 정당하게 해결되지 않는 이상 나는 곱게 나갈 수가 없습니다."

이때였다. 어떤 선생이 정기를 불렀다. 누가 찾아온 모양이었다. 가까이 가서 누구냐고 물었더니 자기 고향 중학교 학생이라고 했다.

"신문을 보구 찾아왔습니다."

"그래?"

"전 선생님이 주시는 장학금으루 공부하는 학생입니다. 편지두 한 번 올리지 못해서 죄송합니다."

정기는 일 년에 한두 번씩 자기 모교에 돈을 보내고 있다. 담배를 피우지 않는 대신 일 년치 담뱃값으로 만여 원과 기타 잡수입이 있을 때마다 약간의 금액을 돈 없어 공부 못하는 시골 가난한 애들 학비에 보조해 주라고 보내는 것이었다.

"돈두 없는데 일부러 올 것까지 없을 텐데……."

"선생님이 차비를 주시며 가 보라구 해서 왔습니다."

정기는 자기의 피가 살아 솟구쳐 오름을 느꼈다.

"그래? 좀 앉아라."

서울 학생에 비교할 수 없을 만큼 꾀죄죄한 몰골이었다. 그러나 얼싸안아 주고 싶었다.

"선생님! 참말 장하십니다. 옳은 일을 위해 잘 싸워 주십시오."

"고맙다. 잘 싸우고 있다."

그런 말을 하기가 약간 부끄러웠지만 감격한 나머지 소년의 손을 잡아 흔들었다. 그는 소년을 데리고 나가 점심을 사 먹인 뒤 돌려 보냈지만 어쩐지 산 보람을 느꼈다. 독신으로 살기 때문에 생활이 과히 궁핍하지가 않다. 그래서 정말 가난해서 학교에 다니지 못하는 애들을 걱정할 마음이 생겼던 것이다. 그랬던 것이 자기 도움으로 공부하는 학생에게서 격려의 말을 들었다.

무엇보다도 마음이 든든해졌다. 용기가 생기는 것 같았다.

그런데 어제 왔던 경우가 다시 찾아왔다. 그리고 어제와 같은 말을 했다. 다른 데 취직시켜 줄 테니 빨리 학교에서 물러나라는 것이었다. 정기는 절대로 그럴 수는 없다고 대답했다. 경우가 우정으로 말할 때 들으라고 협박했다. 그래도 정기는 굳게 나갔다.

"4·19 때의 기개를 살리라구. 뭐야? 남에게 자기를 팔면서."

이렇게 경우를 비난하기까지 했다.

"알았다. 이젠 너하구 말 안 한다."

경우가 화를 내고 돌아갔다.

허전한 감정으로 겨울 하늘을 창 밖으로 내다보고 있을 때 혜로에게서 전화가 왔다. 오늘 저녁 만나자는 것이었다.

정기는 며칠 뒤 만나자고 딱 잘라 말했다. 혜로를 만난다 해도 격려의 말을 기대할 수는 없다. 달콤한 이야기로 육중한 마음을 속이고 싶지가 않았던 것이다.

"오늘 양복점엘 가요."

혜로가 조르듯 말했다.

"천천히 가두 돼."

정기는 자기의 의분을 애정과 혼동시키고 싶지 않았다. 혜로를 만나지 않았지만 아무렇지 않은 감정으로 하숙에 돌아갈 때였다. 하숙 근처까지 이르렀을 때 난데없이 주먹이 면상에 와 닿았다. 어느새 대여섯 명이 그를 둘러싸고 있었다. 정기는 문득 누구의 짓이라는 것을 직감했다. 동시에 만만히 물러서서는 안 된다고 생각했다. 일 대 오의 싸움이 벌어졌다. 물론 정기가 불리했다. 쓰러졌다가도 일어났다. 다섯 대를 맞고도 한 대를 갈기기 위해 용을 썼다. 얼굴 전체에서 피가 흘렀다. 그래도 져서는 안 된다고 생각을 했다. 또 쓰러졌다. 이번에는 일어날 기력이 없다고 생각했다. 그 순간 왼쪽 다리에서 무엇이 깨지는 소리가 났다. 다리가 천근만근 무거웠다. 일어서려 했으나 다리가 말을 들어 주지 않았다. 모르는 사이에 신음소리가 나왔다. 얼굴을 땅바닥에 댔다. 울고 싶게 통증을 느꼈다.

"자아식! 정신채려."

젊은 사람들이 사라졌을 때 정기는 울었다. 따라가서 끝까지 싸울 수 없음이 분했던 것이다. 분해도 할 수 없었다. 그는 병원으로 옮겨졌다. 그리고 3개월의 치료를 요하는 절골이란 말을 들었다.

병원에 입원한 지 일 주일쯤 뒤 자기와 동조하던 선생 가운데 세 사람이 사표를 제출했다는 말을 들었다. 그리고 학교 문이 열렸단 말도 들었다. 그런 이야기를 어디선가 듣고 온 혜로가 ,

"잘 됐어요. 그 학교 아니믄 밥 굶을라구. 다리만 나으면 아버지한테 말해서 무역회사 같은 데 취직하두룩 해요."

하고 태평스럽게 말했다. 정기는 속으로 혼자 중얼거렸다.

'엿장수 마음대로?'

일 주일이 다시 지난 뒤 정기는 혜로에게 목발을 사 오도록 부탁했다. 그리고는 다음 날 목발을 짚고 깁스한 다리를 끌고 서울역으로 나갔다.

형수가 있는 시골로 내려가는 것이었다. 시골에서 과수원이나 하고 아버지처럼 첫 과일 가운데 가장 큰 놈을 골라 동네 어른들에게 선사하며 살리라 마음먹은 것이었다.

아무도 배웅해 주는 사람이 없었다. 그러나 머리를 숙여

"서울이여 안녕!"

정중한 인사를 한 뒤 기차에 오르는 정기였다.

(원)《신동아 42》 1968. 2, (출)『슬픈 행복』 세종출판공사, 1971.

꾸부러진 직선

제1부

도착하는 시간을 일부러 알리지 않았는데도 동생이 조카들을 데리고 정거장 플랫폼에까지 나왔다. 동생 성하(成河)는 형 경하(京河)를 보자 달려와서 허리를 굽혀 인사를 했다. 뒤따라 조카들이 몰려와 절을 꾸벅꾸벅했다. 그리고는 경하의 처 애라(愛羅)에게로 가서 꼭 같은 인사를 했다.

으레 마중 나올 줄 알고 일부러 도착시간을 알리지 않은 심정이 배신당한 것 같았지만 반드시 내려올 줄 알고 며칠 전부터 기차 도착시간마다 정거장에 나왔었을 동생의 마음을 생각할 때 나무랄 수도 없었다. 그래서 의젓하게 인사를 받고 정거장 바깥까지 나왔는데 어린 조카들이 애라 곁에 바싹 붙어 걷고 있음을 뒤돌아보자 경하는 갑자기 얼굴이 붉어짐을 느꼈다. 역시 애들까지도 관심은 자기에게 있는 것이 아니라 애라에게 있다는 것을 새삼 느꼈기 때문이었다.

집까지 가는 도중 아는 사람 모두가 그럴 것이 뻔했다. 그래서 밤에 도착하는 기차로 올까 했던 것이지만 오랜만에 가면서 가족들을 놀라게 할 것 없다는 아내의 말에 또 지고 만 자기를 한스럽게 생각했다.

재작년 아버지가 돌아갔을 때 뒤늦게 내려와 장례식에 참석한 애라를 보자 친척들은 물론 동네 사람들 전부의 시선이 그미에게로 쏠렸었다. 다른 데라면 또 모른다. 자기가 자라난 고향에서까지 자기가 아내의 그늘 밑에서 산다는 것을 스스로 느껴야 한다는 것은 절대로 유쾌한 일이 아니었다. 고향 사람에게까지 아내로 말미암아 그 존재가 숨어 버린 경하.

그러한 경하는 아버지의 대상에 자기 혼자만이 참석하리라까지 생각했던 것이지만 마지막 제사에 맏며느리가 안 갈 수 없다고 애라가 자청해 오는 데는 그것도 어쩔 수가 없는 일이었다.

경하는 조카들과 이야기하며 따라오는 아내를 못 본 척하고 동생하고 이야기를 주고받았다. 제사 준비를 어떻게 했는가? 친척들은 얼마나 모였는가? 그런 말을 물어 보며 다른 데는 신경을 안 쓰는 것처럼 대범한 태도를 취했다.

다행히 날이 저물어 가고 있었다. 게다가 눈이 내려쌓인 때 내왕하는 사람이 빈번할 까닭이 없었다. 경하는 누구도 만나지 않고 읍의 중앙지를 빠져나갈 수 있기만 바랐다. 그런데 큰 거리에서 골목길로 꼬부라들기 직전 모퉁이 가게에서 어떤 사람이 나오면서,

"오 형 아니시우? 오실 줄 알구 있었지. 먼 걸음을 하셨군. 아, 사모님이 이 추운데 오셨군요? 바쁘실 텐데 용케 틈을 내셨습니다. 빨리 가 보십시오. 기뻐들 하실 겁니다."

자기에게보다 아내에게 더 많은 말을 했다. 초등학교 동창생 ㄷ군이었다. 경하는 그와 악수를 하고는 뒤에 다시 만나자는 말을 하고 헤어졌다. 그런데 얼마 안 가서 또 한 사람이 나타나 반갑게 인사를 했지만 그는 애라와 인사를 한 일이 없었던지 애라에게 말을 건네진 않으면서도 연방 시선은 애라에게 보내고 있었다. 말만 듣던 여잔가 하는 경이의 시선이었다.

경하는 집에까지 가는 길이 아직 멀다는 것을 생각하며 가슴이 두근거림을 느꼈다. 아직 몇 사람이나 만나야 할 것인가? 읍내는 읍내지만 농사를 짓고 있는 동생의 집은 읍 중심지에서 북쪽으로 꽤 떨어진 곳에 있었다.

골목길로 접어들자 만나는 사람은 별반 없었다. 제발 만나는 사람이 없기만 바라며 걷고 있을 때였다. 길가 어떤 집 처마 밑에 두루마기를 입은 사람이 쓰러져 있었다. 눈 위였다. 경하는 깜짝 놀랐다. 왜 쓰러졌을까 하는 생각보다도 내버려 두면 얼어 죽을 것이란 생각이 먼저 들었던 것이다. 그래

서 동생에게,

"읍내 사람 아냐?"

하고 물었다. 그때 애라도 걸음을 멈추고 쓰러져 있는 사람을 바라보았다.

"오늘이 장날이라 시골 사람이 취해서 쓰러진 것 같군요."

동생의 대답을 듣자 경하는 시골 사람이라면 더구나 구해 줄 사람이 없을 것이란 생각을 했다. 집에까지 업고 갔다가 술이 깬 뒤 돌려 보내야 할 것 같았다. 그래서 동생에게,

"그냥 갈 수 있니?"

하고 말했을 때 애라가 재빨리,

"빨리 가요. 다들 기다리구 있을 텐데!"

다른 말할 여지가 없게 톡 쏘아부쳤다. 그러자 동생은 그냥 걷기를 시작했다. 조카들도 뒤돌아보는 일조차 없이 애라를 따라갔다.

경하도 어찌할 도리가 없었다. 그러나 집에 이르러 가족들과 친척들에게 인사를 나누면서도 마음은 눈 위에 쓰러져 있던 사람에게로 가 있었다. 필경 얼어 죽고야 말 것 같았다.

초등학교 다닐 때였다. 역시 추운 겨울이었다. 늦게까지 돌아오지 않는 아버지를 찾아 집을 나가고 있는데 아버지가 어떤 거지 한 사람을 업고 오고 있었다. 경하는 놀란 얼굴로 아버지를 쳐다보았다. 그때 아버지가 아무 말 않고 손에 들었던 거지의 깡통을 내주며 들고 가라고 했다. 불결한 깡통을 손에 댄다는 것이 어쩐지 자기도 거지가 되는 것 같아 손을 내밀지 못했다. 아버지가 독촉하는 바람에 어쩔 수 없이 받아 들고 집에까지 가긴 했지만 불쾌했었다. 아버지는 거지를 자기 방에 갖다 눕혔다. 다음 날 새벽 거지는 고맙단 말도 않고 도망갔다고 했다.

경하는 그때 아버지를 이해하지 못했다. 그리고는 거지가 잔 안방에 얼마 동안 들어가지를 않았다.

경하는 어렸을 때 일을 생각하며 아버지는 술 취한 거지도 업어다 살려 주었는데 자기는 얼어 죽게 된 사람을 보고도 못 본 척했다는 죄책감을 느꼈다. 아버지와 너무도 거리가 먼 자식이 아버지 제사에 머리를 들고 참석

할 자격이 없다는 생각도 했다.

경하는 아무도 모르게 집을 나갔다. 그리고 눈 위에 쓰러져 있는 사람을 업고 돌아와 사랑방에 눕혔다. 그리고 사랑방에 있는 사람들에게는 절대로 떠들지 말라고 했다. 누구보다도 아내가 알면 자기를 미쳤다고 꾸중할 것이 뻔하기 때문이었다. 분명 무엇이라고 말할 것 같았다. 사람들이 많은 데서 아내가 자기를 못마땅하게 말하고 자기는 대답 한 마디 못할 때 자기 체면은 어떻게 될 것인가?

아무 일도 없는 듯이 안방으로 들어가서는 밤에 있을 제사 절차 이야기를 꺼냈다. 그랬더니 동생이,

"형수님과 다 이야기 끝냈습니다."

하고 대답했다. 그럴 수는 없다고 생각했다. 맏상제가 자기요, 그런 절차는 맏상제의 의견에 따르는 법이다. 아무렇기로서니 집안 대사를 자기 없는데서 아내와 의논해 결정할 수가 있겠는가? 그러나 그런 불평을 말할 수 없는 처지다. 불평을 말했다가 서리를 맞는 것보다는 차라리 입을 다무는 게 상수였다.

"그래 어떻게 하기루 했니?"

경과나 알자는 투로 물었다.

"밤 깊기 전 열 시쯤 간단히 제사를 지내기루 했습니다."

동생은 제사의 식순까지 보여 주었다. 추도식과 꼭 같은 것이었다. 시골 사람들이 이해하지 못할 것이다. 그것이 걱정이었다. 그런 제사를 본 적이 없을 테니까.

그러나 거기 대해서 의견을 말하는 사람이 하나도 없었다. 사실 경하도 재래식 제사를 찬성하지는 않는다. 늦게까지 잠을 못 자고 또 인근 사람까지 잠자지 못하게 곡을 해야 하는 제사를 개량해야 한다고 생각하는 그였다.

"잘 됐군."

자기도 찬성한다는 뜻을 표한 뒤 아내의 얼굴을 바라보았다. 으레 그러려니 생각했다는 표정이었다.

그때 경하의 제수가 대야에 물을 떠가지고 와서 빨리 세수를 하라고 했

다. 그러자 애라가 문가로 가서 세수를 했다. 세수를 하자 친척되는 한 여자가 대야를 들고 나가더니 새 물을 다시 떠 왔다. 발 씻을 물이었다. 애라는 발까지 씻었다.

남편보고는 세수하란 말도 않고 아내에게만 세숫물을 두 번씩이나 떠다 주는 친척들이었다.

애라가 발을 씻자 제수가 경하에게도 물을 떠 오라느냐고 물었다. 체면상 할 수 없이 묻는 말 같다.

"나야 뭐."

하고 사양해 버렸다.

그 날 밤 이십여 명의 친척들과 제사를 지냈다. 굴건제복도 하지 않고 곡도 안 했다. 그야말로 간단한 추도식을 끝내고 술상이 벌어졌다. 그때 읍내에서 부인회 회장이라는 여자가 찾아왔다. 여자니까 주로 애라와 이야기하는 것은 당연한 일이지만 이야기 끝에 내일 저녁 부인회 회원들에게 강연을 해 달라고 할 때 경하는 끔찍스럽다는 생각이 들었다. 때마침 오늘이 토요일이라 아내는 내려올 수가 있었던 것이다. 내일은 올라가야 월요일에 할 일을 할 수 있다고 내일 혼자 올라갈 약속이었는데 강연회로 올라가지 못하면 하루 동안 또 넘기기 힘든 고비를 겪어야 한다.

처음 몇 번 애라는 거절했다. 그러나 간절하게 부탁하는 부인회장의 청에 어쩔 수 없다는 듯 애라는 내일 밤의 강연을 승낙했다.

"고맙습니다. 교장선생님."

부인회장은 감격해서 몇 번이나 고맙다는 말을 했다.

경하는 차라리 자기가 내일 아침 차로 떠날까 하는 생각을 했다. 고향에 올 때마다 금의환향(錦衣還鄕)을 생각하는 그다. 고향 사람 가운데 서울서 자리잡고 고등학교 교사나마 어엿한 직업을 가지고 사는 사람이 자기밖에 없다. 더구나 농사만 지어 먹고 사는 친척들로 보면 자기가 용이 됐다고 말해도 무방하다. 어깨가 으쓱해져야 한다. 그런 고향에 와서도 아내의 그늘에 눌려 기를 못 펴고 지내야 하다니…….

그러나 먼저 올라가겠다고 할 이유가 없었다. 아내가 먼저 올라가고 자기는 며칠 남아 있다가 가기로 언약을 한 뒤 서울을 떠났던 것이다.

"방학 때지만 학교 일이 쉴 날 있어요? 그리구 회의가 하루두 빌 날이 없거든요."

시골 여자가 굽실거리자 애라는 자기의 사회적 위치를 과시했다.

경하는 애라의 사교적인 제스처가 시작된다고 생각했다. 누구에게나 점잖은 태도를 보인다. 그것은 근엄하다는 인상을 준다. 그러면서 어떤 회합에나 빠지는 일이 없다. 즉 대인 관계를 많이 하면서 자기 피알(선전)을 잘한다. 그래서 사립국민학교 교장자리를 얻었고 또 여성사회단체의 높은 자리를 몇 개씩 가지고 있다.

"물론 그러시겠지요."

부인회장이 바쁜 가운데도 강연을 허락해 준 데 대한 감사를 거듭 표시했다.

"우리 나라 여성계에는 너무두 할 일이 많아요. 공창을 없앴는데두 아직 사창에서 몸을 파는 여자가 허다하거든요. 남녀평등이 되었는데두 자기 권리를 찾지 못해 남자의 종처럼 지내는 여자가 또 얼마나 많습니까? 모두가 여자의 자각이 부족하기 때문이죠. 계몽운동을 해야 합니다."

이번에는 여성운동의 필요성을 역설하는 애라였다.

"그래서 우리 여성인권옹호연합회에서는 식모들을 모아 놓구 매달 강좌를 열구 있습니다. 한편 내가 고문으루 있는 가족계획협회에서는 가정주부들을 모아 놓구 가족계획에 대한 강좌를 엽니다. 애를 무작정 많이 낳는 것은 결국 여성들이 가정에 구속되는 결과를 만드니까요. 경제나 교육적 입장보다두——, 나는 여성해방을 위해 가족계획이 필요하다구 생각하니까요."

경하는 애라가 어떤 이야기를 하든 애라가 교장으로 있는 그 사립국민학교 이야기만 안 해 주기를 마음으로 빌었다. 귀족계급을 새로 만드는 사립국민학교지만 애라는 언제나 그것도 자랑거리로 이야기하는 것이었다. 그런 귀족학교 이야기를 시골 사람들에게 선전하면 어떻게 될 것인가?

어느덧 열두 시 사이렌이 울렸다. 그래서 부인회 회장은 사립국민학교 이야기가 나오기 전에 돌아갔고 친척들도 잘 준비를 했다. 경하는 술 취한 사람이 누워 있는 사랑채로 나갔다. 그 사람은 아직도 정신을 잃은 채 자고 있었다. 누군지도 모른다. 무슨 사연으로 술을 그렇게까지 마셨는지도 모른다. 그래도 그 옆에서 자는 것이 마음 편할 것 같았다.

그 사람도 그가 어렸을 때 아버지가 업어다 재운 거지처럼 새벽녘에 도망치듯 집을 나갈지 모른다. 가고 싶을 때는 가라지. 그러나 내가 살려 준 사람이다. 그 사람 옆에서 자려고 할 때 동생이 와서 마루 옆방으로 가라고 했다. 애라와 둘이서 잘 자리를 준비해 놓았다는 것이었다. 경하는 방이 모자랄 텐데 남자들은 남자들끼리 여자들은 여자들끼리 끼여 자는 것이 좋을 것이라고 말했다. 그러나,

"형수님이 기다리구 계십니다."

하며 동생은 말을 듣지 않았다. 애라가 방에 들어가 기다리고 있다면 안 갈 수가 없었다. 마루 옆방으로 들어갔을 때 애라는 벌써 잠옷을 입고 자리속에 들어가 있었다. 경하가 잠옷으로 갈아 입자 애라가,

"불 끄세요."

했다. 경하는 램프 불을 끄고 이불 속으로 들어갔다. 신방에 들어가는 기분이었다. 늘 딴 방에서 거처하던 터라 한 이불 속에 들어간다는 것이 여간 조심스러운 일이 아니었다. 서울 집에서 잘 때는 밤이 깊었을 때 애라가 부저를 누른다. 부저소리를 듣고 애라 방으로 가는 날이면 힘들지 않게 부부의 단꿈을 이룬다. 그러나 처음부터 한 이불 속에 들어간 때가 없는 만큼 서툴고 조심스럽지 않을 수 없었다.

이불 속에 들어가려니 자연 이불을 들치지 않을 수 없었다. 이불을 들치는 순간 찬 바람이 이불 속으로 들어갈 것 또한 사실이다.

"아이 추워."

애라가 몸을 홱 돌리고 저쪽으로 누웠다. 경하는 그것이 곧 가까이 오지 말라는 뜻이라 해석하지 않을 수 없었다. 그래서 아예 건드려 볼 생각도 않고 자 버렸다. 다음 날 아침 눈을 떴을 때도 바람이 들어가지 않도록 슬그머니 이불 속에서 나와 옷을 갈아 입었다.

일어나자 그는 사랑채로 건너갔다. 술 취했던 사람을 보기 위함이었다.

그러나 그 사람은 없었다. 벌써 몇 시간 전에 떠났다는 것이었다. 역시 술에 취해 정신을 잃었던 사람은 마찬가진가 보았다. 그 방에서 자던 사람들의 말에 의하면 한 이십 리 떨어진 마을에 사는 사람이었다고 한다. 소를 팔고 소 산 사람의 집에서 술을 마셨다고 했다.

중요한 재산의 하나인 소를 팔고 난 뒤의 허전한 심정으로 술을 마셨을 것이다. 입고 자던 바지에 오줌을 쌌다고 했다. 그러나 바지를 말려 입을 생각도 않고 그야말로 도망치듯 떠나갔다는 것이었다. 소 판 돈을 잃어버리지 않은 것만 다행하게 생각했으리라. 그러면서도 부끄러운 마음에 달아나 버렸을 것이다.

경하는 속으로 빙그레 웃었다. 목숨과 더불어 돈을 잃지 않게 해 주었으니 얼마나 잘한 일이냐? 만약 애라가 그 이야기를 들으면 필경 쓸데없는 짓을 했다고 이맛살을 찌푸렸을 것이다. 제 아무리 잘나고 훌륭하다 해도 나처럼 흐뭇한 감정을 가져 보지는 못할 것이다.

조반을 먹고 앉아 있는데 읍장이 찾아왔다. 아는 사람이었다. 초등학교 동창생으로 가장 출세한 사람이다.

"저 읍장 ×××입니다. 대상이 있으시다는 걸 미처 몰라 이제야 찾아뵌 것을 용서하십시오."

그는 경하에게 인사하기 전 애라에게 인사를 하며 조위금이 들어 있는 흰 봉투까지 내밀었다.

"오늘 밤 강연까지 해 주신다니 읍으로 영광입니다."

"그런 것들이 모두 저의 일인 걸요."

애라는 권위 있게 웃음을 지으며 말했다. 그리고는 경하를 보며,

"제 남편입니다."

하고 경하를 읍장에게 소개했다. 그는 약간 당황했다. 그러나,

"그래 얼마나 수고하나?"

하고 넌지시 읍장과 인사를 했다.

읍장이 돌아간 뒤 얼마 안 되어 경찰 지서주임이 또 찾아왔다. 부인회 회장이란 여자가 무척 수다스럽게 군 모양이었다. 주임은 타지에서 들어온 사

람인지 경하가 모르는 사람이었다. 그도 읍장과 꼭 같은 인사를 한 뒤 조위금을 내놓았다. 애라는 또 권위 있는 웃음을 지어 보이며 경하를 소개했다.

"제 남편입니다."

애라의 소개로 지서주임과 악수를 한 뒤 경하는 지서주임이 빨리 돌아가 주기만 바랐다.

'제 남편…….'

언제나 귀에 거슬리는 그 말을 이 아침에 벌써 두 번째 듣는다. 오경하이기 이전에 길애라의 남편이어야 하는 자기. 죽은 뒤 묘비에도 오경하의 무덤이라 새기지 않고 길애라의 남편 오경하의 무덤이라 새겨질 것을 다시 생각해 본다. 모르는 사람을 만나 통성명을 하고 나면 그 사람은 반드시,

"아. 저 길애라 씨 남편이시군요?"

하고야 만다. 어떤 친구가 딴 사람을 소개할 때도,

"저 길애라 씨라구 계시잖습니까? 바로 그분의 남편입니다."

판에 박힌 듯한 설명이다. 그리고 난 뒤에야,

"저 오경합니다."

하고 경하는 비로소 자기 이름을 댄다.

어떤 친구가 자기 이름을 듣고도 잘 기억이 되지 않아 다시 이름을 물을 때

"저 길애라의 남편입니다."

라고 자신이 길애라의 남편이란 말로 자기를 설명하기도 하는 경하였다. 그러면서도 그가 가장 싫어하는 것은 '── 의 남편'이란 말이었다.

경찰 지서주임이 돌아간 뒤 우체국장이 또 찾아왔다. 그도 애라에게 먼저 인사를 했고 그 뒤 애라는 그를 자기의 남편이라고 소개했다.

경하는 고향에서까지 오경하로 불리지 못하고 길애라의 남편으로 소개되는 것이 싫어 다시 사랑채로 피신을 했다.

그런데 얼마 안 있어 애라가 큰 소리로 경하를 불렀다. 안 들어갈 수가 없었다. 이번에는 농협회장이 왔다. 또 자기의 남편이라는 소개가 있었다.

"네, 오경합니다."

자기 이름을 대면서 인사를 했지만 듣는 사람은,

‘길애라 씨의 남편.’

이라고 들을 것이란 생각을 했다. 자기보다 못한 남편을 일부러 불러다가 소개시키는 애라는 못난 남편 둔 것을 자랑으로 삼고 있단 말인가?

경하는 정말 다시 또 찾아오는 사람이 없었으면 하고 정말 빌고 싶은 마음이었다. 다행히 찾아오는 사람이 없었다. 그러나 마음은 허전했다.

편의상 대상을 동생 집에서 치르기는 했을망정 자기는 조상들의 피를 이어받은 맏아들이다. 이 집에다 자기네 문패를 붙인다면 응당 자기 이름을 써 붙여야 한다. 그러나 이 집에까지 길애라의 이름을 크게 써 붙이고 자기 이름을 작은 글자로 써서 그 밑에 붙여야 할 것 같았다. 애라의 돈으로 살고 있는 서울 집처럼.

강연회에만은 가지 않기로 했다. 물론 애라가 좋아하지 않을 것을 알면서도 자기 내력을 잘 아는 고향 사람들 앞에 애라의 남편으로 얼굴을 내밀기가 싫었던 것이다.

강연회를 끝마치고 돌아온 애라가 사랑채에 누워 있는 경하에게,

“잘 쉬셨어요?”

하고 물었다. 몸이 피곤해서 좀 쉬어야겠다는 핑계로 강연회에 가지 않았던 데 대한 비꼼일 것이다. 비꼬는 말임에 틀림없었으나 그녀는 진정으로 걱정해서 하는 것처럼 말했다.

“응! 몸이 좀 가벼워졌어…….”

경하도 애라의 말을 액면대로 받아넘겼다.

다음 날 아침 차로 애라가 떠날 채비를 했다. 경하는 서울서의 약속대로 며칠 남아 있으려고 했지만,

“며칠 계시겠어요?”

하는 애라의 물음에 어떤 복선이 있음을 느꼈다. 아니나 다를까,

“그럼 혼자 가야겠군요?”

할 때 기어이 같이 가야겠다는 뜻이 숨어 있음을 알았다.

“방학 땐데…….”

방학 때니 이왕 온 김에 며칠 더 있겠다는 뜻의 말을 해도,

“마음대루 하세요. 제가 몸이 좀 불편해서 그런 것뿐예요.”

애라는 혼자 가기가 싫다는 뜻을 표했다.

“그럼 나두 가지.”

“그러실 필요 없어요. 오래간만에 오셨는데. 하실 이야긴들 없겠어요?”

“할 이야기는…….”

경하는 자기를 데리고 같이 가고 싶어하는 애라의 마음을 알고 있다. 여자에게 있어서 필수품 같은 핸드백, 사실은 핸드백만큼의 효용가치도 없을지 모른다. 액세서리처럼 없으면 서운한 남편일지 모른다.

경하는 언젠가 애라가 쓴 글을 어떤 부인잡지에서 읽은 기억이 났다. 이혼에 관한 것이었다. 이혼이란 도덕적인 면에서도 쉽게 허용될 문제가 아니지만 남녀 각기의 사회생활면에서도 간단히 처리될 문제가 아니라는 것이었다. 즉 이혼이란 가정의 파탄뿐 아니라 개인의 사회생활에도 파탄을 가져오는 것이기 때문에 삼가지 않을 수 없다고 했던 것이다.

싫어도 사회생활 때문에 이혼을 못한다. 이혼을 못할 바에야 액세서리처럼 몸에 붙이고 다녀야 한다.

경하는 자기가 아내의 액세서리라고 생각하면서도 아내를 따라 서울로 가지 않을 수 없었다.

제2부

“오늘두 가 보세요. 매일 독촉해야 할 거예요.”

일요일인데도 애라는 외출을 하며 경하에게 다짐을 하는 것이었다. 경하는 자기 방에 혼자 누워 있다가 아내의 목소리에 갑자기 가슴이 무거워짐을 느낀다. 사실은 어제도 학교에서 돌아오는 길에 들러 독촉을 했다. 그러니 며칠 뒤에 가도 무방한 일이다. 더구나 모처럼의 일요일인데 또 나가서 그 하기 싫은 말을 핏대를 올려 가며 해야 하다니…… 생각만 해도 우울해지는 일이었다.

봄이라 남들은 산으로 들로 나가는데 이놈의 팔자는…… 그렇다고 해서 그에게 어떤 계획이 있는 것은 아니다. 술이나 좋아하면 술친구나 찾아갈까.

등산엔 별로 취미를 갖고 있지 않다. 어디를 가나 그놈의 아무아무개의 남편이란 말이 듣기 싫어 갈 곳이 있다 해도 가기 싫어하는 경하다. 그런데 집에 혼자 있고 싶을 때는 아내가 또 집에도 있지 못하게 한다.

아내가 나간 지 얼마도 안 되어 전화벨이 울렸다. 정신도 좋지. 외출할 때는 그놈의 전화 스위치를 경하 방으로 돌려놓는 것을 한 번도 잊어버리지 않는다.

두 번째 벨이 울릴 때까지 경하는 수화기를 들려고 하지 않았다. 또 아무아무 교장댁이냐고 물을 것이 분명했기 때문이었다. 세 번째 벨이 울릴 때 그는 할 수 없이 수화기를 들고야 말았다.

"저 길애라 회장님 댁이십니까?"

남자의 목소리인데 역시 애라를 찾는 전화였다.

"네, 지금 안 계십니다."

경하는 한 마디로 할 말을 다해 버리고 전화를 끊었다. 그런데 얼마 안 있어 전화는 다시 그를 불러 냈다.

전화를 고장나게 할 수는 없을까?

경하는 전화가 받기 싫었다. 수화기를 내려놓으면 그뿐일 텐데 그것은 차마 못하면서도. 그는 수화기를 들자 이번에는,

"길애라 씨 집입니다."

선수를 썼다. 물어 오는 것이 싫어 먼저 말해 버린 것이다. 그런데,

"그럼 오경하 선생이십니까?"

목소리는 뜻밖에도 자기를 아는 척하는 것이었다. 경하는 그것이 더 싫었다. 아내에게 전화를 걸었다가 없으면 그만 끊을 것이지 자기에게 전언을 부탁하려고까지 할 것이 무엇인가?

"네, 그렇습니다."

그의 목소리가 퉁명스러웠다.

"나 김학홉니다."

김학호라면 자기와 같은 학교에 있는 선생이다. 처음부터 자기에게 전화를 걸었으리라 생각하니 약간 부끄럽기도 하고 약간 미안하기도 했다.

"난 또 누구시라구요? 웬일이십니까?"

"다른 일이 아니라."

학호는 오늘 저녁 자기 집에 초대를 하겠다면서 아내와 같이 꼭 와 달라는 말을 했다. 무슨 일이냐고 물었더니 그 말에는 별반 대답을 안 하고 좌우간 오기나 하라고 했다. 혼자 오라고 한다면 간단히 대답했을지도 모른다. 그러나 부부동반이란 말이 싫어 초대의 이유를 거듭 물었다. 상대방은 할 수 없었던지 자기 친구의 애가 지금 어떤 국민학교에 다니고 있는데 애라가 교장으로 있는 사립국민학교로 전학하고 싶어한다는 말을 했다. 말하자면 전학을 부탁하기 위해 친구를 대신해서 저녁을 먹이는 모양이었다. 그 말을 듣자 경하는 일언지하에,

"지금 아내가 외출하고 없는데요."

하고 거절했다.

"몇 시에 돌아오시는데?"

"글쎄요. 돌아오시는 시간은 언제나 일정하지 않습니다."

"일요일이라 외출 안 하실 줄 알고 일찍 전화한다는 것이 그만……."

그러니까 다음 기회나 기다리는 수밖에 없다고 단념하는 모양이었다.

"다음 기회에 보십시다."

"할 수 없게 됐군요."

전화를 끊자 그야말로 시원섭섭했다. 아내가 없다고 해서 하려던 초대를 중지하는 것이 모욕을 당한 것처럼 우울했다. 그러나 아내가 없기 때문에 그 거북한 자리에 참석치 않게 된 것은 시원한 일이었다. 그놈의 사립국민학교 이야기는 듣기만 해도 지긋지긋하다. 넥타이에 베레모를 쓰고 모직천으로 만든 유니폼에 갖은 사치를 다하고 다니는 사립국민학교 학생들을 볼 때마다 그의 생리에 변화를 일으킬 듯 역증을 느끼게 한다. 마치 외국 사절단의 애들 같은 몸차림이다. 학교에 다닐 때는 미끈한 자가용 버스를 탄다. 학교는 외국 고관의 저택처럼 화려하다. 변소는 수세식이다. 그런 학교에 입학하려면 정식으로 입학하는 학생도 근 십만 원을 내야 한다. 대학교 입학금의 삼 배나 되는 돈이다. 그런데 다니는 애들도 자기 집에 가서는 신문지

를 가지고 담모퉁이에 있는 변소를 찾아갈 것이다. 생활과 달리 정신만이 귀족적으로 자라나는 어린애들. 그 애들이 자라 커지면 무엇이 될 것인가? 자기 나라는 똥으로 알고 외국만을 꿈꾸게 될 것이 아닌가?

그런 교육을 시키는 사립국민학교 교장이 바로 자기의 아내다. 그런 아내를 생각하면 그 아내와 이혼해야 하는 것이 당연한 일이다. 생리에 변화를 일으킬 것처럼 싫어지는 그 일의 장본인과 어떻게 같이 살 것인가?

경하는 싫다고 해도 그것을 이유로 이혼이 성립되지 않는다고 생각한다. 어떤 나라의 법률에도 그런 것이 이혼의 이유가 된다는 조목은 없을 것이다.

점심을 먹은 뒤 경하는 애라가 시킨 대로 신당동엘 갔다. 새로 산 집이다. 새로 산 집에 이사를 가기 위해서는 지금 들어 있는 사람들을 내보내야 하는데 명도기일이 지났는데도 세 들어 있는 사람들이 나가지를 않고 있는 것이었다.

경하는 지금 살고 있는 집에 만족하고 있다. 대지 구십 평에 건평 사십 평이다. 애들 둘뿐인 단촐한 식구로 그 집도 넓을 지경이다. 무엇 때문에 대지 이백 평에 건평 육십 평이나 되는 궁궐 같은 집이 필요하단 말인가? 또 그렇게 큰 집을 살 돈은 어디서 났을 것인가? 달리 사업을 하고 있지 않는 이상 불문가지의 일이다. 모두가 못마땅하다. 그러나 같이 사는 이상 아내의 말을 듣지 않을 수 없다, 그것뿐이다.

경하는 새로 산 집에 가서 그 집에 들고 있는 사람들을 빨리 나가라고 독촉했다. 집을 다 비워 줘야 집값을 치르는 것이니까 산 사람보다도 판 사람이 더 급해할 일이다. 그런데도 기일이 지났다는 것만을 이유로 들고 언제까지 비워 주겠느냐고 캐물었다.

열흘만 참아 달라고 하면 하루가 급한데 열흘이 뭐냐고 짜증을 내기도 했다. 어쨌든 그는 아내에게서 맡은 바 자기 임무를 충실하게 수행해야 아내에게 면목이 선다고 생각했다.

그런데 다음 날 아침 애라는 이 날도 또 한 번 들러 동정을 살피라는 것이었다. 왜 그렇게 서두르는 것일까?

"빨리 다녀와서 기다리구 계세요, 오늘 저녁에는 같이 참석하여야 할 파티가 있어요."

애라는 두 개의 명령을 내렸다. 그 두 개의 명령 가운데 한 가지만은 그냥 넘길 수가 없었다.

"어떤 파틴데?"

경하가 물었다.

"한국의 여성운동을 시찰하러 온 미국 사람을 초청하는 파티예요."

이 말에 경하는 이마에서 땀이 흐르는 것 같은 환각을 느꼈다. 애라와 같이 사는 동안 경하로서 참기 힘든 고역은 뭐니뭐니해도 파티에 참석하는 일이다. 부부가 꼭같이 참석해야 한다는 그 풍속을 한국 사람들은 어쩌자고 들여 놓았는지 걸핏하면 부부동반의 파티였다. 참석하면 으레 아무개 아무개의 남편이란 소개를 받는다. 그리고는 맥주컵을 들고 애라 뒤를 따라다니며 악수를 하고 웃음을 짓기도 해야 한다. 얼마나 괴로운 일인가? 그런데 오늘 밤엔 미국인을 초대하는 파티라고 한다. 할 줄 모르는 영어까지 씨부렁거려야 한다. 자기가 아는 사람은 한 명도 없다. 알아 둘 필요가 있는 사람도 한 명 없다. 그저 아내의 액세서리로 붙어 다니는 것뿐이다.

경하는 학교를 끝내고 돌아오는 길에 신당동 새 집으로 갔다가 돌아와서는 이불을 쓰고 누워 버렸다. 아내가 왔을 때는 배가 아파 꼼짝도 할 수가 없다고 말했다. 그래서 이 날의 고비를 넘길 수 있었다.

아내가 투덜거리며 다시 나가자 그는 자리에서 일어나 전축을 틀었다. '별은 빛나고'였다. 그 음악을 들으며 경하는 그 오페라의 이야기 즉 사랑하는 사람의 총살을 앞두고 슬피 우는 아름다운 여자를 생각하고 있었다. 참으로 아름다운 여자일 것 같았다. 그 여자의 슬퍼하는 마음을 알고도 남음이 있을 것 같았다. 한참 음악에 몰두하고 있을 때 고등학교에 다니는 막내가 들어와 왜 어머니와 함께 파티에 안 가고 음악만 듣고 있느냐고 물었다.

"배가 아파서 그래."

"배가 아픈데 음악을 왜 듣구 계세요?"

"음악을 들으면 아픈 걸 좀 잊을까 해서."

"약을 잡수셨어요? 사다가 드릴까요?"

"약 먹어두 낫지 않을 병야."

경하는 전축을 끄고 또 누워서 아픈 척했다.

저녁을 먹겠다는 말을 할 수 없었다. 배가 고팠지만 배가 아파 먹을 수 없다는 말을 하고 그냥 누워 있으려니 따분해서 견딜 수가 없었다. 그는 다시 손에 닿는 대로 레코드를 걸었다.

그런데 뜻밖에도 파티에 참석하러 갔던 아내가 한 시간도 못 되어 되돌아왔다. 그리고는 아무 말도 없이 자기 방으로 가 누웠다. 경하는 그것을 알고도 아내 방으로 가지를 못했다. 배가 아프다고 해 놓았는데 어떻게 가볍게 몸을 움직일 수 있겠는가? 그는 전축을 껐다. 그리고는 아픈 사람이 음악을 무엇 때문에 듣고 있느냐고 꾸중을 들을 걱정만 하고 있었다. 걱정을 하고 있는데 큰애가 들어와 어머니가 아프다고 말했다.

경하는 자기가 아프다고 했던 말도 잊고 아내 방으로 들어갔다. 아내는 눈을 감은 채 그를 보려고도 하지 않았다. 머리가 아프냐고 물어도 대답조차 안 했다. 의사를 불러 오겠다는 말에만 그러지 말라고 말릴 뿐이었다. 심상치 않은 일 같았다. 경하는 아내의 손을 잡고 시원히 말이나 해 보라고 간청했다. 그래도 그미는 입을 열지 않았다. 애들이 나가고 방 안이 비었을 때야,

"여보."

하고 입을 열었다.

"이야기하고 싶지 않아 숨겨 오던 일인데요. 저 자궁암이에요, 이제는 더 참을 수가 없을 것 같아요. 내일 수술해야겠어요."

뜻밖의 말이었다. 경하는 불길한 생각이 들어,

"언제부터 알았는데?"

하고 물었다.

"몇 달 됐어요."

"왜 빨리 수술을 하지 않구……."

"그러기가 싫었어요."

경하는 애라의 마음을 알 수 있었다. 남자보다도 승세한 애라가 자궁병이

란 말로 자기가 여자라는 것을 보이고 싶지 않았을 것이다. 통증이 심하지
도 않는 것을 수술한다고 해서 사회를 떠들썩하게 하고 싶지도 않았을 것이
다. 말하자면 여자의 약점을 보이고 싶지 않았을 것이다.

"그럼 밤으루 입원을 하지 그래."

"그렇게까지 할 필요는 없어요."

그 날 밤 경하는 이부자리를 옮겨 애라 옆에서 잤다. 수술만 하면 그뿐인
병이니까 심상치 않게 생각하면서도 불안한 마음을 어떻게도 할 수 없었다.

다음 날 새벽이었다. 아직 날이 밝지도 않았는데 아내가 경하를 불렀다.
경하가 가까이 갔을 때 그미는 그의 손을 잡았다. 그리고는 입술을 내밀었
다. 경하는 불길한 예감을 느끼면서도 뜨겁게 키스를 해 주었다. 애라가 사
회적 지위를 가지면서부터 한 번도 애정의 요구를 솔직하게 표현해 본 일이
없었던 만큼 경하는 그러한 애라에게 애정을 느꼈던 것이다. 뜨거운 키스를
해 주고 그미의 눈을 바라보았다. 무슨 할 말이 있는 것만 같았기 때문이었
다. 그러나 그미는 입을 열지 않았다. 그 대신 다시 눈을 감은 채 입술을 삐
죽 내밀었다. 경하는 애라가 갈망하고 있는 것이 무엇인가를 알고 아프다는
그미를 힘껏 끌어안고 뜨거운 키스를 해 주고 또 해 주었다. 애라를 입원시
키고 수술을 기다리고 있을 때 경하는 애라가 관계하고 있는 곳에 연락을
해야 하지 않겠느냐고 물었다.

"좀 해 주세요."

"있는 그대로 알릴까?"

"맹장수술을 한다구 그러세요."

애라는 역시 자궁암이란 여자만의 병명을 알리기 꺼려했다. 그리고 맹장
수술처럼 그것을 간단하게 생각하는 모양이었다. 경하는 애라가 하라는 대
로 학교나 여성단체에 전화연락을 했다. 그런데 애라는 입원하고 수술한 지
닷새 만에 병원에서 죽었다. 암균이 이미 전신에 퍼져 있었던 것이다. 죽기
사흘 전 애라는 경하를 조금도 옆에서 떠나지 못하게 했다. 그것은 액세서
리로서의 남편이 아니었다. 한시라도 보지 않고는 못 배길 목마른 요구였다.
아내가 죽자 경하는 정말 슬프게 울었다. 사랑을 느꼈던 것이다. 사랑을 느

끼기 시작할 때 아내가 죽었다는 안타까움이 슬픔을 참을 수 없게 했던 것이다. 성대한 장례식을 거행할 때는 사랑을 모르고 죽어 간 애라를 불쌍하게 생각했다. 자기가 죽으면 애라의 장례식에 비해 몇 배나 빈약할지 모른다. 아내의 액세서리로서 일생을 살았고 죽은 뒤에도 아내보다 몇 배나 쓸쓸하게 가야 할 자기지만 자기보다도 아내를 더 불쌍하게 생각했다.

장례식이 끝나고 일 주일쯤 지난 뒤였다. 경하는 신당동으로 갔다. 새로 산 집으로 간 것이 아니라 그 집을 살 때 중개를 섰던 복덕방으로 간 것이다. 복덕방에 가서는 샀던 집을 약간 밑지는 일이 있다 해도 도로 팔아 달라고 부탁했다. 그리고 난 뒤에는 가회동으로 가서 거기 있는 복덕방을 찾아갔다. 거기서는 크지 않은 한옥(韓屋) 몇 채를 구경했다. 길애라의 남편 오경하가 아니라 본래의 자기인 오경하로 돌아온 지금 집도 자기에게 알맞는 집을 사야 한다는 생각이 있었던 것이다. 열다섯 칸짜리 한국식 집을 사기로 결정한 뒤 지금 살고 있는 집을 내줘야 할 날짜와 맞게 그 집을 내줄 수 있느냐고 물었다. 내줄 수 있다고 대답하자 내일 계약하겠다고 한 뒤 집으로 돌아왔다. 집에 돌아온 지 얼마 안 되어 전화벨이 울렸다.

'길애라 교장선생님 댁이십니까?'

이런 말이 나오지나 않을까 마음 졸이며 수화기를 들었을 때,

"나 김학홉니다"는 소리가 들렸다. 다행히 누구네 집이냐는 말을 묻지 않았다. 그것만도 다행한 일이었지만 오경하 씨 댁입니까 이렇게 물어 주지를 않은 데 약간 불만을 느꼈다.

학호는 몇 마디 인삿말을 한 뒤 잠깐 만날 수 없느냐고 물었다. 무슨 일이냐고 물어도 전화로는 말하기가 곤란하다고 말했다. 경하는 나가기가 싫어서 전화로 용건만 말하면 나가겠다고 했다. 그랬더니 학호가,

"아주 부잣집 딸루 한 번 결혼했던 여자가 있습니다. 결혼 신청자가 많아서 조급해하는 것 같은데 어떻습니까? 마음에 있다면 중매를 설까 하구요."
하고 말했다. 지난번에도 귀찮은 부탁을 하려던 학호 입에서 부잣집 딸이란 말이 나왔을 때 경하는,

"상처한 지 한 달두 안돼서 결혼을 생각할 수 있습니까?"

하고 대답했다. 그러자 학호는 그런 자리를 놓치고 싶지가 않아서 그런다
고 조르기 시작했다. 경하는 부잣집 딸은 싫다고 솔직하게 대답했다. 그랬
더니,

"한 사람의 여자는 한 줄에 달린답니다. 오 선생이 그런 운명을 타구났으
니 할 수 없잖습니까?"

학호가 여자 그늘 밑에서 살아야 할 경하의 운명을 노골적으로 말했다.
그 날 밤 경하는 꿈에서 애라를 보았다.

"부잣집 딸과 결혼하세요. 그렇게 되기루 돼 있어요."

꿈 속에서 아내가 한 말이었다. 그는 꿈 속이었기 때문에 그럴 수 있었겠
지만 애라의 뺨을 후려쳤다. 어떤 때보다도 미웠던 것이다.

(원) 《여성동아》 1968. 3.

슬픈 행복

　명광제(明光濟) 선생에게 편지를 보낸 지 한 달이 거의 되는 날까지 회답이 없을 때 나는 내 목숨이 다한 것이라고 생각했다. 나는 왜 생면부지인 명 선생에게만 편지를 내고 그 회답에만 기대를 걸고 있었는지 모른다. 면식도 없는 그분에게 내 전부를 털어놓고 내 장래를 죽음 가운데서 구출해 달라고 요구할 용기를 냈던 것은 나로선 용감한 일이라 아니할 수 없다. 이왕 그런 용기를 낼 바에야 어째서 시 교육위원회에 계신 분이나 문교부에 계신 분을 찾아가거나 편지를 내지 않았는지 모른다. 또 명 선생에게 편지를 보냈다면 그를 찾아가거나 한 번쯤 독촉의 편지를 보내도 좋았을 것을 어째서 한 번 편지에 목숨을 내맡긴 듯 멍청하니 회답만 기다리고 있었을까? 아무리 생각해도 나는 속이 막힌 여자다. 주인에게 얻어맞은 뒤 깽깽거리면서도 주인의 옆을 뛰쳐나가지 못하고 그 옆만 빙빙 돌며 표정을 살피는 강아지와 같다고나 할까?

　혁명 직후라 일이 태산 같을 텐데 얼굴도 모르는 나를 위해 발벗고 나설 사람이 어디 있을 것인가? 참으로 나는 막힌 여자다.

　작년 봄이었다. 어머니가 내놓으신 돈이 등록금에서 삼천 원이 부족했었다. 그때 나는 부족한 등록금을 받아 들고 사흘 동안 밥도 안 먹고 누워 있었다. 졸라야 소용없는 일인 줄 알기 때문에 어머니에게도 말 한 마디를 않고 누워서 눈물만 짰다. 나다니면서 변통했다면 어디서라도 돌렸을지 몰랐다. 그런데도 나는 그런 걸 생각하지 못했다. 어머니가 모자라는 돈을 가져다 주면 등록을 하고 그렇지 않으면 퇴학을 당하는 것이다. 그런 생각밖엔 딴 생각이란 손톱만큼도 머리에 떠오르지 않았다. 눈물만 짜며 고작 생각한 것은 죽음뿐이었다. 한 해를 더 다니지 못해서 졸업을 못하면 그것은 싹이 터 오르던 나무의 모가지를 잘라 버리는 것이나 마찬가지다. 모가지가 잘려 성장을 못하는 것은 죽음을 의미한다. 나 하나에만 희망을 걸고 살아가시는 어머니를 죽을 때까지 고생시킬 바에야 차라리 죽는 것이 나을지도 모른다고 생각했었다. 사흘 뒤 어머니가 삼천 원을 마저 만들어다 주셔서 등록금을 냈지만 나는 매사에 막힌 짓만 하는 여자다.

지금 명 선생에게서 절망을 느끼고 있다. 아직까지 회답 한 장 안 보내 주시는 그에게 달리 기대할 것이 없다. 그런데 그를 찾아가 본다든가 딴 사람을 만나 볼 생각은 엄두도 내지 못하고 있다. 명 선생에게 편지를 내고 하늘의 계시만 있기를 기다리는 마음.

학교 선생을 찾아가서 사정 이야기를 하고 시 교육위원회나 문교부에 있는 사람을 소개해 달라고 하면 소개 안 해 준달 법이 없을 것이다. 그러나 선생을 찾아갈 용기가 나지 않는다. 사 년 동안이나 가르쳐 준 선생에게 어찌 그 구질구질한 이야기를 꺼낸담. 찾아가는 일보다도 내 사정 이야기를 입 밖에 꺼낼 용기가 나지 않았다.

"얘, 오늘도 종일 누워만 있었니? 그러다가 병 날라. 나가서 바람이라두 쐬야지."

종일 나가 계시던 어머니가 돌아오시자 하는 말이었다. 나는 아무 대답도 안 했다. 마음에 내키지 않을 때는 입을 열지 못하는 것이 나의 못된 성격이다. 어머니는 내 성격을 아시는 만큼 더 말을 시키지 않았다. 어머니가 저녁을 지었다. 나는 그래도 어머니가 지어 주시는 밥을 먹었다. 그리고는 또 누웠다. 어머니가 혼자 맷돌질을 하며 콩을 갈고 있었지만 나는 거들어 드릴 생각도 안 했다. 나 같은 딸을 가진 어머니가 불쌍했다. 두부 담은 다렝이를 이고 종일 돌아다니다가 들어온 어머니를 위해 저녁밥도 지어 놓지 않은 딸이다. 피곤한 몸으로 혼자 맷돌질을 하고 있는데도 그냥 본척만척이다. 맷돌질이 끝나면 밤늦게야 눈을 조금 붙였다가 새벽녘에는 두부를 만들 것이지만 나는 어머니가 조반을 지어 놓고 나가실 때까지 그냥 누워 있을 것이다.

참으로 나는 맹추다. 맹추는 인정도 없는 모양이지? 인정이 있고 없고는 둘째로 꼼짝도 하기가 싫은 것을 어떻게 한담.

내가 누워서 생각하는 것은 죽음뿐이다. 어머니가 불쌍하고 또 미안하게 생각되지만 눈앞에 보이는 것이 죽음뿐인 것을 어떻게 하랴? 그것도 내 속이 막혔기 때문이겠지만 나는 취직이 안 되는 경우 빨갱이의 딸이라는 낙인이 찍힌다는 것만을 생각하고 있다. 그런 낙인이 찍힌 이상 살아서는 무엇 하랴 하는 외골수의 생각이다.

"취직 안 되면 나하고 두부장사나 하자. 먹구 살면 되잖니? 네가 거들어 주면 딴 장사도 할 수 있단 말야."

어머니가 맷돌질을 하며 하는 말이었다. 어머닌들 얼마나 딱할 것인가? 이제 마흔세 살밖에 안 됐으면서도 여자란 느낌을 조금도 안 주는 어머니다. 그저 어머니일 뿐이다. 그만큼 마음이 늙었다. 내가 그렇게 보는 탓인지는 모르지만 산다는 것밖에 모르는 그런 어머니가 슬하에 하나밖에 없는 딸을 얼마나 딱하게 볼 것인가? 나는 그 어머니의 마음을 알고 있다. 잘 알고 있으면서도 어머니 말에 대꾸가 하기 싫었다.

"취직이 제일이냐? 그럭저럭 살다가 시집가면 그만이지."

이 말에도 나는 대꾸를 안 했다. 어머니는 내가 어머니의 말을 귀담아 듣지도 않는 것이라 생각할 것이다. 왜 듣지 않을 것인가? 다 듣고 있으면서도 대답을 안 할 뿐이다.

사실 여자란 결혼만 하면 그뿐이다. 내가 빨갱이의 딸이란 낙인이 찍혀 있다 해도 나 자신이 빨갱이가 아닌 이상 결혼을 못할 리가 없다. 결혼만 하면 그런 낙인쯤 마음에 걸릴 것도 없이 편하게 살 수 있다. 그런 만큼 나도 결혼이나 했으면 하는 생각도 해 봤다. 그렇지 않아도 남자의 사랑을 받아 보고 싶다. 아내로서의 할 일도 있겠지만 그런 것쯤 힘들 것 없을 것 같다. 남자의 애정을 받아들이는 것만이 전부인 그런 생활이 그립기도 하다. 그러나 지금 그런 것을 생각할 계제가 아니라는 것뿐이다.

대답 안 하고 있는 내가 어머니에게 반항하고 있는 것이라 해석했던지 어머니가 이번에는 딴 소리를 했다.

"명 선생인가 하는 분을 한 번 찾아가보려마. 질펀하니 누워서 기다릴 것이 아니라 찾아가서 하회를 알아봐야 속 시원하지 않겠니?"

그 말에야 나는 대답했다. 수긍할 수 있는 말이었고 또 나도 그럴 참이었기 때문이다.

"그래야겠어요."

그렇지 않고서는 배겨날 수가 없을 것 같았다.

다음 날 아침 나는 최고회의(最高會議)로 갔다. 무장한 군인들이 지켜 서 있는 출입문에 이르자 가슴이 철렁했다. 무시무시했던 것이다. 나는 면회를 거절당했으면 하는 생각을 했다. 할 일을 다 했는데도 일이 안 되는 것은 내 탓이 아니다. 하늘의 뜻이라는 생각을 갖기 위함이었다. 명 선생을 만나야 한다는 것이 진심이면서도 결코 그를 만나지 못하는 것은 하늘의 뜻이다. 하늘의 뜻이라면 죽는 것도 어쩔 수 없는 일이다. 나는 아무래도 죽음에 매력을 느끼는가 보다. 그러면서도 수위병에게 용건을 말했다. 속으로는 일체 면회를 허가하지 않으니 빨리 돌아가라는 말이 있기를 기대하면서……. 그런데 수위병은,

"저기 가서 면회 신청서를 써 내십시오."

광장에 있는 작은 집을 가리키며 친절하게 말해 주었다.

나는 실망과 안도감을 느끼며 수위병이 말해 준 곳으로 가서 면회 신청 용지에 몇 자를 메꿔서 제출했다. 얼마 뒤 일보는 사람이 나를 불러 들어가라면서 면회증을 떼 주었다. 어디냐고 물었더니 5층 몇 호실이라고 했다.

처음 들어가 보는 건물이다. 더구나 5·16 혁명 뒤 나라의 최고기관인 그곳엘 들어간다는 것이 가슴 떨렸다.

'좀 나와 주지 않구……'

당치도 않은 생각이었다. 알지도 못하는 분에게 어찌 그런 것을 바랄 것인가? 그래도 그분이 나와 주기만 한다면 나는 편하게 그를 만나리라는 생각을 해 봤다.

5층으로 올라가 명 선생 방 문을 두들겼다. 다행히 그분이 계셨다. 군인들만이 정치를 하고 있는데 군인 아닌 분이 고문이란 직책을 가지고 있으니 그분은 군인보다도 높은 사람이란 말인가? 평복한 그분을 대하고도 나는 가슴이 떨렸다.

"저, 한 달 전쯤 편지를 올린 강은하(姜銀河)입니다."

나는 우선 내 소개를 하고 공손히 인사를 했다.

"다 알고 있습니다. 잘 왔소."

그분은 의외로 반갑게 대해 주었다. 명 선생은 나를 소파에 앉게 한 뒤

"그렇지 않아도 한 번 만나고 싶었소. 며칠 후에 발령이 날 거요."

하고는 나를 찬찬히 바라보았다.

얼굴은 그렇지도 않은데 목소리나 눈짓이 어쩌면 그렇게 부드러운지 몰랐다. 생전 처음 그런 부드러운 음성을 들은 것 같았다. 아버지를 모르고 자라났기 때문이었을까? 나는 우선 그 부드러운 음성과 시선에 그만 눈물을 흘리고 말았다. 말이 나오지 않아 고맙단 말도 못하고 있을 때,

"무척 고민했지?"

그분이 다시 나를 어루만져 주는 듯한 음성으로 말씀하셨다. 그 말에 나는 내 눈물이 더 뜨거워짐을 느꼈다.

"울지 마. 이젠 다 해결됐으니까……."

그분은 왜 내가 울지 않을 수 없는 말을 계속하는지 모르겠다.

"대한민국을 고맙게 생각하며 살아."

이 말에 나는 그분이 나를 위해 대한민국을 움직였구나 하는 생각을 했다. 그러나 어떻게 해서 대한민국을 움직였느냐고 물어 볼 수가 없었다. 나는 눈물을 닦고 그에게 고맙다는 인사만을 했다.

"가서 기다려. 곧 연락이 있을 거야."

그분도 더 이야기를 하지 않고 나를 돌려 보내려 했다. 난들 거기서 무슨 말을 묻고 무슨 이야기를 할 것인가? 그저 고맙다는 이야기만 거듭하고 나왔다.

사무실을 나올 때 그분이,

"진실은 통하는 거야. 진실되게 살어."

라고 말씀하셨지만 나는 그분의 말씀들을 내 일기에 적어 두었다가 내가 죽은 뒤 내 비석에다 새기게 하고 싶은 마음이었다.

나는 이제 취직을 안 해도 좋았다. 어머니와 같이 두부장사를 하며 평생을 살아도 좋다고 생각했다.

어머니가 돌아왔을 때 나는 어머니가 미처 묻기도 전에 그분에 대한 이야기를 전부 털어놓았다.

"하늘이 도우셨구나……."

어머니가 기뻐하실 것은 당연한 일이다. 나는 들떠 있는 내 감정을 감추지 못하고,

"진실은 통하는 거야……."

그분이 하시던 말씀을 되뇌었다.

"몇이나 돼 보이던?"

"마흔댓 됐을까?"

"그럼 네 아버지와 비슷한 나이로구나."

"아버지 얼굴이 어떻게 생겼지요?"

"둥그스름한데 살색이 좀 꺼멓지."

"그분도 그래요. 하얀 편은 아냐."

"고마운 분도 세상엔 있지?"

나는 그분의 얼굴을 눈앞에 그려 봤다. 그분이 내 아버지라면 하는 생각도 해 봤다.

그 날 밤 나는 오래간만에 어머니의 일을 도왔다. 맷돌질도 했고 부엌에 나가 두부 만드는 일도 도왔다. 잠 속에서는 아버지 꿈을 꾸었다. 오래간만에 꾸는 아버지 꿈이었다. 열 살 때 이북으로 넘어간 아버지기 때문에 그 얼굴을 기억하고 있는데도 꿈 속에 나타난 아버지 얼굴은 명 선생의 얼굴 바로 그것이었다. 명 선생의 얼굴을 분장하고 나타난 아버지는 참말 인자하고 부드러웠다.

"나는 너와 어머니가 보고 싶어 이북에서 도망온 지가 벌써 몇 해나 된

다. 볼 면목이 없어서 찾아보지는 못했다만 그새 너희들이 얼마나 보고 싶었는지 아니? 너무도 걱정을 끼쳤고 너무도 고생을 시켜 미안하다. 이제부터 절대로 걱정을 시키지 않을 테니 날 용서해 다오. 그리고 아버지라 불러 다오……."

아버지는 정말 눈물을 흘리셨다. 내 손목을 꼭 잡고 말이다. 나는 어렸을 때처럼 아버지 품에 안겼다. 그리고는 아버지보다 더 슬프게 울었다. 헉헉 느끼며 울다가 내 울음소리에 그만 잠을 깼다. 동시에,

"애 ── , 무슨 꿈을 꾸니?"

내 몸을 흔드는 어머니의 손길을 느꼈다. 나는 무서운 꿈을 꾸었다고만 대답했을 뿐 아버지 꿈을 꾸었다는 말을 하지 못했다. 어머니는 다른 말을 물어 보려 하지도 않고 금시 잠이 들어 버렸다. 그러나 나는 잠을 이루지 못했다. 아버지 꿈을 꾸었지만 명 선생의 얼굴이 눈앞에서 사라지지 않았던 것이다. 명 선생! 그분이 어찌해서 아버지 얼굴로 나타났을까? 앞으로 그분이 아버지처럼 나를 대해 주시려는 것일까? 만약 그렇다면…… 그렇다면 나는 얼마나 행복할까? 그럴 리가 없겠지. 가족을 가지고 있을 그가 어찌 나를 딸처럼 대해 줄 리가 있을라구…….

만날 수 없는 곳에 있는 아버지. 앞으로도 만날 가능성이 없는 아버지보다도 가까운 곳에서 아버지처럼 느낄 수 있는 명 선생이 그리웠던 것인지 모른다.

찾아가고 싶었다. 한 달 전에 보낸 편지에 내 과거와 현재의 심정을 십이 분 써서 보냈던 것이지만 그것으로는 부족한 것 같았다. 만나서 좀더 자세한 이야기를 해 드리고 싶었다. 그러나 바쁘게 지내시는 사무실로 찾아갈 수는 없다. 주소를 모르니 댁으로도 갈 수 없다.

그래서 며칠을 망설이고만 있을 때 하루는 학교에서 편지가 왔다. 시 교육위원회에서 발령장과 아울러 부임 학교가 결정되었다는 통지가 왔으니 빨리 학교에 나오라는 것이었다. 얼마나 바라고 기다리던 것이었던가? 그것을 위해 사 년 동안 고생을 하며 대학을 다녔다. 어머니는 두부장사를 했고 나는 아르바이트를 했다. 사범대학인 만큼 다른 학생들은 졸업하기가 바쁘게

취직이 되었지만 유독 나만이 아버지 탓으로 제외되었던 발령장.

나는 지체없이 사범학교로 가서 부임하게 된 학교 이름을 안 뒤 학장과 과장 선생님을 찾아가 인사를 드렸다. 그 발령장만 나오지 않았다면 죽을 때까지 드리지 못했을 인사였다.

"잘 됐어."

나에게만 발령장이 나오지 않았을 때 과장 선생이 그 이유를 시 교육위원회에 알아봤을 것이다. 그러나 과장 선생은 내 수치심을 건드리지 않으려고 잘 됐다는 한 마디 말로 스스로 안심이 된다는 뜻을 나타냈다.

"고맙습니다."

마치 과장 선생님의 덕분에 발령장이 나오기나 한 것처럼 나는 인사를 했다. 명 선생의 이야기를 알리고 싶지가 않았기 때문이었다. 이야기를 해도 무방한 일이었다. 그런데 그분의 이야기를 과장 선생에게까지 하고 싶지 않은 것은 그분을 나만의 비밀로 간직하고 싶은 때문이었다. 이북에 있는 아버지도 비밀이다. 그러나 좋은 의미의 비밀을 혼자만이 간직하고 싶은 마음. 그것은 내 마음이 너무나 가난하기만 하기 때문일지도 모른다.

명 선생님!

나는 내 마음의 비밀스런 존재 명 선생을 그리며 학교를 나오자, 공중전화를 걸었다. 명 선생은 자리에 계셨다.

나는 발령장이 나왔다는 소식을 듣고 학교에 갔다 나오는 길이라고 간단한 보고를 한 뒤 한 번 만나 뵙고 싶다는 말을 했다. 만나서 내 기쁨을 직접 이야기하고 싶었던 것이다.

"오늘 오후엔 별 약속이 없는데 어느 다방에서 만나지."

명 선생은 나를 만나는 일에 망설이는 태도가 아니었다.

"어떤 다방에서 뵐까요?"

"종로에 있는 C다방 아나?"

"다방이라고는 간 일이 별반 없어서요."

사실 대학에 다니면서도 나는 다방에라곤 별반 다니지를 못했다.

"신신백화점에서 광화문 쪽으로 오면 농협이 있어. 그 집에서 몇 집 더 내려오면 길가 2층에 있는 다방인데 찾기 쉬울 거야."

"찾아가겠어요."

약속시간까지 몇 시간이나 남아 있었다. 그새 부임할 학교에 갔다 올 수도 있었지만 나는 혼자 갈 용기가 나지 않았다. 그래서 거기는 내일 가기로 하고 집으로 돌아왔다. 그리고는 명 선생님과 만날 때 입고 갈 옷을 생각했다. 옷이라야 단 두 벌밖에 없다. 제복처럼 만들어진 검정색 사지 투피스와 지금 입고 있는 회색 투피스. 여름 한 철을 빼놓고 세 철 동안 갈아 입는 내 옷의 전부다. 그러니 검정 양복 아니면 회색 양복을 입는 수밖에 없는데 지난 번 만나러 갔을 때 입었던 것을 또 입고 가기가 싫었다. 그렇다면 검정 양복을 입어야 하는데 그것은 학생 냄새가 풍긴다.

나는 생전 처음으로 옷이 너무나도 없다는 데 부끄럼을 느꼈다. 학생 시절에 옷을 사고 싶은 충동을 느낀 때가 없지 않았으나 옷을 사지 못해서 안달한 적은 한 번도 없었다. 환경에 적응하려는 습관된 사고였다.

졸업식 날 여학생들은 모두 한복을 입자고 했다. 그러나 내게 무슨 돈이 있었겠는가? 나는 아무 말도 하지 않고 있다가 입던 양복 그대로의 차림으로 식장에 나갔다. 그래도 아무렇지 않았다. 조금도 어색하거나 부끄럽지가 않았다. 그런데 오늘 명 선생을 만나러 가는데는 왜 옷에 관심이 갈까? 옷뿐만이 아니었다. 얼굴도 손질을 하고 싶은 마음이 들었다. 여자의 본능이랄까? 나는 이때까지 얼굴에 발라 본 것은 국산 크림 한 가지뿐이었다. 다른 것을 더 바르고 싶어한 일이 한 번도 없었다. 오늘도 결국 그것밖에 바를 것이 없지만 그것 외에 무엇 좀 다른 것을 발라 봤으면 하는 생각을 했다.

아버지 같은 명 선생을 만나러 가는데……. 이런 생각을 하면서도 그 아버지 같은 그분에게 곱게 보이고 싶은 마음을 또한 부정할 수 없었다.

나는 그런 생각을 하며 시간을 보내다가 결국은 회색 양복을 입었고 얼굴에는 크림만을 발랐다. 지난번에 입고 갔던 옷이지만 학생 티가 나는 검정 옷보다는 그것이 나을 것 같았기 때문이었다.

다방은 힘들지 않게 찾았다. 그러나 층계를 올라가는 동안 다리와 가슴이 떨리는 것을 느꼈다. 나는 같은 반의 남학생들과 만난 일이 있다. 그러나 어떤 한 사람과 만나 본 일이라고는 없다. 그래서 수줍은 것이라 생각했다. 수줍어하는 나를 해석해 보는 스스로가 더 부끄러운 일이었지만 할 수 없었다.

다방 안에 들어서서 두리번거렸지만 명 선생이 눈에 띄지 않았다. 나는 잠시 망설였다. 밖에 나가서 기다릴 것인가? 그렇지 않으면 빈 자리에 앉아 있을 것인가? 다방에 익숙하지 못하기 때문이겠지만 혼자 앉아 있기가 거북할 것 같았던 것이다. 그런데 그때 누가 일어서서 손짓을 하는 사람이 있었다. 명 선생이었다. 나는 구세주나 만난 것처럼 그쪽으로 달려갔다. 난처해 할때 나를 구해 주는 따뜻한 손길.

나는 명 선생 앞에서 공손히 인사를 하고 사무실에서처럼 그냥 서 있었다.

"앉어."

그분의 말을 듣고야 맞은편에 앉았지만 나보다 먼저 온 그분에게 늦어서 미안하다는 말도 못했다.

"G학교에 가게 됐다구?"

그분이 이런 말로 입을 열었다.

"네."

"좋은 학교야. 그 학교 교장을 잘 알지. 내 다음에 전화를 해 줄게."

나는 할 말이 없었다. 갑자기 어렵게 생각되었던 것이다. 그래서 얼굴을 들고 그분을 바라볼 수도 없었다.

내가 자기를 어렵게 생각하는 것을 눈치챘는지 그분은 나에게 자꾸 말을 시키려 했다.

"어머니 건강은 좋은신가?"

"네."

지난번 편지에 어머니 이야기도 상세히 적었던 만큼 나는 할 이야기가 없었다.

"형제가 한 명도 없다지?"

그분도 나에 대해 모르는 것이 없을 것이지만 말을 시키기 위해 공연히 묻는 것을 나는 알 수 있었다.

“네.”

“외동딸이구먼. 다른 집안 같으면 귀엽게 자라났겠는데…….”

그래 나는

“저두 귀엽게 자랐어요. 엄마가 얼마나 사랑해 주셨는데요.”

하고 처음으로 말을 했다. 그것은 내 열등의식에 대한 반항이었다. 어머니의 애정도 모르고 자란 비참한 애는 아니라고 역설하고 싶었다.

“좋은 어머니라구 생각되더군…….”

그분은 나의 아픈 곳을 파헤치지 않고 너그럽게

“좌우간 누구보다도 기뻐하실 분이 어머닐 거야. 끝까지 기쁘게 해 드려.”

하며 빙그레 웃었다.

나는 나의 긴 편지가 그분의 마음을 감동시킨 것이라 생각하면서도 공연히 쓸데없는 것까지 썼다고 후회했다. 그분은 나를 구질구질한 여자라고 생각할 것이다. 그런 선입지견 때문에 나를 똑바로 보지를 못할 것이다.

“은하! 내가 이렇게 부르는 걸 용서해 줘. 달리 부를 수가 없구만.”

명 선생은 어떻게 내 마음을 그렇게 꿰뚫어 보시는지 모른다. 열등의식을 느끼고 있을 때 나를 잡아끄는 말을 해 주었다.

“그게 좋아요. 그렇게 불러 주세요.”

“미스 강 하면 외국 냄새가 나서 싫고 C선생이라고 하면 너무 서먹서먹하고. 그렇다고 은하야 할 순 없으니 말야.”

그분은 안 해도 좋을 변명까지 했다. 은하, 하고 부르는 것이 조금 미안했던 모양이다.

“영원히 은하라고 불러 주세요.”

나는 불쑥 영원이란 말을 썼다. 영원히라는 말이 나에겐 가장 아름답게 생각됐던 것 같다.

“난 은하를 두 번밖에 안 만났지만 전부터 알고 있는 사이 같아. 그러니까 혹은 실수가 있어도 용서해.”

그분도 불쑥 의미심장한 말을 했다. 그것은 유쾌한 말이 아니었다. 통속

적인 남자 같은 인상을 주었기 때문이었다. 그래서 금시 실망을 줄 남자가
아닐까 걱정을 하고 있는데

"실은 내게 은하 같은 딸이 있었어. 그 딸이 작년에 죽었어. 대학교 3학년
이었지. 은하를 볼 때 난 개 생각이 나서 은하가 남 같지가 않아. 어딘가 닮
은 데가 있는가 보지……."

"그래요? 무슨 병인데요?"

나는 그분의 슬픔을 알 수 있었다. 동시에 내게 친근감을 느끼는 동기가
불순하지 않다는 것을 알고 안도감을 느꼈다.

"백혈구가 적혈구를 잡아먹는 병이었어. 얼마 앓지도 않았는데 뼈밖에 남
지 않았었지. 참 불쌍하게 죽었어."

"참말 슬프시겠어요……."

"아직도 살아 있는 것만 같아."

"그밖엔 자녀분이……."

"많지. 사내가 둘, 계집애가 둘이야. 개들이 있어서 그래도 좀 나은 셈이
지."

"살아 있는 자녀들만 보시고 살면 되겠어요."

나는 죽었다는 딸이 그분의 외동딸이기를 바랐던 것인지 모른다. 그래서
그분의 슬픔이 대단치 않으리라 생각했다.

"그래도 산 애 넷보다 죽은 애 하나를 더 생각하게 되는 것 같아."

"어머, 그러시면 살아 있는 자녀들이 섭섭하게 생각하지 않을까요? 사모
님도 그러실 거구요."

"아내는 없어."

"안 계시다고요?"

"죽은 지 벌써 사오 년이 지났어."

"그런데도 아직 재혼을 안 하셨어요?"

"애들 때문에 할 수가 없었지."

나는 그분이 보통 사람과 다른 데가 있다고 생각했다. 그리고 나 때문에
재혼을 안 하고 혼자 사시는 어머니를 생각했다.

어머니와 명 선생님!

나는 문득 이런 생각도 했다. 두 분이 결혼을 한다면 그분은 내 아버지가 된다. 얼마나 어울리는 부부며 얼마나 어울리는 딸이 될 것인가?

그러나 얼마 뒤 그분이,

"취직이 됐으니 옷도 있어야겠군……."

할 때 나는 등골에 찬물을 끼얹는 듯함을 느꼈다. 내 약점을 꼬집어 내고야 말았던 것이다.

"옷 많아요."

나는 그 자리에서 반발했다. 그러자 명 선생은 얼굴이 붉어지며,

"다른 뜻이 있어서 그런 건 아냐. 내 딸이 입던 옷이 있는데 그걸 주고 싶어서……."

"밑의 애들을 주면 되잖아요?"

"계집애들은 아직 너무 어려."

"………"

그분의 마음을 잘못 알았던 내가 도리어 부끄러웠다. 그래서 말을 못하고 있는데,

"우리 집에 가서 저녁이나 같이 할까? "

그분이 화제를 돌렸다.

나는 그분에게 미안한 생각이 들어 거절을 못했다.

"애들도 만나 보고 할 겸 같이 가."

나는 마지못해 그분의 집까지 갔다. 그렇게 좋은 집은 아니었지만 아담한 한식 가옥이었다. 거기서 애들과 이야기를 하며 저녁을 먹었다. 처음 간 집이었는데도 그리 서먹서먹하지가 않았다. 애들하고도 가까워질 수 있다는 생각을 하며 돌아오려고 할 때 명 선생이,

"나쁘게 생각만 안 한다면 옷을 한 벌 주고 싶은데……."

하고 죽은 딸의 옷 이야기를 다시 꺼냈다.

"주셔요. 고맙게 받겠어요."

나는 즐거워하는 표정을 지으며 말했다. 그리고 내주는 옷을 몸에 대 보며

“꼭 맞네요. 체격이 저와 비슷했던 모양이지요?”

명 선생이 무안해하지 않게 의식적인 웃음까지 지어 보았다.

“그래, 비슷했어.”

그분이 딸의 옷을 주는 데는 여러 가지 이유가 있었을 것이다. 옷이 없는 나를 생각하는 것이 으뜸일 것이다. 그리고 딸에 대한 추억이 깃들여 있는 물건들을 없애겠다는 것이 둘째 이유일 것이다. 그러나 나는 딸의 옷을 내게 입히려는 것이 가장 큰 이유이기를 바랐다. 딸의 옷을 입은 나에게서 딸을 느끼려 한다면 나는 얼마나 행복할 것인가?

옷을 싸 들고 나오는 나에게 그분은,

“세상은 생각보다 살기 힘한 거야. 꿋꿋한 마음으로 살아가. 만일 무슨 일이 있거든 내게 와서 의논을 하고. 알았지?”

라고 말했다. 정말 딸에게 보이는 그런 애정이었다.

그 뒤 얼마 동안 나는 바빴다. 새로 취직된 학교에 나가서 일을 시작해야 했기 때문이었다. 그러니까 일 주일쯤 뒤에야 나는 명 선생 댁엘 갔다. 그 동안 명 선생의 고독한 이미지가 머리에서 사라지지 않았기 때문인지 이 날 그분을 찾아가는 나의 마음은 내가 그분의 고독을 덜어 줘야 한다는 생각으로 가득 차 있었다.

집에 와 있던 그분이 나를 반갑게 맞이해 줄 때 혹시 또 옷이나 얻으러 오는 것이 아닌가 하는 오해를 줄지도 몰라서,

“뵙고 싶어서 왔어요.”

라고 말을 했다. 그러나 그것은 나의 진심이기도 했다. 그분도,

“잘 왔어. 나도 보고 싶었어.”

마치 나를 기다렸다는 듯이 말했다.

나는 이 날 명 선생의 서재를 정리했다. 식모가 있어서 깨끗하게 치우기는 했지만 책꽂이의 책이 들쭉날쭉해서 보기가 싫었다. 책상 위에도 너저분하게 널려 있는 책과 서류들을 정돈했다. 못에 걸린 와이셔츠를 보고 와이셔츠는 며칠씩 입느냐고 물었다. 이틀씩 입는다고 대답할 때,

“매일 갈아 입으셔요.”

하고 그것을 식모에게 내다 주었다.

"양말은요?"

"생각나면 갈아 신지."

"양말도 매일 갈아 신으셔요. 고린내가 나면 어떡해요. 내복도요. 홀아비 냄새가 날 거예요."

말하는 나도 웃었지만 그분도 어이없다는 듯 웃었다.

"다음부터 올 땐 꽃을 사 와야겠어요. 방이 너무 쓸쓸해요."

"꽃이 있다고 쓸쓸하지 않을까……."

"그래도요."

그 날 저녁밥도 그분 댁에서 먹었다. 애들과 한 자리에서였다. 나는 밥을 먹으며 생각했다. 내가 이 집에서 산다면 명 선생을 낱낱이 보살펴 드릴 수가 있다. 아침 출근할 때는 내복과 와이셔츠를 갈아 입게 한다. 애들도 거들어 준다. 그러면 모두가 얼마나 좋아할까?

그러나 그것은 나 혼자만의 생각이었다. 아마 명 선생도 애들도 그런 생각을 할지 모른다. 속으로만 생각할 뿐 입 밖에 꺼낼 수 없는 생각이다.

그 뒤에도 나는 며칠에 한 번씩 그 댁엘 갔다, 꽃을 사 가지고. 명 선생이 안 계실 때도 있었지만 그런 때도 들어가 서재를 정돈했고 애들의 생활을 보살펴 주었다.

첫 월급을 타는 날 나는 백화점으로 가서 명 선생에게 드릴 넥타이핀을 샀다. 첫 월급으로 맨 처음 사고 싶은 것이 명 선생에게 드릴 물건이었다. 그러나 그분이 기뻐하실 물건을 사는데 며칠 동안 고심을 했다. 그분이 안 가지고 있는 것을 생각해 보았지만 그런 것이 통 생각나지 않았다. 결국 넥타이핀을 샀지만 그런 액세서리는 많아도 무방할 것 같았기 때문이었다. 다만 값나는 것을 사다 드리면 기뻐하겠지 하는 마음에서였다. 십사금에 자수정을 낀 삼천 원짜리였다. 나는 돈이 아깝지 않았다.

넥타이핀과 꽃을 사 가지고 간 날 그분은 댁에 계셨다.

"오늘 첫 월급을 탔어요."

하면서 선물을 내놓을 때 기뻐하시던 그분의 표정 그것은 꼭 어린애와 같았

다. 그분은 와이셔츠를 입고 넥타이를 매고는 넥타이핀을 꽂았다. 그리고는
거울 앞에 가서 보며,

"고마워."

하고 웃었다. 그리고는 그 금 넥타이핀을 손바닥에 문지르기도 했다.

"잃어버리질 말아야겠는데."

그렇게까지 좋아하는 얼굴을 본 기억이 없다. 나로 말미암아 그렇게까지
기뻐해 주는 사람이 있을까? 나는 생전 처음으로 행복을 느꼈다. 남을 기쁘
게 해 줌으로 느끼는 행복감. 나는 행복을 느낄 수 있는 여자란 생각이 들
었다.

나는 최고의 행복감 속에서 이때까지 건드리기 두려워했던 말을 꺼냈다.

"선생님! 어떻게 해서 제 발령장이 나오도록 하셨어요?"

명 선생을 만나는 날부터 알고 싶어했던 것이지만 실은 명 선생의 대답이
두려워 물어 보지 못했던 것이다.

"그까짓 건 알아서 뭣해……."

명 선생도 알려 주기를 원치 않고 있는 모양이었다. 이제 아무것도 아닌
것이 되기는 했지만 나의 약점을 건드린다는 것이 그분으로서 유쾌하지 않
았을 것이다. 그러나 말을 꺼낸 이상 대답을 안 들을 수 없었다. 이렇게 행복
스런 분위기가 아니고는 다시 그런 말을 꺼낼 기회가 없을 것 같기도 해서,

"알아야겠어요. 말씀해 주셔요."

라고 나는 졸라 댔다.

"그럼 말하지. 은하의 편지를 받자 나는 은하에게 동정을 했어. 그러나
함부로 행동할 수가 없어서 은하가 졸업한 대학과 고등학교에 조회를 했어.
모두 좋은 학생이라는 회답이 왔지. 그때 나는 자신을 가지고 관계당국에
청을 했어. 그렇지만 빨갱이란 말이 도는 사람에게는 편의를 보아 줄 수가
없다고들 하더군. 나는 두 학교에서 온 편지를 가지고 은하의 소행을 설명
했어. 그리고 본인이 착실한데 그의 아버지가 빨갱이였다고, 그것도 지금
남한에 있지 않은 사람 때문에 희생을 당해서 되겠느냐고 수사기관과 경찰
에 진정을 했지. 그렇게 해서 그게 나온 거야."

"수고를 많이 하셨네요?"

"내 신념대로 한 것뿐이었어."

"앞으로도 문제가 없을까요?"

"없지. 절대로 없을 거야."

명 선생은 나를 안심시키려고 하였으나 나는 불안하기 시작했다. 불안하다는 것은 내 신분 문제가 내 직업에 영향이 있으리라는 그런 데서 온 것이 아니었다. 내 신분이 명 선생 뇌리에서 사라지지 않아 나를 대하는 태도가 불투명해지지 않을까라는 두려움 때문이었다. 순수한 마음으로 대하지를 않고 동정이나 연민의 정으로 대해 준다면 나는 그분을 만날 수가 없게 될 것이다. 나는 누구에게도 연민을 바라지는 않는다. 나의 열등의식 때문일지도 모른다. 어쩔 수가 없이 명 선생에게 동정을 바랐던 것은 사실이다. 그러나 지금 명 선생에게서 동정으로 대해 주는 태도를 본다면 나는 맨 처음 동정을 요구한 편지까지 후회를 할 것이다. 따져서 말한다면 그 편지가 동정을 구하는 것은 아니었다. 억울한 사정을 알리고 정당한 처단이 있기를 바라는 탄원서 같은 것이었다.

어쨌든 나는 명 선생의 연민은 싫었다. 그러한 심정이었기 때문에 나는 나를 구출해 준 경위를 물었던 나 자신을 후회했다. 그런 말을 꺼내지만 않았다면 명 선생과 나는 나의 신분에 대한 것을 입 밖에 꺼내지 않고 만날 수가 있다. 불미한 과거는 잊어버린 척 순수한 감정만으로 대할 수가 있다.

내가 불안한 감정으로 초점을 잃은 시선을 떨구고 있을 때 그분이,

"은하, 잠깐만 기다려 줘."

하고는 방을 나갔다가 외국제 바바리코트 하나를 들고 들어왔다.

"아무 이야기 말고 받아 줘."

나는 그것이 그분의 죽은 딸이 입던 옷임을 알았다. 그리고 지난번에 양복을 주던 그 심정과 꼭 같은 심정으로 주는 것이라고 생각했다. 특히 아무 말도 말고 받아 달라는 말이 마음에 들었다. 나를 동정하거나 연민의 정으로 대하는 것이 아님을 알 수 있었다.

"고맙습니다."

나는 그분이 시키는 대로 아무 말 않고 받았다. 내가 생전 처음 입어 보는 바바리코트.

그 뒤 나는 자주 명 선생 댁엘 갔다. 명 선생이 안 계셔도 나는 그분의 방을 청소했다. 그분의 와이셔츠를 다리기도 했다. 식모가 다리는 것이 마음에 들지가 않았기 때문이었다. 애들과 같이 놀아도 주고 공부도 돌봐 주었다.

어떤 날 다림질을 하고 있는데 그분이 돌아오셨다. 나는 얼굴이 빨개졌다. 그분 보는 데서 그분의 일을 한다는 것이 부끄러웠던 것이다.

"왜 일찍 돌아오셨어요?"

나는 그분을 나무라는 수밖에 없었다. 마치 나쁜 일을 하다가 들킨 때처럼.

"미안하군. 내 딴 방에 가 있다 올게."

그분은 다른 방으로 갔다. 나는 일을 끝낸 뒤 그분이 있는 방으로 가서 이제는 그 방으로 돌아가도 좋다고 말했다.

"은하. 숨어서 좋은 일을 하는 것이 더 좋을지두 몰라. 그렇지만 보는 데서 좋은 일을 할 수 있는 용기도 필요치 않을까?"

그분이 빙그레 웃으며 말했다.

"전 그런 용기가 없어요."

"난 그런 용기가 보고 싶은데……."

그분이 내 어깨를 툭툭 치며 그 인자한 웃음을 웃었다. 때로 어린애 같기도 하지만 인자한 아버지 같은 그의 품에 안기고 싶은 충동을 느꼈다.

몇 달이 지났다. 그 동안 나는 거의 매일처럼 명 선생 댁엘 갔다. 그것은 내가 할 일이 있기 때문은 아니었다. 별로 할 일이 없다고 생각되는 날에도 버릇처럼 찾아갔다. 버릇이라기보다 생활이었던 것이다. 혼자 있으면서 내 자신에 대한 것을 생각한다든가 어머니를 생각한다든가 나는 늘상 한숨을 내쉬었다. 그만큼 나는 삶의 보람을 느끼지 못하고 있는 셈이다. 그러나 그분을 생각한다든가 그분의 집엘 가면 나는 한숨을 잊어버린다. 내 생활이 충만한 것 같음을 느끼는 것이었다. 그분이 집에 있건 없건 그것은 상관없었다. 그분을 마음 속에 생각하는 것이 중요했다. 혼자서 생각하는 것보다는 그분이 호흡하고 있는 그분 댁에서 그분을 생각하는 것이 더욱 실감 있

320

었다.

그렇게 지내기를 몇 달. 나는 그분이 내 생활의 전부인 것 같음을 느꼈다. 그런데 하루는 그분이,

"은하. 그러지 말구 우리 집에 와서 살지."

하는 것이었다. 그것은 내가 너무나 자주 그 댁에 간다는 것을 그분이 알고 있기 때문이었을 것이다. 그리고 그래도 괜찮을 만큼 애들이 나를 따른다는 것도 알고 있기 때문이었을 것이다.

그 말을 듣는 순간 나는 어머니를 생각했다. 명 선생과 어머니가 결혼을 한다면 나는 가장 떳떳한 방법으로 이 집에 와서 살 수가 있다. 또 그렇게 되면 매일 그분의 시중을 들어 드릴 수가 있다. 그래서,

"저두 그러고 싶어요. 그런데……."

하고 어머니 이야기를 꺼내려 했지만 그 말이 채 나오지가 않았다. 말하기가 거북한 것이 아니었다. 그 말이 나를 죽이는 두려운 것으로 생각되었던 것이다. 이상한 일이었다. 아버지로 섬겨도 지금과 같은 감정을 지속시킬 수 있을 것 같은데 그분이 어머니와 결혼하는 날 나의 감정은 그분에게서 추방을 당하는 것이란 생각이 들었다.

"그런데 어떻다는 거지?"

그분이 내 말의 끝을 듣고 싶어했다. 그러나 나는 그 말을 계속 할 수 없었다. 설사 그분이 그럴 수 없다고 반대할 것이 분명하다 해도 내 입으로 어머니 말을 꺼내기가 두려웠던 것이다. 그래서 딴 이야기를 꺼내고야 말았다.

"선생님! 제 청을 들어 주시겠어요?"

"뭔데?"

"꼭 들어 주시면 말씀드리고요."

"글쎄 말해 봐."

"안 들어 주시면 말씀 안 드리겠어요."

이렇게 능청을 부리다가

"제가 댁에 오는 조건으로 선생님이 결혼을 하셔요."

나는 내 말의 반응을 보기 위해 그분의 얼굴을 빤히 쳐다봤다. 흐려지는 표정이었다. 웃기는 웃었지만 쓴웃음이었다.

"그럴 수는 없어."

"보세요. 선생님은 제 말을 안 들어 주시지 않아요?"

나는 쾌감을 느끼면서도 그분에게 불만스런 말을 했다.

"애들이 불행해질 것을 빤히 내다보면서 어떻게 그런 짓을 하나?"

"그럼 언제까지나 혼자 사시겠어요?"

"그럴 수밖에 없지 않아?"

나는 그분에게 고개를 숙였다. 만족하면서도 어딘가 서글픈 것 같았다. 정말로 존경하고 신뢰할 수 있는 분이란 생각을 했다.

나는 어떤 이야기도 할 수 있다는 자신으로 그분을 쳐다봤다.

"저두 선생님 댁에 와서 살지 않겠어요."

"그 이유는?"

"그게 선생님이 혼자서 사는 데 도움이 될 것 같아요."

"그래?"

그분이 내 마음을 알고 하는 것인지 모르고 하는 것인지 내 말에 수긍을 해 주었다.

약간 섭섭했다. 섭섭해할 이유를 꼬집어 낼 수가 없는데도 섭섭했다. 동시에 남이 보는 데서 좋은 일을 하는 용기를 가지라던 그분의 말이 생각났다.

'선생님도 용기가 없으시군요.'

이 말이 입 안에서 맴돌았지만 나는,

"저도 결혼을 안 할 거예요."

그 말만이 그분에게 할 수 있는 오직 하나의 말이라는 듯 그 말 한 마디를 하고는 그 집을 떠나 왔다.

그 뒤 나는 그 말을 한 나를 후회했다. 그것은 그 말 때문에 내가 명 선생 댁엘 갈 수가 없었기 때문이었다. 마음은 조금도 변함이 없는데 그 말이 가슴에 걸렸던 것이다. 그분이 나를 무얼로 보고 계실까? 생각만 해도 소름이 끼쳤다.

322

일 주일 동안이나 그 댁에 가지 못하고 있을 때 하루는 그분에게서 학교로 전화가 왔다. 꼭 할 말이 있으니 자기 집으로 와 달라는 것이었다. 전화를 받고 나는 망설였다. 나를 꾸짖기 위해서 오라는 것일까? 그렇지 않으면 내가 한 말을 좀더 구체화시키려는 것일까? 모두가 내 바라는 바 아니었다. 그래서 가지 말아야 한다는 생각을 했다. 그러면서도 오라는데 안 갈 수가 있는가 하는 생각을 했다. 나는 결국 가고야 말았지만 사태를 보아 그 말을 취소할 결심이었다. 그리고 전처럼 대하고 싶었던 것이다.

오래간만에 갔기 때문에 할 일이 많았다. 일을 다 끝내고 저녁상이 들어왔는데도 명 선생은 돌아오지 않았다. 나는 그분이 돌아올 때까지 기다릴 작정이었다. 그러나 저녁만은 먹지 않았다. 그분이 오신 뒤 같이 먹기 위함이었다.

그런데 그분에게서 전화가 왔다. 별안간 피할 수 없는 회합이 있어 참석하고 있는데 조금만 더 기다려 달라는 것이었다.

밤 열 시가 거의 되어서야 돌아온 그분은 약간 취기가 있었다. 나를 서재로 데리고 가서 소파에 앉히자 곧,

"은하."

하고 나를 불렀다.

"네."

"은하는 내 청을 들어 주겠지?"

"뭔데요?"

"들어 준다면 말하고……."

나는 정말 뭐라고 말해야 할지 몰랐다. 그러나 무엇이나 명령이라 생각하고 받아들일 생각으로 대답했다.

"듣겠어요."

"내 친구의 동생이 있어. 착실한 청년인데 ×대학 조교수야. 그와 결혼하라는 거야."

뜻밖의 말이었다. 나는 실망 같은 것을 느꼈다. 나는 내 어머니 이야기를 차마 입 밖에 꺼내지 못했는데 그분은 어째서 그런 말을 힘들지 않게 할까?

“싫어요.”

나는 딱 잘라 거절했다.

“잘 생각해 봐. 나는 이때까지 중매 같은 걸 해 본 적이 없어. 그렇지만 이번만은 꼭 하고 싶어. 내가 봐도 아까운 자리야.”

그분은 진심에서 하는 말이었다. 그 말투로 보아 넉넉히 짐작할 수 있었다. 진심으로 하는 말이라 생각할 때 나는 슬퍼졌다. 슬퍼지기는 했지만 또한 거역할 수 없는 일이었다. 나는 울고 싶은 심정으로 물었다.

“저를 왜 갑자기 시집보내려구 그러시지요?”

“놓치기가 아까운 자리가 돼서 그러는 거야.”

“그것 진심이신가요?”

“진심이지. 진심이고 말고.”

난 왜 이렇게까지 거짓말을 하느냐고 아픈 데를 찔러 주고 싶었으나 그럴 수 없었다.

“진심이시라면 하라는 대로 하겠어요.”

“이삼 일 내로 한 번 본인을 만나.”

명 선생은 취기를 가장하며 심각한 표정을 지었다. 내게서 시선을 떨구고 독백처럼 힘들게 이야기하는 것이었다.

“선생님이 친하신 분이라면 볼 필요도 없어요.”

“그럴 수야 있나?”

“무조건 복종하겠어요.”

“고마워.”

명 선생은 긴 한숨을 내쉬었다. 취해 가슴이 답답하다는 듯이,

‘왜 한숨을 쉬시지요? 기뻐하지 않고?’

하고 묻고 싶었으나 끝내 묻지를 못했다. 나는 숨쉬기가 힘들 만큼 큰 바위에 가슴이 눌리는 것 같음을 느꼈다. 방금 전까지도 맑던 하늘에서 갑자기 번개가 치듯 이유를 헤아릴 수 없는 눈물이 떨어졌다. 떨어지는 내 눈물을 보았을 것이지만 명 선생은 못 본 척했다.

“선생님!”

나는 부끄럼도 모르고 그분을 불렀다. 그리고는,

"선생님이 하라는 대로 하니까 저도 제가 하고 싶은 일을 하나만 하겠어요."

말을 잇기가 힘들 만큼 가슴의 울렁임이 호흡을 거칠게 했다.

"좋아. 무엇이라도 하고 싶은 대로 해."

명 선생도 금시 울음을 터뜨릴 것 같은 음성이었다.

"이때까지처럼 제가 선생님 댁을 자유롭게 출입하겠어요."

"좋아."

드디어 명 선생의 눈시울이 젖어 오기 시작했다.

나는 나를 억제할 수가 없어 명 선생에게로 달려가 그 무릎에 얼굴을 파묻었다.

"은하! 울지 마."

명 선생은 내 어깨를 어루만져 주었다. 그리고는 내 두 팔을 잡아 일으켰다. 나는 자석에 끌리는 쇠붙이처럼 끌려 일어섰다.

"은하."

명 선생은 나를 안아 주었다. 나는 내 눈물이 그분의 옷을 적시는 줄 알면서도 그분 가슴에 얼굴을 묻었다.

"은하가 결혼을 해야 우리는 자유스럽게 만날 수 있는 거야. 언제까지나……."

"알고 있어요. 그만하셔요."

나는 그분의 가슴에 안긴 채 세상에서 가장 슬픈 행복을 느꼈다.

(원)《자유공론》1968. 5, (출)『슬픈 행복』세종출판공사, 1971.

세 번째 주먹

선생들이 전부 앉아 있는 교무실에서 마치 자기 또래의 친구와 싸우듯 체육선생에게 행패부리는 명우가 그의 눈에 쌍심지를 돋게 했다. 그럴 수는 없다고 생각했다. 학생이 선생에게 그것도 교무실에서 삿대질을 하며 행패부릴 수가 있을 것인가? 정기(洪正基)는 그저,

"안 돼. 소용없어."

라든가 기껏해야,

"빨리 가. 가지 못해."

하며 학생의 반항을 저지하는 데 그치는 것을 보고 울분을 느꼈다. 자기가 터무니없는 일에 모욕을 당하는 것 같았다. 장마당 같은 데서 학생에게 저런 일을 당한다면……. 그는 자기를 체육선생의 위치에 놓고 생각해 보았다. 도저히 참을 수가 없을 것 같았다. 그런데 체육선생은 학생에게 당하고 있을 뿐 야단을 치지도 않는다. 쭉 둘러앉아 구경하고 있는 선생들 가운데서도 나서서 학생을 꾸지람하는 이가 아무도 없다.

그런 분위기 속에서 자기만이 나설 수가 없어 방관만 하고 있을 때,

"너는 뭐야?"

하는 소리가 들렸다. 그때까지 신문지를 펴 들고 읽고 있던 교감선생에게 명우가 꽥 지르는 소리였다. 신문을 읽다가 신문지를 조금 내리고 빼끔히 명우를 바라보다가 꽥 지르는 소리에 깜짝 놀라 다시 신문지를 쳐들고 얼굴

을 가리우는 교감선생의 모습이 우습기도 했지만 그것이 우습다고 느끼기 전에 정기는 자리에서 벌떡 일어나 명우 있는 곳으로 달려갔다. 그리고는 다짜고짜로 명우의 뺨을 한 대 후려쳤다.

"후레자식 같으니. 네 눈깔에는 사람이 안 보이니?"

하고 소리를 질렀다. 그는 다시 한번 명우의 볼을 후려갈겼다. 그 바람에 명우가 마룻바닥에 쓰러졌다. 그 통에도 누구 하나 나서서 참견하는 선생이 없었다.

'무척들 무서워하누나.'

'사표를 내면 그뿐이지.'

하는 생각을 하며 쓰러진 명우를 잡아일으켜 세우고는 또 갈겼다. 사정없이 갈겼다. 이왕 사표를 낼 바에야 겁날 것이 무엇이랴는 생각이었다. 그런데 명우가 어느새 재크나이프를 꺼내 칼날을 폈다. 정기를 찌르려는 모양이었다. 그것을 보자 정기는 눈에서 횃불이 켜지는 것을 느꼈다.

삼십이 다 되도록 누구 한 번 때려 본 일이 없는 그였다. 십구 관의 체중을 가졌으니 몸집이 작은 편이랄 수는 없다. 기운도 남만큼은 썼다. 그러면서도 주먹질을 하며 싸워 본 일이 없는 것은 남과 싸우기를 싫어하는 성격 때문이었을 것이다. 그러나 재크나이프를 펴 들고 대드는 명우를 보자 참을 수가 없었다. 있는 힘을 다해서 치고 차고 했다. 재크나이프를 써 볼 기회도 주지 않았다.

쓰러진 채 채이고 밟히는 명우를 보자 그때야 선생들이 몰려와 정기를 잡아끌었다.

"이런 새끼는 죽여야 합니다."

정기의 분노는 명우를 죽여도 풀릴 것 같지가 않았다. 그러나 끌며 말리는 선생들 때문에 정기는 자기 자리로 돌아가 앉았다. 그리고는 글씨가 제대로 쓰이지 않을 만큼 떨리는 손으로 사직원을 썼다.

대학을 졸업한 뒤 취직을 하려고 쓴 이력서가 몇 장인지 몰랐다. 취직시험도 몇 번을 쳤는지 모른다. 어쨌든 그 힘든 취직을 한 지 일 년도 못 되어 사직원을 쓰게 되었다는 것이 흥분 속에서도 암담을 느끼게 했다. 그러나 어쩔 수 없는 일이었다. 자기 손으로 저질러 놓은 일이다. 운명대로 살아나가는 수밖에 없다는 생각을 하며 사직원을 가지고 교감에게로 갔다.

사직원을 펼쳐 본 교감이 왜 이러느냐고 물었다. 뻔한 일을 가지고 의외라는 듯 묻는 교감이 싫었다. 싫은 정도가 아니었다. 반항하고 싶었다. 그래서,

"걔를 퇴학 안 시키면 전 퇴직하겠습니다."
라고 말했다.

그 애를 때렸다는 사실 때문에 사표를 썼던 것이지만 교감에게 반항적인 말을 하자 정기는 그 말이 자기의 사표를 가장 정당화시키는 말이라고 생각했다.

벌써부터 명우에 대한 퇴학론이 일어나고 있었다. 그러나 원체 건드릴 수 없는 사람의 아들이라 교장과 교감이 처벌을 주저하고 있었다.

고등학생이 술집에서 술을 마시다가 어른과 싸웠다. 어른을 때려 코피가 나게 했다. 때마침 술집 앞을 지나가다가 현장을 본 체육선생이 그 애의 퇴학을 상신했다는 것은 당연 이상으로 당연한 일이다. 말하자면 그런 학생을 처벌하라고 고집하는 것이 교육자로서 마땅히 취해야 할 태도인 것이다.

"누군 몰라서 퇴학 안 시킵니까? 그러지 말구 이걸 넣으시오."

교감이 사표를 정기 손에 쥐어 주었다.

정기는 명우를 때리던 때와 다른 새로운 흥분을 느꼈다.

"아시면서도 왜 퇴학을 안 시킵니까? 이 학교가 개인의 소유는 아니겠지요? 누구에게나 공개된 교육기관이라면 교육기관으로서의 할 일을 해야 합니다. 교육을 저해시키는 불순물을 잘라야 교육기관으로서의 생명이 있지 않습니까?"

"그걸 누가 모른답디까?"

"알면서도 안 하는 것은 직무유깁니다. 직장을 떠나는 것만이 직무유기는 아니지 않겠습니까?"

"젊은 선생은 그게 병이야. 그럼 세상에 직무유기를 안 하구 사는 사람이 몇 명이나 되겠소?"

교감이 다시 사표를 정기 손에 쥐어 주었다.

정기가 명우를 때린 것도 학교당국이 그런 학생을 처벌하지 않은 데서 온 것이었다. 체육선생은 처벌해야 한다고 하는데 학교에서는 처벌을 못하고 있으니 학생의 불만은 개인 선생에게 집중될 수밖에 없다. 그런 피해를 받고 있는 선생을 그대로 보고 있을 수가 없어서 정기가 나섰던 것이지만 이래가지고는 학교가 제대로 되어 갈 것 같지 않았다.

"그럼 그 애가 있는 반의 수업만은 안 하겠습니다."

정기는 자기로서 주장할 수 있는 자기의 권한 안에서 항거 운동을 시작했다. 자기가 사표를 내고 그만둔다고 해서 학교가 제 구실을 하도록 자각할 것 같지가 않았던 것이다.

"그건 생각해 봅시다."

교감의 태도는 그것쯤 가능하다는 것이었다.

정기는 사표를 받아 주머니에 넣었지만 교사의 정당한 말에는 귀를 막고 부당한 학생의 시선에는 몸을 떨고 있는 교육자들의 처신이 한심스럽게 생각되었다.

"절대루 그 애 반 수업만은 못하겠습니다."

정기는 자기 결심을 교감 앞에서 한 번 더 다짐했다.

학교를 나와 하숙으로 돌아갈 때 어떤 선생이 대포라도 한 잔 하자고 했다. 그 마음을 알 수 있어 고마웠다. 그러나 정기는 거절했다. 자기에게 공감해 주는 그 선생과 술자리를 같이하면 자연 학교에 대한 불만을 터뜨리게 될 것이다. 아무런 항거도 할 수 없으면서 불만만을 터뜨린다는 것은 위생학적으로도 좋은 일이 못 된다.

혼자 하숙에 돌아가 가방을 풀었다. 그러나 웃저고리를 벗고 넥타이를 풀던 손을 멈추었다. 잠 속에 드는 밤중까지의 시간이 너무나 길어 혼자서는 주체할 수가 없을 것 같은 생각이 들었던 것이다. 그 지루한 시간을 무엇하며 보낼 것인가? 결국 인생을 포기하며 사는 것이 인간이다. 포기하는 것 자체가 인생을 뜻하는 것인지도 모른다. 그렇다면 포기할 인생을 위해 공부는 해서 무엇할 것이며 생각은 해서 무엇할 것인가? 그는 극장구경이라도 가리라 생각했다. 따분한 시간을 보내기 위해 갈 수 있는 곳이 고작 극장뿐인가 생각할 때 조금쯤 서글프기도 했지만 자기에게 허락된 생활이 그것뿐이니 어쩔 수 없었다.

웃저고리를 다시 걸치고 거리로 나온 정기의 발걸음이 잠시 머뭇거렸다. 토요일만 만나기로 약속되어 있는 나옥(玄羅玉)이다. 어떤 일이 있어도 다른 날에는 만난 일이 없다. 그래서 그미를 만날 생각은 할 수가 없다. 그런데도 나옥의 집으로 발길이 옮겨지려고 했던 것이다. 만나지는 않는다 해도 그녀의 집 앞에까지 가서 말하자면 가장 가까운 데서 그미를 생각하고 싶었던 것이다. 만나지는 않아도 좋았다. 그미가 숨쉬고 있는 가족과 이야기하고 있을 집 앞에서 그미를 실감하고 싶었던 것이다.

그러나 그는 나옥의 집과 반대방향으로 발길을 돌리고 말았다. 만나지도 않으면서 집 주변을 서성거리는 것은 나옥이 싫어하는 일이다. 집에까지 들어갈 용기는 없으면서도 집 근처를 배회한다는 것은 마치 미행이나 하는 것 같은 행동이 아니냐고 말하던 나옥이었다.

구질구질한 감정을 나옥에게 보여 줄 수는 없다. 이때까지도 나옥에게 우울한 이야기를 해 본 적이 한 번도 없는 정기였다. 그렇다면 나옥을 가까운 곳에서 실감하려고 할 필요도 없다. 그는 나옥에 대한 그리운 마음을 참아가며 극장엘 갔다. 그러면서도 연애장면이 나올 때마다 그는 나옥을 생각했다. 남자를 포옹하고 있는 여자의 손을 볼 때는 나옥의 손을 생각했고, 남자와 입맞춤하는 장면을 보면 나옥의 입술을 생각했다. 어떤 것이든 아름다운 배우의 것보다 나옥의 것이 더 좋게 생각되었다. 그리고 자기 피부에 와 닿던 나옥을 실감할 때 가슴이 뻐근해 옴을 느꼈다.

너는 영화에 나오는 저런 여자들처럼 나를 한 번도 유혹하지 않았다. 산책과 영화구경. 그리고 다방 순례의 한계선 안에서 나를 사랑했지. 나는 그것을 더욱 아름답게 생각한다. 완고한 부모 밑에서 자유로운 외출이 허용되지 않는다면서도 거기에 불평을 말하지 않는 너였다. 그것은 앞으로도 아름답게 살아갈 것을 내다볼 수 있게 하는 것이다.

영화가 끝나고 하숙으로 돌아오는 길에 정기는 또 나옥의 집으로 가고 싶은 충동을 받았다. 만나지는 않는다 해도 그리운 마음을 나옥 근처에까지라도 보내 주고 싶었다. 체취를 맡는 것도 아니요, 체온을 느끼는 것도 아니지만 그미 옆에라도 있어 보고 싶었다. 불켜진 방을 통해서 나옥을 느끼고 싶었다. 그러나 또다시 그 마음을 죽이고 하숙으로 돌아왔다. 나옥이 보지 않는 데서나마 나옥이 싫어하는 일을 할 수가 없었던 것이다. 그러면서도 하고 싶은 일을 못하는 자기를 인생의 포기자라고 생각했다. 하고 싶은 일, 해야 할 일을 못하는 것은 결국 인생을 포기하는 일이 아닌가?

저녁을 먹었다. 십여 년 동안 계속되는 하숙생활. 언제나 맛이 없다고 생각하면서도 그것만 먹고 살아 왔지만 이 날 저녁 밥맛은 더욱 없었다. 배가 고프니 먹는 것뿐이라는 생각을 할 때 밥맛은 더욱 없었다.

언제나 먹고 싶은 음식을 먹으며 언제나 살고 싶은 생활을 하며 살 수 있을까? 돈만 있으면 언제나 먹고 싶은 음식을 사 먹을 수도 있는데 그런 욕망마저 포기하며 사는 것이다.

나옥과 결혼한다면……. 그때는 나옥과 돈을 벌어서라도 조금 낫게 살 수가 있을까? 그러나 취직한 지 근 일 년이 되도록 한 푼의 저축도 못했으니 혼자 벌어 혼자도 여유 있게 살지 못한 셈이다. 그렇다면 둘이 벌어서 둘이 먹는 생활이라고 나아질 까닭이 무엇인가? 모든 것에 눈을 감고 나옥과의 애정세계만을 감지하는 것으로 만족해야 할까? 그럴 수도 있겠지? 인간이란 한 가지의 만족으로 백 가지의 불만을 잊을 수 있으니까. 그래야 살 수 있는 것이 인간이 아니겠는가? 나옥이 빨리 졸업을 해라. 그리고 결혼을 하자. 결혼만 하면 모든 것을 포기해도 아까울 것이 없을 것이다.

나옥의 생각을 하며 밥 반 그릇쯤을 먹고 밥상을 내려고 하는데 주인 아주머니가 문 밖에서,

"선생님, 손님 오셨어요."

했다. 정기는 벌떡 일어났다. 분명 선생님 하고 불렀는데도 정기는 오랜 학생 시절 동안 들어온 '학생! 손님 왔수!' 하던 말로 착각했던 것이다. 선생이 됐는데도 습관적으로 학생! 하고 부를 것 같아 학생 시절에 있던 하숙집을 옮겼지만 아직까지도 그 잠재의식이 남아 있어 어른이 부를 때처럼 뛰쳐나

갔다.

그런데 자기를 찾아온 사람이 자기보다 몸집도 작았지만 나이도 적어 보이는 남자였다. 더구나 알지도 못하는 사람이었다. 정기는 놀란 토끼처럼 뛰어나갔던 스스로를 후회하며 방 안으로 뒷걸음질을 했다. 뒷걸음질을 하며,

"날 찾아왔어요?"

하고 낯선 남자에게 물었다. 그러나 청년이,

"홍정기 씹니까?"

하고 물었다. 그렇다고 대답하기가 무섭게 청년은 턱을 움직이며,

"좀 나가십시다."

아주 명령조로 말했다.

정기는 불길한 예감이 들었다. 학교에서 명우를 때린 사건과 관계 있는 사람이란 예감과 아울러 대문 밖에는 적지 않은 사람이 대기하고 있을 것만 같은 불안감이 들었다. 그런데도 정기로서 불안감을 나타낼 수는 없었다.

"누구신데 어딜 가자는 거요?"

"좀 할 이야기가 있으니까 나갑시다."

"할 이야기가 있거든 들어와 하시오."

"조용한 데 가서 타협적인 이야기를 하자는 겁니다. 달리 생각 마십시오."

청년의 말씨가 조금 부드러워졌다.

"여기보다 더 조용한 데가 있소?"

정기도 누그러진 태도로 말했다.

"그럴까요? 그럼 실례하겠습니다."

청년이 방 안으로 들어왔다. 그리고는 방바닥에 앉자마자,

"저 강명우의 형 강명뱁니다."

자기 이름을 대고는 손을 내밀어 악수를 청했다.

예감했던 대로였지만 약간 부드러워진 명배의 태도에 정기는 자신을 얻고 명배와 악수를 교환했다. 그리고 어떤 위협에도 굽히지 않으리라 마음을 굳게 먹었다. 그런데 명배는 첫인상과 달리 싹싹한 투로 말을 꺼냈다.

"두 가지 용건을 가지고 왔는데 하나는 명우의 일입니다. 대단치 않은 문

제라구 생각하지만 선생께서 좀 잘 봐 주길 바랍니다. 그 애가 맞았다구 해서가 아니라 요즘 젊은애들이 모두 다 그런 걸 때린다구 고쳐지겠습니까? 잘 생각해서 처리해 주길 바랍니다. 그까짓 것은 그 정도루 해 두구 이제부터 드릴 말씀은 심각하게 생각해 주시기 바랍니다.”

명배는 담뱃갑을 꺼내 담배 한 가치를 정기에게 권하고 자기도 한 개 입에 물었다. 담배에 불을 붙인 뒤 여유 있는 태도로 말을 계속했다.

“현나옥을 아시지요? 물론 대단한 관계는 아니리라구 믿습니다만 미스 현은 저와 친한 사이입니다. 그것만 알아 주십시오.”

명우의 이야기를 대단치 않게 여기는 태도인 만큼 명우에 대한 대답은 안 해도 좋을 것 같았다. 사실은 나옥의 이야기를 듣는 순간 명우의 이야기 같은 것은 정기 머릿속에 남아 있지도 않았다.

“나옥이가요?”

자칫하면 이 말 한 마디만 하고 실신할 뻔했다. 나옥이가 불량청년 같은 이런 남자와 사랑을 하고 있다니? 그러나 그는 실신만은 안 했다.

“두 분의 관계를 분명히 말씀해 주십시오.”

이런 말을 물으며 명배를 유령 보듯 바라보았다. 정말 유령같이 보였다. 그리고 명배의 말이 꿈 속의 환상처럼 생각되었다.

“그걸 몰라서 물으십니까? 미스 현과 나는 결혼하구 유학까지 갈 예정입니다.”

명배는 움직일 수 없는 사실을 아직도 모르고 있었느냐는 듯이 대답했다.

정기에게는 그것이 공갈로만 들렸다. 나옥에게서 한 번도 들어 보지 못한 일이었다. 명배란 이름조차 들은 일이 없었다. 그런데 나옥에게 결혼할 상대가 있다니…….

아찔한 일이었지만 정기로서는 명배 앞에서 의혹의 표정을 지어 보일 수가 없었다. 분명 자기와의 관계를 나옥이 명배에게 이야기하지 않았을 것이다. 분명한 것을 모르는 명배에게 서툰 것을 보인다면 세 사람 전체가 곤란하게 된다. 특히 나옥의 입장이 곤란해질 것이다. 나옥을 위해서도 그럴 수는 없었다.

"그렇습니까? 잘 알았습니다."

그것으로 두 사람의 이야기는 끝이 났다.

정기는 명배와의 대화가 너무 간단히 끝난 것을 기이하게 생각했다. 명우 사건이라든가 나옥의 사건 모두가 복잡한 것인데 간단한 몇 마디로 사건이 완전하게 해결된 듯 가볍게 돌아간 명배의 마음을 알 수 없었다. 자신이 있기 때문일까? 세력가의 아버지를 배경으로 해서 한 마디로 못만 박아 놓으면 명우 사건이 해결되는 것이라 생각하는 모양이다. 나옥의 일은 자기가 나옥의 애인이라는 것을 분명히 해 놓기만 하면 문제가 없는 것으로 알고 있는 모양이다.

자신을 가지고 사는 인간. 그는 인생을 간단하게 살고 싶을 것이다. 사실 간단하게 살고 있을지도 모른다.

그러나 명배가 남기고 간 몇 마디의 말에 정기는 말할 수 없는 불안 속에 잠겨 있는 스스로를 느꼈다. 그러니 정기는 자신을 못 가지고 사는 사람이다. 남의 말 한 마디에 마음이 흔들리고 있다…….

명우 일로 자기가 파면이 되거나 잘못하면 구타죄로 경찰에 잡혀갈지도 모른다. 이런 생각이 그의 가슴을 떨리게 했다. 공연한 의협심으로 명우를 때렸다는 후회가 들었다. 명배가 대단한 일이 아니라면서 한 마디 던진 것은 자기를 묶어 넣을지도 모른다는 협박이 아니겠는가?

정기는 그러한 불안감과 더불어 나옥에 대한 서글픈 감정 속에 휘말려들어가고 있었다. 그 중에서도 더 거리가 가깝게 그리고 절박하게 느껴지는 것이 나옥의 일이었다.

자기는 명배란 이름을 오늘 처음으로 들어 알았다. 그런데 명배는 벌써부터 자기 이름을 알고 있는 모양이다. 그런 것으로 보아 나옥이 가깝게 지내는 사람은 자기가 아니라 명배다.

정기는 이러한 논리적 전개를 해 보았다. 그리고 자기와 나옥이 만나고 있는 현장을 본 것도 아닌데 명배가 자기를 찾아온 것은 나옥이 그렇게 시킨 때문이 아닐까 하는 생각도 해 보았다.

내가 귀찮아졌다는 말인가? 이렇게 생각하니 더욱 슬퍼졌다. 그러나 설마

나옥이 그럴 리가 없겠지. 싫어졌으면 싫어졌다고 직접 말할 수가 있다. 그 미의 성격으로 보아 능히 그런 말도 할 수가 있다.

지난 토요일, 정기와 나옥은 신계동행 버스를 탔었다. 한 시간이나 거의 걸리는 그 코스를 택한 것은 한 시간 동안 몸을 붙이고 앉아 이야기를 하기 위함이었다. 신계동에서 내려서는 그 뒷산으로 올라가 아무도 없는 나무 밑에서 또 이야기를 했다. 그러다가 합승을 타고 시내로 돌아왔다. 시내에서는 설농탕을 먹고 헤어졌다. 무슨 이야기를 했는지는 기억나지 않지만 어쨌든 조금도 지루하지가 않았다. 옆에 있다는 것 그것만도 즐거웠던 것이다. 그것은 서로 감정이 통했기 때문이었다. 피부로 느껴지고 눈으로 나누는 감정이 통했기 때문에 지루한 줄을 몰랐던 것이다. 그랬던 나옥이 명배를 시켜 만나지 않도록 했을 까닭이 없다.

정기는 밖으로 나가 공중전화로 나옥을 불렀다. 나옥에게 직접 물어 보고 확인을 해야만 견딜 수 있는 심정이었던 것이다.

전화를 걸면서도 정기는 가슴이 두근거렸다. 밤늦게 왜 전화를 거느냐? 집에 있는가 없는가를 탐정하는 것이냐? 하고 화를 낼 것만 같았던 것이다. 나옥이 가장 싫어하는 것이 그것이었다. 언젠가 정기와 만나기로 되어 있는 토요일, 나옥이 만날 수 없다고 했다. 대전에 있는 친척집에 다녀와야 한다는 것이었다. 토요일에 갔다가 일요일에 돌아온다기에 그냥 보냈다가 일요일 마중을 나갔다. 몇 시 차로 온다는 말이 있은 것은 아니었다. 또 마중 나간다는 말도 한 일이 없었다. 그러나 정거장에서 만나면 기뻐할 것 같아 일요일 오후부터 정거장에 나가 있었다. 대전 방면에서 오는 기차가 도착할 때마다 출찰구에 가 서 있었다. 그러나 밤 열 시까지 나옥은 보이지 않았다. 다음 토요일, 나옥을 만났을 때 그 말을 하자 나옥이 얼굴을 붉히며,

"내가 거짓말을 했나 해서 정거장에 나갔었군요?"

하고 화를 냈다. 그래서 다시는 더 물어 보지도 못했던 것이지만 어쨌든 나옥은 약속하지 않은 일을 했을 때 가장 화를 낸다. 그래 겁을 먹으면서도 전화를 걸었는데 전화받는 사람이,

"나가서 아직 안 돌아왔습니다."

하고 끊는 것이었다.

정기는 실망을 했다. 나옥의 목소리를 들을 수 있으리라는 기대가 깨진데 대한 실망이었다. 명배의 이야기를 꺼내면

'호호. 그이 깡패 비슷한 사람이에요. 무슨 말을 해두 상대하지 마세요.'

이렇게 자기를 안심시켜 줄 것을 기대했던 것이다. 그런데 나옥이 없으니 명배에 대한 궁금증을 지닌 채 하룻밤을 지내야 한다. 그뿐만도 아니었다. 완고한 부모 때문에 밤에는 외출을 못한다던 나옥이 이 밤중에 어딜 나가 다니고 있을까? 부모가 완고하다는 것은 완전한 거짓말일까?

정기는 나옥이 방이 보고 싶어 한 번 초대하라는 말을 한 적이 있다. 그때 나옥은 하숙생활 하는 정기를 데려다가 저녁 한 끼라도 먹이고 싶다고 했다. 그러나 부모가 완고해서 남자를 집 안에 들일 수가 없다고 미안해했다. 정기는 그것도 거짓말이 아니었을까 의심이 들었다. 정기가 이렇게 나옥을 의심해 보기는 이것이 처음이었다. 나옥이 친구네 집에 갔을지도 모른다. 부모의 심부름으로 친척집에 갔을지도 모른다고 생각하며 나옥을 의심한 자기가 불순하다고 스스로를 꾸중했다.

나옥을 의심하지 않는 방향으로 마음을 돌렸으나 알아야 할 자기의 일을 자기가 모르고 있었다는 허전함을 느꼈다. 자기가 밟고 있는 땅이 깨끗한 모래밭인 줄만 알았던 것이 수렁과 같이 불안한 곳이란 느낌도 들었다. 단순했던 머리가 복잡해지고 깨끗했던 머리가 흐려지는 것 같았다.

나옥에 대해서 의혹을 품은 것도 아닌데 머리가 띵한 것이 자기가 슬픈 것인지 괴로운 것인지 통 갈피를 잡을 수 없었다. 이유 모를 한숨이 저절로 나오기도 했다.

내일 아침, 다시 전화를 걸자. 아직 사흘이 남아 있고 토요일까지 기다릴 수는 없다. 내일이라도 만나서 명배와의 관계를 물어 보자.

이런 생각을 하며 하숙으로 돌아갔을 때였다. 방문이 열린 채 있고 열린 방문 사이로 밖을 향해 서 있는 사람이 보였다.

첫눈에 고향에 살고 있는 형님임을 알 수 있었다.

"웬일이십니까?"

반갑지 않을 수 없었다. 지난 해 여름방학 때 보고 처음이니 반 년도 더 지났다. 오래간만에 그것도 뜻밖에 이처럼 만나서인지 가슴이 두근거리기까지 했다.

"앉으시지 않구요."

자기가 없다고 해서 앉지도 않고 서서 기다리는 형에게 미안감을 느끼며 그는 형에게 큰절을 했다. 거의 십 년이나 위인 형님이니 예의를 지켜야 한다. 그런데 형은 절도 받는 둥 마는 둥 하고 그냥 자리에 앉아 버렸다.

"편지나 하구 올라오시지 않구요?"

"………"

"급한 일이라도 생기셨나요?"

"………"

"집을 어떻게 찾으셨어요?"

형이 한 마디의 대꾸도 없는데 정기는 혼자서 자꾸만 씨부렁거렸다. 그것은 반갑지도 했지만 갑자기 느껴지는 죄의식 때문이었다. 취직을 했다면서도 형님에게 돈 한 푼 보낸 일이 없는 정기였다. 고등학교도 졸업하지 못한 형이 자기를 공부시키기에 얼마나 애를 썼던가? 땅을 팔아가면서까지 공부시킨 자기는 혼자 살아가기에도 발버둥을 치고 있다. 실망감을 느끼고 있을 형님에게 편지조차 자주 보내지 못했었다.

"어디 몸이 불편하신가요?"

정기는 형의 얼굴을 쳐다보며 또 물었다.

"아무렇지두 않다."

그때야 처음으로 입을 여는 형이었다.

"밤차루 오셨군요?"

"차에서 내리자 이리루 왔다."

"세수나 하시지요."

"세수는……."

"급한 일이 생기셨나요."

"차차 이야기하지."

"두루마기나 벗으십시오."

그러자 형은 두루마기를 벗었다.

"저녁은 잡수셨나요?"

"생각 없다."

"뭘 좀 시켜 올까요."

"생각이 없어."

"그래두 그냥 주무실 수야 없잖습니까?"

"잘 텐데⋯⋯."

그 뒤에도 정기는 집안 이야기며 고향 이야기 같은 것을 계속 물었다. 그럴 때마다 형은 극히 간단한 말로 대답했다.

무슨 일이 생긴 모양이었다. 정기도 그 일에 대해서 묻기를 시작했다. 형이 입을 떼기 어려워하는 기색이 그를 더욱 궁금하게 해서 그는 질문을 계속했다. 그러자 형은 할 수 없다는 듯이 이야기를 시작했다.

바로 며칠 전 외사촌이 찾아왔다는 것이었다. 6·25 때 부역을 했고 9·28 때 지리산으로 들어갔던 사람이다. 그새 일본에 가서 살았다고 하며 하룻밤을 자고 갔는데 간첩이 틀림없다는 것을 알면서도 경찰에 신고를 못했다는 것이었다.

그 말을 듣는 순간 정기의 가슴이 서늘해졌다. 간첩을 대하는 그런 느낌이었다.

"왜 신고를 안 하셨지요?"

"어머니가 반가워하시는 것을 보니 차마 그럴 수가 있던? 그런데다가 자기가 왔다 간 것을 아무에게나 말하지 말라면서 내게만 슬쩍 권총을 보이지 않겠니⋯⋯."

정기는 있을 수 있는 일이라고 생각했다. 인정과 공포. 서로 엇갈린 감정이지만 가장 절박한 감정 때문에 자기 의무를 포기치 않을 수 없었던 형이다. 그러나 그것을 묵인할 수 없는 심정이었다. 정기는 인정보다도 절박한 공포심보다도 막연한 불안감에 떨고 있었던 것이다.

"늦게라두 신고를 하시지 않구요."

“다 도망친 뒤에 신고를 하면 신고 안 한 것만두 못하지 않겠니?”

“그럴 리가 있나요? 늦게라두 하셔야 죄가 안 되지요.”

“그래두…….”

정기는 지난 이야기를 되씹을 필요가 없다고 생각했다. 앞으로가 문제다.

“곧 내려가서 신고를 하십시오. 그래야만 후환이 없을 겁니다.”

형이 할 일은 그것밖에 없다고 생각했다.

“이제 어떻게…….”

“받아야 할 벌은 받구 용서를 구해야지요? 그럼 형님은 언제까지나 숨어서 사실 작정이십니까? 숨어서는 살 수가 없습니다. 밤차라두 내려가십시오.”

정기의 머리에는 형이 밤차로라도 내려가 주었으면 하는 생각이 가득했다. 현재도 경관이 형의 뒤를 따르고 있을지 모른다. 형이 자기 하숙집에서 잡히면 형을 은닉하고 있는 자기도 잡혀 가야 한다. 무서운 일이다. 설사 당장에 잡혀 가지 않는다 해도 다음 문제가 생길 때 형은 자기 하숙방에서 하룻밤을 잤다는 사실을 자백할 것이다. 그때 자기는 영낙없이 공범이 되고 만다.

“밤차가 있겠니?”

물론 밤차는 없다. 그렇다고 마음을 늦출 수는 없는 일이었다. 정기는 한시라도 빨리 신고해야 그만큼 형의 죄가 가벼워진다는 것을 역설했다.

형은 한숨만 내쉬었다. 정기의 말을 알아듣겠으나 용단이 서지 않는 모양이었다.

“가십시다. 정거장 근처 여관에서 주무시다가 새벽 첫차루 내려가십시오.”

“그럴까?”

“그러셔야죠. 그래야 형님두 무사하시구 집안두 무사합니다. 두고 보십쇼. 경찰이 안 뒤에 신고를 하시면 정말 죄가 될 테니까요. 지금두 늦지는 않았다구 생각합니다.”

형은 정기의 말을 받아들였다. 그리고는 두루마기를 주섬주섬 입었다.

정기는 한시라도 빨리 자기 방에서 떠나게 해서 형과 헤어지고 싶었다. 그래서 택시를 잡아 타고 정거장 앞까지 갔다. 가는 도중,

"어떻게 하실 작정으루 올라오셨죠?"

하고 약간 안도감을 느끼며 물었다.

"나두 모르겠다."

막연하게 올라왔을 것이다. 의논할 사람도 없고 하니 그저 답답해서 도피차 왔었을 것이다. 정기는 더 추궁하지 않았다.

여관에서 하룻밤의 숙박비를 선불하고

"첫차루 내려가십시오."

새벽에 다시 올 수 없다는 인사까지 한 뒤 하숙으로 돌아왔다. 몸이 홀가분했다. 앓던 종기가 터진 것 같았다. 이제 후환이 있을 턱이 없다.

다음 날 아침, 정기는 출근하는 길에 나옥에게 전화를 걸었다. 나옥이 뭐라든 만나야겠다는 절박한 마음에서였다. 나옥은 아직 등교치 않고 있었다. 정기의 음성을 알아듣고 반가운 목소리로 웬일이냐고 물었다. 그리고 오늘 저녁 좀 만날 수 없느냐는 말에도 왜요 하고 즐거운 질문을 했다.

"응, 좀 할 말이 있어서……."

"몇 시에요?"

정기는 다섯 시 반 ××다방에서 만나자고 했다. 나옥은 아무 말도 않고 그 시간에 나올 것을 순순히 약속했다. 정기는 만나기로 되어 있는 토요일 이외에도 전화를 걸고 만나자고 했어도 될 뻔했다는 생각을 했다. 기막히게 보고 싶은 날이 있었다. 목소리만이라도 듣고 싶은 때가 있었다. 그러나 토요일 이외에는 만나지 않기로 한 그놈의 신사협정 때문에 만날 엄두도 내보지 못했다. 전화라도 걸어 보고 싶었지만 불쾌한 목소리로 불신의 말을 한다면 하는 겁 때문에 그것마저 삼가 왔던 것이다.

그런데 지금 나옥은 용건을 꼬집어 묻지도 않았다. 만나자는 시간에 나오겠다고 순순히 대답했다. 역시 사랑을 하는 사람들 사이에는 신사협정 같은 것이 문제되지 않는다. 만나고 싶은 때는 만나는 것이다. 정기는 너무나 소

심했던 자기를 조소해 주고 싶을 정도였다. 그러나 조소하지는 않았다. 신사 협정을 준수한 것은 오직 나옥을 존중하는 뜻에서였다. 존중이란 사랑에서 온 감정이다. 자기가 존중해 온 만큼 나옥도 자기를 존중할 것이다. 존중한 다면 명배와 같은 남자와 그런 관계를 맺었을 리가 없겠지.

정기는 그렇게 생각하려 했다. 명배가 공연히 혼자서 나옥을 좋아하다가 그것이 뜻대로 되지 않으니까 자기에게 공갈을 친 것이다. 그것이 분명했다. 전화를 받을 때의 목소리가 얼마나 반가워하는 것이었는가?

정기는 이른 봄 아침의 태양을 우러러봤다. 맑고 깨끗하고 산뜻한 태양이 었다. 하루종일 저 태양처럼 티없이 지내리라 생각했다. 그러나 마음이 태양 처럼 밝아지지는 않았다. 애들을 가르치는데도 신이 나지 않고 힘이 들었다. 동료교사들을 대할 때에도 웃음 대신 침울한 시선이었다. 이유를 알 수 없 었다. 자꾸만 침울해졌다. 명우를 퇴학시켜야 한다고 주장하던 체육선생을 만나도 동지라는 특수한 생각이 들지 않았다. 의기가 상통하는 사람들끼리 는 특별한 이야기를 안 한다 해도 의미 있는 웃음이라도 교환해야 할 것인 데 그것이 되지 않았던 것이다.

그 대신 한숨짓던 형의 얼굴이 편득편득 눈앞을 스치고 지나갔다. 그리고 고개를 푹 숙이고 말을 못하는 나옥의 얼굴이 눈앞에 떠올랐다. 형에게는 자기가 해야 할 일을 했다. 나옥은 신뢰감으로 대하고 있다. 그런데도 두 사 람 모두가 침울한 표정을 하고 있다. 그 두 사람의 침울이 모두 자기 탓이라 고 일깨워 준다.

형님은 지금쯤 경찰서에 가 있을 것이다. 부들부들 떨기는 하겠지만 얼 마 안 있어 그 불안하던 마음을 훨훨 털고 명랑한 마음으로 집에 돌아갈 것이다.

이런 생각을 해 봤지만 한숨짓던 형의 얼굴이 자꾸만 눈앞에 떠올랐다.

'하룻밤 잠도 재우지 않구……'

침울한 얼굴의 형이 이런 말을 하는 것 같았다.

'정기 씨 미안해요. 명배의 끈질긴 유혹을 물리칠 수 없었어요.'

형의 목소리에 이어 나옥의 이런 소리도 들리는 것 같았다. 모를 일이었다. 신뢰하는 방향으로 마음을 잡고 있는데도 나옥의 입에서는 어째 배신을 고백하는 말이 나오는 것일까?

정기는 학생들 앞에 나가기가 싫었다. 어떤 구실을 들어서라도 휴강을 하고 싶었다. 그러나 고등학교에 휴강이란 있을 수 없었다. 그 대신 자습을 시켰다. 시간마다 자습이었다. 그런데 방과 후 교무회의가 있다는 말이 들렸다. 명우 처벌 문제를 토의하는 것이라고 했다. 정기는 명우 처벌에 대해서도 별반 관심이 없었다. 대부분 선생들이 소극적 태도를 보이고 있는데 유독 자기만 강경한 태도를 보일 필요가 없다고 생각했다. 자기 혼자 떠들어 댄다구 학교가 잘될 리도 없다. 더구나 어제 명우를 때려 주었다. 사표까지 냈었다. 그 이상 떠들 것이 무엇이겠는가?

교무회의가 있을 때 정기는 정말 입을 다물고 있었다. 침묵을 지키는 마음 속에 협박 비슷하게 말하던 명배의 얼굴이 비쳤다. 그것 때문에 자기가 입을 다물고 있다는 생각을 할 때 스스로 불쾌했지만 그래도 한 마디의 발언도 안 했다.

나도 나이들고 있다는 것일까? 나이든 대부분 선생이 언권을 포기한 듯 자기도 언권을 포기한 것이라 생각했기 때문이었다. 그런데 이상한 일은 명우의 비행을 직접 목격하고 명우의 처벌을 강경히 주장하던 체육선생까지 입을 다물고 발언을 안 하는 일이었다. 교장이 그를 지목하고 발언을 요구했지만 교장의 의사를 따를 뿐 달리 의견이 없다고 했다. 그래서 결국 무기 정학으로 결정해 버렸지만 정기는 어제 자신 있는 태도로 말하던 명배를 생각했다. 체육선생도 그 명배에게서 협박을 받았을까?

시시하다. 정말 시시하다. 내가 발언 안 한 것은 형님과 나옥의 문제 때문이다.

정기는 자기를 변명해 보았지만 자기도 명배 때문에 타격받고 있다는 것을 숨길 수 없었다.

나도 시시한 인간이지.

정기는 자기까지를 경멸했다. 자기를 경멸하는 감정은 곧 자기 혐오 감정으로 통한다. 자기 혐오의 감정을 가진 채 그는 나옥을 만났다. 자기 혐오를 느껴서인지 나옥에 대한 존경심이 전 같지 않았다.

"강명배라는 사람 알아?"

정기는 다짜로 명배 이야기를 꺼내는 무례를 범했다.

"알아요."

나옥은 분명한 발음으로 대답했다. 적을 경계하는 듯한 말투였다.

"어떤 관계지?"

"그건 알아서 무엇하죠?"

나옥이 도전적으로 나올 때야 정기는 수그러진 태도로 말했다.

"어제 나를 찾아왔었어."

"뭐라구 그랬어요?"

"결혼할 사이라구 그러데. 같이 외국유학두 갈 것이라구……."

나옥이 대답을 안 했다.

"그게 사실인가?"

"사실이면 어떡허겠어요?"

"사실인가 아닌가를 물어 보는 것뿐야."

"사실이에요."

간단하나마 대담한 대답이었다.

"정말?"

"언제 거짓말을 했어요?"

정기는 어이가 없었다. 더불어 이야기할 상대가 못 된다고 생각했다. 그러나 공연한 반발을 하는 것이나 아닌가 하는 생각에,

"그럼 그 사람 이야기를 왜 한 마디두 안 했지?"

하고 물었다.

"이야기해야 할 필요가 있었나요?"

"필요를 따지기 전에 나만은 알았어야 할 일이 아니야?"

"건 알아서 뭣해요? 만나서 즐겁게 지내면 그뿐 아니었어요?"

"우리 사이가 그런 것이었나?"

"그럼 결혼하구 같이 살려구 했어요?"

정기는 말을 잊은 사람처럼 멍하니 나옥의 얼굴을 쳐다볼 뿐이었다.

"그럼 나는 스페어였단 말야?"

"구태여 그런 이름을 붙일 건 뭐예요?"

정기는 할 말을 다 했다고 생각했다. 그러나,

"그럼 앞으루 명배와 결혼할 작정인가?"

"아까 대답하지 않았어요?"

나옥이 움직일 수 없는 사실처럼 말할 때 정기는 그녀의 따귀를 갈겨 주고 싶었다. 자기가 할 수 있는 일은 그것뿐이란 생각이었다. 그러나 사람이 많은 다방에서 차마 그것은 할 수 없었다.

그는 그 자리를 떠날 생각으로 마지막 말을 하려 했다. 무슨 말이 가장 적당한 마지막 말인지가 생각나지 않아,

"다시는 안 만나는 거지?"

마치 미련이 남아 있는 듯한 말을 했다.

"그렇다구 안 만난다는 건 정기 씨가 불순한 거 아녜요?"

적반하장이랄까?

정기는 자리에서 일어나,

"나 먼저 가."

한 마디를 남기고는 카운터에서 찻값을 내고 다방을 나왔다. 혹시 뒤를 따라와 잘못했다고 빌지나 않을까 생각하며 걸었지만 하숙에 이를 때까지 자기를 부르는 사람은 하나도 없었다.

하숙밥이 더욱 입에 깔깔했다. 저녁밥을 먹는 둥 마는 둥 하고는 그새 나옥에게서 받은 물건들을 챙겼다.

목도리, 넥타이, 장갑, 혁대, 책, 모두를 합치니 커다란 보자기로 하나가 되었다. 정기는 밖에 나가 두꺼운 종이를 사다가 그것들을 싸서 묶었다. 그리고는 나옥에 대한 기억들까지 모조리 싸서 보냈으면 하는 생각을 했다. 기억들마저 지니고 싶지 않았던 것이다.

스페어라는 것도 모르고 진심을 기울였던 바보 ──.

정기는 자기 혐오 이외에 다른 것을 느낄 수 없었다.

학생은 스승에게 재크나이프를 펴 들고 애인은 사람을 인형보다도 더 헐 값으로 취급하고…….

정기는 물건 꾸러미를 들고 우체국으로 가서 그것을 소포로 부쳐 버렸다. 시련이 짧은 기간에 끝났다는 데 홀가분한 느낌이었으나 이십육 년 동안을 헛산 것 같은 느낌이었다.

영이다. 아니 마이너스의 인생이었다.

정기는 학교 선생들이 잘 다니는 막걸리 집으로 갔다. 안 마시고는 못 배길 심정이었다. 아는 사람을 만나면 자기 돈을 써 가면서라도 진탕 마시고 싶었다. 첫 잔을 마신 후 주머니 형편을 살폈다. 몇 푼밖에 없었다. 외상으로 먹지. 외상이 통하는 집이었다. 외상술 마실 생각을 하며 동료가 나타나기만 기다리고 있을 때 체육선생이 영어선생과 함께 들어왔다.

하필이면 저런 자식이 걸려들까?

정기는 체육선생에게만은 술을 사고 싶지 않았다.

"웬일이슈, 혼자서……."

체육선생이 반가워했으나 정기는 시선을 줄 뿐 대답도 안 했다. 영어선생과 체육선생이 옆으로 와 앉았으나 조금도 달갑지가 않아 정기는 자리에서 일어서려 했다. 같은 공범자라면 같은 공범자다. 체육선생만이 나쁘다고 할 수가 없는데도 그와 같이 술 마시기가 싫었던 것이다.

체육선생이 그의 손을 잡아끌었다. 잡혀끌리우자 정기는 반발했다. 손을 뿌리치니까,

"내가 살게, 앉으시우."

체육선생은 한사코 붙잡았다. 할 수 없이 눌러앉아 술을 마셨으나 술맛이 통 나지 않았다. 체육선생과 동류(同類)라는 자기 혐오증 때문이었을 것이다.

그런데 여대생 세 명이 들어왔다. 이색적인 풍경에 시선이 갔다. 그녀들은 정기의 옆자리에 앉았다. 몇 잔을 마시기도 전에 체육선생과 이야기를 주고받았다. 그러더니 체육선생이 그녀들에게 합석하는 것이 어떠냐고 제안했다. 여대생들은 서슴지 않고 합석했다. 그리고 이쪽 술값까지도 자기네들이 지불하겠다는 것이었다. 체육선생은 기분이 좋은지 큰 소리를 내어 웃기

도 하고 그녀들과 악수를 나누기도 했다. 그뿐만도 아니었다.

"당신네들과 같이 명랑하고 유쾌한 여자들은 처음 봅니다."

체육선생이 아첨까지 하는 것이었다.

정기는 낯이 간지러워지는 걸 느꼈다.

"신사들 같으신데 우리두 유쾌합니다."

여자들도 호응해서 술잔을 번쩍 들었다가 건배를 했다. 그러더니 체육선생이 영어선생과 정기를 여자들에게 소개했다.

"공부밖에 모르는 샌님 ×××씨입니다."

"아직 연애도 못해 본 풋내기 ×××씨입니다."

그 소개에 여대생들은 유쾌하게 깔깔 대소했다. 그러고 나서는,

"그렇게 뵈진 않는데요."

의외라는 듯 정기를 바라보았다.

죄 없는 농담이니 웃어넘길 수 있는 일이기도 했지만 정기는 불쾌감을 느꼈다. 체육선생 제가 뭘 안다고 자기를 풋내기라 하는가? 호감이 가지 않을 때는 무엇이나 트집을 잡게 마련인지 체육선생이 못마땅했던 것이다.

"어디가 잘못된 데라두 있으신가요?"

여대생들은 정기에게 흥미가 있는지 해롱거리며 묻기까지 했다. 정기는 귀찮은 생각이 들어,

"남이 못하는 연애까지 해 본 사람입니다."

하고 그들의 말을 부정함으로 대화 속에서 빠지려 했다. 그랬더니 여대생 한 명이,

"어떤 연앤데요?"

하고 다그쳐 물었다.

"스페어 노릇을 하는 연애……."

쓰디쓴 여운 속에서 나온 말이었지만 정기는 웃어 가며 내뱉듯이 말했다. 그러자 체육선생이,

"거짓말입니다. 그런 멋진 연앨 아무나 해요?"

하고 껄껄 웃었다. 정기는 그런 말을 하는 체육선생을 한 대 때려 주고 싶었

다. 그가 자꾸만 미워지는 이유를 알 수 없었다.

"당신은 그런 것 알기나 해?"

때리는 대신 말로 쏘아 주었다. 그때 여대생 한 명이,

"나하구두 그런 거 한 번 해 볼까요."

해롱거렸다. 그러자 체육선생이,

"나하구 해 봅시다."

하고 대답했다. 정기는 나옥이도 저렇게 처음부터 그런 말을 선언하고 자기와 교제를 했다면 하는 생각을 했다. 그렇게 해 주었다면 언제 헤어져도 마음이 아프지는 않을 것이다. 나옥이…… 나옥이…….

정기는 나옥이 생각을 하다가 미칠 것 같은 감정으로 술상을 탁 쳤다. 막걸리 사발이 몇 개 굴러떨어질 정도였다.

"이분이 갑자기……."

여대생들이 놀란 눈으로 정기를 쳐다봤다.

"말을 마저 해요. 갑자기 미쳤다 이거지요?"

그때 체육선생이 정기의 팔을 잡았다. 한 방 터진 총알이 계속 터질 것 같았던 모양이다.

"이거 놔요."

정기는 붙잡히고 있다는 것이 싫었다.

"왜 그러시는 거죠?"

그러면서도 체육선생은 정기의 팔을 놓지 않았다.

"놓으라니까……."

정기는 자기도 모르게 체육선생의 얼굴을 주먹으로 한 대 쳤다. 술이 무던히 취한 모양이었다.

그러나 곧 자기가 사람을 때렸다는 자책감을 느꼈다. 주흥을 깨뜨렸다는 미안감도 느꼈다. 그래서 자리에서 일어나 간다온다 말 한 마디 없이 술집을 뛰쳐나왔다.

절대로 정신을 잃을 만큼 술에 취한 것이 아니었다. 그런데도 왜 체육선생을 때렸을까? 그는 걸으면서 생각했다. 어렸을 때도 남과 싸워 본 일이 없

었다. 한 번도 남을 때려 본 일이 없는 자기가 어제 오늘, 이틀 사이에 두 사람이나 때렸다. 명우는 그렇다 해도 체육선생은 맞을 이유가 없지 않은가? 정말 체육선생이 미웠던 것일까? 꼭 그런 것 같지가 않았다. 그런데 어째서 여자들까지 있는 자리에서 그를 때렸을까?…… 나 자신이 미웠단 말인가? 그렇지 않으면 나옥에 대한 어떻게도 할 수 없는 마음의 폭발이었던가?

하숙으로 돌아오자 그는 이유가 불명한 눈물을 흘리고 있었다. 무엇 때문에 눈물이 나오는지 꼬집어 말할 수가 없었지만 눈물은 그런 것 가릴 것 없이 자꾸 흘러내렸다.

그러나 다음 날 학교로 갈 때 그는 체육선생에게 진심으로 사과할 것을 생각했다. 체육선생뿐 아니라 명우에게도 사과를 하고 싶었다. 자기라는 인간이 부족하기 때문이었다는 것을 느꼈던 것이다. 나옥에 대해서도 마찬가지였다. 나옥에 대한 분노에 앞서 자기가 못났다는 생각이 자꾸만 떠올랐다.

형에게도 마찬가지였다. 형을 하룻밤 재워 주는 것이 무서워서 여관에서 자게 했다. 떠날 때는 정거장에도 나가지 않았다. 못난 자식. 지지리도 못난 자식. 정기는 자학밖에 할 것이 없었다. 교감은 명우반 수업시간을 딴 반으로 옮겨 줬다. 그냥 가르치라고 해도 말없이 가르칠 것인데…….

체육선생도 그러했다. 마땅히 여기서 잘못했다고 사과를 해야 할 판인데 자기 편에서 먼저,

“어젯밤 많이 취하셨던가요? 무사히 돌아가시기는 했습니까?”
하며 도리어 정기의 몸을 보살펴 주듯이 말했다.

정기는 교감과 체육선생이 고맙게 생각되었다. 따뜻한 담요로 감싸 주는 온정이 몸 속으로 스머드는 것 같았다.

그러나 얼마도 안 가 그는 속이 떨려 오는 것을 느꼈다. 한때는 담요로 감싸 주지만 그것을 벗길 때는 가죽까지 오려 낼 것이란 생각이 들었던 것이다. 어째서 그런 생각이 들었는지 모른다. 자기를 끝까지 감싸 줄 사람이 있을 수 없다는 생각이 들었다. 세상이 그렇지 않다고 생각되었다. 세상이 그러니까 나이든 사람들은 모두가 포기를 해 가며 사는 것이 아닌가? 껍질까지 벗기고 싶지가 않기 때문인 것이다. 인생의 일부분씩, 상대방과 관련되

고 있는 인생을 포기하지 않는다면 나옥, 명우, 명배 들도 자기 껍질을 벗기
려 덤벼들 것이다.

정기는 잘못하다가는 머지 않아 학교에서까지 쫓겨날 것 같은 생각을 했다.

'홍 선생, 몸이 불편하시죠? 쉬시는 것이 좋을 겁니다.'

교장의 목소리가 들리는 것 같았다. 아무것도 아닌 이유를 가지고 면직시
키는 교장── .

피해망상증이었을 것이다. 어쨌든 그는 종일 자기의 껍질을 벗기려는 사
람들의 시선 속에서 몸을 떨었다. 나중에는 감옥으로 끌려가는 환상까지 눈
앞에 떠올랐다. 형이 신고를 하러 갔다가 시일이 늦었다고 도리어 은닉죄에
걸려 구속되었다. 그리고 자기는 불고지(不告知)죄에 걸린 형을 고발하지
않았다고 붙잡혀 간다.

교무실 문이 열릴 때마다 정기는 자기를 잡으러 온 경관이 아닌가 하고
눈을 크게 떴다. 교실에서 수업을 하다가도 복도에 발소리가 나면 경관이
오는 것이나 아닌가 하고 귀를 그리로 모으기도 했다. 방과 후 하숙으로 돌
아가서도 마찬가지였다. 그저 불안하기만 했다.

정기는 불안 속에서 생명의 포기를 생각했다. 모두들 인생을 포기하며 살
고 있지만 목숨을 포기하려 하지는 않는다. 인생을 포기할 바에야 목숨을
포기한들 무슨 상관이랴? 그러나 인간이란 어떤 고통이나 어떤 불행을 당한
다 해도 목숨까지는 포기하지 못한다고 생각했다. 목숨이란 자기 의지에 의
해 만들어진 것이 아니니까.

못난 것. 정기는 자기를 못난 것이라고 자조하는 수밖에 없었다. 못난 것
은 맞아야 한다. 그러니 최후로 맞을 사람은 자기뿐이다. 그는 자기 뺨을 주
먹으로 질러 보았다. 아프지가 않았다. 좀더 힘껏 때렸다. 그래도 아프지가
않았다. 못난 것은 맞아야 하는 건데 아프게 때려지지가 않는다. 자기 손으
로 자기를 아프게 때리지는 못하는 것인가?

그는 더 힘을 주어 턱을 때렸다. 소리가 났다. 그래도 아프지가 않았다.

(원) 《현대문학 162》 1968. 6, (출) 『신한국문학전집 박영준 선집』 어문각, 1972.

그런 것 같다

그미는 지금 마루에 걸레질을 하고 있다. 비로 쓸고 난 뒤 걸레질을 하는 것이지만 먼지가 걸레에 까맣게 묻어 나온다. 걸레를 빤 구정물의 빛깔이 개흙판 바닷물보다도 더 진하다. 그미는 수돗가에 나가 구정물을 버리고 맑은 물에 걸레를 빤다. 다시 마루를 닦는다. 또 구정물이 나온다. 구정물에 걸레와 손을 담그고 걸레를 헹구다 말고 손만을 꺼내 들여다본다. 구정물에 잠겼던 손이 지저분하게 보인다. 그 지저분한 손으로나마 흘러내린 머리를 뒤로 넘긴다. 머리털에 손바닥이 닿지 않게 기술적으로 손잔등만 사용한다. 그뿐 아니었다. 이마에 흐른 땀도 닦아야 했다. 그것도 손잔등으로 닦는다. 그리고 나서 그미는 머리털과 이마에 닿았던 손잔등을 본다. 머리털이나 이마에 때가 묻지 않았을 것을 믿고 적이 안심한다. 그러나 다음 손가락을 펴 보는 순간 그는 가느다란 한숨을 내쉰다. 한숨을 내쉬고서는 굵어진 손가락 마디를 만져 본다. 엄지손가락 하나를 빼놓은 네 손가락을 차례차례로 만져 본다. 대나무처럼 마디가 굵고 딴딴하다. 그러면서 언제부터 반지를 끼지 못했던가를 생각해 본다. 결혼 때 받은 반지가 작아서 끼지 못하고 빼놓은 지가 벌써 일 년 반이 가까워 옴을 상기한다. 그리고는 걸레가 잠겨 있는 구정물 속에 손을 담근다. 구정물 속에 불투명하게 잠겨 있는 손가락을 수면 위로 올려 본다. 구정물과 하얀 손이 대조적으로 보인다. 돼지밥에 섞여 있는 강냉이알.

그미는 걸레를 짜서 마루를 마저 훔친다. 그리고는 물을 버리고 걸레를 빤다. 방망이로 소리를 내어 두들긴다. 비누질도 한다. 그러나 걸레는 걸레. 하얀 천처럼 깨끗해지지 않는다.

안방, 건넌방, 사랑방 그리고 마루를 순서대로 훔치고서 걸레를 빨았을 때 그미는 피곤을 느낀다. 피곤을 느끼나 쉴 생각을 못한다. 젖먹이에게 젖 줄 시간이 된 것이다. 다행히 젖먹이는 순하다. 정 배가 고플 때가 아니면 울지를 않는다. 일을 끝낼 때까지 울지 않는 것이 얼마나 고마운 일인지 모른다. 건넌방으로 가서 아기를 안고 젖을 물린다. 아기가 젖을 빨 때 피곤이 뭉치는 듯 졸음이 오기는 하나 그것이 조금도 불쾌하지 않아 더욱 다행스럽 게 느낀다. 젖 빠는 것이 불쾌감을 준다면 아기가 정말 미워질 것이다. 하루 종일 매달려 온 신경을 애에게만 쏟게 할 때 얼마나 귀찮은 생각이 드는지 모른다. 그러나 재롱을 피울 때와 젖 빨 때만은 귀엽다. 그 귀염성 때문에 어머니라는 것을 포기하지 못하는지도 모른다.

잠이 오려는 것을 억지로 참는다. 눈가죽에 힘을 주어 눈을 크게 뜨고 감 기지 않도록 아기의 입술을 응시한다. 호물호물 젖 빠는 입술이 귀여웁다. 한참 보고 있으려니 눈가죽의 힘이 빠진다. 그때 그미는 아기의 토실토실한 발을 잡고 흔들어 준다. 장난을 하는 것이다. 아기가 붙잡힌 발을 바둥거린 다. 또 흔든다. 또 바둥거린다. 그래서 잠이 달아난다.

아기가 젖을 문 채 잠이 든다. 조용히 젖을 빼고 아기를 눕힌다. 그리고는 아기의 기저귀들과 빨랫감을 모아 들고 수돗가로 간다. 빨래 시간인 것이다. 문지르고 방망이질하고 삶고 헹구고 이런 일을 점심시간까지 한다. 결혼한 뒤 이 년 동안 매일처럼 계속하는 일과다. 빨래를 할 때면 꼭 듣고 싶은 것 이 있다. 음악이다. 그것을 들으면서 빨래를 하면 한결 힘든 줄을 모를 것 같다. 그리고 딴 생각을 안 하게 될 것 같다. 그러나 결혼생활을 한 뒤 자기 가 음악가라는 것을 내색하지 않으려는 결심을 유지하는 한 음악은 금물이 다. 라디오를 듣다가 음악이 나오면 아무 가책 없이 들을 수 있지만 자기가 듣고 싶은 충동을 느꼈을 때 듣고 싶은 전축을 트는 것은 자기 자신의 금기 로 되어 있다. 그래서 친정에 있는 레코드를 가져오지 않고 있다.

비록 스스로의 결의에 의한 것이라 해도 그것이 자의가 아니었다는 것을 생각할 때 그미는 타의에 의한 결의가 언제까지 지속될지를 의심한다. 이렇게 자기 결의를 위태롭게 생각하기 시작한 것은 그 결의를 가진 뒤 얼마 안 있어서부터이다. 그러나 운명에 복종하겠다는 의지와 더불어 환경의 변화가 그 결의를 오늘까지 계속시키고 있다.

그런 것을 각오하고 결혼했다는 자신을 옹호하려는 의지에 뒤이어 임신, 해산, 이런 환경의 변화가 위험성의 폭발을 억압시켜 왔던 것이다. 그러나 그미는 몇 달 전부터 아무런 이유도 없이 위험성의 폭발에 대한 두려움을 느끼기 시작했다. 근 이 년 동안 음악에 대한 향수를 억압 내지 축적해 왔지만 그 억압과 축적이 시한성(時限性)을 가지고 있는 것 같았다. 최근에는 음악 생각만 하면 몸이 뒤틀린다. 지금 그미는 몸을 비틀고 있는 것이다. 자기가 피아노를 치고 싶어서는 아니었다. 멋진 음악을 듣기만 해도 가슴이 트일 것 같고 몸살이 완쾌되었을 때처럼 몸이 가벼울 것 같은 것이다. 월광 소나타를 한 번만 들어 봤으면 그러면 모든 욕구 불만이 해소될 것 같았다.

그러나 절대로 안 된다. 지금 안방에 이십사 시간 감시하는 시어머니가 도사리고 있다. 음악에 향수를 느끼고 있는 걸 알면 자기를 딴 눈으로 보기 시작할 것이다. 개선한 전과자가 전범(前犯)을 되풀이하는 것으로 해석할 것이 분명하다.

죄를 지은 것은 아닌데. 그런데 왜 나는 결혼 전의 음악을 잊어버리지 못하는 것을 이 집 생활에서는 죄처럼 생각해야 하는가? 나의 음악이 이 집안을 파괴하는 것으로 생각해야 하는가? 그녀는 자기 자신을 회의해 본다. 그러나 이미 그런 것들을 각오한 결혼이니 할 수 없지 않느냐고 싹트려는 현실 불만을 억압한다. 부지런히 빨래나 하자고 스스로 다짐한다. 그런데도 어디선가 멀리서 모차르트의 피아노 협주곡 제4번이 들려 오는 것 같았다. 환각으로나마 음악이 귀에 들어오자 몸이 오싹해지며 온몸에 소름이 끼쳤다. 다행스런 것은 자기가 무대에서 독주를 하던 광경이 머리에 떠오르지가 않는 것이었다. 만약 자기의 무대 모습이 떠오른다면 그미는 일손을 계속할 수 없었을 것이다. 자기 방으로 뛰어들어가 울기라도 해야 할 것이다.

그럴 때였다. 안방에서 시어머니가 전화라고 소리질렀다. 그미는 남편 철하에게서려니 생각하고 행주치마에 손을 닦았다. 그리고는 급할 것 없다는 듯 서두르지 않고 걸어갔다. 전화통으로 급하게 가면 마치 전화를 기다리고 있기나 했다는 것처럼 보일 것이다. 그런 오해를 받기는 싫었다.

"친구란다."

수화기를 들려고 할 때 시어머니가 냉담하게 말했다. 노한 것은 아닌데도 그미에게는 여자들이 무슨 전화질이냐고 꾸중하는 것처럼 들렸다.

'누굴까?'

최근 만난 친구가 없다. 전화를 걸어 본 곳도 없다. 경멸을 하는 건지 외면을 하는 건지 그렇지 않으면 생활태도를 이해하고 일부러 내버려 두는 건지 만나고 싶다는 친구가 없던 터에 친구에게서 온 전화라는 말이 가슴을 두근거리게 했다.

"경희니? 나야. 김성미."

전화의 주인공이 자기 이름을 말할 때 놀라지 않을 수 없었다. 김성미는 음악대학을 졸업하자마자 누구보다도 먼저 결혼한 친구다. 연애결혼인데도 결혼하자 음악을 버렸고 친구들과도 멀리했다. 그런 성미가 무슨 일로 전화를 걸었을까?

"얼마 만이니? 너도 그새 결혼했다지? 그래 애가 몇이니?"

"몇이긴? 결혼한 지가 몇 해라구……."

"한 번 만나자 야. 너무 안 만나니까 정말 잊어버릴 것 같다."

"그래, 나두 그런 걸 느끼고 있어."

경희는 자기도 한 번 만나자는 말을 똑똑히 하고 싶었지만 옆에서 듣고 있는 시어머니가 신경줄을 켕기게 했다.

"그럼 내일 만나. 그런데 내일 ××교향악단 연주회 있는 거 알지? 만난 김에 그것두 구경하자. 난 음악회 구경한 지 몇 해가 되는지 모른다."

"나두……."

경희는 내일 몇 시 어디서 만나자느냐고 묻고 싶었지만 시어머니가 뭐랄지 몰라 어물어물했다.

"몇 시에 나올래?"

"글쎄. 네가 말해라."

"네 시쯤 어떠니? 같이 저녁 먹구 구경가게."

"안 돼. 저녁을 지어야지."

"뭐라구? 네 손으루 저녁을 져야 하니?"

"그래."

"그럼 애아버지까지 데리구 오렴. 나두 그렇게 할게."

"그래두 안 돼."

"참 애두 이상하다."

어쨌든 경희는 어물어물하며 여섯 시에 만날 약속을 했다. 밤에만 있다는 그 교향악단 연주가 꼭 보고 싶었던 것이다. 성미와의 이야기는 연주하는 동안 쉬는 시간에라도 충분하다. 뭘 그리 할 이야기가 많겠는가?

전화를 끝내고 방을 나올 때 경희는 시어머니에게 내일의 외출을 위해 친구와 약속했다는 말을 하였다. 시어머니에게는 반가운 말이 아니겠지만 그렇다고 못 나간다고 말은 안 했다. 몇 달만의 외출인지 모른다. 친정아버지 생일로 외출을 하고는 그 뒤 대문 밖에도 나가 본 일이 없다. 그런 만큼 친구 만나러 나간다는데 못 간다는 말을 어떻게 할 것인가?

빨래를 다시 계속하면서 경희는 내일 교향악단에서 어떤 곡을 연주할까 하고 생각했다. 어떤 곡이든 그것을 들으면 얼마 동안 음악을 안 들어도 무방할 것 같았다. 그리고 지휘는 역시 신민도 선생이겠지 생각했다. 그미는 ××관현악단이 신민도에 의해 조직돼 현재까지 그의 손에 의해 운영되고 있음을 알고 있기 때문이다.

'보고 싶은 신 선생!'

경희는 이렇게만 생각했다. 그와 자기와의 관계 같은 것을 회상하려 하지 않았다. 하려 하지 않는 것이 아니라 저절로 그렇게 된 것이다. 지휘 모습만 보고 돌아오게 될 것이 분명했지만 그래도 할 수 없는 것이라 생각했다. 아니 응당 그래야 할 것으로 생각하기도 했다.

경희는 빨래를 계속했다. 여름 빨래라 매일 해도 있는 빨래였다. 싫증이

나지만 단념한 지 오랜 일이라 습관처럼 해치웠다. 식모를 안 두고 손수 밥해 먹는다는 말을 듣자 성미가 의아스런 눈치를 보였다. 응당 그럴 것이다. 자기가 식모도 안 두고 집안일을 혼자 해 나간다는 것은 누구나 믿지 않을 일이다. 가난했더라면 믿어 줄 것이다. 가난하지도 않으면서 식모를 두지 않고 있다. 그것은 시어머니와 남편의 의사다. 여자가 둘씩 있으면서 세 식구 살림에 무슨 식모를 두겠느냐는 것이었다. 식구가 적다는 것이 이유다. 사실 그렇다. 한국 가정에는 일할 사람이 많은데도 모두 식모를 둔다. 식모를 두는 것으로 귀족적인 취미를 과시하려고 한다. 경희도 그런 면에서 시어머니와 동감이다. 그러나 여자가 둘이라 해도 시어머니는 그냥 어른이지 일하는 여자는 아니다. 겨우 한다는 일이 반찬거리 사들이는 일뿐이다. 그러니 두 사람이라 하지만 일하는 여자는 자기 혼자뿐이다. 말하자면 자기를 살림하는 며느리로 삼으려는 것이었다.

그런데도 식모를 두자고 우기지 못하는 것은 식모를 두지 않고 혼자서 살림을 맡아 해야만 주부의 태를 보일 수가 있기 때문이다. 음악이나 한다고…… 하는 비방이 듣기가 싫었다. 음악을 했다 해도 얼마든지 충실한 주부가 될 수 있다는 걸 보여 주고 싶었다. 음악을 버린 이상 주부 이외에 달리 무슨 자존심을 가질 것인가? 조그만 자존심만 보인다 해도 시어머니와 남편은 반드시 색안경으로 볼 것이다.

빨래를 끝내고는 시어머니 점심밥을 차렸다. 밥상을 들고 들어가 자기도 그 한 모퉁이에서 점심을 먹었다. 점심을 먹은 뒤에는 설거지를 했다. 냄비 같은 것을 비누로 닦고 찬장을 정돈했다.

그 뒤에는 어제 빨래한 것들을 다림질했다. 그새 어린애 젖을 몇 번 먹인다. 그러노라면 하루는 다 가고 시어머니가 장을 봐 온 것으로 저녁준비를 한다.

저녁을 다 지었는데도 남편은 돌아오지 않는다. 오늘도 공장 일로 바쁜지 그렇지 않으면 친구들과 어울려 술을 마시는지 경희로서 알 수 없는 일이다. 남편은 메리야스 공장을 갖고 있다. 즉 개인사업체를 갖고 있기 때문에 밤에도 사업 관계로 늦게까지 일을 본다고 한다. 결혼 직후부터 그렇게 말해 오기 때문에 늦는다고 해도 안타까이 기다리는 일이 없다. 시어머니와 같이 저녁을 먹은 뒤 남편 밥상을 따로 차려 놓았다가 돌아온 뒤 밥상을 내놓으면 그뿐인 것이다.

밤 열한 시가 지나서야 남편이 돌아왔다. 또 술냄새가 난다. 그런데도 밥은 여전히 먹었다.

밥을 먹으면서 으레 그렇듯,

"별일 없었어?"

하고 묻는다. 그것은 외출을 하지 않았느냐 또는 찾아온 사람이 없었느냐 그런 것을 묻는 말이었다. 경희는 오늘만은 보고할 일이 있었기 때문에 성미라는 동창생에게서 전화 온 이야기를 자상하게 설명했다.

"음악구경을 간다구?"

"네."

"그 동창생하구 단 둘이서 가는 거군?"

"그래요. 그렇지만 당신이 시간만 있다면 같이 가 주세요. 그 애두 남편과 같이 갈 수 있대요."

"난 못 가. 시간이 있나."

그러리라고 짐작했던 일이다. 음악에 대한 취미를 갖고 있지를 않은 사람이다. 또 아내를 위해 취미 없는 일이나마 봉사적으로 같이 가 줄 사람이 아니라는 것도 잘 알고 있다. 물론 바쁘기도 하겠지만 여름에 남들이 다 가는 해수욕장에 가 달라는 조름에도 그는 그런 것을 사치라고 딱 잘라 거절한 사람이다.

"한 번쯤 그런데 같이 가 주면 어때요?"

해 보는 말이지만 불만스럽다는 표정으로 말했다.

"혼자 가면 되지 바쁜 사람까지 끌구 가야 할 것 없지 않아?"

혼자나마 가라는 것도 큰 선심을 쓰는 것처럼 말하는 남편이었다. 경희는 혼자라도 가라는 것이 고마워,

"저녁을 지어 놓구 잠깐 다녀오겠어요."

할 일은 다 해 놓구 갈 테니 걱정 말라는 뜻을 가미해서 말했다.

"그래 갔다 와. 참 오래간만에 가 보는군."

말만이라도 고마운 말이었다. 사실 말만은 잘하는 남편이었다. 결혼 후 몇 달이 지났을 때 경희는 가만히 앉아 놀기도 심심하고 또 한 푼이라도 벌면 그만큼 수입이 느는 것이라는 이유를 들어 피아노 개인교수를 하겠다고 말했다. 다음에 애기를 낳으면 애들에게도 필요한 것이니까 피아노쯤 한 대사 두는 것이 해로울 것 없다는 말까지 하면서. 그랬더니 남편이,

"피아노 살 돈이 없어서 그러는 건 아냐. 당신이 돈벌이를 하느라 신경을 쓰게 하구 싶지 않아. 돈에 대해 신경을 쓰며 살게 하구 싶지가 않다는 말이야."

하고 마치 경희를 생각해 주는 것처럼 말했다.

"돈두 돈이지만 심심해서 그래요. 배운 재간 썩힐 필요두 없구요."

그때는,

"심심하다는 건 알겠어. 내가 당신과 시간을 같이 보낼 새가 없으니까. 정말 미안하기두 해. 그렇지만 정 심심하거든 가정생활에 필요한 것들이나 배워 둬. 요리강습이라든가 자수강습 같은 거 있잖아? 꽃꽂이강습두 있구. 그런 걸 해."

하고 어디까지나 듣기 좋게 말했다. 그때 경희는 꼼짝을 못했고, 그 뒤는 피아노 사 달라는 말을 한 번도 입 밖에 꺼내지 못했다.

그러한 남편인 만큼 경희가 음악을 완전히 잊고 있다는 것 그리고 어린애 때문에 완전히 가정적이 되었다는 것을 알고 있는 지금 음악에 대해 너그러운 태도를 보여 주는 것은 확실히 그의 화술이 능숙하다는 것을 의미한다.

경희는 경희대로 또 한 마디를 했다.

"저는 음악회가 있는 줄도 몰랐어요. 그 애가 아니면 갈 생각두 못했을 거예요."

자기에게 그렇게 흥미 있는 일이 아니라는 말을 해 둬야 이때까지 의식적으로 노력해 온 것이 거짓이 아니었음을 뒷받침할 수 있었기 때문이었다.

"그래두 가끔 구경은 가야지."

남편은 너를 믿으니까 가끔 하고 싶은 대로 해도 무방하다는 너그러움을

보여 주었다.

　다음 날 저녁 경희는 저녁밥을 지어 놓은 뒤 애기 우유를 준비해 놓고 성미를 만나러 나갔다. 정말 몇 달만의 외출인지 몰랐다. 몸이 날 것같이 가벼웠다. 시어머니 옆을 떠난다는 것 그리고 어린애에게서 해방이 되었다는 것이 세상에 나와 처음 맛보는 자유 같았다.

　경희는 대학 시절에 맹장염 수술로 일 주일 동안 입원했던 일이 있다. 수술하기 직전까지의 복통은 말할 것도 없었지만 일 주일 동안 피아노를 칠 수 없었던 일 그리고 거리에 한 번도 나가 보지 못했던 기억이 아직 생생하다. 퇴원을 하고 병원을 나서서 눈부신 태양을 보았고 거리에 나가 움직이는 군중들을 보았을 때 정말 죽음 속에서 새로 살아난 것 같음을 느꼈었다.

　그런데 지금 몇 달 만의 외출이 퇴원하던 그 날의 감격이나 즐거움만 못하지가 않았다. 자유를 느끼는 점에서는 보다 더 감격적인 것 같았다.

　그 자유의 감격을 느낄 때 그미는 이때까지의 생활이 비자유인의 생활이었던 것을 실감하는 것이었다. 비자유 속에서도 거기에 적응하며 살아 왔다는 자기가 무척 존귀하게 생각되기도 했다. 하기 힘든 일 그리고 불가능에 가까운 일을 했다는 것은 자랑이 아니겠느냐 하는 자부심도 생겼다.

　성미를 만났을 때 행복스럽다는 그미의 가정생활을 먼저 들었다. 약 한 시간의 시간이 남았기 때문에 음악회를 잊고 이야기를 시작했던 것이다. 같은 음악과 동창이지만 음악에 전념하지 않은 친구다. 그래서,

　“예술이 중하지?”

라는 말을 중심으로 자기의 가정생활이 행복하다는 이야기를 할 때 그 말이 수긍되었다. 그러면서도 성미에게는 얼마든지 있을 수 있는 이야기지만 나야…… 하고 자기를 성미와 대조시켰다. 그러나 말로는,

　“나두 마찬가지야.”

하고 동조했다.

　살림에 걱정이 없다는 것, 남편이 너그럽다는 것, 애기가 귀엽다는 것들을 들어,

"나두 인생이 중요한 것이라구 생각해."

하며 성미에게 맞장구를 쳤다.

"그래두 네가 음악을 버릴 줄은 몰랐다."

이것은 성미의 사교적 말이 아니었을 것이다. 경희를 아는 사람은 누구나 공감할 말이다. 그러나 경희는,

"난 인간 아니니?"

하고 성미의 말을 부정했다.

"그래두 넌 가장 기대받던 피아니스트 아니었니?"

"난 피아니스트보다 아내로서 또는 어머니로서의 완숙한 여성이 되고 싶어. 여자는 여자 아냐? 여자로서 미흡하면서 예술가가 돼서는 뭣 하니?"

경희는 성미에게서나마 박수를 얻고 싶었다. 그래서 자기가 음악을 버린 데 대한 스스로의 안위를 얻고 싶어 자기 변명을 열심히 했다.

그러나 이야기를 할수록 그미는 자기가 사실을 이야기하는 것이 아니라 궁색한 변명을 하고 있다는 생각이 들었다. 자기 불만을 은닉하는 일이라고 생각되었다.

"우리 시어머니는 말이 없어. 그리구 모두가 나 하자는 대루야."

시어머니 칭찬까지 하는 대목에서는 자기 기만이라는 것을 느끼고 행복론을 중단했다.

잔소리가 심해서 오금을 못 펴게 하는 것은 아니지만 자기를 감시하기 위해 세상에 태어난 사람 같은 인상을 주는 시어머니였다. 말 대신 눈동자로 위압하는 그 무서운 시어머니까지 칭찬을 하다니…….

경희가 이야기에 흥미를 잃은 눈치를 보이자 성미가 이번에는,

"너 연애결혼이지?"

마치 연애결혼이니까 행복한 것이로구나 하고 묻는 것 같은 질문을 하였다. 여자란 당연한 일인 줄 알면서도 그것을 꼬집어 물으려 한다. 혹시 이야기 속에 특종기사나 있을까 하고.

"그래!"

경희는 간단히 한 마디로 대답해 버렸다. 그런 거짓말만은 길게 꼬리를

붙일 용기가 없었던 것이다.

"몇 해나 했니?"

성미는 집요하게 질문을 계속했다. 할머니에게 옛날이야기를 조르는 어린애 같은 표정이었다.

경희는 대답하기가 싫었다. 거짓말을 꾸며 대야 하는 일을 성미는 왜 자꾸만 독촉하는 것일까?

"몇 해는 몇 해냐?"

이야기에 흥미가 없다는 것을 노골적으로 표시하고 시계를 보았다. 그리고는,

"시간 다 됐다."

하고 자리에서 일어섰다.

국립극장에 들어갈 때까지 경희는 기분이 나빴다. 작대기로 벌집을 쑤셔 놓듯 자기 가슴이 무엇으로 쑤셔진 것 같은 느낌이었다. 소리가 나는 것 같고 이물질이 들어가 가슴 속을 휘두르는 것 같기도 했다.

'이래서 여자들은 친구끼리두 만나기를 싫어하는 것이겠지.'

있는 말 없는 말을 꾸며 대가며 수선을 피우다가 자기 환멸을 느끼는 것이 여자들의 대화라고 생각했다.

극장에서 자리를 잡고 앉자 그때부터 경희의 마음은 급변했다. 분위기에 위압을 당한 듯 조용하고도 무거운 가슴이었다. 금시 무엇이 터질 것 같은 불안도 느꼈다. 소리없이 막이 오를 때 어디선가 핑 소리가 들리는 것 같았다. 그 핑 소리는 요술쟁이가 무슨 소리를 낸 뒤 난데없이 비둘기 한 마리를 주먹 속에서 날아가게 하는 기변(奇變) 같기도 했다.

과연 기변이 일어났다. 막이 오르자 이 년 이상이나 보지 못하고 살아 온 광경이 마치 그녀의 안공을 메울 듯이 휘황하게 나타났다. 자기 마음 속에서 멀리 사라졌던 꿈 같은 현실이었다. 오륙십 명의 관현악단원들이 단정한 유니폼을 입고 각자 악기를 들고 앉아 있었다. 그 중에는 물론 여자도 적지 않게 있었다.

인생에 살지 않고 예술에 사는 사람들이었다.

그미는 혹시 자기가 아는 사람들이 있나 살펴봤다. 남자 중에도 또 여자 중에도 아는 얼굴이 상당히 많은 것 같았다. 특히 아는 여자에게 시선이 갔을 때 그미는

'아직두 결혼을 안 했을까?'

하는 생각을 했다. 결혼을 했다면 저러고 살 수가 없을 것 같았던 것이다.

그런데 보다 더 큰 기변이 일어났다. 지휘자 신민도가 지휘봉을 들고 나온 것이다. 신민도의 모습을 보자 경희의 가슴은 천길 낭떠러지에 떨어지는 듯 아찔함을 느꼈다. 공포도 환희도 아니었다. 그저 경탄이라고나 할까? 잊어버리고 있던 상자 속의 보물을 우연히 보았을 때 그 찬란한 빛에 황홀해지는 감정 같은 것이기도 했다.

악! 하고 소리를 지를 뻔한 그미였다. 내 음악을 빛나게 해 준 선생. 그를 까마득하게 잊고 살아 온 나.

경희는 눈 하나 깜빡이지 않고 신민도를 주시했다. 흰 윗옷에 까만 바지. 그 단정한 옷차림이 우선 우아해 보였다. 흰 윗옷 주머니에 단정히 내밀어진 까만 손수건, 그미는 가까이 가서 만져 보고 싶은 충동을 느꼈다.

신민도는 무대 위를 걸어 지휘대에 올라서자 단원들을 한 번 훑어보고는 마음 속의 준비를 시킨 뒤 관중석으로 돌아서 정중한 인사를 했다. 경건한 모습이었다. 예술의 존엄성이 그대로 배어 있는 모습이었다. 곧 뒤로 돌아서 지휘봉을 들어올렸다. 그리고는 들었던 지휘봉을 온몸과 같이 내려쳤다.

동시에 음악이 울려 나오기 시작했다.

눈을 뜨고 그냥 볼 수 없을 만큼 장엄한 장면이었다.

시종 열이 넘쳐 흐르는 그의 지휘가 계속되었다. 마치 아름다운 무용처럼 온몸이 균형 있게 움직인다. 꿈 속에 그리던 남자를 처음 만나는 순간처럼 몸이 오싹해진다. 내장이 끌려들어가는 것 같았다.

'선생님.'

경희의 가슴 속에서는 오열과 같은 울부짖음이 그치지 않고 솟아올랐다.

정말 멋이 있었다. 세상에 저보다 더한 멋이 어디 있을 것인가? 멋있는 지휘자의 지휘봉에 따라 무아지경 속에서 악기를 연주하는 단원들도 멋이

있어 보였다. 모두가 멋이 있었다.

'선생니임.'

그녀는 또 한 번 마음 속으로 부르짖었다.

못 본 지 이 년이 넘었다. 그새 신 선생은 오십이 넘었을 것이다. 그런데도 변한 것이란 하나도 없다. 인생은 가고 예술만 남는다더니 저분에게는 인생도 가지 않는 것일까?

요란스럽게 몸 움직임을 하는 것이 아니다. 미적 구성미를 나타내면서도 몸 전체에 정열이 흐르는 것 같은 움직임. 경희는 정말 도취되고 있었다.

'저 분이 나를 사랑해 주셨지…….'

도취 속에 잠시 눈을 감았을 때의 상념이었다.

'내가 지극히 사랑한 분.'

상념을 따라 상념이 꼬리를 물었다.

'지극히 사랑했으면서도 이 년 동안이나 잊고 있었다. 아니 잊으려고 했다. 사랑을 잊기 위해 음악까지 버렸었지…….'

그미는 음악을 듣고 있는지, 상념 속에 넋을 잃고 있는지를 알 수 없었다. 확실히 눈은 무대에 가 있다. 그러나 마음은 무대 밖으로 비약하고 있었다.

사 년 전의 서울역이었다. 신민도 씨가 혼자 여행을 떠나고 있었다. 혼자 여행을 떠나는 이유를 경희는 잘 알고 있었다.

그가 창설한 ××관현악단이 오 년 만에 위기를 만난 것이다. 오직 그의 손에 의해 창설되었고 그의 손에 의해 운영되어 온 관현악단이었다. 절대로 수지가 안 맞는 악단을 운영하기 위해 그는 정부에서 많은 보조를 얻어야 했다. 그 밖에 유지들로부터 찬조금을 얻었다. 그런데 악단에 시샘을 느끼는 사람이 있어 그를 모략했다. 공금횡령이라는 투서가 정부에 들어갔다. 그래서 얼마 전 정부에서는 회계감사를 했다. 부정이 드러나면 신민도를 갈아치우려는 눈치였다.

"명백한 사실을 밝히고는 악단과 이별하겠다."

며칠 전 신민도가 경희에게 들려 준 말이었다.

그런 감정을 가지고 지금 서울역을 떠나는 것이었다. 그가 떠나는 것을 아는 사람이 없었다. 오직 경희만이 서울역에 나왔던 것이다. 부인도 나와 있지 않았다. 신민도는 그 극성스런 부인에게 자기 고민을 말하기가 싫었을 것이다. 정거장에 나오는 것을 원하지도 않았을 것이다.

어디랄 것 없이 남쪽 바다가 보고 싶다면서 혼자서 떠나는 것을 볼 때 경희는 신민도에게 전부터 느끼고 있던 애정 위에 어떤 연민을 새롭게 느꼈다. 눈동자 속에 서려 있는 무한정의 고독은 연민 이상의 뜨거운 감정을 느끼게 했다.

"적적하시지 않겠어요?"

드디어 경희가 신민도의 고독 속을 파고들었다.

"견디지. 바다를 보면서……."

체념도 아니요 그렇다고 울부짖음도 아닌 신민도의 허탈한 대답이었다. 쏜살 같은 급류가 둑에 막혀 소용돌이치고 있는 것 같았다.

경희는 그러한 신민도를 볼 때 자기 감정을 처리할 줄 몰랐다.

"들어가. 그새 피아노나 많이 쳐."

작별을 고하는 신민도였다. 순간 경희는 작별이란 것이 싫어졌다. 작별이 있을 수 없을 것 같았다. 그토록 고독한 신민도를 혼자 떠나보내다니. 그는 혼자 고독의 순간 순간을 이으며 숨막히는 진공 상태에서 호흡이 끊겨지는 고통을 느낄 것이다.

"저두 가요."

더 긴말을 않고 떠나려는 기차에 올랐다. 신민도는 물리칠 사이가 없었다. 그미가 오르자 기차는 떠나기 시작했던 것이다.

기차에서부터 그미는 비로소 신민도의 애인이었다. 창을 내다보고 있으면 무엇을 생각하고 있느냐 물어야 했고, 목이 말라하면 사이다를 마시라고 했다. 관여 안 하는 일이 없었다. 돌봐 주지 않는 일이 없었다.

도착한 곳은 목포였다. 유달산 밑 조용한 호텔에 여장을 풀었다.

경희는 곧 서울 어머니에게 엽서를 썼다. 아버지보다 극성스러운 어머니였지만 그래도 어머니에게 쓰는 것이 순서일 것 같았다. 친구와 함께 목포에 왔다는 간단한 사연이었다. 액면대로 받아 줄지가 의심스러웠지만 될 대로 되라고 했다. 무서울 것도 없지만 그것을 생각하기도 싫었다.

경희는 옛날 일본 사람의 별장이었다는 아담한 호텔에 마음이 쏠리었다. 건물에 비해 뜰이 넓었다. 넓은 뜰에는 히야신스와 두 키나 넘을 무화과 그리고 커다란 백일홍나무 등 남쪽에서밖에 볼 수 없는 상록수들이 가득 차 있었다. 화원처럼 꽃이 가꾸어져 있었다. 징검다리같이 디딤돌을 놓고 그 근처는 잔디밭이다. 방에서는 바다가 한눈에 보였다. 한 방에 든 경희는 신민도를 즐겁게 해 주는 데 여념이 없었다.

"참 좋지요? 잘 오셨어요. 숨막히는 서울은 당분간 잊으세요."

"옷은 전부 벗으세요. 와이셔츠는 세탁소에 보내구 내의와 양말은 제가 빨게요."

"유달산에 올라가요. 네?"

그들은 유달산 공원에도 올라갔다. 경희가 그의 팔을 꼭 끼고.

저녁을 먹은 뒤 신민도가 물었다.

"두렵지 않나?"

"뭐가요?"

"일생 동안 후회할 일이 벌어질 것 같아서……."

"선생님두. 전 지금 즐겁기만 해요. 이대루 죽어두 한이 없어요. 무엇을 후회해요."

그 날 밤 경희는 모든 것을 신민도를 위해 아끼지 않았다. 신민도가 고독을 잊을 수 있게 하는데 후회할 것이 없었다.

다음 날 아침 신민도가 침울한 표정으로,

"내가 경희를……."

하고 말끝을 맺지 못했다.

"내가 경희를 어쨌다는 거예요? 네, 말씀하세요."

"내가 경희를 그러구야 말았단 말야."

"후회하세요? 아이 싫어. 그럼 물러 놓으세요."

"어떻게 물러 놓을 수가 있을까?"

"그럼 전 가겠어요."

경희는 정말 화난 척을 했다. 그때 신민도가 경희를 붙잡아 앉히고,

"경희, 세상에는 출세를 미끼로 보수를 강요하는 사람들이 있어. 나두 그런 사람에 속하지 않을까?"

침울한 어조로 말했다. 고민하고 있는 모양이었다.

"저는 출세를 했어요. 선생님 덕택이기는 하지만 다 지나간 일이에요."

"시간적 순서는 조금 바뀌었다 해두……."

"시시해요. 그런 말을 하면 정말 싫어져요. 저는 순수했어요. 순수했던 거예요."

"나두 그랬지."

"그럼 그뿐예요. 저두 어린애가 아녜요."

경희는 신민도 무릎에 엎드려 울었다. 순수가 곡해된 슬픔이었다.

"알았어. 경희! 울지 마."

신민도가 경희의 등을 쓸어 주었다. 그리고는 경희를 일으켜 앉히고 그녀를 꼭 껴안았다.

그 뒤 며칠 동안 해남에도 가고 여수에도 갔다. 신민도는 고독하지 않았다.

서울에 돌아와서도 경희는 신민도를 만났다. 같이 여행하던 때의 감정 그대로. 부모들에게 약간의 걱정을 들었지만 문제되지 않았다. 그리고 경희의 음악생활은 점점 고조되어 갔다. 그전에 이미 ××신문사의 신인 음악콩쿠르해서 신인상을 받고 그것으로 인정되어 신민도가 창설한 교향악단에 입단되었다. 그리고 신민도의 호의로 관현악단 공연 때 피아노협주곡을 독주한 일이 있다. 협주곡 독주 후 경희는 전 악단에서 인정받는 신인 피아니스트가 됐던 것이다. 그런 지반을 닦게 해 준 것도 신민도의 노력이었던 것이지만 여행 이후 신민도는 좀더 적극적으로 경희를 밀었다. 독주회나 독창회의 반주를 수없이 맡게 해 주었다. 비용이 많이 드는 독주회도 열어 주었다. 자기 돈을 쓴 것은 아니었지만 어떤 신문사에 말해 주최자가 되게 했고 비용도 신문사에서 내게 했다.

이렇게 그미의 명성이 한참 높아 갈 때 문제가 생겼다. 신민도의 부인이 경희의 집으로 찾아와 경희 부모 앞에서 경희와 신민도와의 관계를 폭로했

다. 슬픔보다도 분노가 더한 것 같은 아버지와 어머니는 경희에게 금족(禁足) 명령을 내렸다.

경희는 조금도 항거를 못했다. 그것은 죄의식의 자각 때문만이 아니었다. 신민도를 위하는 마음 때문이었다. 부인이 알게끔 되었다면 세상 사람들이 모를 리 없다. 추문이 떠도는 가운데 그의 음악이 빛날 수가 없다. 빛은 고사하고 음악생활 전부가 좌절될지 모른다.

경희는 신민도를 생각하는 한편 자기 자신도 생각했다. 햇병아리 같은 자기가 추문 속에서 어찌 날개를 펼 수 있겠는가? 자기를 보는 사람들이 모두 조소할 것이다. 관중 앞에 감히 나설 수가 없을 것 같았다. 그미는 자기가 금족된 채 세상에 얼굴을 안 내밀면 신민도가 아니 그의 예술이 살 것이라고 생각했다. 자기의 예술이 썩는다는 것도 안타까운 일이지만 그것을 이야기할 계제가 못 된다고 생각했다. 아무도 탓할 수 없는 일이 아닌가? 자신을 후회할 수도 없는 일이었다. 순전한 자의로 만들어 준 운명이다. 그리고 지금도 신민도를 사랑한 것에 대해 후회하고 싶지가 않았다.

할 수 없었다. 운명에 따라 사는 수밖에 없었다.

얼마 안 가서 부모들이 결혼을 종용했다. 종용이 아니라 강요였다. 경희는 그 강요에도 추종하는 수밖에 없었다. 부유한 사람이고 음악도 이해하는 사람이니까 그와 결혼하면 다시 음악을 할 수 있을 것이라는 것이었다.

경희는 부모가 시키는 대로 약혼을 승낙했다. 앞으로 음악할 수 있다는 한 가닥의 희망을 갖고.

그러나 약혼한 지 한 달도 못 되어 그 남자는 경희와 신민도와의 추문을 알았다. 그것을 이유로 약혼을 파기했다. 경희는 할 수 없다고 생각했다.

그 뒤 부모는 부유하지는 않으나 먹고 살기에 궁색하지 않은 지금 남편을 물색했다. 음악에 대해서는 취미도 없지만 그런 것을 이해하려고도 하지 않는 사람이었다. 여자는 애 낳고 살림하는 것으로 충분하다는 생각을 굳게 가진 남자다. 취직할 생각도 말고 살림만 할 것을 전제로 약혼을 신청했다. 경희는 약혼했다가 그것을 파기한 남자를 생각하며 음악과 아주 거리가 먼 그 남자에게 약혼을 허락했다. 그 사람은 음악계의 내막 이야기를 들을 기회가 없을 것 같았던 것이다. 그리고 그미는 음악을 일체 잊고 음악과 거리가 먼 분위기 속에서 자기를 살리려 했다.

계속된 타격 때문이었는지 모르나 여자란 결국 결혼해서 애 낳고 어머니로서 사는 것이 아니냐는 생각을 했던 것이다. 충실한 아내로서, 또 어진 어머니로서 사는 것도 의의 있는 인생이란 생각이었다. 그래서 일부러 음악을 잊은 듯 이 년 동안이나 살아 왔었다.

말하자면 신민도에 대한 사랑이 빚어 낸 비운 속에서 살아 온 이 년이었다. 그 이 년 동안 자기는 자기의 예술과 신민도를 잊고 있었다. 그것을 잊은 것이 여자로서의 자기를 살리는 길이라고도 생각했었다.

순서가 바뀌어 × 여사의 피아노 독주 차례였다. × 여사는 미국에서 음악공부를 하고 돌아온 경희의 선배다. 어린애를 둘 가지고도 영화감독인 남편과 함께 예술에 정진하는 여자다. 막이 열리자 × 여사를 앞세우고 신민도가 무대로 걸어 나왔다. 경희는 자기가 독주할 때도 신민도가 그랬던 것을 생각했다. 무대에 나온 신민도가 악사들의 준비 상태를 살펴본 뒤 지휘봉을 들었다. 잠시 동안 악단 지휘를 하다가 몸을 여사에게로 돌리고 지휘봉을 올렸다. 연주를 시작하라는 신호였다. 그때까지 신민도를 바라보고 앉아 있던 × 여사가 신민도의 신호로 피아노의 건반을 두드리기 시작했다. 곡목은 베토벤의 발트니슈타인의 소나타였다. 유별나게 피아노치는 몸매가 야단스러운 × 여사의 연주는 베토벤의 정열적인 음악과 잘 조화가 되었다.

경희는 연주가 끝나자 우뢰 같은 박수가 터질 것을 예상했다. 그러면 신민도가 × 여사와 나란히 서서 관중을 향해 미소짓는 얼굴로 인사를 하겠지. 박수소리는 더 커질 것이다. 경희는 그만 눈을 감았다. 과거 자기가, 독주를 할 때의 그런 장면들이 눈앞에 생생하게 떠올랐기 때문이다. 순간 그미는 환상을 떨쳐 버리듯 눈을 뜨고는 벌떡 일어섰다. 앉아 보고 있을 수가 없을 만큼 충격이 컸다.

"나 가 봐야겠어. 애가 우는 것만 같아……."

성미에게 어린애 핑계를 대고 국립극장을 나와 버렸다.

'안 갔어야 하는 걸.'

경희는 음악회 구경갔던 것을 후회했다. 이 년 동안 쌓아올린 탑이 무너지는 것 같았던 것이다.

그미는 집으로 달려가 어린애에게 젖을 물리었다. 큰 죄를 저지를 뻔했던 듯 어린애에게 사죄하는 마음으로 먹지 않으려는데도 억지로 젖꼭지를 물렸다. 이제 음악을 생각해선 무엇 하는가? 손가락이 다 굳어졌는데…….

그미는 음악에 마음을 뺏길 뻔했던 자기를 혼자 타이르는 것이었다.

그런데도 흰 윗옷에 검정 바지를 입고 지휘대에 서 있던 신민도의 모습이 눈앞에 떠올랐다. 그 멋있는 지휘. 그는 십 년 뒤에도 여전히 그런 모습으로 지휘대에 설 것이다. 이십 년 뒤에도.

경희는 머리가 백발이 되었지만 누구보다도 정열적으로 지휘하고 있는 스토코프스키의 영화를 생각했다. 팔십이 되나 구십이 되나 예술가는 예술에 사는 동안 젊을 수 있다.

한편 신민도가 육칠십 명의 단원을 거느리고 악단을 운영해 가는 데 갖은 고생을 다할 것이란 생각을 했다. 고독할 때가 수없이 많을 것이다. 그 뒤 전화 한 번 걸어 주지 않은 그이지만 고독할 때마다 나를 생각했겠지.

남편이 돌아왔다. 음악회가 재미있었느냐고 물었다.

"끝나기두 전에 돌아왔어요."

정희는 재미 없었다란 것을 강조하는 뜻으로 대답했다.

"건 왜? 오래간만에 갔는데……."

"이제 나와 관계가 없는 설계 같았어요."

경희는 시시하다고 무시하는 태도로 말해야 한다고 생각했지만 차마 음악 자체를 무시하는 말을 할 수가 없었다.

"신민도의 지휘라면서?"

남편의 이 말에 경희는 소름이 오싹 끼치는 것을 느꼈다. 음악에 전혀 관심이 없는 줄만 알았던 그가 그렇지도 않다는 것을 말해 주었지만 신민도와 자기와의 관계를 알고 있다는 것을 암시해 주는 것 같았던 것이다. 그러나 경희는 모르는 척,

"그렇더군요."

하고 대답했다. 남편은 신민도의 이야기를 다시 꺼내지 않았다. 알고 일부러 그러는 것인지 정말 몰라서 추궁을 안 하는 것인지 알 수 없다.

경희는 불안했다. 정말 모르고 있다면 문제될 것이 없다. 만약 알면서도 문제삼기가 싫어서 입을 다물고 있다면 언제든 폭발하고야 말 일 같다. 그런데 한 마디나마 그 말하는 태도로 보아 모든 이야기를 들어 알고 있는 눈치 같았다. 알면서도 건드리지 않는다는 것은 애까지 낳고 사는 지금의 생활을 파괴하기가 싫기 때문인 것이다. 그렇다고 해도 알고 있는 이상 언제든지 폭발하고야 말 일이다. 알고도 모르는 척하는 남편이 한편 두렵기도 했다. 보통 사람으로는 그럴 수도 없을 것이다. 살의(殺意)를 품고도 아무렇지도 않게 대하는 그런 사람 같았다.

얻어맞고 쫓겨나든가 용서를 받고 평온하게 살았으면 하는 마음이 간절했다.

그러나 며칠이 지나도록 남편은 그 이야기를 다시 꺼내지 않았다. 그것이 오히려 경희의 불안을 점점 더 크게 했다. 날이 갈수록 불안은 더해 가는 것이었다.

'나를 말려 죽이려는 것인가?'

피가 마르는 것 같은 불안 속에서 살고 있는 어떤 날 남편이 밑도끝도없이,

"신민도 씨가 미국에 가는군."

하며 읽던 신문을 밀어 놓았다. 분명 읽어 보라는 것 같았다.

경희는 그것을 집어 읽을 용기가 나지 않았다. 신민도와 자기와의 과거를 알고 있는 것이 분명하다고 생각되었던 것이다. 생각 같아서는 기사를 읽어 보고 난 뒤

'신민도 씨가 미국을 가니 어떻게 하라는 겁니까?'

하고 대들고 싶었다. 대들지는 않아도

'다 알구 계시지요? 그러니까 내가 어떻게 하라는 겁니까?'

하고 판가름을 하고 싶었다. 그러나 그럴 수가 없었다. 입이 떨어지지 않았다.

다음 날 남편이 외출한 뒤 경희는 어제의 그 신문을 읽었다. 미국의 ××

오케스트라 초청으로 관현악 지휘를 하기 위해 2개월간 도미한다는 뉴스였다.

'그는 살아 있구나…….'

이런 생각을 하며 방을 쓸고 걸레질을 하다가 더러운 물에 젖어 있는 자기 손을 보고,

'나는 죽었구나…….'

하는 절망이 그미의 가슴을 한꺼번에 짓눌렀다. 뻣뻣해진 손가락처럼 마음도 굳어졌단 말인가? 마음뿐 아니라 인생 전체가 굳어진 것 같았다.

경희는 신민도가 비행기로 떠나는 날 비행장에 나갔으면 하고 생각했다. 얼마나 반가워할 것인가? 동시에 언젠가 서울역에서처럼 그를 따라 비행기에 오르는 생각을 해 보았다. 이번에는 환송객이 많을 것이다. 그 많은 환송객 속에서 신민도에게 뛰어간다.

그러나 그럴 수 없는 자기를 생각해 본다. 신민도가 떠난다는 날도 멀리 하늘만 쳐다볼 뿐 비행장에 나갈 생각을 못했다. 그 대신 친정집에 기별하여 자기가 가지고 있던 레코드들을 가져오게 했다. 나중에야 어찌되든 음악을 듣고 싶은 욕망 때문이었다. 음악을 듣지 못하고는 살 수가 없는 심정이었다. 그것이 바로 기만이라 해도 음악을 들음으로 그 속에서 자기가 살아 있다는 것을 느끼고 싶었다.

전축을 틀어 놓고 빨래를 했다. 그러자 시어머니가 시끄러워 애기 잠이 깰 것이라며 전축을 끄라고 했다. 경희는 시어머니의 말을 들은 척하지 않았다. 애기가 깨면 다시 젖을 물려 재우면 되지 않느냐는 생각으로. 시어머니는 야단을 치지 않았다. 그 대신 남편이 다음 날.

"레코드를 가져왔다지? 역시 음악을 못 잊겠는 모양이로군?"

핀잔 비슷하게 말했다. 시어머니가 고자질을 한 모양이었다.

"다 가져왔어요. 레코드 듣는 것도 안 되나요?"

처음으로 경희는 반발을 했다.

"피아노를 사다 줄까? 집에서라두 치게."

"… 네?"

남편의 말을 의심했다. 진심으로 하는 말일까…….

"식모두 얻어 놓구."

"………"

그미는 가슴이 뿌듯해서 아무 말도 할 수가 없었다.

"얼마 동안 연습을 해 가지구 무대루 나가지. 그것이 소원 아냐?"

"손이 굳었어요."

"그건 곧 풀릴 거야. 일만 안 하면…….''

"그래두…….''

경희는 남편의 입에서,

'그리구 신민도 씨와 여행두 같이 가야 할 거구…….'

이런 말이 나오지 않는가 생각했다. 그러나 남편은 그 말 대신,

"약속이 틀려. 오늘 레코드를 도로 갖다 줘."

엄격한 목소리로 명령하는 것이었다.

경희는 진심으로 바랐다. 차라리 신민도와의 이야기를 끄집어낸 뒤 나가란 말을 해 주었으면 하고. 불안 속에서 살기보다는 죽는 한이 있다 해도 끝판을 내는 게 편할 것 같았다. 그러나 경희는 진심을 폭발시킬 수가 없었다. 이루지 못한 사랑 때문에 약혼한 뒤에 소박을 맞았고 결혼 뒤에 또 소박을 맞는다. 곤욕을 참으면서 살아가야 하는 것이 자기에게 주어진 운명 같았다.

레코드를 돌려 보내라는 말에 대답을 못했지만 레코드를 보내야 한다고 생각했다. 눈물이 나오려 했다. 그러나 눈물 흘릴 자유가 없었다. 눈물의 이유를 추궁받을 것이 두려웠던 것이다.

남편이 나간 뒤 과연 레코드를 갖다 줘야 하는가를 다시 생각했다.

'인생이 중요하지 예술이 중요하니?'

하던 성미의 말을 생각하였다. 인생을 살기 위해서는 보내 버려야 한다는 마음이 들었다. 그러나,

'인생이란 가치관에 입각한 가치를 포함시켰을 때 비로소 중요한 것이 아닌가?'

하는 반문을 했다. 자기에게 가장 가치 있는 것을 빼 버린 인생이 과연 중요

할 수 있을까?

'레코드를 가지고 아주 가 버릴까?

그러는 것이 차라리 인생을 중요시하는 생활일 것이다. 결혼하기 직전까지 자기는 음악을 생명처럼 생각했다. 결혼하자마자 생명 같던 것을 던져 버리고 인생의 방향을 바꾸었다. 인생을 그렇게 바꿀 수 있는 것일까? 바꾸지 않고서는 살 수가 없는 것일까?

이런 생각을 하며 끝내 레코드를 보내지 못했다.

다음 날 아침 남편은,

"오늘까지만 기다리겠어. 신사적으로 돌려 보내란 말야."

하고 집을 나갔다. 자기에게는 직접 물어 본 일이 없지만 시어머니를 통해 레코드가 그냥 있다는 것을 안 모양이었다.

경희는 또 생각했다. 하루만 여유를 준다고 한 남편이니 명령에 따르지 않는다면 내일부터 비신사적 행동을 보일 것이다. 그 비신사적 행동이란 어떤 것일까? 그리고 만약 명령을 쫓는 경우 남편은 과연 언제까지나 가정을 파괴하지 않고 살려 할 것인가.

만약 내게 어떤 음악가보다도 특출한 소질이 있다면…… 그렇다면 음악만을 생활의 전부로 삼고 살 수 있다. 그러한 소질이 없다면 음악 주변에서 고독만 느껴야 할 것 같았다.

신민도가 그리웠다. 그를 만나 의논하면 그미를 위해 좋은 지혜를 줄 것 같았다.

'음악을 해. 왜 버리냐 말야. 너는 음악을 장난으로 시작했던 것이냐? 음악이 생명이다. 음악이 생명이다.'

신민도는 이렇게 말하겠지. 만일 그것이 경희가 환상 속에서 듣는 신민도의 말이 아니고 자기 옆에서 친히 해 주는 말이었다면 어떻게 했을까? 힘을 느낄 수 있는 사람이 흔들리는 마음을 붙잡아 주었다면 그미는 그대로 따라갔을 것이다. 그렇지 않아도 그미는 그러한 사람을 골라 보았다. 없었다. 맨 먼저 머리에 떠오르는 이가 어머니와 아버지였지만 그들의 말은 들으나마나다.

오직 한 사람 기대할 수 있는 사람은 신민도다. 그러나 그는 이미 멀리 가고 없다.

그미는 레코드를 보자기에 쌌다. 그리고 시어머니에게 레코드를 갖다 주러 간다고 말한 뒤 친정집으로 갔다. 경희를 본 친정 어머니가,

"왜 가지고 왔어? 그건 네 것인데……."

하고 의아한 눈으로 물었다.

"시집에서 싫어하는 것 같아요."

싫어하는 것은 가지고 있을 수도 없다는 뜻으로 대답했다.

"그렇지. 며느리는 시집의 종이다. 하라는 대루 하는 것이 좋겠지."

어머니의 말에 경희는 갑자기 눈물을 흘리기 시작했다. 원통한 것인지 분한 것인지 그냥 슬프기만 한 것인지 알 수 없는 눈물이었다. 눈물을 흘리면서도 울지를 않는 것처럼,

"그런 것 같아요."

어머니 말을 수긍하는 것이었다.

(원)《현대문학 166》 1968. 10, (출)『슬픈 행복』세종출판공사, 1971.

수염 면장

　여자는 자기의 얼굴을 사랑한다. 그래서 잘났건 못났건 여자는 밤낮 거울을 통해 자기 얼굴을 장난감 다루듯 애완(愛玩)한다.

　남자들은 자기 얼굴을 사랑할 줄 모르기 때문에 얼굴에 무성하는 자연림까지 무자비하게 벌초한다.

　그런데 여기 자기 얼굴을 사랑하는 한 사나이가 있다. 얼굴을 사랑한다기보다 얼굴에 자라난 수염을 사랑하는 사나이가 있다. 까만 자연림이 얼굴 밑에 무성하게 자라고 있다. 그 자연림은 자랄 대로 자라면 성장의 의욕을 상실한다. 그 대신 가위로 중간을 잘라 버리면 먼젓번 길이만큼 자란 뒤에야 성장을 중지한다.

　같은 얼굴에 났지만 눈썹은 일 센티미터 이상 자라지를 못하는데 구레나룻은 십 센티미터쯤 자란다. 그것도 길이가 꼭 같지 않다. 중앙부가 가장 길고 가장자리 것이 조금씩 짧아 균형미를 이루고 있다. 그래서 거울을 볼 때마다 아름다워 보인다. 손으로 쓰다듬을 때에도 고양이 꼬리를 만지듯 부드럽기까지 하다. 만약 수염이란 것이 빗자루처럼 그 길이가 꼭 같아 뭉툭하다면 무슨 맛으로 만질 것인가?

　수염 면장 송학수는 그래서 틈이 있을 때마다 수염을 쓰다듬는다. 거울이 있는 곳이라면 여자들처럼 거울도 잘 들여다본다. 지금 면장실에서도 그는 수염을 쓰다듬고 있었다. 벽에는 거울이 있지만 불시로 들어오는 직원의 눈이 두려워 의자에 앉은 채 쓰다듬는 것으로 만족하고 있다. 그놈을 쓰다듬고 있노라면 자기가 가장 위대한 사람인 것 같아 시간 가는 줄을 모른다. 나이 이제 마흔한 살밖에 안 되었지만 육십 노인 같은 느낌도 든다. 공연히 나이만 먹고 수염을 기른 노인과 달리 자기는 위풍당당한 수염을 기르고 있다. 면에서 면장보다 더 높은 사람이 어디 있는가?

면민이나 면사무소 직원 앞에서 에헴 소리만 하면 모두 굽실굽실거린다. 사람을 잡아다 감옥소로 보내는 세력이 그야말로 빨랫줄 같은 경찰 지서주임도 자기 수염 앞에서는 면장 영감 면장 영감 하며 푸대접을 못한다.

그런 생각을 하면 수염이 생명처럼 소중한 것 같고 애인처럼 사랑스럽다. 학수는 수염을 쓰다듬으며 어젯밤 술집 진주옥에서 처음 본 색시 애경을 생각했다. 이곳에 오기 전에도 그런 집에 있었을 것이지만 숫처녀 같은 앳된 색시다. 생기기도 곧잘 생겼다.

'고놈을 내가 먼저……'

딴 사람에게 뺏기기 전에 자기 것으로 만들어야겠다고 생각하는 것이었다.

어젯밤은 처음 만난 날이니 사양을 했지만 두 번째 만나는 날엔 그냥 둘 수가 없다. 좀 새침둥이기는 하지만 내 말을 거절하지는 못하겠지. 암 거절을 할 수 없을 것이다. 그는 수염을 쓰다듬으며

'이 수염이 요구하는데 거절하다니……'

그것은 도저히 있을 수 없는 일이었다.

'소뿔도 단김에 빼렸다구……'

그는 하루도 여유를 둘 수가 없다고 생각했다. 그보다 수단 좋은 남자가 있어 굶주린 맹수처럼 그미를 통으로 잡아먹을지 모른다.

오늘 밤으로 가야지.

송학수는 벨을 눌러 서무계 김을 불렀다. 들어오자,

"현금 좀 있나?"

하고 물었다. 김은,

"네. 얼마나 필요하신지요?"

용처는 물어 보지 않고 금액만 물었다. 학수가 용처를 먼저 말하고 얼마

를 가져오라는 명령을 내리지 않을 경우 그것이 사용(私用)이라는 것을 잘 알고 있었다.

또 사용이라는 것을 알면 금액의 다과를 막론하고 잔소리 없이 돈을 내놓는 것이 버릇처럼 되어 있기도 하다. 그것은 사용으로 채용한 돈은 어떤 구실로도 메꿔 주는 것이 학수이니까.

"삼천 원만 줘, 그거면 충분할 거야."

김은 용처를 묻지 않고 사무실로 나가 현금을 가져다 학수 앞에 내놓았다. 돈을 받자 학수는,

"밀가루 아직 몇 포대 있지?"

하고 물었다.

"네, 삼십육 포대 있습니다."

"다 팔아 버려. 그리구 이 돈을 제하구는 현금으로 보관해."

"네——."

김은 굽실 절을 하고 나갔다.

학수는 현금을 주머니 속에 넣으며 빙그레 웃었다. 결식아동들에게 배식하라는 것이지만 그래도 자기는 충실한 셈이다. 천오백 포대 가운데서 겨우 오십 포대만 슬쩍하고 있다. 세농민(細農民)에게 배급하는 양곡도 그렇다. 공짜로 받는 사람들의 것이니 그만큼 뗀들 어떠랴 하는 배짱이었다.

이렇게 생각하고 있기 때문에 그런 데에 죄의식을 느끼지 않는 학수였지만 국민학교 애들에게 줄 물건을 슬쩍해서 색시를 산다는 것이 약간 미안쩍었을 뿐이었다.

'애들이 이런 걸 안다면……'

학수는 빙그레 웃으면서도

'저의 아버지들두 돈만 있으면 외입 안 할려구……'

세상 사람이 모두가 꼭 같다는 생각을 하며 자기가 나쁜 사람이라 여자를 좋아하는 것이 아니라고 자기 합리화를 했다.

'그렇지만 속이 들여다뵈서 혼자야 갈 수 있나?'

학수는 실행방법을 구체적으로 생각하기 시작했다. 술집까지만 같이 갈

사람은 얼마든지 있다. 술을 산다는데 싫달 사람이 어디 있겠는가? 그러나 가기는 가되 말 내지 않을 사람이어야만 했다. 말 내지 않을 사람은 역시 면사무소 직원이라야 한다.

직원 가운데서도 가장 충복인 직원이어야 한다.

'역시 김이라야지.'

자기의 비밀 전부를 알고 있는데도 믿을 만한 사람이 김이다. 공돈이 생길 때 그는 김에게 현금을 나누어 주기도 했고 술을 사 주기도 했다. 그런 공범자이기도 한 김을 데리고 가는 것은 일석이조의 효과를 나타내는 일이다.

그는 또 벨을 눌러 김을 불렀다. 그리고는 퇴근 후 약속이 없느냐고 물어본 뒤 현금을 돌려 주며,

"이걸루 한잔 하세."

하고 말했다.

"저는 사양하구 싶은데요."

김은 정말 사양하고 싶은 모양이었다. 사실 직속상관과 단 둘이서 마시는 술이 무슨 맛인들 있겠는가?

"내가 마시구 싶어서 그러는 거야. 혼자서야 무슨 맛으루……."

"그래두……."

"그래두가 아냐. 그걸 가지고 있다가 자네가 지불을 하게."

학수는 수염을 쓰다듬으며 위풍을 과시했다. 김은 그 위풍 앞에,

"네 알겠습니다."

하고 굴복하고야 말았다.

학수는 김을 내보낸 뒤 이천 원어치만 술을 마신 뒤 천 원은 팁으로 줘야지 하는 생각을 했다. 체면상 팁도 안 주고 몸을 뺏을 수는 없을 것 같았다.

이런 생각을 하고 있을 때 김이 방금 배달된 것이라면서 편지 한 장을 갖다 놓았다. 분명 자기에게 온 편진데 발신인을 알 수가 없었다. 그렇다고 궁금해하지는 않았다. 그런 편지는 얼마든지 오기 때문이었다. 호적에 대한 문의, 배급에 대한 문의 등 별별 편지가 다 온다. 다만 자기에게 유리한 재료를 알려 주는 편지였으면 하는 마음으로 편지를 뜯었다. 과연 유리한 재료

를 제공해 주는 편지였다. ○○리에 소재하는 동화사의 주지가 허가 없이 나무를 베어 팔았다는 투서였다.

세상에 고마운 사람들도 있다. 자기 배가 부르면 그런 재료를 무료로 제공해 주는 사람이 한둘이 아니기 때문이었다. 누구는 세금을 포탈하고 있다느니 누구는 약주를 밀조해서 판다느니 누구는 돼지를 밀도(密屠)했다느니 투서가 계속해 온다. 투서를 보내는 자기에게는 아무 이해관계가 없으면서도 우표값을 써 가며 투서를 해 준다.

학수는 곧 산림계 직원을 불렀다. 그리고 동화사에서 벌목 신청이 있었느냐고 물었다. 직원이 그런 일 없다고 대답했을 때 투서가 허위 아님을 알았다. 돈벌이의 대상이 되는 것이다. 과연 얼마의 수입이나 가져다 줄 것인가 그것만이 문제였다.

그는 도벌의 눈치도 채지 못하게 하고 산림계 직원을 돌려 보내고는 투서를 속주머니 속에 소중히 간직했다. 그리고는 내일쯤 동화사로 갈 것을 생각했다.

그런데 오늘은 왜 이렇게 한산할까? 찾아오는 사람도 없고 결재를 맡으러 오는 직원도 없다. 시간 보내기가 지루하구나. 아참, 잠업단지(蠶業團地) 조성으로 직원 대부분이 출장을 나갔지.

그는 또다시 수염을 쓰다듬기 시작했다. 마음이 흡족할 때일수록 수염을 사랑하게 되는 모양이다.

'잠업단지! 참 좋은 사업이지.'

그는 정부가 일을 잘한다고 생각했다. 농민의 수입을 올릴 수 있는 일을 장려한다는 것 ── . 그것은 어버이 같은 마음씨가 아닐 수 없다. 시키지 않아도 수입이 있을 일은 스스로 해야 할 것이다. 농민들 스스로가 해야 할 일을 정부가 보조비를 주면서까지 장려를 하고 있다.

우리 면에도 백만 원이나 나온다. 참 큰 돈이다. 묘목만 사 준다면 모른다. 개간비까지 줄 것이 무엇인가? 제 땅을 제가 개간하는데 조성비가 무슨 소용이람.

학수는 자기가 잘한 일이라고 자기 계획을 스스로 칭찬해 보는 것이다.

즉 농민의 근로심을 진작시켜야 한다. 많이 개간할수록 이익이 많다는 것을 계몽시킨다. 즉 땅은 지주의 손에 의해 개간케 한다. 그 대신 개간 보조비를 가지고 계몽사업에 애쓰는 직원들에게 출장비로 톡톡히 준다. 그래도 예산은 남는다. 남는 돈은 내가 슬쩍한다. 나 혼자 먹는 것이 아니니 죄 될 것도 없다.

학수는 시계를 보았다. 퇴근시간이 거의 다 되어 가고 있다. 떠날 채비를 해야 할 때였다. 그는 벽에 걸린 거울 앞으로 갔다. 얼굴을 한 번 훑어보고는 빗을 꺼내 머리에 빗질을 했다. 그리고 수염에도 빗질을 했다. 걸리는 것이 조금도 없었으나 한 손으로는 빗질을 하고 한 손으로는 쓰다듬으면서 빙그레 웃었다.

수염이 행세를 하게 되었다는 일에 만족감을 느끼면서.

그런데 뜻밖에도 아내가 뛰어들어왔다. 거울 앞에 서 있는 그를 보자 아내는 현행범을 잡은 경찰관처럼,

"어딜 행차하시는 거죠?"

비꼬는 투로 말했다.

학수는 그 증오스런 아내 얼굴에 일격을 가해 주고 싶었으나 아무것도 모르는 척 점잖게 응수해 주었다.

"김 서기 집엘 가기루 했어. 오늘이 어머니 생일이라나……."

방해공작을 하러 온 아내가 속아 넘어갈지 의문이었지만 배짱을 내미는 수밖에 없었다.

"진주옥으로 초대하는 거겠지요?"

"무식한 소리 말어. 기다렸다가 같이 가 보면 알 거 아냐?"

"그럼 그 집 앞에까지 바래다 드리지."

"같이 들어가지 왜 집 앞까지만 가?"

"초대 안 받은 사람이 어떻게 들어가요?"

"마음대루 하라구."

어쩔 수 없이 이렇게 말은 했지만 정말 집 앞까지 데려다 준다고 따라나서면 어떻게 할까? 학수는 그미가 능히 그럴 만한 여자라는 것을 잘 알고

있다.

그런데 진주옥에 간다는 것을 어떻게 알았을까? 김 서기밖에 아는 사람이 없는데 그러면 김 서기가 내통을 했단 말인가? 세상에 믿을 사람이 정말 없다고 생각했다. 유용금의 가장 중요한 보관까지 내맡기고 있는 김 서기. 그래 그놈이 나를 배신할 수가 있담.

학수는 그렇게밖에 달리 생각할 길이 없었다. 그만큼 그는 자기 아내에 비해 단수가 낮다고 볼 수 있다.

그의 아내는 김 서기는 물론 아무에게서도 정보를 입수하지 않았다. 일부러 정보를 수집하지 않아도 알 수 있었던 것이다. 오늘 그미는 한 면사무소 직원의 부인을 만났다. 그미는 면장의 아내로 돈을 내서라도 면직원의 부인들을 찾아다닌다. 그것은 남편의 정보를 수집하기 위함이 아니라 가정적 유대를 맺으므로 면 행정의 원활을 도모하겠다는 정치적인 의욕에서였다. 면직원뿐 아니라 지방 유지로 꼽히는 사람의 가정도 모조리 방문한다. 그것은 그미가 한 사업처럼 생각하고 있는 것이다. 그런데 오늘 찾아갔던 면직원의 부인과 이런 이야기 저런 이야기를 주고받다가 진주옥에 색시가 새로 한 명 왔다는 말이 나왔다. 그 부인의 말에 의하면 젊은 색신데 얼굴도 잘생겼다는 것이었다. 그 말을 듣자 그미는 곧장 면사무소로 남편을 찾아갔다. 자기가 그런 소문을 들었으니 남편이 못 들었을 리 없다. 소문을 들었다면 가만있을 남편이 아니다. 여러 번 그런 일을 겪은 터라 오늘 밤이 무사하지 않을 것 같았다. 그야말로 직감으로 움직이고 있는 아내의 속셈을 학수는 알지 못했던 것이다.

학수는 김 서기에게 배신당했다는 생각이 들자 아내보다는 김 서기가 더 미웠다. 밉다 해도 어떻게 할 수는 없는 일이었지만 그는 사무실로 뛰어나갔다.

그리고는 김 서기에게,

"오늘 우리 집사람을 언제 만났나?"

하고 물었다. 절대로 화난 표정을 짓지 않았다. 그런데도 김 서기는 깜짝 놀라는 얼굴로,

"만난 일이 없습니다."

마치 자기는 절대로 결백하다는 듯이 대답했다. 거짓말 같지가 않았다. 그럴 테지. 김 서기가 나를 배반할 수가 있나? 학수는 아내가 딴 사람에게서 들었거나 지레짐작을 하고 찾아온 것이리라 생각했다. 김 서기를 의심했던 것이 약간 미안했다. 미안한 생각이 들어서가 아니라 얄미운 아내를 골려 주고 싶은 마음이 생겼다. 그래서 김 서기에게,

"내 방으루 전화를 걸어 주게. 그리구는 듣구만 있어."

하고는 면장실로 들어갔다. 들어가자 얼마 안 있어 과연 전화벨이 울렸다.

"네 네. 지서주임이시라구요? 뭐요? 잠업단지 조성으루 출장나간 면직원이 민간인에게 매를 맞았어요? 그래 때린 놈을 잡았습니까? 잡으셨다구요? 감사합니다. 그런 놈은 국책을 방해하는 놈이니까 그냥 둘 수는 없을 겁니다. 나더러 좀 와 달라구요? 지금 집사람이 와 있는데 조금 뒤에나 가지요. 곧 오라구요? 나야 가나마나 아닙니까? 적당히 처벌해 주시지요. 그래두 가야 한다구요? 그럼 잠깐 가 보겠습니다. 그럼요, 곧 가지요."

혼자서 씨부렁거리다가 전화를 끊고 아내를 바라보았다. 혼을 빼앗긴 사람처럼 멍하니 쳐다보고 있는 아내에게,

"전화 들었지? 지서에 가 봐야 할 일이 생겼어."

하고는 더 긴말을 안 하고 자기 방을 나갔다. 미처 뒤따르지도 못하는 아내였지만 그는 김 서기 옆으로 가서 아내가 들을 수 없는 가느다란 목소리로,

"집사람이 간 뒤 진주옥으로 오게."

하고는 사무소를 나섰다.

제 아무리 여우 같은 여자라 해도 지서까지 따라온다고는 못하리라 생각해서 진주옥으로 갔다.

진주옥에 가서 방을 하나 차지하고 송 면장은 애경을 불렀다. 김 서기가 오기 전에 사전공작을 해 둘 심산이었던 것이다. 그런데 술집 안주인이,

"말씀마십쇼. 어젯밤 나간 년이 아직 안 돌아왔습니다."

흥분한 어조로 말했다.

"그새 벌써 놈팽이가 생겼단 말인가?"

“그런가 보죠, 그년 들어오기만 하면 가랭이를 찢어 놓을랍니다.”

학수는 놀랐다. 색시의 초인간적 흡인력에 놀란 것은 아니었다. 뛰는 놈 위에 나는 놈이 있다고 자기보다 몇 배나 빠른 남자가 있다는 데 놀란 것이다. 번개 같은 놈인데, 그놈은 어떤 위력을 가지고 색시를 흡수했을까?

“도대체 남자는 누군데?”

그는 그 놈팽이란 작자가 어떤 인간인지 상상이 되지 않았다.

“그 깡패 있잖아요. 양조장집 아들.”

이 말에 학수는 자기의 수염이 무색함을 느꼈다.

‘젊음, 젊음 때문이었구나……’

학수는 맥빠진 눈으로 푸른 하늘을 쳐다보고 있었다. 그럴 때 김 서기가 들어왔다.

“술맛 없었졌네. 가세 ── .”

그는 자리에서 일어섰다. 무슨 영문인지 그 이유를 모르는 김 서기가,

“사모님은 아무 말씀 않구 돌아가셨습니다.”

마치 아내 때문에 술맛이 떨어졌다고 하는 줄 아는 듯 아내 걱정을 말라는 투로 말했다.

“사모님이 문제 아냐. 그까짓 것 지랄을 하거나 무슨 상관야.”

다음 날 아침 세수를 한 뒤 거울 앞에 선 학수는 수염 보기가 부끄러웠다. 얼른 거울에서 외면했다. 아침을 먹고 출근하려는데 국민학교 4학년짜리 둘째 놈이 공책과 연필을 산다면서 삼십 원만 달라고 했다. 손을 내밀고 쳐다보는 그의 눈에,

‘아버지는 돈 잘 쓰면서……’

하는 말이 나타나 있는 것 같았다. 그는 얼른 주머니에서 삼십 원을 꺼내 어린애에게 주었다. 돈 줄 때마다 으레 하는 군소리 한 마디 없이.

출근을 하려고 막 집을 나서려는데,

“나 옷 한 벌 사게 돈 좀 줘요.”

하며 아내가 바싹 다가왔다. 계를 한다 이자놀이를 한다 하며 자기 몫의 돈

이 따로 있는데도 옷값을 내라는 것이 얄미웠다.

"옷은 또 무슨 옷이야?"

이렇게 해서 우선 아내의 반응을 기다렸다.

"단벌치기루 지내라는 거예요? 면장님 체면을 생각하셔야지."

"면장 체면 안 생각해두 좋아. 집 안에 처박혀 있으면 더욱 감사하겠어."

"여자 덕분에 남자들 출세하는 걸 모르시는군요?"

"그래 내가 당신 덕에 출세하구 있단 말야?"

"그럼 혼자 힘으루 해 나가시는 줄 알구 계세요?"

"못하는 소리 없는데……."

"좌우간 옷값이나 주구 가세요!"

"월급 때두 아닌데 무슨 돈이 있어?"

"언제부터 월급으루 사셨죠?"

"정말 못하는 소리 없군?"

"요전번 안전농가 조성금을 내줄 때 한 집에 얼마씩 뗐죠? 누가 모를 줄 알구……."

학수는 가슴이 뜨끔했다. 그것은 직원도 모르게 직접 수혜 농민에게서 받은 돈이다. 그걸 어떻게 알고 있을까? 그러나,

"날 감옥에 보낼려구 그러는 거야?"

하고 시침을 뚝 뗐다.

"그래두 수입이 있으면 다만 얼마라두 분배하셔야 하지 않아요?"

"분배?"

"그럼요, 언제 어떤 일이 있을지 모르잖아요?"

비상시를 예상하고 미리 재산을 분배해 두자는 말인가? 비상시란 무엇을 뜻하는 것인가? 참으로 기분 나쁜 말이었다. 그러나 그런 것을 따지기 시작하면 아내 입에서 무슨 말까지 나올지 모를 일이었다. 쥐도 새도 모르게 한 일까지 알고 있으니 모르는 게 없을 것 같았다.

"가 봐야겠어."

이야기할 시간이 없다는 듯 밖으로 나가려 하는데 아내는 옷자락을 잡고

늘어졌다.

"돈을 주구 가셔야지."

"지금 없어. 오후에 줄게."

학수는 만 원쯤 갖다 주고 입을 틀어막아야 한다고 생각했다.

출근해서 결재서류에 도장을 찍으면서도 그는 아내를 생각했다. 아내가 무서운 존재로 머리에 떠올랐다. 자기의 비행 전부를 샅샅이 알고 있다. 그럴 리야 없었지만 일단 유사시에 고발할는지도 모른다. 재산을 분배해 두자는 말까지 하는 여자니 그럴 가능성이 없지도 않다. 그러면서도 설마 하는 생각을 했다. 부부가 아닌가?

언젠가 세농민(細農民)에게 배급해 주는 구호비를 일부 유용한 때가 있다. 그것을 지서주임이 알고 펄쩍 뛴다는 말을 들었다. 그때 주임의 아내를 구워삶아 일을 무사하게 만든 것이 아내였다. 유사시에는 자기를 위해 발벗고 나설 아내다. 아내를 의심할 수 있는가? 제가 남보다 잘 사는 것이 누구 덕분인데?

그는 결재를 끝내고 사무적 지시를 하고 동화사로 떠났다. 공돈 생길 구멍은 날쌔게 파야 한다고 생각했다.

동화사로 가서 주지를 불러 앉히자 주지가 쩔쩔매는 것이 눈에 보였다. 틀림없이 죄를 졌구나 생각하여 허튼 소리부터 꺼냈다. 깡마른 세상에 종교로 사람의 마음을 안정시켜야겠는데 종교를 믿는 사람이 점점 줄어 가니 탈이라는 둥, 주지의 구미에 맞는 말을 꺼냈다. 종교 가운데서도 불교가 그 중 현실적이라고 하며 다른 종교를 비방하기도 했다. 주지의 구미에 맞는 말만을 해서 그런지 주지의 대접이 융숭했다. 술상을 내오는데 술도 시골서 맛보기 힘든 정종이었다. 안주는 절에서 구경할 수 없는 해산물(어포들)이 즐비했다.

"이거 특별한 손님을 위해 비장해 두었던 겁니다."

절에서 내놓을 수 없는 해산물에 대한 변명까지 하며 술을 권했다.

학수는 마실 만큼 술을 마신 뒤에야 용건의 서두를 꺼냈다.

"이 절의 재산이 얼마나 되지요?"

이런 말로 시작해서 나중에는,

"절의 나무를 도벌한 사람이 있다는데 주지님께서는 아시구 계신지요?"
하고 정통을 때리기 시작했다.

"글쎄요. 좀 한 것 같습니다만 얼마 되지는 않습니다."

"얼마나 됩니까?"

"문제삼을 만한 것은 못 됩니다."

"다만 한 그루라두 허가 없이 벌채하면 죄가 되는 일인데 주지님은 범인을 고발하셨나요?"

"고발할 것까지 있습니까?"

그들은 마치 남의 이야기를 하듯 말을 주고받았다. 그러나 끝까지 그럴 수는 없었다.

"어떤 사람이 투서를 했는데 주지님께서 직접 벌채한 것처럼 쓰잖았습니까? 그럴 리가 만무할 텐데……."

"세상에는 엉뚱한 사람두 있습죠. 왜 남을 모략하려 드는지……."

"그래서 나라가 망하지 않았습니까? 좀 잘 사는 사람을 보면 배가 아파하거든요."

이런 말에서 조금 비약하며,

"주지님, 그러실 게 없이 솔직하게 말씀하시죠. 제가 여기까지 온 것은 주지님의 비행을 잡아 내려는 목적이 아닙니다. 우리 점잖은 사람끼리 점잖게 이야기합시다. 둘이만 양해를 하면 문제는 해결되는 게 아닙니까?"
하고 주지의 자백을 요구했다.

"저한테는 죄가 없는데요."

주지는 어디까지나 자기의 무죄를 가장하려 했다.

"그러시지 마십시오. 우리 둘이서 이야기만 되면 문제될 것이 없습니다. 지서주임도 내가 한 일에 무슨 참견을 하겠습니까?"

그래도 주지가 실토를 하지 않을 때 학수는,

"할 수 없군요. 투서가 들어온 이상 이것을 지서로 넘겨 법적으로 조사를 하게 해야겠습니다."

하며 투서 봉투를 꺼내 놓았다. 그러고도,

"내가 여기까지 일부러 온 뜻을 모르시군요. 주지님을 위해 무사하게 하려구 온 것입니다."

주지의 도피처를 열어 주었다.

주지도 할 수 없다고 생각했던지 한숨을 길게 내뿜으며,

"얼마나 드릴 갑쇼?"

하고 물었다. 학수는 그것이 무슨 말이냐고 펄쩍 뛰는 시늉을 했다. 그러나 주지가 만 원 지폐뭉치를 갖다 놓을 때는 자기의 목적이 그런 것이 아니라면서도,

"정말 주지님을 위해 내가 일부러 온 것입니다. 잘못하면 법에 걸리는 일이니까요."

하며 사양치 않을 뜻을 표시했다.

"감사합니다."

한참 뒤 주지가 돈을 학수 주머니에 넣어 주었다.

"일전에는 산림계장이 오셨습디다."

그러니까 자기는 할 일을 다했다는 투로 말했다.

"네?"

학수는 놀라지 않을 수 없었다. 여기도 뛰는 놈 위에 나는 놈이 있다고 생각했다.

"그분두 참 좋은 분이시더군요."

주지는 산림계장에게 후환이 없게 해 달라는 심정을 보였다.

그러나 학수는

"부하 통솔을 잘못해서 미안합니다."

이중으로 착취하는 비위를 사과하듯 말했다.

"세상이 다 그런 걸 어떡헙니까? 모두가 먹구 살 수 없으니 그러는 거겠죠."

"그래두 관리는 청렴결백해야지요. 그것이 생명인데!"

이런 때 자기는 청렴결백 축에 속하는 것이 되어야 했다.

면사무소로 돌아갔을 때 잠업단지의 중간조사를 하러 온 군청 직원이 기다리고 있었다.

학수는 군에서 할당된 면적보다 십여 정보나 많은 땅을 설정하고 지금 그 개간에 전력을 기울인다는 개항을 설명했다. 그리고는,

"아마 다른 면에서는 볼 수 없는 일일 것입니다. 우리는 차제에 황무지를 개간하여 면의 경작면적을 확장시킬 계획입니다. 사실 뽕나무를 기간지(旣墾地)에 심을 필요가 어디 있습니까? 개간이 끝나고 뽕나무를 심고 나면 우리 면에 상을 주셔야 합니다."

열에 넘친 어조로 말했다. 그리고는 속으로 자긍하는 것이었다.

'이것이 애국이요 애족이 아니냐? 나만큼 국가를 위해 머리를 짜내는 사람이 어디 있는가?'

"참 훌륭하십니다. 가서 군수께 잘 보고드리겠습니다."

군청 직원이 경의를 표하며 말했다.

학수는 대답 대신 수염을 쓰다듬었다. 내 사랑스런 수염.

그는 여자들 머리처럼 수염도 파마 같은 것을 했으면 생각했다. 그렇게 한다면 수염의 모양이 좀 달라질 것이요, 좀더 보기 좋을 것이다. 그런데 남자들은 별로 수염을 기르지도 않지만 기른 수염을 손질할 줄을 모른다. 무감각한 남자들은 할 수 없지.

파마는 안 한다 해도 머릿기름만 발라도 윤기가 나고 위엄이 더할 것인데. 그렇지 않아도 지금 구청 직원이 까만 수염을 부러운 듯 바라보고 있다.

학수는 수염을 쓰다듬다 말고 집으로 전화를 했다. 군청에서 손님이 왔으니 저녁준비를 하라는 것이었다.

전화를 엿듣고 있던 군청 직원이 저녁은 아무데서나 먹으면 되지 않느냐고 사양의 말을 했다.

"여긴 저녁 먹을 만한 집두 없습니다. 귀하신 손님인데 반찬이 있건 없건 집으로 모셔야지요."

학수는 또 수염을 쓰다듬었다. 아첨을 할 때는 수염아 잠깐만 참아라 하는 뜻으로 쓰다듬는지도 모른다. 그리고는 사무실로 나가 서무계원에게,

"오늘 손님 저녁은 집에서 대접하네."

하고 말했다. 그것은 저녁준비에 필요한 돈을 청구해 올 테니 그때 돈을 주라는 뜻이기도 하다.

"알겠습니다."

직원도 한 마디로 말뜻을 알고 대답했다.

학수는 공적인 손님을 대접할 때 반드시 자기 집으로 청한다. 그것은 학수의 고안이라기보다 그의 아내의 고안이었다. 이왕 돈을 쓰며 대접할 바에야 맛없는 시골 음식점을 이용할 필요가 어디 있느냐는 것이었다. 그 돈으로 집에서 음식을 만들어 대접하면 공금으로 면장 개인의 생색이 난다. 공적인 손님 대접이니 면직원의 부인들을 동원할 수 있다. 그러면 부인들끼리의 친목이 도모된다. 그뿐인가? 오천 원을 받아 사천 원만 써서 천 원쯤 남긴다. 그것은 수고료로 학수 아내가 쓸 수 있다. 또 먹다 남은 음식은 집안 식구가 먹을 수 있다.

그 결과 군청에서는 ××면 면장 송학수가 제일이라는 평판이 돌고 있다. 손님 대접할 줄 안다는 것이었다. 그래서 ××면에 일이 있을 때는 저마다 가려고들 하고 있다.

서무계 직원에게 지시를 한 뒤 자기 방으로 돌아온 송학수는 군청 직원을 바라보며

'너두 마음이 좋게 생겼구나.'

하고 생각했다. 마음이 좋으니까 가족적인 분위기 속에서 저녁을 대접받으면 웬만한 일에도 눈을 감을 것 같았던 것이다.

학수는 문득 무슨 생각이 났는지,

"바둑을 두시나요?"

하고 바둑으로 유혹했다.

"현장엘 나가 봐야지요."

"오늘은 늦었는데 내일 가 보시지요. 피곤하실 텐데 좀 쉬시고."

"글쎄요."

"자아, 이리 오십시오."

학수는 바둑판을 낮은 탁자 위에 놓고 의자 두 개를 끌어다 놓았다. 바둑을 두기 시작하자 한 번을 져 주고 한 번은 이겼다.

자기의 실력이 월등했지만 일부러 한 번 져 주고는,

"쎄신데요."

군직원을 칭찬하기까지 했다. 그리고 세 판째 시작할 때,

"저…… 군청에 양수기가 좀 있지요?"

하고 딴 이야기를 꺼냈다.

"좀 있습니다. 작년에는 한해가 없었으니까요."

"가물 난리가 나기 전에 그걸 우리 면에 주실 수 있겠습니까? 그때 가면 한 대두 얻어 오기가 힘들 테니까 말씀입니다. 지금 미리 갖다 놓으면 딴 면에서는 알지두 못할 거 아니겠습니까?"

"현명하신 생각입니다. 가물기 시작하면 양수기는 난리가 날 테니까요."

"꼭 좀 애써 주십시오. 대금은 농민들에게 팔아서 드리기루 하구. 그 대신 가격은 작년 시세루 해 주셔야 할 겁니다."

"물론이죠, 군에서 이를 남기겠습니까?"

"그럼 얼마 뒤 제가 군청에 가겠습니다. 그때까지 사전교섭을 해 주십시오."

"힘 자라는 대루 해 보겠습니다."

일이 일 단계 성공되었다고 생각되자 학수는 자기의 머리가 과연 총명하다고 자부했다. 몇 달 후까지 내다보며 돈벌이를 생각하다니……. 그것도 면민을 위하는 선심으로 취급될 일이 아니겠는가?

군수에게 이야기하면 군수도 몇 달 앞일까지 내다본다고 경탄할 것이다. 그만큼 면민을 생각하는 마음이 크다고 갸륵하게 생각할 것이다. 그 반면 자기는 작년 시세보다 훨씬 비싼 값으로 판다. 금년 시가보다도 비싸도 무방하다. 오랫동안 보관했다는 구실이 있지 않느냐? 농민들은 필요만 하다면 어차피 사야 한다. 사실은 돈 주고도 마음대로 살 수 없는 물건이다.

그러면 최소한도 몇만 원 떨어진다. 수염이 석 자라도 먹어야 하지 않는가? 먹는 놈이 이기는 놈이다.

학수는 서랍 속에 깊숙이 들어 있는 저금통장을 생각했다. 아직 백만 원이 조금 모자라는 액수.

그는 5·16 이후 곳곳에 세워진 공장 건물을 생각했다. 서울 거리에 즐비한 고층건물을 눈앞에 그려 보았다. 그리고 자기는 언제 그런 건물 하나를 지을 만큼의 재산을 벌 수 있을까 하고 생각했다. 망연했다.

퇴근시간이 될 때까지 바둑을 두다가 다섯 시가 되자 군청 직원을 데리고 면사무소를 떠났다. 집으로 가는 도중 큰길가에서 무엇을 질근질근 씹어 먹고 있는 둘째 아들을 보았다. 아침에 공책을 사겠다고 돈을 달라더니 그 돈으로 군것질을 하는 것이라 생각했다. 그러나 손님과 동행하면서 애를 불러다가 야단칠 수도 없는 일이라 못 본 척 지나갔다.

저녁 대접을 한 뒤 손님을 여관으로 보내자 학수는 둘째 놈을 불렀다. 목구멍에 무엇이 걸려 있는 듯 불편해서 참을 수가 없었기 때문이다. 손님이 있는 동안 그놈이 눈앞에 어른거릴 때마다 그는 저놈이 벌써 애비를 속인담하고 괘씸한 생각이 들었다.

둘째 놈을 불러다 앉히고 우선 오늘 사 온 공책과 연필을 보자고 했다. 그놈은 댓바람에 자기 방으로 가서 아직 깎지도 않은 연필 자루와 이름도 쓰지 않은 새 공책을 가져왔다. 정정당당한 얼굴이었다.

"너 아까 학교에서 돌아오다가 뭘 사 먹었지?"

학수는 수사의 각도를 달리하는 수밖에 없었다.

"사탕 사 먹었어요."

솔직하게 대답하는 애의 태도로 수사는 간단히 끝날 것 같은 느낌이었다.

"웬 돈으루 사 먹었니?"

그때도 아들놈은 서슴지 않고

"돈을 얻었어요."

하고 떳떳한 태도로 대답했다.

"어디서?"

만약 그놈이 길가에서 얻었다고 하면 대답에 궁해질 자기를 생각했다. 그

러나 뜻밖에도 그놈은,

"교실에서요."

하고 대답했다.

학수는 얼핏 생각했다. 교실에서 얻었다는 것은 결국 훔쳤다는 것이 아닌가 하고.

"교실에서 얻은 것은 선생님에게 갖다 드려야 하잖니?"

"까짓거. 백 원인데 뭐."

"백 원 아니 십 원이라두 주운 건 갖다 드려야 하는 거야."

"길에서 주운 돈이라구 경찰에 갖다 주는 사람이 있나요? 씨."

"길에서 주운 것과 교실에서 주운 것이 같으냐? 교실에서 주운 것은 그 반 학생의 것이 분명하잖나?"

학수는 끝까지 잘했다는 태도로 버티는 아들놈을 때려 주려 했다. 그런 만큼 목소리도 거셌다. 심상치 않은 목소리에 놀란 아내가 부엌에서 들어와 무슨 일이냐고 물었다. 학수는 둘째 놈의 비행을 설명치 않을 수 없었다. 그랬더니,

"그까짓 돈 백 원 가지구 뭘 그리 야단이슈? 말썽이 생기면 도루 갚아 주면 되잖아요?"

하며 아들의 편을 들려고 했다. 학수는 아연했다. 이래서야 가정교육이라는 것이 있을 수 있겠는가?

학수는 아들놈을 때리지 못하고 말았다. 또 아내를 나무라지도 못했다. 아내에게 가정교육을 가지고 나무라면

'당신은 얼마나 깨끗하다구요?'

빈정대는 말이 나올 것 같았기 때문이다.

자식놈이 남의 돈을 훔쳤는데도 따끔한 말 한 마디도 할 수가 없게 되다니……. 학수는 둘째 놈이 교실에서 주웠다는 돈이 주운 것이 아니라 훔친 것에 틀림없다고 생각했다. 끝까지 강세를 보이던 그놈의 태도가 그렇게 보였던 것이다.

나중에라도 발각이 나면 면장의 아들이 도둑질했다는 말을 듣게 된다. 그

는 습관처럼 수염을 쓰다듬으려 했다. 심심할 때나 심란한 때도 만지게 마련인 수염이었다. 그러나 수염으로 올라가던 손을 내리고 말았다. 수염에 대한 체면이 없었던 것이다.

그런데 다음 날 아침 학수는 수염을 깎아 버려야 한다는 생각을 했다.

지서주임이 면사무소로 찾아와 긴밀한 이야기가 있다면서 출입문을 잠그고,

"안됐지만 사모님이 사건을 저질렀습니다."

하고 말했다. 무슨 사건이냐고 물었더니 지서주임이 난처한 태도로 학수의 아내가 호적계 직원과 결탁해서 도민증을 팔아 먹었다는 이야기를 했다. 군청 직원과도 관련이 있는 사건이 되어 ××군 경찰서에서 정보를 수집 조사를 했기 때문에 자기로서는 어떻게도 할 수 없다는 이야기까지 했다.

"얼마나 해 먹었답니까?"

학수는 겁에 질린 눈으로 지서주임을 바라보았다.

"이삼십 장 되는가 봅니다. 그 밖에 병역 관계에도 사건이 있는 모양입니다."

"네?"

학수는 점점 깊은 공포 속에 빠져들어갔다.

"이미 내사는 끝난 모양입디다."

"그럴 수가 없을 텐데요. 그럴 수가 있겠습니까?"

"나두 믿어지지 않는 일이라 생각했습니다. 그렇지만 지금쯤 본서 형사가 댁에 가 있을 겁니다. 면직원들은 조금 전에 검거 구속했구요."

그렇다면 의심할 여지가 없었다. 또 부탁을 한댔자 소용없는 일이었다.

"죄를 지었으면 벌을 받아야겠지요."

태연한 태도를 취했다. 그래야 자기는 공정한 사람이 된다. 자기가 결백한 사람임을 보이는 것이 된다.

"일단 말씀드리지 않을 수가 없어서 일부러 찾아온 것입니다."

"고맙습니다. 그렇지만 아내 아니라 그보다 더한 사람이라도 죄를 졌으면 벌을 받아야겠죠. 내 걱정은 말아 주십시오."

최대의 허세를 부리며 웃음까지 웃어 보였다.

"본서에서 하는 일이라 어떻게 할 수가 있어야지요. 그렇지만 힘 자라는 껏 애는 쓰겠습니다."

"그러실 것 없습니다. 지은 죄만큼 벌을 받아야지요. 내버려 두십시오. 허지만 내가 창피해서 얼굴을 들 수 없게 됐군요."

"면장님이 직접 저지른 일이 아니니까 그렇게까지 생각하실 건 없잖습니까?"

학수는 혼자 개탄하듯,

"그런 걸 예펜네라구 데리구 살았담……."

중얼거렸다.

"너무 상심 마십시오."

지서주임이 돌아가자 학수는 아내가 도민증 한 장에 얼마씩이나 받아 먹었을까 하고 생각했다. 그리고 그렇게 모은 돈을 자기처럼 은행에 예금했을 것이라는 생각도 했다.

그 예금을 조사하기 위해 은행에 간다면 자기 저금통장도 드러날 것이 분명했다.

그렇다고 아내를 소견머리 없는 여자라 탓할 수가 없었다. 어떻게 하면 좋을까? 눈앞이 깜깜해졌다.

습관처럼 손이 수염으로 올라갔다. 그러나 곧 올리던 손을 내리고,

"이놈의 수염!"

하고 혼자 중얼거렸다.

마부는 채찍을 장식한다. 말보다도 더 소중한 재산처럼. 그런데 학수는 지금 자기 수염이 말이 죽은 뒤의 말채찍처럼 생각되었다.

그는 쓰다듬는 대신 수염 몇 오라기를 잡아당겼다. 아팠다. 순간 그가 느끼는 것은 오직 아픔뿐이었다.

(원)《신동아 50》 1968. 10.

역순행

자기가 계획해서 원고를 청탁했던 것인데도 들어온 원고들은 대부분 자기가 기탁했던 것과 거리가 멀었다.

'여자의 정조와 결혼'이란 제목으로 결혼 전에 정조를 잃은 여자와 결혼했을 경우 남성은 어떤 태도를 취해야 하는가 하는 부제를 붙인 특집이었다.

현채는 최소한도 보수적인 의견과 진취적인 견해가 반반씩 나오도록 필자의 연령을 고려해서 원고를 청탁했었다. 앙케이트 형식으로 열 장 정도의 원고를 열 사람에게 청탁했는데 나이가 든 필자도 거의 다가 젊은 측에 가담했던 것이다.

말하자면 현채의 기대와 어긋나게, 대부분의 필자가 결혼 전의 여자 정조 문제를 추궁할 필요가 없다는 것이었다. 그것이 시대의 조류를 정당히 반영시킨 의견이라고 볼 수밖에 없었다.

현채는 원고들을 읽고 편집을 한 뒤 그것을 편집장에게 넘겼다.

"어떤 의견이 많지요?"

편집장이 물었을 때,

"뻔한 일이죠."

현채는 자기가 기대했던 대로라는 듯이 대답했다.

"그렇겠지."

편집장도 당연한 일이라는 듯이 말하고 원고들을 뒤적이었다.

현채는 우울해졌다. 결국 자기는 시대의 조류에 휩쓸리지 않을 수 없다는 패배감 같은 것에 짓눌리게 되었던 것이다.

그런 장난을 하지 말 걸.

잡지 편집계획 때 그런 항목을 넣도록 건의했던 자기를 후회까지 했다.

"잠깐 나갔다 오겠습니다."

현채는 편집장에게 한 마디 말을 던지고 편집실을 나섰다. 다방에라도 나가 기분을 전환시키려는 생각이었다. 그런데,

"서 선생, 오늘은 내가 차를 살게요."

여기자 민자미(閔慈美)가 뒤따라나왔다. 어제는 현채가 샀으니 오늘은 그것을 갚겠다는 것이리라.

"나 다방에 안 가는데요."

현채는 누구도 귀찮았다.

"한 잔 마시구 가셔두 되잖아요?"

"약속시간이 다 돼서."

현채는 자미가 자기에게 아무런 도움도 못 되는 존재라 생각하고 있다. 기분을 상하게 할까 두려워할 필요가 없었다.

토라져서 되돌아가는 자미의 심상치 않은 발걸음 소리를 등 뒤로 들으면서도 현채는 뒤돌아보지 않고 걸었다.

기자들이 잘 출입하지 않는 멀찌감치 떨어져 있는 다방으로 가서 혼자 앉았다. 차를 마시고 담배를 피우면서 그는 이런 것을 운명이라고 하는 것인가 생각했다. 어떤 힘으로도 움직일 수 없는 관념의 포로, 정말 그는 눈에 보이지 않는 어떤 것에 의해 포로가 된 듯한 느낌이었다. 싫으면 그뿐인 것인데 무엇 때문에 거기서 벗어날 구실을 찾으려고 하는 것일까? 행동을 하면 그뿐인데도 행동을 못하기 때문에 운명이라는 것을 생각하고 또 그 운명 속에 자기를 결박해 버린다. 그 행동에 구실을 붙여 합리화를 시키고 나서야 행동할 수 있다고 생각하는 것이 곧 관념의 포로라는 것을 증명하는 것이다.

생각할 것이 없다. 행동을 하면 그뿐이다. 간단하다. 나는 너와 같이 살

수 없다고 한 마디만 한 뒤 집을 뛰쳐나오면 되는 것이다. 시간을 오래 끌수록 손해보는 것은 나쁘다. 그새 괴로워한 것도 너무나 큰 손실이었다. 반 년 이상을 무엇 때문에 질질 끌어 왔단 말인가?

현채는 더 생각지 말자고 스스로 다짐했다. 생각하면 생각할수록 행동이 불가능하게 될 뿐이다. 내 문제를 남의 의견에 의해 해결해 보겠다는 것도 덜 익은 태도다. 내 문제는 나만이 해결하는 것이다.

이렇게 자기 결심에 일단락을 지으려고 할 때였다. 조금 전 편집장에게 넘긴 원고들이 머리에 떠올랐다.

'과거는 덮어 두는 것이 미덕이다. 자기에게 과거가 없다면 모르나 남자로서 과거를 가지지 않은 사람이 얼마나 되겠는가? 그러면서도 아내의 과거만을 문제삼는다는 것은 남자의 독선이다.'

이런 원고가 있는가 하면,

'정조란 단순한 관념의 소산이다. 과학적 사고방식 또는 현실주의적 사고방식에서는 그러한 관념의 소산물을 청산해야 한다.'

이런 의견이 있는가 하면,

'아내에게서는 아내로서의 아름다움과 모성으로서의 아름다움을 찾으면 그뿐이다. 과거까지 소유하겠다는 욕심을 버려야 한다.'

이러한 내용의 원고들이 살아서 꿈틀거리는 것 같았다.

옳은 말들이었다. 무엇이라고 반박할 수 없는 논리요, 또 윤리적인 말들이었다.

그런 말들이 옳지 않다고 생각된다면 문제는 간단하겠는데 옳다고 생각되는 데 현채의 고민이 있었다. 아내의 과거를 안 뒤 반 년 동안 그가 괴로워한 것도 그런 사고가 옳고 또 그것이 새로운 윤리라고 생각된 때문이었다.

마음 속으로는 옳다고 생각하면서도 그 생각에 아주 끌려가지 않는 자기였다.

현채는 새 담배를 꺼내 불을 붙였다. 연기를 깊이 빨았다가 내뿜고 난 뒤 내가 계획한 특집이다. 그 특집에 나타난 여론이 사회의 추세다. 그것을 따라야 마음의 안정을 얻을 수가 있다. 내 손으로 꾸민 특집의 결론에 따른다는 것도 하나의 숙명이겠지.

이렇게 자기 생각에 종지부를 찍으려 했다. 그런데 이번에는,

'정조란 마음의 표징이다. 정조를 여기저기 뿌리고 다닌다면 그 여자는 몇 갈래의 마음을 가지는 것이 된다. 그런 여자는 결혼 뒤에도 신뢰할 수가 없다.'

라고 정조론을 절대 견지해야 한다는 사람의 말이 머리에 떠올랐다.

'만족이란 완전 소유에서 오는 것이다. 일부분만을 소유했다고 생각할 때 불만이 싹트기 시작한다.'

'나는 때가 묻은 여자는 싫다. 때가 눈에 보일 때마다 불결하다는 생각이 들 테니 불결하다는 생각이 드는 여자와 결혼할 수는 없다. 결혼했다가도 그것을 안 뒤에는 이혼하겠다.'

특히 젊은 사람의 강경한 말이 그의 머리를 때렸다. 대학교 재학중인 그 젊은 사람은 어째서 사회의 추세에 역행하는 발언을 했을까? 자기 마음과 꼭 들어맞는 말을 한 젊은 사람은 그런 체험을 했다는 것일까? 그렇다면 체험한 사람은 실제적인 감정을 그대로 표현했고 실제 체험 못한 사람은 이론에 치우친 논리적인 말을 했다는 것인가? 그럴지도 모른다. 체험 못한 사람은 허공에 뜬, 이론을 위한 이론을 내세우기가 쉽다. 그래서 진취적 사상의 소유자라는 말을 듣고 싶어하는 것이다. 그렇다면 어떤 것이 옳은 것인가? 옳은 것에 추종해야 한다면 옳은 것이 어떤 것인가를 결정해야 한다. 이론? 실제?

현채는 다시 혼란에 빠졌다. 체험하지 않은 사람의 말은 실감이 없다. 실감이 없는 이론을 어떻게 추종할 것인가? 그렇다고 이론에 부합되지 않는 다시 말해서 자기 납득이 안 가는 행동을 또 어떻게 할 것인가?

현채는 담배를 비벼 껐다. 다방을 나와 사무실로 걷고 있을 때 어디선가 자미가 나타났다.

"일 다 보셨어요?"

"네."

조금 전 지나칠 만큼 냉정하게 대해 주었던 것을 생각하며 현채는 부드럽

게 대답했다.

"원고 독촉하러 가던 길이에요."

"다녀오십시오."

그런데 자미는 가던 곳으로 가지 않고 현채를 따라 사무실로 걷고 있었다.

"왜 안 가십니까?"

"천천히 가지요 뭐."

그미는 사무실 앞까지 따라왔다. 현채가 출입문 안으로 들어서려 할 때야 몸을 돌리고,

"갔다 오겠어요."

비로소 자기가 가던 길을 갔다.

현채는 담배를 피워 물고 잡지를 뒤적였다. 그러기를 오 분쯤 했을 때 전화가 왔다. 자미에게서 온 것이었다.

웬일이냐고 물었더니 그 말엔 대답을 않고 가까운 곳에 있는 Z다방에 있으니까 좀 나와 달라고 했다.

현채는 그미가 자기에게 호감을 가지고 있다는 사실을 얼마 전부터 알고 있었다. 관심둘 것이 못 되어 담담하게 대해 주었던 것인데 오늘은 유별나게 접근하려 하고 있다. 이상한 일이 아닐 수 없었다. 그렇다고 지나치게 냉정할 수도 없는 일이었다. 현채는 곧 나간다고 한 뒤 전화를 끊었다. 잠시 생각했다. 호감을 가졌다고 해도 단순한 인간적 호감일지 모른다. 자기가 기혼자임을 모를 리 없는 만큼 그 호감 가운데 다른 의미가 있을 수 없다. 설사 다른 의미를 가진 호감이라 해도 두려워할 것은 없다. 자기는 자기대로의 태도를 견지해 가면 그뿐이다.

Z다방에 나가 자미 앞자리에 앉았다.

"오늘은 근무태도가 좋지 않은데요."

그는 농담으로 말을 시작했다.

"내일 가두 늦지 않아요. 그분은 기일을 잘 지켜 주시는 분이니까요."

자미는 아무렇지도 않다는 듯이 웃음까지 띠어 보였다. 현채는 그미의 태도를 추궁하려 하지 않았다. 왜 나오라고 했느냐는 말도 묻지 않았다. 그미

를 궁색하게 만들고 싶지 않았던 것이다. 궁색한 경지에 몰리게 되면 상대방을 물고 늘어질 우려가 있다.

"아직 여유가 좀 있으니까……."

너그럽게 대해 주자. 자미는 곧,

"선생님, 오늘은 왜 우울하시죠?"

하고 물었다. 그 말이 묻고 싶어 만나려 했던 모양이었다.

"우울하기는요?"

현채는 아픈 데를 찔리었으나 그런 자기 마음을 보여 줄 수가 없었다. 반년 동안 괴로워하고 있지만 그것을 아무에게도 말한 적이 없다. 미련한 짓이라고 생각했던 것이다. 그 미련한 짓을 자미에게만 감행할 이유가 하나도 없었던 것이다.

"왜 그렇게 말씀하세요?"

"우울하지 않은 것을 그럼 뭐라구 말합니까?"

"얼굴에 써 있는 데두 속이세요."

"그래요? 그렇지 않습니다."

"전 선생님을 매일 바라보구 있어요. 언제나 우울한 그림자가 덮여 있는 것을 봤어요. 오늘은 그것이 더욱 심해요."

"본시 얼굴이 그렇게 생겼지요."

"암만 속여두 소용없어요."

"무엇 때문에 속입니까?"

현채는 만약 내가 우울하다면 어떻게 하겠느냐고 물어 보고 싶었지만 그러기가 싫었다. 자미도 그 이상 더 추궁하지 않았다. 잠시 동안 말을 끊고 있다가,

"이번 일요일에 등산가세요."

아주 딴 이야기를 꺼냈다.

"글쎄요. 나두 하구 싶은 일인데, 그렇지만 떠나게 돼야지요."

"왜요?"

"별루 하는 일이 없는데두 떠나게 안 되던데요."

"부인하구 어디 가세요?"

이 말에 현채는 당황했다. 아내와 사이가 좋다는 말도 하기가 싫었고 그렇다고 해서 자기 마음을 보여 주기도 싫었기 때문이었다. 결국 얼버무리는 말을 할 수밖에 없었다.

"그럴지두 모르지요."

"부인이 예쁘시다죠?"

이번에는 자미가 엉뚱한 것을 물었다.

"글쎄요."

현채는 또 어물어물 대답했다.

"어린애는 없으시다죠."

"네."

"한 번 부인을 소개해 주세요."

"기회가 있으면 하죠."

이런 대화를 하자 현채는 도리어 마음이 홀가분해짐을 느꼈다.

아내를 소개해 달라는 정도라면 자미의 감정에 별다른 의미가 없을 것 같았기 때문이었다. 그런데 다음 대화가 조금 이상스러웠다. 자미가 화제를 돌려 등산 이야기를 꺼냈을 때 현채가 일부러,

"내 아내랑 다 같이 가 볼까요?"

하고, 말했을 때 자미는 표정을 달리했다.

"부인이 말을 들을까요?"

"왜요? 내가 가자면 가는 거지."

"결혼한 여자들은 남편의 여자친구와 어울리기를 좋아하지 않거든요."

"그건 무슨 이율까요?"

"남편이 딴 여자와 자기와를 비교해 보는 것처럼 생각되니까요."

"그렇기두 하겠군."

현채는 자기가 여성 심리에 둔하다는 생각을 했다.

"우리 회사 기자들끼리만 가세요. 너댓 명쯤. 점심은 제가 준비하겠어요."

한 뒤 앞자리에서 옆자리로 옮겨 앉으며 준비할 음식에 대한 이야기를 하는데 그 이야기하는 태도가 마치 연인을 대하는 것과 같았다.

"버터두 있어요. 밥을 해 먹으면 얼마나 맛이 있다구. 고기두 양념만 해 가지구 가서 산에서 구워 먹거든요."

몸을 가까이 대고 반말을 써 가며 하는 말에 교태가 흘렀다.

현채는 자미가 약간 지나치다는 생각을 했지만 이야기가 그쯤 진전된 이상 등산을 거절할 수가 없었다.

"멤버는 누구로 할까요."

현채가 자미의 의견을 묻자

"남자는 S기자, 여자는 미스 오가 어때요?"

자미가 자기 마음대로 인선까지 했다.

"좋겠지."

"그렇지만 딴 사람들이 알면 재미 없으니까 서 선생님은 일체 입을 열지 말도록 하세요."

"알면 어때요?"

"다들 한몫 끼고 싶어하면 식사 준비하기가 힘드니까 그렇지요."

"알았습니다."

모두들 퇴근한 뒤 텅 빈 사무실에 혼자 앉아 있다는 것은 무료한 일이었다. 겨울에는 어두운 뒤에야 퇴근을 했는데 요즘은 어두울 때까지 한 시간 이상이 남았는데도 벌써들 퇴근을 한다.

현채는 매일 야근해야 할 만한 일이 있었으면 하고 생각했다. 일을 핑계 삼아 사무실에 오래 있고 싶은 것이었다. 그러나 모두들 퇴근했는데 혼자서만 일하고 싶지는 않았다. 그는 아래층에 있는 영업부로 갔다. 편집부도 퇴근시간이 일정하지 않지만 영업부에서는 언제나 편집부보다 늦게 퇴근들을 한다.

"일곱 시입니다. 일곱 시야."

왜들 퇴근을 안 하느냐는 농담을 하며 영업부 사무실에 들어섰을 때 거기에는 직원 전체가 자리를 지키고 있었다. 따라서 현채는 얼마 동안 시간을 보낼 수 있다는 안도감을 느꼈다. 그러나 그들도 삼십 분이 조금 지나자 한 명도 남지 않고 모두 퇴근을 했다. 현채도 할 수 없이 거리로 나오고야 말았다. 그리고는 단골 다방으로 갔다. 단골 다방에서는 차를 마시지 않고도 앉아 있을 수가 있다.

저녁때의 다방이란 데이트하는 젊은 사람들로 메꿔지는 법이다. 현채는 그런 속에서 부러움과 질투 같은 것을 느끼면서 시간과 씨름을 하는 것이었다. 데이트하는 젊은 남녀들이 행복스럽게 보일 때 그는 속으로 인생의 초년병들이라고 비웃어 보기도 한다.

나에게도 저런 때가 있었다.

현채는 문득 몇 해 전의 자기를 회상하기도 했다. 결혼하기 전인 연애시절에 명애와 같이 지내던 일들. 다방뿐이 아니었다. 산에도 가고 극장에도 갔다. 때로는 합승을 타고 그 합승의 종점까지 갔다. 그리고는 그 합승을 탄 채 다시 돌아오기도 했다. 둘이서 지루하지 않게 시간을 보낼 수 있는 방법은 무엇이든지 했었다. 그러나 명애와 결혼한 지 삼 년도 안 되어 지독한 고뇌를 맛보기 시작했다.

지금 행복하다고 하는 젊은 사람들 대부분이 나와 같은 길을 밟을 것이다. 젊은 사람들을 하나하나 찾아다니며 무어라고 충언을 해 주고 싶은 심정이었다.

날이 완전히 어두웠다고 생각될 때 현채는 다방을 나와 집으로 돌아갔다. 늦게나마 안 갈 수 없는 집이었다. 집에 간다는 생각만을 해도 가슴이 썰렁했지만 그래도 안 갈 수는 없었다.

집 안에 들어서자 명애가 여전히 반가이 맞아 주었다. 차라리 모른 척하고 내버려 두었으면 좋겠는데 옷을 벗겨 주고는 세숫물을 떠다 놓고 세수를 하라고 한다. 세수는 해서 무엇하는가? 세수를 하자 발까지 씻으라고 한다. 자기가 외출했다가 돌아와서 하는 일을 그대로 시킨다. 싫었다. 때도 없는 발을 무엇 때문에 매일 씻어야 하는가? 그래도 그는 발까지 씻었다. 발을 씻고 나자 아내는 밥상을 들여왔다. 같이 밥을 먹으면서도 그는 왜 먼저 먹지를 않고 자기가 돌아올 때를 기다리고 있었을까 하는 것을 생각했다. 밥상을 치우자 명애가 가까이 앉으며 하루에 있었던 일들을 이야기했다. 들으나 마나 한 일들뿐이었다.

열 시가 지나자 시키지도 않았는데 그미는 자리를 깔고 피곤할 텐데 자라고 했다. 현채는 자는 것이 좋기는 하나 부부는 왜 한 이불 속에서 자야 하는가를 생각했다. 침실만은 각기 따로 쓰는 것이 좋을 것 같았다. 방이 하나밖에 없을 경우에는 이부자리라도 따로 써야 할 것 같았다. 피곤해할 것을 걱정하며 이부자리를 깔아 놓은 명애가 먼저 옷을 벗고 이부자리에 들어갔다. 자기를 잠재워 주기 위한 존재이기나 한듯 피곤하실 텐데 빨리 주무세요 한다. 속셈이 들여다보였지만 현채도 옷을 벗고 자리 속으로 들어갔다.

자리 속에 들어가자 현채는 명애가 자기를 극진히 사랑하고 있다는 것을 느꼈다. 그런데 그 극진한 사랑이 가슴 속으로 들어오지가 않는 것이었다. 몸을 허락했던 그 남자에게도 이와 꼭같이 했을 것이란, 고질처럼 굳어 버린 생각이 머리에 또 떠올랐던 것이다.

변소에 간다는 핑계를 대고 거머리처럼 달라붙는 명애를 떨쳐 버렸다. 그리고 변소에 가서는 필요 이상의 시간을 소비했다.

당분간 침실만 따로 썼으면. 그러면 그 불쾌한 상념은 일어나지 않을 것이다. 그 생각이 머리에서 떠난 뒤라면 명애와 같이 살아도 무방하지 않을까? 머리가 냉각될 그때까지만 잠자리를 달리하자는 데 명애가 이의를 품지는 않겠지.

이런 생각을 하며 방으로 돌아왔지만 현채는 그것을 말로 꺼낼 수가 없었다. 그 말을 꺼내면 자기가 아내의 과거에 집착하고 있는 것이 분명하게 드러난다. 그렇게 되면 아내가 불쾌해할 것이고 그러한 자기를 나무랄 것이다. 현재 이렇게 사랑하고 있는데 과거가 무슨 소용이 있느냐고 반박할 것이다. 과거는 기억 속에도 남아 있지 않다고 변명할 것이다.

현채는 아내와는 반대쪽을 향해 누워 잠을 청했다. 그런데 아내가 자꾸만 몸을 애무한다.

"피곤한데 자야지."

현채가 잠이 온다는 생각을 나타냈을 때,

"당신 아무래도 좀 달라요, 왜 그러시죠."

하며 현채의 몸을 잡아끌었다.

"피곤할 따름이야."

명애가 딴 생각을 못하도록 하려면 그미를 껴안아 주는 수밖에 없었다. 그러나 현채의 머릿속에는 때가 묻은 육체라는 생각이 떠올라 도저히 그럴 수가 없었다. 한 번 그런 일이 있는 여자는 언제 또 그런 일을 할 지 모른다. 한 젊은 사람의 앙케이트가 머리에 떠오르기도 했다. 확실히 그럴 것이다. 명애가 자기와 이혼을 한다면 곧 딴 남자와 결혼을 하고 그 남자 품에 안길 것이다. 과거뿐 아니라 미래까지도 불쾌하게 생각되었다.

"싫으면 싫다고 솔직하게 말씀하세요."

명애가 그냥 둬 두지 않을 태세를 보였다. 반 년이 지나도록 그런 말 한 번 해 보지 않은 명애였다. 현채는 그런 말이 나온 김에 솔직한 감정을 털어 놓고 싶은 마음이 생기기도 했지만 솔직하게 말하라는 명애의 말 속에는 태도를 결정해 주면 자기도 할 일이 있다는 뜻을 포함하고 있는 것 같았다. 싫어하는 사람과는 살 수가 없다. 이혼을 하고 달리 결혼을 하겠다. 이 이상 어떻게 참겠는가 그런 뜻이 숨어 있으리라 생각하니 해야 할 말도 해 주고 싶지 않았다. 그뿐만도 아니다. 싫다고 하면 그 이유를 대라고 할 것이다. 그 이유를 말하면 그것이 뭐 그리 중요한 일이냐고 자기를 비난할 것이다. 과거를 문제삼을 필요가 없다고 한 사람들의 원고가 머리에 떠올랐다.

너는 시대를 역행하는구나. 대중을 계몽한다는 잡지기자가 고루한 생각을 갖고 어떻게 시대를 앞서겠느냐. 그들의 꾸짖는 소리까지 들리는 것 같았다.

"싫어졌다구 하면 어떻게 할 테야?"

싫어진 것은 아니다. 그렇지만 싫어졌을 경우에는 어떻게 하겠느냐는 식으로 물었다. 그 대답이 듣고 싶었던 것이다.

"어떻게 하긴요. 시원하게 알기나 하자는 거지."

아내의 대답은 회피적이었다. 싫다고 한대서 금시 이혼하고 딴 남자와 결혼하겠다는 생각이 아님을 표시했다. 아무리 이혼을 자유롭게 하는 세상이라 해도 그것을 그렇게 쉽게 할 사람은 없을 것 같다. 큰 결함이 없는 한 파탄을 피하려는 것이 누구나의 생각일 것이다. 그러니 자기가 이혼을 하자고 제기한다 해도 명애는 그 제의에 순순히 응하지 않을는지도 모른다.

"피곤해. 잠이나 자."

현채는 다시 돌아누워 버렸다. 명애의 흐느끼는 소리가 들렸다. 슬플 것이다. 그러나 현채는 그 슬픔이 과거에 대한 참회를 의미하는 것인지 냉정한 현채를 원망하는 뜻인지를 알 수 없었다. 과거를 참회하는 의미라면 동정할 여지가 있다. 그러나 참회하는 마음도 없이 자기를 원망하는 데 그치는 슬픔이라면 가증스런 것이라 생각했다. 그리고 십중팔구는 자기를 원망하는 슬픔일 것이라 생각했다. 그래서 흐느끼고 있는 명애를 달래려 하지도 않았다.

일요일 아침 자미와 약속한 장소로 갔다. 그런데 같이 가기로 한 사람들은 하나도 나오지 않고 자미 혼자만이 나와 있었다. 웬일이냐고 물었더니 자미가 그들은 선약들이 있어서 참석하지 못한다고 대답했다. 그러면 딴 사람이라도 데리고 올 수가 있지 않았겠냐고 물었을 때 자미는 아무나 데리고 갈 수가 있느냐면서,

"할 수 없잖아요? 나온 김에 둘이서라두 떠나는 거죠."

딴 생각 말구 떠나자는 뜻을 표했다. 현채는 단 둘이 간다는 것이 어색하게 생각되었다. 혹시 누가 보면 오해할지도 모를 일이었다.

"가까운 곳으루 가지요, 어디 가깝구두 조용한 데는 없을까요?"

코스의 변경을 제의했다. 원래는 등산객이 많은 망월사 코스로 정했던 것이다.

"좋아요."

자미는 선뜻 대답하고는 우이동 조용한 골짜기가 어떠냐고 말했다. 현채는 사람 없는 곳이라면 어디라도 무방하리라 생각하고 우이동행 버스를 탔다. 우이동 어귀에서 버스를 내리자 현채는 자미가 가지고 온 도시락 꾸러

미를 받아 들고 한 번도 가 본 적이 없는 골짜기를 향해 걷기 시작했다. 숲속에 들어서기 전까지 그는 될 수 있는 한 자미와 간격을 두고 걸었다. 조심성 때문이었다. 자미와 간격을 두고 걷는 동안 그는 자미가 두 사람만이 등산할 수 있도록 계획적으로 일을 꾸민 것이나 아닌가 생각했다. 같이 가기로 한 기자에게는 교섭도 안 해 보고 선약이 있어 못 온다고 거짓말을 한 것 같았던 것이다.

내일 출근을 해서 그들에게 물어 보고 교섭도 안 했다는 것이 알려지면 창피를 줘야지.

이런 생각을 하며 걷고 있을 때 뒤에서,

"혼자만 가시기예요?"

하는 자미의 목소리가 들렸다. 뒤를 돌아다보니 자미가 조그만한 도랑 앞에서 그것을 뛰어넘을 생각을 않고 선 채 있었다. 현채는 할 수 없이 뒤돌아가 그미의 손을 잡아 도랑을 뛰어넘게 했다. 그 뒤에도 한참 동안 간격을 두고 걸었다. 인적이 없는 숲속에 들어서자 그는 자미와의 거리를 단축시켰다. 팔이 스칠 정도로 가깝게 걸으면서야 자기가 지나치게 소심하다는 것을 느꼈다. 같이 산에 온 이상 비록 사랑하는 사이가 아니라 해도 거리를 두고 걸을 필요가 무엇인가?

자미는 길이 조금만 험해도 걸음을 멈추고 현채를 바라보았다. 그럴 때마다 현채는 아무렇지도 않게 자미의 손을 잡아끌어 주었다. 손을 잡아끌어 주는 것쯤 어떠랴 하는 생각에서였다. 그들은 열두 시까지 전혀 인적이 없는 조용한 데로 걸었다. 시냇물이 흐르고 앉기 편한 바위가 있는 데서 그들은 점심을 먹기 시작했다. 도시락 반찬도 좋았지만 거기에 김치가 따로 있었다. 생오이와 홍당무가 있었고 그것을 찍어 먹을 마요네스도 있었다. 구미가 당겨 젓가락부터 들려고 할 때,

"잠깐만——."

하고 자미가 꾸러미 속에서 조그만 유리병 하나를 꺼냈다. 얼핏 보아 약병 같았다. 자미는 마호병 마개를 열어 거기다 유리병 속에 든 것을 따랐다. 양주였다. 현채는 자미의 성의에 감탄하면서 양주를 마시기 시작했다.

406

"살림을 잘하시겠는데요."

칭찬까지 해 주었다. 그랬더니 자미가,

"칭찬이 겨우 고거예요?"

"그보다 더한 칭찬이 있어요?"

"노인네나 하는 칭찬 그만두세요."

현채는 웃어 버리고 말았다. 결혼해서 살림을 잘하겠다는 말이 여성에게
있어서 치욕이 될 까닭이 없다. 그래도 치욕처럼 생각하는 것은 자미가 그만
큼 치기(稚氣)를 벗어나지 못함을 말해 주는 것이다. 탓할 수도 없는 일이지.

술을 마시면서 도시락을 먹고 있는데 자미가 반찬 가운데 있는 고기전을
가리키면서 먹으라고 했다. 먹는다고 대답만 하고 딴 반찬을 집으려고 할
때 자미가 고기전 하나를 집어 현채 입에 대 주었다. 현채는 그냥 받아 먹었
다. 그리고는 갚음으로 자기도 그렇게 하려 했는데 그것이 제대로 되지 않
았다. 현채는 먹기만 하고 있을 때 자미는 홍당무를 마요네스에 찍어 또 그
의 입에 넣어 주었다. 현채가 입에 들어오는 대로 반쯤 씹어 먹었다. 그랬더
니 나머지를 자미가 먹기 시작했다.

현채의 입자국이 있는 그것을 아무렇지도 않게 먹는 것이었다.

그뿐만 아니었다. 점심을 다 먹은 뒤 배가 불러 바위에 기대앉았을 때 자
미는 조금도 스스럽지 않게 몸을 현채 가슴에 기댔다. 현채는 자미의 뺨을
만져 보고 싶은 충동을 느꼈다. 만져도 마다할 것 같지가 않았다. 자미는 정
말 무방비 상태에 있었다. 몸을 만질 수도 있고 키스도 할 수 있을 것 같았
다. 차라리 그것을 기대하고 있는 자미일지도 몰랐다. 그러나 현채는 자미의
몸에 손을 조금도 대지 못했다.

현채는 이렇게 자미의 몸에 손도 대지 못하는 자기를 젊은 사람들이 본다
면 반드시 병신이라고 조소하리라 생각했다. 성숙한 분위기 속에서 젊음을
즐기지 못하는 것은 청춘을 모독하는 것이라고 자기를 경멸할 것이다.

한편 또 이런 것을 생각했다. 사람은 가끔 발가벗고 미친 사람처럼 거리
를 헤매고 싶은 때가 있다. 옷이라는 것이 거짓을 감추는 위장처럼 싫은 때
가 있기 때문이다. 그러나 인적이 없는 고요한 산 속에 들어갔을 때도 한 번

벗고 싶었던 그 옷을 마음대로 벗지 못하는 것이 인간이다. 이성을 만지기 싫어하는 사람은 없을 것이다. 거리에 지나다니는 뭇 여성을 모두 만져 보고 싶은 것이 남자들의 욕심일지 모른다. 그러나 만질 수 있는 여건이 갖추어져 있는 경우에도 그것을 마음대로 할 수 없는 것이 또한 인간이다. 이런 자위를 하며 산에서 내려올 때까지 그는 자미의 몸에 손을 조금도 대지 않았다.

산에서 내려와 집으로 돌아갔을 때, 아내 명애는 전과 조금도 변함이 없이 반갑게 맞이해 주었다.

"재미있으셨어요?"

그미는 현채가 등산에서 재미있었기를 바라는 말까지 했다. 비꼬는 말이 아니었다. 재미를 보고 기분 좋았기를 진심으로 바라는 말투였다.

사원들과 같이 간 줄만 알고 있는 아내인 만큼 자기를 의심해서 한 말이 아닌데도 현채는 속이 뜨끔함을 느꼈다. 그러니 재미를 보았느냐고 묻는 말에 무엇이라 대답할 수가 없었다. 그저 의심을 품고 질투라도 해 주었으면 하는 생각을 했을 뿐이었다. 조금 아는 척을 하고 자기를 미워한다면 얼마나 좋을 것인가? 그렇다면 불가불 정면충돌을 하게 된다. 그리고 가부간 결판을 내고야 말게 될 것이다.

그런데 아내는 알면서도 아는 척을 안 하고 있다. 여섯 달 동안 밤낮 우울한 표정만 짓고 있는 그 이유를 모르지 않을 것이다. 어젯밤에는 솔직히 이야기하라고 자기 결심을 표명할 것 같았지만 확답을 듣지 않은 채 이야기를 흐지부지해 버렸다.

"저녁 잡수세요."

명애가 저녁상을 들고 들어왔다.

"생각 없는데, 점심을 많이 먹어서."

이렇게 대답을 했지만 현채는 명애가 혹시 비굴해진 것이나 아닌가 생각했다. 딴 여자의 호의로 맛있는 음식을 배불리 먹고 왔는데도 전처럼 저녁상을 들고 들어온다는 것은 확실히 자존심을 빼놓은 행동이라고 말하지 않을 수 없었다. 약점이 있으니까 성격까지 비굴해지는 것일까?

"그래두 조금 드셔야지."

"글쎄 ── ."

현채는 숟가락을 들고야 말았다. 저녁을 아주 안 먹을 수는 없었던 것이다. 그보다도 명애를 그 이상 더 비굴하게 만들 수가 없었기 때문이었다. 차라리 이혼을 하고 얼굴을 안 보면 모른다. 얼굴을 맞대고 상대방을 비굴하게 만들 수는 없었다.

"뭘 그렇게 맛있는 것을 많이 잡수셨어요."

명애는 아내로서의 호기심까지 발휘했다.

"불고기를 해 먹었어."

현채는 거짓말을 했다. 그래야 여럿이 갔던 것이 된다.

"산에서 어떻게 불고기를 해요."

"다 할 수 있지."

저녁을 먹은 뒤였다. 어떻게 된 일인지 명애가 이부자리 두 채를 나란히 깔았다.

웬일이냐고 묻고 싶었다. 그러나 묻는 것이 도리어 명애를 모욕하는 일 같아 입을 다문 채 잠옷을 입었다. 그런데 묻지도 않은 말에,

"잠을 편히 주무셔야지……."

명애가 혼잣말처럼 중얼거렸다. 물론 속으로는 불만이 가득 차 있을 것이다. 그러나 말이나 태도가 조금도 불만이 있는 것 같지 않았다. 진심으로 현채를 위해서 하는 것 같았다.

자리 속에 들어간 현채는 명애가 자기를 사랑하고 있다고 생각했다. 내가 속으로 미워하는 줄 알면서도 명애는 나를 사랑하고 있다. 사랑하지 않고서는 이럴 수가 없다. 사랑하기 때문에 비굴도 모르는 것이다. 나를 사랑하는 사람에게 나는 어떻게 해야 하는가? 나를 싫어하는 사람에게처럼 모욕적인 행동을 취해도 좋은 것일까?

차마 그럴 수는 없다고 생각했다. 나를 사랑하는 사람이 싫어졌을 때는 달리 취할 길이 있어야 할 것 같았다. 이혼을 한다고 해도 명애를 모욕하지

않는 방법을 취해야 할 것 같았다.

그는 잠이 제대로 오지 않는 것을 느꼈다. 그래서 엉뚱한 말을 꺼냈다.

"당신은 왜 어린애를 못 낳지?"

결혼한 지 사오 년이 지나도록 명애는 어린애를 낳지 못했다. 만약 어린애만 있다면 어린애 때문에라도 명애의 과거를 용서하거나 또는 잊어버릴 수가 있을 것이다. 그런데 명애는 그 말에 가슴이 북받치는지 흑 하고 울기 시작했다.

현채는 또 다른 약점을 건드렸다는 생각이 들어 그 말은 더 하지 않기로 했다. 그 대신,

"여보. 만약 내가 당신을 싫어한다면 어떻게 할 테요?"

어차피 해야 할 이야기라면 서두라도 떼 놓아야 한다는 생각으로 신중히 말했다. 명애는 그 말에도 대답을 안 했다.

"대답을 해 봐요. 당신 마음을 알구 싶어서 그러는 거야."

그때야 명애는 입을 열었다.

"당신 하라는 대로 하겠어요."

"만약 이혼을 하자고 한다면, 어디까지나 가정이지만……."

"친정으루 가겠어요."

명애의 대답은 비교적 담담했다. 그것은 그미가 벌써 생각까지 하고 있었다는 것을 말해 주는 것이었다. 최후의 일까지 생각하고 있다는 것을 알자 현채는 그 다음 말을 잇지 못했다. 이미 각오가 다 서 있다면 앞으로 말 한 마디면 일은 완전히 해결된다. 그 한 마디의 말을 서두를 필요는 없다. 아무 때나 하면 되는 것이다.

현채는 그 한 마디의 말을 할 시기를 생각했다. 한 달만 있으면 결혼 5주년 기념일이 된다. 만 5년을 채우고 헤어질까? 죽을 날을 정해 놓고 살 수는 없다. 그러나 부부생활쯤 시간을 정해 놓고 그 동안만 살다가 헤어지는 것도 해롭지는 않을 것 같았다.

한 달만 참자. 그런데 기간을 정해 놓고 산다는 것이 장난스러운 것 같은 생각이 들었다. 정해 놓은 기간을 채우기 위해 싫어도 사는 것 그것은 진짜

인생일 수가 없다.

　이야기를 꺼냈던 김이니 할 말을 다 해 버리자. 그래서 하루빨리 이 고뇌에서 벗어나자. 그러는 것이 자기를 위해서나 명애를 위해서나 좋은 일일 것 같았다. 현채는 입을 열려고 했다. 그 한 마디의 말을 하기 위해서. 그런데 입이 열려지지 않았다. 입술이 붙어 버린 듯 떨어지지가 않았다. 좋아서 꼬리를 치며 오는 개를 향해 돌을 던질 수가 있는가? 현채는 명애가 자기를 사랑하지 않는다면 힘들 것이 하나도 없으리라 생각했다. 그런데 번뜩

　‘죄가 없는 사람은 돌을 던져라.’

　성경 속에 있는 말이 머리에 떠올랐다. 명애에게 죄가 있는 것은 사실이다. 죄를 짓지 않은 사람이 있다면 그미에게 돌을 던져도 무방하다. 그러나 나는……. 현채는 자기도 결혼하기 전에 이미 동정을 잃었다는 것을 생각했다. 그것이 비록 돈을 주고 한 행위라고 해도 한두 번이 아니었다. 그러한 자기에게는 눈을 감고 살아 왔다.

　현채는 새로운 괴로움을 느꼈다. 명애가 싫어진 데다가 마지막 한 마디를 손쉽게 할 수 없는 자기 자신이 싫어졌던 것이다. 우울 가운데서 자기 혐오 이상의 우울은 없을 것이다. 현채는 밤잠을 제대로 자지 못했다.

　대개의 경우 여자들은

　‘빨리 이야길 해요. 빨리 끝장을 내구 말잔 말예요. 그래, 내가 뭐 그리 큰 죄를 졌어요. 결혼 뒤에 그런 일이 있었다면 또 몰라.’

　반발할 것이다. 그리고 자기 변호를 할 것이다. 그런데 명애는 그러지를 않았다. 정말 죄인이기나 한 것처럼 처단이 있기만을 바라는 태도였다. 처단을 바라는 것도 아니었다. 가슴 속에 들어 있는 사랑을 변질시키지 않으려 노력하고 있었다. 그러기에 현채가 출근을 할 때는 전과 다름없이 대문까지 따라나와 잘 다녀오라는 인사를 했다. 자존심이 있고 삐뚤어질 줄 아는 여자라면 차라리 증오라도 할 텐데……. 싫은 데다가 증오가 합석을 하면 돌볼 것이 하나도 없다. 명애는 결국 나를 괴롭히기 위해서 세상에 태어난 여자다. 그렇지 않고서는 마음의 변동이 그렇게까지 없을 수 없다.

현채는 사무실에 나가는 즉시로 S기자를 끌어 내어 어제 왜 등산에 참가하지 않았느냐고 물었다. S는 금시초문인 듯 눈을 둥그렇게 뜨고 그게 무슨 소리냐고 물었다.

"어제 망월사루 등산간다지 않았어."

"그래 나만 빼놓구 다들 갔어?"

자미가 S에게 교섭도 안 했던 것이 분명했다. 현채는 미스 오와도 마찬가지의 말을 했다.

현채는 곧 자미를 다방으로 불러 냈다. 괘씸하다고 생각했던 것이다. 괘씸한 여자를 그냥 둘 수도 없다고 생각했던 것이다. 명애에 대한 울화를 자미에게 터뜨리려는 것인지도 몰랐다. 그러나 막상 자미와 마주 앉게 되자 그런 일을 가지고 야단치려고 했던 자기가 쑥스럽게 느껴졌다. 그러고 싶어서 그랬다 한들 뭐 그리 큰 잘못이 될 것인가?

"왜요?"

자미가 부른 이유를 묻자 현채는,

"어제 융숭한 대접을 받아 차라두 살려구요."

딴 소리를 해 버렸다. 그러면서도 자미가 깜찍스럽다는 생각은 버릴 수가 없었다. 어떤 방법으로든 골려 주고 싶었다. 그래서

"우리 이런 특집을 냈지요? 결혼 전의 여자 정조 문제 말입니다. 내가 법원에 가서 알아봤더니 여자가 결혼 전에 정조를 잃은 것이 판명되었을 때에는 이혼해도 무방하다구 그럽디다. 어때요? 자미 씨는 이혼당하지 않을 자신이 있소?"

하고 그미의 얼굴을 빤히 쳐다봤다. 자미는 얼굴이 빨개졌다. 그리고는 즉시,

"어떤 판사가 그래요?"

대들듯이 물었다. 자미는 이미 처녀가 아닌 모양이었다. 현채는 그것을 안 것만도 성공이라고 생각했다.

"왜요? 찾아가 항의를 제출하렵니까?"

"건 서 선생님의 거짓말일 거예요. 세상에 정조를 지키는 남자가 몇 명이나 있어요. 백이면 구십팔 명이 정조를 잃구 결혼했을 거예요. 그런데 여자

만 가지구 그럴 수가 있어요? 그건 도저히 있을 수 없는 일이에요."

"전부가 그러니까 도리어 문제가 안 되는 것이겠죠."

"그럼 여자두 전부 그래 버리지 뭐. 힘든 일두 아닐 텐데……."

현채는 새로운 지식을 얻은 것 같았다. 여자가 남자들처럼 결혼하기 전에 정조를 잃어도 달리 생각지 않게 되어 대부분의 여자가 남자들처럼 된다면 차라리 남자들이 여성의 정조 문제를 가지고 신경을 안 쓰게 될지도 모른다. 정조를 생명처럼 생각하여 그것을 지키는 여성이 있으니까 나부터가 괴로워하고 있지 않은가?

그러나 현채는 그렇지만 하고 생각했다. 정조의 경시(輕視)는 개인주의의 발달에 의해 싹트기 시작했다. 여성의 개성을 옹호하고 여성의 자유 행사를 인정하는 개인주의적 제도의 부산물이었다. 그러나 모든 여성이 정조를 잃어버리게 될 때 그 개인주의는 최후를 고할 것이다. 신(神)을 거부하고 개성만을 존중하는 개인주의 다음에는 다시 신을 의지하는 전체주의가 생기지 않을까? 그렇게 되면 다시 부활할 것이다.

"그건 역설입니다."

현채는 자미의 이야기를 긍정할 수가 없었다.

"여자의 정조 운운하는 것이 역설이죠."

"역설이 아니라 역설의 역설이죠. 그러니까 가장 진보적인 것이 될 겁니다."

"그럼 역설의 역설의 역설은 더 진보적이 아녜요?"

"그러는 것이 결국 역설이죠, 역설이 아니라 억설(臆說)일지두 모르지."

"억설이라는 분이 억설이에요. 시대에 역행하면서도 진보적이라구 하니까……."

현채는 더 이야기해야 아무런 소득이 없을 것을 알았다. 현대 여성은 모두가 자미 같은 견해를 가지고 있으리라는 생각이 들 뿐이었다. 명애와 이혼한 뒤 다시 결혼했을 때 자미와 같은 여자를 만나게 된다면, 현채는 눈을 감아 버렸다.

평생 고뇌 속에서 살다가 죽어야 할 것만 같았던 것이다. 자미도 이야기에 홍미를 잃었는지 다음 일요일에도 등산을 가자고 화제를 옮겼다.

"이번 인선을 내가 맡기로 한다면……."

현채는 등산에도 홍미가 없다는 뜻을 표명했다.

사무실로 돌아와 일을 하면서도 현채는 명애를 생각했다. 아무래도 이혼은 해야 한다. 가까이 할수록 감정이 밀착해지지 않는 그미와 생활을 같이 할 수는 없다. 그러나 그미에게 이혼을 선고하기는 이론이 빈약하다. 이론이 빈약하다는 것은 사회의 뒷받침이 없다는 것을 말한다. 사회의 뒷받침이 없는 일을 한다는 것은 그야말로 사회에 역행하는 것이다. 사회에 대한 역행, 그것은 어디까지나 떳떳치가 못한 일이다. 그 떳떳하지 못한 것 때문에 반년이나 혼자 괴로워하며 행동화시키지 못했던 것이 아닌가.

그러면 어떻게 해야 한담? 사회의 역행이건 역사의 역행이건 생리가 허락지 않는 것은 할 수가 없지 않은가.

왜 명애는 그런 말을 해서 나를 괴롭히는 걸까?

현채는 자기 과거를 토로한 명애가 원망스러웠다. 현채가 과거의 여자에 대한 이야기를 다 말한 지 며칠 뒤의 일이었다. 거리를 걸어가다가 명애가 어떤 남자와 이야기하는 것을 보았다. 명애가 무척 당황해하는 것을 보고 누구냐고 물었다. 옛날에 알던 남자라고 웃으며 대답했다.

현채는 그 이상 더 묻지 않았어야 했다. 또 꼭 알고 싶지도 않았다. 그러나 집으로 돌아왔을 때 명애가 명상에 잠겨 있는 순간 현채는 그 명상이 그 남자와 관련된 것이나 아닌가 하고 의심했다. 그래서 조금씩 묻기 시작한 것이 결국 명애로 하여금 모든 것을 고백하도록 만들었던 것이다. 비밀을 고백하고 난 뒤 명애는 어리광을 피우듯 현채에게 안기며,

"미안해요, 용서하세요."

하고 말했다. 현채는 가슴이 뭉클했지만,

"용서구 뭐구 있어. 다시는 이야기두 꺼내지 말어."

가볍게 대해 주었다. 관용의 태도를 보이지 않을 수 없었던 것이다. 그러나 그 날부터 현채는 혼자서 고뇌 속에 빠지기 시작했던 것이다. 그때 나는

명애를 용서해 주었던 것이 아닌가?

현채는 그 날 명애를 용서해 주고도 용서에 그치지 못해 온 자기의 우유부단한 성격을 스스로 탓했다. 한 번 용서했으면 그뿐이 아닌가? 한 번 용서한 것을 가지고 왜 고뇌를 계속해야 하는가?

그는 머리를 설레설레 흔들었다. 생각에 지쳤던 것이다. 죽어 버렸으면 좋겠다는 생각을 했다.

"재미있는 이야기가 있는데."

원고를 쓰고 있는 S기자가 큰 소리로 말했다. 현채도 얼굴을 그리로 돌리지 않을 수 없었다.

"장수(長壽)의 비결루는 마음이 너그러워야 한다는 거야. 마음이 너그럽지 못하면 일찍 죽는가 부지."

Z기자가 맡은 특집은 장수한 사람을 인터뷰해서 장수의 비결을 적어 내는 것이다. 아마 인터뷰하고 온 노인의 말을 원고지에 옮기고 있는 중인 모양이었다.

"그게 진릴 거예요. 마음이 너그럽지 못해 가지구 오래 살 수 있어요. 남자들이 여자보다 단명한 건 그 때문일 것예요."

자미가 재빠르게 참견을 했다.

장수와 너그러움. 현채는 생각했다. 누구보다도 여자들이 바라는 것이다. 자미도 결국은 그런 것을 남자에게 바라며 살아가려 할 것이다. 그렇다면 명애도 마찬가지가 아닐 것인가.

너그러움은 용서를 동반하는가. 너그럽기만 하면 죽을죄를 진 사람도 용서해 줄 수가 있다. 어떤 여자는 자기 아들을 죽인 살인범을 자기의 양아들로 삼았다. 그래서 원수를 사형에서 구출해 냈다. 그렇게 용서를 했을 때 그 여자는 분한 마음도 슬픈 마음도 없앨 수가 있었을 것이다. 복수심 대신에 새로운 사랑을 느낄 수도 있을 것이다.

현채는 몇 해 전 신문에 났던 그 여자의 이야기를 회상했다. 그리고는 그 여자는 진심으로 살인범을 용서해 주었을까? 정말 진심으로 용서했다면 새 사랑을 느꼈을 것 같았다.

내가 동정을 깨뜨렸을 때 누구에게도 너그러움이나 용서를 바라지 않았다. 그래도 괴로움 없이 살아 왔던 것이다. 그러나 명애는 지금 나의 너그러움을 바라고 있다. 사실 명애를 살리고 나를 살리는 길은 그미를 용서해 주는 길밖에 없다. 역행이고 비역행이고 할 것 없다. 새로운 사랑을 구하려면 그미를 용서하는 길밖에 없다. 나도 명애를 사랑하고 있다. 사랑하고 있기 때문에 결단을 내리지 못하고 고뇌의 세월을 보내고 있는 것이 아닌가?

현채는 퇴근시간이 되자 곧 집으로 돌아가려 했다. 빨리 가서 아내에게 따뜻한 말 한 마디를 해 주고 싶었다. 그러나 생각은 하면서도 그것이 마음대로 되지 않았다. 이때까지 용서 못했던 것을 이제 새삼스럽게 용서가 무엇인가. 있을 수 없는 일 같았다. 머리가 전보다 더 복잡해졌다.

그는 술집으로 갔다. 술을 마시지 않고는 견딜 수 없을 만큼 가슴 속이 엉망이었다. 갈피를 잡을 수 없는 마음이었다. 그러면서도 용서를 해 줘야지, 그 길밖에 없단 말이야 하고 혼자 중얼거렸다. 그래야만 우선 걸레 같이 엉망이 된 자기를 수습할 수 있을 것 같았다.

현채는 술집에서 나올 때 자기가 술에 취하지 않았다고 생각했다. 다리가 약간 비틀거렸지만 그것은 술이 취한 때문이 아니라고 스스로 변명을 했다. 아내에게도 술이 취한 것이 아니라고 말할 생각이었다. 술이 취해 가지고 무슨 이야기를 할 수 있겠는가?

술이 취하지 않았다고 해야 내 말을 신용할 것이다.

그런데 집에 이르렀을 때 이 날만은 아내가 맞이해 주지를 않았다. 마루에 올라서서 불렀지만 그미는 대답도 없었다. 불길한 예감이 들었다. 예감이 아무것도 아니기를 바라는 마음으로 방 안에 들어갔지만 방 안에도 그미는 없었다. 그 대신 밥상만이 놓여 있었다. 밥상 보자기를 들어 보았다. 반찬 그릇이 소복이 놓여 있었다. 수저가 놓여 있었다. 그런데 수저는 한 벌뿐이었다. 어째서 수저가 한 벌뿐일까? 현채는 벽을 둘러보았다. 늘 걸려 있던 명애의 옷들이 하나도 보이지 않았다.

현채는 눈물이 핑 도는 것을 느꼈다. 용서를 해 주려고 했는데 가고 말다니……. 그는 주먹으로 밥상을 내리쳤다. 반찬 그릇들이 소리를 내며 깨졌다. 밥과 반찬이 너저분하게 방바닥을 덮었다.

내가 취했지? 분명히 취했어. 술 취한 놈은 죽어야 해. 죽어야 한단 말이야.

그는 벽을 기대고 비스듬히 누웠다. 그리고는 힘없는 눈을 스르르 감는 것이었다.

(원)《세대 66》 1969. 1, (출)『슬픈 행복』세종출판공사, 1971.

파풍(破風)

부교(浮橋)에 발을 올려놓으려는 순간이었다. 어디선가 포탄이 날아와 강물 위에서 터졌다. 이상하다고 생각할 여유도 없었다. 반사적으로 몸을 돌이켜 모래사장으로 뛰어갔다. 모래바닥에 엎드려 두 번째 포탄소리를 들었을 때 나는 이미 죽은 목숨이란 생각을 했다. 포탄소리가 너무나 가까이서 들려 왔기 때문이었다. 죽은 목숨이라 생각하면서도 나는 엎드린 채 손으로 모래바닥을 팠다. 열 손가락으로 몸 전체가 들어갈 구멍을 팔 수는 없었다. 그런데도 포탄 터지는 소리가 들린 뒤 다음 포탄이 떨어질 그 사이의 시간에 나는 손을 쇠꼬챙이처럼 혹사했다.

얼마큼 모래가 움푹 패였을 때 나는 머리를 그 속에 처박았다. 조금 안심이 되었다. 포탄이 몸에 떨어지지만 않으면 살 것 같아서였다. 파편이나 파풍으로는 죽지 않는다. 그래서 나는 순간 순간 머리를 반쯤 들고 시야에 들어오는 것을 살펴보기도 했다. 내가 죽지 않았다는 의식이 동료들의 생사를 목격하려는 충동을 일으켰던 것이다.

이백여 명의 부대였다. 그러니 그들 전부가 어떻게 하고 있는지는 알 수 없다. 내 시야에 들어온 동료들이 전부 나 같은 자세로 모래바닥에 엎드려 있다는 것을 알 수 있었다. 그 중 어떤 사람이 죽었고 어떤 사람이 살아 있는지는 판별되지 않았다. 벌렁 자빠져 팔다리를 내뻗고 있는 사람은 죽은 시체 비슷했다. 하반신은 보이는데 상반신이 보이지 않는 사람이 있었다. 그것은 죽은 시체인지 산 사람인지 알아 낼 수가 없었다. 나는 그것을 알아 낼 필요를 느끼지 않았다. 살아야 하는 것은 나다. 나만은 살아야 한다는 생각이 들었던 것이다. 그래서 다시는 머리를 들지 않고 얼굴을 모래바닥에 붙인 채 눈을 가렸다. 무슨 놈의 포탄이 그렇게도 많이 떨어지는지 확실히 집중 사격이었다. 나는 내가 엎드린 곳이 나의 무덤이 될지도 모른다는 생각을 했다. 조금만이라도 앞으로 기어가고 싶었지만 그럴 수가 없었다. 움직이려 하면 우선 머리를 사면(沙面) 위에 노출시켜야 한다. 그렇게 되면 파편이라도 맞아 죽을 확률이 커진다.

그 무서운 폭음이 몸을 흔들었다. 파풍은 모래를 몰아다가 머리에 뒤집어 씌운다. 꼼짝을 할 수 없었다. 나는 내가 죽었는지 살았는지도 몰랐다. 그것을 확인해 볼 여유가 없었다. 얼마나 시간이 경과했는지조차 모른다. 몇 세기가 지나간 오랜 세월 속에 내가 엎드려 있는 것 같기도 했고 순간과 순간 속에 엎드려 있는 것 같기도 했다. 그러나 나는 지루한 줄도 몰랐다. 그저 시간이 빨리 흘러갔으면 하는 생각뿐이었다. 시간이 가고 적들의 포탄이 떨어지면 자연 폭격이 중지될 것 같았던 것이다. 태엽 감은 시계 꼭지를 잡아 빼고 시침(時針)과 분침(分針)을 마구 돌려서라도 시간이 달아나기만 바랐다.

그러나 나는 그런 의식도 오래 가지고 있을 수 없었다. 바로 내 머리 위에서 포탄이 터지는 소리가 들렸다. 그 순간 나는 죽었다고 생각했던 것이다. 그 뒤부터 아무것도 들리지 않았다. 내 팔과 다리가 어디 붙어 있는지를 알 수 없었다. 나는 시체가 되어 모래 속에 파묻혀 있다고만 생각되었다. 죽은 육체를 내버리고 나는 어디론가 떠나야 한다. 불쌍한 육체여! 안되기는 안되었다만 너는 혼자 모래 속에 누워 있거라. 그런데 나는 어디로 가야 하는 것일까? 앞이 보이지 않았다. 캄캄할 뿐이었다. 동서남북 어디로 갈까? 가기는 가야겠는데 갈 곳이 생각나지 않았다.

그래도 멀리서 포탄 터지는 소리가 희미하게 들리는 것 같았다. 적들이 지금 포격을 가하고 있지만 패주하고 있는 중이다. 무슨 포탄이 많아서 이렇게도 오래 포격을 계속하는 것일까? 포격이 계속되고 있다고 생각하면서도 무섭지는 않았다. 포탄 터지는 소리가 멀리서 희미하게 들렸기 때문일까? 그렇지는 않았다. 이미 죽은 내게 공포의식이라는 것이 있을 수 없기 때문이었다.

갑자기 사지가 나른해지는 것을 느꼈다. 이상한 일이었다. 시체가 된 나의 육체를 내버리고 어디론가 가 버려야 한다고 생각했던 내가 육체 속으로 다시 되돌아왔다는 말인가? 잠이 왔다. 그냥 자 버리고 싶었다. 나는 잤는지도 모른다. 아무런 느낌도, 아무런 생각도 없었으니까. 느낌이나 생각이 없이 얼마를 지냈는지 모른다. 많은 시간이 갔는지 한순간이 지난 것뿐인지 시간에 대한 관념도 통 없었다.

죽음이란 이런 것일까?

그러나 나는 죽었다는 생각마저 가지지 못하는 경지에 이르렀다. 그냥 무(無)였다. 그것이 진짜 죽음의 현상이었을지 모른다.

누가 나를 안아 일으켰다. 의식을 잃었다고 생각한 뒤로부터 얼마나 지난 때의 일인지 나는 전혀 알지 못한다. 어쨌든 누군가의 일으킴으로 나는 모래바닥에 일어나 앉았고 또 그러한 나를 확인하기 위해 눈을 떴다. 늘 보던 백색 얼굴의 영국 군인이었다. 그러나 누군지는 알 수가 없었다. 얼굴의 윤곽은 보이는데 선(線)이 선명하게 나타나지 않았던 것이다. 그 사병이 나의 상반신을 흔들었다. 정신을 차리라는 것이리라. 그러나 나는 그 흔드는 의미를 알 수 없었다. 나는 죽음 속에서 어떤 사람을 만나고 있는지 현실 속에서 어떤 사람을 만나고 있는지도 알지 못했다. 삶과 죽음의 중간 지대에서 헤맨다고나 할까?

"자 물을 좀 마셔."

영국 병사가 수통꼭지를 입에 대는 것 같았다. 나는 흘러들어오는 물을 마시고 있는 것 같았다. 물을 마셨다고 생각하고 있을 때 영국 병사가 내 턱을 흔들며,

"좀 정신이 들어?"

하고 물었다.

"응."

나는 정신이 든다고 대답했다. 정말 정신이 드는 것 같았던 것이다. 눈을

크게 뜬 나에게 영국 병사의 이름이 조라는 기억도 살아났다. 그래서 나는,

"나 살아 있는 거냐?"

하고 그에게 물었다.

"살아 있구 말구."

그의 대답하는 말이 영어라는 것도 알 수 있었다. 처음 듣는 말이 아니었지만 그가 하는 말이 영어라는 것을 처음 느꼈던 것이다.

"그래? 그럼 날 좀 일으켜 줘."

그는 내 겨드랑이 밑에 어깨를 집어 넣고 나를 일으켜 세웠다. 나는 쓰러질 것 같았는데 일어설 수가 있었다. 그를 조심스레 밀어 낸 뒤 혼자 서 보았다. 혼자서도 넉넉히 설 수 있었다. 나는 팔과 다리를 하나씩 움직여 보았다. 모두가 내 말을 들어 주었다. 제대로 움직였던 것이다.

"어디 좀 걸어 봐."

그런데 조의 목소리가 멀리서 들려 오는 소리처럼 희미했다. 아주 안 들리는 것이 아니라 희미하게 들렸던 것이다. 희미하나마 들리기는 했는데, 나는

"뭐라구?"

그의 목소리를 한 번 다시 들으려 했다.

"어디 좀 걸어 봐."

조는 먼저 한 말과 꼭 같은 말을 했다. 나는 그가 시키는 대로 걸어 봤다. 쉽게 걸어졌다. 그런데 그의 목소리가 왜 희미하게 들리는 것일까?

"몇 명이나 살았어?"

나는 그의 목소리를 들어 보기 위해 물었다.

"꽤 많아 살았어."

역시 그 목소리는 희미했다. 꽤 많이 살았다는 말에 나는 문득 테디를 생각했다.

"테디두 살아 있나?"

"건 모르겠어."

건 모르겠다는 대답이 꼭 그가 죽었다는 말과 같이 들렸다.

"고마워. 나는 테디를 찾아봐야겠어."

　나는 조에게 감사를 한 뒤 혼자서 모래사장을 더듬기 시작했다. 나와 가장 친했던 테디를 찾아 내기 위함이었다.

　한 오십 미터 거리나 될까? 시체들이 쓰러져 있는 사장의 면적은 그리 넓지가 못했다. 너무나 급격한 폭격에 멀리들 도망칠 수가 없었을 것이다. 오십 미터 거리 안에 쓰러져 있는 시체들이 조의 말을 회상케 했다. 꽤 많이 살았다고 하던 그 말.

　꽤 많은 사람이 살았다고 했지만 죽은 사람도 꽤 많구나. 아니 죽은 사람이 더 많은 것 같다. 쓰러져 있는 시체가 백 명을 훨씬 넘을 것 같았던 것이다. 백 명이라야 절반인데 저것들이 백 명만 되겠는가?

　나는 시체 하나하나를 점검하듯 살피기 시작했다. 머리가 달아난 시체가 먼저 눈에 띄었다. 어떤 그림에서도 본 일이 없는 인간의 형태였다. 아랫도리는 있는데 머리만이 없다. 나는 그 시체에 이르러 눈을 찌푸렸지만 오랫동안 그 앞에 머물러 있지는 않았다. 머리 없는 시체나마 그것이 테디의 것이 아님을 알 수 있었기 때문이다.

　다음 시체는 사지와 머리가 구비해 있었지만 피투성이였다. 시체 옆에 벌겋게 고인 피가 보였다. 피에 젖은 모래가 반죽됐다가 말라 버린 흙처럼 응고되어 있었다.

　대부분의 시체들이 육체의 형태를 그대로 갖추지 못하고 있었다. 부분 부분이 분산되어 있었다.

　소총을 가지고 적과 대치하여 전투를 한 전쟁 마당이라면 이렇게까지 처참하지 않을 것이다. 처참의 극이었다. 사람이 죽을 때 자기 형태도 보존하지 못하고 죽는다는 것보다 더 처참한 일이 또 있겠는가?

　나는 그 비참의 극 속에서도 테디의 시체를 찾기에 혈안이 되었다. 이제 겨우 스무 살밖에 안 되는 테디. 그는 나이가 어려서 남들보다 더한 고독을 느끼고 있었다. 낯선 땅에 발을 디디면서부터 그는 전선(戰線)에서만 살았다. 무척 고향이 그리웠겠지. 그래서인지 유별나게 나를 따랐다. 이국인인 나를 그렇게까지 따른 이유를 나는 알지 못한다. 알려고도 하지 않았다. 이유를 몰라도 서로 친근하게 지내면 그뿐이었으니까.

'테디, 너는 정말 죽었는가?'

나는 그가 반드시 죽은 것이 아닐지도 모른다는 생각을 했다. 왜 그가 죽었다고 판정을 내렸는지 나 자신을 의심했다. 살아서 서성거리고 있는 사람들 속에서 그를 찾으려 하지 않은 이유가 무엇일까? 나는 테디가 죽기를 원했던가, 라는 생각을 해 보았다. 그럴 리는 없을 것이다. 그런데도 처음부터 시체들 속에서 그를 찾으려 한 내 마음을 알 수 없었다.

어쨌든 살았을지도 모른다는 생각이 드는 순간 나는 산 사람들이 있는 곳으로 달려갔다.

"테디!"

나는 목청이 찢어지도록 그의 이름을 부르며 달려갔다.

"테디!"

몇 번이나 그 이름을 불렀건만 대답이 없었다. 테디는 커녕 테디의 행방을 알려 주는 사람조차 없었다.

몇십 명이 둘러서 있는 데까지 가서 테디를 못 봤느냐고 물었지만 대답해 주는 사람이 없었다. 나는 문득 테디가 속해 있던 소대의 소대장 얼굴을 보고 그에게로 달려가서 테디가 어떻게 되었느냐고 물었다.

"살아 있는 사람의 명부에 안 올랐어……."

딱히 죽었다는 말은 안 했다. 그러나 그것이 죽었다는 말과 무엇이 다르겠는가? 역시 테디는 죽었구나. 그 어린 테디가 죽다니…….

나는 또 시체들을 더듬는 수밖에 없었다. 얼마를 더듬었는지 모른다. 나는 모래사장에서 테디가 신고 다니던 낯익은 구두 한 짝을 발견했다. 확실히 테디의 조그마한 구두였다. 나는 그 구두를 집어 들었다. 그런데 구두가 그렇게 무거울 수가 있을까? 구두 속에 돌을 그득 집어 넣은 것 같은 무게였다. 나는 발이 들어 있는 구두라는 것을 그때야 알았다. 종아리 하반부에서 짤려진 발이 구두 속에 들어 있었던 것이다. 그러니까 구두끈이 매어져 있는 채의 군화였다.

그런데 구두 한 짝은 있는데 나머지 한 짝은 어디 있을까? 나는 구두 밑창을 거꾸로 든 채 나머지 한 짝을 찾아 헤맸다. 근처에서 아무것도 찾을 수 없었다. 왼쪽으로 오 미터쯤 갔을 때 머리 하나가 있었다. 얼굴을 분간해 낼 수 없으리 만큼 찢어지고 뭉그러진 얼굴이었다. 머리털이 테디의 것과 비슷했다. 그래서 나는 한 짝의 구두를 그 머리 옆에 놓고 나머지 부분의 육체를 찾기 시작했다. 십 분쯤 뒷가슴의 일부분이라 생각되는 고깃덩이를 찾았다. 그 옆에는 갈기갈기 찢어진 윗저고리의 일부도 있었다. 푸줏간의 뻘건 고깃덩이. 그런 것을 가지고 테디의 육체라고 확신할 수는 없었다. 확신할 수는 없었지만 분산되어 있는 육체를 한데 모아라도 놔 줘야 한다는 나의 염원이었다. 그 염원이 그런 식의 파편들을 모아 테디의 형상을 재생시키려 했던 것이다.

그러나 한 짝의 구두는 끝내 찾지 못했다. 한 짝의 구두밖에 없는 것을 가지고 테디의 육체라고 실감할 수는 없었다. 그래도 그의 육신의 대부분을 한 곳에 모아 놓았다는 마음에 나는 그 육신 앞에 꿇어앉았다.

나는 이 순간에 눈물을 흘리려고 했다. 그러나 눈물은 나오지 않았다. 언제 울려고 눈물을 아끼는 것일까? 세상에 이보다 더 처참하고 슬픈 죽음이 없으련만 어째서 나는 이 시체 앞에서 눈물을 흘리지 못하는 것일까? 나는 일부러 울려고 했다. 그런데도 가슴 속은 축축해 오지가 않았다.

테디 말고도 죽은 사람이 너무나 많기 때문일까? 처참의 극을 이룬 가지가지의 시체들이 눈앞에 즐비해 있었다. 여느 때라면 그런 시체 하나만을 볼 경우에도 누구나 놀라 기절할 것이다. 기절할 만한 시체들이 너무 많이 있기 때문에 나는 테디의 조각난 시체를 보고도 울 수가 없었는지 모른다. 그리고 나 자신이 눈물을 흘리지 못할 만큼 감정을 상실하고 있었다고 해야 옳을 것이다. 파동이란 수면(水面) 위에서나 일어나는 현상이다. 물 밑바닥은 언제나 팽창되어 있을 뿐 움직일 수가 없다. 움직이고 싶어도 움직일 수가 없는 것이다. 죽음의 고비에서 겨우 살아난 내가 어찌 남의 죽음에 움직일 만한 감정의 여유가 있겠는가?

나는 끝내 눈물 한 방울도 흘리지 못했다. 테디에게 미안한 일이었다. 죽음 그 자체는 고사하고 테디와 나와의 영원한 이별을 위해서라도 한 방울의 눈물쯤 있어야 할 것이 아니겠는가?

그런데 집합명령이 내려졌다. 부대를 정비하여 예정했던 곳으로 진군하려 함인지, 그렇지 않으면 이때까지 포진하고 있던 204고지로 후퇴하려는 것인지를 알 수 없었다. 어쨌든 이곳을 떠나는 것만은 사실이었다. 그렇다면 나는 테디를 묻어 주지도 못하고 떠나야 한다. 밤낮 자기 나라 자랑을 하며 얼굴에서 웃음을 떨구지 않던 이국 소년. 전쟁이 끝나기 전이라도 군대복무를 끝내고 고향에 돌아가면 같은 마을에 살고 있는 메리라는 처녀와 연애를 하고 결혼까지 하겠다던 꿈 많던 소년.

"미스터 송, 우리 죽을 때까지 편지를 교환합시다. 아름다운 한국을 잊어버리고 싶지가 않아요."

한국을 좋아했고 나를 형님처럼 따르던 소년, 그 소년이 고향에도 못 가고 죽었다. 죽어도 시체조차 알아볼 수 없을 만큼 처참하게 죽었다. 그런데 내가 그의 시체마저 묻어 주지를 못하다니……. 그것은 있을 수 없는 일이었다. 나는 나뒹굴고 있는 병사의 배낭에서 삽자루를 잡아 빼어 모래를 파기 시작했다.

나는 정규 군인이 아니다. 사령관의 통역관으로 부대생활을 할 뿐이다. 조금 명령에 불복했다고 해서 처벌할 사람이 없다.

모래에 무덤을 파기란 죽 먹기보다도 쉬웠다. 삽시간에 구멍을 파고 테디의 시체를 순서대로 눕혔다. 맨 마지막으로 구두가 신겨져 있는 그 하나밖에 없는 발을 옮겨다 놓을 때 나는 그 발을 가슴에 놓아 주었다. 체온이 있을 리 없는 구두였다. 하나의 물체에 지나지 않는 구두였으나 언젠가 그를 얼싸안았을 때에 느끼던 감정을 되살아나게 하는 구두였다.

동쪽 하늘이 훤해지기 시작할 때 나는 비로소 내가 숨어 있던 바위 틈에서 몸을 일으켰다. 적병들이 후퇴하고 전투는 완전히 끝나고 있었다. 아군의 집합명령이 있은 지도 오륙 분이 지난 뒤였다. 내 동작이 느린 까닭은 내가 숨어 있었다는 죄의식 때문이었다. 살기 위해 숨어 있었던 것이지만 살아 있다는 것이 비굴하게 생각되었던 것이다. 나는 전투요원이 아니었다. 전투요원으로 훈련을 받은 일이 없이 외국인 부대에 소속되어 있는 한국인이었다. 여단(旅團)사령부의 통역관으로 통역만이 나의 의무였다. 그러니까 애당

초 이 날 밤의 전투에 참가하지 않아도 무방한 나였다.

사령관의 출동 명령이 내려지고 장병들의 비상소집이 있을 때 나는 모른 척하고 누워 있어도 무방했다. 왜 출동하지 않느냐고 야단칠 사람이 하나도 없었다. 그런데도 나는 장교들과 같은 무장을 하고 출동했다. 그것은 적에 대한 적개심 때문이었다. 이십여 일 동안 적들은 매일 밤 아군 벙커로 와서 비어 있는 벙커를 파괴하고 불을 지르고 갔던 것이다. 아군에서는 그러한 적들을 알면서도 적과 대전을 피해 왔었다. 그것은 밤에만 기습해 오기 때문이었다. 캄캄한 야간 전투가 불리하다고 생각되었는지, 벙커가 파괴된다고 해도 그 손해가 대단치 않다고 생각했는지 그것은 확실히 모른다. 어쨌든 밤마다 벙커를 부수고는 능선 바로 너머에 있는 아군 막사까지는 진격해 오지 않는 적들이었다. 아군에 인명 피해를 끼치지 않으니 벙커 습격쯤 문제로 삼지 않았던 모양이었다.

그러나 아침이 되어 아군이 능선 너머 벙커로 가면 적이 왔다 간 흔적을 볼 수 있었다. 낮에 보수해 놓은 벙커를 모조리 부수었을 뿐 아니라 어떤 곳에는 그 더러운 대변을 싸 놓기도 했었다.

낙동강을 사이로 십여 리 간격을 두고 있는 적들이었다. 배를 타고 매일 밤 넘어오는 극성스런 적들이 증오스럽지 않을 수 없었다. 아군은 한 번도 적진을 공격하지 않았다. 다만 방위만을 하고 있었던 것이다. 그것은 우리 부대만이 아니었다. 한국군을 포함한 유엔군 전부가 대구 근처까지 후퇴한 뒤 총공격을 준비하고 있던 때였기 때문이었다.

어쨌든 우리는 적에게 조금도 피해를 주지 않는데 적만이 아군을 신경이 나마 괴롭힌다는 것이 참을 수 없는 일이었다. 그럴 때 사령관으로부터 야간전투의 명령이 내려졌던 것이다.

나는 전투요원이 아니었지만 한국인이라는 것을 생각지 않을 수 없었다. 한국을 위해 멀리서 와서 싸우는 유엔군인데 비전투요원이라고 해서 한국인인 내가 모른 척 잠만 자고 있을 수 있겠는가?

완전무장을 하고 부대를 따라 능선을 넘어 벙커로 갔다. 물론 적들이 내습할 시간 전이었다. 모두들 자기 위치를 잡고 적의 내습을 기다리며 캄캄

한 밤공기를 응시하고 있었다. 나도 어떤 벙커로 들어갔다. 그러나 어떤 소대 어떤 분대가 들어 있는 벙커인지 알지 못했다. 어둡기 때문에 알 수도 없었지만 알아야 할 필요도 없었다. 분대원들도 마찬가지였다. 내가 통역이라는 것을 아는 이상 자기 분대원이 아니라고 해서 내쫓을 필요가 없었을 것이다.

벙커에서 나는 내 가슴 속에 있는 수류탄을 만져 보았다. 한 손에 들고 있는 권총을 만져 보았다. 또 허리에 찬 대검(帶劍)도 만져 보았다. 전시에 필요한 것을 생각하면서 말이다.

그런데 얼마 안 있어 적들의 발소리가 들려 왔다. 오늘도 아군이 벙커를 방임하고 뒷산 막사에들 있는 줄 아는지 공격을 않고 진군해 오기만 했다. 나는 그들이 오늘 물살당하리라 생각했다. 비어 있는 벙커로만 생각하고 올라오다가 도리어 이쪽 기습을 받게 되었으니 꼼짝 못할 것이 사실이다.

적들의 발소리가 어떤 지점에까지 왔을 때 아군의 사격명령이 내려졌다. 나는 수류탄을 뽑아 던지기 시작했다. 무서운 총성이 교류하기 시작했다. 그런데 얼마 안 있어 총성이 조금 뜸해졌다. 총으로 싸우는 것이 아니라 육박전으로 싸움의 양상이 변했던 것이다. 칼로 찌르고 주먹으로 갈기고 하는 육박전이었다. 어두워서 잘 보이지도 않았지만 적과 아군이 뭉쳐서 적과 아군을 분간할 수가 없을 지경이었다.

그때 나는 벙커에서 뛰어나와 산 위로 기어올랐다. 그리고는 어떤 바위 틈새에 숨어 버렸다. 나도 모르게 취해진 행동이었다. 전면밖에 보이지 않는 바위 틈새에서 나는 권총과 대검을 빼들었다. 적군이 접근해 오기만 하면 공격할 태세였다.

얼마 동안 계속된 육박전인지 몰랐다. 초긴장 상태에서는 시간에 대한 감각을 잊는 모양이다. 굉장히 오랜 시간이 지난 것 같기도 하고 굉장히 짧은 시간밖에 지나지 않은 것 같기도 했다. 어쨌든 육박전이 끝났다. 적들이 후퇴했는지 조용해졌다. 동쪽 하늘이 희뿌예지기 시작했다.

아군의 집합명령이 내려졌다. 그런데도 나는 몸을 움직일 수가 없었다. 몸이 바위에 달라붙은 느낌이었다. 그런데다가 아군 장병들을 대할 면목이 없다는 생각이 들었다. 나는 부대원 전원이 막사로 돌아간 뒤 혼자서 몰래 돌아갈 생각을 하고 있었다. 싸우다가 정신을 잃고 쓰러져 있던 것처럼 가장하려고 할 셈이었다. 그런데,

"송!"

하고 나를 부르는 소리가 들렸다. 나는 대답할 수가 없었다.

"미스터 송!"

이번에는 미스터까지 붙여서 불렀다.

그래도 대답을 안 하고 있는데 바로 옆에서 또,

"송!"

애절하게 나를 찾는 소리가 들렸다. 그것은 테디였다. 테디라는 것을 알자 나는 나도 모르게 뛰쳐나왔다.

"아! 송."

나를 보자 테디가 나를 끌어안았다. 나도 그를 끌어안았다.

"살아 있었군!"

테디의 목소리는 젖어 있었다.

"너두 살았구나."

나는 나를 반겨 주는 그를 안고 울었다. 부끄럽다는 생각도 없었다. 정과 정의 부딪침이었다.

그때 안았던 테디의 몸을 지금 그의 구두에서 느끼는 것이다.

나는 그 구두를 안고 그거나마 두 쪽 다 찾았다면 하는 생각을 했다. 한 쪽밖에 없는 발을 그대로 묻다니…… 이때 비로소 눈물이 나오려 했다. 나올 것처럼 눈시울이 뜨거워 왔지만 눈물은 나오지 않았다.

나는 삽으로 모래를 파 시체를 묻었다. 그리고는 시체가 들어 있는 무덤을 향해 거수경례를 했다. 나는 옛날 영화 〈보제스트〉를 생각했다. 형인가 아우의 시체를 사막에 묻고 무덤에 경례하던 주인공.

모래 무덤은 하루도 못 가 무너질 것이다. 외국 땅에 와서 죽었으나 무덤마저 차지하지 못하고 말았다.

집합장소로 갔다. 죽은 사람이 삼십 명이라고 했다. 나는 놀랐다. 최소한

도 백 명은 넘을 것 같았기 때문이었다. 예상보다 사망자 수가 적다는 데 약간 안심을 하고 부대 행렬을 따랐다.

우선 강을 건너자는 것이었다. 강을 건너가 먼저 도강한 부대에게 시체 처리를 부탁하자는 말에 모두 불평없이 그 부교를 건너기 시작했다.

이곳은 경상북도 고령(高靈) 근처 낙동강 하류다. 유엔군의 인천 상륙으로 내륙지방인 이곳까지 침공해 왔던 인민군들이 후퇴하기 시작한 얼마 뒤였다. 인민군의 후퇴가 이미 끝난 것이라고 안 우리 부대는 미군 공병대의 지원으로 여기에 탱크가 지나갈 수 있는 고무배의 가교를 만들고 부대를 삼진으로 나누어 그 중 이진이 이미 도강을 하고 성주(星州)로 진군하고 있었다. 사령관을 포함한 사령부 본대가 최후의 도강을 하다가 채 후퇴하지 않은 적 패잔병의 공격을 받았던 것이다.

나는 가교를 지나며 참모들의 입을 통해 패잔병들이 그야말로 최후의 발악을 하고 도망쳤으리라는 말을 들었다. 가교를 통해 우군이 진군할 것을 알고 계획적으로 야포를 가교로 향해 겨냥해 놓았다가 일제 사격을 했을 것이라는 것이었다.

어쨌든 나는 잘 살았다고 생각했다. 만약 내가 죽었다면 어떻게 될 것인가? 서울서 피난을 못한 채 살고 있는 가족들을 영 만나지 못할 것이다. 가족들은 내가 죽었는지 살았는지 몇 해를 두고 궁금해할 것이고, 가족들은 혼자서 피난길을 떠난 내가 한강도 건너지 못하고 죽지나 않았을까 하는 걱정을 하고 있을 것이다.

인민군이 서울을 점령할 때까지 우리 가족은 피난을 못했다. 인민군이 침입해 온 지 사흘째 되는 날 나는 아버지의 권유로 혼자서나마 피난길을 떠났다. 집이 원효로라 마포 근처에서 배 한 척에 매달렸다. 노인인 뱃사공은 아무 말도 묻지 않고 나를 실은 배를 움직여 노를 젓기 시작했다. 한강 복판쯤 이르렀을 때였다. 갑자기 마포 쪽에서 총성이 들려 왔다. 나를 향해 쏘는 인민군의 총소리였다. 노인은 침착하게 배를 그냥 저었다. 나는 정신 없이 엎드렸다가 배가 한강 건너편에 닿았을 때 쏜살같이 뛰어내려 모래사장에 엎드렸다. 총성이 끝났을 때야 정신을 차리고 영등포 쪽으로 달렸다. 영등포로 달려가며 나는 가족도 모르게 죽을 뻔했다고 생각했다. 만약 죽었다고 하면 강 하나의 사이를 두고도 가족들은 내 시체를 절대로 발견하지 못할 것이다. 아내는 내 죽음을 확인하지도 못하고 과부가 될 것이며 자식들은 영원한 고아가 될 것이다. 나는 살아야 한다고 생각했다. 절대로 살아야 한다. 그래서 아내를 과부로 만들지 않고 자식들을 고아로 만들지 말아야 한다.

그래서 나는 부산까지 내려가 영국 부대의 통역관으로 취직을 했다. 취직을 한 뒤의 생각이지만 외국 부대에 근무하면 죽는 일이 없을 것이라 믿었다. 전투요원이 아닌 만큼 총알에 맞을 우려가 없다. 어떤 근거에서인지 외국인 부대가 국군부대보다는 안전하다는 마음도 들었다. 그랬던 것이 한강 모래사장에서보다도 더 위험한 고비를 겪었다. 겪기는 겪었지만 죽지 않고 살았다. 이제는 별반 전투가 없겠지. 그러면 가족들을 틀림없이 만나게 된다. 석 달 동안 생사도 모르던 가족들을 만날 때, 아! 그때의 감격은 어떠할까? ·

가교를 다 건넜을 때 모든 군인들이 돌아서서 많은 전우가 죽은 모래사장을 향해 시선을 보냈다. 마지막 이별을 서운해하는 것이었다. 나도 그리로 몸을 향해 거수경례를 했다.

'테디여, 안녕.'

테디의 그 형편없는 시체가 눈앞에 뚜렷하게 나타났다. 제 얼굴인지 아닌지도 분명치 않은 머리를 주워다 붙여 놓은 시체. 다리 하나가 없는 시체.

테디에게 영원한 작별의 인사를 하자 갑자기 한쪽 귀가 뜨끔함이 느껴졌다. 귀가 멍멍하고 그 귀로는 모든 소리가 정확하게 들려 오지 않는다는 것도 느껴졌다. 간헐적으로 귓속이 뜨끔거렸다. 그러나 나는 그런 것에 신경을 쓸 수가 없었다. 그저 그런가 보다 하고 내버려 두었다. 그럴 수밖에 없는 것이 나는 아직 죽음의 영역에서 아주 벗어난 것 같지가 않았던 것이다.

선견부대가 주둔하고 있는 지점에서 점심을 먹을 때도 테디의 시체가 눈앞에 아물거려 밥 먹을 생각이 없었다. 그러나 밥을 조금도 남김없이 다 먹어 버렸다. 먹고 난 뒤 나는 나를 의심했다. 한 시간 조금 전의 죽음을 실감했다. 형편없이 된 시체들 앞에서 울지도 못하는 절박감에 사로잡혀 있었다.

그랬던 내가 한 시간이 지난 뒤 살겠다고 밥을 한 그릇 전부를 다 먹다니. 나뿐이 아니었다. 모든 군인 전부가 나와 같았다. 죽지 않은 사람은 어떤 경우에도 먹어야 하는 모양이었다.

그 날로 우리 부대는 성주까지 갔다. 성주는 후퇴하는 인민군들 손에 의해 집 한 채 찾아볼 수 없는 잿더미였다. 그래도 아무렇지가 않았다. 삼십여 명의 생명이 그렇게도 무참히 죽은 것을 본 눈이 아니었던가?

천막을 치며 부산하게 지내고 있을 때였다. 정보과에서 나를 불렀다. 무슨 일일까 해서 가 보았더니 거기 인민군 패잔병 두 명이 포박당한 채 있었다.

우리가 가교를 건너려 할 때 포격한 패잔병의 일당으로 먼저 강을 건넌 부대원들에게 붙잡혔다는 것이었다. 붙잡힌 그 패잔병들에게 영국 장교가 통역을 해 달라고 했다.

"너희들은 제네바 협정에 의해 포로로 대우를 받는다. 제네바 협정에 의하면 포로는 전쟁 중 보호를 받다가 전쟁이 끝날 때 자기 본국으로 귀환하게 되어 있다."

나는 할 수 없이 통역을 했다. 그러나 어떻게 그럴 수가 있는가. 믿기 어려운 일이다.

포로들이 정말이냐는 듯 영국 장교를 쳐다봤다. 그때 영국 장교는 자기의 말이 곧 법률이라는 듯 그리고 자기는 거짓말 안 하는 영국 신사라는 듯 엄숙한 표정을 지었다. 그리고는 패잔병 옆에 있는 영국 병사에게 그들을 빨리 후송하라고 명령했다. 그때 두 병사 중 한 사람이,

"포로수용소까지 보낼 필요가 뭐 있습니까?"
하고 반항하는 태도로 말했다.

"너는 몇 번 말해야 알아듣겠느냐? 영국인은 영국 법률에 따라야 하는 거다."

장교는 어디까지나 엄격한 태도였다. 그때 나도 한 마디 하고 싶었다. 비록 포로라고 하나 바로 몇 시간 전 우군 삼십여 명을 참혹하게 죽인 놈들이다. 전우의 시체도 제대로 찾을 수 없이 비참한 죽음을 안겨 준 놈들이니까 그런 놈들을 살려서 그들 고향에까지 보내려고 하다니…… 그러나 나는

정규 군인이 아니다. 외국 부대에 소속되어 있는 통역관에 지나지 않는다. 발언권이 있을 수 없다. 우리 땅에서 싸우고 있으나 발언권이 없는 족속.

나는 몇 달 전 고령에서의 일을 생각했다. 내가 소속해 있는 영국 여단이 고령지구 전투의 지휘권을 가지고 있었다. 삼십 리 북방까지 적군이 침입해 온 사실을 안 사령부에서는 예하 국군 부대장과 고령 경찰서장과의 회의를 열고 작전명령을 내렸다. 그때 사령관인 영국 준장이 고령 경찰서장에게 전방 수색을 명령했다. 한국인인 경찰서장은 나이 사십이 훨씬 넘어 보였다. 그 서장이 자기는 전투 경험이 없을 뿐 전투 훈련도 받은 일이 없다고 말했다. 경찰관 전부가 자기와 같다면서 수색전이 불가능함을 역설했다. 그러는데도 사령관은 우겼다. 명령에 복종하지 않으면 총살한다고 권총까지 빼들었다. 권총 빼드는 것을 본 경찰서장이 그 자리에 주저앉았다. 그야말로 허리가 빠진 것이었다. 뼈 없는 사람처럼 스르르 쓰러져서는 말도 제대로 못했다. 옆에 있던 사람이 옆구리에 손을 넣고 잡아 일으켰으나 혼자 서 있지를 못했다. 나는 참으로 딱했다. 얼마나 겁이 났으면 허리가 빠졌을까? 전투 훈련도 없는 사람보고 가장 위험한 수색전에 나가라는 명령 자체가 무리였을 것이다. 그러나 사령관이 계속해서 나가겠느냐, 나가지 못하겠느냐고 질문했다. 나는 그대로 통역할 수밖에 없었다. 통역하면서도 나는 서장이 나를 원망하지나 않을까 생각했다. 자기가 알아들을 수 있는 한국말을 하는 나, 그리고 자기 의사를 사령관에게 능히 전달할 수 있는 내가 사령관의 말만을 통역하면서 그의 의사는 대변하지 못한다. 아니 동족인 나의 의사를 한 마디도 첨부하지 못하고 있다. 만약 저희가 수색전에 나갔다가 죽는 때는 나를 원망할 것이 아닐까?

그래도 나는 끝까지 사령관에게 서장을 대변하는 말 한 마디도 못했다.

그 날 밤 경찰관들을 인솔하고 나갔던 서장이 전사했다. 전사했다는 소식을 듣자 그가 죽은 것이 당연한 일이지만 내가 죽인 듯한 마음에 통역관처럼 못해 먹을 일도 없다고 생각했다. 전투 중 서장의 전사로 적의 위치를 파악케 했고 그것으로 아군 작전에 큰 도움을 주었을 것이다. 그러나 무참히 죽은 경찰서장이었다.

나는 경찰서장의 출전 때 내 의사를 한 마디도 표현 못한 것처럼 지금 적 패잔병을 포로수용소로 보낸다는 것에도 한 마디의 의견을 말하지 못하고 있다.

내가 말할 권리가 있다면,

'전우를 죽인 놈들이다. 이놈들을 백 미터 전방에서 발견했다면 용서없이 쏘아 죽였을 것이 아닐까? 백 미터 전방에 있는 적과 눈앞에 있는 적이 뭐가 다르냐?'

라고 말했을 것이다.

백기를 든 줄 알고 전부가 도망쳐간 적부대 중에서 마지막까지 남아 악랄하게 우군을 죽인 적이 악질적이 아닌가? 거기에 무슨 인정이 필요한가 말이다.

나는 같은 민족이기 때문에 같은 민족을 살려 달랄 수는 없지만 죽여 달라고는 할 수 있지 않을까 생각했다. 이럴 경우에만은 나를 오해하지 않을 것 같았던 것이다.

영국 병사들이 패잔병을 끌고 떠나려 할 때였다. 나는 참을 수가 없어서,

"저놈들이 너의 민족을 얼마나 많이 죽였느냐? 그런데 무엇 때문에 살려 주는 것이냐?"

하고 말했다. 그때 영국 장교가 조소어린 얼굴로,

"우린 민족을 죽인 적인데도 살려 주려 하는데 같은 민족인 너는 왜 죽여야 한다고 그러는 거냐?"

하고 말했다. 나는,

'같은 민족이지만 적이다. 적은 죽여야 하지 않느냐?'

하고 말하고 싶었으나 그 뒤에 있을 영국 장교의 조소가 무서워 입을 닫아 버렸다. 말은 못하면서도 장교가 미웠다. 나는 죽은 테디의 시체를 생각하고 있었던 것이다. 끝내 하나를 찾지 못해 하나밖에 없는 다리를 그대로 묻어 버린 테디의 시체.

나의 증오에 찬 얼굴을 바라보던 장교가 침을 탁 뱉아 버리고 돌아섰다. 나를 무척 아니꼽게 생각하는 모양이었다.

장교가 떠나간 뒤 패잔병들을 끌고 걷기 시작하던 병사 한 명이 내게로 와서,

"막 쏴 죽이려는데 저자가 와서 죽이지 못하게 하구 끌구 오지 않아……."

영어로 투덜거렸다. 나는 아무 말도 안 했다. 해야 소용없는 일이기 때문이었다. 자기가 승리자인 것처럼 나를 힐끗 쳐다보는 패잔병들을 내 권총으로 쏘아 죽이고 싶었지만 할 수 없었다. 그들이 걸어가는 뒷모습을 지켜보며 나는 담배를 꺼내 물었다. 그리고 성냥을 찾았다. 있음직한 바지 주머니에 성냥이 없었다. 성냥 대신 무엇인가 짐작이 가지 않는 것이 손에 잡혔다. 나는 내가 모르는 내 주머니 속의 그것을 끄집어냈다. 종잇장들이었다. 무슨 종잇장들을 주머니 속에 넣었을까 하고 스스로를 의심하며 종이들을 펴 보았다. 영어로 쓴 편지였다. 나는 내가 영어로 편지 쓴 일이 없다고 생각했다. 그런데 편짓장들 사이에는 미국 지폐가 들어 있었다. 세어 보니 2백 달러나 되었다. 이상한 일이었다. 누가 이런 돈을 내 주머니 속에 넣어 주었을까?

나는 편지를 읽기 시작했다. 그리고 맨 마지막에 있는 테디의 이름까지 읽었다. 그때야 테디의 것들이란 생각을 했다. 그리고 테디의 시체를 묻기 직전 그의 주머니 속에서 무엇인가를 꺼낸 기억이 되살아났다.

그런데 어째서 이때까지 그것을 잊고 있었을까? 그새 피운 담배가 몇 대가 되는지 모른다. 그때마다 나는 성냥을 찾으며 호주머니를 뒤졌을 것이다. 그런데도 어째서 그 편지와 돈의 감각을 몰랐던 것일까?

그새 모아 놓은 돈을 보내려고 그의 어머니에게 써 놓은 편지를 읽은 나는 내가 테디의 혼육 가운데 일부분을 내 몸에 지니고 있었다는 생각을 했다. 그것은 테디의 육체의 일부분 같기도 했고 영혼의 일부분 같기도 했다. 그 테디의 일부분이,

'너는 내 원수를 살려 줬구나.'

하고 나를 힐책하는 것 같았다.

'내가 아냐. 너의 동족이 살려 준 거야.'

그래도 테디는,

‘아냐. 네가 살려 준 거야.’

하고 거듭 말했다. 나는 테디와 싸울 수가 없었다. 죽은 테디와 어떻게 싸울 것인가?

‘그렇다. 내가 살렸다.’

이렇게 대답했을 때 갑자기 귀의 통증을 느꼈다. 나는 내 주머니 속에 들어 있는 테디의 편지를 잊고 있었던 것처럼 귀의 통증도 잊고 있었던 모양이었다.

간헐적으로 아파 오는 통증이 고칠 수 없는 병에 걸렸다는 생각을 갖게 했다. 통증이 일어나는 귀에서는 윙윙 바람소리가 들렸다.

나는 우선 의무실로 가야 한다고 생각했다. 의무실의 천막도 아직 완공이 되지 않았으나 의무 장교에게 선 채로나마 귀를 좀 보아 달라고 부탁했다. 의무 장교는 확대경을 끼고 귓속을 들여다보았다. 보는 시간이 길었다.

그런데도 그는,

“고막이 터졌다.”

고 명확히 말했다.

“터지다니?”

나는 말을 알아듣지 못하는 것처럼 물었다. 의무 장교는,

“찢어졌어.”

하고 같은 뜻의 말을 했다.

나는 놀랐다 고막이 찢어지다니. 그럼 나는 병신이 됐다는 말이 아닌가?

“치료할 수는 없나?”

“치료한대도 찢어진 것을 돌이킬 수는 없다.”

“그러면 병신이란 말인가?”

“한 귀가 안 들려도 한 귀로 들을 수 있다.”

“그러니 병신 아니냐?”

“현재 내 말을 다 알아듣지 않는가? 조금 불편은 하겠지.”

그리고 난 뒤 그는 내 귀에다 머큐롬을 칠한 솜을 틀어박았다. 나는 강변에서 적의 포격을 받을 때 파풍으로 고막이 찢어진 것을 알았다. 나를 병

신으로 만든 적들이다. 그런데 그 적을 살려 줬다는 생각이 나를 비통하게
했다.

인도주의? 나는 영국 장교를 인도주의자라고 불러야 하는가, 라고 생각했
다. 그러나,

'영웅주의.'

라고 스스로 대답했다. 내내 후퇴작전만 하다가 처음으로 진격을 하고 있을
때 어찌 인도주의가 허용될 것인가? 아무것도 아닌 영웅주의로밖에 달리 해
석할 수가 없었다.

나는 인사참모를 찾아갔다. 그에게 테디의 편지와 돈을 주었다. 그리고는

"테디는 영웅이 아니었다. 죽은 사람은 영웅일 수 없으니까. 남의 시체를
밟고 걸을 수 있는 사람만이 영웅이다."

나는 필요치 않은 말 한 마디를 했다. 인사참모는 내 말을 들은 척도 않고

"어디서 나왔느냐?"

그 출처를 물었다. 그러나 나에게는,

'왜 이때까지 가지고 있었느냐?'

로 들렸다.

"시체를 묻을 때 주머니에서 꺼냈던 것이다. 그새 잊고 있었다."

나는 이렇게 대답하고 내 몸에 붙어 있는 테디의 혼육 일부가 멀리 사라
진 것이라고 생각했다. 그러나 테디의 목소리가 더 똑똑하게 들려 왔다.

'송, 위스키보다 막걸리가 영국과 한국을 연결시켜 주는 것 같구나.'

언젠가 고령에서 막걸리를 마시며 하던 말이었다. 산 사람의 목소리보다
더 똑똑하게 들리는 것 같았다. 두 귀가 다 들릴 때보다도 똑똑히 들리는 것
같았다. 만약 포탄의 파풍으로 내 한 귀가 듣지 못하게 된 것을 안다면 테디
는 무엇이라고 할 것인가?

'전쟁이 너의 한 귀를 앗아갔구나……'

하고 슬퍼할 것이다.

'너희는 너희 나라 전쟁이니 싸우는 것이 당연할지두 모른다. 그렇지만
나는 무엇 때문에 싸우는 거지?'

말버릇처럼 이렇게 말하던 테디였으니까 말이다. 그러던 그는 죽었고 나는 겨우 귀병신이 된 채 살아 있다.

살아 있는 내가 부끄러울 것까지는 없다. 그러나 같은 민족끼리인 나는 살았는데 왜 싸우는지를 모르고 싸우던 테디는 죽었다. 미안한 일이 아닐 수 없었다.

이삼 일 뒤였다. 천막을 치고 내무생활이 질서를 잡아가기 시작할 때 다시 출동명령이 내려졌다. 적들이 후퇴 일로에 있으니까 그들을 추격해 북상할 것은 사실이었다. 다시 천막을 뜯고 출발준비를 하고 있을 때 나는 전번 패잔병을 포로수용소로 보낸 장교에게 불려갔다. 어떤 허술한 농부 한 명을 앉히고 통역을 하라는 것이었다. 통역을 하는 동안 장교가 농부를 간첩이라 인정하고 있다는 사실을 알았다. 농부는 자기가 간첩일 수 없다는 것을 강조했다. 가족들이 피난 가서 삼십 리 밖 가마골에 살고 있다는 사실 그리고 인민군이 도망을 쳤기 때문에 농토를 보러 왔었다는 것을 역설했다.

그러나 영국 장교는 간첩이 아니라는 증거를 보이라고 하면서 말만의 변명을 들으려 하지 않았다. 나는 농민의 통역이 아니라 내 의사로 장교에게 말했다.

"보면 알 수 있지 않느냐? 진짜 농민이 틀림없다. 그리고 적들이 후퇴한 지 얼마도 안 된 지금 간첩이 무엇 때문에 나오겠는가?"

그때 농민도,

"인민군이 무서워 피난을 갔던 사람입니다. 먹을 것이 없어 벼를 베어 볼까 해서 왔던 것입니다."

하고 가슴을 찢어서라도 속을 보이고 싶어하는 심정으로 말했다. 그러나 장교는 막무가내였다.

"우리는 바쁘다. 너 하나를 위해 많은 시간을 허비할 수 없다."

하고는 총살명령을 내렸다. 나는 가만 있을 수 없었다.

"간첩도 아닌 불쌍한 농민을 간첩으로 몬다는 것은 너무 심하다. 그리고 적들은 포로수용소에 보내면서 이 사람은 어째 총살이냐?"

나는 반항적인 태도를 취했던 것이다. 그때 영국 장교는,

"좌우간 시간이 없다. 전투 중에까지 일일이 준법을 따질 필요두 없구. 명령이니까 명령대루 해. 집행관은 바로 너다."

하면서 내 권총을 뺏어 점검을 했다. 총탄이 들어 있는 것을 확인하자

"빨리 가서 총살을 하라. 장소는 아무데도 좋다."

하고 명령했다. 총살을 하면 했지 하필이면 집행관이 나란 말인가? 나는 못 하겠다고 반항하려 했다. 그러나 패잔병을 포로수용소로 보낼 때 내게 던지던 그 조소가 머리에 떠올라 묵묵히 있었다. 그때 장교가 영국 병사 한 명에게 수행하라고 명령했다.

병사는 명령대로 농민을 끌고 앞장을 섰다. 나도 할 수 없이 그들 뒤를 따랐다. 뒷산 으슥한 골짜기에 이르렀을 때 영국 병사가 농민을 세워 놓고,

"예가 어떠냐?"

내게 물었다. 나는 대답 대신 앞뒤를 살폈다. 부대에서 약 이백 미터 떨어져 있었다. 나무에 가려 앞뒤가 보이지 않는 지점이었다. 나는 권총을 빼들었다. 그때 농부가,

"당신은 한국 사람이지요? 나를 정말 죽이렵니까?"

울부짖었다. 나는 들은 척도 않고 권총을 영국 병사 가슴에 내밀었다. 두 손을 들게 하고 그의 어깨에 걸려 있는 소총을 내렸다. 그리고는,

"잔말 말고 돌아가라. 도중에 큰 소리를 내면 너를 죽일 테니까 그리 알어."

하고 병사의 몸을 밀었다.

병사가 두 손을 든 채 슬금슬금 걷기 시작할 때 나는 농부에게,

"빨리 달아납시다."

하고 앞을 서서 산으로 기어오르기 시작했다. 농부는 살려 주었는데도 겁이 나는 모양이었다. 도망가다가 붙잡히면 영락없이 죽을 테니까 겁이 날 것도 사실이다.

"부대는 곧 출동합니다. 우리 잡으러 올 경황이 없습니다."

나는 농부를 안심시켰다.

백 미터쯤 올랐을 때 나는 소총을 한 방 허공을 향해 쏘았다. 왜 쏘았는

지 나도 모를 일이다. 그리고는 그 소총을 아무데나 내버렸다. 얼마를 다시 올라 아래를 내려다보았지만 인기척이 없었다. 내 상상대로였다. 간첩 아닌 간첩 때문에 작전을 지연시킬 그들이 아니었다.

(원)《현대문학 171》 1969. 3, (출)『슬픈 행복』 세종출판공사, 1971.

마력

오래간만에 충시를 병원으로 찾아갔다. 일부러 찾아간 것은 아니었다. 그 근처에 용한 한의사가 있어 침을 잘 놓는다기에 거길 가서 침을 맞고 나니 충시 생각이 나서 들렀던 것이다. 시간을 모르고 들렀던 것인데 충시를 만나자 그가 시계를 보며 점심시간이 되었으니 구내식당으로 가자고 했다. 가자는 대로 끌려가서 카레라이스를 주문시키고 앉아 있는데 충시가,

"날 다 찾아오구 용쿠나."

하고 자기가 찾아온 것을 신기한 일처럼 말했다. 친한 사이라 그런 농담쯤 아무렇게도 생각지 않았지만 창구도 만나고 싶어 일부러 온 것이라는 거짓말은 하고 싶지 않았다.

"이 근처에 볼일이 있어 왔던 길에……"

하고 어물어물했다. 그랬더니 충시는,

"아는 사람이 있어?"

충시는 금시초문의 일이라는 듯 물었다. 창구는 그 말에 대답하기가 곤란했다. 충시는 신경계통의 전문의사다. 서울서도 크기로 손꼽히는 종합병원의 의사 앞에서 신경통으로 침을 맞으러 한의사를 찾아왔다는 말을 하기가 거북했기 때문이었다.

"별루 친한 사람두 아니야."

화제가 될만한 일이 아니라는 듯 말을 회피하는 수밖에 없었다. 충시도

그 말을 추궁하려 하지 않고 딴 이야기를 꺼냈다.

"넌 하는 일두 없잖니? 왜 좀 놀러오지 못하는 거야."

자주 찾아오지 않는 이유를 물었다. 그때 창구는 충시의 얼굴을 바라봤다.

'첫번째 말은 귀담아듣지도 않았던 것이지만 두 번째 그 말이 창구를 못마땅하게 만들었던 것이다. 저는 직업에 매어있다는 거겠지. 나는 빈둥빈둥 놀기만 하는 놈이구.'

'쳇. 친구를 찾아보는데 꼭 시간의 여유를 가져야 하나? 보고 싶은 마음만 있으면 틈을 내서라도 찾을 수 있는 거지. 그만한 틈도 못낼 사람이 어디 있단 말이냐.'

"자아식. 직업이나 가졌다구 재지 마. 의사라는 직업인들 도대체가 건방지단 말야."

충시가 미워서는 아니었다. 몇 달만에 처음 만나 하는 말이 그따위니 약간 그가 얄미웠을 뿐이었다. 그런데다가 조금전 한의사에게서 받은 불쾌감이 아직 남아있어 그것도 약간의 작용을 했던 것이다. 젊은 사람이 신경통은! 몇 번 침을 맞으면 날테니 빨리 옷이나 벗으라구.

초면인데도 반말질을 하며 신경통쯤 아무것도 아니라는 듯 이죽거리던 한의사. 그래도 창구는 눈 한번 흘겨주지 못하고 옷을 벗었다. 침을 놀 때 따끔해서 몸을 움츠리자, 엄살부리지 마. 병을 고치려면서 엄살은? 한의사가 어린애 취급을 할 때는 한 대 갈기고 뛰쳐나오고 싶기까지 했다.

'한의두 의사라구.'

이런 감정이 남아 있었기 때문에 충시를 한 번 건드려 봤던 것이다.

"의사는 건방져야 권위가 서는 거야."

건방지다는 말에도 충시는 빙글빙글 웃기만 했다.

"권위가 서야 환자들이 신뢰를 한단 말이지?"

창구도 그만 웃고 말았다. 그들은 말 한마디로 화를 내고 그럴 사이가 아니었다.

"그래 그새 뭘 하며 숨을 쉬었니?"

충시가 농담조로 그새 지낸 이야기를 물었다.

"산소를 들이키며 숨을 쉬었다. 의사가 그것도 모르니?"

"이놈아, 산소를 들이키려면 폐를 움직여야 하구 폐를 움직이려면 피가 있어야 하구 피가 있으려면 영양분을 섭취해야 하는 거야."

"영양분. 그건 어머니가 제공해 주지. 직업이 의사인 내 어머니 말야."

"참 팔자 좋구나. 어머닌 결혼 안 하시니?"

"이놈아, 내가 고아가 되기를 무척 바라는 모양이구나."

"너 한번쯤 고아가 돼봐야 할꺼다."

"고아두 두 번 세 번 될 수 있니?"

"좌우간 팔자 좋다."

그들은 카레라이스를 먹고 커피까지 마셨다. 그래서 식당을 나오려 할 때 충시가 갑자기,

"참, 너 아직 미애 잊어버리지 않았니?"

하고 물었다. 창구는 그 말에도 농담조로나마 대답을 하기가 쑥스러웠다.

"자아식, 갑자기 그 이야긴……"

"달래 그러는 게 아냐. 미애와 꼭같이 생긴 애를 봤기 때문에 하는 말야."

"미애와 꼭같이 생긴 애라니?"

창구로서 구미당기는 이야기가 아닐 수 없었다.

"우리 병원에 재활원(再活院)이라구 소아마비에 걸린 애들만 수용해서 치료하구 교육시키는 데가 있어. 거기서 미애와 꼭같이 생긴 애를 봤단 말야. 하두 닮아서 혹시 미애 동생이나 아닌가 물어봤더니 그렇지는 않더라."

창구는 미애와 닮았다는 애를 한번 보았으면 하는 간절한 마음이 울컥 솟아올랐다.

"이 병원 구내에 그 애가 있단 말이지?"

"왜 보구 싶으니?"

"꼭 봐야할 건 없지만 가까운 곳에 있다니 조금 흥미가 생기는데……"

"너 아직 미애를 생각하구 있는 모양이로구나……"

"그런 건 이야기할 필요 없어. 네가 봤다니 한번 보구 싶을 뿐야."

"보는 건 힘들지 않지만 내 보기에 넌 필요 이상의 신경을 쓰며 사는 것

같단 말야. 안 그러니?"

"내가 필요 이상으루 신경을 쓰는지 안 쓰는지 네가 어떻게 아니?"

"육감으루 알지. 네가 이혼한 것두 미애 때문이구 아직 결혼 안 하는 것 두 미애 때문이지? 내게까지야 숨길 필요 없잖아……"

창구는 충시가 그렇게까지 자기를 꿰뚫어보고 있는데 그냥 속이기는 미 안했다. 세상에서 친구라면 충시밖에 없다. 또 미애에 대한 감정을 처음부터 잘 알고 있는 사람도 충시다. 그런데도,

"너두 잘 알구 있지? 미애에 대한 내 감정이 그래 아내와 이혼하도록까지 이르렀었니? 또 결혼 안 할 만큼 열애를 했던 거니?"

하고 충시가 알고 있는 테두리 안에서 자기를 지키려 했다.

"물론 알구 있지. 미애와 결혼하겠다는 생각은 추호도 없었던 것이 사실 이야. 그렇지만 난 아직 네가 네 부인과 이혼할 뚜렷한 이유를 모르구 있다. 또 이혼한 지 십 년이 가깝도록 아직 결혼 안 하는 특별한 이유두 모르 구……"

"그 통속적인 이야기 그만둬라. 이혼하구 싶으면 하는 거구 또 결혼하기 싫으면 안하는 거지, 거기 특별한 이유가 반드시 있어야 할 건 뭐냐 말이 다."

"그래 난 통속적이다. 그래서 이혼두 못하는 거겠지."

"그 이야긴 그만 하구 재활원에나 데려다 줘."

"그래. 따라와."

충시가 앞장을 섰고 창구가 뒤를 따랐다. 병원 북쪽에 좀 큰 살림집 같은 데로 들어갔다. 문안에 들어서자 널따란 홀에 여기저기 소아마비에 걸린 애 들이 앉아 책들을 읽고 있었다. 앉아는 있는데 애들 옆에마다 목발들이 놓 여 있었다. 특수한 구두에 긴 목을 달아 뼈밖에 없는 다리에 동여매고 있는 불구아들을 볼 때 창구는 얼굴이 찡그려졌다. 불구자의 마을 같은 불구자만 의 집단을 본 일이 없기 때문이었을 것이다. 얼굴을 찡그리면서도 창구는 충시에게 바싹 붙어 뒤따랐다.

"인화 어디 있나?"

충시가 누구랄 것 없이 애들 전체에게 물었다.

"방 안에 있어요."

어떤 애가 또랑또랑한 목소리로 대답했다. 창구는 속으로 놀랐다. 저런 애들의 목소리가 어떻게 보통 애들 목소리와 같을 수 있을까? 목소리뿐이 아니었다. 얼굴도 꼭 같았다.

창구는 고자를 생각했다. 성불구자는 목소리가 다르다. 수염이 없는 얼굴도 특이하다. 그런데 이 애들은 얼굴과 목소리로는 불구자라는 것을 알 수가 없었다. 그런데도 이 애들은 자기 힘으로 걸을 수 없는 불구자들이다. 죽을 때까지 목발을 의지하고서야 한 걸음이라도 걸을 수 있다. 창구는 문득 연옥(煉獄)을 생각했다. 고통을 느끼면서도 어쩌지를 못해 안절부절하며 허덕이는 무리들. 그들에게는 탈출구가 없다.

충시가 어떤 병실의 문을 열었다. 그리고는 속을 들여다본 뒤 창구를 뒤돌아보고 들어오라는 눈짓을 했다. 네 개의 침대가 놓여있는 병실이었다. 그 중 북쪽 벽에 닿아 있는 침대에 열두어 살쯤 돼 보이는 소녀가 혼자 앉아있었다. 아무것도 하는 것이 없는 것 같았다. 창구는 그 소녀 옆으로 걸어가는 마음이 망설여졌다. 그러나 첫눈에 미애와 같다는 인상 때문에 가까이 갔다. 과연 미애와 같았다. 어디랄 것 없이 전체가 같았다. 그렇게도 같은 사람이 또 있을 수 있을까 의심할 정도였다.

"왜 나가서 놀지 않니?"

충시가 그 애에게 말을 걸었다.

"여기 있구 싶어서요."

소녀가 대답했다.

"점심 많이 먹었니?"

"네."

소녀의 태도는 담담했다. 수줍어하는 것 같지도 않고 그렇다고 해서 심술이 난 것 같지도 않았다.

"나하구 가장 친한 친구야. 앞으루 가끔 인화를 찾아올 것야. 인사드릴래?"

충시가 창구를 소개했다. 그러자 인화가 앉은 채 고개를 까딱하고,

"오인화입니다."

자기 이름을 댔다.

"나는 심창구야."

창구는 그저 어리둥절해서 자기 이름을 말했지만 이런 경우 무슨 말부터 해야 할지를 몰랐다.

"보기는 못생겼어도 마음은 좋은 아저씨다. 나하구는 고등학교 동창생이야."

충시가 시간을 메울 수 있도록 이야기를 꺼내는 모양인데 화제가 별로 생각나지 않는 모양이었다. 창구는 물끄러미 인화를 바라보기만 했다. 미애가 생각났다. 십칠년 전의 미애. 그 미애 생각 때문에 인화와 이야기할 말이 통 생각나지 않았다. 아무것도 모르는 인화 앞에서 멍청하니 서있기가 민망할 정도였다. 좀더 가까운 사이라면, 하는 생각만을 하고 있는데 충시가,

"그럼 가볼까?"

자기도 할 이야기가 없어 거북하다는 듯 창구를 봤다.

"가아."

창구는 미애와 같은 얼굴을 보았다는 것만으로 만족하는 수밖에 없다고 생각했다. 인화에게 잘 있으라고 말만 하고 병실을 나왔다. 밖으로 나와서는,

"인화랬지? 그 애는 부모가 다 있니?"

하고 물었다. 비단 인화뿐이 아니었다. 거기 있는 애들 전부가 고아 같은 느낌이었던 것이다.

"있구 말구. 여기 있는 애들은 대부분 유료 입원환자거든. 개중에는 무료 환자두 있기는 하지만……"

"입원료가 상당하겠구나."

"상당하지. 치료하구 또 공부까지 시키니까."

"인화 아버지는 어떤 사람인데……"

"자세히는 몰라두 생활의 여유가 있는 사람일거야."

“입원하구 있으면 불구를 고칠 수 있니?”

“완치는 할 수 없지. 그렇지만 팔다리를 전혀 못 쓰던 애들이 목발을 짚고 걸을 수 있게는 되지. 입원하기 전에는 죽은 문어다리 그대루였으니까.”

“인화는 어떤 정도니?”

“그 애두 얼마전부터 목발루 혼자 걸을 수 있게 됐어.”

이렇게 일반적인 것을 설명한 충시가,

“어때, 미애와 꼭같지?”

하고 물었다.

“응!”

“자아식, 그렇다구 어린애 앞에서 굳어질 게 뭐냐? 이야기두 하구 그러지.”

“굳어져서 그런 게 아냐. 처음 보는 애한테 무슨 말을 하니? 더구나 불행 속에 젖어있을 애한테……”

“보구 싶거든 다시 와. 그땐 먹을 거라두 좀 사오너라.”

“그러마.”

창구는 빨리 혼자가 되고 싶었다. 그래서 충시의 진료실에도 들르지 않고 곧장 집으로 돌아왔다. 그리고는 누울 자리를 편하게 만들어 놓고 벌렁 누웠다. 미애에 대한 생각을 마냥 해볼 작정이었다. 찔끔찔끔 단편적인 회상이 아니라 미애에 대한 기억 전부를 되살려 보고 싶었던 것이다.

그런데 미애의 생각에 앞서 찰스 램의 「꿈속의 어린이」가 머리에 떠올랐다. 소녀 ‘앨리스’ 앞에서 옛날에 사랑하던 ‘앨리스’를 생각하고 있는 찰스 램. 옛날 사람과 지금의 소녀가 어느 것이 어느 것인지를 모른다. 나중에는 눈앞의 소녀가 환상 속에서 하늘로 멀리 사라져간다.

지금 막 보고 온 인화가 옛날의 미애 그대로라고 생각되었다. 옛날의 미애가 둔갑을 해서 인화로 나타난 것은 아닐 것이다. 그렇지만 어떻게 그렇게까지 같을 수가 있을까? 미애도 불행했었다. 확실히 불행했었다. 인화처럼 육체적 불구는 아니었지만. 만약 그미가 육체적 불구자였다면 도리어 그런 불행에 빠지지 않았을지도 모르는 일이었다. 어쨌든 불행하다는 점에서까지 공통된다. 확실한 것은 아직 모르지만 말없는 성격도 비슷한 것 같았다.

미애의 분신이 인화라고도 생각할 수 있었다. 그런데도 미애와 인화가 어떤 관계를 갖고 있는 것처럼 생각되는 것을 어쩔 수 없었다. 그리고 인화를 만났다는 사실이 미애를 그리워한 보상처럼 생각되기도 했다. 미애 대신 인화를 나타나게 한 것이 신의 의지 같은 생각이 들기도 했다. 미애를 알게 된 그때부터 오늘까지 그 미애를 소유하고 싶은 생각을 가져본 일이 한번도 없었다. 그리워하면서도 소유하였다는 마음이 없었다는 것은 결국 미애에 대한 꿈을 사랑했다는 것이 된다. 그렇다면 그 꿈을 사랑하는 데는 미애보다 인화편이 훨씬 더 편리하고 안전하지 않겠는가?

인화는 미애처럼 극적으로 나타나지를 않았다. 또 미애처럼 극적으로 헤치지도 않을 것이다. 그리고 미애처럼 소유하고 싶다는 마음을 일으키지 않을 것이다. 미애를 바라던 태도 그대로 대할 수가 있을 것이다.

미애. 참으로 보고 싶었던 여자다. 그런 미애 대신 인화가 나타났다. 그러면 인화를 봄으로 미애를 잊어버릴 수 있을까? 또 잊어버려도 좋을까? 창구는 힘든 수학문제를 풀기보다 더 힘든 문제 같았다. 미애 대신 인화가 나타난 것이라면 인화를 봄으로 미애를 잊어버리는 것이 당연할 것이다. 그러나 실제로 그렇게 될지가 의문이다. 자기의 일이지만 확실한 것을 장담할 수가 없는 것 같았다.

미애. 그 날 밤 참으로 우리는 극적으로 만났었지. 그 날 밤 어떻게 해서 내가 그런 용기가 생겼을까?

창구는 십칠년 전 부산에서의 일을 회상했다. 부산진 근처에 있는 미공군 보급기지에 충시와 함께 근무하고 있을 때였다. 어떤 날 밤 잠이 막 들었을 때였다. 방문이 와락 열리며 어떤 사람이 한 명 뛰어들어왔다. 깜짝 놀라 눈을 떴을 때 그 사람은 벌써 이불 속에 들어와 있었다. 얼굴이 잘 보이지 않았지만 여자라는 것을 알 수 있었다. 충시도 창구도 어안이 벙벙해서 한참동안 누구냐는 말도 못하고 있었다. 헐떡이는 여자의 숨소리가 약간 가라앉았을 때야,

"도대체 누구요?"

하고 물었다. 그때 그 여자는,

"좀 숨겨 주세요."

할 뿐 다른 말을 못했다. 그때 무거운 남자들의 구둣소리가 들렸고 또 방문이 벼락같이 열렸다. 동시에 플래시의 불빛이 창구와 충시의 얼굴을 비쳤다. 그러면서,

"색시 해브 노?"

하고 묻는 것이었다. 창구는 벌떡 일어나 앉았다.

미군 헌병이라고 생각되었다. 다시 또,

"색시."

하며 색시를 내놓으라는 말을 했다. 창구는 털끝이 하늘로 뻗치는 것을 느꼈다. 당장 총알에 맞는 한이 있어도 모욕감에 대한 반항을 하고 싶었다. 그런 순간적 감정에 이불 속에 숨어있는 여자의 머리채를 잡아끌어냈다. 그리고는,

"내 아내 말이냐?"

하며 그 여자의 얼굴을 플래시 정면에 들이댔다. 내 아내와 같이 자는데 무슨 무례한 짓이냐는 불타는 눈동자를 굴리며. 머리채를 잡아 횡폭하게 잡아끄는데도 여인은 그냥 고개를 숙이고 있을 뿐이었다.

"아내?"

미군 헌병은 의아스러운 듯 반문했다. 그리고는 방금 이 집으로 색시가 도망왔다는 말을 했다. 그러면서도 아내라는 창구의 말을 완전히 무시할 수가 없다는 듯 머뭇머뭇한 태도를 보였다. 그때 창구가 태도를 고쳐,

"내가 무얼 도와줄 수 있겠는가?"

하고 영어로 물었다. 그와 충시는 통역관으로 있었기 때문에 그런 영어쯤할 수가 있었던 것이다.

신사적인 태도로 신사적인 말을 하자 미군은 더욱 어쩔 줄을 몰라했다. 창구는 다시 도와줄 수 있는 일이 있다면 도와주겠다고 말했다. 그러자 미군은,

"노우."

　무뚝뚝한 한 마디를 불쾌하게 내뱉고 돌아가 버렸다. 미군 헌병이 돌아가자 창구는 곧 여자에게,

　"이젠 돌아가시오."

하고 말했다. 헌병 앞에서는 민족적인 모욕감을 느꼈던 것이지만 여자만을 놓고 볼 때 여자에 더한 증오감이 일어났던 것이다. 이런 여자 때문에 미군에게 모욕을 당했다고 생각하니 참을 수가 없었던 것이다.

　"여길 나가면 아무데서건 붙잡힐거에요."

　여자가 애원했지만,

　"어쨌든 여기에는 당신이 잘 자리가 없소."

　끝내 내보내고야 말 작정이었다. 그때 충시가 일어나 전깃불을 켰다. 젊은 여자의 얼굴이 드러났다. 스무 살이나 되었을까? 복스럽게 생긴 얼굴이었다. 악의가 없는 순한 여자 같았다.

　"갈 데가 없어요."

　여자는 몸을 떨고 있었다. 금시 눈물을 흘릴 것 같기도 했다. 창구는 측은한 마음이 들었지만,

　"보시오. 어디 누울 자리나 있나? 이불도 하나밖에 없지 않소?"

　어떻게도 할 수 없다는 사정을 설명했다.

　"전 자지 않아두 좋아요. 앉아서 밤을 새겠어요."

　여자의 간청에 창구는 그만 웃음이 나왔다.

　"여보시오, 젊은 남자가 두 명이나 있는데 당신이 혼자 어떻게 밤을 샌다는 거요?"

　"아무래두 좋아요. 쫓아보내지만 말아주세요."

　여자가 애원을 하자 충시가 처음으로,

　"검사하는 날인가부지!"

하고 말했다. 다 알고 있는 일이지만 충시의 이 말은 여자의 애원을 들어주자는 뜻처럼 들렸다. 창구는 그 방을 나가는 길로 개돼지처럼 끌려 다닐 그 여자를 생각했다. 밤 한 시는 되었을 것이다. 절대로 멀리는 갈 수 없다.

　창구는 할 수 없다고 생각하고 이불과 요를 개켜 한편 모퉁이에 쌓아놓았

다. 그리고는,

"할 수 없다. 술이나 먹자."

하고 밖으로 나가 소주 한 병을 사왔다. 미군부대 근처라 통행금지도 없는 곳이었다. 소줏병을 들고 와서는,

"술이나 먹으며 밤을 새우는 거지."

하고 말했다. 말똥말똥한 정신으로는 밤을 새울 수가 없었기 때문이었다.

술을 마시는 동안 여자는 한편 귀퉁이에 앉아 이쪽을 보지도 못하고 있었다. 창구와 충시는 그미를 가까이 앉히고 말상대할 생각도 안 했다. 이불 속에 다같이 누워 있으면 불순한 잡념이 들까해서 창구는 이불을 갰던 것이다. 결백성이랄까? 비록 천한 직업의 여성이라 해도 몸을 다치고 싶다는 생각을 안 했다. 남자 둘에 여자가 하나니 어떻게 할 수도 없는 일이지만 그것보다도 여자를 보호해주고 그 대가를 요구하고 그런 시시한 인간을 상상할 수가 없었다고나 할까? 날이 밝을 때까지 그 여자의 이름도 묻지 않았다. 고향을 묻거나 무엇 때문에 그런 직업을 가졌느냐는 말도 묻지 않았다. 그야말로 그대로 앉아있게 했고 그대로 돌아가게 했던 것이다.

부대에 나가 일하는 동안 창구는 여자의 이름도 묻지 않은 것을 잘한 일이라고 생각했다. 근처에 수두룩한 직업여성들. 외화획득을 하는 것인지는 몰라도 가장 천한 '양갈보'란 말로 불리는 여성. 골목길에서라도 아는 척할 것이 겁났던 것이다. 이름을 알고 그녀의 환경을 들었다면 그래도 여성이라고 기억에 남을지 모른다. 두 번 다시 만나지 않아도 좋을 여자.

그런데 다음 날이었다. 언제나처럼 점심시간에 하숙으로 돌아왔다. 부대에서 가까운 곳이기 때문에 점심때마다 하숙집에 와서 점심을 먹는 것이었지만 방 안에 들어서자 방 안이 달라진 것을 느꼈다. 이불이나 겨우 개켜놓고 출근하는 그들이었다. 그런데 이부자리가 가지런히 정돈되어 있었다. 방안이 깨끗이 소제되어 있었고 너저분한 재떨이에는 먼지 한 점 보이지가 않았다. 분명 누가 소제를 해 준 것이었다. 창구는 하숙집 주인아주머니가 망령이 났다고 생각했다. 한 번도 해 준 일이 없던 일을 이 날만 했다는 것이 이해되지 않았던 것이다.

"별일 다 보겠는데……"

충시도 꼭 같은 생각을 하고 있는 모양이었다. 고맙기는 하나 전에 없던 일에 어리둥절해 있을 때 점심상이 들어왔다. 그런데 그 밥상을 들고 들어오는 이가 일전의 그 여자라는데 두 사람은 또 한 번 놀랐다. 단정한 옷을 입고 화장도 별반 안한 채였다. 그러니까 직업부인 같은 냄새가 통 나지 않았다. 그녀는 밥상을 들고 들어와 밥상을 두 사람 사이에 놓고 그 옆에 앉았다.

"많이 잡수세요."

말도 이것뿐이었다. 창구는 말없이 숟가락부터 들었다. 반찬이 달라진 것은 없었다. 음식들이 조금 정갈해 보인다고나 할까. 전에 없던 반찬이 한두 가지 더 있다면 마음이 조금 달라졌을 지도 모른다. 아무 변화 없는 밥상이 특별한 부담감을 주지 않아 마음이 가벼웠다.

"바쁠 텐데 이렇게 와서……"

창구가 방소제 해 준 것까지 겹쳐서 인사를 했다.

"그저께 밤은 정말 고마웠어요."

그 여자의 대답이었다.

"그 뒤는 무사했소?"

"네."

그미는 직업에 대한 이야기가 나오자 얼굴을 숙이고 부끄러워했다. 그럴 것이다. 그런 눈치를 채자 창구와 충시는 그 여자의 생활에 대해서는 묻지를 않았다. 그저 항용 화제에 오르는 고향이 어디냐, 이름이 무어냐, 가족은 몇 명이나 되느냐 하는 이야기를 묻고 대답했다. 그미가 소미애라는 것을 알자 그들은 그미의 미스 소라고 불렀다. 처녀 아님이 분명하다. 그렇다고 결혼을 한 것도 아니다. 이런 때 한국말로 부를 말이 없다. 미스 소가 가장 손쉽게 부를 수 있는 적당한 부름인 것 같았다.

"미스 소!"

하고 부르면 그미는 정말 소처럼 웃었다. 소는 입을 벌리고 하늘을 향해 웃지만 미애는 입을 다물고 땅을 보며 웃었다. 말없이 웃는 것이 비슷하다.

"소라구 부끄러워할 것 없잖소?"

그래도 미애는 그저 웃기만 했다.

점심을 거의 먹자 미애는 시키지도 않는데 부엌으로 가서 숭늉을 떠왔다. 하숙집 아주머니처럼 숭늉대접을 그냥 들고 온 것이 아니라 못 보던 쟁반에 받쳐들고 왔다. 숭늉맛이 더 날 것 같았다.

"이 집에두 쟁반이 다 있었나?"

충시가 신기하다는 듯 말했을 때 미애가,

"쟁반 없는 집두 있나요."

하는 것으로 집 주인 아주머니가 얼마나 깍쟁이라는 것을 새삼 알 수 있었다. 그런 깍쟁이네 그릇을 유용하게 쓰는 미애의 수완에 경탄도 했지만.

점심을 다 먹을 때까지 밥상 옆에 앉아 있다가 밥상을 들고 나가서는 그들이 다시 출근할 때는 대문 밖까지 배웅하는 미애였다. 출근하는 도중,

"괜찮지?"

하고 충시가 말했다.

"뭐가 괜찮단 말이야?"

"미애가 밥심부름 해 주는 것이 말야."

그때 창구도,

"괜찮군."

하고 말했다. 직업여성 냄새를 풍기지 않고 시중을 들어주는 것이 싫지 않았던 것이다. 그야말로 싫지 않을 정도였다. 그런데 미애는 그 다음 날도 전날과 꼭같이 점심 시간에 그들 하숙으로 와서 점심시중을 들어주었다.

"바쁠 텐데 일부러 오지 않아두 좋아요."

"고맙게두, 미안하게두 생각할 필요가 없으니까 내일부터는 그만둬요."

그들이 도리어 미안한 마음으로 말했다. 그런데 미애는,

"제가 오구 싶어서 오는건데요."

할 뿐 자기가 와서 그런 일을 하는데 다를 이유가 없는 것처럼 말했다. 그리고는 매일 하루도 거르지 않고 와서 시중을 들었다. 어떤 때는 벗어 논 내복과 양말을 빨아놓기도 했다. 대학교 2학년 중퇴한 학생들이다. 총각들만이 사는 방에서 나는 독특한 냄새가 방에서 싹 가신 것 같았다.

창구는 미애에게 고마움을 느꼈다. 마음이 고운 여자라는 생각을 하며 그런 직업여성이 된 것을 아쉽게 여겼다. 그러나 엄연히 양부인이다. 정신적으로나 육체적으로 가까워질 수가 없다. 그것은 하나의 관념적 생각만이 아니었다. 어젯밤에도 외국 사람과 접촉했으리라는 것을 생각할 때 가까워지리라는 생각을 도저히 할 수 없었다. 가까워지지 않는다 해도 경멸할 수는 없었다. 그미가 열등의식을 느낄만한 말도 할 수가 없었다. 그래서 그미의 사생활에 대해서는 일체 물어보려고 하지 않았다. 그런데도 어떻게 해서 그미에게는 어머니가 없다는 것, 어려서부터 아버지하고만 살다가 얼마 전 아버지가 어떤 여자와 재혼해서 그미를 학대했기 때문에 할 수 없이 부산엘 왔다가 그런 데로 굴러 떨어졌다는 말을 들었다.

그런 사연이 있으리라고 짐작했던 것이지만 그 말을 들은 뒤부터 그미를 경멸할 수 없다는 생각이 더욱 굳게 들었다. 그래서 그랬는지 몰랐다. 그미는 주인집에서 사다주는 일이 없는 생선이라든가 고기 같은 것을 사다가 반찬을 만들어주기까지 했다. 친밀감을 느꼈기 때문이었으리라. 그러면서도 애교를 떨거나 의미 있는 언동을 하지 않았다. 그미는 그들이 자기를 연애 대상의 가능성이 있는 여자로 생각지 않는다는 것을 알았을 것이다. 초등학교밖에 졸업하지 못했고 또 그런 직업을 가지고 있으니 자기 역시 달리 어떤 관계를 맺을 수 있다고는 상상도 못했을 것이다.

한 달을 하루도 빼지 않고 점심때마다 찾아왔다. 창구는 점심 먹으러 갈 때마다 혹시 그미가 안 왔으면 어떻게 할까 하고 가슴을 조이게끔 되었다. 하루라도 그미를 안 보면 허전할 것 같았던 것이다. 다행히 그미는 하루도 빠지는 날이 없었다. 그런데도 혹시나 미애가 안 온 것이나 아닌가 하는 생각을 하며 하숙으로 간 어떤 날이었다. 방 안에 들어서자 방 안이 깨끗이 치워진 것을 보고야 안심을 했다. 그런데 아랫목에 뚜껑 덮인 사발이 하나 놓여있었다. 뚜껑을 열어보니 생선 도미조림이 들어있었다. 와 주는 것은 고맙지만 돈 들이는 일을 절대 하지 말라고 신신당부를 했었는데 또 그런 것을 만들어왔다. 속으로 좋았다. 점심을 맛있게 먹을 수 있으니 말이다.

　"또 말해야겠는데……"

충시도 불쾌하지는 않으나 체면 없다는 듯이 말했다.

"말해야지."

친구가 동의하는 말을 했다. 그때 미애가 밥상을 들고 들어왔다. 이제는 친숙해져 부끄럼 같은 것을 느끼지 않는 사이인데도 이 날의 미애는 밥상을 들고 들어오면서 얼굴을 들지 못했다. 밥상을 놓고 옆에 다소곳이 앉아있는 모습이 어딘가 전과 달랐다. 창구는 그미 머리에 수건이 쓰여져 있는 것을 보았다. 수건 밑에 남자처럼 짧게 깎인 머리털이 드러나 보였다. 느껴오는 것이 있었다. 그러나 그미의 사생활에 개입하고 싶지가 않아 모른 척 했다.

"이거 잡숴보세요."

미애가 사발뚜껑을 열고 그것을 상 위에 놓았다. 그때 충시가,

"이런 것 해 오지 말라구 그러지 않았어?"

하고 말했다. 그러자 창구가,

"맛있게 먹기는 하겠지만……"

하고 덧붙였다. 미애의 감정을 상하게 할까 두려웠기 때문이었다.

"아무 말 말구 잡수세요."

미애는 자기의 진심이 아무 말 없이 받아들여지기를 바라는 뜻으로 말했다.

"와주는 것만두 고마운데 폐를 끼치니까 하는 말이지."

창구는 그미의 마음을 건드리지 않으려고 애썼다. 사실은 머리 깎인 이유를 묻고 그미와 함께 분노를 터뜨리고 싶었다. 그러나 남의 아픈 마음을 건드릴 수가 없었다. 그런데 충시가,

"수건은 왜 썼지?"

하고 물었다. 창구가 눈을 흘겼다. 그런데도 충시는,

"개자식들, 쩍하면 여자들 머리를 면도루 밀거든. 그게 문화민족인가? 정 그럴려면 여자들을 애당초 쫓아버릴 것이지."

의분을 참을 수 없다는 듯이 말했다.

창구는 충시가 왜 저럴까 하고 못마땅하게 생각했다. 어쨌든 미애는 충시의 흥분을 무시한 듯 말이 없었다. 그런데도 충시는 눈치 없는 사람처럼,

"그래 가만있었어? 머리를 다 깎두룩!"

하며 미애의 입을 열려고 했다.

"야. 그만둬."

창구는 마침내 미애를 모욕하는 일 그만해두라는 듯 소리쳤다.

"자아식, 그래 미스 소가 봉변당한 것을 보구두 가만 있으란 말야?"

"가만 안 있으면 어떡헐테냐?"

"어떡하는 건 둘째구 우선 분하니까 속이라두 풀어야할 거 아냐?"

그때 창구는 생각했다. 보고도 못 본 척하는 것이 미애를 위하는 것인지 충시처럼 눈에 보이는 대로 흥분하는 것이 미애를 생각하는 마음인지를. 충시의 흥분이 미애를 더 부끄럽게 한다고 해도 그것이 인간적인 진실이 아닐까 하는 마음이 들어 그 뒤부터 충시의 말을 막지 않았다. 충시는 마침내 미애의 입을 열고야 말았다.

"살려니까 별일 다 보겠어요."

미애는 부끄럼을 버리고 이야기를 시작했다.

"단골손님이 있어요. 그 사람이 어젯밤 공연히 신경질을 내면서 머리를 깎지 않아요? 자기하구 어떤 계약이 있은 것두 아니거든요."

미애의 이야기를 듣자 충시가,

"이름이 뭐지? 내 부대장에게 말할래."

하고 더 흥분했다.

"그만둬. 그런 일이 한두 번이냐?"

창구는 역시 묵살해버리는 것이 미애를 위하는 일이라 생각하며 말했다.

"인권모욕두 분수가 있지. 그럼 그냥 내버려둬."

"민족을 잘못 타구난 죄지 뭐 할말 있니. 부대장은 어떤 민족이라던……"

그때 미애도,

"분한 거루는 당장에 꼬꾸라져 죽구 싶어요. 그렇지만 먹구 살자니 참을 수밖에 있어요."

창구와 동감의 뜻을 표했다.

그런 일이 있은 뒤도 미애는 수건을 쓴 채 계속 나타났다. 얼마동안 창구는 그미를 볼 때마다 마음이 복잡했다. 머리를 깎인 사실에 대한 분노와 그런 일을 당하고도 계속 그 직업을 버리지 못하는 미애에 대한 경멸감이 엇갈렸던 것이다. 그러나 그 감정도 시일이 지남에 따라 둔해갔다. 미애의 착한 마음만이 가슴속에 사려왔던 것이다.

그러다가 또, 한 달쯤 지난 어떤 날이었다. 미애가 나타나질 않았다. 알고 난 뒤 한번도 없었던 일이었다. 창구는 우선 허전했다. 밥맛이 없을 정도였다. 앓아 누웠을까? 고향으로 돌아갔을까? 미군에게 구타를 당해 외출할 수가 없을 만큼 상처를 입은 것일까? 그러나 찾아갈 수는 없었다. 수소문하면 그미의 숙소쯤 찾을 수도 있었을 것이지만 찾아보려는 생각을 안 했다. 그런 직업부인들만이 살고 있는 지대로 발을 옮길 용기도 없었지만 찾아가서 도리어 환멸을 느낄 것 같은 두려움이 컸기 때문이었다. 생활을 짐작은 하고 있지만 목격하는 순간 환멸을 주고야 말 그미의 생활이라 생각되었기 때문이었다. 끝내 찾아가지는 못하면서도 속으로는 계속 걱정을 했다. 걱정이란 미애의 신상에 무슨 일이 일어났으리라는 것보다도 앞으로 만나지 못하면 어떻게 할까 하는 자기 자신에 대한 걱정이었다.

창구는 어렸을 때 아버지를 잃었다. 젊어서 남편 잃은 어머니를 위해 외가에서 어머니를 공부시켰다. 어머니는 늦게 시작한 공부를 열중한 나머지 창구를 돌보지 못했다. 외할머니 품에서 자라난 창구는 어머니가 의사가 된 뒤에도 어머니의 애정을 별로 받지 못했다. 그래서 그런지 아버지에 대한 향수가 어릴 때부터 남달리 컸었다. 말하자면 아버지 그리는 마음 가운데서 자랐다고 말할 수 있었다. 머리가 커가면서 그 그리움이 조금씩 식어갔지만 아직까지도 그리움이란 것에 대한 향수는 마음 속 깊이 자리잡고 있었다. 꼭 아버지에 대한 그리움이랄 수는 없었다. 인간에 대한 그리움이라 할까. 그런 창구인 만큼 미애를 만나지 못한다는 생각은 하나의 절망 같은 것이었다.

그런데 미애는 다음 날도 오지 않았다. 아무 소식이 없이 발을 끊었기 때문에 서글픔은 더했다. 충시가 한 번 찾아가 주었으면 했지만 충시도 왜 안 올까 걱정만 할 뿐 찾아갈 생각을 안 했다.

진짜 연애를 한번 해야지.

창구는 이런 생각을 했다. 미애에 대한 감정 같은 것이 아니라 적극적으로 사랑을 할 수 있는 여자를 구하고 싶었다. 그러나 당분간은 그것이 불가능할 것 같았다. 부대생활을 하기 때문에 여자 교제할 기회와 또 시간이 없었던 것이다. 전쟁이나 끝나고 다시 학생생활을 시작한다면 모른다. 그러나 전쟁이 언제 끝날 것인가?

그런데 다음 날 점심때 뜻밖에도 미애가 찾아왔다. 얼싸안고 싶을 만큼 반가웠다. 그러나 그럴 수는 없었다. 충시가 옆에 있어서만은 아니었다. 못 만나면 그리워지는 여자지만 그 이상은 한 걸음도 나갈 수 없는 사이다.

"무슨 일이 있었어?"

창구는 착잡한 감정을 억누르며 조용히 물었다.

"친구 하나가 죽었어요. 장례식을 해 주느라구……"

미애가 그새 못 온 까닭을 이야기했다. 그 말을 듣자 창구는 며칠 전 양부인 한 명이 죽었고 어제 양부인들에 의해 이색적인 장례가 있었다는 이야기를 상기했다. 양부인들은 그들 친구가 죽었을 때 남자의 손은 하나도 빌리지 않고 자기네들의 손만으로 장례식과 매장까지 해준다는 이야기는 유명하다.

"그걸 보면 여자들이 독해."

충시가 감탄조로 한 마디 했다.

"죽음이나 순결하게 지키자는 발악이겠지요."

미애의 대답이었다.

"그게 보통 일일라구……"

"남의 일 같지가 않으니까 열을 내서 하는 것뿐예요."

"상주 없는 상여지만 모두들 통곡한다면서……"

"우는 여자두 있구 안 우는 여자두 있지요."

"미스 소는 울었겠지?"

"난 울지 않았어요. 안 울어두 우는 것이나 마찬가지지만요."

창구는 듣기만 했다. 그러면서 미애의 생활감정 속에 젖어들었다. 그리고 미애가 인간이라는 생각을 했다. '인간 미애' 영화제목 같은 그 숙어가 머리에서 떠나지 않았다.

십칠 년이 지났으니 사십이 가까웠을 것이다. 사십이 다 된 미애가 지금은 어떤 생활을 하고 있을까? 그동안 별반 미애의 연열을 계산해본 일이 없던 창구가 오늘따라 사십이 다 됐으리란 생각을 한 것은 새로 나타난 인화 때문이었는지 모른다. 인화가 미애의 분신이든 무어든 상관없다. 미애를 느낄 수 있는 애라면 그뿐이다. 이제 열한두 살밖에 안 났으니 오래오래 미애의 이미지를 살려주겠지.

이런 생각을 하고 있을 때 간호원이 와서 어머니가 부른다는 말을 전갈했다. 2층에 있는 병원으로 올라가자 어머니가 침을 맞았느냐고 물었다. 그렇다고 대답하지 며칠 계속해보라고 말했다. 그리고는 사진 한 장을 내놓으며,

"어떤가 봐라."

하는 것이었다. 창구가 젊은 여자 사진을 받아 들여다보고 있는 동안 어머니가,

"고등학교밖에 졸업하지 못했구 한번 결혼했다가 일 년두 안되어 남편이 죽었댄다. 말이 별루 없구 온순하다니 너한텐 안성마춤인 것같다."

하고 사진의 주인공에 대해 설명했다. 창구는 자기도 대학을 졸업하지 못했다. 그리고 지금 나이 사십이 다됐다. 대학을 졸업한 미혼처녀를 바랄 수가 없다. 더구나 자기의 성격으로 콧대가 센 여자는 도저히 생각할 수가 없다. 그러니까 어머니가 이런 여자를 골랐으리라 생각했지만 그렇다고 그 여자가 자기에게 적당한 여자라고는 생각되지 않았다.

"이제 결혼은 해서 뭣해요."

결혼 자체를 반대하는 수밖에 없었다.

"그래 넌 자식 날 생각두 안 하니? 뭐니뭐니해도 자식은 있어야 할 거 아냐?"

"뭐 잘난 놈이라구 후계자를 바랍니까?"

창구는 자기 인생이 다 한 것이라고 생각했다. 아무생활도 없으면서 인생

을 보냈다. 사십이 다 된 자기가 이제 무슨 새로운 생활을 창조할 것인가? 그런데 자식이나 두어서 무얼 하자는 것일까? 오늘 인화를 만난 사실만이 중요한 것 같았다. 과거에 미애를 생각하며 인생을 살아온 것처럼 앞으로도 인화를 생각하며 살다가 죽으면 된다.

"너는 네 아버지두 생각할 줄 모르누나. 아버지를 생각한다면 어떻게 그런 말을 하니?"

어머니는 자기 남편을 생각한 나머지 남편의 손이 이어져야 한다고 하는 것이리라. 그러나 창구는 자기 같은 인간에 후손을 가져야 할만한 가치가 어디 있느냐고 생각했다.

"아버지에게는 미안하지만 저는 효자가 될 자격이 없습니다."

"그 여자가 맘에 안 들어서 그러니?"

"그런 건 압니다."

어머니에게 실망주기가 싫어 그쯤 해 두고 나왔지만 자기 방으로 돌아와 생각해도 지금 다시 결혼한다는 것에 아무 의미를 느낄 수 없었다. 나이 사십이 되었으니 선택권이 있을 수 없다. 다행히 첫눈에 맞는 여자가 있다 해도 막상 결혼하면 또 그 모양이 되고 말 것이다.

첫 결혼을 할 때는 그래도 상당히 고르느라고 골랐었다. 그런데도 일년이 안 가서 싫증이 났다. 따지고 보면 그 여자에게 책임이 있는 것은 아니었다. 결혼 뒤에도 머리에서 사라지지 않는 미애 때문에 자기의 애정을 못 느꼈던 것이다. 말없이 진실만 보여주던 미애. 그것은 구원의 여인상이었다. 그런 미애와 현실적인 아내가 자꾸만 비교되어 현실적인 아내에게 불만을 느끼게 되었다. 그러니 아내가 자기를 좋아할 까닭이 없었다. 결국 성격의 차이라는 것을 표방하여 이혼을 하고 만 것이지만 앞으로 결혼해도 마찬가지일 것이다. 불행한 결혼생활을 할 바에는 아예 시작부터 안 하는 것이 좋다.

다음 날 창구는 다시 한의에게 갔다. 침맞은 것이 약간 효과가 있다고 생각했기 때문이었다,. 보통 때는 허리가 아파 잠을 제대로 못 잤는데 침을 맞은 뒤 잠을 거의 제대로 잘 수 있었다. 그새 많은 약도 먹었지만 효과를 보지 못했던 만큼 침을 믿을 수밖에 없었다. 그것도 그렇지만 거기 가는 참에 충시를 찾아가야 한다는 마음이 앞섰던 것이다.

침을 맞자 곧 충시에게로 갔다. 그리고는 인화에게 데리고 가달라고 졸랐다.

"야, 그 애두 공부를 해야지. 아무때나 만날 수 있는 줄 아니?"

그 말에,

"공부라니?"

하고 놀란 눈으로 물었다.

"재활원 안에 학교가 있어. 거기서 공부들을 한단 말야."

충시는 환자들 틈에서 귀찮은 듯 대답했다. 창구는 충시에게 방해가 되지 않도록 대합실로 나와 점심때까지 기다리기로 했다. 그런데 한참 뒤 충시가 대합실로 나와 창구에게,

"너 인화가 보구 싶어 매일 올 거 아니냐? 미애가 우릴 찾아 매일 왔듯이 말야?"

어찌 생각하면 앞으로 귀찮아질 것을 생각하고 하는 말같이 말했다. 그렇지만,

"그럴지두 모르지."

창구는 솔직하게 말했다.

"너 거기 취직해라. 그럼 실컷 볼 수 있잖겠니?"

무슨 뜻으로 하는 말인지를 알 수 없었다. 그런데도 창구에게는 귀가 번쩍했다.

"취직할 수 있니?"

"알아볼게."

"보수를 한 푼두 안 받구 일한다."

"그럴 수야 있니?"

"정말야. 내 언제 월급으루 살았니. 정말 부탁한다."

"알았다."

충시가 진찰실로 들어간 뒤 창구는 자기가 구질구질 하게 사는 것보다는 거기서 일하며 사는 것이 얼마나 보람 있을까 하고 생각했다. 6·25 전란이

끝난 뒤 미군에서 나와 다시 공부를 계속하려 했지만 그럴 마음이 일어나지 않았다. 대학을 졸업해도 대단한 인생이 전개될 것 같지가 않았다. 어머니 밑에서 생활의 책임감을 느끼지 않았기 때문에 더욱 그랬을지 모른다. 그러나 그것보다도 마지막 헤어지던 때의 미애를 잊을 수 없는 것이 병이었다. 거리에서라도 만나지 않을까 해서 하루종일 거리를 헤맸다. 아직 그런 생활을 하고 있을지도 모른다는 생각에 부산 그곳으로 가 보았다. 그러나 거기에는 그런 여자가 하나도 없었다. 문산, 의정부, 포천 등지로 찾아가보기도 했지만 찾지를 못했다. 만나기만 하면 얼마나 기뻐할까?

"가시네요?"

하면서 그저 손만 흔들던 미애. 그 미애의 마지막 얼굴. 그미는 확실히 나를 사랑하고 있었다.

서로 알고 매일 만나기를 석달 동안 계속했을 때였다. 하룻밤에는 하숙으로 긴급 소집명령이 왔다. 부대를 이동하니 한 시간 이내에 짐을 싸 가지고 부대로 모이라는 것이었다. 군비(軍秘)니까 외부에 발설 말라는 명령까지 첨부해있었다. 창구와 충시는 부리나케 짐을 꾸려 가지고 부대를 들어갔다. 그리고는 수많은 트럭 가운데서 지정된 트럭에 올라탔다. 트럭에 올라서야 두 사람은 미애 이야기를 했다. 미애를 못 만나고 떠나는 아쉬움이 컸던 것이다. 내일 하숙집에 왔다가 방이 텅텅 빈 것을 보고 얼마나 실망할까?

그런 어떻게 할 수가 없었다. 어떻게도 할 수 없기 때문에 채양을 열고 혹시나 하는 마음으로 어둠 속을 내다보았다. 트럭에는 모조리 텐트 같은 채양을 덮고 있었던 것이다.

얼마 안 있어 선두의 트럭이 움직이기 시작했다. 점점 마음은 초조해졌다. 끝내 미애와는 작별의 인사도 나누지 못하고 떠나는구나. 이제 떠나면 영원히 만날 수 없는 여자.

어둠 속의 광장은 넓었다. 몇 걸음 앞에 있는 사람도 알아볼 수 없었다. 그런데도 머리를 내밀고 눈을 휘둥굴렸다. 나타날 리가 없었다. 그런데 바로 앞차가 움직이기 시작했다. 그들이 탄 트럭에도 기어를 거는 소리가 났다. 이제는 다 틀렸다. 아주 낙심을 하고 있을 때였다. 어디선가,

　　"심창구 씨."

하고 여자의 목소리가 들려왔다. 확실히 미애의 목소리였다. 그러자 미애가 나타나 채양을 들추고 창구를 보았다.

　　"여기 타셨군요."

　　그 많은 트럭을 하나하나 찾아 헤매었을 것이다. 창구는 반가웠다. 트럭에서 뛰어내리고 싶었지만 손만 내밀었다. 처음으로 만져보는 그녀의 손이었다. 형언할 수 없는 감정으로 손만 잡고 있을 때 트럭이 움직이기 시작했다.

　　"가시네요."

　　그녀는 그만 눈을 가리고 울기 시작했다. 처음 보는 그녀의 격정이었다. 트럭이 떠나는데도 그녀는 울기만 했다. 나중에 얼굴을 들고 손을 흔들었지만 어둠 속이어서 그녀의 모습을 오래도록 볼 수는 없었다.

　　지금 병원 대합실에서도 창구의 귀에는 그녀가 울면서 '가시네요' 하던 말이 어제 들은 말처럼 생생하게 되살아왔다. 그러나 점심시간이 머지않았다. 충시가 나올 것이다. 미애만 생각하고 있을 수가 없었다. 그는 급한 걸음으로 구내판매점엘 가서 비스켓 상자 두 개를 샀다. 인화에게 주고 싶었던 것이다. 인화 혼자만 먹으라고 할 수가 없어서 같은 방에 있는 애들에게도 줄 수 있을 만큼 샀다.

　　비스켓 상자를 들고 있는 창구에게,

　　"역시 너는 너로구나."

하고 놀렸지만 창구는 부끄러워하지 않았다. 또 구내 식당에서 점심을 먹고 재활원으로 들어갔다. 그런데 이 날도 인화는 다른 애들과 어울리지 않고 자기 방에 혼자 있었다.

　　"또 왔다, 네가 보구 싶어서……"

하며 비스켓 상자를 내놓았지만 인화는 조금도 좋아하지 않았다. 미에에게서는 한 번도 볼 수 없었던 태도였다. 창구는 충시에게 귓속말로, 인화에게 무슨 일이 있는 것이 아니냐고 물었다. 충시는 할 수 없다고 대답했다. 꼭 무슨 일이 있는 것 같았다. 그렇다고 해서 아직 초면인 인화에게 슬픔을 건드릴 말을 물어볼 수도 없어 잠시 뒤 나오고 말았다. 방을 나오자,

"심상치 않은데……"

하고 걱정했다. 그래서 충시가 직원실로 가서 인화의 신상에 대한 것을 물어 가지고 왔다. 충시의 말에 의하면 인화에게는 방문 오던 어머니가 있었는데 그 어머니가 아버지와 헤어지고 딴 남자와 결혼했다는 사실을 인화가 요새 알았다는 것이었다. 그 어머니란 여자가 아버지와 헤진 뒤에도 얼마 전까지 방문 왔었는데 얼마 전부터 아버지가 못 오게 하고 요새는 새어머니가 찾아온다는 말도 했다.

"글쎄 뭔가 있는 애 같았어."

창구는 자기의 느낌이 틀림없었다고 생각하며 말했다.

"불구잔데 또 정신적 고통까지 받게 됐으니……"

충시가 딱하다는 듯 말했다.

창구는 인화가 미애처럼 영원히 불행한 여자라고 생각했다. 미애보다 몇 배나 더 불행한 여자다. 불행하기 때문에 남보다 몇 배나 더한 진실을 가질 수도 있다, 미애처럼.

창구는 인화를 미애처럼 인생의 반면에서나마 진실되게 살도록 할 수 없을까 하고 생각했다. 완전히 행복한 사람이 될 수는 없어도 인생의 일면에서나마 진실되게 살면 불행을 큰 불행으로 생각지 않으며 살 수가 있을 것 같았다. 그렇게 만들려면 인화와 친근해져야 한다. 친근해지지 않고서는 우선 그렇게 만들어 볼 기회조차 없지 않겠는가?

그는 충시에게 무보수로 재활원 직원이 되도록 주선해 주기를 재삼 부탁하고 집으로 돌아왔다. 마음이 피곤했기 때문인지 신경통이 와서 자리를 깔고 누웠다. 통증을 느끼면서도 창구는 인화가 미애처럼 성격이 변하여 자기에게 진실을 보여주는 애가 된다면 하는 생각만 했다. 그러면 인화는 마음속으로 슬픔을 느낀다 해도 자기 앞에서는 웃음을 보일 것이다. 미애처럼 두 가지의 생활을 하면서도 인간 인화를 간직하고 살 수 있을 것이다. 그런 인화를 보며 사는 자기도 영원히 다른 욕망을 품지 않고도 살 수 있을 것이다.

그는 충시에게서 연락이 오기만 기다렸다. 기별이 있기 전에는 인화를 찾아갈 수도 없다고 생각하며 맞으러 가는 길에도 충시를 찾아가지 않았다.

　그런데 사흘째 되는 날 충시에게서 전화가 왔다. 승낙을 받았으니 당장에 나오라는 것이었다. 전혀 무보수일 수는 없어서 거마비로 한 달에 몇천 원씩 준다는 말도 했다.

　창구는 당장에 재활원으로 갔다. 학생들 앞에서 소개하는 자리에서 그는 자기가 아무것도 모르지만 여러 학생의 친구가 되어 무슨 일이든 진심껏 돕겠다는 말을 했다. 수업을 맡지 않는 대신 애들의 뒤치다꺼리를 맡게 된 창구는 모든 애들에게 친절을 보여주었다. 누구도 보일 수 없는 친절을 보여주면서 특히 인화에게 접근했다.

　재활원에서는 애들의 의욕을 살려주고 생에 대한 신념을 살려주기 위해 헬렌 켈러를 사표로 내세우고 있었다. 애들은 헬렌 켈러의 그림을 그렸고 흉상을 만들었고 작문을 쓰기도 했다. 켈러의 이야기를 희곡으로 엮어 연극도 했다. 그러나 창구는 특히 인화에게 세상의 나쁜 여자들 이야기를 해주었다. 신문기사에서 본 악한 어머니를 하나 빼지 않고 이야기해주었다. 나쁜 여자 이야기를 해 줌으로 인화가 자기 어머니를 비판할 수 있는 냉정한 마음을 가질 수 있게 하려 함이었다. 그러면서 물리치료를 할 때라든가 근육 조절운동을 할 때면 꼭 옆에 붙어서 그녀를 도와주었다. 그렇게 며칠을 지나는 동안 인화는 창구를 보고 웃음을 보내는 정도로 가까워졌다.

　얼마가 지난 뒤 창구는 인화의 담임선생으로부터 인화 어머니가 인화 아버지와 이혼하고 딴 남자와 결혼한 이유를 들었다. 인화 아버지가 나빴던 것이다. 애라고 인화 하나밖에 낳지 못했는데 인화가 소아마비에 걸린 것도 인화 어머니 탓이라고 동물적인 학대를 했다. 그런데도 몇 해째 재활원에 와있는 인화로서는 집을 나간 어머니만을 나쁘게 생각하고 있다는 것이었다.

　그 말을 들은 뒤부터 창구는 이혼한 부부들의 이야기를 들려주었다. 남자에게 책임이 있는 경우와 여자에게 책임이 있는 경우를 가려가면서. 그래서 이혼에는 반드시 그 이유가 있다는 것을 느끼게 했다. 말하자면 비지시(非指示)적 교육이었다. 여러 가지 지식을 넣어주고 자주적으로 판단을 내리게 하는 방법이었다. 그런 이야기를 해준 뒤 며칠 있다가 인화가 물었다.

　"우리 아빠와 엄마 중 누가 나쁠까요?"

"글쎄, 거야 내가 알 수 있나."

"아빠가 나쁠 거에요. 성질이 까다로우니까요."

"그럴지두 모르지."

이때까지 엄마를 나쁘다고 생각하며 괴로워하던 인화였다. 그 뒤부터 인화는 조금씩 명랑해졌다. 하루는 서울구경이 하고 싶다고 했다. 창구는 교장에게 특별 승락을 얻어 택시를 태우고 서울을 한 바퀴 돌았다. 어떤 날은 아이스크림이 먹고 싶다고 해서 일부러 시내에 나가 그것을 사다주었다. 그밖에도 필요한 것이 있으면 무엇이나 부탁했다. 상당히 친해진 것이다. 하루는 인화가 물었다.

"아저씨는 왜 이런 데 와서는 일을 하시죠?"

"네가 보구 싶어서……"

벌써부터 하고 싶은 말이었다. 그때 인화가,

"정말?"

하고 물었다.

"정말이구 말구. 어른두 거짓말하나?"

"어른들이 거짓말을 더 많이 한다던데요?"

"그럴까? 그렇지만 아저씨가 인화한텐 거짓말 안 할거야."

"아이 좋아, 난 거짓말하는 사람이 제일 싫어."

인화는 창구에게 무엇이나 숨김없이 이야기하려 했다. 어떤 선생이 좋고 어떤 선생이 나쁘다고 말을 하는가 하면 어떤 애는 샘이 많고 어떤 애는 재간이 없다는 험구까지 했다. 하루는,

"아저씨, 내가 여기서 졸업하면 누구한테 가서 살까요?"

하고 물었다.

"글쎄, 넌 누구한테가구 싶지?"

"엄마한테 가구 싶지만 갈 수가 없을 것 같아요."

"갈 수 없는 데보다 갈 수 있는 데루 가야 하지 않을까?"

"갈 수 있는 덴 가기 싫은 걸 어떡해요."

"그건 두구두구 생각해 봐야지."

창구는 인화가 결국 자기 아버지에게로 가게 될 것이라 생각했지만 그리로 가야 한다는 말을 할 수가 없었다. 자기 스스로 결정짓도록 해야 한다고 생각했기 때문이었다. 그래서 어머니가 혼자 사는 경우가 아니면 애들은 아버지와 같이 산다는 이야기를 구체적으로 들려주었다.

"그건 왜 그럴까요?"

인화가 물으면,

"사람에게는 호적이 있는 건데 그 호적은 언제나 아버지와 함께 따라다니게 마련이거든."

"호적 없이는 못 사나요?"

"못 살 건 없지. 법이 그렇게 돼있으니까 법을 따라 사는 거지."

"난 호적 없이 살구 싶어요."

"어디서?"

"아무 데서나……"

이런 말을 할 때의 인화는 저으기 침울에 잠기곤 했다. 그러나 예사 때는 늘 웃는 낮으로 아저씨, 아저씨 하며 창구를 옆에서 떠나지 못하게 했다. 간호원하고만 변소에 갔었지만 변소길에도 창구와 같이 가게 되었다.

이렇게 인화와 친근해졌고 인화가 진심을 보여주게 되자 창구는 미애를 더 생각했다. 미애와 결혼하고 인화를 데려다 같이 산다면 세 사람이 다 행복해질 것 같았다. 세상에서 자기와 결합할 수 있는 사람이란 그 두 사람밖에 없을 것 같았던 것이다.

하룻밤에는 꿈속에서 두 사람을 함께 보았다. 미애는 오른팔에, 인화는 왼팔에 안겨있었다. 그리고는 셋이서 만족한 웃음을 웃었다. 웃음의 합창이었다.

그 꿈을 꾸고 난 뒤부터 인화를 볼 때마다 미애가 더욱 생각키웠다. 미애, 미애는 지금 어디있을까? 같은 나라에 살고 있을 것만은 틀림없다. 그런데도 만날 수가 없으니 미애는 정말 자기대신 인화를 보내고 자기는 자취를 감추고 말았단 말인가?

하루는 인화가 선생에게 칭찬을 받았다면서 나무가 서있는 풍경화 그림

을 담벽에 붙여달라고 했다. 창구는 그 그림을 인화 침대 옆 벽에 붙이면서,
　"나무를 좋아해?"
하고 물었다.
　"나무는 언제나 싱싱하니까요."
　"나무도 겨울에는 쓸쓸하지 않아?"
　"그건 잠자는 거죠."
　"그래?"
　"아저씬 그것두 몰라? 잠을 자야 봄에 다시 싱싱해지지 않아요?"
　"그렇지. 나보다 인화가 더 잘 보는데."
　창구는 정말 좋았다. 사물을 낙관적으로 볼 수 있다는 것이 얼마나 좋은 일인가? 그런데 며칠도 안되어 인화가,
　"내가 졸업하구 나가면 어저씬 쓸쓸하지 않을까요?"
하고 물었다. 창구는 대답하기가 곤란했다. 그러나 거짓말은 하기 싫었다.
　"인화가 없으면 나두 여길 그만둘거야."
　"그러지 마세요. 다른 애들이 불쌍하지 않아요?"
　그 말하는 인화가 좋았다. 남을 생각할 줄 아는 인화. 창구는 인화의 볼을 가볍게 두들기며,
　"인화 하라는 대루 할게."
하고 대답했다.
　"난 졸업하구두 여기 그냥 남아 있을까봐……"
　"인환 왜 졸업 이야기를 자주 하지. 아직 졸업이 몇 달이나 남았는데……"
　"졸업하는 게 싫어서……"
　"그럼 한 해 더 다니지 뭐."
　"창피하게 낙제를 할 순 없잖아요?"
　창구는 인화가 자기를 무척 좋아하는 것이라 생각했다. 그러니 자기도 인화의 졸업이 인화 못지않게 싫어졌다. 미애처럼 극적인 이별이라면 모른다. 그렇지도 못할 이별을 미리미리 걱정해야 한다는 것부터가 싫었다. 그러면

서도,

"집에 가서 피아노를 열심히 공부해서 유명한 음악가가 돼. 선생님들이 모두 피아노 소질이 있다던데……"

인화가 가지고 살 희망에 대한 이야기를 해 주었다.

"아저씨가 피아노 선생이라문 좋을텐데……"

"이럴 줄 알았으면 피아노 공부를 할걸."

"나 하구 같이 공부하면 돼잖아요."

"인화가 나보다 더 잘 치면 어떡허지?"

"그럼 어때요?"

그리고는 같이 웃어버렸다. 그런데 졸업이 아직 몇 달이나 남았는데 하루는 인화 아버지가 인화를 데려간다고 했다. 그새 사업을 하다가 실패해서 입원비를 댈 수가 없다는 것이었다. 모두들 달리 생각해 보라고 했지만 형편상 할 수 없다고 했다.

아버지가 왔다간 뒤 인화는 계속 울었다. 창구도 마음 속으로 울었다. 집으로 돌아간 뒤에도 집으로 찾아가 인화를 만날 수가 있겠지만 어쩐지 마지막 이별만 같았던 것이다. 미애와 이별한 뒤 한 번도 못 만난 것처럼 다시는 못 만날 것만 같았다. 운명이라고 하기에는 너무나 슬픈 일이었다.

그런데 아버지가 데리려 온다는 날보다 하루 앞당겨 인화가 집으로 가겠다고 했다. 아버지와 같이 가면 택시를 타고 갈 테니까 거리 구경을 할 수 없다는 것이 그 이유였다. 창구보고 밀차에 태워 집까지 데려다 달라면서,

"집에 가면 서울 구경 시켜줄 사람두 없을 것 같아요."

하고 말했다.

창구는 힘든 부탁을 힘들지 않게 말할 수 있는 인화가 좋았다. 그는 인화가 앉아 있는 밀차를 밀고 재활원을 떠났다. 우선 병원 신경과 진찰실을 들러 충시에게 인사를 했다. 인화의 퇴원 인사요 자기의 퇴직 인사였다. 그는

"내가 인화를 집까지 데리구 가네."

하는 말을 잊지 않았다. 그것은 인화와 자기와의 사이가 그쯤 되었다는 것을 자랑하는 것이었다.

병원에서 인화네 집이 있는 신설동까지는 서쪽 끝에서 동쪽 끝이라 이십 리는 거의 될 것이다. 그러나 창구는 그 길이 멀다고 생각되지 않았다.

"여기가 어디지요?"

얼마를 가다가 인화가 묻기 시작했다.

"신촌 로터리야."

"저 큰집은 무슨 집이지요?"

"예식장이야."

"결혼식하는 데요?"

"그렇지."

얼마를 가다가,

"저 큰집들은요?"

"E여자대학교."

"아, 바루 저거군요?"

창구는 뭐라고 한마디 해주고 싶었으나 입을 다물어 버렸다. 미애에게 그미의 생활을 물어보지 못하던 것을 생각하며……. 한참을 가서는,

"저게 우리가 택시타구 지나간 고가도로네요?"

"그래."

"저 길룬 사람이 못 다니나요?"

"자동차만 다니는 길이야."

"이 길루 가면 어디가 되지요?"

"마포야. 한강이 나오지."

인화는 쉬지 않고 보이는 것마다에 대해 질문을 했다. 창구는 하나하나 아는 대로 알려주었다.

종로 상점들이 있는 거리를 지날 때는 쇼윈도를 들여다보며 상품들에 대한 질문을 했다.

"약방이 왜 그렇게 많아요?"

"환자가 자꾸 많아지니까."

"구둣방두 많네요. 누가 저걸 다 사 가지요?"

“서울인구가 사백만이라지 않아.”

“저건 악기 파는 집이네요? 피아노두 팔겠지요?”

그 말에만은 대답할 수가 없었다. 사업에 실패해서 졸업도 하기 전에 인화를 데려가는 인화 아버지가 피아노를 사줄 것 같지 않았기 때문이었다. 인화도 미련 있는 질문을 더하지 않았다.

“사람이 참 많네요.”

“명동 쪽으루 가면 더 많다.”

서울서 살면서도 서울을 보지 못하고 살아온 인화라고 생각했다.

“이 길은 어디루 가는 길인가요?”

종로 오가였다. 서울대학 앞으로 해서 돈암동으로 가는 길이라고 대답해야 할 곳이었다. 그러나 창구는,

“아저씨 집으루 가는 길이야.”

하고 대답했다.

“아저씨 집에요?”

“그래.”

“아저씨 집은 커요?”

“크지 않아.”

“사모님 예쁘세요?”

“그런 거 없어.”

“애들은요?”

“그런 것두 없구.”

“왜요?”

“아직 장가를 안 갔으니까.”

“거짓말.”

“난 거짓말 안 한다구 그랬지.”

“참.”

한참동안 무엇인가를 생각하더니 인화가 창구를 쳐다보며 말했다.

“아저씨 집 구경시켜주세요.”

"정말?"

창구는 고마웠다. 인화는 어떻게 자기가 기뻐할 부탁을 잊지 않고 하는지 알 수가 없었다. 부탁이란 것을 한번도 해 본 일이 없는 미애가 생각났다. 부탁보다도 주기만 하려던 여자다. 주기만 하려던 미애와 받기만 해야 하는 인화. 그들이 대조적인 것 같으면서 동일한 것으로 생각되는 창구였다.

"이리루 가면 서울대학이구, 저리루 돌아가면 창경원이야. 창경원 구경두 해야지."

"아이 좋아. 다음에 창경원 구경시켜 주시겠어요?"

"암, 서울 전부를 구경시켜 주지. 뭐든지."

창구의 집에 다다랐을 때 인화가 또 물었다.

"아버지가 의사님이세요?"

"어머니가 의사야."

"내 병두 고쳐주시겠네."

"산부인과 의사야."

"그래두……"

인화가 약간 실망한 빛을 보였다. 그러나 방에 들어가기 위해 인화를 들어 안았을 때,

"무겁지요?"

웃으면서 물었다.

"종일 안구 다녀두 안 무거울거야."

"거짓말."

"아저씬 거짓말 안 한댔지 않아?"

"참 그렇지."

참 그렇지 하고 웃는 얼굴이 좋았다. 꼭 미애의 표정 같았다. 방 안으로 들어가자

"이게 아저씨 방이야? 혼자서 뭣 하러 넓은 방을 쓰세요?"

"이거밖에 없으니까."

"벽에 그림 한 장 없네요."

"참 그렇구나."

창구가 빙그레 웃었다. 웃고만 지낼 수 있는 자기가 된 것 같았다. 그 먼 길을 걸어왔는데 허리가 아프지도 않았다.

"잠깐 있어."

그는 2층으로 올라가 어머니에게 인화 데리고 온 것을 알렸다.

"그 앨 데리구 오다니? 같이 살게?"

어머니의 질문에 창구는 잠시 대답을 못했다. 그러나 곧,

"같이 살래요."

라고 대답했다.

"세상에 살다가 별일 다 보겠다. 장가들 생각은 않구 애를 데려다 길러?"

어머니는 못마땅한 모양이었다.

"뭘요. 별일이랄 것 있어요?"

창구는 빙그레 웃기만 했다.

(원)《현대문학 173》 1969. 5.

어떤 구제

출근하기 시작하여 일 주일 뒤부터 출입한 다방이었다. 그러니까 오늘은 그가 이 다방에 출입하기 시작한 지 열흘째 되는 날이었다. 그 동안 신입 환영회 등으로 이삼 일 빠진 일이 있지만 공적인 일로 빠진 이삼 일을 제외하면 매일 찾아온 셈이었다. 군청 소재지인 ㅁ읍에는 다방이 세 개가 있다. 그런데도 그가 이 도라지 다방을 택한 것은 시설이 좋다든가 차맛이 좋다든가 음악이 좋아서는 아니었다. 그런 것을 가릴 만한 취미나 성벽은 아예 가지고 있지 않은 그였다. 도리어 그런 것들이 허술해서 찾아가는 것인지 몰랐다. 중심지에서 처져 있고 조건들이 좋지 않아 손님이 적다는 것이 그의 마음을 끌었던 것이다.

그는 지난날 서울 거리에서 잡담과 소음에 지친 몸을 끌고 집으로 돌아가던 때의 기분으로 도라지 다방에 들어섰다. 종일 군수실(郡守室)에서 지친 몸이 포근한 솜 속에 파묻히는 그런 기분이었다. 반가이 맞아 주는 사람이 있는 것도 아니었다. 손님이 없을 뿐 아니라 자기를 아는 체하는 사람이 없다는 것 그것만으로 그는 정말 휴식처처럼 생각했다. 눈을 감아도 좋다. 아무 생각 없이 그냥 앉아 있을 수 있다는 시간이 천국과 같은 느낌을 주는 곳이다.

손님이 특히 없는 시간이라 그런지 다방은 텅 비어 있었다. 가라앉은 기분으로 맨 구석자리에 가 털썩 앉았다. 금시 몸에서 피곤이 솔솔 풀려 나가는 것 같았다. 그는 눈을 지그시 감고 안식을 취하기 시작했다. 그런데 몸 전체가 아직 안식을 채 느끼지 못했을 때

"영감님 오셨어요."

그의 신경세포를 자극시키는 레지의 목소리가 들렸다. 그는 눈을 뜨지 않을 수 없었다. 은주라는 이십 전후의 레지가 엽차를 탁자에 놓고 고개를 숙여 인사를 했다. 차를 주문하라는 것이 아니라 인사를 하기 위해서 온 것이 분명했다. 그런데도 그는,

"커피 한 잔."

하고는 자기가 할 이야기는 다 했다는 듯 다시 눈을 감았다. 그런데 은주는 차 주문을 받고도 돌아갈 생각을 않고

"오늘두 바쁘셨어요?"

하고 말을 걸었다. 그는 은주가 전부터 해롱거리기를 좋아하는 애라고 생각해 왔지만 상대하고 싶은 마음이 없어 못 들은 체해 버렸다. 그랬더니,

"제 말은 말 같지도 않아요?"

조금 볼멘 소리를 했다. 아무리 직업여성이라 해도 이제 갓 스물밖에 안 됐을 애가 오십줄에 들어선 남자를 동등한 위치로 놓고 말을 건네다니? 무엄하다 아니 할 수 없었다. 그러나 그는 그런 연령에 대한 권위의식 같은 것을 가지고 있지 않기 때문에,

"무슨 말을 했나?"

먼저 한 말을 통 듣지 못했다는 뜻으로 물었다. 그리고는 대답을 들으려 하지도 않고 담배를 꺼내 물고 성냥을 찾고 있는데 은주가 얼른 옆 테이불에 가서 성냥갑을 가져다가 불을 붙여 담배에 대 주었다.

"영감님은 너무 하셔요. 사람을 사람으루 취급두 안 하시구……."

하는 것이었다. 그는 그녀를 상대로 해서 왈가왈부하기 싫었다. 자기는 무시를 당했다고 섭섭하게 생각하는 것이겠지만 그에게는 안중에도 없는 존재였다.

"네 말끝마다 영감님인데 그 말 빼구는 말을 못하겠니?"

변명의 말 대신 귀에 거슬렸던 것을 끄집어내 도리어 공박을 해 주었다.

"그럼 영감님을 영감님이라 부르지 않구 뭐라구 해요?"

은주는 자기가 당연하다는 투로 말했다.

"종일 귀에 못이 백이두룩 듣는 말야. 여기선 제발 그런 말 그만둬 줘."

"별것 다 가지구 역증이시네요."

"역증이 나. 정말 역증이 났어."

"영감님두 참 이상하셔. 그게 뭐 나쁜 말이라고 역증을 내실까?"

"또 영감이냐? 나쁜 말이 아니기 때문에 역증이 난다."

"그럼 뭐라구 불러요?"

"내 성이 한가 아니냐? 그러니 한 선생이라구 불러. 자, 그만두구 가서 차나 가져와."

이때 또 한 명의 레지 강수가 주방으로 통하는 문을 열고 홀로 나왔다. 그녀를 힐끔 뒤돌아보던 은주가 이야기를 중단해 버리고 주방 있는 데로 걸어갔다.

한 군수는 해방감 같은 것을 느끼며 다시 눈을 감았다. 안식을 느끼려고. 군청 직원과 민간인들에게 시달린 하루에 종지부를 찍고 피곤을 풀어 보려는 의식적인 노력이었다. 일이 고달파 피곤을 느낀 것이 아니었다. 열 사람이면 열 사람 꼭 같이 영감님 또는 군수 영감님하며 굽신굽신하는 데 지쳤던 것이다. 도장이라면 그까짓 거 몇백 번이라도 찍을 수 있다. 도장찍는 일에 신경쓸 일이 없다. 총무과장이 도장을 찍은 서류라면 눈감고 찍어도 걱정할 것이 없다. 사촌동생 광초가 분명히 한 말이다. 모든 책임은 총무과장이 질 테니까 자리에 앉아만 있으라고. 그런데 질색은 영감이란 말과 굽실거리는 꼴들이었다. 문 두들기는 소리만 들려도 깜짝깜짝 놀랐다. 부탁할 일이 있으면 총무과장에게만 이야기해도 되는데 무엇 때문에 자기 방에까지 와서 굽실거리는 것일까?

일제 시대 아버지가 총독부 어떤 과장 자리에 앉아 있었다. 볼일이 있어서 사무실로 아버지를 찾아갔을 때 서류를 들고 와서 아버지에게 사십오 도로 허리를 굽히고 절하는 부하직원들을 보았다. 나이가 아버지보다 많은 사람도 꼭 같았다. 그때 그는 아버지를 새로운 눈으로 바라보았다. 기계와 같

은 인간들 앞에서 그래도 권위의식을 가지고 사는 보람을 느끼는 그 아버지
가 집에서 보는 아버지와 너무나 달랐기 때문이었다. 집에서도 엄한 아버지
였지만 인조인간 같은 느낌은 주지 않았다. 그 뒤 소위 학병으로 일본 군대
에 끌려갔을 때 그는 경례하는 인조인간이 되고 말았다. 차렷의 부동자세와
인형 같은 손놀림의 거수경례가 영내 생활의 태반이었다. 정말 싫었다. 이십
사 시간 동안 위축된 감정으로 공포 분위기 속에서 살아야 하는 인조인간.
그런 경례를 받는 사람들은 무엇이 그리 즐거울까? 그는 도망을 치거나 자
살을 해 버리려 했다. 일선에 가서 죽는 것이 문제 아니었다. 자기 의지를
상실한 채 인조인간 되는 것이 견딜 수 없었던 것이다. 입대한 지 얼마 안
되어 해방이 되었으니 망정이지 해방이 조금만 늦었다 해도 그의 생애에 큰
변동이 일어났을 것이다.

　은주가 차를 가지고 왔다. 그리고는 다른 손님에게 주지 않는 친절을 베
풀었다. 설탕 그릇을 따로 가지고 와서 스푼으로 손수 떠 넣어 주는 것이었
다. 카운터 옆에 서 있는 강수가 선망의 눈으로 멀리 바라보고 있었다. 설탕
을 넣고 그것을 젓고 있던 은주가,

　"한 선생님, 시장하시지는 않으세요?"
하고 물었다.

　"집에 가서 먹지."
　광오가 극히 무관심한 태도로 말했건만 은주는,

　"시장하시면 여기서 시켜다 잡수세요."
하고 말했다. 광오는 그 친절 뒤에 무슨 마음이 숨어 있는지를 생각하려 하
지도 않고 대답했다.

　"좋아."
　무뚝뚝하게 대답하자 은주는 환멸을 느꼈는지,

　"시장하실까봐 생각해서 말씀드린 건데……."
　샐쭉해서 돌아가 버렸다.

　광오는 은주가 어쩐지 버릇없는 애라고 생각했다. 그래서 혼자 서 있는
또 하나의 레지 강수를 멀리 바라보며 저 애는 어떤 앨까 하고 생각했다. 한

476

일 주일째 왔지만 한 번도 말을 걸어 본 일이 없는 애였다. 수줍어한다든가 사람을 경계한다든가 그런 태도는 아닌데도 말이 없었다. 붙임성이 없다고 할까 그렇지 않으면 생소한 분위기에 아직 익숙하지 않은 모양이라고 할까? 옷차림이야 은주나 비슷하게, 말하자면 촌티가 나는 인조견을 입었다. 아직 날씨가 그러니까 그렇겠지만 슬랙스를 입었는데 거기다 고무신을 신고 있다. 집이 가난해서 할 수 없이 나와 있는 것이 분명했다.

그저 은주와 강수를 비교해 보며 커피를 마시고 있을 때 세 사람이 한 패가 된 손님이 들어왔다. 얼큰했는지 떠들썩 지껄이며 들어온 그들이 우선 레지들을 가지고 농담을 했다.

"저녁 사 줄까?"

"오늘 밤엔 문을 닫구 우리끼리 놀자."

안하무인격으로 떠들 때 은주가,

"조용들 해요."

하며 광오를 턱으로 가리켰다. 그러자 떠들던 그들이 숨을 죽이듯 조용해졌다. 그리고는 술 마신 사람 같지도 않게 셋이 다 같이 광오에게로 와서,

"영감님 나오셨습니까?"

하고 꾸벅꾸벅 인사를 했다.

광오는 인사를 받고는 곧 그들을 돌려 보냈다. 그리고는 그들이 주시하는 가운데 앉아 있을 수가 없어서 곧 다방을 나와 버렸다.

그의 집은 읍내에서 이 마장쯤 떨어져 있는 산 밑에 있었다. 길이 멀고 험해서는 아니었다. 일만 있으면 깊은 밤에도 혼자 다니던 길이었다. 그런데도 군수가 된 뒤로 그 길을 걷는 것이 늘 짐스럽게 생각되어 왔던 것이다. 어디를 갈 때보다도 발걸음이 무거웠다. 그래서 퇴근하자 집으로 돌아가지 않고 도라지 다방에 들르는 것이었지만 이 날은 쫓기다시피 다방을 나와서 그런지 발걸음이 더욱 무거운 것 같았다.

혼자 사는 사람이 얼마나 편할까?

이런 생각을 하며 어두운 시골길을 걸었다. 이른 봄바람이 옷깃으로 차갑게 스며들어 마음을 한결 더 움츠러들게 했다.

사람이란 자기 의지대로만 살 수는 없는 것일까?

광오에게 있어서 집약된 생각은 이것이었다. 여러 가지 생각이 많겠지만 그것들을 집약해서 한 마디로 한다면 의지의 상실이었다. 8·15 이전은 말할 것도 없다. 완전한 의지의 상실 시대였다. 8·15 이후 잃었던 의지를 살리려 했다. 그러나 혼탁한 정치적 불안과 공포에 젖은 사회, 모략과 중상, 상해를 일삼는 인간들이 또 그의 의지를 좌절시켰다. 그래서 도시를 버리고 고향으로 내려와 일한 만큼 거두어 먹으며 살아 왔다. 대단한 의지는 아니나마 의지의 상실을 느끼지 않으며 살아 왔다. 그런데 뜻하지 않았던 군수란 감투가 지금 또 그의 의지를 상실케 하고 있다.

집에 이르자 기다리고 있던 아내와 애들이 뛰어나와 그를 맞았다. 몇 해 만에 만나는 것처럼 반가워하는 얼굴들이다.

"넌 세숫물을 떠 오너라. 넌 부엌으로 나가 불을 지피구."

아내는 애들에게 할 일을 떠맡기며 부산을 떨었다. 싫었다. 그러는 것들이 싫었던 것이다. 전에 농사나 짓고 있을 때는 어딜 갔다가 며칠 만에 돌아와도 이렇게 야단스럽게 군 때가 한 번도 없었다. 군수가 된 뒤부터 매일 이 모양이다. 큰일이나 하고 돌아온 위대한 사람으로 생각하는 모양이었다. 종일 도장이나 찍고 수많은 사람에게서 영감님 소리만 듣다가 돌아오는 허수아비 같은 인간을!

그런데도 떠들썩하게 맞이하는 이유는 무엇일까? 다른 사람들이 영감님이라고 부르는 것처럼 그냥 영감님으로 대하는 것일까? 그렇지 않으면 무엇인가를 기대하고 있다는 것일까? 그 기대란 어떤 것일까? 군수 영감의 아내라는 그리고 자식이라는 자존심을 갖도록 해 달라는 것일까? 그렇다면 그 기대란 결국 군 내의 어떤 사람보다도 큰 집을 갖고 잘 살게 해 달라는 것이 아닐까?

광오는 떠다 주는 물로 세수를 하고 가져다 주는 저녁을 먹었다. 저녁상에는 군수가 되기 전에는 오르지 않던 구운 고기며 계란찜 같은 것이 놓여 있었다. 군수는 그런 것을 먹어야 한다는 것인지? 고기를 사다가 반찬을 해 주는 것까지는 좋다. 그 돈이 어디서 났을까? 자기가 준 일이 없다. 친척집에 가서 빌려 왔을 것이다. 군수도 한낱 월급쟁이인데 무슨 수가 생길 것이라고 돈을 빌려다가까지 반찬을 만들어야 하나? 금년 봄부터는 자기가 농사일도 할 수 없으니 사람을 사서 농사를 지어야 한다. 그만큼 지출이 많이 나갈 것이다. 그런데도 아내는 달리 큰 돈이 생기리라 기대를 하고 있는 모양이다.

싫었다. 그것들이 보기 싫어 다방에 들러 늦게야 오는 것이지만 늦게 오나 일찍 오나 볼 것은 봐야 하니 더욱 싫었다.

저녁을 먹고 있는데 아내가 선반 위에서 편지 한 장을 내려 주었다. 서울서 온 광초의 편지였다. 광오는 저녁을 먹다 말고 편지를 뜯었다. 편지 내용은 간척지 제방공사를 맡게 된 아무개가 금명간 내려갈 것이니 특별히 잘 봐 주라는 것이었다.

광오는 잘 봐 주란 말의 뜻을 잘 몰랐다. 집에 데려다가 음식을 대접하라는 것인지 깨끗한 여관을 물색해서 불편 없게 해 주라는 것인지 그러면서도 결국 이런 일을 부탁하려고 군수를 시킨 것인가 하는 생각을 했다. 군 내에 있는 서해바다의 간척지를 개간하기 위해 제방공사를 하게 됐다는 말은 전부터 듣고 있었다. 국가를 위해서도 또 군을 위해서도 좋은 일이다. 좋은 일이라면 말 안 해도 도와 줄 것은 도와 줄 것이 아니겠는가?

그러나 그는 사촌동생 광초가 국회의원 선거 때 그 사업을 크게 내세우고 선거운동을 했던 만큼 관심이 클 테니까 그 일이 잘 되게 하기 위해 그런 편지를 써 보낸 것이려니 생각하고 달리 잡념을 가지지 않았다.

그런데 다음 날 군청으로 찾아온 서울의 ××산업회사의 ×이란 사람은 의례적인 인사를 한 뒤 조그만 봉투 한 장을 내놓았다. 무엇이냐 물었더니 서울 본사에서 보낸 것이라며 그냥 받아 두라고 했다. 봉투를 열었더니 삼만 원짜리 수표였다. 광오는 놀라지 않을 수 없었다. 못 볼 것을 본 것처럼 수표를 봉투 속에 넣어 돌려 주었다. 그랬더니 그가,

"안 받으시면 제가 꾸지람을 받습니다. 군수 되신 축하루 양복이나 한 벌 사 드려야겠다면서 보내신 건데요."

하며 다시 내주었다. 그래도 광오가 펄펄 뛰며 돌려 주었을 때 그는,

“사장님이 곧 내려오실 테니 그때 직접 돌려 주십시오.”

하면서 봉투를 주머니 속에 집어 넣어 주고 돌아가 버렸다. 광오는 곧 총무과장을 불러 사연을 설명하고 어떻게 했으면 좋으냐고 의견을 물었다.

“그건 한 의원님이 시켜서 보낸 것입니다. 그것을 돌려 주시면 한 의원님께 실례가 될 겁니다. 그냥 받아 두십시오.”

총무과장은 냉정한 태도였다.

“그럼 군청 수입으로 하시오.”

광오는 수표를 총무과장에게 주었다.

“군청 수입으로 기입할 항목이 없습니다.”

“그럼 당신 마음대루 하시오.”

그리고는 수표를 주어 내보냈다. 그런데 몇 시간 뒤 총무과장이 그것을 현찰로 바꾸어 가지고 돌아와

“제가 하라는 대루 하십시오. 처음이 되어서 잘 모르실 겁니다만 큰 일을 맡은 사람들은 다 그런 겁니다.”

마치 어린애 취급하듯 말하고 나가 버렸다.

광오는 싫었다. 그런 불미한 인간관계가 싫어 외계와 접촉 없이 농사나 지으며 살던 것이 아닌가? 뜻 아니했던 감투를 썼고 이제 뇌물까지 받았다. 이십여 년 동안 청렴하게 살던 생활이 하루에 와르르 무너지고 만 셈이다.

이렇게 될 것을 예상하고 강권하는 광초에게 얼마나 고집을 피우며 군수를 사양했던 것인가?

“사람이 없습니다. 꼭 해 주셔야겠습니다. 그저 앉아 있기만 해 주십시오.”

“앉아만 있자구야 그런 직분을 어떻게 맡겠는가?”

“맡게 되면 자연 일을 하시게 되는 거 아닙니까? 학식이 없습니까, 인격이 없습니까?”

“경험두 없구 할 의욕두 없다니까. 정말 안 하네.”

“타군 사람을 임명해야 되겠습니까? 앉아만 계십시오. 일은 총무과장이 다 할 테니까요.”

"자넨 내가 농사짓구 있는 이유를 알 텐데……."

"알구 말구요. 그러니까 이렇게 사정을 하는 것이 아닙니까?"

그래도 광오는 광초의 권유를 물리쳤다. 어떤 일이 있어도 나가지 않겠다고 고집했다. 자기가 싫다는데 누가 강제로 시킬 수 있겠는가 하는 생각이었다. 그런데 잠잠하고 있던 얼마 뒤 군청의 총무과장이라는 사람이 사령장을 들고 와서 곧 취임해 줘야겠다는 말을 했다. 국가에서 발령한 것이니 절대로 도로 반려할 수가 없다면서 정 못하시겠거든 며칠 동안만이라도 나와 달라고 했다.

광오는 자기가 승낙한 일이 없는 사령장이 어떻게 나올 수 있느냐고 사령장을 돌려 보냈다. 그러나 총무과장뿐 아니라 군청의 간부급 직원이 총동원되어 매일처럼 찾아왔다. 그뿐만도 아니었다. 문중의 친척들이 더 야단이었다. 한시도 쉴 새 없이 찾아와서 감언이설을 했다. 그보다도 견딜 수 없는 것은 아내였다. 모두가 다 원하는 것을 왜 거절만 하느냐고 나무랐다. 하다가 정 싫으면 그만두고 다시 농사를 지을 수 있지 않느냐면서 애원하기도 했다.

모두가 속물로 보였지만 광오는 속물의 세계로 들어가고야 말았다.

'나는 군수가 되어두 속물은 안 된다.'

이런 생각을 굳게 다짐했지만 그는 자기가 속물이 되어 가고 있다는 것을 언제나 깨닫게 될는지?

광오는 우선 지폐뭉치의 보관에 대해 신경을 쓰기 시작했다. 오물 같은 느낌도 들고 폭발물 같은 느낌도 드는 돈뭉치였다. 나중에 어떻게 처리하든 우선은 보관해 둬야겠는데 그 더럽고 위험한 것을 주머니 속에 넣고 다닐 수는 없었다. 만약 아내가 보기만 하면 감언이설로 그것을 앗아 낼지도 모르는 일이다. 그는 캐비닛 속에 넣기로 했다. 거기 넣고 잠그면 안전하기도 하지만 언제까지라도 보관할 수 있다. 그 속에 넣어 두었다가 총무과장을 시켜 적절하게 쓰도록 하자.

그가 현찰을 캐비닛 서랍 속 깊이 넣고 있을 때 노크소리가 났다. 그는 무엇을 훔치다 들킨 때처럼 황급히 캐비닛 문을 닫고 자기 자리로 뛰어와 앉았다. 방 안에 들어선 사람은 구촌 아저씨뻘 되는 한 노인이었다. 한 노인은 잠시 방 안을 둘러보고 난 뒤,

"얼마나 수고하시나?"

하고 광오를 멀거니 쳐다봤다.

물론 허리를 굽히고 인사한 것도 아니요, 또 영감님 하며 굽신거리지는 않았다. 그러나 반말을 쓰면서도 얼마나 수고하시냐는 야릇한 말을 쓰며 눈치를 살피는 것은 틀림없는 아첨이었다. 광오는,

"아저씨 웬일로 여기까지 오셨습니까?"

깍듯한 인사를 한 뒤 그를 응접용 소파에 앉히었다. 그런데 노인은 소파 맨 끝에 궁둥이를 겨우 걸치고,

"진작 찾아와서 인사라도 해야 할 건데 이거 어디 됐나?"

무척 송구스런 태도를 보였다. 광오는 편히 앉지도 못하고 겨우 궁둥이만 걸치고 있는 노인이 보기 딱해서,

"편히 앉으세요."

하고 담배 한 가치를 꺼내 권했다.

"아닐세. 바쁠 텐데 곧 가 봐야지."

노인은 권하는 담배도 받지 않았다.

"그럴 수가 있습니까? 담배나 피우구 가십시오."

그는 노인 앞으로 가서 담배를 권했다.

그리고는 성냥불까지 켰다. 노인은 할 수 없이 담배를 빨면서,

"이거 미안하구만……."

송구스러워 말도 끝맺지 못했다. 몇 모금 담배를 빨아들이고 나서는 두루막 속에서 신문지로 싼 물건을 내놓으며,

"가져올 것두 없구 해서 변변치 않다만……."

하고 말했다. 광오는 그것으로 노인이 무슨 부탁을 하려 온 것이라 짐작을 하고,

"그런 건 안 받기루 했습니다. 도루 넣으십시오."

신문지에 싼 물건을 노인의 두루마기 속으로 넣어 주었다. 노인이 그것을

받을 리가 없었다.

"날 대접하는 게 아닐 걸세. 약소하다구 그러는가?"

노인은 정색을 하고 화를 내려 했다. 광오는 노인을 화나게 할 수가 없어서 신문지에 싼 물건을 테이블 위에 놓았다. 감촉과 무게로 보아 담배 열 갑들이 같았다. 대단치 않은 물건이기는 했다. 그러나 평시 한 번도 그런 물건을 갖다 준 일이 없는 친척이다. 군수가 되었다고 선물을 들고 찾아왔다는 것이 어찌 기분 좋을 것인가?

그래도 주는 것을 거절 못하는 것이 광오였다. 사실 거절하는 용기를 가진 사람이 세상에 얼마나 있겠는가?

광오가 물건을 받은 것처럼 하고 있을 때 노인이,

"수리재에 우리 땅이 좀 있지 않나?"

하며 이야기를 시작했다. 동네서 삼 마장쯤 떨어져 있는 야산 일대에 서울 사람이 목장을 경영하기로 되어 있다. 국책에 의한 목축이라 지난번에 있던 군수가 가운데 나서서 그 일대 토지를 매수했다. 그때 군수의 강권에 의해 노인의 땅도 팔았는데 너무 헐값으로 팔았으니 땅을 도로 돌려 주든가 땅값을 더 내든가 하게 해 달라는 것이었다.

골치 아픈 일이었다. 전직자가 해 놓은 일을 지금 와서 어떻게 번복시킬 수 있을 것인가? 광오는 총무과장을 불렀다. 그리고는 노인을 소개시킨 뒤 부탁이 있어 왔으니까 듣고 잘 처리하란 말을 했다.

"전 그런 걸 잘 모릅니다. 이분이 알아서 잘해 줄 겁니다."

그는 노인에게 솔직한 고백을 했다. 그랬더니 노인이,

"그럴 수 있는가? 자네가 직접 애써 줘야지."

하고 불만을 말했다.

"이분은 나하구 꼭 같은 생각을 갖구 있으니까 걱정 마십시오."

총무과장이 눈치를 채고 노인을 끌고 나갔기에 망정이지 혼자서 당했다면 어디로 도망이라도 쳤을 뻔했다.

한참 뒤에 노인이 다시 들어와,

"그럴 수가 있는가? 문중에서 처음 군수가 났는데 군수가 친척 일두 못

봐 준대서야 누굴 믿구 사나."

불만을 털어놓았다.

광오는 어이가 없어서,

"다음에 광초가 내려오거든 부탁해 보십시오. 국회의원이 군수보다 몇 배나 세력이 크니까요."

하고 노인을 돌려 보냈다. 한숨을 내쉬고 앉아 있는데 이번에는 일가 조카뻘 되는 청년이 찾아와서 취직을 시켜 달라고 했다. 안 된달 수도 없고 된다고 할 수도 없는 일이었다.

"이력서를 총무과장에게 두구 가게."

또 총무과장에게 넘기는 수밖에 없었다. 청년을 돌려 보낸 뒤 한가한 시간을 가지려고 했을 때 노인이 가져다 준 담배 생각이 났다. 그는 얼른 총무과장을 불러 그 담배를 주며 직원들에게 나눠 주라고 했다. 그런데 총무과장은 말을 듣지 않았다.

"손님 대접용두 사 드리지 못하는데 뒤 두십시요. 영감님 주머니 돈으루 손님 대접을 하실 수 있습니까?"

하고 그것을 캐비닛 속에 넣으려 했다. 광오는 총무과장이 캐비닛을 열면 안 된다는 생각을 했다. 혹시 돈이 들어 있는 서랍까지 열지 모르기 때문이었다.

"일루 주시오."

그는 담배를 도로 받아 테이블 위에 올려 놓았다. 그러나 혼자서 그것을 피울 생각은 없었다. 그래서 총무과장을 내보낸 뒤 얼마의 시간 간격을 두어 자기가 들고 나가 간부급 직원들에게 한 갑씩 나눠 주었다. 그런데 청사 한편 구석에서 떠들썩 지껄이는 소리가 들렸다. 그의 시선이 그리로 갈 수밖에 없었다. 어떤 노파가 군청 직원에게 바락바락 소리를 지르고 있는 것이 보였다. 광오는 본체도 않고 그냥 자기 방으로 돌아갔어야 할 것이었다. 그러나 어느새 군수라는 직업의식이 조금쯤 머리에 박혔는지 호기심을 품고 그리로 걸어갔다.

"따님이 다방에서 돈을 잘 버는데 뭘 그러십니까?"

"돈을 벌어요? 오천 원 월급을 받지만 집에 몇 푼 들여오는지 아시기나 하우?"

직원과 노파 사이에 주고받는 말이 들렸다.

"좌우간 상부에서 돈이 나오는 대루 전해 드릴 테니까 가서 기다리구 있으세요."

"어떻게 기다리구만 있으랍니까? 그 애가 죽은 지 벌써 얼마나 지났는데요. 그 애 몸값이 그래 십만 원두 못 됩니까? 십만 원만 줘요."

"글쎄 우리 맘대루 못하니까요."

광오는 그들 옆에까지 가는 동안 대강의 내막을 알 수 있었다. 그러나 십만 원을 내놓으라는 돈의 내막을 알 수가 없어 노파와 다투고 있는 직원에게 물었다.

군인에 나갔던 아들이 달포 전에 자동차 사고로 죽었다. 그 아들이 군대에 나가기 전에 양봉을 한다고 빚진 것이 있는데 그 빚 십만 원을 갚게 해 달라는 것이었다.

"세상에 나왔다가 십만 원을 빚지구 갔는데 그 빚두 갚지 말라는 겁니까?"

노파가 광오를 보고 삿대질을 했다.

광오는 안 들은 것만 못했다. 그러나 들은 이상 관여하지 않을 수 없었다.

"보상금은 얼마나 나올 것인가?"

"얼마간 나올 것입니다. 그렇지만 십만 원이 나올지 그건 나와 봐야 알 일입니다."

내막을 다 듣고 났지만 군청 예산에서 십만 원을 떼 주라는 말을 할 수 없는 이상 책임 있는 말을 달리 할 수 없었다. 그는 슬그머니 그 자리를 피해 자기 방으로 돌아왔다. 그리고는 총무과장을 불러 어떻게 도와 줄 방법이 없느냐고 물었다. 총무과장으로서도 방법이 있을 리 없었다. 총무과장이 방법 없다면 자기로서도 속수무책이다.

"딸이 다방에서 일하구 있는가?"

광오는 화제를 돌리는 수밖에 없었다.

“도라지 다방 레집니다.”

“어떤 레지?”

“강수라던가요?”

총무과장을 내보낸 뒤 강수라는 말 없는 레지를 생각해 보았다. 역시 사연이 있어 다방에 나온 여자라는 생각이 들었다. 은주가 자기 옆에서 무엇인가를 요구하고 있을 때 멀거니 바라만 보고 있던 그녀. 자기 몸을 비틀어 넣을 구멍을 찾느라고 비비적거리는 것이 은주라면 몸을 어디다 붙인다는 것 자체가 두려워 오돌오돌 떨고 있는 것이 강수라고나 할까?

아름다운 남자의 손이 뻗어 오기를 기다리는 감상성마저 가지고 있지 못한 처녀들이지만 너무나 대조적인 그들이었다.

오빠의 빚 때문에…… 십만 원의 인생도 다 못 살고 죽은 오빠의 빚 때문에 마굴(魔窟)에 들어선 것처럼 강수는 떨고 있는 것이다.

광오는 병무계 직원을 불렀다. 그리고 입회자로서 총무과장도 부른 뒤 캐비닛 속에 들어 있는 돈뭉치를 꺼내,

“아까 왔던 노파를 찾아가 이걸 전해 주시오.”

하고 병무계 직원에게 주었다. 그리고는 한 마디를 더 했다.

“한꺼번에는 안 돼두 십만 원을 만들어 준다구 하시오.”

총무과장은 아무 말도 못하고 보기만 했다. 그것까지 관여할 수가 없었을 것이다.

어떻게 해서 십만 원을 만들어 주겠다는 계획이 있는 것은 아니었다. 어떻게든 될 것 같다는 막연한 생각이었다.

총무과장과 병무계 직원을 내보낸 뒤 광오는 소파에 몸을 파묻고 담배를 피워 물었다. 연기를 폐장 깊숙이 빨아들였다가 공중으로 후 내뿜었다. 어쩐지 피곤을 느꼈다. 얼마 동안 맥없이 앉아 있을 때 농협조합장에게서 전화가 왔다. 오늘 밤 자기 집에서 바둑이나 두자는 것이었다. 광오는 집에 볼일이 있어서 빨리 돌아가야겠다고 그것을 거절했다. 친하지도 않은 사람이 퇴근 뒤 자기 집에서 바둑을 두자는 것은 저녁을 같이 먹자는 말이라 해석되었기 때문이었다. 얻어먹는다는 것이 귀찮았다.

퇴근 시간이 되자 그는 정말 집으로 직행했다. 도라지 다방에 들러 쉬어 가고 싶었지만 강수를 보기가 안되어 그냥 돌아가기로 했다. 강수가 돈 보낸 사실을 안다면 자기를 대하기가 더욱 어려워할 것이 분명했다. 또 자기도 돈을 보냈다고 그녀에게 생색을 낼 처지도 아니었다. 그래서 어둡기 전이었지만 집으로 그냥 돌아갔다. 시골길을 걸으며 그는 혹시 길이 넓기만 하다면 군청 지프차를 타고 다닐 수 있으리라는 것을 생각했다. 틀림없는 일이었다. 군청에서 집까지 지프차를 타고 다닌다면 피곤이 덜하지 않을까? 지프차가 다닐 수 있게 길을 넓힐까? 군수의 권한으로 그것쯤 할 수 있을 것 같았다. 그런 그러나 생각이 드는 순간 광오는 고개를 흔들었다. 어느새 나도 권력을 좋아하는 사람이 되었단 말인가?

걸어다니는 것이 좋다. 아무의 눈에도 띄지 않게 평민처럼 걸어다니는 것이 좋다.

광오는 자기가 권력을 좋아할 소질이 있는 것 같은 위험성을 느끼며 집에까지 이르렀다. 집에서는 아내와 자식들이 친절하게 대해 주었다. 마치 군주를 대하는 신하들처럼. 농사를 지을 때 들에 나갔다가 돌아오면 언제 왔느냐고 물어 보지도 않던 가족들이었다. 친절을 지나 그야말로 주종 같은 느낌이 들 만큼 접대해 주는 것이 싫었다. 싫었지만 주는 친절을 아무 말 없이 받아들이는 광오였다.

저녁상을 받았을 때였다. 아내가 옆에서 오늘 집에 찾아왔던 사람의 이야기를 했다. ××국민학교 교감 부인이 앞으로 얼마 안 있어 정년 퇴직할 교장의 뒷자리를 얻게 해 달라고 찾아왔다는 것이었다. 군수가 도 교육감에게 청탁하면 힘들지 않게 될 것이라면서. 그때 아내가 마침 교육감 부인이 자기 동창생이란 말을 했더니 그럼 군수가 수고하실 것 없이 자기더러 한 번가 봐 달라면서 돈 만 원을 맡겼다는 것이었다. 그리고 난 뒤 하는 말이,

"이건 교제비조루 주는 것이구 일만 잘 되면 톡톡히 은헬 갚는다지 않아요."

마치 자기도 돈을 벌게 되었다는 듯이 기쁨을 감추지 못했다. 그 이야기를 다 듣고 나자 광오는 언성을 높여,

“그 돈 내일루 돌려 주시오.”

하고 말했다.

“도에까지 가려면 여비두 들구 또 오래간만에 찾아가면 빈손으루 갈 수 있어요?”

아내가 이해할 수 없다는 표정으로 불만스럽게 말했다.

“당신두 군수 사모님 노릇을 시작하는 거요?”

“군수 아내루 하는 일 아녜요. 동창생으루 동창생에게 부탁하는 거지.”

“정말 사모님 행세 그만두시오. 동창생의 입장에서 찾아가두 군수 아내루 볼 것 아니겠소.”

“그만둬요. 당신의 이름을 팔지 않을 테니까……..”

광오는 좋은 말로 타일렀다. 그러나 아내는 말을 듣지 않았다. 군수 아내로 활동하고 싶은 의욕이 상당히 부푼 모양이었다. 싸울 수도 없는 일이어서 내버려 두기는 했으나 일이 잘못되어 가고 있음을 부정할 수 없었다.

앞으로 매일 이런 일들이 계속될 것을 생각하니 우울했다. 우울했지만 어떻게 할 수도 없는 일이라고 생각했다.

다음 날 군청에서 이런 일이 생겼다.

총무과장이 포장지로 싼 종이 상자 하나를 가지고 들어왔다. 군청 소재지에서 약 십 킬로 떨어져 있는 수리재 근처에서 목축을 경영하기로 한 사람이 인사차 가지고 온 와이셔츠 한 벌이라고 했다. 영감님이 그런 것을 싫어한다고 하며 돌려 주었지만 그까짓 것이 무슨 선물이냐고 꼭 전해 달라기에 그럼 물건을 두고 그냥 돌아갔다가 다음에 와서 인사를 드리라고 돌려 보냈다는 말까지 했다.

광오는 와이셔츠 한 벌 같은 것을 가지고 그렇게까지 어렵게 처리했느냐고 말하고 싶었지만,

“그런 것쯤이라면 받아두 무방하겠지.”

하고 대수롭지 않은 일이라는 듯 말했다.

“그렇습죠, 영감님.”

총무과장은 당연한 말씀이라는 듯 허리를 굽히고 나갔다. 총무과장이 나

가자 광오는 포장지를 풀었다. 어떤 물건인가 보고 싶었던 것이다. 그런데 종이 상자를 열었을 때 와이셔츠 위에 봉투 하나가 놓여 있음이 보였다. 봉투 속에는 이만 원짜리 수표 한 장이 들어 있었다.

광오는 그 자리에서 총무과장을 불러 그 수표를 돌려 주려 했다. 그런데 순간적으로 총무과장도 모르는 돈일 것이라는 생각이 들었다. 총무과장이 모르는 돈을 총무과장을 통해 돌려 줄 필요가 무엇일까 하는 생각도 들었다. 만일 그 수표를 돌려 주면 다음에 누가 그야말로 조그만 물건을 선사했을 때 총무과장은 그 속에도 수표가 들어 있을 것이라고 추측할 것이 아닌가?

광오는 수표를 포개서 수첩 속에 넣었다. 마치 남에게 보여서는 안 될 부적처럼. 이상했다. 처음 남의 돈을 받았을 때 그것이 폭발물처럼 위험하게 느껴지던 것과는 아주 달랐다. 위험물이 아니라 자기를 보호해 줄 물건처럼 생각되었던 것이다.

그런데 예고도 없이 중앙에서 사람이 내려왔다. 건설부 기사로 그리 높은 사람도 아니었다. 그런데도 광오는 총무과장을 시켜 그를 잘 대접하게 했다. 간척지 제방공사에 대한 사전조사를 위해 온 사람이기 때문에 잘 대접해야만 중앙의 원조가 많을 것이라는 계산에서였던 것이다. 우선 군수 응접실로 안내하게 하고 과자와 차를 대접하게 했다. 사무적인 이야기를 할 때는 자기가 손수 담배를 꺼내 권하기도 했다. 점심시간에는 읍내 제일 가는 음식집으로 안내해서 그 집에서 만들 수 있는 가장 비싼 음식을 대접했다. 저녁 때는 또 읍내 일류라는 요릿집으로 안내하여 술상을 베풀었다.

"영감님! 앞으로 하실 일이 많겠습니다."

중앙청 기사가 영감이라는 말을 해도 그는 아무렇지도 않게,

"경험이 있어야지요."

하며 겸손의 말로 대꾸하기도 했다.

"특별한 사상을 가지신 분이니까 누구보다두 업적을 올리실 겁니다. 벌써부터 군청 직원들의 기대가 크던데요."

이런 찬사로 대할 때 그는,

"아직 아무것두 한 것이 없습니다. 얼마 동안 공부를 해야지요."

찬사를 액면대로 받아 사교적인 언사도 썼다.

원체 술이 세지 못해 손님과 일 대 일로 대작은 할 수 없었지만 술잔을 주고받는 것이 그리 불쾌하지도 않았다.

그런데 술김에선지 손님 옆에 앉아 있는 색시에게,

"너 그 손님 잘 대접해라. 그렇지 않으면 알지?"

하고 농담 비슷한 말을 했다. 그것은 육체로까지 서비스를 하라는 뜻이었는데 눈치 빠른 기생이,

"영감님두…… 우린 벌써 이렇게 됐어요."

하며 손님 뺨에 입술을 가져다 대는 것이 아닌가?

광오는 여자에게 직권을 사용했다는 것을 순간적으로 느끼고 스스로 얼굴을 붉혔다. 내가 벌써 이렇게 되었는가?

그 색시의 얼굴을 바라보며 앉아 있을 수가 없을 만큼 자신에 대해 수치심을 느끼기도 했다. 집이 멀다는 것을 핑계로 먼저 술집을 나와 버렸지만 심난한 마음을 이길 수 없어 도라지 다방에 들렀다.

어제는 강수 때문에 일부러 들르지 않았던 것이지만 오늘은 강수가 안 나왔을지도 모른다는 생각을 하여 다방 안에 들어섰다. 사실은 자기가 준 돈으로 빚의 일부라도 갚고 그래서 강수가 오늘부터 나오지 않았으면 하는 것이 그의 소원이었다. 그 소원을 확인하기 위해 들른 것이라고도 말할 수 있었다.

그런데 강수는 전처럼 나와 있었다.

광오는 이상하게 생각했다. 빚이 없다면 무엇 때문에 이런 데 나오는 것일까 하고.

다방이 순진한 여자를 위해 좋은 직장이라고 생각지 않기 때문이었으리라.

강수는 역시 주방 앞에 서서 사람을 경계하는 눈으로 자기를 쳐다보았다. 은주가 영감님 하고 쫓아와 손이라도 잡아끌 것처럼 반기는 대신 강수는 멍하니 서 있을 뿐이었다.

"오늘은 늦으셨네요? 어제는 왜 안 오셨지요?"

광오가 자리에 앉기도 전에 은주는 호들갑을 떨었다. 광오는 은주에게 대

답 대신 시선을 강수에게 보냈다. 역시 오들오들 떨고 있는 듯한 모습이었다. 그렇게 보였던 것이다.

은주가 커피를 가져올 때까지 그는 강수를 살펴보았다. 저애도 앞으로 익숙해지면 은주처럼 되겠지. 그런데 언제부터 은주처럼 될 것인가?

사실 아무 상관이 없는 처녀지만 그는 관심 깊은 사람처럼 생각했다. 그때,

"영감님."

은주가 불렀다.

"그래서?"

그는 영감님이라는 말에 짜증을 낸 것이 아니다. 영감님 아닌 어떤 말로 불러도 무관할 것 같았다. 다만 할 이야기가 뭐냐고 짜증 비슷한 감정이 솟구쳤던 것이다.

"얼마 안 있으면 봄 아녜요? 단양팔경에 놀러 가요."

은주는 교태를 부리며 말했다.

"응, 그때 봐서."

광오는 승낙도 거절도 아닌 말을 하고 나서,

"넌 좀 가 있어."

은주를 옆에서 떠나게 했다. 그리고는 강수를 불렀다. 할 수 없이 옆에 왔지만 그녀는 무슨 말이냐고 부른 이유를 묻지도 못하고 서 있었다.

"좀 앉아라. "

다방 규칙이 레지가 손님 옆에 앉지 못하게 되어 있지만 그는 명령하듯 말했다. 강수는 명령에 좇을 수밖에 없었다. 맞은편 자리에 앉자 광오는,

"빚을 갚아두 여길 나와야 하니?"

하고 물었다. 앞자리에 와 앉아서도 돈에 대한 이야기를 먼저 꺼내지 않는 강수였기 때문에 할 수 없이 그런 말을 한 것이지만 돈을 보냈다고 해서 감사하다는 말을 못 들어 그런 것처럼 해석될 것 같아 스스로 불쾌를 느꼈다. 그런데 강수는,

"먹구 살아야 하니까요."

할 뿐 그래도 삼만 원 건에 대해서는 언급을 안 했다. 광오는 차라리 잘 되

었다고 생각했다. 생색내기 위해 준 돈은 아니었다. 그리고 자기 주머니를 털어 준 돈도 아니었다. 그리고 강수는 그 돈이 자기 개인이 아니라 군청에서 공금으로 준 것으로 알고 있을지도 모르는 일이다. 아니 자기 어머니가 그런 돈 받은 사실을 그녀가 전혀 모르고 있을지도 모른다. 안다고 해도 고맙다는 말이 치사스러워 못할지도 모른다.

"응, 알았어."

좀 싱겁기는 했으나 더 할 말이 없다는 듯 강수를 돌려 보냈다. 강수는 머리를 숙이고 일어서서는 카운터로 가서 창문을 향해 섰다. 아무 일 없이 광오 곁을 떠났다는 안도의 감정인지 그렇지 않으면 왜 좀더 다정한 이야기를 안 해 줬을까 하고 불만의 감정을 가지고 있는지 통 알 수 없는 표정이었다. 창문 있는 데로 시선을 보낸 채 도무지 움직이지를 않았다.

광오는 생각했다. 자기가 설 자리를 부비고 뚫으려는 은주를 매일 보고 있는 만큼 강수는 그런 은주에게서 일종의 공포심 같은 것을 느끼고 있을 것이다. 그래서 자기가 불렀을 때 공포심에 가슴을 떨었을 것이다. 그러나 가슴 떨릴 말 한 마디도 안 했으니까 지금 안도의 숨을 돌리고 있으리라고.

그는 자기 주머니에 들어 있는 수표를 생각했다. 그것을 주면 집으로 가지고 가서 빚을 갚을 것이다. 그렇게 해서 빚을 갚고 나면 조금쯤 부담이 적어진다. 부담이 적어지면 마음의 여유가 조금쯤 생길 것이고 그때는 사람을 대하는 데 오돌오돌 떠는 숙맥짓은 안 할 것이다. 농사를 지을 수 없으니 그냥 레지생활은 하겠지. 그러나 허리를 펴고 사회를 걸어다닐 수 있지 않겠는가?

그러나 본인에게 돈을 주면 또 부담감을 느낄 것이다. 자기는 생색을 내려는 사람같이 되고. 아니 오해를 받을 것이다. 어떤 야심을 갖고 있다고.

그럴 수는 없었다. 군수가 되자 여자에게 손을 뻗치러 든다고 소문을 퍼뜨릴 수는 없었던 것이다.

광오는 다방을 나와 집을 향해 걷기 시작했다. 주머니 속에 들어 있는 가벼운 종이 한 장이 자꾸만 무겁게 생각되었다. 어쩌자고 그것을 주머니 속에 넣고 다닐까? 아무래도 흑심이 있었던 것이 아니냐?

속물이 돼 가고 있다. 속물.

농사를 지을 때 농사지은 것을 장에 가져다 팔고 돌아와서는 가족들이 다 있는 데서 얼마얼마의 돈이 들어왔다고 집안 식구들에게 자랑삼아 이야기했었다. 그때는 단돈 십 원도 귀했고 아까웠다. 될 수 있는 대로 적게 쓰고 적절하게 쓰려 했다. 돈이 들어오기 전부터 계획을 세우고 그 계획대로 쓰려고도 했다. 아내가 시장에 갔다가 계획 안 했던 고무신 한 켤레라도 사 오면 왜 의논도 없이 그런 짓을 했냐고 야단을 쳤다.

그런데 지금 주머니에 들어 있는 돈은 예상도 안 했던 것이다. 따라서 쓸 데를 생각하고 있지도 않다.

누군가가 길에서 주운 백 원짜리를 어떻게도 할 수가 없어서 불에 태워 버렸다고 한 말이 기억났다. 무척 양심적인 사람이란 생각이 들었다. 그 사람처럼 수표를 태워 버릴까?

그럴 수는 없었다. 현금과 달리 수표인 만큼 불에 태우면 은행만이 횡재하게 된다. 은행에서는 주인 없는 돈이라고 국가에 돌릴 것도 아니다.

이런 생각을 하니 집에까지 갔을 때 아내가 도(道)에 가서 아직 돌아오지 않았다는 말을 들었다. 눈앞이 어두워지는 것을 느꼈다. 마침내 아내는 군수 사모님의 행세를 하기 시작한 것이다. 자기의 승낙도 없이 사교계를 넓히고 있다.

속물! 군수의 그늘을 이용하여 군수 같은 권위를 행세하려는 속물!

그리고 공돈이 탐나서 남편의 승낙도 없이 하룻밤을 자야 하는 먼길을 떠난 아내. 그 아내가 미워졌다. 만약 그녀가 남자였고 또 자기 대신 군수 자리에 앉았다면 어떤 짓을 할까? 아내가 밉지 않을 수 없었다. 아내가 미워서라도 자기는 공돈을 가지고 들어오는 군수가 되지 않아야 한다는 생각을 했다.

그런데 고등학교에 다니는 막내딸이 살금살금 옆으로 오더니,

"아버지, 우리 언제 읍내루 이사가요?"

하고 물었다.

"이사는? 이사갈 생각 없다."

"그럼 자동차가 다니도록 길을 넓히지두 않으세요?"

“그런 거 생각해 본 일 없다.”

“자동찰 타구 학교에 다니면 얼마나 신날까?”

“그래?”

그는 딸애가 실망할 만큼 거센 말은 안 했지만 딸애가 미운 생각에 피곤해서 자야겠다고 딸애를 내보냈다.

국민학교에서 중학교를 거쳐 고등학교에 다니는 오늘까지 생각도 못했던 자동차 이야기를 하는 딸애가 미웠던 것이다.

아내도 밉고 딸애도 밉다는 생각을 하니 서글퍼졌다. 가족까지 미워하면서 군수 노릇을 해서 무엇할까? 그는 가족을 미워하는 자기가 잘못인가 하고도 생각해 보았다. 글쎄, 그것은 자기도 모를 일이다.

광오는 군수의 수명이 길지 않을 것이라 생각했다. 그렇게 느껴졌던 것이다.

다음 날 군청에 가자마자 광오는 병무계 직원을 불러 수표를 주었다.

“이걸 현금으루 바꿔 일전에 갖다 준 그 노파에게 주시오.”

하고 말했다. 그리고는 어디까지나 군청에서 준 것이라고 말하라는 당부를 했다.

중앙에서 온 기사가 와서 현장을 보러 간다고 했다. 자기가 앞장을 서서 안내해야 한다고 생각했지만 그것이 아첨 같아 총무과장에게 일임해 버렸다.

현장으로 떠나며 기사가,

“어젯밤에는 실례가 많았습니다.”

하고 치사를 할 때 광오는 아 하고 소리를 지를 뻔했다. 하필이면 수치를 느낄 어젯밤 일을 무엇 때문에 꺼내는 것일까?

덕택에 밤새 여자와 재미를 보았다는 것일까?

광오는 그 말을 못 들은 체하고 그를 보냈다.

종일 우울했다. 총무과장이 공문 한 장을 따로 들고 와서 도에서 군수회의가 있다는 것을 알려 주었다.

“총무과장이 가시오.”

광오는 즉석에서 명령했다.

"그럴 수는 없습니다. 취임 후 첫 회의가 아닙니까? 꼭 가셔야 할 겁니다."

총무과장이 광오를 위해서 참석해야 한다고 했다. 그러나,

"내 말대로 해 주시오."

광오는 모든 일을 맡아서 하고 있으니 회의라고 대신 참석 못할 것이 무엇이냐는 말만은 못했다.

"곤란합니다."

총무과장이 쉽게 응해 주지 않았지만 광오는 고집을 부렸다. 군수 자리에 앉아 있기는 하지만 그런데 나가서 군수노라 자기를 선전하고 싶지가 않았던 것이다. 그는 자기가 군청을 떠날 때의 일을 생각했다. 이·취임식도 안 하고 아무도 모르게 군청을 떠나가 버린다. 다음 날부터는 작업복을 입고 밭으로 나간다. 그러면 누구도 자기를 본체 안 할 것이다. 영감님이란 말도 안 할 것이고. 더구나 수표를 주는 사람도 없을 것이다.

'여보, 좀 있다가 점심을 가지구 밭으루 나와요.'

아내는 울고 싶을 것이다. 그래도 할 수 없이 점심을 머리에 이고 밭으로 나온다.

언제 그렇게 될까? 그때가 빨리 와 주었으면 하고 생각했다.

저녁때 퇴근을 하자 도라지 다방에 들렀다. 도에 갔다 왔을 아내가 보기 싫었기 때문이었다. 자기의 수완을 자랑할 아내가 보기 싫었다.

그런데 다방에 들어서자 카운터에서 여자의 째지는 목소리가 울려 왔다.

"보리밥도 못 먹는 년이 얼마짜리라구 이걸 깼어? 응!"

주인 여자의 목소리였다. 그 옆에 오돌오돌 떨고 서 있는 강수의 얼굴이 파랗게 질려 있었다.

"야, 이년아, 벌써 몇 개째냐 말야? 장사두 안 되는데 넌 그릇만 깨뜨려?"

그래도 강수는 아무 말 못하고 서 있었다.

광오가 바로 옆에까지 갔을 때야 주인 여자가,

"영감님 오셨습니까?"

하고 아무 일도 없는 것처럼 말하고는 강수를 저쪽으로 보냈다.

광오는 아무 말 않고 주머니에서 오백 원짜리 두 장을 꺼내 주인 여자에게 주었다.

"다방이 떠들썩하면 손님이 오나?"

주인 여자는 돈을 안 받는다고 했다.

그때 광오는,

"저 애 때문에 주는 거 아냐. 다방이 조용하라구……."

하고 손에 돈을 쥐어 주었다. 그리고는 한 구석 자리에 가서 앉았다. 강수가 차를 가지고 왔다. 그러나 그녀는 아무 말도 안 했다. 광오의 눈치를 살피며 오돌오돌 떨 뿐이었다. 언제까지나 그녀는 떨며 살 것인가? 그는 주머니에서 백 원 한 장을 꺼내 담배 한 갑을 사 오게 했다. 일을 시키면 좀 떨지 않을 것 같았기 때문이었다. 고맙다는 말을 해야 한다는 생각도 잊어버리게 될 것이고.

강수가 담배와 거스름돈을 가져다가 탁자 위에 놓고 또 오돌오돌 떨었다.

'너는 언제까지나 떨면서 살 작정이냐?'

광오는 혼자 중얼거렸다. 그런데 이때까지 말 한 마디 못하던 강수가 떨면서,

"영감님, 정말 무어라구 말씀드려야 할지 모르겠어요."

하고 말했다.

"그런 말 그만둬."

광오는 강수가 더 말을 못하도록 막았다. 그리고는 한 마디를 덧붙였다.

"내가 네게 감사를 하구 있다. 네가 나를 구원해 주구 있다고——."

(원) 《아세아》 1969. 7·8 합본, (출) 『신한국문학전집 박영준 선집』 어문각, 1972.

다시 서울로

1

또 반대였다. 어째서 부모는 나의 의사에 반대만 할까? 그들은 나를 사랑하고 있다. 나도 그들을 사랑하고 있다. 사랑하고 있으면서도 어째서 의견은 언제나 대립할까? 알 수 없는 일이었다.

아버지와 어머니는 서로 사랑을 하면서 서로 사이좋게 지낸다. 가끔 다투는 때가 있기는 하지만 의견 대립으로 맞서는 때가 별반 없다. 부부간의 사랑과 부녀간의 사랑은 본질적으로 다르단 말인가?

물론 다르다. 그것을 알기 때문에 나는 그렇게 슬퍼하지 않는다. 이해관계가 합치되는 부부의 사이와 그렇지가 못한 부녀 사이를 혼동한다면 나는 슬퍼서 어디로든 도망가야 할 것이다.

시골로 내려올 때도 부모들은 반대를 했다. 반대를 해도 나는 끝내 시골로 내려오고야 말았다. 마찬가지로 시골에 온 지 한 달이 지난 지금 내가 읍내의 직업소년학교에서 일보려니까 부모들이 또 반대한다. 반대한다고 해서 내가 좌절되지는 않을 것이다. 그렇지만 중대한 일에 한해서 반대만 하는 부모들을 생각할 때, 서글프기만 하다.

"뭘 보구 그런 데 취직을 하려구 그러는 거냐? 정 취직을 하려거든 읍내 여자고등학교에 운동을 해 볼 것이지. 거지 같은 애들을 뫄 놓구 가르치는 그런 데를 하필이면…… 월급두 안 나온다면서……."

이런 식으로 반대하는 부모들의 생각이 너무나 현금주의적인 데 나는 실망했다. 옛날 사람들일수록 현금주의를 무시했다는데 우리 부모들은 중간 지대에 살고 있다는 말인가?

나는 내 결심을 무너뜨릴 마음은 조금도 없다. 부모들이 내 결심을 깨뜨리지는 못할 것이다.

사실은 부모보다도 내 자신이 문제다.

부모의 반대를 물리치고 나갈 만큼 나의 행동에 명분이 갖추어졌는가? 결심이 흔들리지 않을 만큼 일에 대한 신념이 굳은가? 말하자면 부모들의 반대 의사보다도 내 자신에 대한 회의가 나를 불안하게 했다.

불쌍한 소년들을 위해 일해 보겠다는 것이 막연한 영웅주의적 허영은 아닐까? 부모들이 서두르는 결혼을 물리치고 일을 해 보겠다는 것은 하나의 센티멘탈이 아닐지?

부모들이 나에게 결혼을 종용하고 있다. 그것을 하찮은 일처럼 생각하는 것은 반대를 위한 반대는 아닐까?

나는 나 자신에 대해 회의도 해 보고 반성도 해 보았지만 결국 직업소년학교에 나가기로 했다. 그것은 서울서 대학을 졸업하자 서울서 취직해 있다가 서울서 결혼하라는 부모의 말에 반대할 때와 꼭 같은 마음에서였다. 결혼만을 목적으로 대학까지 공부시킨 듯한 부모들의 마음씨가 싫었다. 그리고 시골에는 신랑감이 별반 없으니 서울서 신랑감을 고르라는 부모들의 사고가 싫었다. 나는 절대로 결혼을 목적으로 대학을 졸업하지 않았다. 공부하기 위해서였다. 배운 것을 활용하는 것이 우선 내게 급선무다. 아무 거라도 좋다. 배운 것을 토대로 일을 하고 싶었다. 그리고 서울만이 대한민국이라는 듯한 사고는 싫다. 악과 더러움이 가장 들끓는 곳이 서울인데도 서울서 못살면 낙향이나 하는 것처럼 열등의식을 갖는 것이 싫었다.

겉은 번쩍번쩍하다. 그러나 속은 퇴색해 있다. 거기서 살아야 할 것이 무엇이며 거기서 신랑감을 골라야 할 필요가 무엇인가?

서울을 떠나던 그때의 감정을 회상하면서 나는 직업학교에 출근하기 시작했다.

498

2

"먹는다, 라구 할 때는 머 자에 ㄱ을 했지. 그러니까 먹는다의 먹에는 언제나 ㄱ을 해야 하는 거야. 알았지. 그럼 먹으면, 이라구는 어떻게 쓸까? 이렇게? 머그면으루. 이렇게 써두 발음은 같으니까 괜찮을 것 같지? 그럼 안 되는 거야. 아까 말한 것처럼 먹는다는 머에 ㄱ을 했으니까 머그면에두 ㄱ 자를 써야 한단 말이야. 먹으면으루. 사람의 입은 코 밑에 있잖아? 그걸 아무데나 갖다 붙이면 어떻게 되지? 참 보기 흉할 거야."

나는 흑판에 글자를 써 가며 철자법을 가르쳤다. 내 딴엔 열심이었다. 그런데 학생들은 신통한 반응을 보이지 않았다. 듣기도 하고 보기도 하는 것 같은데 내 얼굴이나 내 가슴만을 보는 것 같았다. 어쩌면 내 궁둥이만 보는 것 같기도 했다. 간혹 시선이 마주치면 고개를 숙이거나 딴 데를 보거나 해 버렸다. 말하자면 가르치고 있는 나를 주시하려 하지 않았다. 그것은 첫째 공부에 열의가 없음을 보여 주었다. 물론 개중에는 조는 애도 있었다. 피곤할 것은 당연하다. 종일 구두를 닦거나 산에서 나무를 하거나 상점에서 심부름을 하고 있는 애들이다. 몸이 피곤할 테니까 공부할 열의가 생길 수 없다.

둘째는, 나를 멸시하는 것으로 보였다. 서울 가서 대학까지 졸업한 것이 시골 와서 진짜 학교도 아닌 직업학교에서 일하고 있으니 얼마나 못났으면 그럴까 하는 경멸심이 그들 마음 속에 숨어 있는 것 같았다.

나는 다른 선생에게서 들은 일이 있다. 그 애들은 어떤 선생도 존경하는 일이 없다고. 돈을 받고 나오는 선생은 한 명도 없었다. 모두가 무보수로 봉사한다. 그런데도 학생들은 그들이 자기들을 진심으로 대하는 것이 아니라 사무적으로만 대한다고 생각한다는 것이다. 사무적으로 대한다고 생각하면서도 남선생들에게는 어떻게도 할 수가 없으니까 나를 여자라고 얕잡아보고 멸시하려는 것이나 아닐지 모른다.

"촌뜨기 같은데……."

수업을 끝내고 교실을 나오는데 뒤에서 수군거리는 소리가 들렸다. 학생들이 나를 경멸하는 것이 분명했다.

다음 날에는 교실에 들어가다가 그들이 모여 앉아,

"궁뎅이는 크더라."

"시집갈 데가 없나 부지."

"그러니까 이런 데 와 있지."

저희들끼리 이야기하는 소리를 들었다. 나는 도로 뛰쳐나오고 싶었다. 그런 애들에게 가르치면 무엇을 가르치겠는가? 그러나 나는 못 들은 척하는 수밖에 없었다. 흥분해서 애들에게 화를 내면 그것은 나의 패배였다. 여자이기 때문에 패배했다는 말은 듣고 싶지 않았다. 아무 말 않고 얼마를 가르치고 있는데 한편 구석에서 저희들끼리 수군거리는 애들이 있었다. 나에 대한 이야기를 하고 있을 것이란 짐작이 들어 불쾌하기도 했지만 너무 가만 있어도 병신 취급을 할 것 같아 나는 발작을 하듯 나무토막을 집어 책상을 딱 때렸다. 마음을 놓고 있던 애들이 깜짝 놀랐다. 그때 나는 무서운 얼굴을 해 가지고,

"조용들 못해."

호령을 쳤다. 조금 두려움을 주자는 것이었다. 그런데 얼마 안 있어 중간쯤 되는 자리에서 꾸뻑꾸뻑 조는 애가 있었다.

'궁뎅이는 크더라' 하던 학생이 아닌가 생각했지만 나는 그 학생에게로 가서 이마빡을 주먹으로 한 대 쥐어박았다. 그리고는,

"공부시간에 조는 놈이 어디 있어?"

하고 야무지게 꾸짖었다. 나를 녹녹하게 보지 못하게 하려 함이었다.

그 날 밤 수업이 끝나고 집으로 돌아올 때 비가 부슬부슬 내리고 있었다. 나는 우산을 가지고 갔었지만 우산 가져온 애가 하나도 없었다. 나는 울적한 밤이었지만 혼자만 우산을 받고 가기가 미안했다. 그런데 누구만 불러 같이 우산을 받자고 할 수가 없어,

"이리 와, 누구든지……."

아무라도 좋으니 내 우산 밑으로 오란 말을 했다. 그런데 오는 애가 하나도 없었다.

비를 맞는 것쯤 대단한 일로 생각지 않기 때문일지도 모른다. 나를 무서워서 피하는 것인지도 몰랐다. 나는 그들에게서 경원당하고 있는 것 같은

느낌이었다. 그래서는 안 된다고 생각했다. 두 번 세 번 말해도 들어오는 애가 없을 때 비교적 나와 가까운 거리에서 걷고 있는 애 하나를 잡아 내 우산 속으로 끌어들였다. 그리고 싫다고 하는 것을 그의 집 앞까지 데려다 주었다. 존다고 이마빡을 때려 준 바로 그 애였다. 내 궁뎅이가 크다고 한 애이기도 했다. 그 애는 나이가 스물은 거의 되어 보였다. 거리에서 구두 닦는 앤데 어딘가 이상한 인상을 주었다. 나는 그 애의 이름을 물었다. 그 애는 겨우 방공우, 하고 자기 이름을 댔지만 그것도 억지로 대답하는 태도였다. 그래서 나도 다른 이야기를 꺼내지 않았다. 그 애는 자기 집 앞까지 데려다 준 내게 고맙다거나 잘 가란 말도 없었다.

정말 무시당한 것 같은 느낌이었다. 무엇 때문에 저런 애들을 가르치려 자원했던가 하는 후회심도 일었다.

직업학교는 경찰서에서 시작했지만 요즘은 공보원에서 주재하고 있다. 공보원이란 민간인들이 돈을 모아 집을 짓고 지방문화사업을 도맡아하는 곳이다. 나는 공보원장을 찾아가서 직업학교에서 일보게 해 달라고 자진 부탁을 해서 나가기 시작했다. 읍내에는 여자 중고등학교도 하나 있지만 거기 취직할 생각은 없었다. 돈벌이를 위한 취직이 싫었다. 무엇인가 남을 위해 일하고 싶었다. 그런 만큼 나가기 시작한 지 일 주일도 안 되어 그만둔다는 말은 입 밖에 꺼낼 수가 없었다. 나는 이왕 나가는 바에야 학생들에게서 경멸을 받지 않고 피차 소외감을 느끼지 않도록 하는 방법을 생각했다. 그것은 내가 여자인 만큼 가장 여성적인 것이었고 또 가장 단순하고 얕은 생각이었다. 즉 나는 애들에게 우선 너절하게 보이지 않도록 했다. 옷도 서울서 입던 것을 그대로 화려하게 입는다. 요란하지는 않지만 얼굴화장도 한다. 그래서 낙향한 여자라는 인상을 주지 않기로 했다.

그 다음에는 꽃에 대한 취미를 교실에서 살리기로 했다. 교실에서 꽃병과 꽃을 갈아 가며 꽃꽂이를 하면 학생들의 정서도 조금 부드러워질 것이다. 아름다운 것을 아름다운 것으로 볼 줄 아는 습성이 생길지도 모른다. 나는 그렇게 생각했다. 대개가 불우한 가정이나 그렇지 않으면 가정이라는 것을 통 모르고 자란 애들이다. 그런 애들이 세상을 아름답게 보거나 사람을 존경의 염으로 볼 까닭이 없다. 비뚤어지게만 볼 것이다. 그런 만큼 그 애들에게 우선 아름다운 것도 있고 진실이라는 것도 있다는 것을 배워 줘야 할 것 같았다.

다음 날 나는 미장원엘 갔다. 머리를 얌전하게 손질했다. 한결 깨끗하게 보였다. 시골에 내려온 뒤 처음 하는 머리단장이었다. 도시의 젊은 여성과 다름이 없게 치장한 것이다. 그리고 저녁때 학교로 가는 길에는 항아리 하나에 진달래를 그득 꽂아 그것을 들고 갔다. 모두들 이상한 눈으로 보았다. 촌뜨기처럼 화장은 물론 옷도 갈아 입을 줄 모르던 내가 다른 여자처럼 보였던 모양이었다.

화병도 아닌 조그만 항아리에 진달래를 그득 꽂아 놓은 것에 대해서도 이상한 눈으로들 보았다. 산에서 얼마든지 보는 꽃이다. 그리고 그것을 화병에 꽂을 때는 몇 가지만 뎅그마니 꽂는 것이 보통이다. 그런데 그야말로 한아름을 한꺼번에 꽂았을 때 느껴지는 풍만감 같은 것은 그들이 처음 느끼는 일이었다.

내가 그렇게 생각해서 그런지 이 날 학생들은 내 수업을 약간 성의 있게 듣는 것 같았다. 그래서 나는 의식적으로 그들에게 웃음을 지어 보였고 말도 상냥하게 했다. 내가 내 눈으로 보아도 내 얼굴이 그리 못생기지는 않았다. 물론 잘생기지는 못했지만. 미혼처녀가 미소작전을 쓰며 상냥하게 대해 주면 비록 어린애들이라 해도 여자에게 흥미를 느끼는 것이 당연하다. 그 중에는 사춘기의 소년도 있었으니까 더 말할 나위가 없다. 그들과 접근하기 위해 그런 작전을 쓴다 해도 부끄러울 것이 조금도 없다고 생각한 나는 학생들의 실태 조사를 하고 개인적 지도를 하기로 계획했다.

학생들은 전부가 가난하거나 불우한 애들이었다. 그나마 부모를 지닌 애가 반도 못 되었다. 반 이상이 고아원 출신이고 남의 집 고용살이를 하거나 구두닦이를 하며 저희들끼리 방을 얻어 자취생활을 하거나 하고 있었다. 가정을 가진 애들은 읍에서 떨어진 농가에 살며 부모들의 농사를 도와 주고 있었다. 이런 실태를 조사하는 동안 나는 학생들을 개별적으로 만날 수가 있었고 시간 있을 때 우리 집으로 놀러 오란 말을 했다. 그런데 놀란 것은 어떤 애나 우리 집을 알고 있다는 사실이었다. 저희들끼리 나를 가지고 많이들 이야기한 모양이었다. 그런데도,

"선생님집엘 어떻게 놀러 가요?"

꼭 같은 말들을 했다. 이해할 수 있었다. 그래서 약식으로 파티를 열고 초대를 할까도 했지만 꼭 거지 잔치 같은 인상을 줄 것 같아 그것을 보류했다.

그런데 진달래를 꽂은 지 사흘 되는 날 나는 대전에 가는 인편에 국화를 세 송이 사 오게 했다. 같은 꽃을 오래 꽂아 두기가 싫었기 때문이었다. 꽃병도 작은 것으로 갈았다. 그것을 보자 이른 봄에 국화가 웬일이냐는 듯 놀라운 눈들을 했다. 시간이 끝나자 모두들 신기하다는 듯 가까이 와서 냄새를 맡아 보았다. 그래도 나는 꽃에 대한 설명을 한 마디도 안 했다.

그 다음 날이었다. 시골 사는 애가 교실로 들어오는데 진달래 한 묶음을 들고 있었다. 내가 그것을 보는 순간 그 애는 금시 꽃을 뒤로 돌려 감추었다. 나는 그 애 옆으로 가서 물었다.

"꽃을 왜 감추지?"

그런데 그 애는 얼굴을 붉히고 대답을 못했다.

"교실에 꽂아 놓을려구 가져온 것이면 이리 내놔."

그 애는 할 수 없다는 듯 꽃다발을 내 앞에 내밀었다. 나는 수고했다면서 그 애 등을 가볍게 두드려 주고는 그 꽃을 항아리에 꽂았다.

그 날 밤, 나는 처음으로 삶의 보람 같은 것을 느꼈다.

이삼 일 뒤였다. 낮에 미용원엘 갔다가 집으로 돌아오는 길에 학생 하나를 만났다. 언젠가 비 오는 날 밤 그의 집까지 데려다 준 일이 있는 방공우였다. 버스정류소 앞 길가에서 구두닦이를 하는 애였다. 몇몇 구두닦이 애들과 같이 앉아 이야기를 하던 그 애가 나를 보자 뛰어오며 반겼다.

"어딜 가십니까?"

조금 무례한 것 같았지만 그는 내 대답을 기다리고 있었다.

"집에 간다."

그런데 이 애가 서슴지 않고,

"저두 갈까요?"

하고 내 뒤를 따라오려 했다.

　나는 그 애를 이상한 눈으로 한 번 흘겨보았지만 곧,

　"같이 가자."

하고 대답했다. 학생들을 집에 초대하려고까지 생각했던 만큼 나는 학생들에게 친밀감을 주어야 했다. 그런데 학생이 자진해서 놀러 오겠다고 할 때 나는 약간 주저했다. 기분이 내키지 않았던 것이다. 그러나 이유가 어디 있든 그런 기분을 반성했다. 그래서는 안 된다는 마음의 소리를 나는 살렸다. 얼마를 걸어가던 그 애가,

　"정말 가두 좋습니까."

하고 물었다. 순진한 것 같기도 하고 그렇지 않은 것 같기도 했다. 더구나 방공우는 거리에서도 조금 이상하다는 소문이 있는 애다. 스물이 넘은 것 같기도 한데 스물이 못 되어 보인다는 말도 돌고 있다. 얼굴에 경련증이 있어서 웃는지 우는지를 잘 모르는 때가 있다고도 한다. 그런 소문을 듣고 있었기 때문인지 말하는 것도 이상스럽게 보여 집에 놀러 가겠다는 말이 그리 반갑지가 않았던 것이다.

　집에 가서도 공우는 이야기를 않고 사방을 둘러보며 무엇인가를 찾는 눈치였다. 혹시 무엇을 훔치려는 것이나 아닌가 하는 생각이 들어 조금 기분이 나빴다. 그런데,

　"뭐 시키실 일 없습니까?"

하고 물었다.

　"시킬 건?"

　나는 웃으며 대답했지만 속으로는 미안했다. 엉뚱한 오해를 했던 내가 부끄럽기까지 했다.

　공우는 시키지도 않는데 빗자루를 들고 마당을 쓸기 시작했다. 내가 아침에 다 쓸었다고 해도 그는 듣지 않았다. 특히 내 방 앞은 쓸고 또 쓸어 정갈하게 해 놓았다.

　나는 공우를 내 방에 들어오게 하고 과자를 내놓았다. 홍차도 한 잔 주었다. 그랬더니 과자는 먹으면서도 홍차는 끝내 마시지 않았다.

"왜 안 마시지?"

"그건 마셔서 뭣해요? 전 다방에서 차 마시는 사람들 모두가 미친 것 같아요. 돈 주구 물 사 먹을 거 뭐 있습니까?"

"너보구 돈 내라지 않을 테니까 걱정 말구 마셔."

"그래두 싫어요."

이렇게 이야기를 시작하자 나는 그 애의 부모가 생존해 있는가를 물었다. 그때 그는 기침을 하며,

"없어요."

하고 대답했다.

"언제 돌아가셨는데?"

"몰라요."

"그럼 지금은 어디서 살구 있지?"

"외삼촌 집에서요."

"외삼촌두 공우 부모가 언제 돌아가셨는지 모르시나?"

"몰라요. 제가 외삼촌한테 온 지가 몇 해밖에 안 되니까요."

"그새 어디 있었는데?"

"고아원에요."

알 수 없는 일이었다. 외삼촌이라면 공우의 어렸을 적 일을 모를 리 없을 텐데 외삼촌도 전혀 모른다고 했다.

그런데 공우는 계속해서 기침을 했다.

"왜 기침을 그렇게 하지?"

"전부터 기침을 해요."

"병원엘 가 봤나?"

"대단치 않은 걸요."

"그래두."

"아프지도 않은데 병원엘 무엇하러 가요."

그런데 십 분 가까이 기침을 계속하더니 그 뒤부터는 얼굴 근육이 실룩거리기 시작했다. 경련이었다. 나는 그것만은 묻지 않았다. 소문으로 알고 있

는 일인 데다가 그의 상처를 찌르고 싶지가 않았기 때문이었다.

"지금 몇이야?"

경련할 때의 얼굴이 스물을 훨씬 넘어 보였기 때문에 나는 그의 나이를 확인하고 싶었다.

"다들 스물한 살이래요."

대답이 걸작이었다. 자기 나이를 자기는 모른단 말인가?

"그래 넌 네 나이두 모르니?"

"가르쳐 주는 사람이 있어야 알지요."

아무리 가르쳐 주는 사람이 없다 해도 세상에 자기 나이를 모르는 사람도 있을까? 나는 공우가 틀림없이 어딘가 조금 모자란다고 생각했다. 그리고 확실히 스물을 훨씬 넘었을 것이라고 생각했다. 잘못하다가는 나보다도 나이가 많을지 모른다는 생각도 들었지만,

"넌 돈을 벌어서 무엇에다 쓰니?"

하고 너라는 말에 강점을 두고 말했다. 비록 나보다 나이가 많다고 해도 그가 자기의 나이를 정확하게 모르는 이상 나이 많은 사람으로 대접할 수는 없었다. 학생으로 지도를 하려면 모든 면에 있어서 특히 나이에 있어서까지 내가 위라는 것을 자처해야 했기 때문이었다.

"외삼촌에게 다 줘요."

"하루에 얼마씩이나 버는데?"

"한 이삼백 원 벌지요."

어떻게 된 외삼촌인데 돈을 그만큼이나 벌어다 주는 애에게 옷도 사 입히지 않을까 하고 생각했다. 얼마 동안 보아 왔지만 공우는 언제나 꼭 같은 옷을 입고 있었다. 그것도 다 떨어진 색 낡은 티셔츠였다. 아래는 해군 작업복이었는데 무릎과 궁둥이에는 검정 천이 보기 싫게 붙어 있는 옷이었다.

"외삼촌은 무얼 하시는데?"

"아무것두 안 해요."

말하는 어조로 보아 공우는 자기 외삼촌에게 불만이 있는 것 같았다. 그러나 불만을 조장하는 듯한 인상을 줄 것 같아 나는 그 외삼촌이란 사람에

대한 것을 그 이상 더 묻지 않았다. 그래서 과자를 권했더니 공우는 고집스럽게 사양을 하고는 돌아갈 채비를 했다.

"또 놀러 와두 좋아요?"

공우는 나를 어렵게 생각하며 물었다.

"물론!"

그걸 말이라고 하느냐는 듯 나는 눈을 크게 뜨며 말했다. 그것으로도 모자랄 것 같아 나는 안방으로 들어가 아버지가 입던 헌 옷들을 가져다가 공우에게 맞는 것을 골라 주고는,

"자주 놀러 와, 응!"

하고 말했다. 공우는 옷을 절대로 받지 않으려 했지만 그러면 못쓴다고 화를 내는 나를 거역 못해 몇 가지를 가지고 갔다.

3

나는 내가 맡은 국어시간에 교과서만 가르치는 데도 시간이 바빴다. 그러나 나는 매일 시간을 할애해서 유명한 사람들의 전기(傳記)를 이야기했다. 대부분이 한국 사람에 대한 이야기였다. 그 중에서 나는 이 지방이 낳은 홍범식에 대한 이야기를 강조했다. 그것은 애들이 매일 볼 수 있는 거리 한가운데 그의 비석이 서 있기 때문이었다. 비석을 볼 때마다 무엇을 생각할 수 있도록 감명을 준다면 교육 가운데서도 가장 효과를 거둘 수 있는 교육이라고 생각했다. 그래서 당시 이곳 군수로 있다가 한일합병의 비보를 들은 날 앞산으로 가서 소나무에 목을 매고 죽었다는 그의 이야기를 부모와 또 다른 어른들에게서 들어 가지고 애들에게 단편적으로 매일처럼 이야기해 주었다.

그러는 한편 애들에게 매일 일기를 써 오게 했다. 물론 힘든 일이었지만 매일 쓰도록 독려했다. 처음에는 안 써 오는 아이들이 대부분이었지만 내 성화에 못 이겨 형식적인 것이나마 써 오게 되었다. 나는 그것을 일일이 고쳐 주었고 잘 된 것은 학생들 앞에서 읽어 주었다. 편지라도 쓸 수 있는 문장력을 길러 주겠다는 것이 목적이었지만 좋은 일을 했을 때의 즐거움과 좋지 않은 일을 했을 때의 잘못했다는 생각을 쓰도록 주의시켰다.

일기를 매일 쓰게 하고 그것을 읽는 것이 나의 즐거움이었다. 문장도 조금씩 좋아졌지만 일기를 쓰기 위해 일부러라도 좋은 일을 하려고 하는 노력이 눈에 보였기 때문이었다.

그런데 하루는 집으로 찾아온 공우가 시무룩해서 말을 제대로 못했다. 왜 그러느냐고 물었더니 한참 만에,

“학만일 때렸어요.”

하는 것이었다. 학만이를 왜 때렸냐고 물었더니,

“장터에서 구두 닦던 자식이 암말 없이 우리 터루 왔잖아요.”

하고는 고개를 떨구었다.

“구두 닦는 데두 터가 따루 있니?”

“있구 말구요. 아무나 오면 우린 밥 굶게요.”

그렇다면 때려 줄 만도 한 일이었다. 그런데 공우는 왜 그렇게도 시무룩해 있을까?

“그래 많이 때려 줬니?”

“네. 잘못했어요.”

공우는 그 잘못했다는 말을 하기 위해 찾아온 모양이었다. 잘못했다고 생각하기 때문에 그렇게 시무룩해 있는 것이다. 나는 잘못했다는 그 애를 윽박질러 줄 수가 없어서,

“전에두 싸움을 많이 했니?”

하고 물었다.

“네.”

“싸움 잘하는 건 그리 좋은 일이 아닐 텐데…….”

“알구 있어요.”

“그럼 오늘 일기에 그 이야기를 써라.”

“네.”

남을 때려 주고는 잘못했다고 일부러 찾아온 그가 퍽이나 기특하게 생각되었다. 그래서 이 날 나는 그에게 점심을 대접했다. 자장면 두 그릇을 시켜다가 한 상에서 같이 먹으려 할 때 공우는 황송한지 음식그릇을 들고 따로

먹으려 했다.

"이리 와서 같이 먹어. 김치두 여기 있잖니."

"괜찮아요."

공우는 가까이 올 생각을 안 했다. 그러나 나는 억지로 끌어다가 한 상에서 점심을 먹었다.

음식을 다 먹자 공우가 기침을 시작했다. 전부터 기침하는 것을 보아 왔지만 이 날 처음으로,

"언제부터 기침을 하지?"

걱정을 하며 물었다.

"오래됐어요."

기침을 하면 으레 얼굴에 경련이 일게 마련인 모양이었다. 그는 얼굴을 실룩거리며 말도 제대로 못했다.

"그런 병이 왜 걸렸을까?"

나는 얼굴 경련에 대해서는 건드리지를 못했다.

"몰라요."

"늘 찬 데서 자서 그랬나 보구나."

"더운 데서 자는 애들이 몇 명이나 있나요?"

"약을 좀 먹어 봤니?"

"안 먹었어요."

대단치 않은 병으로 알고 있는 것이 분명했다.

나는 공우를 데리고 약국으로 갔다. 감기가 아닌 기침에 좋은 약이 없느냐고 했더니 용각산이란 약을 주었다. 그것으로 그의 병이 완치되리라고는 생각되지 않았지만 그래도 그거나마 사 줘야 내 마음이 편할 것 같았다.

"이거 그런 기침에 좋다니까 부지런히 먹어."

공우는 황송하기만 한지 굽실하며 그것을 받고는 도망치듯 달아났다.

4

중복더위가 숨을 답답하게 하는 어떤 날이었다. 공우와 또 한 학생이 집

으로 찾아와서 고기 잡으러 가자고 했다. 고기잡이는 갑자기 무슨 고기잡이냐고 했더니 여남은 명 학생이 그물을 가지고 기다린다면서 빨리 나가자고 했다. 너무나 급작스런 일이라 조금 어리둥절했지만 나는 그들을 따라가기로 했다. 내가 그들과 고기잡이를 할 것도 아니었지만 나를 기다리고 있다니 안 갈 수가 없었다. 나를 생각해 준다는 사실이 고맙기도 했다.

읍내 서쪽에 조그만 개천이 있다. 아직도 물이 마르지 않고 있었다. 개천을 따라 내려가며 그물질을 했다. 댓 명은 물 속에 들어갔고 댓 명은 잡은 고기를 받거나 구경을 하거나 했다. 나는 구경하는 축에 끼였지만 한 번 그물질을 할 때마다 고기 몇 마리씩은 걸려 나오는 것이 신기해서 시간가는 줄을 모르고 구경했다. 그물을 건질 때마다 애들은 반드시,

"선생님!"

하고 나를 부른 뒤 잡은 고기를 보여 주고야 구럭을 든 애에게 주곤 했다. 얼마를 잡아 가고 있을 때 물이 좀 깊은 곳이 나왔다. 고기가 많을 것 같았다. 그래서 호기심을 가지고 애들이 그물질하기를 기다리고 있는데 한 애가,

"선생님, 덥지요? 여기서 목욕하세요."

하고 소리를 질렀다. 물은 맑았다. 더위를 씻기 위해서는 참으로 좋은 물이었다. 그러나 둑이 곧 길이다. 언제 사람이 통과할지 모르는 곳에서 어떻게 옷을 벗고 들어갈 수가 있는가. 웃기만 하면서 어서 그물질이나 하라고 했더니 한 애가,

"우리가 지켜 드릴게요. 사람이 오면 고함을 쳐서 못 오게요. 걱정 말구 어서 목욕하세요."

하고 큰 소리로 말했다. 그러자 다른 애들도,

"정말 지켜 줄게요."

하고 옷 벗기를 독촉했다.

나는 속으로 웃었다. 그 중에는 다 큰 애도 있는데 그들이 나를 지켜 주다니……. 그럼 그 애들 앞에서 내가 발가벗어도 무방하단 말인가?

"덥지 않아."

나는 이런 말로 거절하는 수밖에 없었다.

"어서요, 선생님."

애들은 나와 자기들 사이를 어떻게 생각하고 있는지 그냥 졸랐다. 만약 이런 경우 내가 그들의 어머니라면 그래도 나보고 옷을 벗으라 할 수 있을까? 이해하기가 힘든 일이었다. 이성 대 이성이란 관념을 가지고 있지 않은 결과가 아닌가 생각했다. 그러한 그들에게 실망을 줄 수가 없어 나는 구두를 벗고 물 속으로 들어갔다. 다리만 물 속에 넣고 있어도 한결 시원했다. 그런데 눈을 들고 보았을 때 애들이 전부 나와 반대편을 향해 서 있었다. 옷을 벗고 들어간 줄 알고 외면한 모양이었다. 나는 웃음이 나왔지만 참았다. 한참 뒤 둔덕으로 올라오며,

"다 끝났어."

할 때 애들이,

"벌써요?"

하며 몸을 돌려 일제히 나를 바라보았다. 나는 정말 목욕을 한 것처럼 보이려고,

"참 시원한데……."

하며 수건으로 목을 닦았다. 그때 공우가,

"오는 사람두 없는데 오래 하시지 않구……."

목욕을 일찍 끝낸 나를 소심하다는 듯 말했다.

"실컷 했어!"

재미있는 것은 한 명도 나를 의심하지 않는 것이었다. 그들은 또 잡자, 하며 그물을 들고 개천으로 들어갔다.

두 시간 이상 잡은 고기가 물통으로 하나는 되었다. 그것을 학생들은 전부 나의 집으로 가져다 주었다. 다 먹을 수가 도저히 없는데도 그들은 한 마리 가져가지를 않았다.

5

나는 학생들이 정신적으로 자라고 있음을 볼 수 있었다. 즐거웠다. 서울을 떠나 시골로 온 것을 잘했다고 생각했고 보수 한 푼 없이 봉사한 칠팔

개월이 보람 있는 시간이었다고 생각했다.

무엇보다도 그들이 매일 쓰는 일기가 훨씬 달라졌다. 불쌍한 사람을 보고는 그 불쌍한 사람과 같이 마음 아파할 줄 아는 감정이 움직이고 있었다. 남을 위해 도움이 되는 일을 하고는 그것이 얼마나 보람 있는 일이란 것을 알기도 했다. 그들의 일기를 읽으면서 나는 그들이 값어치있는 인간으로 성장해 가고 있다는 생각을 했다. 내가 가르치는 애들이 정신적으로 성장해 가고 있다는 생각을 할 때 그보다 더 즐거운 일이 어디 있겠는가?

눈 내리는 어떤 겨울날 오후였다. 그 날 밤에는 공우를 비롯해서 대여섯 명의 학생이 결석을 했다. 나는 놀랐다. 무슨 일이 생긴 모양인데 나한테 사전에 연락해 준 학생이 한 명도 없었기 때문이었다. 낮에는 대개 한두 명씩 집으로 놀러들 온다. 오늘 낮에도 몇 명인가 놀러 왔었는데 결석에 대한 이야기를 해 준 학생이 한 명도 없었던 것이다.

특히 놀라운 것은 매일처럼 집으로 놀러 오던 공우가 아무 말 없이 결석한 것이었다. 출석한 학생들에게 물어 보아도 그 이유를 안다는 애가 한 명도 없었다. 궁금하기도 했지만 어쩐지 배신을 당한 것 같은 허전한 감정이었다. 서로 믿고 의지하는 사이가 되었다고 생각했던 내가 오산이었다는 마음도 들었다.

그런데 내 시간을 끝내고 사무실에서 학생들 일기를 읽고 있을 때 경찰서장이 왔다. 작년부터 민간단체인 공보원에서 직업학교의 운영을 맡고 있지만 맨 처음 창설한 사람은 경찰서장이었다. 그래서 가끔 들러 현황을 살펴보기도 하지만 원조해 줄 것을 원조해 주기도 하고 있기 때문에 경찰서와 직업학교는 지금도 남남이 아니었다. 그런 만큼 서장이 찾아오는 일을 이상한 눈으로 볼 필요는 없었다. 나는 인사만 하고 내 일을 계속했는데 경찰서장이 나에게,

"오늘 방공우 나왔습니까?"

하고 물었다. 나는 그 애뿐 아니라 몇몇 학생이 결석했다는 말을 하고 혹시 결석의 이유라도 아느냐고 물었다. 그때 서장이 허허 웃고 난 다음,

"그 녀석 배짱이 대단하던데요."

하고 오늘 있었던 이야기를 들려 주었다.

시골에 사는 학생의 아버지가 죽었다. 장례를 해야겠는데 산에까지 영구를 운반할 장비가 없었다. 상여를 썼으면 좋겠지만 이십 리 떨어진 동네까지 가서 빌려 와야 한다. 그러니 경찰서 트럭 한 대를 빌려 달라는 것이었다.

"그놈이 나한테 직접 전화를 걸구 부탁이 있는데 꼭 들어 주시지요, 이런 식으루 말하지 않겠어요. 무슨 일이냐구 물었더니 그런 이야기더군요."

서장은 공우를 못마땅히 여기는 눈치가 아니었다.

"그래서 어떻게 해 주셨어요?"

내가 반박해 줄 마음의 준비를 하고 물었다.

"할 수 없잖아요. 트럭을 보내 줬지요."

그 말을 듣자 나는 안심을 하고 서장에게,

"잘하셨어요."

우선 감사의 뜻을 표했다.

"웬만한 사람은 나한테 그런 부탁을 못합니다. 그런데 그놈은 대단하거든요."

서장은 공우의 대담성에 거듭 감탄하며 말했다.

"누구의 아버지가 죽었나요?"

나는 그것이 궁금했다.

"거야 나두 모르지요. 그때 누구 아버지란 말은 들었지만……."

나는 정말 가슴이 후련했다. 누구의 아버지든 자기 친구의 아버지 장례를 위해 경찰서 트럭 빌릴 생각까지 한 공우가 자랑스럽게 생각되었기 때문이었다. 내게 알려 주었다면 내가 트럭 교섭을 해 주었을 것이다. 그리고 그들과 같이 가서 장례도 보아 주었을 것이다. 그런데 왜 나에게는 그런 것을 알려 주지 않았을까? 만약 나를 믿고 의지한다면 알리지 않을 까닭이 없을 것이다. 나는 섭섭함을 금치 못했다. 흐뭇하면서도 섭섭한 마음인 채 집으로 돌아갔다.

열한 시쯤 되어 자려고 할 때 대문 두드리는 소리가 났다. 나와 상관없는 일이려니 하고 못 들은 척 누워 있을 때 대문 열어 주고 온 식모가 내 방문

앞에서 학생이 찾아왔다는 말을 했다. 나는 공우라는 것을 직감했다. 벌떡 일어나 이불을 개키고 공우를 맞아들였다.

나는 그를 얼싸안을 듯이 맞이하고는,

"수고했다. 그래 무사히 끝냈니?"

하고 물었다.

"네, 끝내구 지금에야 돌아오는 길입니다."

피곤한지 공우는 기운 없는 목소리로 말했다.

"잘했다, 참 잘했어. 그래 누구의 아버지가 돌아가셨지?"

"덕기 아버지예요. 오래 중풍을 앓았대요."

"왜 나한테 알리지 않았지? 나두 같이 갔으면 좋았을 걸."

"이 추운 때 선생님이 어떻게 가십니까? 그래서 말씀드리지 않았어요."

나는 그의 심정을 충분히 알 수 있었다. 더 추궁할 필요도 없는 일 같아,

"저녁 못 먹었지?"

하고는 대답도 하기 전에 식모를 불러 밥을 좀 가져오라고 했다.

"배 안 고픕니다."

그가 사양을 했지만 나는 그에게 저녁을 먹이고야 말았다.

저녁밥을 먹고 돌아갈 때 나는 공우가 조금만 어리다면 그 애를 안아 주고 싶은 충동을 느꼈다. 그러나 그럴 수가 없어서,

"그런 맘으루 앞으루두 살아가."

하고 그를 돌려 보냈다.

<h1 style="text-align:center">6</h1>

다음 날 아침 나는 덕기에게 줄 부의금을 모아야 한다고 생각했다. 그래서 일찌감치 경찰서로 가서 서장과 의논을 하려 했다. 서장도 부의금을 내겠지만 그에게서 부의금을 낼 만한 사람들의 이름을 알아 내려 함이었다. 그래서 조반을 먹자 집을 나가려는데 아버지가 불렀다. 무슨 일인가 해서 안방으로 갔더니 어머니와 함께 앉아 있던 아버지가,

"양조장 하는 김씨 있지? 그의 맏아들이 서울서 취직하구 있는데 너하구

결혼할 의사가 있는가 보더라.”

혼담 이야기를 했다.

나는 결혼을 안 할 생각은 아니다. 서두를 필요가 없다고 생각할 따름이다.

“어떤 데 취직해 있는데요?”

우선 남자에 대한 것을 알아야 한다는 태도로 물었다.

“무역회사에 있대나 보더라.”

무역회사라는 아버지 말에 나는 그만 안심을 했다. 거절할 구실을 찾은 것이다. 그것은 언젠가 신문에서 본 기사가 생각났기 때문이었다.

어떤 무역회사에서 국내 돼지를 사서 미국으로 수출했는데 무게를 늘리기 위해 물을 마구 먹여 그 돼지들이 수송 도중 적지 않게 죽었다는 기사였다. 상품 만드는 사람들은 가짜를 만들고 무역하는 사람들은 사기적 행위를 해서 나라의 명예를 떨어뜨리고 있다.

“저, 아직 결혼 않겠어요.”

나는 그 사람이 싫다는 말을 하기 싫어 결혼할 의사가 없다고만 했다.

“그 사람을 아니?”

아버지는 내가 그 사람을 알고 반대하는 줄 아는 모양이었다.

“어떻게 압니까? 이야기 들은 적두 없는데요. 당장은 결혼하구 싶지가 않아서 그러는 거예요.”

“그만한 사람이 읍내에는 없다. 사람두 착실하다더라. 그러니 한 번 만나 봐라. 봐서 싫으면 할 수 없지만……."

어머니가 거들었다.

“생각이 없을 때 보면 반드시 싫어질 거예요. 실례되는 일을 뭣 땜에 합니까?”

“한 번 만나 보는 거야 못할 거 뭐 있니? 본 뒤에 싫다면 난들 권할 수 있겠니?”

“저 오늘 좀 바쁘니까 다음에 말씀드리지요.”

나는 그 자리를 면하고 싶었다. 그런데 아버지가,

“너는 부모의 말을 안 듣기루 유명한 애다. 언제까지나 그렇게 살 작정이냐?"

나에 대한 인신공격을 시작했다.

"그렇지만 부모님의 마음을 아프게 해 드리지는 않았다구 생각하는데요."

나는 악의로 부모의 뜻을 거역한 적이 없다는 것을 좋은 말로 변명했다. 그런데 아버지가,

"그래, 지금 거지 같은 애들 하구 어울려 다니며 사는 네가 부모의 마음을 기쁘게 하는 줄 아니?"

아주 섭섭하다는 얼굴로 말했다. 나는 묵과할 수가 없었다.

"그 애들이 왜 거집니까? 가정이 불우해서 희망을 잃구 있는 것뿐이죠."

"그래 그 애들을 가르친다구 그 애들이 잘 될 듯 싶으냐?"

"잘 되구 못 되는 것까지는 모릅니다. 사람답게 성장시키려는 것뿐이니까요."

"사람답게 성장시킨다구? 그래서 위대한 인물이 된다는 말이냐?"

"위대한 인물을 제가 어떻게 만듭니까? 애정이라든가 의리라든가 인간에 있어서 가장 기본적인 것을 일깨워 주려는 것뿐이지요. 그것만으루 저는 보람을 느낍니다. 누구도 못하는 일을 한다구 생각하구 있습니다."

"우리 집을 뭐라구들 그러는지 아니? 거지소굴이라는 거야. 네 덕분에 좋은 이름 붙었다."

"가장 가련한 애들이 자유롭게 찾아올 수 있는 집이 됐는데 뭐가 그리 나쁩니까? 저는 좀더 그 일을 하겠습니다."

"여자의 취미가 그게 뭐냐? 결혼해서 안락하게 살 생각은 못하구……."

어머니도 몹시 답답한 모양이었다. 두 분 다 더 이야기할 흥미가 없는 모양 같았다. 나는 좀더 내버려 둬 달라고 말한 뒤 안방을 나왔다. 그런데 내 방 마루에 앉아서 기다리고 있던 공우가 나를 보자 일어서서 흰 종이에 싼 국화 한 송이를 내밀었다.

"이건 웬 거냐?"

"오늘 아침 대전에 가서 사 왔습니다."

"학교에 갖다 꽂으라구?"

"선생님 방에 꽂으라구요."

"그래 일부러 대전까지 갔었니?"

"버스야 공짜루 타는 건데요 뭐."

구두 닦는 애들은 버스정류장 근처에서 일을 하고 있기 때문에 버스운전
수나 차장들과 잘 알고 있다. 그래서 공짜로 차를 탈 수 있으리라는 것쯤은
이해가 가나 꽃 한 송이를 사러 왕복 두 시간이나 걸리는 대전까지 갔다 왔
다는 것이 기특했다. 그러나 그 말을 할 수가 없어서 나는,

"돈두 없으면서 이런 것은……."

돈걱정을 했다.

"저 외삼촌 집에서 나왔어요."

그러니까 돈이 있다는 것이었다. 처음 듣는 말이다.

"건 또 왜?"

하고 묻자,

"까짓 거 진짜 외삼촌두 아닌 걸요 뭐."

진짜 외삼촌도 아닌데 돈만 벌어다 줄 필요가 뭐냐는 뜻으로 대답했다.

"그건 무슨 소리지?"

"누가 그러는데 내가 고아원에서 나와 돌아다닐 때 일 시켜 먹을라구 날
데려갔대요."

나는 공우의 말이 맞을지도 모른다고 생각했다. 그러나 그것보다도 그가
자기를 알려고 하는 어떤 의식이 싹트고 있다는 데 감복했다.

"그럼 어디서 사니?"

"아무데서나 살지요 뭐."

나는 그러다가 외삼촌이란 사람이 다시 공우를 끌고 가지나 않을까 걱정
이 되어,

"딴 데루 가서 취직을 하지."

하고 이곳을 떠나도록 권했다.

"딴 데는 싫어요."

공우는 미리 많이 생각하고 있었던 것처럼 대답했다.

"건 또 왜?"

공우는 싱긋 웃기만 할 뿐 대답을 안 했다.

"그러다가 외삼촌이 너를 끌구 가면 어떻게 하니?"

"끈다구 누가 가나요?"

"그래두 잘 집은 있어야 하지 않니? 기침두 하면서……."

"그래두 좋아요."

나는 정든 땅이라 떠나기를 싫어하는 것으로만 생각했다. 그런데 엉뚱하게도,

"선생님두 딴 데 안 가시지요?"

하고 물었다.

"내가 어딜 가니?"

"그럼 저두 여기서 살아요."

나는 얼굴이 뜨거워지는 것을 느꼈다.

이 애가 속으로 나를 이성으로 그리움 같은 감정을 가지고 있지나 않나 하는 생각 때문이었다. 나는 그런 감정을 받아들일 수는 물론 없었다. 그쪽 감정의 움직임을 아는 척할 수도 없었다. 그래서 나는,

"이 추위에 어디 잘 데가 있니?"

하고 그의 잠잘 곳 걱정을 했다.

"아무데서나 친구들과 함께 잘래요. 내년 봄에는 같이 살 집을 하나 짓기루 했으니까요."

"그래."

나는 그들이 자기들 힘으로 집까지 짓겠다는 생각을 하는데 기특한 마음이 들어 경이의 눈으로 그를 보았다. 그리고는 덕기 일로 경찰서에 가야겠다고 한 뒤 그와 같이 집을 나왔다.

거리에서 용각산을 사 주고 헤어졌다.

나는 경찰서장에게 부의금을 얻고 그가 가르쳐 주는 사람들을 찾아가 또 부의금을 거두었다. 밤에 학교에 가서는 무보수로 나오는 선생들이지만 그들에게도 단 몇 푼씩이나마 구걸하듯 부의금을 거두어 육천 원을 덕기에게

주었다.

그런데 그 날 교실에는 아침에 공우가 우리 집에 가져온 것과 꼭 같은 국화 두 송이가 화병에 꽂혀 있었다. 공우가 한 짓에 틀림없었다.

수업이 끝났을 때 덕기가 사무실로 찾아왔다. 나는 부의금에 대해 한 번 더 고맙다는 말을 하러 온 것이리라 생각하고 그의 입이 열리기를 기다렸다. 그런데 그 애는 뜻밖에도,

"저 서울루 보내 주세요. 시굴이 싫어졌어요. 공장에 취직시킬 수 있으시죠?"

하는 것이었다. 나를 무엇이나 다 할 수 있는 사람으로 생각하는 모양이었다.

"왜 시굴이 싫어졌지?"

"식구라구 아무두 없는 걸요."

"아버지와 단 둘이 살구 있었군?"

"네."

힘없이 대답하는 그가 정말 측은하게 보였다.

다음 날, 나는 학생들에게 앞으로 졸업도 머지 않았으니까 취직하고 싶은 애가 없느냐고 물었다. 그것은 아버지가 그 애들을 가르친다고 그 애들이 잘 살 것 같으냐고 한 말이 생각나기도 했지만 덕기의 취직 부탁과 아울러 다른 애들 취직도 한꺼번에 알선해 주고 싶은 생각이 들었기 때문이었다.

사실 애들을 인간적으로 성장시키는 것만이 나의 일이어서는 안 된다고 생각했다. 현실적으로 그들이 먹고 살 수 있는 사회의 길을 열어 주어야 한다. 그것까지 돌봐 줘야 한다고 생각했다. 그런데 취직시켜 달라는 애가 무려 이십 명이나 되었다.

나는 그 날 밤부터 애들 취직운동을 시작했다. 학교의 선생들마다에게 부탁을 했다. 다음 날에는 경찰서장을 찾아가 부탁을 했다. 특히 서울에 있는 공장과 관계 있는 사람을 수소문해서 알아보았다. 농협 지부장이 영등포에 있는 어떤 방직공장 간부와 안다는 말을 듣고 그를 찾아가 덕기의 취직을 부탁했다. 농협 지부장은 성심껏 알아보겠다고 했다.

눈이 내리는 어떤 날이었다. 미장원에 갔다가 집에 돌아오는 길이었다. 우산을 받고 거리를 걷고 있을 때 나는 앞으로도 이렇게 늘 화장을 해야 하나 하고 생각했다. 그런 것으로 학생들의 마음을 돌릴 시기는 지났다는 생각이 들었다. 진심으로 대하면 그것으로 충분하지 않을까? 화장을 본시 좋아하는 편이 아니다. 그런데도 몸치장에까지 신경을 쓰며 사는 데 일종의 피로 같은 것을 느꼈기 때문이었다.

이런 생각을 하며 걷고 있을 때 몇 명의 학생이 우리 집으로 가고 있는 것이 보였다. 무슨 일일까 해서 그들을 쫓아갔더니 토끼사냥을 가자고 했다. 눈이 많이 와서 꼭 잡힐 것이라면서 빨리 가자고 했다.

발이 푹푹 빠지는데 내가 사내들을 어떻게 따라다닐 수 있을까? 망설이지 않을 수 없었다.

"재미있습니다. 빨리 가세요."

여름에 고기를 잡으러 갔던 일이 생각났다. 나보고 목욕을 하라고 뒤로 돌아서서 망을 보던 그들. 잡은 고기는 몽땅 나를 주었고.

"가자."

나는 집에 들어가 고무장화를 신고 나왔다. 오 리쯤 걸어가 칠백 고지쯤 되는 앞산 숲으로 들어갔다. 눈은 그대로 내리고 있었다. 미장원에서 손질한 머리가 눈에 망가지는 것도 잊어버리고 그들을 따라다녔다. 토끼 발자국을 찾아 길목에 홀치기를 걸어 놓고는 토끼 발자국을 따라 달려간다. 토기가 발견되면 그놈을 쫓아간다. 토끼는 자기 발자국이 나 있는 길만을 달린다. 그 길로 달리다가 홀치기에 걸린다. 몇 시간을 그러며 뛰어다녔는지 모른다. 숨이 차고 다리가 아팠지만 혼자 눈 맞고 서 있을 수가 없어 그들을 따라다녔다. 한 마리를 잡자 재미가 났다. 그러나 어슬해질 때까지 겨우 두 마리를 잡았다.

나는 보드라운 토끼털을 만져 보며,

"이놈 운수가 나빴지?"

하고 학생들을 둘러보았다. 그때 한 학생이,

"안 잽혔으면 어떻게 해요?"

하고 웃었다. 그러자 딴 애들이,

"그럼요."

하고 와 웃었다. 한 마리도 잡히지 않았다면 내가 실망할 것이 두려웠던 모양이었다.

다리가 아팠다. 걷기가 힘들 만큼 아팠다. 그러나 그들이 나를 가장 친한 친구로, 아니 친구 이상의 것으로 생각해 주는 데 그저 흐뭇할 뿐이었다.

그러나 순간 그들이 나에게 실망을 주지 않으려고 악착같이 토끼를 잡았는데 내가 그들에게 실망을 준다면 어떻게 하나 하는 두려움이 생겼다. 그들의 희망대로 취직이 될 것 같지 않은 예감이 들었던 것이다.

그들에게 사회로 나갈 길을 열어 주지 않는다면 그것은 사회의 책임이다. 그러나 사회가 책임 안 지는 애들을 교육시키는 나와 사회가 아무런 유대도 없다는 것을 학생들이 이해해 줄까?

7

봄이 내다보였다. 회색이던 산에 조금쯤 붉은 기가 돌았다. 양지에는 파랗게 싹이 올라오고 있었다.

직업학교의 졸업식에는 군수와 읍장, 그리고 경찰서장이 참석했다. 모두가 찬사를 아끼지 않았다. 그리고 무보수로 가르친 선생들에게 감사의 뜻을 표했다. 그 중 나에 대한 칭찬이 있었다. 처녀선생으로 남학생들을 친동생처럼 애정으로 대해서 그들이 괄목하게 달라졌다는 것이었다. 그런 찬사에 낯이 간지러웠지만 실은 나도 학생들이 전과 다름없는 옷을 입고 있다 해도 속이 많이 달라졌다고 자긍했다.

읍장은 주민등록증을 발급할 때 호적 없는 고아원 출신 십여 명에 대한 취직에 내가 지대한 노력을 했다고 칭찬해 주었다. 그것도 나의 공적이 될 만하기는 하다. 그때 그 복잡한 수속을 하느라고 근 보름 동안 침식을 잃고 돌아다녔다. 그래서 호적도 없는 그들에게 호적을 만들어 주었지만 그런 것을 나는 자긍하지 않았다. 채 거지는 안 되었지만 거지 비슷한 옷을 입고 있는 그들 옷 속의 인간성이 일 년 전과 달라졌다는 데 희열을 느꼈을 뿐이다.

그들이 학교를 영 이별하는 기분으로 졸업가를 슬프게 부를 때였다. 나는 이것으로 그들과 마지막인가 하는 생각을 했다. 비록 학교에는 오지 않으나 집으로는 찾아올 그들이다. 그들의 생활이 비참하게 계속되는 한 나는 그들을 잊지 못할 것이다. 어머니처럼 누나처럼 돌봐 줘야 한다고 생각했다.

그러나 이십 명이 지원한 취직을 두 명밖에 시켜 주지 못했다. 덕기의 취직은 아직 미정인 채다. 이런 것을 생각할 때 나는 결국 그들에게 실망을 주고 말았다는 것을 깨달았다. 앞으로도 그럴 것이다. 마음 속에 인간적인 정서를 일으켜 주었다고 해도 현실생활에서 실망을 주었다면 나의 공적을 어떻게 평가해야 할까?

졸업식이 끝난 뒤 집으로 돌아왔을 때 공우가 몇 친구를 데리고 왔다. 집 지을 나무를 경찰서의 허락을 받아 채벌해다 놓았는데 완전히 해토되는 대로 집을 짓기 시작하겠다는 이야기를 했다. 그리고는 자기들이 일 년 더 학교에 다닐 수 있게 해 달라는 말을 했다. 나는 왠지 짜증이 났다. 그들이 귀찮아서가 아니었다. 일 년제의 학교에서 졸업생을 다시 받을 수 없다는 생각 때문도 아니었다.

"너희들은 언제까지나 구두나 닦으며 살래?"

구두닦이하며 살려고 공동생활할 수 있는 집까지 지으려는 그들에게 너무나 꿈이 없다고 생각되었기 때문이었다.

"어떻게 합니까?"

체념에 익숙한 그들의 대답이었다.

"그래두 희망을 갖구 살아야지."

"희망을 가져서 뭘합니까?"

공우가 대답한 말이었다. 나는 그 말에 가슴이 막히는 것을 느꼈다. 뭐니 뭐니해도 희망만은 가지고 살아야 하는데 희망을 죽이고 사는 그 애들에게 나는 그런 것을 줄 능력이 없었다.

다음 학기를 위해 신입생의 지원서를 받고 있을 때였다. 지원서를 가지고 온 어떤 학생의 옷차림이 눈에 띄었다. 추운 겨울인데도 홑겹 학생복을 입고 있었다. 그것도 다 떨어진 옷이었다. 그런데 저고리 소매로 삐죽 나온 내의도 얇은 가을 셔츠였다. 두 겹의 옷만을 입었는데 모두가 겨울치가 아니었다. 나는 그 애에게 옷 한 벌을 사 주었으면 하고 생각했다. 얼마나 추울까? 겨울내복 한 벌이라야 얼마도 안 한다. 수속을 끝내고 같이 거리로 나갈 궁리를 하면서,

"왜 입학하려구 하지?"

입학의 동기를 물었다.

"취직을 하려구요."

"어떤 데?"

"아무데나요."

"누가 취직시켜 준다던?"

"취직이 된다던데요."

직업학교를 졸업하면 취직이 된다는 말을 누구에게서 듣고 온 모양이었다. 경찰서와 우체국에 사환으로 취직된 애가 있다. 그것을 보고 소문이 퍼졌는지 모른다.

어쨌든 그 애는 희망을 갖기 위해 입학을 하려고 한다. 그러나 나는 희망을 갖고 들어오는 그 애에게 결국은 실망밖에 줄 것이 없다는 생각을 했다. 이십 명 가운데 두 명만 취직을 시켜 주고 그것으로 취직시켰단 말을 할 수 있을 것인가? 나는 그 애에게 그런 희망을 가지고 입학해서는 안 된다는 말을 할 수 없었다. 졸업하면 취직이 될 것이라는 희망마저 빼앗을 수가 없었던 것이다.

나는 그 애를 데리고 거리로 나왔다. 받지 않으려 할지 모르지만 내복을 한 벌 사 줘야 내 마음이 편해질 것 같았기 때문이었다. 걸으면서 내가 물었다.

"뭘 하구 있어?"

"집에 있어요."

"집에서 놀구 있니?"

"산에 가서 나무나 해요."

이런 이야기를 하다가,

“너 춥지?”

하고 물었다.

“아아니요.”

“왜 안 춥겠니? 내가 내복 한 벌 사 줄게…….”

“내복요?”

춥지 않다고 말한 애였지만 내복을 사 준다는 말에 그것이 정말이냐는 듯 물었다.

“추울 것 같아서 사 주는 거야.”

그 애는 별반 사양을 안 했다. 역시 무엇인가를 바라며 살고 있는 애다. 바라며 살아도 주는 사람이 하나도 없는 세상이다. 나도 그에게 이 이상 더 줄 것이 없는 사람이다.

내복을 사 줘 보내고 집으로 돌아오고 있을 때 어디서 보고 오는지 덕기가 숨을 헐떡이며 쫓아왔다. 그는 내게 인사를 하고는 곧,

“서울 공장은 아직 못 가나요?”

하고 물었다. 취직을 고대하는 그의 마음을 알 수 있었다. 나는 됐다 안 됐단 말을 할 수 없어서 한 번 더 알아보겠단 말만 하고 농협으로 달려갔다. 그런데 서울 방직공장에 아는 사람이 있다던 그이가,

“그 친구가 공장을 그만뒀다는군요.”

쓸쓸한 대답을 했다. 그런 때 나는 무슨 말을 해야 할 것인가? 내가 해야 할 일이 전부 막혀 버렸다는 생각뿐이었다.

나는 집으로 돌아오는 길로 아버지를 만났다. 서울 가서 취직하겠다는 말에 아버지가,

“잘 생각했다.”

첫마디에 승낙을 했다. 서울서 신랑감이나 고르겠다는 말로 해석한 모양이었다.

다음 날 새벽 나는 첫 버스로 고향을 떠났다.

구두닦이 애들이 나오기 전 새벽 첫 버스를 타고 아무도 모르게 고향을 떠나는 마음이 슬펐다. 내가 도망친 것을 알았을 때 공우랑 덕기랑 학생들

이 얼마나 실망할까 하는 것을 생각하니 더욱 서글펐다. 그러나 더 큰 실망을 주며 어두운 그들의 생활을 바라보는 것보다 차라리 마음 편하지 않은가 자위를 했다.

기침하는 공우의 얼굴이 보였다.

나는 그 애를 병원에 데리고 가 진찰도 해 보지 못했다. 그것이 더욱 한스러웠다.

새벽 버스는 안개가 자욱한 들길을 달리고 있었다. 나는 지금 서울로 가는 것이다.

서울이란 나 같은 사람들이 모여 사는 곳인가?

마음은 더 쓸쓸해졌다.

(원)《현대문학 180》 1969. 12.

현재진행미완(現在進行未完)

　말썽 있는 결혼이라 해도 사미(沙美)는 즐겁기만 했다. 명기(明基) 옆에서 버젓하게 그를 남편이라 부를 수 있고 이십사 시간 그를 독점할 수 있다는 마음이 그미를 승리자와 같은 통쾌감에 젖게 했다.

　아버지와 새어머니는 벌써부터 승낙해 주었다. 다만 걸리는 것은 할머니 뿐이었다. 어머니 대신 그미를 길러 준 할머니다. 그 할머니가 사미의 결혼을 슬퍼하고 있었다. 아무에게도 싫은 소리를 안 하시는 할머니가 아버지의 첩에게서 생긴 어린 손자들 —— 사미에게는 이복동생이지만 그런 동생이 셋이나 있었다. 누구에게도 야단치는 일이 한 번도 없는 할머니의 성격인 만큼 사미의 결혼을 반대하여 앞장서지는 않았다. 고작 하는 소리가 그래서 되겠느냐는 것이었지만 결혼이 결정되었을 때부터는 그런 말도 않고 그저 슬퍼만 했다. 사미는 할머니가 자기 때문에 마음 속으로 울고 있으리라 생각했다. 할머니로서 그럴 수밖에 없으리라고 생각했던 것이다. 그런데 내일 결혼식이 있다는 이 날 밤 할머니는 사미가 옆에 있는 데서 눈물을 흘렸다. 눈물을 흘릴 뿐 말을 하는 것은 아니었다. 사미는 할머니가 마음 아파할 것을 충분히 이해했다. 비록 세대 차에서 오는 눈물일 것이라 생각하면서도 눈물 흘리는 할머니를 그냥 보기가 딱했다.

　"할머니가 그러시면 저는 어떡해요?"

　혼자 속을 썩힌다 해도 자기 앞에서 눈물을 흘리는 것만은 그만두었으면 하는 것이 사미의 마음이었다.

　할머니도 이미 체념은 하고 있을 것이다. 그런 만큼,

　'오냐. 울지 않으마.'

하고 손녀의 마음을 슬프지 않게 해 주려 함직도 했다. 그러나 할머니는 감
정을 격하지 않게 하려고 노력하면서도 사미가 마음놓을 수 있는 말 한 마
디를 해 주지 않았다.

　"제가 뭐 못할 짓을 했나요? 가서 잘 살란 말씀을 왜 안 하시구 울기만
하세요?"

　사미는 자기가 못할 짓을 한 게 아니라고 말끝마다 해 왔다. 못할 짓을
한 게 아니라면 옛날식 윤리로도 용서 못할 바 아니라는 생각에서였다. 못
할 짓을 하고 결혼하는 것이 아니니 가서 잘 살란 말 한 마디쯤 해 줄 수 있
잖느냐는 마음이었다. 그런데도 할머니는 목석처럼 말이 없었다. 사미에게
시선을 주는 일도 없었다.

　가서 잘 살라는 말은 그만두고라도 눈물만 끊어 주었으면 했다. 할머니가
야단을 치며 반대한다고 해도 명기와의 결혼을 포기하지는 않을 것이다. 그
만큼 결심은 굳은 것이지만 목전에서 우는 할머니의 눈물이 보기 딱했던 것
이다.

　사미는 차라리 자리를 피하고 싶었다. 하룻밤만 할머니 옆을 피해 있다가
내일 결혼식을 하고 이 집을 떠나면 그뿐이란 생각이 들었지만 어디로 피할
데가 없었다. 아버지와 새어머니가 쓰는 안방으로는 가고 싶지 않았다. 진심
으로 우러나오는 애정을 기대한 적이 없는 새어머니 옆에서 결혼으로 부풀
어 있는 자기 마음을 열어 놓을 수가 없었기 때문이었다. 그렇다고 배다른
동생들에게 자기 감정을 보여 주며 경솔하다는 인상을 주기도 싫었다. 또
응접실이나 빈방으로 가 궁상맞게 혼자 잘 수도 없었다. 괴로우나마 십여
년 한 방에서 같이 살아 온 할머니 옆에서 마지막 날 밤을 보내야만 했다.

　"저 먼저 자요"

　사미는 할머니의 울음을 보지 않는 수밖에 없다고 생각했다. 그미는 이불
을 쓰고 누워 눈을 감아 버렸다. 아직도 앉은 채 울고 있는 할머니를 옆에

느끼며 사미는 만약 할머니가 자기 때문에 울지를 않고 가서 잘 살라는 말을 해 준다면 어떨까 하고 생각했다. 자기의 윤리관을 버리고 손녀의 의사만 존중하는 할머니라면 할머니의 실감이 나지 않을 것 같았다. 굽힐 수 없는 윤리관을 가지고 있으면서도 어쩔 수 없이 굴복하는 데 할머니로서의 매력이 있지 않을까? 사미는 문득 할머니가 결혼을 마땅치 않게 생각하는 것보다도 자기 몸으로 살을 녹여 주며 길러 준 자기를 떠나보내기가 슬퍼서 우는 것이나 아닐까 생각했다. 그래서 눈을 번쩍 뜨고 할머니를 보며,

"내가 없으면 쓸쓸할 것 같아 우시는 거예요?"

약간 장난끼가 섞인 어조로 물었다. 그런데 이때까지 한 마디의 말도 없던 할머니가 이번만은 성큼 대답을 했다.

"쓸쓸하기는……."

그러니까 쓸쓸해질까 해서 우는 것이 절대 아니란 의사표시였다. 그런데도 사미는 한 번 열린 할머니의 입을 계속 열어 볼 심산으로,

"왜 안 쓸쓸해요? 혼자서 주무셔야 하는데……. 시중들어 줄 애두 없구……."

하고 말을 붙였다. 그러나 할머니는 자기가 할 말은 전부 해 버렸다는 듯이 입을 꼭 닫아 버렸다.

다음 날 아침 사미는 미장원에 있었다. 그 긴 신부화장의 시간, 그미는 처음부터 끝까지 두 사람에 대한 상념 속에서 헤맸다. 신랑될 명기와 할머니였다. 두 사람의 그림자는 멀어졌다 가까워졌다 하며 가슴 속 공간을 떠돌아 다녔다. 어떤 때는 명기의 그림자가 크고 가깝게 떠올랐다가는 어떤 때는 할머니의 그림자가 크고 가깝게 다가왔다. 명기는 자기를 행복하게 해 주려고 언제나 웃는 얼굴을 보여 준 데 반해 할머니는 불행해질 것을 슬퍼하는 얼굴로만 나타났다. 그런 만큼 참을 수 없게 슬퍼하는 할머니의 그림자가 명기보다 몇 배나 강하게 접근해 오는 것 같았다.

"아무래도 이상한 분야."

할머니의 슬퍼하는 모습을 생각할 때마다 사미는 할머니가 알 수 없는 어

른이란 결론을 내렸다. 아무리 마음에 내키지 않는 결혼이라 해도 친어머니가 없는 손녀, 그리고 어렸을 때부터 한 방에서 길러 낸 손녀를 보내는 오늘, 결혼식장에 참석지 않고 교회당엘 갈 수가 있을까? 마지막 가는 손녀를 차마 안 보고 배길 수가 있을까?

몇 해 전 일이 머리에 떠올랐다. 아버지가 증뢰(贈賂) 사건으로 경찰에 구속된 일이 있었다. ××동에 있는 임야지를 살 때 구청장과 직원들에게 뇌물을 주었던 것이 발각되었기 때문이었다. 경찰에 연행될 때 집안은 온통 야단이었다. 새어머니는 소리를 높여 통곡을 했고 어린애들까지 공포에 떨며 제대로 말을 못했다. 사미도 아버지가 고생할 것을 생각하고 자꾸만 울었다. 그러나 할머니는 조금도 울지 않았다. 우는 것은 고사하고 마음이 흔들리는 기색도 보이지 않았다. 저녁때 교회당에 갔다 와서는 며느리인 새어머니를 위로해 줄 생각도 않고 자기 방에 들어앉아 있었다. 사미는 그런 할머니가 이상스러워,

"할머닌 걱정 안 돼요?"

하고 물었다. 그때 할머니는,

"죄에는 죄값이 있는 거다."

한 마디만 하셨다. 아무리 교회에서 그런 것을 배워 왔다 해도 자기 친자식이 경찰에 잡혀갔는데 어찌 그런 초연한 태도를 취할 수 있을까? 아버지는 얼마 안 돼 풀려 나왔다. 샀던 땅을 도로 빼앗기고 또 벌금도 물고서. 아버지가 풀려 나오던 날 가족들이 얼마나 기뻐했는지 모른다. 재산이 다 없어진다 해도 아버지가 자유의 몸이 된 것만은 기뻐했다. 그러나 할머니는 그리 기뻐하는 기색을 보이지 않았다. 아버지에게,

"고생했겠구나. 다시는 그런 일 하지 말아라."

한 마디의 훈시를 할 뿐이었다.

정말 이상한 분이었다. 여자 같은 데라고는 찾아볼 수가 없었다. 만사에 그랬다. 감격하는 일도 없었고 흥분하는 일도 없었다. 사는 데 재미라는 것을 느끼는 것 같지도 않았다. 사미는 언젠가 아버지에게 물어 본 일이 있었다. 늙어서 그런 것인지 그렇지 않으면 젊었을 때부터 그래 왔는지를. 아버

지는 그때 젊었을 때부터 성격이 그랬다고 대답했다. 때로는 정신을 팔고 사는 것 같다는 말도 했다.

그래도 사미는 할머니를 싫어해 본 적이 없었다. 그것은 할머니가 고집을 부리지 않기 때문이었다. 사미가 명기와 가까이 지내기 시작할 때 명기가 집으로 놀러 온 적이 있었다. 그때 할머니는 남자가 집에까지 놀러 와도 괜찮으냐고 걱정하는 투로 말했다. 사미가 걱정 말라고 강하게 말하자 그미는 조심해서 사귀라는 말 한 마디를 더 했을 뿐이었다. 얼마 뒤 명기가 한 번 결혼한 남자라는 것을 알았을 때 할머니는,

"다른 일은 없었냐?"

한 마디를 물었다. 없기는 왜 없었겠는가? 그래도 사미는 그런 일 없다고 명확하게 대답했다. 그랬더니,

"죽을 때까지 괴로워할 일은 절대 하지 말아라. 여자의 한 번 실수는 죽을 때까지 돌이킬 수가 없는 법이다. 너 내 말 절대루 허술하게 들어서는 안 된다."

처음으로 자기의 진심이라 생각되는 말을 했다. 사미는 그만한 말도 전에는 들어 본 일이 없었던 것이다.

얼마 뒤 사미가 명기와 결혼하겠다는 이야기를 했다. 부모들이 시켜 준 것이라 결혼은 했지만 명기는 부인을 사랑하지 못했고 얼마 전에는 이혼까지 했다는 사실을 들어 명기와 결혼하게 해 달라고 졸랐다. 사미는 명기를 정말 사랑했다. 그가 결혼했다는 사실을 알기 전부터 사랑했다. 그 뒤 명기에게 아내가 있다는 것을 알았을 때 그 부인과 이혼을 시키고야 말겠다는 생각을 가질 만큼 사랑했다. 그와 결혼을 못하면 차라리 죽어 버리라고까지 생각했었다. 드디어 명기는 아내와 이혼을 했다. 사미의 승리였다. 어찌 결혼을 미룰 것인가? 그러나 아버지는 찜찜해했다. 할머니는,

"그래두 되냐?"

하고 물었다. 사미는 법률적으로 잘못된 것이 하나도 없는 일이라고 역설했다.

"그래두 되는 건지 모르겠다."

할머니는 막연한 걱정이었다. 옳지 않은 것 같으면서도 옳지 않다고 말할 근거가 없어하는 그런 태도였다.

'이상한 분이셔.'

어쩔 수 없지만 그래도 긍정할 것이 되지 않는가? 그런데도 할머니는 결혼식에 참석을 안 하시고 아침 일찍 교회당엘 가셨다.

화장이 끝나갈 때 명기가 와서 시간이 다 됐다면서 서둘러 댔다. 사미는 신부복을 입고 자동차에 올랐지만 할머니 생각을 한 번 더 했다. 교회당에 가셨지만 지금 거기서 자기의 행복을 위해 기도드리고 있을 것이라고.

그러나 결혼식장에서 아버지의 손을 잡고 주례석을 향해 걸어가려고 할 때 사미는 할머니가 오지나 않았을까 생각했다. 꼭 왔을 것만 같았다. 그래서 아버지에게 할머니가 오셨느냐고 물었다.

"안 오셨다."

아버지의 씁쓸한 대답을 들었을 때 사미는 실망을 느꼈다. 안 와야 할 이유가 무엇인가? 할머니는 모르고 있다. 명기가 사미를 안 뒤부터 자기 본부인을 더 학대했고 사미의 강요에 못 이겨 이혼했다는 사실을. 만약 그 사실을 말하면 할머니가 나를 나쁘다고 할지도 모른다. 한 여자를 불행하게 만들고 그 뒷자리를 차지했다고 해서 나를 미워한다면 그야 할 수 없는 일이 겠지만 그런 사실을 모르는 이상 손녀의 행복을 빌어 줘야 할 것이 아닌가?

길지도 않은 결혼식을 끝내고 가족사진을 찍을 때였다. 새어머니와 함께 신부 가족들 자리로 걸어가는 할머니가 보였다. 사미는 눈을 감았다 뜨며 할머니를 똑바로 봤다. 틀림없는 할머니였다. 사미는 사진기 앞에서 명기의 팔을 끼고 있었지만 명기의 팔을 놓고 할머니에게로 갔다. 가서는 할머니의 손을 잡고,

"할머니……."

외마디 소리만 질렀다.

"참 예쁘구나!"

할머니는 사미의 얼굴을 차근차근 들여다봤다. 사미는 신부복만 안 입었다면 그냥 할머니 품에 안기고 말았을 것이다. 와 주는 것이 당연한 일인데

도 와 준 할머니가 그렇게도 고마웠던 것이다.

사미는 다시 신랑 옆으로 가서 그의 팔을 낀 뒤 사진 찍을 자세를 취했지만 언젠가

'네가 시집가는 거나 보구 죽어야겠는데……'

하시던 할머니의 말을 생각했다. 지금 일흔여덟 살이시다. 돌아가셔도 애타게 슬플 나이는 아니지만 할머니는 건장하셨다. 그런데도 가끔 죽음이 빨리 오기를 기다리는 투로 말씀하시는 때가 있었다.

사미는 사진기의 렌즈로 시선을 보내면서도 할머니가 이제는 돌아가셔도 한이 없을 것이라 생각했다. 한이 없도록 하기 위해 안 오시려던 식장에 오셨을 것이니까…….

"정말 예쁘구나."

얼마든지 있을 수 있는 축복의 말 대신 예쁘다는 말 한 마디만 해 주신 할머니가 더욱 고마웠다. 그 말 한 마디가 어떤 축복의 말보다 실감이 있었다. 어떤 말보다 진실된 것 같기도 했다.

신혼여행으로 제주도에 가면서 비행기에 올랐을 때도 사미는 할머니를 생각했다. 세상에 자기를 진심으로 축복해 줄 사람은 오직 할머니뿐이라고. 그러면서도 결혼식에 참석하지 않는다고 하며 교회당에 가셨던 이유가 무엇일까 하고 생각했다. 사미는 그 이유를 그때까지 이해하지 못했던 자기를 맹추라고 생각했다. 할머니는 어젯밤 그렇게도 슬프게 우시지 않았는가? 그것 하나만 보아도 알 수 있는 것을 왜 미처 생각지 못했을까?

할머니가 결혼식에 참석지 않으려 했던 이유를 분명히 알고 사미는 약간 얼굴을 붉혔다. 과연 할머니를 울릴 만한 일을 했다는 자책이 비로소 머리에 떠올랐던 것이다. 새어머니 때문에 사미의 친어머니가 불행하게 되었다. 아버지가 새어머니를 얻은 뒤 얼마 동안은 별거를 해 왔다. 그러다가 이혼을 당하자 어디론가 떠나 버렸다. 위자료도 얼마 안 주고 어머니를 내쫓은 아버지였다. 그 뒤부터 오늘까지 어머니의 소식은 묘연하다. 말하자면 새어머니와 꼭 같은 길을 밟고 있는 자기라고 생각했다. 그래서 할머니는 자기가 명기와 결혼한다고 할 때 그래서 되겠느냐고 반성을 촉구하는 말만 하

였다. 그리고 결혼 전날에 마냥 우셨고 결혼식장에는 나오시지도 않으려고
하셨다.

"저걸 봐. 한라산이야."

명기가 옆구리를 찌르며 비행기 밑을 내려다보았다. 사미는 딴 생각만 하
고 있던 것을 미안하게 생각하여 명기의 시선을 따라 한라산을 내려다봤다.

"저게 한라산예요?"

한국에서 제일 높다는 한라산이 너무나 작게 보였던 것이다. 위에서 내려
다 보면 작게 보이는 모양인지. 그때 스튜어디스가 비행기 좌측에 보이는
것이 한라산이며 제주도가 멀지 않았다는 설명을 했다.

사미는 거울을 꺼내 화장을 고치며 하필 신혼여행을 하면서 행방불명이
된 어머니를 생각했고 어머니를 행방불명으로 만든 새어머니와 자기를 관련
시켜 생각했을까 하고 자기를 뉘우쳤다. 자기 이외의 다른 일체의 것을 생
각할 필요가 없는 때다. 행복을 쟁취했으니 쟁취한 행복에 심취하면 그뿐인
것이다. 백 명 가운데 아흔아홉 명이 불행하다고 해도 할 수 없다. 나는 내
행복만 바라보며 그 행복을 놓치지 않도록 해야 한다.

"화장 안 해두 예뻐."

명기가 비꼬듯 말했다. 사실은 비꼬는 것이 아니라 행복에 젖어 있는 사
람의 즐거운 말이었다.

"더 이쁘면 나쁜가 뭐?"

사미는 공부를 그만두고 잠자라는 아버지에게 더 칭찬이 받고 싶어 조금
만 더 공부하다가 자겠다는 어린애처럼 명기를 보면서 화장을 계속했다.

"빨리 벨트를 해야잖아?"

그래도 사미는 서둘지 않았다. 자기 손으로 벨트를 채우지 않아도 명기가
해 줄 줄 알기 때문이었다. 비행기가 이륙할 때도 벨트를 채울 줄 모르는 사
미에게 명기가 채워 줬던 것이다.

명기가 사미의 벨트를 채우고 조이고 있을 때 사미는 손 하나 까딱 않고
앉아 있었다. 명기는 주고 자기는 받기만 하는 것이 즐거웠다.

비행장에 내려 서귀포 관광호텔에 이를 때도 그랬다. 사미는 까딱 않고

명기의 뒤를 따르기만 하면 됐다. 명기는 한 손에 가방을 들고도 관광버스에 오르고 내릴 때 손을 잡아 거들어 주었다. 버스에 오를 때 긴 치마가 승강구에 닿을 때마다 그는 치맛자락까지 잡아 주었다.

호텔에서 식당에 갈 때는 반드시 팔을 끼고 식당까지 안내했다. 저녁을 먹을 때는 반드시 사미가 포크를 들 때까지 기다렸고 비프스테이크를 먹을 때는 가장 연한 부분을 골라 사미에게 주고 사미의 고기 가운데서 질긴 부분을 명기가 먹었다.

침대에 들 때는 사미의 옷을 벗기고 잠옷을 입힌 뒤에야 자기 옷을 갈아입었다. 사미는 잠시도 혼자가 아니라는 것을 느꼈다. 잠시도 자기 옆을 떠나지 않고 분신처럼 자기와 행동을 같이 해 주는 명기에게서 행복을 느꼈다.

나흘 동안이 조금도 지루하지 않았다. 명기의 휴가가 좀더 길다면 그대로 더 지내고 싶었다. 닷새째 되는 날 다시 서울로 돌아왔지만 사미는 새로운 행복이 기다리고 있을 새 살림에 또 기대를 가졌다. 두 사람만의 살림을 시작한다는 것은 두 사람의 행복을 창조하는 일이라고 생각했던 것이다.

그들은 우선 사미의 친정으로 갔다. 최소한 하룻밤은 친정에서 자야 한다고 했기 때문이었다. 사미는 집에 도착하는 즉시 자진해서 할머니와 부모에게 큰절을 했다. 결혼식 직후 폐백을 드렸으니까 큰절이 필요 없다고 했지만 사미는 그저 큰절을 다시 한 번 더 하고 싶었다. 행복에 들뜬 마음이 어른들을 기쁘게 해 주고 싶은 것이었다.

아버지와 새어머니는 가게에서 들여온 물건들을 안방 다락에 올려 놓기에 바빴다. 그런 부모를 끌어다 앉히고 큰절을 받게 하고 난 뒤에야 왜 물건들을 살림집에 들여오느냐고 물었다.

"새해부터는 물가가 삼 할 이상 오른다."

아버지의 설명으로 사미는 과연 아버지는 머리 좋은 분이라고 생각했다. 몇 달 안 있으면 물가가 뛴다니까 그 동안 팔지 않고 감춰 두었다가 값이 오른 뒤에 내다 팔려는 계산 빠른 아버지다. 주업이 주단포목 상점이지만 장사를 하는 동시 돈을 잘 활용하여 지금은 억대의 빌딩과 억대의 토지를 갖고 있다.

절을 끝내고 일단 할머니 방으로 왔을 때 명기가 자기도 일을 거들어 드려야 하지 않겠느냐고 물었다. 장인 장모가 일을 하는데 젊은 사람이 보고만 있기가 안 된 모양이었다. 사미는 명기의 생각이 온당한 것 같다.

"그 옷을 입구야……."

그저 옷 걱정만 했다. 그런데 옆에 있던 할머니가,

"새신랑이 일은……."

하고 말렸다. 사미는 할머니의 말도 옳다고 생각했지만 한 마디 말에 그냥 주저앉을 수가 없어서,

"새신랑은 일을 못하나요?"

명기의 체면을 세워 주었다. 그런데 할머니가,

"내버려 둬라. 그런 일 안 도우면 어떠냐?"

하며 역정을 내셨다. 매사에 역정을 내시는 일이 없던 할머니에게서 보기 드문 일이었다. 사미는 할머니가 아버지의 일을 못마땅히 여기시는 모양이라고 생각했다. 늙은 분이 일을 거들지야 못하겠지만 그래도 일하는 것을 지켜봐 주기는 해야 할 텐데 본 척도 안 하시고 앉아 계신 것만 보아도 할머니의 마음을 짐작할 수 있었다. 그런 할머니의 마음을 거슬리게 할 수는 없었지만,

"아버지가 머리 좋은 분이 아니세요?"

하고 아버지 편을 들었다.

그때 할머니는 사미를 한 번 못마땅한 눈으로 흘겨보실 뿐 대답을 안 하셨다. 남의 일에 대해 가타부타 비판을 안 하시는 할머니다. 아버지가 하는 일을 옳지 않게 생각하고 있는 것이 사실이었지만 옳지 않은 이유도 설명하시지 않았다.

사미는 아버지의 일이 과연 옳지 않은 것인가 하고 생각했다. 아버지가 법에 걸려 고생한 때가 있었다. 또 어떤 사람과 돈 문제로 싸우다가 사기꾼이란 이름으로 고소당한 일도 있었다. 그런 때는 아버지가 너무 심하다는 생각을 했었지만 자기 물건을 팔지 않고 두었다가 나중에 값이 오른 뒤 팔려고 하는 오늘의 아버지는 그리 잘못이 아니란 생각이 들었다.

신방이라고 새로 꾸며 준 방으로 갔을 때 명기가,

"이렇게 앉아 있기가 미안한데……."

하는 것으로 보아 명기도 장인의 처사를 그리 나쁘게 생각하는 것 같지가 않았다.

"내가 가서 이야기하구 올게요."

사미는 명기가 미안해하지 않도록 해 줘야겠다 생각하고 부모들이 있는 데로 가서 명기가 미안해한다는 말을 했다. 그리고는 돌아와 힘든 일이 아니니까 걱정 말고 있으라는 말을 명기에게 전했다. 명기는 마음놓고 누워서 쉬었다. 쉬면서도 무엇을 생각하는 것 같더니,

"할머니는 좀 이상한 분이야."

불쑥 이런 말을 했다.

"이상하기는요?"

"아드님이 하시는 일을 못마땅히 생각하시거든, 그러면서도 나쁘다는 것을 솔직히 말씀하시지는 않구……."

"성격이 그러신 걸 뭐."

"글쎄. 성격인지는 몰라두 늘 뭔가를 골몰히 생각하시구 계시는 것 같아."

"생각하시기는…… 말씀 없는 성격이니까 그렇게 보이는 거지."

사미는 명기의 관찰을 옳다고 생각하면서도 할머니를 달리 두둔하고 싶은 심정이었다.

"아니야. 무엇한테 잡혀서 사시는 것 같아, 보통 때두 눈을 좀 이상하게 굴리시거든."

"평소에 말씀이 없는 분이니까 그렇지, 잽히기는 뭣에게 잽혀요?"

사미는 할머니가 이상하게 해석되는 것이 싫었다. 그것은 할머니에 대한 무조건의 애정이었다. 남들이 뭐라 해도 움직일 수 없는 애정을 가지고 있었다. 할머니에게서 어머니의 애정까지 느끼며 자라 온 때문이었을까? 그렇지만은 않았다. 평생 남에 대한 흉담을 해 본 적이 없는 할머니였다. 누구에게도 자기 주장을 내세워 온 일이 없었다. 철없는 애들에게까지 따끔하게 꾸짖는 것을 보지 못했다. 그래서 살뜰한 맛이 없기도 했지만 그렇다고 마

음의 거리를 멀리하게 하지도 않았다. 어떤 편이냐 하면 쌀쌀하면서도 좋은 분이었다. 세상에서 오직 한 분 사미가 좋아하는 분이었다.

사미가 약간 신경질적이 되자 명기는 승강이를 피하노라고,

"나쁘다구 한 말은 아냐? 오해 말어."

이야기를 그것으로 중단시켰다.

밤이 깊어 잠잘 때가 되었을 때 사미는 할머니에게로 가서 안녕히 주무시라는 인사를 했다. 그리고는,

"혼자 쓸쓸하실 텐데……."

할머니 곁을 떠나 남편과 같이 자게 된 것을 미안하게 말했다. 돋보기를 끼고 성경을 읽고 계시던 할머니가 돋보기를 벗으시며,

"애두…… 어서 가서 자거라."

돋보기를 꼈다가 벗어서 그런지 유난히 커 보이는 눈으로 말했다. 사미는 애두…… 하는 말에 말할 수 없는 애정을 느꼈다. 부끄럼이나 미안감을 조금도 느끼지 않게 하는 그 말.

결혼을 했다고 해서 할머니 곁을 떠나 남편의 품으로 가기가 미안 안 할 수 없었다. 할머니는 팔십 노인이니 그런 것까지 생각지 않을지 모른다. 그러나 남편에게로 가면 곧 이불 속으로 들어가 즐거운 포옹 속에 혼몽해지고 말 자기다. 할머니는 혼자서 말동무도 없이 주무실 것이고.

남편 곁에 누웠을 때 사미는 문득 할머니가 과연 이상한 분이란 생각을 했다. 사미가 어렸을 때부터 오늘까지 할머니는 육체를 한 번도 보여 준 일이 없다는 것을 생각했던 것이다. 자기가 부끄러워할 상대도 아니고 할머니가 부끄러워할 나이도 아닌데 그래도 할머니는 자기 앞에서 옷을 갈아 입으신 적이 없었다. 자기는 철없이 할머니 앞에서 팬티까지 갈아 입었지만 할머니는 윗옷을 입을 때도 꼭 돌아앉아 입으셨다. 같이 목욕을 가 본 일도 없었다. 육체에 부끄러운 부분이 있다고 해도 손녀에게까지 숨길 필요는 없을 것이 아니겠는가? 부끄러운 부분이라야 고작 보기 싫은 흉터일 텐데 그런 것도 있는 것 같지가 않았다.

사미는 할머니가 이상하다고 생각하면서도 알 수 없는 데가 있는 할머니

를 좋게 생각하면 생각했지 나쁘게 생각지 않았다.

　결혼생활을 시작한 뒤 근 반 년에 이르도록 사미는 친정엘 자주 들렀다. 아파트에 들어가 있고 명기가 직장에 나가기 때문에 명기가 출근해 있는 시간에 외출하기가 용이했기 때문이었다. 그래서 출가를 했다고 해도 친정을 찾아오는 것이 서툴지 않았다. 그런데 이 날 친정을 찾은 사미의 마음은 서먹서먹하기 짝이 없었다. 좋은 마음으로 다니러 온 것이 아니라 언짢은 일로 무기한 묵으러 왔기 때문이었다.

　우선 그미는 순서대로 부모에게 얼마 동안 돌아가지 않을 뜻을 밝혔다. 얼굴을 보고 심상치 않은 일이 있는 것이라 생각한 부모가 웬일이냐고 물었지만 사미는 피곤하다는 말로 대답했을 뿐 진정한 사유를 말하지 않았다. 새어머니가 입덧이 났느냐고 물었다. 사미는 그런 것 같기도 하지만 확실치 않다고 대답했다. 아무때라도 이야기할 일이었지만 긴 이야기가 하고 싶지 않았기 때문이었다. 그런데 할머니를 만났을 때는 부모들 앞에서완 달리 우선 눈물을 흘렸다. 할머니를 대하니 할머니가 자기 속을 들여다보고 있는 것 같아 감정을 숨길 수가 없었다. 감정을 숨길 수 없게 되니 자연 울음이 폭발했던 것이다.

　"왜 우니?"

　할머니가 엄격히 물을 때 사미는 한 마디의 전제도 없이 자기 괴로움을 실토했다.

　"그 사람의 전처가 자살을 했어요."

　그 말을 듣자 할머니가 무릎걸음으로 사미 곁으로 와,

　"그래 어떻게 할 작정이냐?"

하고 물었다. 사미의 마음 상태가 알고 싶은 모양이었다.

　"모르겠어요. 어떻게 할지. 그냥 왔어요."

　"그 애는 뭐라든?"

　"그이하구는 의논두 안 했어요."

　할머니는 그 이상 더 묻지 않았다. 또 어떻게 하라는 말도 안 했다. 사미는 답답했다. 자기가 한 여자를 죽였다는 단순한 생각에 명기와는 의논도 없이 친정엘 왔다. 돌아갈 것은 생각지도 않고. 그러나 그 답답한 대로 시간을 보낼 수는 없었다. 아버지에게 의논을 했다.

"네가 사람을 죽이기는…… 아예 그런 생각은 하지두 말아라. 세상에는 뜻하지 않은 일이 큰 결과를 가져오는 수두 있지만 뜻밖의 결과에 대해 어떻게 전부 책임을 지겠니? 너보다두 명기 마음이 안 좋을 게다. 명기를 위로하며 살아야지. 빨리 돌아가거라."

아버지의 의견도 그럴 듯했다. 그러나 그 의견이 자기의 의견처럼 받아들여지지 않았다.

퇴근하고 아파트로 돌아갔다가 사미가 없는 것을 보고 전화를 건다는 명기에게 사미는,

"좀 생각해 보겠어요. 하루만 혼자 계세요."

자기 결심이 아직 서지 않았다는 뜻을 밝혔다.

사미는 왜 그런지 몰랐다. 자꾸만 살인자라는 생각이 들었다. 총이나 칼로 목숨을 빼앗은 것이 아니지만 자기의 존재가 한 여자의 생명을 사라지게 했다는 생각이었다. 결과는 마찬가지의 살인이라고 생각했다. 명기를 생각할 여유가 조금도 생기지 않았다. 살인자라는 생각만이 머리를 꽉 차게 했다.

저녁상을 받고도 밥을 제대로 먹지 못하고 있을 때 할머니가 사미의 마음을 잘 알고 있다는 듯이,

"오늘 밤 나하구 예배당엘 가자. 하나님의 지시를 받는 수밖에 없다."
하고 말씀하셨다. 할머니가 예배당에 나가신 지 칠팔 년 동안 사미에게는 물론 가족 아무에게도 예배당에 나가자고 해 본 적이 한 번도 없는 할머니였다. 처음으로 하는 그 말이 사미의 가슴을 울렸다. 정말 이런 땐 예배당에 나 가는 수밖에 없다고 생각했다. 거기서 자기의 의지가 결정될 수 있을 것 같은 마음이 들었던 것이다.

때마침 예배당에서는 부흥회를 하고 있었다. 부흥회의 마지막 날 밤인 이 날 밤 부흥목사의 설교 제목은 '죄를 알라'는 것이었다. 할머니 옆에 앉아 열에 뜬 목사의 설교를 듣고 있는 중 사미의 가슴은 조여 갔다. 자기 마음

속에 걸리는 것이 있을 때 그것이 곧 죄라는 말을 들었기 때문이었다. 결국 목사의 말에 의하면 자기도 죄인이었다. 목사는,

"죄를 지었을 때는 하나님께 고백을 하고 속죄를 구해야 합니다. 무소불능하신 하나님께선 어떤 죄인도 용서를 하십니다. 일곱 번씩 일흔 번이라도 용서하신다고 말씀하셨습니다."

하고 설교를 계속했다. 사미는 자기도 속죄를 받아야 한다고 생각했다. 그러나 어떻게 고백해야 할지를 몰랐다.

설교가 거의 끝나갈 즈음 목사가 신도들에게 모두 눈을 감으라고 한 뒤 남의 물건을 훔친 사람은 손을 들라고 했다. 사미는 신심(信心)이 부족했기 때문인지 정말 손을 드는 사람이 있는가를 보기 위해 눈을 떠 보았다. 손을 든 사람이 몇십 명이나 되었다. 그런데 그미는 옆자리에 앉아 있는 할머니도 눈을 뜨고 손든 사람들을 둘러보시는 것을 알았다. 어쩐 일일까? 할머니는 칠팔 년이나 예배당에 다녔고 신앙심도 두터울 것인데…….

목사는 다음 번 남을 속인 일이 있는 사람은 손을 들라고 했다. 또 손드는 사람이 적지 않았다. 그런데 할머니는 이번에도 눈을 뜨고 계셨다.

세 번째로 목사는 간음한 사람은 손을 들라고 했다. 역시 적지 않은 사람이 손을 들었다. 그런데 할머니가 몹시 당황하고 계시는 것이 보였다. 손든 사람의 수가 많은 데 놀란 것인지 어쨌든 눈을 떴다 감았다 하며 손을 들먹이기도 했다.

목사는 그 이상 더 손들라는 말을 안 했다. 그 대신 손을 든 분은 하나님께 자기 죄를 고백했으니까 더욱 더 기도를 드리고 다시는 그런 죄를 짓지 않도록 노력하라고 간곡한 부탁을 하고 또 기도를 했다. 사미는 자기가 손들 기회가 없어서 손을 들지 못한 것을 안타까이 생각했다. 눈감고 손든 사람은 지금쯤 마음이 가벼울 것이라 생각했기 때문이었다. 마음에 걸리는 것이 있으면 그것이 곧 죄인이라 했으니 자기도 죄인에 틀림없다. 자기의 죄를 어떻게 자백할 것인가? 그미는 할머니에게 의논할까 했다. 그런데 할머니는 눈을 감고 고개를 숙인 채였다. 혼자서 기도를 드리는 것 같았다. 그미는 할머니가 눈뜨기를 기다렸지만 예배가 끝날 때까지 눈을 뜨시지 않았다.

폐회 찬송가와 축도가 있은 뒤 웅성웅성 교인들이 자리를 뜰 때야 할머니는 눈을 뜨고 자리에서 일어서려 했다. 그런데 일어서려던 순간 뒤뚱하고 휘청거리다가 다시 주저앉으셨다. 사미는 할머니를 부축해서 일으켰고 계속 부축해서 집에까지 왔다. 정신적 충격을 크게 받은 것이라 생각했지만 사미는 다시 또 충격을 줄 것 같아 왜 그러시냐 묻지도 못했다.

얼마 동안 누워 계신 뒤 정신을 조금 진정시킨 것 같았을 때야 그미는 할머니에게 그것도 자기 이야기부터 꺼냈다.

"하나님께 고백을 하라구 목사님께서 말씀하셨는데 어떻게 고백을 하면 되는 건가요?"

그러나 할머니는 들었는지 못 들었는지 대답이 없었다.

"할머니! 저는 어떻게 하면 좋습니까? 말씀을 해 주십시오."

그래도 할머니는 감은 눈을 뜨려고도 하지 않았다. 그미는 문득 할머니가 돌아가신 것이나 아닌가 해서 황급히 흔들었다.

그때야 할머니가,

"우리 좀더 있다가 이야기하자."

하고 대답했다. 할머니가 생명에 지장이 없는 것은 안심했지만 다시 더 말을 시킬 수가 없었다.

답답했다. 할머니 일도 그랬지만 자기 일도 답답했다. 답답한 채 누워 있으려니 자살한 명기 아내가 마귀할멈 같은 모습으로 눈앞에 어른거렸다. 더 가까이 오는 것도 아니고 멀리 떠나가는 것도 아니었다. 멀지 않은 곳에 선 채 자기를 노려보기만 하는 것이었다. 그것은 어제 명기의 친구의 편지 속에 명기의 전처가 자살했다는 짤막한 글을 보았을 때 떠올랐던 바로 그 모습이었다. 명기가 퇴근하고 돌아왔을 때도 그 모습이 눈에 보여 실신한 사람처럼 희멀건 눈을 뜨고 말도 제대로 못했었다. 명기가 무어라고 위로의 말을 해 주었으나 그미는 그런 말이 귀에 들어오지도 않았다.

"차라리 잘 됐다구는 생각지 못해? 우리가 맘놓구 행복하게 살게 됐으니까 말야."

이런 말을 할 때야 그미는 정신이 번쩍 드는 것 같았다. 그러나 그것은 고맙고 반갑다는 마음에서가 아니었다. 명기가 살인 주범이란 생각이 들었기 때문이었다. 명기가 주범이고 자기는 주범의 참모. 그러나 그 생각이 오래 가지는 못했다. 주범이 자기고 공범자가 명기라는 생각으로 자꾸만 뒤바뀌었기 때문이었다. 그것은 아버지의 경우 아버지가 공범자요 새어머니가 주범이라는 생각이 떠오른 데 기인했는지도 몰랐다. 어머니 생각이 머리에 떠오르자 그미는 자기 어머니도 어디서 자살했을지 모른다고 단정했다. 어머니를 자살시키고도 괴로워할 줄 모르는 새어머니는 도대체 머리가 어떻게 생긴 여잘까 하는 생각도 했다.

어머니가 자살하지 않을 수 없는 길을 걷고 있는 동안 가끔 어머니를 생각하기는 했으나 할머니 품을 어머니 품으로 대신하면서 어머니를 찾아 나서지도 않았던 자기가 너무나 무심하게 생각되기도 했다.

어머니를 죽인 주범, 그 새어머니를 원수처럼 미워하지도 못한 자기가 천치는 아닐까?

어머니는 지금 어디선가 자기를 향해 구원의 손을 내흔들고 있는 것 같기도 했다.

조금도 쉴 새 없이 불길한 상념에 사로잡힌 채 한 밤을 새웠다. 지난 밤처럼 오늘 밤도 새워야 할 것 같았다. 미칠 것 같았다.

어떻게 해야 잠 오는 밤이 있게 할 수 있을까? 한숨을 내쉬며 몸을 뒤채이면서 정말 속죄할 길이 있기를 기원했다. 교회라고 처음 나가 본 불신자로서 하나님을 의지해야겠다는 마음이 강할 수는 없었다. 막연할 수밖에 없었다. 그러니 가슴은 더 답답할 수밖에.

몇 시나 되었는지 몰랐다. 어림잡아 한 시가 아니면 두 시쯤 되었으리라 생각될 때였다. 잠이 들었으리라 생각했던 할머니가,

"사미야."

하고 조용히 불렀다. 사미는 잠 못 이루는 때 동무해 준다는 뜻에서만도 할머니의 목소리가 반가웠다.

"네!"

"무척 괴로워하는구나."

"네, 괴롭습니다. 어떻게 해야 할지를 모르겠어요."

할머니가 말을 시작했다. 그러나 사미의 이야기가 아니었다. 사미의 이야기는 제쳐 놓고 할머니 자신의 이야기를 꺼냈다.

"내 이야기를 들어 줄래? 오십오 년 동안 아무에게도 말하지 못한 이야기다. 하나님께 수백 번 이야기해 드렸지만 아직두 마음에 걸리구 있는 일이다. 마음에 걸린다는 것은 내가 아직 죄인이란 뜻이구 또 하나님이 사해 주시지 않았다는 증거가 아니겠니? 나는 죽기 전에 내 이야기를 누구에겐가 해야 한다구 생각했다. 그러나 아직까지 그럴 사람을 찾지 못했었다. 이제 너를 찾았다. 너는 나를 용서해 줄 것 같구나…….."

사미는 기이하게 생각했다. 자기 이야기부터 해결을 지어 주셔야 할 텐데 할머니는 어째서 자신의 이야기만 하고 계실까? 그러나 안 들을 수도 없었다. 할머니는 서론을 그냥 계속했다.

"오늘 밤 목사님이 간음한 사람은 손을 들라구 하셨다. 나는 그때 손을 들까 했지만 눈뜨고 있는 목사님 앞에서 손을 들 수가 없었다. 그분까지 눈을 감고 계셨다면 나는 손을 들었을 거다. 그러나 손을 못 든 내 마음이 괴로웠다. 괴로워 견딜 수가 없었다. 그래서 나는 그 자리에 쓰러질 뻔까지 했다."

긴 서론이지만 그 서론 가운데 이미 결론 같은 것이 나와 있었기 때문에 사미는 할머니의 비밀에 놀라면서도 그렇게 초조하지 않은 채 들을 수가 있었다.

"이 이야기를 못하구 죽으면 내 시체가 썩지 않을 것 같다. 그것이 늘 두려웠다. 어렸을 때 어머니에게 옛말을 많이 들었다. 그 옛말 가운데 무덤 이야기가 있었다. 누구나 무덤 가까이 가기를 싫어한다. 밤에 공동묘지를 지나가는 일보다 더 무서운 일이 없다고들 한다. 왜 그러는지 아니? 어머니 말씀은 죄지은 사람의 시체는 썩지 않기 때문이라 하시더라. 지어 낸 말일지두 모르지. 썩지 않은 시체니 얼마나 답답하겠니? 숨을 못 쉬어 답답할 거구, 사철 따라 춥구 더워 못견딜 것이다. 하두 답답해서 밤에는 무덤 속에서 뛰쳐나온다는 거야. 그 이야기가 아직까지두 내 귀에 쟁쟁하게 살아 있다, 정말처럼. 사미야, 이 할미가 죽은 뒤 시체가 썩지 않으면 어떡허겠니? 죄를 풀구 죽어야겠는데 오십오 년 동안 아직도 그걸 풀지 못했다. 그러니 산다는 게 사는 것 같지가 않았다. 남의 일엔 관심두 가질 수 없을 만큼 나는 내 일에 여념이 없었다. 설사 관심을 가져두 남의 일에 내 의견을 말할 자격이 없는 것 같았다. 정말 사는 것이 아니었다."

정말 끝이 없는 서론이 될 것 같았다. 그래서,

"빨리 말씀해 보세요. 무슨 괴로움이었는데요?"

하고 독촉했지만 할머니는

"이야기를 하마. 너한테 이야길 하면 죽은 뒤 시체가 꼭 썩을 것만 같구나. 그럼 마음놓구 죽을 수 있지 않겠니?"

역시 서론에서 떠나지를 못했다.

"할머니가 저 때문에 맘놓구 돌아가실 것 같으면 저두 할머니 때문에 마음놓구 죽을 수 있을 것 같아요. 어서 말씀하세요."

그때야 할머니는 그미가 스물세 살 났을 때의 이야기를 했다. 아주 간단한 이야기였다. 쌀을 찧으러 물레방아에 갔다가 저녁 어슬어슬해서 집으로 돌아오려 할 때 난데없는 사내가 나타나 그미를 꼼짝도 못하게 하고 강간을 했다는 이야기였다.

"분하고 슬퍼서 네 할아버지에게 말씀드리려고 했지만 그 말을 하면 당장에 쫓겨날 것 같았다. 여자가 시집갔다가 쫓겨나서 어떻게 하늘을 보며 살겠니? 죽으려구두 했다. 그것이 어디 마음대루 되던? 혼자 그야말로 벙어리 냉가슴 앓듯 앓았다. 밤마다 네 할아버지를 대할 때 나는 내 살을 칼로 갈기갈기 찢고 싶었다. 네 할아버지가 돌아가실 때 그러니까 지금부터 삼십 년 전이다. 그때까지 나는 하루가 십 년 같았다. 할아버지가 돌아가시면 좀 나을 줄 알았다. 그렇지만 나는 네 할아버지 장례를 하던 날 산에까지 가서도 무덤 근처엘 가지 못했다. 그때는 돌아가실 때까지 그 이야기를 끝내 하지 못한 내가 두 번 죽음을 당해야 할 것 같은 마음이었다. 파묻힌 그 어른 곁에 갈 수가 없었다. 부끄럽고 미안해서. 얼마 뒤 네 아버지가 보통학교밖에 졸업을 못하구두 군청이 있는 읍내루 가서 일본집 상점 사환 노릇을 하다가 8·15 때 일본 사람들이 제 나라루 돌아가는 통에 일본인 상점을 제

것으루 만들구 또 얼마 안 돼서 그걸 팔아 가지구 서울루 오지 않았겠니? 나는 촌에서 농사를 짓다가 서울서 호사를 하며 살게 되었지만 잘 살수록 옛일이 잊혀지지 않더라. 몸은 잘 살아두 마음은 더욱 아프기만 한 것을 어떻게두 할 수 없더라. 그래서 예배당에나 나가면 나아질까 했지만 글쎄 조금 나아졌다구 할까? 그렇지만 아주 개운해지지는 않더라. 역시 죽어두 시체는 썩지 않을 것만 같았다. 목사님에게 이야기를 하면 시원해질 것 같았지만 네 할아버지에게 못한 이야기를 어떻게 목사님께 하겠니.”

사미는 할머니의 이야기가 그렇게 흥미롭지 않았다. 자기의 의지가 아닌 순전한 타의에 의한 강간이었다. 저항할 수도 없는 상황이었다. 그런 것을 가지고 오십오 년 동안이나 괴로워한 할머니가 바보처럼 불쌍할 뿐이었다.

“할머닌 아무것두 아닌 걸 가지구 스스로를 괴롭히셨어요. 죄 될 것두 아무것두 없잖아요?”

“시대가 무섭게 변했구나. 어째서 그게 죄가 되지 않겠니? 당한 일이지만 남편이 죽을 때까지 속인 것이 어째 죄가 아니냔 말이다.”

“할아버지께 말씀드렸대두 할아버지가 용서하셨을 거예요. 할아버지가 겁나서 말씀 못 드린 것뿐이지. 좌우간 지금은 돌아가셔두 시체가 썩을 것 같은 생각이 드세요?”

“응! 썩을 것 같다.”

“그럼 시원하시겠네요.”

이야기를 끝내자 할머니는 얼마 안 되어 잠이 드셨다. 정말 마음이 편해지신 모양이었다. 그러나 사미는 여전히 자지를 못했다.

할머니는 자기에게 이야기를 함으로 마음의 평안을 얻으셨는데 자기는 할머니에게 모든 것을 이야기드렸는데도 마음의 평안을 얻지 못함은 무슨 까닭일까? 자기도 오십오 년이 지난 뒤에야 평안을 얻을 수 있다는 말인가?

이런 상태로 오십오 년을 어떻게 살아간담.

잠을 이루지 못하고 밤을 새운 뒤 사미는 다음 날 아침 아버지를 불러 내어 응접실로 갔다.

그것은 같은 범죄자를 눈으로 보고 싶은 마음의 충동이었는지 모른다.

동명(同名)의 죄인의 마음으로 자기 마음을 마비시키고 싶은 충동이었는지도 모른다. 어쨌든 그미는 아버지와 단 둘이 마주 앉자,

"저 어머니를 찾아 떠나겠어요."

하고 말했다.

"뭐라구? 미친 소리 하지두 말아라. 어디 있는 줄 알지두 못하구 어떻게 떠나니?"

사미가 예상했던 대로였다. 예상했던 대로였기 때문에 그미는 내장이 뒤집히는 것을 느꼈다. 그미의 목소리가 거칠게 나왔다.

"어디 계신지 모른다구 찾아보지두 않을 수 있어요? 이때까지 아버지와 저는 살인보다 더한 죄를 짓구 있는 거예요."

"못하는 수작이 없구나? 싫은 사람과 이혼하는 게 무슨 잘못이냐 말이다. 다시 또 그런 수작을 하면 그냥 두지 않을 테다."

"한 여자를 죽인 아버지의 딸이 또 한 여자를 죽였습니다. 아버지의 모든 자식이 아버지와 같은 죄를 지면 어떡허지요?"

그때 아버지가 사미의 뺨을 후려쳤다. 어떻게 맞았는지 당장에 코피가 쏟아졌다.

사미는 코를 움켜쥐고 부엌으로 나가며,

"아버지두 돌아가신 뒤 시체가 썩지 않을 거예요."

코멘 소리로 말했다.

"나가라. 썩썩 나가 뒈져라."

등 뒤에서 씨근거리는 소리를 들으며 사미는 부엌에서 코피를 씻고 코에 솜을 틀어막았다. 그리고는 할머니 방으로 가 할머니에게 어머니를 찾아 떠나겠다는 말을 했다.

할머니는 사미의 마음 속을 샅샅이 알고 있을 것이다. 그렇기 때문에,

"좋을 대루 하렴."

남의 일처럼 무관심한 태도로 말했다.

(원) 《월간문학 16》 1970. 2.

이원적 긍정(二元的 肯定)

사고를 일으키고 부상당한 어린애를 병원에 입원시켰다는 운전수의 전화를 받는 순간 경태는 개새끼 하고 소리를 질러 주고 싶었다. 어느 정도의 부상을 입혔는지 그런 것도 모르면서 운전수가 자기를 망쳤다는 생각만이 머리에 들었기 때문이었다. 자기를 망친 놈이라면 개새끼일 수밖에 없다. 그러나 개새끼라고 욕만 할 수는 없었다.

"어떤 부상이냐?"

"두 다리가 잘라졌습니다."

"뭐?"

경태는 또 한 번 놀랐다. 두 다리가 잘렸다면 완전 불구자가 된 게 아닌가? 완전 불구를 만들었다면 죽을 때까지 먹여 살려야 한다. 그야말로 자기를 망하게 만들어 놓았다.

"곧 간다."

병원으로 가기로 하고 전화를 끊었지만 그의 입에서는 '개새끼' 소리만 맴돌았다. 개새끼! 딴 생각을 하다가 사람을 치어 남을 망하게 만들다니……. 물론 그런 사건 하나로 온 재산이 날아갈 것까지는 없다. 그런데도 망했다는 생각만이 드는 것을 어쩔 수 없었다.

병원으로 가는 도중 경태는 운전수 자식이 더욱 미워졌다. 완전 불구자를 만들 바에는 아주 죽여 버려야 한다. 죽여 버리는 것이 비용도 덜 들고 귀찮기도 덜하다. 그 자식이 그런 것을 모를 리가 없다. 알면서도 죽이지를 않은 것은 나를 망하게 하려는 놈이기 때문이다.

그러나 이제 어떻게도 할 수가 없다. 그러니 그의 입에서 되뇌이게 되는 것은 개새끼 소리뿐이었다.

병원 안 환자대기실에서 운전수를 만나 내뱉은 첫마디 말도,

"개새끼!"

였다. 얼굴이 파랗게 질린 젊은 운전수가 말을 못하고 고개를 숙였다. 경태는,

"정말 다리가 잘라졌니?"

부상자의 상태를 물었다. 사고를 낸 경위라든가 또 운전수의 변명 같은 것을 들으려고 하지도 않았다. 들을 필요도 없는 일이었다.

"네!"

"어디쯤?"

"바루 여깁니다."

운전수는 자기의 무릎팍 밑을 손으로 만졌다.

"절골두 아니구?"

"지금 응급치료실에서 의사에게 들었는데 아주 잘라 내야 하는 모양입니다."

"개새끼!"

진상을 파악한 이상 더 할 말이 없었다. 정말 개새끼였다.

"그래두 입원은 시켜야 하지 않어?"

경태는 앞으로 필요한 돈걱정을 하기 시작했다.

"그래야겠지요. 지금 지혈주사를 놓구 진정제를 먹였습니다. 절단수술이라두 해야 할 것 같습니다."

들으나 마나한 운전수의 대답이었다.

"몇 살이나 난 앤가?"

"열두어 살 된 것 같습니다."

"집안은 어때?"

“지금 경관이 부모를 찾으러 갔으니까 와 봐야 알겠지요.”

“그 애 옷을 보면 대강 알 수 있잖나?

“잘 사는 집 애 같지는 않습니다. 고무신에 헌 옷을 입었습니다.

이야기를 듣고 난 뒤 경태는 또,

“개새끼!”

하고 주먹으로 후려치기라도 할 것처럼 운전수를 쏘아보았다. 치려거든 돈이 있는 집 애를 칠 것이지 하필 가난한 집 애를 치다니……. 가난한 사람일수록 자식의 부상을 미끼로 온 집안이 먹고 살 궁리까지 한다. 참으로 기가 막히는 일이었다.

경태는 운수회사에 가서 보고를 해야 한다고 생각했다. 보고를 하고 우선 공제회비를 타도록 해야 하기 때문이었다. 그러나 나중에라도 부상당한 애의 부모가 차주를 성의 없는 사람이라고 감정적으로 나올 것을 생각하며 응급치료실로 갔다. 의사가 부모 이외의 사람은 출입을 못한다고 했지만 부모들이 아직 안 왔으니 자기라도 봐야 하지 않느냐고 무리하게 치료실로 들어갔다. 어두운 조명 밑에 응급환자가 몇 명 누워 있었다. 어떤 환자는 얼굴까지 가리워져 있었다. 그는 아무것도 볼 필요가 없었다. 어린애가 누워 있는 침대 옆으로 가 죽은 듯 누워 있는 어린애 얼굴을 한 번 내려다본 뒤 일 분도 못 되어 치료실을 나와 버렸다. 와 보았다는 것만 그의 부모들에게 전달되면 그뿐이기 때문이었다. 그는 운전수에게,

“애 부모가 오거든 내가 왔다 갔다는 말을 해!”

하고는 병원을 나왔다.

그런데 오래 보면 자기 마음이 약해질 것 같아 일부러 외면하다시피 하고 나온 그 침대 위의 소년이 망막 속에서 사라지지 않았다. 귀골로 생기지는 않았지만 윤곽이 뚜렷하게 잘생긴 얼굴이었다. 두 다리가 잘리었는데도 고통도 모르고 눈을 감은 채 잠들고 있다. 그러나 평생 앉은뱅이가 되어 목발로나 걸어다녀야 할 애다.

“개새끼!”

그는 운전수를 생각하며 개새끼를 연발했다.

"내버려 둬야지. 그런 놈은 몇 해쯤 징역을 살아두 무방해!"

경태는 운전수의 무죄를 위해 손써 줄 필요가 없다고 생각했다. 애들 부모들이 말을 들을는지 모르지만 좌우간 그들이 합의서에 도장만 찍어 주면 운전수가 체형은 당하지 않는다. 그런데 그 합의서를 얻으려면 돈을 써 가며 그 부모들을 설득시켜야 한다. 내가 무엇 때문에 내 돈을 써 가며 그런 설득을 할 것인가? 말이 없는 것으로 보아 자동차에는 파손된 곳이 없는 모양이다. 무엇보다 다행한 일이었다. 그러나 운수조합에서 나오는 돈으로는 입원비도 모자랄 것인데 앞으로 써야 할 돈이 얼마가 들지를 모르면서 운전수 구명운동까지 할 필요가 무엇인가? 나는 운전수에게 월급을 주고 그를 고용했을 뿐 그의 생명에 대한 책임까지 맡고 있지는 않다. 자기 부주의로 인한 사고니 만큼 자기 책임을 자기가 져야 한다.

경태는 운수회사에 들렀다가 집으로 돌아와 혹시 어젯밤 꿈이 나쁘지나 않았던가 하고 어젯밤 꿈을 생각해 보았다. 별로 나쁜 꿈을 꾼 것 같지는 않았다. 그러면서도 혹시 다른 차가 또 사고를 내지나 않았는가를 걱정했다. 그는 택시를 다섯 대 가지고 있다. 그 밖에 트럭을 세 대 가지고 있다. 매일매일 그는 눈을 뜨면서부터 잠이 들 때까지 자기 자동차가 사고를 내지 말아 주기만 빌며 살고 있다. 전화종이 울리기만 하면 혹시 사고가 났다는 전화가 아닌가 하고 가슴을 떨곤 하는 것이었다.

제발, 제발 하며 전화가 걸려 오지 않기를 바랐다. 몇 시간 동안 정말 전화가 없었다. 사고를 낸 운전수 현해에게서조차 전화가 없었다. 경태는 운전수가 자기 마음을 알고 일부러 전화를 안 거는 것이라 생각했다. 이때까지 그는 차주의 책임 이외의 일은 모른 척하려 했다. 그러나 운전수가 울면서 사정을 하는 데는 끝까지 모른 척할 수가 없었다. 그것이 그의 약점이었다. 운전수도 인간이다. 체형을 받고 교도소에 들어가게 되면 그의 가족들은 굶어 죽게 된다. 그것을 차마 볼 수 없어서 그는 번번이 마음 약해지곤 했던 것이지만 이번부턴 눈을 감고 약해지는 일이 없도록 하려 하고 있다. 그래서 얼마 전부터 그는 운전수들에게 앞으로 사고가 났을 때는 자기가 절대 책임 안 진다는 것을 여러 번 강조해 두기도 했었다.

그러니 말해야 소용없는 일이라 생각하고 현해가 전화도 걸지 않는 것이라 추측하는 수밖에 없었다. 그러나 현해가 제 힘 하나만으로 무슨 일을 할 것인가?

드디어 전화가 오고야 말았다.

보증금이 있어야 우선 입원을 시킬 수 있다면서 빨리 와 달라는 것이었다.

경태는 응당 있을 전화가 도리어 늦었다고 생각했다. 그러나,

"부모들이 왔는가?"

하고 자기에게는 바쁠 일이 하나도 없다는 듯 딴 이야기를 물었다.

"네. 조금 전에 왔습니다. 그들이 차주님을 모시구 오랍니다."

경태는 이런 때 호락호락 끌려 다니어서는 약점만 잡힌다고 생각하며

"바쁜 일이 있어서 그러니까 자네가 와서 돈을 가져가게."

하고 말했다. 어차피 내놔야 할 돈이지만 이쪽이 속닳아할 필요가 없었던 것이다.

현해가 돈을 가지러 왔을 때 그는 이만 원을 내던져 줬다.

"개새끼. 난 이제 더 모른다."

그러면서도 속으로는 그 이만 원 이외에 뜯길 돈이 얼마나 될까 하는 것을 생각했다. 이만 원은 입원수속비에 지나지 않는다. 부모가 악질일 경우에는 무작정 입원을 시킨다. 그리고는 입원비는 물론 과일값, 간식비, 심지어는 부모들의 교통비까지 요구한다. 요구하는 대로 전액을 지불할 수는 없지만 아주 모른 척할 수도 없다. 골치 아픈 일이 아닐 수 없었다. 그런데 현해가,

"순경들이 차주님을 보자구 하는데요…….”

하고 하기 힘든 말을 하듯 말했다. 경태는 그 말의 뜻을 알기 때문에

"날 만나서 뭣해?"

하고 역정을 냈다.

"차주님이 안 가시면 저를 연행한답니다."

"내가 간다구 연행할 걸 연행 안 한다던?"

"좌우간 한 번 가 봐 주십시오."

"내가 밤낮 이야기했지? 절대루 내가 책임을 안 진다구…….”

“잘 알구 있습니다. 그렇지만 어떻게 합니까? 연행되면 징역을 살아야 할
텐데요.“

“네가 징역 사는 걸 내 알 바 뭐냐?”

“한 번만 봐 주십쇼”

“이놈아, 동의서만 얻으면 문제 해결인데 왜 그걸 못 받구 있니?”

“사정을 해 봤지만 말을 안 듣습니다.”

“나는 갈 필요가 없어. 네 힘으루 동의서를 얻으면 그뿐인데 나보구 가라
오랄 필요 없잖아?”

“동의서 얻기가 쉽습니까? 그것두 돈이 들어야 하는 문제구요.”

“나는 무슨 돈이 있니? 너를 위해 내가 왜 돈을 쓰느냐 말이다.”

“차주님이 저를 살려 주셔야잖겠습니까?”

“내가 너를 살려 줘야 할 의무가 어디 있니?”

“의무가 있다는 건 아닙니다. 봐 주십사는 거뿐이지요.”

“봐 줄 수 없다니까……. 남을 위해서 태어나지는 않았으니까. 두말 말
구 가기나 해.”

“들어가기만 하면 최소한 반 년은 징역살이를 해야 합니다. 그렇게 되면
저는 어떻게 됩니까?

“그걸 내가 알 게 뭐냐?”

경태는 이번 사고로 인한 피해를 최소한도 축소시킬 작정이었다. 그러나
차주 이외에 달리 의지할 데가 없는 운전수는 경태에게 매달릴 수밖에 없
었다.

“은혜는 갚겠습니다. 절대루 갚을 테니까 한 번만 봐 주십시오.”

운전수의 애원을 이해할 수는 있었다. 그러나 동정심으로 자기를 약하게
만들고 싶지는 않았다. 그래서 경태는 자기가 운전수를 위해 할 수 있는 최
선의 길을 생각했다.

“그럼 네가 필요한 돈을 빌려 주마. 그걸 가지구 가서 공작을 해 봐라.”

빌려 준 돈은 나중에 월급에서라도 제할 수 있다는 계산 밑에서였다.

“네, 그래 주십시오. 꼭 갚겠습니다.”

“얼마면 될 것 같으니?”

“글쎄 그걸 제가 알 수 있습니까?”

“바보 같은 놈, 그런 것두 모르면 어떡해?”

“그러니까 차주님께서 같이 가 주십시오. 가서서 잘 해결해 주십시오.”

그러니까 일이 해결되도록 앞에 나서 달라는 것이었다. 경태는 그것마저 못하겠다는 말은 할 수 없다고 생각했다. 자기 앞으로 돈을 쓰며 수고만 해 달라는데 그것까지 거절할 수가 있겠는가?

“우선 순경들에게 돈을 집어 줘야 한다. 그리구 입원한 애 부모들에게두 좀 집어 줘야 하구…….”

경태는 어떤 데 돈이 필요하다는 것을 먼저 말했다.

그래야 나중에 가서 잔말이 없을 것이기 때문이었다.

“차주님께서 생각하셔서 쓰십시오.”

“내 애껴 쓰면서 해 볼게.”

경태는 그 돈을 불려 말해서 일부를 떼먹을 생각만은 안 했다. 자기 돈을 쓰지 않게 해 주는 것만을 다행으로 생각하며 수완을 다해 현해가 무죄되게 해 주리라 마음먹었다.

경태는 병원에 가는 길에 과일 한 바구니를 샀다. 그리고는 응급치료실로 가서 애 부모들에게 겸손하게 인사를 하고 운전수를 대신하여 정중한 사과를 했다. 입원수속을 한 뒤 입원실로 옮길 때는 자기가 애를 안고 가기라도 할 것처럼 침대 옆을 떠나지 않았다.

삼등 입원실이라 이미 네 명이나 입원하고 있는 어수선한 병실이었다. 그런데도 경태는 앞으로 조금의 불편도 없게 해 줄 것이며 또 무슨 요구도 다 들어 주겠다는 말을 했다. 할 말이 없지만 일이 이렇게 된 것을 어떻게 하겠느냐, 목숨까지 잃지 않은 것을 다행으로 생각해 달라는 부탁도 몇 번씩 했다. 그리고는 매일 한 번씩 병문안을 오겠지만 우선 필요한 데 쓰라고 하며 현금 만 원을 내놓았다.

애 부모들은 열심히 성의를 보이는 경태에게 달리 할 말이 없었을 것이다. 그렇게 고마워하지는 않으면서도 또 원수처럼 대하지도 못했다. 그러나

경태가 운전수의 딱한 사정을 이야기하고 동의서에 도장찍어 달라는 말을 할 때만은,

"거야 지금 찍을 수 없죠."

하고 거절했다. 그런 데 도장을 찍으면 앞으로 자기의 권리가 포기된다는 것을 알고 있는 모양이었다.

"제가 책임을 지겠습니다. 안심하시구 도장을 찍어 주십시오. 운전순들 일부러 사고를 냈겠습니까? 다 운수가 불길한 탓이었지요."

경태가 그들을 납득시키려 했지만 쉽사리 응해 주지를 않았다. 두 번 세 번 사정을 했다. 그리고 자기가 책임진다는 것을 거듭거듭 말했다.

차주가 책임을 진다고 하는데 운전수를 징역살게 할 필요가 없다고 생각했는지 애 부모들이 동의서에 도장을 찍어 주었다. 경태는 그것으로 자기의 일이 성공했다고 생각했다. 책임진다는 말에는 도장을 찍지 않았다. 도장찍지 않은 책임에는 법적 근거가 없다. 이제부터 자기와 운전수는 강제력이 없는 도의적 책임감만 느끼면 그뿐이란 생각으로 순경과 운전수가 기다리고 있는 환자대기실로 갔다. 그는 우선 동의서를 내놓고 순경들 주머니에 오천 원씩을 넣어 주었다. 그래도 조서는 써야 한다면서 현해를 데리고 갔지만 경태는 이것으로 사건 수습이 일단락되었다고 생각했다. 이제는 병원에 문병갈 필요도 없다. 돈을 요구할 때는 준다 준다 끌면서 정 할 수 없을 때 조금만 주면 된다.

태평한 마음으로 집에 돌아왔지만 얼마 동안 공연히 북새를 떤 생각을 하며 그는 또 혼자 중얼거렸다.

"개새끼!"

현해 앞으로 쓴 돈을 장부에 기록하고 있을 때였다.

전화벨이 째지는 듯 울렸다. 또 무슨 사고가 아닌가 하고 속이 후끈거려서 그는 얼른 수화기를 들지 못했다. 사고에 관한 전화라면 서둘러 받을 필요가 없었기 때문이었다. 두 번째 울 때도 그는 수화기를 바라보고 있을 뿐이었다. 받고 싶은 의사가 별로 없는데도 벨은 악착같이 세 번째로 들어갔

다. 음향이 더 날카롭게 방 안을 울렸다. 내버려 두면 다섯 번이고 여섯 번
이고 그냥 계속할 것이다. 심술을 부리며 우는 어린애 울음소리 같았다. 모
른 척하고 내버려 두면 더 심술이 나서 악을 써 가며 운다.

그는 더 심술을 부리지 못하도록 수화기를 덥석 들고 화난 목소리를 뱉
었다.

"여보세요."

그런데 저쪽에서 정강화(丁康和)네 집이냐고 물어 오는 바람에 경태의 정
신상태는 일변하고 말았다. 사고낸 운전수라면 경태의 아들 이름을 부를 리
가 없었기 때문이었다. 강화가 학교에서 돌아온 줄 알고 강화를 불러 내는
전화리라. 경태는 오직 귀찮을 뿐이라는 태도로,

"그렇습니다."

그야말로 내뱉듯이 말했다.

"여기는 학꼰데요. 누구십니까?"

이건 또 달랐다. 강화를 찾는 전화가 아닌 것 같았다.

"나 강화의 애빕니다."

그러나 저쪽에서는 일부러 침착을 가장하며 강화가 친구의 칼에 찔려 지
금 병원에 입원해 있는데 위급하니 빨리 좀 와 달라는 말을 했다.

"뭐, 뭐요?"

경태의 입술이 떨려 말이 제대로 나오지 않았다. 저쪽에서 출혈이 심해서
위독하니 빨리 와 달라는 말을 연거푸 계속했지만 경태는,

"뭐…뭐……."

소리만 연발했다. 자기가 돌았는지 세상이 돌았는지 분간할 수가 없었다.
어쨌든 어느 한편이 돈 것만 같았다. 그러면서도 그는 강화가 입원해 있다
는 병원 이름과 병원의 위치를 물었다.

전화를 끊자 그는 곧 안방을 향해 아내를 불렀다. 허겁지겁 달려온 아내
에게 그는,

"뭐…뭐……."

하기만 하며 말을 제대로 하지 못했다.

“자동차가 사고를 냈어요? 몇 호찬데요?”

아내는 자기네 차가 사고를 일으킨 줄로만 아는 모양이었다.

“뭐, 뭐 이럴 수가 있어?”

경태는 겨우 강화 이야기를 하고 어서 병원으로 가자고 했다.

“뭐, 뭐예요?”

아내도 뭐 뭐 소리만 했다.

“빨리 옷을 입구 나와.”

그들은 거리로 나왔다. 지나가는 택시에마다 손을 내흔들었다. 하나도 멎어 주지 않고 그냥 지나갔다.

“개새끼들!”

그의 입에서는 욕설이 나왔다. 멈춰 주지 않고 그냥 달아나는 택시운전수에게 하는 욕인지 몇 대씩 가지고 있으나 급할 때 쓸 수 없게 돌아만 다니는 자기 소유의 택시운전수를 욕하는 것인지 자기 자신도 몰랐다.

겨우 택시를 잡고 올라앉았을 때 아내가,

“누구하구 싸웠대요?”

하고 물었다.

“내가 알아?”

자세한 것을 물어 볼 경황이 없었으니 알 턱이 없다. 알지 못하는 것을 물으니 또 신경질이 날 수밖에.

“어떤 병원이래요?”

아내는 알고 싶은 것이 왜 그리 많을까? 하나밖에 없는 자식이 위태하다는데 시시한 것까지 알고 싶을 것이 무어람.

“가 보면 알 거 아냐?”

경태는 아는 것에 대해서도 대답을 안 했다. 그의 머릿속에는 오직 위태하다는 말만이 가득 차 있을 뿐이었다. 위태하다는 것은 죽음이 목전에 있다는 뜻이다. 죽을지도 모른다는 뜻이다. 아니 죽기가 쉽다는 뜻이다. 강화가 죽다니?

그는 몇 시간 전 병원에서 본 어린애를 생각했다. 잘생기기는 했다. 그렇지만 그 애를 보았을 때 그 애가 죽으면 어떻게 하나 하는 생각을 해 보지 않았다. 죽는다면 차라리 시원할는지도 모를 일이었다.

그러나 강화가 죽어서 될 말인가? 아무 이유도 없다. 그저 죽어서는 안 된다.

청량리에 있는 조그만한 종합병원이었다. 경태 부부가 현관 안으로 들어섰을 때 복도에 서성거리는 사람들이 있었다. 어떤 사람들인지는 모르나 상가집에 모인 사람 같은 인상들이었다. 그 중 한 사람이 경태 앞으로 걸어오며

"강화 부친님이십니까?"

하고 물었다. 경태를 기다리고 있던 사람들임에 틀림없었다. 그렇다면 강화의 학교 선생이겠지.

"그렇습니다. 강화는 어디에……."

그런데 강화 아버지냐고 묻던 사람은 얼핏 경태를 안내하지 못하고 머뭇머뭇했다.

"어떻게 됐지요?"

그때 그 남자가,

"너무 놀라지 마십시오."

하며 말끝을 맺지 못했다. 알 수 있는 일이었다.

"뭐 뭐요??"

"너무 놀라지 마십시오."

그때 경태 아내가,

"죽었단 말입니까?"

하고는 대답도 기다리지 않고 울음을 터트렸다.

그들이 안내된 곳은 시체실이었다. 시체실에서 죽은 아들의 얼굴을 보았다. 틀림없는 죽은 시체였다. 일은 끝났던 것이다. 일이 끝났다는 것을 알았을 때 경태는 솟구치는 눈물에 시야가 흐려짐을 느꼈다. 무엇 하나 똑똑히 보이는 것이 없었다.

그는 덮어 놓은 홑청을 들추고 아들의 얼굴을 한 번 더 보았다. 평화스럽

게 잠들어 있는 것 같은 얼굴이었다. 그러나 이 세상과 인연을 끊은 얼굴이었다. 사랑을 해도 소용없고 화를 내도 아는 척 못하는 얼굴. 자기와 아무 상관도 없어진 얼굴이었다. 그는 눈물을 끊임없이 흘렸다. 아내는 아들의 시체에 엎드려 정신없이 울고 있었다.

일어나라고 할 때 일어나지를 않아 학교에 늦게 되면 택시를 타고 가겠다고 조르던 강화의 얼굴이 눈앞에 떠올랐다. 그럴 때마다 학생이 그런 거 타면 안 된다고 늦을 줄 뻔히 알면서도 택시값을 안 주던 자기.

친구들과 여행을 떠나겠다면서 오천 원을 달라고 한 때가 있었다. 학생놈이 통은 왜 그렇게 크냐고 달라던 돈을 주지 않은 자기였다.

용돈을 달랄 때는 언제나 단위가 천 원이었다. 딴 애보다 통이 유달리 크던 자식이 죽는단 소리 한 마디도 못하고 죽다니…….

경태는 정신이 조금 들었는지 죽은 원인이라도 알고 싶은 마음이 생겼다. 그래서 누구에게랄 것 없이,

"어떻게 된 일입니까?"

하고 사인에 대한 것을 물었다.

"네, 말씀드리지요."

기다리고 있었다는 듯이 사십대의 사나이가 이야기를 시작했다. 강화의 담임선생인지 몰랐다.

셋째 시간이 시작될 때 운동장에서 소동이 일어났다. 어떤 선생이 뛰어가 보니 강화가 칼에 찔려 쓰러져 있었다. 찌른 학생은 같은 반의 진구란 애였다. 아주 친한 사이였다 한다. 강화가 돈을 좀 빌려 달라고 했는데 그것이 도화선이 되어 싸움이 벌어졌다. 진구는 가난한 집 애였다. 그리고 조금쯤 깡패 기질이 있었다. 진구는 늘 강화의 덕을 보며 지내 왔는데 이 날 돈을 꾸어 달라는 것이 꼭 자기를 놀리는 것 같았다. 없는 줄 알면서도 꾸어 달라는 것이 자기를 경멸하는 것 같기도 했고 자기를 놀리는 것 같기도 했다. 그만큼 신세를 졌으면 한 번쯤 빌려 줄 수 있지 않느냐는 투였기에,

"너 정말이냐?"

"정말이다. 그래 한 번두 내 청을 못 들어 주겠니?"

자기 집안 사정을 뻔히 알면서도 이런 말을 할 때 진구는 가지고 다니던 재크나이프를 꺼냈다. 보통 애 같으면 눈물을 흘렸을 것이지만 진구는 눈물 대신 칼을 뽑았던 것이다. 단순한 협박이 아니었다. 심장 있는 곳을 정통으로 찔러 버리고 말았다. 강화는 얼떨결에 도망을 쳤지만 진구는 뒤따라가며 등을 또 한 번 찔렀다.

병원에 오는 도중,

"어지러워요."

한 마디를 했을 뿐 병원에 도착했을 때는 이미 숨져 있었다.

이야기를 다 듣자 경태는 문득 시계를 보았다. 네 시가 지나 있었다. 조금 의심스러운 데가 있었지만 경태는,

"진구란 애는 어떻게 됐습니까?"

하고 강화를 죽인 애의 처치 문제를 물었다.

"그 애야 벌써 경찰서루 갔지요."

경과를 설명하던 사람이 자신 있게 얼굴을 쳐들고 말했다.

경태는 진구에 대해 더 물을 것이 없다고 생각했다. 그래서 조금 의심스럽다고 생각되는 점을 들고 나섰다.

"칼에 찔린 것이 셋째 시간이 시작할 때라구 하셨는데 병원에 도착하기 전까지는 어디서 치료했습니까?"

"양호실에서 치료했습니다."

"왜 병원으루 보내지를 않았을까요?"

"그럴 이유가 있었습니다."

"그 이유는 말씀해 주실 수가 없을까요?"

"교직원회의를 했습니다."

이런 말을 주고받고 있을 때였다. 양호선생인 여선생이,

"전 곧 병원으루 가야 한다구 그랬습니다만 교장선생님이 기다리라구 명령하셨기 때문에 할 수 없었습니다."

자기 책임을 회피하는 태도로 말했다.

경태는 양호선생의 변명이 거짓말 아님을 알았다. 그 대신 교직원회의라

는 것이 문제된다고 생각했다.

"교직원회의에서는 무엇을 토론하셨습니까?"

"학교로서 큰 사고니까 거기 대한 선후책을 토론했지요."

경태는 그 이상 더 추궁하지 않았다.

시체를 앞에 놓은 부모로서 그런 이야기로 시간을 보낼 수가 없었기 때문이었다.

"우선 장례를 치러야겠는데요."

경태는 아들의 장례식을 어떻게 지내야 할 것인가를 생각했다.

"장례식은 학교에서 맡아 하기루 했습니다. 저희들에게 맡겨 주십시오."

담임선생이 장례식을 맡았으니까 약간의 잘못이 있어도 묵과할 수 있지 않겠느냐는 투로 말했다. 그러나 경태는 그런 것이 문제가 아니라는 듯,

"장지를 결정지어야 하지 않겠습니까?"

장지 문제가 가장 중요한 일처럼 말했다.

"글쎄올시다. 그것만은 정해 주시지요."

경태는 어떻게 할까 생각했다. 한국 풍속으로는 밖에서 죽은 시체를 집 안에 들여 놓을 수가 없다. 병사도 아닌 횡사다. 매장할 것도 없이 화장을 해 버리는 것이 옳은 것이다. 그러나 그럴 수는 없다고 생각했다. 하나밖에 없는 자식을 땅에 묻지도 않고 불태워 재를 뿌려 없애기가 싫었다. 생각이 날 때 찾아갈 수 있는 무덤을 만들어 놓고 싶었다.

"공동묘지를 알아봐 주십시오."

"알겠습니다."

그래서 강화의 장례식은 학교 당국의 성의로 그만하면 성대하다고 할 수 있을 정도로 거행됐다.

일은 다 끝난 것이다. 그러나 경태의 마음에는 끝났다는 생각이 들지 않았다. 아들이 죽은 것은 이제 어쩔 도리가 없는 문제지만 죽지 않아도 좋은 애가 죽었다는 생각이 그를 번민케 했다. 강화가 부상을 당한 즉시로 병원에만 보냈다면 그 애가 죽지 않아도 좋았을 것이다

병원에 보내지 않고 자기에게 연락만 해 주었어도 될 것이 아닌가? 출혈

하고 있는 애를 네 시간 이상 방치해 둔 때문에 강화는 죽고 말았다. 그런데 그 방치가 불가항력적이었다거나 무지에서 온 것이라면 체념할 수도 있다.

경태는 그 뒤 몇몇 선생들에게서 들었지만 교장이 강화를 방치해 둔 것은 오직 학교 체면을 살리기 위한 때문이었다.

피 흘린 사건이 생기자 교장은 우선 신문에 보도될 것이 걱정이었다. 그리고 상부의 추궁을 두려워했다. 그래서 교직원회의를 열고 신문보도의 관제 그리고 가해자에 대한 조속 처치 문제를 토론했다. 신문사와 아는 교직원을 뽑아 그들에게 돈을 주어 신문사를 방문케 했다. 그리고 경찰에 연락하여 진구를 인도해 주는 한편 학칙에 의해 퇴학을 시켰다.

그러는 동안 빨리 강화를 병원에 보내야 한다는 선생들이 나섰다. 우선 치료를 시키고도 의논할 수 있지 않느냐는 의견이었다. 이 문제를 가지고 시간을 끌다가 결국 교장의 의견대로 회의가 진행되었다.

회의를 끝내고는 어떤 병원으로 가야 하느냐는 문제로 또 시간을 허비했다. 가까운 데 있는 병원으로 보내자고들 했으나 교장은 학교의 지정병원으로 보내야 한다고 고집을 썼다. 한강 근처에 있는 학교에서 청량리에 있는 병원까지 가는 데는 자동차로도 사십여 분이 걸린다. 그러나 비밀이 보장되는 그 병원으로 보내야만 했던 것이다.

이래저래 시간을 낭비했다. 그래서 강화는 죽고 말았다.

학교의 악평이 나지 않고 책임자인 교장의 책임을 회피하려다가 하나의 목숨을 잃게 했다.

경태는 강화의 죽음보다도 그러한 사회 체제가 문제된다는 생각이 들었다. 그러한 체제하에서 그런 사고를 가진 사람들이 교육을 한다면 이 나라의 교육이 제대로 될 까닭이 없으리란 생각도 들었다.

생각하고 반성하게 하는 교육이 아니라 틀에 집어 넣는 교육, 그런 교육에서 어떤 인간성이 형성될 것인가?

그것은 자기가 생각 안 해도 될 문제일지 몰랐다. 우선 학교 체면을 살리기 위해 하나의 목숨을 죽인 교장을 용서할 수 있느냐가 문제였다. 용서할 수 없다고 생각했다. 용서해서는 안 된다고 생각했다.

경태는 변호사를 찾아가서 경위를 전부 설명한 뒤,

"그 교장을 고소하고 싶습니다. 고소할 법률이 없겠습니까?"

하고 물었다.

"있습니다. 충분히 고소가 됩니다. 유기치사죄(遺棄致死罪)라는 죄목으루."

"그럼 돈은 얼마든지 써두 좋습니다. 고소를 해 주십시오."

그는 변호사의 승낙을 받자

"가해자인 진구를 구할 방법은 없습니까?"

하고 물었다.

"완전 구제는 힘듭니다. 그러나 피해자측에서 진정서 같은 것을 내고 또 공판 때 유리한 변호를 해 줄 경우 죄가 경감될 수는 있습니다."

"그것두 부탁드리겠습니다. 돈은 얼마가 들어두 좋습니다."

변호사는 모든 일을 달갑게 맡아 주었다.

운전수 현해가 찾아왔다.

"한 번만 병원엘 가 주십시오."

힘들어하면서도 안 할 수 없는 말이라는 듯 말했다. 머리를 굽혀 사정만 하는 것이 아니라 억지로 끌고라도 가려는 태도였다.

경태는 문득 저놈이 자기 모르게 밤낮 병원출입을 하는 것이로구나 하는 생각을 했다. 그러니까 입원한 애 부모에게 시달려 저런 태도를 취하는 것이라 생각하고,

"개새끼. 넌 할 일이 없어서 병원에만 다니니?"

하고 소리쳤다. 약삭빠른 놈이라면 모든 것을 차주에게 맡기고 자기는 숨어 버리는 것이 예사다. 중뿔나게 제가 뭐라고 병원엘 출입할 것인가?

"가 보지두 않을 수가 있습니까?

"네 할애비가 입원해 있니? 가 보지 않을 수 없다는 건 무슨 수작이냐?"

"두 다리를 몽땅 잘랐는데 안 가 볼 수가 있어야지요?"

"그렇게 불쌍하거든 멕여 살리려무나. 입원비두 다 대구. 나보구 가 보란

말할 것 뭐냐 말이다.”

“그래두…….”

“그래두가 뭐냐? 난 안 간다. 결국 나보구 돈 내라는 거지?”

“할 수 없잖습니까? 입원비 독촉이 벌써 나왔는데요.”

“입원비 물 돈이 어디 있니? 공제회에서는 아직 심사가 끝나지 않았지 않나? 심사가 끝난들 몇 푼이나 나올 것 같으니?”

“그럼 어떡헙니까?”

“어떡하긴 이 바보야. 모른 척하구 있으면 되잖아?”

“모른 척할 게 따루 있잖습니까?”

“그렇담 네 돈으루 다 지불해 주면 그뿐 아니냐? 날더러 병원엘 가랄 건 뭐니?”

“제게 무슨 돈이 있습니까? 차주님두.”

“그러니까 모른 척하구 있으라는 거 아냐?”

“차주님께서는 병원에 못 가시겠다는 말씀인가요?”

“가 보라는 건 결국 나보구 돈을 내라는 거 아니냐? 난 못 가겠다.”

운전수는 자기 힘으로는 될 일이 아니란 것을 알았는지 단념을 한 듯한 태도로 돌아가 버렸다.

경태는 운전수의 심정을 아주 모르지 않았지만 호락호락 돈을 내주어서는 안 된다는 생각에 운전수에게 냉정했던 자기를 후회하지 않았다.

그러나 며칠 뒤 입원한 애의 아버지가 찾아와서 한 번 와 보지도 않는 그런 법이 어디 있느냐고 공박을 할 때 경태는 운전수에게와 같은 태도를 보이지 못했다.

“그새 하나밖에 없는 자식을 묻어 버렸습니다. 경황이 없어서 찾아뵙지도 못했군요.”

그는 어디까지나 사정을 보아 달라는 그런 식의 태도였다.

“그 말은 운전수에게 들었습니다. 참 뭐라 드릴 말씀이 없습니다.”

애 아버지는 강화의 죽음에 애도의 뜻을 표하면서도 자기의 요구를 완화시키지 않았다. 말하자면 당신 아들의 죽음은 당신 아들의 죽음이고 내 아들의 부상은 내 아들의 부상이 아니냐는 식이었다.

"병원이란 곳은 돈 없으면 내쫓기는 데가 아닙니까? 다 치료도 받기 전에 쫓겨나가라는 겁니까?"

경태도 자기 사정 이야기만 할 수는 없었다.

"잘 알구 있습니다. 금명간 찾아뵙겠습니다."

돈을 안 준다고 해도 감정을 상하게 해서는 안 된다.

"그럼 내일까지 기다리구 있겠습니다."

"네, 꼭 가겠습니다."

애 아버지를 돌려 보낸 뒤 경태는 운전수를 시켜 돈 얼마를 보내리라 생각했다. 전혀 안 줄 수는 없는 일이었다. 자기가 병원에까지 가는 것이 싫었던 것이다. 격이 꺾인다고 생각되었기 때문이었다.

그런데 다음 날 새벽 주차장엘 갔을 때 운전수 가운데서 유독 현해만이 늦게 나왔다. 아니 늦도록 나오지 않았다. 일곱 시 여덟 시까지 기다렸지만 그는 통 나오지 않았다. 경태는 휴가로 쉬는 운전수를 대신 내보낸 뒤 현해 집으로 사람을 보냈다. 현해 집에 갔다 온 사람이 현해가 오늘 새벽 어디론가 가 버렸다고 했다. 아내에게는 어디 좀 갔다 온다는 말만 하고 나갔기 때문에 어디를 갔는지 알 수 없으나 멀리 도망간 것 같다는 것이었다.

그 말을 듣자 경태는,

"개새끼!"

하고 욕설을 퍼부었다.

자기 앞으로 쓴 돈이 적지 않다. 그리고 앞으로도 입장이 곤란할 것 같으니까 도망쳤을 것이지만 그렇다고 해서 도망을 치면 궁지에 빠질 사람은 자기뿐이다.

멀리 지방으로 가서 취직을 한다면 찾을 길이 없다. 동의서를 얻기 위해 돈을 빌려 준 자기만이 손해를 보게 되었다.

또 앞으로는 조그만 일만 있어도 애 아버지가 자기를 직접 찾아올 테니 그 귀찮음을 어떻게 막아 낼 수 있을 것인가?

다음 날 경태는 병원을 찾아가지 않았다. 돈을 들고 손수 찾아가기가 싫었던 것이다. 그랬더니 애 아버지가 하루도 참지 못하고 집으로 찾아왔다.

"그 운전수가 도망을 치지 않았습니까? 사람이 있어야 돈을 보내지요?"

경태는 빠른 동작으로 돈 만 원을 꺼내 놓았다. 그의 입을 막기 위함이었다.

그러나 그는 내놓은 돈이 성에 차지 않은지 조금도 고마워하는 기색을 보이지 않았다. 경태는 그가 돈이 적은 것보다도 찾아오게 한 데 기분이 상해 있는 것이라 생각하고,

"바빠서 자주 찾아갈 수 없는 것은 양해해 주셔야겠습니다."

그의 공세를 사전에 막았다.

경태는 알고 있었다. 자기가 법률적인 의무를 가지고 있는 것은 아니라고. 다만 도의적으로 어쩔 수 없는 형편에 놓여 있을 뿐이다. 그러니까 그 사람이 감정적으로 나오지 못하게 그 길을 막아 버리면 그만이었던 것이다.

그런데 그 사람은 뜻밖에도 경태에게 새로운 부담을 짊어지우려 했다.

"그 애가 맹장염입니다. 내일쯤 수술을 해야 한답니다."

이 말을 들었을 때 경태는 한참 동안 생각했다. 맹장염은 부상당했기 때문에 생긴 병이 아니다. 자기 집에서 성한 몸으로 있었다 해도 생겼을 병이다. 그러니 맹장염과 자기와는 아무 상관이 없다. 수술을 하려거든 자기 돈으로 수술해야 한다. 그래서 그런 말을 왜 나한데 하느냐고 핀잔을 주고 싶었다. 그러나 그 말이 입에서 잘 나오지가 않았다. 맹장수술비까지 자기보고 부담하라는 그 사람이 얄밉기는 했지만 내 알 바 무엇이냐고 일축해 버리면 그 애의 수술이 불가능해질 것이 분명했기 때문이었다. 경태가 들은 바에 의하면 그 사람은 어떤 회사 수위로 있고 부인은 소금을 이고 다니며 장사를 한다고 했다. 그런데 남자가 병원에 붙어 있으니 돈벌이라고 그 부인 혼자만이 하는 셈인데 그것으로는 식구를 먹여 살리기도 힘들 것이다.

"제기럴, 죽건 살건 내 상관할 게 뭐람."

이렇게 무시해 버리고 싶었다. 사실 맹장염으로 죽는다 해도 자기가 법률적으로 책임질 일이 아니다. 그런데 그런 말을 왜 내게 하느냐? 그 말 한 마디를 해 버리면 그뿐일 텐데 그 말이 잘 나오지 않았다.

맹장수술을 하려면 최소한도 오만 원이 든다는 말을 들은 적이 있다. 오만 원! 오만 원이 어디냐? 앞으로 물어야 할 돈이 얼말지 모르는데…….

경태는 결심을 하고,

"그런 것을 나한테 말씀하시면 어떡헙니까."

자기가 상관할 일이 아님을 밝혔다. 한 마디 말에 그 사람의 얼굴빛이 변했다.

"그럼 누구한테 말합니까?"

"그걸 내가 알 게 뭡니까?"

"그 애가 죽어두 모른단 말씀입니까?"

"그런 건 아니지만…….''

"아무리 병신이 됐지만 목숨은 살려야 하지 않습니까?"

"물론 살려야지요. 그렇지만 그 수술비까지 내가 책임질 수는 없다는 거죠."

"수술비를 먼저 내야 수술을 해 준답니다. 그러니까 나중에 주실 돈에서 제하구라두 좀 주십시오."

"나중에 줄 돈이라니요?"

"그럼 사람 병신을 만들어 놓구 치료비만 무실 생각이십니까?"

그 사람은 자기 애의 위자료랄까 부양료랄까 그런 것을 생각하고 있는 것이 분명했다. 그렇다고 해서 눈치빠른 척하고 그 이야기를 구체화시킬 수는 없었다. 무어든 모른 척 구렁이 담 넘어가는 식으로 해야 하는 그였다.

"좌우간 지금 돈이 없습니다."

현금 없다는 것을 핑계대었다.

"그럼 내일까지 삼만 원만 만들어 주십시오."

이건 맡겨 두었던 돈을 찾아 쓰는 투였다. 그렇다고 화를 낼 처지도 못되었다. 나는 무엇을 잘못했는가?

알지도 못하는 사람에게 꼼짝도 못할 이유가 무언가 말이다. 죄가 있다면 자동차를 가지고 있다는 것뿐이다. 자동차를 잘못 움직여 일을 저지른 책임자는 어디로 달아나고 없다. 달아나고 없다고 해서 그 사람의 대신으로 내가 책임을 질 필요는 없다. 진짜 책임자인 자동차에게 책임을 지우면 되지 않는가? 자동차가 책임이행을 못하면 자동차를 부숴 버리든 팔아 처분을 하든 하면 될 것이 아닌가?

그 사람은 경태의 대답도 듣지 않고 돌아갔다. 배짱을 가지고 있는 모양이었다. 내일 돈을 안 주면 행패를 부릴 것이다. 그리고 나는 그 행패에 대해 강경할 수가 없을 것이다. 나는 왜 그에게 잡혀서 살아야만 하는가?

경태는 현해의 집을 찾아갔다. 그놈만 있다면 자기가 직접적으로 그런 일을 당하지 않아도 좋다는 생각 때문이었다. 그러나 현해에게서는 소식이 없다는 말밖에 듣지 못했다. 무엇을 가져다가 팔아 먹을 것이 없나 하고 살펴보았지만 돈 나갈 만한 것이 너무도 없었다.

"개새끼!"

혼자 투덜거리며 돌아왔다.

뜻밖에 교장이 과일바구니를 들고 찾아왔다. 오십쯤 되어 보이는 점잖은 사내였다. 만약 강화가 살아 있다면 어떻게 대접해야 할지 몰라 쩔쩔맸을 것이다. 그러나 경태는 무엇 때문에 찾아왔느냐는 태도였다.

"얼마나 상심되십니까? 진작 찾아뵈었어야 할 일인데 일이 바빠서 그만……."

교장이 굽실거리기 시작했다. 경태는 어린애 아버지를 대하는 자기가 저렇지 않았을까 하고 생각했다.

"그저 운명이라 생각하셔야지요. 어떡헙니까? 저는 많은 학생을 대하구 있지만 해마다 비명으로 죽는 애가 적지 않습니다. 그럴 때 학부형들은 전부가 운명이라 생각하며 자위를 합디다."

그러니까 나도 운명이라 생각하고 고소를 취하하라는 거겠지?

경태는 공연한 인정(人情) 이야기로 그에게 말려들어가서는 안 된다고 생각했다.

"참 고소를 하신단 말씀을 들었는데요."

드디어 그가 용건을 꺼내기 시작했다. 경태는 자기 태도를 명백히 할 수 있는 때가 왔다고 생각했다.

“네, 했습니다.”

“저하구 한 번쯤 상의를 하신 뒤 고소를 하셔두 좋았을 텐데요?”

“그런 걸 어떻게 상의하구 합니까?

“무엇을 요구하시는 건지 그걸 말씀해 주시면 고소까지 안 해두 좋지 않을까요?”

“요구요? 그것은 법이 알지 내가 알 수 없는 일입니다.”

“진작 찾아뵙구 위자료를 드리려 했습니다만 늦은 것이 제 잘못이지요. 그렇지만 지금이라두…….”

“오해 마십시오. 돈을 요구하는 고소가 절대 아닙니다. 또 돈을 요구한다면 가해자에게 요구하지 왜 교장선생에게 요구합니까?”

“그 애가 미성년이니까 학교로서 책임을 져야 하지 않겠습니까? 그리고 선생님께서야 누구에게서 받든 받기만 하면 되지 않습니까?”

“그런 말은 듣구 싶지가 않습니다. 애들의 교육을 맡고 있는 분이 애들 생명에 대해 무관심한 처사를 분하게 생각하는 것뿐입니다.”

“그건 넓게 생각해 주셔야 합니다. 학교에 악평이 나면 자녀를 맡기신 학부형들이 우선 학교에 환멸을 느끼실 겁니다. 그리고 다른 사람들도 자녀를 보내려 하지 않을 겁니다. 그런 점을 생각하셔서 도량을 보여 주셔야 하겠습니다.”

“애를 살려 놓고는 그런 것을 연구하실 수 없을까요? 어쨌든 겉치레를 해서 전시효과(展示效果)만 노리고 내적 충실을 경시하는 요즘의 제도(制度)에 나는 불만입니다. 다행히 그 불만에 법이 호응하고 뒷받침해 줘서 고소를 한 것입니다.”

“그 마음은 잘 알겠습니다만 세상 전부가 그런 것을 새삼스레 어떡하겠습니까? 만약 제가 강화에 대한 개인적인 감정이나 인간적인 불성실이 있었다면 어떠한 처벌도 달게 받겠습니다.”

“긴 말씀 안 하시는 것이 좋습니다. 저는 하나밖에 없는 자식을 잃어버린 놈입니다. 잃어버린 목숨을 도루 찾을 수는 없지만 죽은 애의 혼이나마 달래 줘야겠습니다.”

568

"너무 외곬으루만 생각지 마시고 백년대계를 가지고 교육을 맡고 있는 학교 사정두 생각해 주십시오. 평생을 교육계에서 지내 온 저의 말로두 현찰해 주십시오."

"말이 필요 없다니까요."

"요구하시는 대로 해 드리겠습니다. 제발 취하해 주십시오."

어떤 말에도 경태의 태도는 굽혀지지 않았다.

드디어 교장에 대한 공판이 내일로 임박했다. 그래서 교장은 마지막으로 경태를 찾아와 고소 취하를 애걸했다. 경태의 태도에 변함이 있을 리 없었다. 그에게는 취하를 고려해야 할 여건이 생겨 있었다. 그런데도,

"취하는 못합니다."

한 마디로 거절했다.

"너무 하다고 생각진 않습니까? 절대루 개인의 이해관계가 아닌데두 저를 망치려는 그 마음이 어디서 온 겁니까? 제가 오명을 쓰구 교육계를 떠난다구해서 죽은 애의 혼이 만족해할 것 같습니까?"

따지고 보면 교장의 말도 옳다고 생각되었다. 교장에게 벌을 준다고 해서 죽은 강화의 혼이 만족해할 것인지 알 수 없는 일이었다. 그것을 떠나서라도 취하를 해 주는 것이 자기에게 이로운 일이란 생각이 들었다.

그것은 자기도 고소를 당하고 있기 때문이었다. 애가 병원에서 퇴원할 무렵부터 그 애 아버지가 위자료에 대한 문제를 들고나왔다. 자그만치 삼백만 원을 요구했다. 달라는 대로 줄 수가 없어서 별별 수단을 쓰며 회피해 왔다. 그랬더니 이삼 일 전에는 정식고소를 했다는 말이 들려 왔다. 만약 교장이 주겠다는 돈을 받아 그 애에게 위자료를 물어 주면 자기 돈은 한 푼도 안 쓰고 모두가 해결될 것이다. 고소 소동은 전부가 끝나고 만다.

그러나 경태는, 내가 죽은 아들을 위해서 할 수 있는 마지막 일이다. 그것을 돈으로 포기할 수가 있는가 하고 생각했다.

"나는 무엇엔가 반항 안 하고는 살 수 없습니다. 고소를 취하할 수는 없습니다."

분명하게 말했다. 법률조문을 읽듯이……

　그리고 나서 아들이 없는 쓸쓸한 집안을 생각했다. 그 쓸쓸함은 언제까지나 메꿔지지가 않을 것이다. 어떤 일을 해도 옛날 그 애가 살았을 때와 같은 가정을 회복시킬 수 없을 것이다.

(원)《현대문학 183》 1970. 3.

추정─만우 박영준전집 5/단편

2002년 1월 10일 초판 인쇄
2002년 1월 15일 초판 발행

지은이 · 박영준
펴낸이 · 백규서
펴낸곳 · 도서출판 동연
출판등록 · 1992년 6월 12일 제2-1383호
주소 · 서울시 종로구 와룡동 116-1 4층 (우)110-360
전화 · 3675-2122 / 팩스 · 3675-2124

값 15,000원

무단 전재와 복제를 금합니다.

ISBN 89-85467-36-0 04810
ISBN 89-85467-31-X (세트)